KB264671

East lie t
where
the
Lonely
Mountain
Here of old wa
King under th
Far
to the North
are
the Grey Mountains
the Withered Heath
whence came the
Great Worms.
Thror's Map
West lie

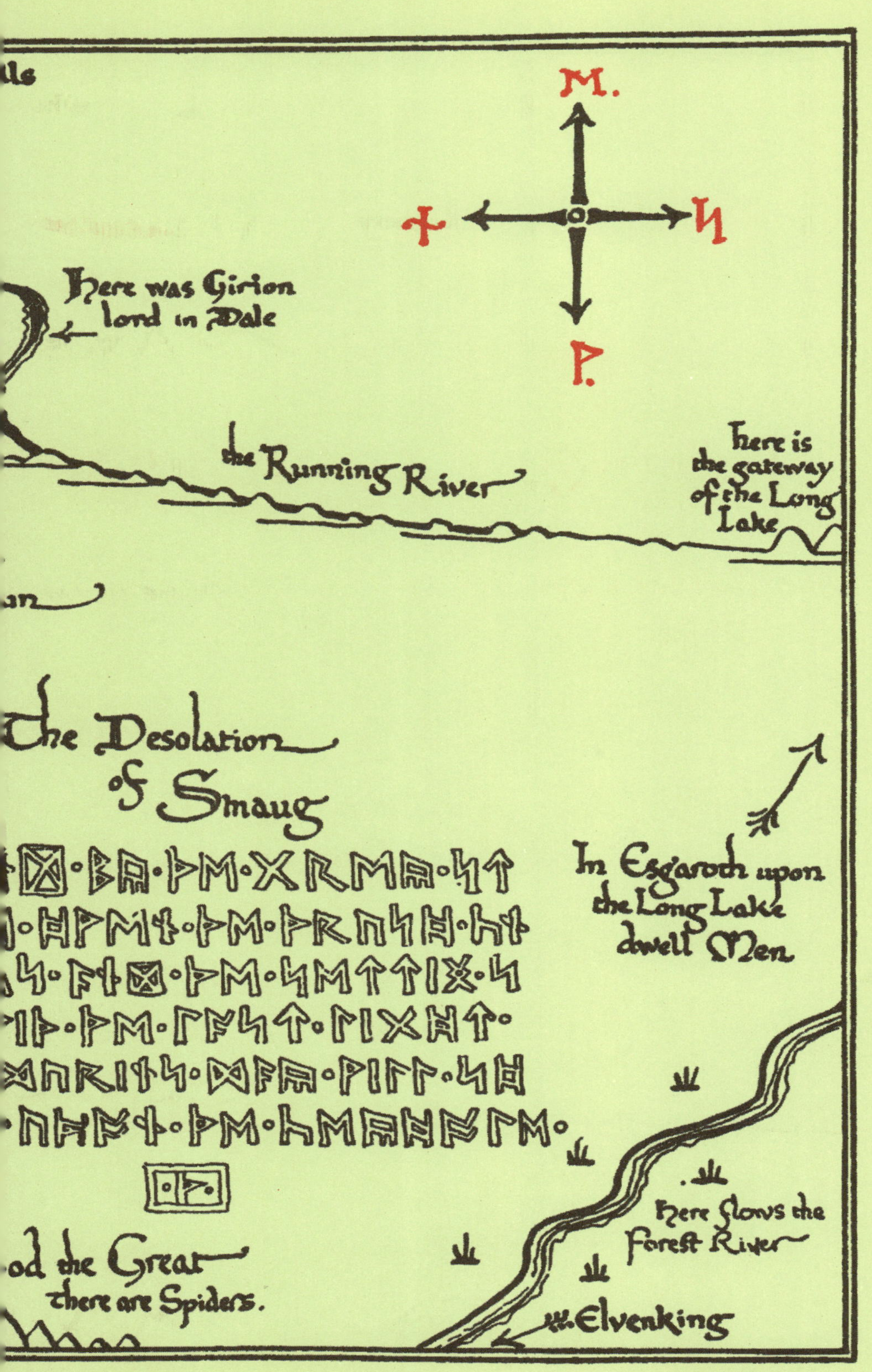
M.
Here was Girion
lord in Dale
the Running River
Here is
the gateway
of the Long
Lake
the Desolation
of Smaug
In Esgaroth upon
the Long Lake
dwell Men
od the Great
there are Spiders.
Here flows the
Forest River
Elvenking
J.R.R. Tolkien

THE LORD OF THE RINGS

호비트의 모험

The Hobbit

J.R.R. 톨킨 지음 / 공덕용 옮김

3개의 반지는 하늘 아래 계신 요정 왕에게
7개의 반지는 바위 집에 사는 난쟁이 님에게
9개는 죽을 운명을 지닌 인간에게
하나는 어둠의 권좌 위 암흑의 왕을 위해
어둠만 살아 숨쉬는 모르도르 나라에.
하나의 반지는 모두를 지배하고
하나의 반지는 모두를 발견하고
하나의 반지는 모두를 불러모아
어둠 속에 가두어 둔다.
어둠만 살아 숨쉬는 모르도르 나라에.

호비트의 모험 등장인물

●선의 세력

프로도 배긴스 호비트. 이 책의 주인공. 빌보의 조카이자 양자. 빌보의 저택과 재산, 그리고 반지를 물려받는다. 빌보의 뒤를 이어 《서쪽 경계의 빨간 표지 책》을 쓴다. 전쟁이 끝난 뒤 빌보와 함께 대해의 서쪽으로 향한다.

빌보 배긴스 호비트. 난쟁이와 모험을 하던 중 마법반지를 손에 넣는다. 111세 생일잔치 후 호비트 마을을 떠난다. 그의 메모와 일기를 정리하고 보충한 것이 《서쪽 경계의 빨간 표지 책》으로 전해져, 그 사본을 근거로 《호비트》와 《반지제왕》이 탄생했다. 131세 생일날 대해의 서쪽으로 떠난다.

간달프 마법사. 빌보를 여행으로 이끈 장본인. 반지와 함께 모르도르로 향하는 '반지원정대'의 지도자로 활약한다. 요정들은 그를 미스란디르라고 부른다. 암흑의 왕 사우론의 멸망은 그의 가장 큰 소망이다. 전쟁이 끝난 뒤 프로도들과 함께 서쪽의 대해로 떠난다.

샘와이즈(샘) 감지 호비트. 배긴스 집안의 정원사 햄패스트(햄)의 아들. 프로도의 하인으로, 함께 여행을 떠난다. 한때지만 반지의 소유자가 되기도 한다. 《서쪽 경계의 빨간 표지 책》은 그의 자손들에게 대물림되어 전해진다.

페레그린(피핀) 툭 호비트. 호비트의 종가인 툭 집안 출신. 사촌이자 친구인 프로도와 함께 여행을 떠나 곤도르의 기사가 된다.

메리아독(메리) 브랜디벅 호비트 마을 동쪽의 브랜디벅 집안 출신. 이 집안은 다른 호비트와 습관이 달라 굴이 아닌 집에서 살기도 하고 강에서 배도 탄다(호비트는 배를 싫어한다). 사촌이자 친구인 프로도와 함께 여행을 떠나 로한의 기사가 된다.

아라고른 북왕국의 마지막(16대) 왕. 반지전쟁 뒤 곤도르와 아르
노르의 왕이 된다. 왕비는 엘론드의 딸 아르웬.

보로미르 곤도르의 섭정 데네소르 2세의 장남. 파라미르의 형. 예
언을 담고 있는 꿈 풀이를 하기 위해 리벤델의 엘론드 저택에 왔
다가 '반지원정대'가 된다. 에민 무일에서 오크의 습격을 받은 메
리와 피핀을 구하려다 목숨을 잃는다.

레골라스 요정. 어둠 숲의 요정 왕 스란두일의 아들. 반지전쟁이
끝난 뒤 파라미르가 영주가 된 이실리엔으로 가 그곳에서 산다.
아라고른이 죽은 뒤 김리와 함께 대해를 건넌다.

김리 난쟁이. 빌보와 함께 여행을 한 글로인의 아들. 레골라스와의
우정과 갤러드리엘에 대한 숭배 때문에 요정의 친구라 불린다. 반
지전쟁이 끝난 뒤 헬름협곡의 영주가 된다. 아라고른이 죽은 뒤
레골라스와 대해를 건넌다.

엘론드 반요정. 리벤델의 영주. 아버지는 반요정인 엘렌딜, 어머니
는 요정 여왕 엘윙. 형제인 엘로스는 인간이 되는 길을 선택, 누
메노르 왕국의 시조가 되었다. 아내는 갤러드리엘의 딸 켈레브리
안.

갤러드리엘 요정 왕비. 암흑의 왕 사우론을 거느리고 있던 최초의
암흑 왕 모르고스에게 빼앗긴 실마릴을 탈환하기 위해 가운데땅
으로 건너간 놀도르 일족의 한 명.

발린 난쟁이. 빌보와 함께 모험을 떠난 난쟁이 중 한 명. 빌보와는
매우 친한 사이. 모험이 끝난 뒤에도 간달프와 함께 호비트 마을
을 찾는다. 모리아로 가 왕국의 재건을 시도하지만 발로그와 오크
의 습격을 받아 죽임을 당한다.

세오덴 로한의 17대 왕. 예전에는 강력한 군주였지만 사루만의 사
주를 받은 뱀의 혀에게 농락당한다. 간달프의 청을 들어 곤도르로
원군을 이끌고 갔다가 전사한다. 메리아독 브랜디벅을 기사로 맞

이한다.

에오메르 로한의 기사. 세오덴의 조카. 세오덴이 죽은 뒤 왕위를
  잇는다.

에오윈 세오덴의 조카딸. 에오메르의 여동생. 아라고른을 사랑하지
  만 그가 돌아올 수 없는 길을 가는 것을 보고 절망, 남장을 하고
  싸움터로 떠난다. 메리와 함께 나즈굴의 우두머리를 죽인다. 전쟁
  이 끝난 뒤 곤도르의 이실리엔 영주인 파라미르와 결혼한다.

데네소르 2세 남왕국 곤도르의 마지막 섭정. 보로미르와 파라미르
  의 아버지. 페레그린 툭을 기사로 맞이한다. 곤도르의 팔란티르
  (보는 돌)에 의해 암흑의 왕의 영향을 받고 절망, 분신자살한다.

파라미르 보로미르의 동생. 이실리엔의 사냥꾼들을 모아 모르도르
  전투에 임하던 중 프로도를 만난다. 전쟁이 끝난 뒤 이실리엔의
  영주가 된다.

나무수염 엔트. 엔트란 아주 오래되고 큰 나무 인간을 이르는 말.
  메리와 피핀을 알게 되면서 엔트들을 모아 사우론을 무찌른다.

● **악의 세력**

암흑의 왕 사우론 힘의 반지와 이들을 다스리는 절대반지를 만든
  장본인. 한때 에라아도르를 석권하지만 결국 쫓겨나고 만다. 그후
  인간의 나라 누메노르로 도망갔다가 체포되지만 왕을 속여 누메
  노르의 붕괴를 초래한다. 요정과 인간 동맹군과 싸우다 절대반지
  를 잃는다. 반지가 다시 발견되었을 때는 그도 힘을 되찾아 어둠
  의 숲 남쪽에서 죽음의 점술사로 행세한다. 프로도가 멸망의 산에
  반지를 던지자 최후를 맞이한다.

흑기사 암흑의 왕의 하수인. 반지의 유령(나즈굴). 사우론에게 아
  홉 반지를 받은 인간의 왕이었지만 반지의 마력 때문에 사우론의
  충실한 수하가 된다. 총대장은 예전에 마왕이었는데, 인간은 절대

그를 죽일 수 없다. 결국 세오덴의 조카딸인 에오윈과 호비트 메리에게 죽임을 당한다.

사루만 로한에서 가까운 이센가르드에 사는 마법사. 백색의 사루만이라 불리는 마법사의 수장이었지만, 반지의 힘에 굴복하여 악의 구렁텅이로 떨어진다. 호비트 마을에서 뱀의 혀에게 죽임을 당한다.

발로그 암흑의 왕 모르고스의 하수인이 된 힘이 세고 무서운 종족. 모리아 광산에 잠들어 있던 발로그는 난쟁이에게 발견되어 눈을 뜨고, 모리아 왕국은 멸망한다. 왕국 재건을 꿈꾸던 발린 일동도 발로그와 오크에게 죽임을 당한다. 반지원정대를 습격했을 때는 간달프와 싸우다 함께 땅 밑까지 떨어진다.

셀롭 사우론보다 먼저 모르도르에 잠입한 큰 거미. 키리스 웅골의 동굴에서 프로도와 샘을 습격, 프로도에게 상처를 입힌다.

골룸 빌보에게 반지를 빼앗긴 괴물. 골룸이란 이름은 목에서 나는 소리에서 따온 것이다. 진짜 이름은 스미골. 앤듀인의 지류에서 반지를 주운 친구 데아골을 죽이고 반지를 차지한 뒤 안개산맥의 동굴 속에 숨어살고 있었다. 원래는 호비트로, 스투어족.

잃어버린 꿈의 세계를 찾는 이들에게

공덕용

호비트는 반지제왕으로 들어가는 문

위대한 판타지 서사시 「반지제왕」이야기의 시작인 「호비트」는 한 호비트가 용에게 빼앗긴 보석을 되찾기 위해 난쟁이들과 함께 길을 떠나는 모험 이야기로 「반지제왕」 첫 편에 해당한다. 이 작품을 《타임스》는 20세기 영미문학의 10대 걸작으로 선정했다. 톨킨이 창조해낸 호비트들은 온 세계 독자들에게 열광적인 사랑을 받고 있다.

J.R.R. 톨킨은 1892년 남아프리카에서 태어났다. 본명은 John Ronald Reuel Tolkien. 톨킨이라는 성은 본디 독일어에서 기원한다.

Tol은 '엄청난'이라는 의미이고, kien은 '대담무쌍한 일'이라는 의미이다. 아버지는 색슨계 잉글랜드 출신 은행원이었는데 일찍 세상을 떠나, 세 살 때 영국으로 돌아와 어머니의 손에 자랐다. 그는 소년 시절에 밤하늘에 빛나는 별, 숲과 나무, 역사와 언어에 흥미가 있었으며 대학에서 시에 눈뜨게 된다.

1910년에 어머니마저 세상을 떠나고 고학으로 1915년에 옥스퍼드

대학을 졸업, 제1차 세계대전에 종군했다. 전선으로 떠나기 전, 에디스 브라트와 결혼하였으며, 보병으로 격전지에 참전하여 서부 전선에서 부상당했다. 입원 기간 중 언어학에 열중, 1921년 리즈대학에 출강하였고, 1925년부터 옥스퍼드대학에 초빙되어 20년간 영어영문학을 중심으로 학생들을 가르쳤다. 네 명의 자녀를 두었고, 삼남 크리스토퍼는 아버지의 뒤를 이어 옥스퍼드 대학의 교수를 역임했다.

톨킨은 작가로 명성을 날리기 전에는 문헌학을 연구하는 학자로서 영국 고대와 중세의 언어, 문학을 연구했다. 톨킨은 옥스퍼드에서 학생들을 가르치는 한편, 중년 이후에는 어렸을 때부터 마음에 담아왔던 판타지 작품을 잇달아 내놓았다. 「호비트」는 톨킨이 본격적으로 판타지에 손을 대는 계기가 된 작품이다.

톨킨 판타지문학 탄생의 비밀

어느 여름날, 옥스퍼드대학 교수 톨킨은 학생들의 답안을 채점하다가 누군가의 백지 답안지에 이렇게 써내려가기 시작했다.

미국 발렌타인사의 Paperback판 「호비트」(왼쪽)와 「호비트」의 초판 원서 커버를 복사한 기념판(오른쪽)

땅굴 속에 한 호비트가 살고 있었다.

「반지제왕」이 탄생하는 순간이었다. 톨킨은 그것이 언제인지 정확히 기억하지는 못했다. 처음 아버지에게서 이 이야기를 들은 차남 마이클은 1928년에서 29년 사이에 썼다고 말하지만, 톨킨이 글로 쓰기 전에 먼저 아이들에게 이야기해주었을 가능성도 있다.

톨킨은 웨일스의 한 지방을 여행하다가 그곳의 지명의 아름다움에 매료되어 훗날 그것을 중심으로 요정어 체계를 고안하게 되었다고 한다. 그는 교실에서 서사시를 곧잘 낭독했다. W.H. 오든은 그때를 이렇게 회상한다.

톨킨 교수의 강의가 생각난다. 그 때 그는 베어울프의 긴 시 한 구절을 낭랑하게 읊었다. 나는 그것에 매료되었다. 이 시는 내가 좋아하는 시 중에 하나였다. 그 때 나는 자진해서 앵글로색슨어 공부를 하게 되었다. ……앵글로색슨어와 중세 영시는 나에게 가장 강하고 영속적인 영향을 준 것 중의 하나가 되었다.

또한 톨킨 교수는 가운을 펄럭거리며 교실을 오가면서 음유시인이 어떤 식으로 시를 읊었는지를 재현해 보이며 낭송해 주었다고 한다. 톨킨 교수는 시거드(Sigurd)나 니알, 아서왕의 시대에 살았다. 그의 정신 세계에서 전쟁 체험은 거듭되었다.

그가 언어학에 열중하고 그것을 통하여 요정 이야기의 매혹에 이끌린 것은 육군병원에서였다. 나아가 평화를 원하고 전쟁의 뿌리를 단절하려는 소망을 평생 갖고 있었던 것이 판타지의 모티프가 되었다.

꿈의 세계를 찾아서

미국 발렌타인사의 Paperback판「반지제왕」
왼쪽부터 1부「반지원정대」2부「두 개의 탑」3부「왕의 귀환」

 톨킨은 종종 아이들에게 자기가 상상한 이야기를 들려주었다고 한다. 그 시작은 1925년 여름, 가족 여행 중 해변에서 애완용 강아지를 잃은 마이클을 위해 쓴「강아지 로바의 모험」이었다. 그 외에도 미완으로 끝난 작품들이 있는데, 그 중에는「반지제왕」의 팬들에게 익숙한「톰 봄바딜」도 있다.

「호비트」도 앞부분만 조금 쓰고는 몇 개월 동안 책상 속에 넣어 두고 있다가 마냥 내버려두기에 아깝다는 생각이 들어 틈나는 대로 조금씩 이어 써내려가다가 독수리가 나오는 장(제6장)에서 펜을 멈추었다고 한다.

 그 뒤 톨킨은 20년 가까운 시간이 걸려 완성된「호비트」원고를 가끔 가까운 사람들에게 보여줬다. 1944년부터 영국 공군에 소속되어 남아프리카에 있던 막내아들 크리스토퍼는 가끔씩 우송되어 오는 아버지의 원고를 받아보았다. 톨킨의 동료인 C.S. 루이스 교수도 가끔 그의 원고를 읽을 기회가 있었다. 루이스의 유고집을 보면 그의「나르니아 나라 이야기」가 이 작품의 영향을 받았다는 것을 알

왼쪽부터 「호비트」 일본판, 영화가 나온 뒤 발간된 「반지제왕」 3권중 1, 2권 영어판

수 있다.

톨킨은 월요일 아침마다 내 방에 들러 차를 마셨다. 이 시간이 주중에서 가장 즐거운 시간이다. 학교 행정에 대한 이야기도 하고, 시를 비평하거나 신학과 국정에 대해서도 의견을 나누었다. 목요일 저녁에는 내가 톨킨의 방으로 갔다. 우리는 진과 라임 주스를 마시며 그는 새로운 「호비트」를, 나는 「고통의 문제」를 읽었다.

톨킨은 영어권에는 다른 나라처럼 자신을 만족시킬만한 신화와 전설이 없다는 점을 안타깝게 생각하고 있었다. 어린 시절부터 북유럽 신화와 전설에 흥미를 느꼈고, 옥스퍼드 대학의 언어학교수로 앵글로색슨어를 가르치면서 영국 영웅 서사시의 권위자로 자리매김한 그는, 그 경력에 너무나 잘 어울리는 섬세함으로 비밀스레 장대한 신화체계를 만들어갔다.

「호비트」에 이어 「반지제왕」 '반지원정대' 편이 나오자 루이스는 "우리 가운데땅 주민들은 사라진 문명과 지금은 잊혀진 화려한 기억에 감동한다"는 호평을 하면서 「타임 앤 타이드」지에 '신들, 지상으로 돌아오다'라는 제목으로 글을 싣는다. 또 미국에서는 시인 오든이 "이 책은 우리가 아는 유일한 자연인 우리 자신을 정화시키고,

새로운 신화로 우리의 영혼을 감싸안는다"는 평을 「뉴욕 타임스」 서평란에 실었다. 영국에서는 톨킨의 신작이 비교적 냉정하게 받아들여졌지만 미국에서는 열렬한 환영을 받았다.

가운데땅

톨킨은 집필에 들어가기 훨씬 전부터 이야기의 무대가 되는 가운데땅을 구상하였다. 정확하게 말하면 그 무렵에는 아직 가운데땅이라는 이름이 머리 속에 없었을 것이다. 어렸을 때부터 여러 나라의 언어를 배운 톨킨은 점차 자신만의 가공의 언어를 만들어내게 되었다. 그것이 어느 정도 자리를 잡자 이번엔 "어떤 사람들이 어떤 세계에서 이 말을 사용하는가" 하는 생각으로까지 상상을 넓혀간다. 그것이 「반지제왕」의 가운데땅이 되었다. 그리고 그 세계의 주인인 호비트와 요정과 난쟁이, 인간족 등이 등장하면서 각 종족의 습관과 기질, 언어, 역사의 틀이 형성되고, 가운데땅이 생겨난 신화가 탄생한다.

톨킨은 소설의 무대를 위해서가 아니라 가운데땅을 그리기 위해 「반지제왕」을 썼다고 하는 게 나을지도 모른다. 때문에 이 소설을

영화에서도 원작의 이미지에 맞춰 배우를 캐스팅했다는 것을 알 수 있다.

읽고 독자가 무대에 압도적인 리얼리티를 느끼는 것은 당연한 것이다.

판타지라는 문학 형식은 음유 시인들과 세르반테스와 단테와 라블레에 의해 계승 발전되어왔다고 할 것이다. 그런데 19세기의 리얼리즘이 성인의 사회에서 그것을 근절시켜버린 것이다. 그러나 뭔가를 말하고 싶은 작가는 판타지에 의해 신념의 빛을 얻으려고 했다. J. 맥도널드나 C.S. 루이스는 그것을 자기가 선택한 문학 방법으로 자각하고 있었다. 현실의 속박과 권태, 불안, 상투성, 진부함, 타성에 빠져 잃어버릴 뻔했던 정신이 현실에서 자유로운 어떤 힘이나 형체, 기풍을 얻어 자유로운 창의적 충격에 눈뜨고 숨쉬는 것을 톨킨은 '회복(回復)'이라 명명하며 판타지 효과의 하나로 삼았다.

회복이란 다름이 아니라 흐릿하지 않은 시야를 되찾는 일이다. ……아무튼 우리는 창을 깨끗이 할 필요가 있다. 그렇게 하면 사물이 똑똑히 보이고 '진부함과 타성에 의해 더러워진 시야로 희미하게 보이는 상태'에서 해방된다. 즉 그런 상태로부터 자유로워진다.

전설의 시대

톨킨은 "우리는 켄타우로스나 용을 만나야 한다. 그렇게 되면 아마도 갑작스레 옛날 양치기처럼 양이나 개, 말, 그리고 이리를 보는 눈이 열릴 것이다"라고 말했다.

판타지는 신화나 전설, 또는 구전 설화를 바탕으로 한다. 때문에 그것은 청소년들을 위한 동화에서만 사용되는 것으로 오해를 받아왔다. 그래서 「오디세이」나 「일리아드」, 「실낙원」과 「신곡」 같은 판타지가 성인을 위해 쓰여졌다는 것이 잊혀졌다.

톨킨의 미국 판타지는 미국의 학생들과 지식인층에서 베스트셀러

「호비트」의 사운드트랙

가 되었고 그들의 열광적인 지지는 오랜 시간 계속되었다. 곳곳에서 반지 그룹, 톨킨 그룹이 만들어지고, 옷에 '간달프를 대통령으로!'라는 글을 써서 다니는 학생들도 있었다. 이 붐은 아주 오래도록 지속되어 최근까지 많은 잡지에서 특집으로 다뤄졌다. 톨킨의 이야기에 있는 신화의 정화작용이 정신적 지주가 없는 학생들에게 복음이 되어 다가간 것이며 또한 그들의 전쟁 혐오가 이야기에 내재되어 있는 반전사상에 공감대를 형성한 것은 아닐까.

톨킨은 1938년의 한 강연에서 「요정 이야기에 대하여」라는 본격적 판타지론을 폈다. 그는 판타지가 아이들에게 읽힌다면 성인에게도 읽힐 수 있으며, 오히려 성인들이 얻을 것이 더 많을 거라고 했다.

판타지는 현실 세계가 아니라 다만 그것을 반영할 뿐이라고 톨킨은 말한다. 그는 조물주의 일을 배우고 돕는 입장에 선다. 현실 세계에서는 보통 진정한 아름다움이 숨겨져 보이지 않지만 상상의 눈으로 보면 경이로운 세계가 열린다. 신화적인 신비가 있는 진정한 아름다움을 표현하는 것이 바로 판타지다.

1954년 「반지원정대」에 이어 「두 개의 탑」, 그리고 다음 해에 「왕

영화 「The lord of the rings」
의 포스터(왼쪽)와 사운드
트랙(오른쪽)

의 귀환」이 간행되자 영국과 미국에서 열광적인 독자들이 생겨났다. 1960년대에는 특히 미국의 대학생들이 애독하여 Paperback판이 날개 돋친 듯 팔렸다. 이 '대학생을 중심으로'라는 점이 포인트일 것이다. 그때까지 아이들 읽을거리로 알려졌던 판타지 소설이 돌변하여 어른이 읽기에도 충분한, 아니 흠뻑 빠져들게 만드는 '문학작품'으로 인정을 받게된 것이다.

시공을 초월한 베스트셀러

톨킨의 작품을 출판할 수 있는 계기를 마련해 준 사람은 그의 제자이자 원고를 읽은 몇 안 되는 사람 중 하나인 엘레인 그리피스이다. 그녀는 평소 알고 지내던 알렌&안빈사의 편집자인 수전 다그널에게 톨킨의 원고를 읽어보라고 권했다. 원고를 읽은 수전은 톨킨에게 원고를 완성할 것과(그 때는 용을 퇴치하는 장까지 끝남) 출판할 것을 권유했다.

1936년 10월 3일 톨킨은 원고를 완성하여 출판사에 보냈다. 사장 스탠리 안빈은 판타지 책은 젊은이들에게 읽혀보는 것이 가장 좋다는 생각에 막내인 레이나에게 작품을 읽게 하고 그 감상을 들었다.

러시아판 「호비트」(1976년)

　레이나의 소감은 이야기가 재미있고 문장의 흥분이 그대로 전해져온다는 것이었다. 그 해 출판 계약이 체결되었다.

　이듬해인 1937년 9월 21일, 「반지제왕」의 시작인 「호비트(The hobbit, or There and Back Again)」이 출판되었다. 그 다음 해에는 미국의 호튼 미프린사에서도 출판되었으며, 루이스의 적극적 지원을 받은 호의적 서평으로 독자들과 출판사의 기대가 집중되었다.

　1936년부터 본격적으로 쓰기 시작한 「반지제왕」은 서사시적인 장편 판타지로, 아주 오랜 시간에 걸쳐 쓰여진 것이다. 1939년에 일어난 제2차 세계대전 때문에 집필이 더욱 늦어져 1941년에야 겨우 제1부(1권과 2권)가 완성되었다. 이어서 3년간 3권과 5권의 반을, 1944년부터 5년간은 4권과 5권의 나머지 반을 쓴 뒤, 6권에 다시 몇 년을 소비하고 1954년에 드디어 나머지가 출간된다. 현재는 50개국 이상의 언어로 번역되어 전세계 수천만 독자의 사랑을 받고 있다.

　신문 보도에 따르면 성서나 셰익스피어와 같은 오래 전의 베스트셀러를 제쳐두고 지금껏 전세계에서 가장 많이 팔린 책은 「반지제왕」이라고 한다. 「반지제왕」의 첫 편인 「호비트」도 작가에 의해 몇 번의 개정을 거듭하며 전세계 독자들로부터 「반지제왕」에 뒤지지 않는 사랑을 받아왔다.

톨킨은 「반지제왕」 이전의 역사를 그린 「실마릴리온」을 「호비트」를 쓰기 훨씬 전부터 써오고 있었다. (결국 톨킨이 죽은 후 아들 크리스토퍼 톨킨에 의해 간행됨) 「호비트」도 그 세계의 영향을 받았지만 독자들은 아직 그 사실을 모르고 있었다. '가운데땅(Middle Earth)'이라는 세계에 대해서도, 요정들의 장대한 서사시도 그때까지는 알려지지 않았던 것이다.

Rabbit ? Hobbit ?

호비트의 어원에 대해서는 말들이 많다. 호비트가 자주 토끼에 비유된다하여, rabbit과 Hobbit을 연관시키는 사람들이 있지만 톨킨은 한사코 부정한다. 이는 톨킨의 언어에 대한 집착, 자기가 만들어낸 이름에서 기어코 의미를 찾아내려는 창작 수법과 깊은 관계가 있는지도 모른다. '호비트'라는 말이 하찮은 말장난에 그치고 만다는 것은 톨킨에게 견딜 수 없는 일이었을 것이다. 뒤에 톨킨은 자신이 창조한 언어 체계에 근거하여 'hol—bytla(땅굴에 사는 것)'이라는 언어학적 설명을 덧붙였다.

톨킨은 그가 창조한 난쟁이 호비트를 이렇게 설명한다.

호비트는 그 키가 '큰사람'(호비트는 인간을 큰사람이라고 부름)들의 반 정도이고, 난쟁이와는 달리 수염이 없다. 마법을 쓸 수는 없지만 큰사람들이 어슬렁어슬렁 다가오면 그 코끼리 발자국 같은 소리를 알아듣고 살짝 모습을 감추는 일쯤은 누워서 떡먹기다. 발바닥이 가죽창처럼 튼튼하며 신발을 신지 않아 발소리가 나지 않는다. 그래서 얼빠진 인간들은 그들이 마법을 쓴다고 생각한다. 머리는 갈색에 곱슬머리이고 배가 불룩하다.

러시아판 「호비트」(1976년)

　가운데땅의 북서쪽에 샤이어라 불리는 평화로운 농원지대가 있다. 그 농원의 동쪽 큰길 맞은편의 안락한 땅굴에 조심성 많은 오래된 종족 호비트들이 살았다. 그들은 샤이어의 풍요로운 땅에서 몇백 년 동안이나 윤택하게 살았다. 처음엔 구멍이나 굴에서 살았지만 시간이 지날수록 대부분이 풀이 많은 언덕의 경사면에 집을 짓고 살게 되었다. 집은 모두 둥그런 모습을 띠었고 고작해야 4피트밖에 되지 않는 호비트에게 잘 맞도록 낮게 지어져 살기 좋게 정비되어 있다. 가능한 자주, 그리고 많이 먹는 호비트들의 식사는 두 번의 아침, 11시 식사, 점심, 점심 차, 저녁, 이렇게 하루에 6번을 먹는데 그 중간 중간에 간식을 즐겼다. 호비트는 쾌활하고 착실하여 질서를 중히 여기고 씨족으로서의 유대관계를 소중히 하는 종족으로 자신들의 선조와 상식과 풍요를 긍지로 여기기 때문에 모험을 자처하는 일은 없다. 낯선 땅을 돌아다니기 보다는 '푸른 용 여관'에 있는 화로에 발을 쬐면서 고급스런 파이프 담배를 피우는 것을 더 좋아했다.

(빌보 배긴스는 예외)

호비트 마을 사람들은 대대로 마을 안에서의 생활에 만족했다. 거기서는 아이들을 안심하고 키울 수 있고 야채나 곡물을 재배하고 정원에서 화초를 가꿀 수도, 가축을 돌보며 식탁에 올릴 버섯을 기를 수도 있기 때문에, 그들은 동쪽 모르도르에서 어두운 그림자가 다가오는 것도 전혀 알아차리지 못했다. 요 근래 몇 년 사이 큰길을 오가는 자들의 수가 늘었고 샤이어에서도 낯선 자들의 모습이 종종 눈에 띄게 되었지만, 대부분의 호비트들은 지금의 평화로운 삶을 마법사 간달프와 북방의 순찰자들이 지켜주고 있다는 것을 알아차리지 못했다. 간달프에게 있어 샤이어는 점차 타락해가는 세계에 남겨진 때 묻지 않은 땅의 상징이었다.

옛날 옛날에

「호비트」는 어느 고장, 어느 세상이라고도 적혀 있지 않고 '어느 날 아침——오랜 옛날, 이 세상이 매우 평온하여 요새처럼 시끄럽지도 않고 곳곳이 싱그러운 초록으로 뒤덮였으며 호비트들이 번성하던 무렵의——빌보 배긴스가 아침 식사를 마치고 자기 집 문 앞에서 터무니없이 기다란 파이프로 태평스럽게 한 대 피우고 있는데 (나무로 만든 그 파이프는 빌보의 발바닥 털에 닿을 만큼 길었다) 간달프가 찾아왔다'라고 이야기를 시작한다.

싱그러운 초록으로 뒤덮인 세상에 키가 3피트 가량되는 호비트족 한 사람이 파이프 연초를 즐기고 있을 때 마법사가 나타난다. 이 첫머리 부분은 현실의 창의 흐린 기운을 씻어 버리기에 충분하다. 읽어감에 따라 청명함과 그림자 없는 밝고 명랑함, 시공의 장대함 같은 '깨끗한 창'의 배경이 우리를 사로잡는다.

이색적인 창조물인 호비트족이나 마법사나 용의 불가사의한 모험은 열광적인 팬을 낳는 동시에, 일부(에드먼드 윌슨에서 콜린 윌슨

영화 「The lord of the rings」의 일본 팜플렛(왼쪽). 간달프가 말을 타고 있는 것일까? (오른쪽)

에 이르는) 비평가들 사이에 소년잡지류의 선악 상극의 멜로드라마라는 설을 불러 일으켰다. 근대 문학의 하늘이 그처럼 맑은 일이 없었고 비평가들이 그렇게 긴 파이프로 담배를 피운 적이 없었기 때문이다. 이 이야기는 '옛날이야기'의 토대를 갖고 있다. 그것은 몸을 숨길 도롱이 구실을 하여 작가를 숨겨 주고, 작품을 연령에 상관없는 독자들에게로 넓혀 간다.

본디 첫머리의 인용 부분도 '옛날 한 옛날에……'라는 옛날이야기의 스타일을 연상케 하고 결말은 '빌보는 생애를 마칠 때까지 더할 바 없이 행복하게 살았습니다'라고 되어 있어서 그야말로 상투적인 맺음말로 되어 있다. 그리고 믿을 수 없는 사건이 제법 자연스럽게 일어나고 등장인물들은(개인적인 욕망을 떠난) 커다란 소망에 이끌려(편안한 일상성을 잊고) 그칠 줄 모르는 탐색의 여행을 떠난다. 이것은 옛날이야기의 기본 틀이 아니었을까?

주제는 탐색 여행이다. 탐색 여행이란 귀중한 것을 찾아 미지의 세계로 떠나는 여행이며, 인생 자체를 암시한다고도 볼 수 있는, 예로부터 주요한 모티프이다. W.H. 오든은 그림 동화의 '생명의 물'을 인용하여 탐색테마의 6가지 조건을 제시하고 있다. '생명의 물'은 세 왕자가 부왕(父王)의 병을 고칠 물을 구하러 여행을 떠나는 이야기이다. 두 형은 도중에 난쟁이를 무시했기 때문에 산속에 갇히지만, 셋째 왕자는 난쟁이에게 친절했기 때문에 가르침을 받아 사자가 지키는 생명의 물을 얻는다. 그는 그곳 공주와 1년 뒤를 기약하고 돌아오다가 형들을 도와주고 죄를 받게 되지만, 형들은 구혼에 실패하여 죄가 드러나고 마침내 셋째 왕자가 공주를 얻는다.

오든은 다음의 6가지 요소를 들었다.

1. 소중한 사람이나 물건을 구하러 간다. 2. 목적지가 불분명한 긴 여행을 떠난다. 3. 주인공은 다른 사람이 이루지 못하는 것을 해낸다. 대부분은 젊고 약하고 현명하지 못한 사람이지만 진짜 자질은 숨겨져 있다. 4. 시련이 주어진다. 5. 목적물에는 지키는 것들이 있으며, 그것이 마지막 걸림돌이 된다. 6. 지식과 힘을 지닌 원조자(사람이나 짐승)가 나타나서 성공에 이른다.

이를 「호비트」에 맞추어 보면 다음과 같다.

1. 난쟁이들의 복권이 요구된다. 2. 용이 사는 산으로 성공 가능성이 적은 여행을 떠난다. 3. 호비트인 빌보가 첩자로서 여행에 가담한다. 4. 여러 가지 사건이 생긴다. 5. 산의 비밀문이 열린다. 용이 쓰러진다. 6. 간달프 외에 빌보의 반지가 도움을 주는 역할을 한다.

이상의 요소가 탐색테마의 성립 요건을 충족시킨다. 즉 옛날이야기의 패턴이 「호비트」의 밑바닥에 있었다.

영웅들의 미크로코스모스

「호비트」와 「반지제왕」은 같은 제3기의 시간과 공간을 공유하지만 「호비트」는 아이들에게 들려주는 옛날 이야기식의 줄거리인 데 비하

미국에서 영화 개봉을 기념해 발매한 트럼프. '선'과 '악' 두 조가 한 세트로, '선'의 하트 A가 간달프(왼쪽)라면 '악'의 하트 A는 사루만(오른쪽)이다

여 「반지제왕」은 자기 내면의 요구에 따라 포용하는 세계관을 투입한 영웅 전설식의 미크로코스모스가 전개된다.

「반지제왕」의 한국어판은 이야기의 시작인 「호비트」를 포함하여 총 7권으로 완성된다.

「호비트의 모험(The Hobbit)」 0권
「반지원정대(The Fellowship of the Ring)」 1권 2권
「두 개의 탑(The Two Towers)」 3권 4권
「왕의 귀환(The Return of the King)」 5권 6권

제0권, 「반지제왕」이야기 시작 편으로 한 호비트가 용에게 빼앗긴 보석을 되찾기 위해 난쟁이들과 함께 길을 떠나는 모험이야기다.

제1권, 반지의 유래를 알게 된 프로도들의 도피행이다.

제2권, 동지를 얻어 요정의 숲 로스로리엔에서 휴식을 취한다.

스웨덴판「호비트」(1947년)

제3권, 백색의 현자 사루만이 변절해 싸움이 일어나고, 잿빛 간달프가 백색의 현자가 된다.

제4권, 분열의 위기에 맞서 프로도가 모르도르를 향하여 나아간다.

제5권, 곤도르의 대전투.

제6권, 반지를 불의 산에 던지고 가운데땅을 떠난다.

가운데땅은 동서로 1천 3백 마일, 남북으로 1천 2백 마일에 달하며, 주민은 요정, 난쟁이, 인간, 호비트를 포함해 일곱 종족이 넘는다. 제1기는 실마릴리온을 둘러싸고 베렌이 악의 화신 모르고스를 무찌르는 역사를 포함한 연대미상의 전설시대, 제2기는 모르고스의 후계자 사우론과 누메노르 왕가가 함께 멸망할 때까지의 3441년간, 제3기는 사우론이 부활해 누메노르의 후계자 아라고른과 세계전쟁을 일으키는데, 「호비트」의 서두에 간달프가 빌보 앞에 나타나는 것

포르투갈어판 「호비트」(1962년 왼쪽)와 아서 휴즈의 그림 「고블린 일가」(오른쪽)

이 2931년, 「반지제왕」 처음에 나오는 빌보의 111세 생일잔치가 3001년, 프로도의 여행이 끝나는 것이 3018년이고, 이후 3021년부터가 제4기가 된다. 제4기는 인간족의 전성시대다.

호비트 시대의 환경은 우리 시대와 비슷하지만 훨씬 풍요롭다. 엘렌딜의 별은 금성보다 밝고, 앤듀인의 폭포는 나이아가라보다 크다. 악의 힘은 상상을 뛰어넘지만, 그 힘을 통제하는 '유일반지'가 우연히 호비트족인 빌보와 그의 후계자 프로도에게 들어간 것은 행운이었다. (여기서 선과 악의 싸움은 선이 힘을 발휘해 악을 멸하는 소년잡지 같은 형식에 의존하지 않는다. 간달프를 중심으로 한 선의 세력은 풍부한 상상력을 가졌을 뿐 마력은 없고, 악은 억제할 수 없는 지배욕 때문에 자멸하는 형식을 취한다. 선악간의 싸움의 계기를 마련해 주는 것은 가장 미천한 존재인 골룸이다).

난쟁이

주인공 빌보는 언덕(The Hill)에 훌륭한 굴을 가지고 있고, 다른 호비트들에게서 존경받는 배긴스라는 부유한 집안 출신이었다. 배긴스 집안이 존경받는 것은 터무니없는 사건을 일으키거나 모험 같은 이상한 짓을 하지 않기 때문이었다. 호비트 마을은 영국의 농촌을 떠올리게 한다. 빌보도 얼핏 보면 호비트 마을의 보수적이고 평범한 한 호비트에 지나지 않았다.

어느 날 마법사 간달프가 찾아오면서 빌보의 내면에 어머니 집안으로부터 물려받은 모험심이 눈을 뜬다.

빌보의 어머니 벨라돈나 툭은 세 미인이라는 말을 들었던 툭 할아버지의 세 딸들 중 하나다. 툭 할아버지의 작은 할아버지 '으르렁거리는 소'는 호비트 치고는 몸집이 커 말을 탈 수 있었고, '초록들판 싸움'에서 '그램 산'의 고블린 대군으로 돌진해 고블린의 왕 골핌불의 목을 쳐서 떨어뜨린 용사였다. 언덕에서 흘러나오는 작은 시냇가에 있는 툭 집안은 배긴스 집안보다 훨씬 부자였지만 이따금 집을 나가 모험을 하는 사람이 있어 배긴스 집안만큼 훌륭하지는 못하다는 말을 듣고 있었다. 요정과 결혼한 자가 있다는 소문까지 있었다.

간달프는 냉정하게 모험을 거절한 빌보가 마법이나 용, 모험, 그리고 어릴 때 본 간달프의 불꽃에 대해 하는 얘기를 듣고 속으로는 모험을 바라고 있다고 확신한다. 그는 빌보의 문에 기묘한 표적을 남겨 빌보가 난쟁이들과 여행하게 한다.

그 기묘한 표적이란 '본인은 첩자 일을 구함. 자극이 크고 보수가 높은 일을 원함'이란 것이었다. 간달프는 용 스마우그에게 보석을 빼앗긴 난쟁이들의 여행에 빌보 배긴스를 추천한 것이다. 마법사 간달프는 빌보가 이번 여행에서 난쟁이들에게 도움이 되리라는 것을 알고 있었다. 빌보는 자신에게 그런 능력이 있는지 아직 알지 못했다.

독일어판 「호비트」(1957년, 왼쪽), 룬문자와 알파벳의 대응(오른쪽)

　난쟁이는 북유럽의 신화와 민화에 자주 등장한다.

　빌보의 집에 모인 소린 오큰실드는 산 밑의 왕 스로르의 아들인 스라인의 아들이고, 난쟁이 종족 중 듀린 일족의 족장이었다. 난쟁이들은 호비트 마을에서 '황무지'를 건너 서쪽에 있는 '외딴산'의 왕과 그 일족이다.

　아득히 먼 옛날, 멀리 북쪽에서 외딴산으로 온 난쟁이들은 산 밑의 왕으로 세상에 이름을 알리며 번영하였고, 계곡에는 인간의 마을이 생기고 도시가 번성했지만 그것이 오히려 욕심 많은 용을 끌어들이게 되었다. 스로르와 아들 스라인은 용 스마우그에게서 겨우 도망쳐 목숨을 건질 수 있었다(소린은 그 때 여행 중이어서 무사했다). 데일은 모두 불타고, 산에는 지금도 스마우그가 난쟁이와 인간에게서 빼앗은 황금을 가지고 살고 있다고 한다.

　간달프는 정면으로 맞서 용을 쓰러뜨리기는 어렵기에 첩자가 필요하다고 말한다. 간달프는 난쟁이에게 소린의 할아버지인 스로르가

포르투갈어판 「호비트」(1962년)

그린 지도와 열쇠를 건넨다.

지도에는 '비밀 통로'가 그려져 있었다. 이 문이 스마우그를 나오게 할 열쇠가 되는 것이다. 소린은 할아버지와 아버지가 어떻게 스마우그에게서 도망칠 수 있었을까 하는 오랜 의문이 풀렸다고 말했다.

빌보는 어느 사이에 모험에 가담해 있었다. 다음날 아침 소린에게서 물가 마을 '푸른 용 여관'으로 오전 11시까지 오라는 편지를 받고 함께 모험을 떠난다. 그 때 왜 손수건 한 장 지니지 않고 떠났는지 몇 번이고 후회하게 되지만.

도둑놈! 배긴스!

간달프의 지혜로 트롤의 습격을 잘 넘긴 일행은 리벤델에 있는 '마지막 휴식관'에서 며칠 묵으며 안정을 취한다. 저택의 주인은 반요정인 엘론드이다. 다시 여행을 떠나기 전날 박식한 이 주인에게서

헝가리어판 「호비트」(1975년)

트롤이 감추고 있던 보물 중에서 발견된 검이 서쪽의 고귀한 요정이 고블린과의 싸움을 위해 만든 명검으로, 곤돌린이라는 옛 마을에서 만들어진 것이라는 사실을 알게 된다. 그리고 스로르의 지도에 숨겨진 글이 나타나는 것을 발견했다. 그 달빛 문자에는 비밀의 문 열쇠구멍을 찾는 힌트가 그려져 있었다. 「호비트」에서 단역에 불과했던 엘론드는 「반지제왕」에서 중요한 역할을 맡게 된다. 북왕국과 남왕국의 왕과 누메노르 왕가의 시조가 모두 그의 형제들이고, 반지의 운명을 결정하는 거의 모든 회의가 그의 주최로 열리는 것이다.

「반지제왕」에서 빌보가 반지를 손에 넣게 되는 경위를 살펴보면, 안개산맥을 넘는 도중 고블린에게 붙잡힌 일행은 간달프의 마법으로 빠져나와 굴속으로 도망가지만 빌보는 도중에 혼자 떨어져 길을 잃게 된다. 어둠 속에서 손을 더듬어가며 걷던 빌보는 문득 손에 잡힌 반지를 아무 생각 없이 주머니에 넣고 계속 앞으로 나가자 지하 호수에서 이상하게 생긴 녀석 하나가 나타난다. 조그맣고 이기적인, 작고 파란 눈만 제외하고는 몸 전체가 까만 그 녀석은 목에서 나는 소리를 본따 골룸이라 불렸다.

빌보가 지닌 단검이 겁난 골룸은 빌보를 공격할 것을 단념하고 수수께끼로 내기를 건다. 빌보가 이기면 입구를 가르쳐 주고 지면 골

루마니아어판 「호비트」(1975년)

룸이 빌보를 잡아먹는 것이다. 빌보는 도중에 수수께끼 문제가 떠오르지 않아 주머니에 있는 것이 뭔지 맞춰보라고 한다. 골룸은 답을 말하지 못하고 내기에 지자 거처로 돌아가 신비한 힘을 지닌 반지를 가지고 오려 했지만, 반지를 찾을 수 없었다. 그 반지에는 반지를 낀 사람의 모습을 보이지 않게 만드는 힘이 있었는데, 이미 반지는 빌보의 호주머니 속에 들어가 있었던 것이다. 그제서야 수수께끼의 답을 알게된 골룸은 빌보의 뒤를 쫓는다. 큰소리로 부르짖는 골룸의 목소리에 놀라 주머니에 손을 넣은 빌보의 손가락에 조금 전에 주운 반지가 들어가 빌보의 모습이 사라지게 된다. 빌보는 반지의 힘을 알게 되고, 입구 쪽으로 향한 골룸의 뒤를 밟아 밖으로 나오게 된다. "도둑놈! 배긴스! 이 도둑놈" 하고 소리치는 골룸을 뒤로 한 채.

빌보는 그 뒤 이 반지를 사용해 활약하고 이야기는 해피 엔딩으로 끝나는데, 빌보는 친절하게도 골룸에게 자기 이름을 가르쳐 주고 만다. 이것이 「반지제왕」에서 '암흑의 왕 사우론'이 반지를 찾기 위해 배긴스라는 호비트를 쫓는 계기가 된다.

반지에 숨겨진 힘

빌보가 손에 넣은 마법의 반지는 손가락에 끼면 모습이 사라지는 힘을 가졌지만, 동시에 사악한 힘을 지닌 무서운 반지다. 「호비트」에서 강신술사로 나오는 암흑의 왕 사우론이 자신의 힘을 되찾기 위해, 예전에 자신이 만들고 힘을 봉인한 '유일반지'를 찾아 움직이기 시작했다. 만약 반지가 그의 손에 들어간다면 암흑의 왕은 예전의 힘을 되찾아 온 세계가 그의 노예가 되어버릴 것이다.

빌보는 조카이자 양자인 프로도에게 반지를 물려준다. 프로도는 친구들과 함께 반지가 만들어진 멸망의 산 (암흑의 왕의 본거지인 모르도르에 있다)분화구에 반지를 버리기 위해 여행을 떠난다.

아홉 명의 흑기사와 오크를 비롯한 사악한 무리들은 프로도와 네 명의 호비트, 마법사, 인간, 요정, 난쟁이로 구성된 아홉 명의 '반지원정대'를 뒤쫓는다.

"빌보 배긴스가 고블린의 동굴에서 반지를 발견했을 때, 나 자신 놀라움을 금치못했다."
「호비트」를 탈고했을 때 톨킨은 이렇게 술회했다.
「호비트」에서는 이야기를 전개하기 위한 소도구에 지나지 않았던 반지가 어떻게 「반지제왕」에서는 중요한 이미지로 부각된 것인가? 톨킨의 가슴 속에 있었던 반지의 유래를 찾아보자

이집트의 피라미드가 만들어진 것은 BC 2650년경. 「반지제왕」의 반지는 이 피라미드나 바빌론의 성벽이 세워지기 훨씬 전에 탄생한 '반지탐사' 이야기의 전통에 기원을 두고 있다.

톨킨은 「반지제왕」에서 반지의 초자연적 힘으로 세상을 지배하는 암흑의 왕 사우론을 등장시켰는데, 이는 그의 오리지널이 아니다.

유럽의 고대사나 신화를 살펴보면, 반지에 알 수 없는 힘이 숨겨져 있다는 생각은 역사가 시작될 때부터 인류와 함께했다는 것을 알

에스토니아어판 「호비트」(1977년)

수 있다. 겨우 한 개의 반지 때문에 전쟁이 일어나고, 그에 의해 거대한 제국이 붕괴한다는 것은 역사 속에서 일어날 수 없는 일일지 모른다.

하지만 로마제국 초기의 학자인 플리니우스(23~79)는 그의 저작 「박물지(博物誌)」에서 로마공화국 붕괴의 직접적 원인은 반지를 둘러싼 암투였다고 전하고 있다.

선동 정치가로 이름 높은 드루스스와 원로원 의장인 카에피오 사이에서 반지 소유권에 대한 말싸움이 오가고, 이 논쟁은 유혈사태로 발전, 전쟁으로 이어졌다. 결국 로마공화국은 붕괴, 소멸의 운명을 맞게……

유사 이래 유럽에서는 '반지점'에 의한 예언이 성행했다. 톨킨이 등장시킨 '반지에는 무한정의 힘이 숨겨져 있다'는 생각은 단순한 문학상의 창작이 아니라 역사 속에 그 예가 존재하는 것이다.

판타지의 무대

「반지제왕」에서 전개되는 사건은 도대체 언제 일어난 일이고 그 무대가 되는 가운데땅은 어디에 있는 것일까?

이 이야기의 열쇠라고도 할 수 있는 이 질문에 대해 톨킨은 이렇게 말한다.

내 이야기의 무대는 내가 살고 있는 이 지구지만 역사적 시대는 상상의 소산이다. 그것은 단순히 '세계'라는 말의 옛 표현에 지나지 않는다.

그리고 이렇게 덧붙인다.

이야기의 사건이 일어나는 장소는 가운데땅의 북서부다. 즉 지금의 북서유럽의 해안선과 지중해 북쪽연안 일대라고 해도 좋을 것이다. 그러나 이 말을 너무 진지하게 받아들이지 말았으면 한다.

「반지제왕」의 원류라고 하는 북유럽의 신화나 문학에서 그 뿌리를 찾아볼 수도 있겠지만, 톨킨에게 있어 '언제' '어디서'는 그리 중요하지 않다. 톨킨은 그저 '인간의 땅'을 표현하기 위해 '가운데땅'을 창조했을 뿐일지 모른다.

21세기 이 지구는 가운데땅의 책력으로 몇 년이나 될까? 이 의문을 풀려면 「반지제왕」 속에서 답을 찾아보는 수밖에 없다.

톨킨은 "태양의 제2기 말에 누메노르가 파괴되었을 때 불사의 나라는 이 세계 밖으로 옮겨지고 죽을 운명을 지닌 자들의 가운데땅만

영어판 「호비트」. 청소년판(1942년, 왼쪽)과 폴리오협회판(1979년, 오른쪽)

남았다."고 한다. 그러니 '가운데땅'의 시대는 태양의 제3기로 보는 것이 타당할 것이다.

　여기서 이야기는 멀고 먼 과거로 돌아간다. 톨킨은 이 '가운데땅'의 시대 이전에 '등불의 시대' '암흑의 시대' '별들의 시대'가 있었고, 그 다음 '태양의 제1기'가 시작되었다고 한다. 이 시대는 신들의 시대이다. 발라르(인간이 신이라고 부는 존재)가 초대 암흑의 왕인 모르고스와 싸워 이김으로써 끝이 난다.

　'태양의 제2기'는 인간이 가운데땅 서쪽에 있는 섬 누메노르에서 번성한 시대로, 모르고스의 부하인 사우론이 절대반지를 만드는 시대다. 인간이 사우론의 꼬임에 넘어가 누메노르가 붕괴되고, 섬은 바다로 가라앉는다. 사우론이 가운데땅에서 요정과 인간의 동맹군에게 패하는 것으로 이 시대는 막을 내린다.

　그리고 '태양의 제3기'에서 톨킨이 그린 것은 반지제왕 사우론이 만든 반지의 운명이다. 흥미로운 것은 '태양의 제3기' 중, 3018년과 3019년, 두 해에만 역사의 무게가 압축되어 있다는 것이다. 톨킨은 반지탐사와 반지전쟁에 커다란 역사적 의미를 부여하려 한 것이다. 이 시대는 반지의 파괴와 함께 끝이 난다. 동시에 사우론의 악의 제 국이 붕괴한다.

　이렇게 반지전쟁이 끝나고 드디어 가운데땅에 평화와 번영이 찾아온다. 그러나 그와 동시에 요정이 이 죽을 운명을 지닌 자들의 땅에서 사라지게 된다. 그리고 역사는 제3기에서 제4기로 접어든다. 제4기는 인간이 지배하는 시대였다고 한다.

　이렇게 검증해 가면 이 세계는 3만 7천 년의 역사를 가진다. 그리고 반지전쟁 뒤 우리 인간이 지금의 역사시대로 접어들기까지 또 몇천 년의 세월이 흘렀다는 것을 알게 된다. 결국 우리가 살고 있는 시대는 '태양의 제3기'로부터 약 6000년 뒤의 세계라고 추측할 수 있다. 21세기는 가운데땅의 책력으로 제5기나 제6기에 해당하는 것이다.

요정어 창작

「반지제왕」은 희비나 명암의 대조에서 작가의 고전적 리듬감을 느낄 수 있다. 그 대조가 상호 보완의 역할을 하고 때로는 복잡하게 얽혀 우리를 당황하게 한다. 또 빌보를 주인공으로 한 「호비트」의 단순한 내용에 비해 훨씬 복잡한 심정과 애절한 마음을 느낄 수 있다. C.S. 루이스의 《나르니아 나라 이야기》가 파멸의 날을 향해감에도 불구하고 전체적으로 밝고 낙천적인 것은 작가의 그리스도교 신앙 때문이다. 이에 비해 톨킨은 전체가 이교도적이다. 이 이야기의 또 다른 매력은 역시 정갈한 인물이 많이 등장한다는 점이다. 충실한 샘은 물론이고 천진한 톰 봄바딜이나 기괴한 나무인간, 암흑의 왕 사우론조차도 엄숙함을 가진다.

샤이어

  언어학과 고문학의 대가가 썼으니 당연할지 모르지만, 묘사에 있어 사족이 없이 담담한 서술형식을 취하고 있다. 그러면서도 모든 사물이나 현상의 세심한 부분까지를 이해할 수 있도록 설정해 리얼리즘을 살리며 신비적 상징을 담고 있다. 또한 곳곳에 높은 곳에 올라가 먼 곳을 바라보는 장면이 있는데, 그 아득히 보이는 지평선을 '멀고 먼 옛날을 바라보듯이' 라고 묘사한 것은 톨킨의 시간과 장소를 근원적으로 탐구하려는 자세와 사물에 대한 깊은 사고 때문이라고 여겨진다. 모든 것의 연원을 찾고 모든 곳을 전망하여 회고하고 예측하는 일체감이 이 작품에 신비를 더한다. 또 삽입된 시는 모두 발라드나 민요의 노랫말 같아 정감을 높인다. 이야기 중 룬문자를 사용하고, 요정어를 발명하고, 난쟁이어와 오크어와 나무인간의 언어 등, 각각 그에 맞는 음을 주어 언어체계를 이룬 것도 이 작품의 커다란 특징이다.

  또한 톨킨은 이 작품에서 비유를 허용하지 않는다. 따라서 이 작품이 제2차 세계대전 중에 쓰여, 그 체험이 투영되어 있다고는 하지만 직접적으로 반전을 호소한 것은 아니다. 그래서 의도적으로 반지를 원자폭탄에 비유했다고는 말할 수 없다. 우리는 다만 반지가 갖는 상징적 의미를 저마다의 경험으로 현실 세계에 비추어볼 뿐이다.

신화창작에 있어 톨킨은 언어학자였다. 일생동안 그가 가장 열중한 일은 고대의 신비가 담긴 아름다운 요정어를 창작하는 것이었다. 그는 옛 문헌에서 처음 발견한 단어의 의미를 탐구하듯 머리 속에 떠오른 요정어 단어의 의미를 생각하고, 있을 법한 어형변화를 유추하고, 차츰 체계를 세워갔다.

톨킨의 추종자들

이렇게 만들어진 신화체계는 세계의 창조, 신화, 무엇보다 인간과 요정이 활약하는 영웅에 대한 이야기였다. 톨킨에게 있어 아름다운 언어를 만들어 그 언어로 이야기하고 노래하는 불사의 요정은 이상이었고, 용맹스럽고 힘이 넘치는 영웅으로서의 인간과 요정 이야기야말로 그가 가장 그리고 싶어한 이야기였다. 「반지제왕」의 개정판에는 요정 중에서도 가장 고귀한 엘다르(서방의 고귀한 요정)와 인간의 영웅적 종족인 에다인의 결합이 세 번 있었다고 적혀 있다. 그 중 하나가 '베렌과 루시엔' 이야기다. 톨킨 창작신화 중에서도 완성도가 가장 높고, 그 또한 가장 사랑한 이야기였다. 애처가였던 톨킨은 아내와 함께 묻힌 묘비에 이렇게 새겨 넣었다.

루시엔, 에디스 메리 톨킨(1889~1971)
베렌, 존 로널드 로웰 톨킨(1892~1973)

톨킨은 1910년 후반부터 「실마릴리온」이라는 제목의 이야기를 쓰고 있었다. 1937년에 간행된 「호비트」를 쓸 때 몇몇 인명과 지명을 이

모리아

이야기에서 빌려 왔지만, 톨킨은 두 이야기를 합칠 생각은 하지 않았다.

그러나 「반지제왕」에 의해 「호비트」와 그의 신화체계가 결합하게 된다. 독자는 프로도나 샘과 함께 요정의 신기한 숲과 난쟁이들의 왕국에 초대받아 그 신비로움에 감탄하고, 피핀이나 메리와 함께 기사의 나라 로한과 오래된 왕국 곤도르의 역사와 전설을 배우게 된다. 그리고 미지의 타국을 여행하듯, 한 번 보고는 이해할 수 없는 세계가 있다는 것을 알게 된다.

톨킨의 작품은 특히 1966년경부터는 미국에서 '컬트적'이라는 평가를 들을 정도로 붐을 일으켜 많을 아류를 낳았다. 그의 모방자들은 톨킨의 세계에 어느 정도 근접한 언어와 역사를 만들어내었다. 그러나 문법까지 포함한 언어체계를 만들고, 여러 역사와 그 역사의 전승 과정까지 흉내 내는 것은 불가능했다.

그러나 그 본질은 전세계 창조자들이 이어가고 있다. 영화계에선

「스타워즈」의 조지 루카스, 소설계에선 빅히트를 친 「해리포터」의 조앤 K. 롤링, 게임의 세계에선 「위저드리」의 R. 우드헤드 등 모든 장르에 「반지제왕」에 매료된 사람들이 있다.

피할 수 없는 운명

이 이야기의 핵심은 '반지'임에 틀림없고 작품을 전체적으로 평가할 때도 이것을 피할 수 없다. 물론, 복잡한 이야기와는 상관없이 마음편하게 호기심이 가는 굴이나 수풀, 그리고 잎담배나 맥주 같은 문제를 생각해도 되지만, 결국에는 다시 반지로 돌아오지 않을 수 없는 것이다.

이 문제의 반지가 처음 빌보의 손에 굴러 들어온 당시에는 단순히 모습을 감출 수 있는 기능만을 가진 고전적인 보물일 뿐이었다. 「호비트」 속에서 빌보는 수시로 주저없이 반지를 활용하고 프로도의 경우와는 달리 두려워하지 않는다. 물론 빌보에게도 항상 죽음의 위험이 닥치지 않는 것은 아니었다. 단지 고전 동화의 독자들은 주인공의 안전을 믿고 있는 것이다. 빌보의 마법 반지는 이른바 주인공이 죽지 않는다는 특성을 무리 없이 강조하기 위한 보조수단이었던 것이다.

그러나 「반지제왕」에서는 다르다. 반지는 반지를 낀 사람의 모습을 감춰줄 뿐만 아니라, 또다른 사악한 힘이 작용하여 어둠의 세계로 이끌어 간다. 반지를 낀 자의 능력이 클수록 반지는 더욱 강력한 악의 힘을 발휘하게 되므로 무슨 일이 있어도 이 반지가 암흑의 왕의 손에 들어가게 되는 것을 저지해야만 한다. 이 일이 주인공 프로도에게 맡겨진 임무이다.

이제까지 있었던 어떤 모험소설을 분석해 보아도 프로도만큼 무거운 책무에 시달리고 보상받지 못한 주인공은 없을 것이다. 죽음을 각오한 여행이란 것이 많이 있지만, 프로도에겐 죽는 것 자체도 허

리벤델

락되지 않았다. 더구나 죽음에의 공포는 특히 샘과 둘이 남게 된 뒤부터 한시도 떠나는 일이 없다. 반지를 끼고 모습을 감추면 검은 그림자의 눈에 들키고 모습을 감추지 않고 걸어가면 언제 죽음이 닥칠지 모른다. 이와 같이 그를 완벽하게 궁지에 빠뜨리는 것이 반지인데, 그가 이것을 피할 수 없는 것은 '불운(不運)'이란 말 외에 다른 것으로 설명될 수 없다.

호비트의 모험 The Hobbit
차례

뜻밖의 손님들

　굴 속에 한 호비트가 살고 있었다. 굴이라고 하지만 지렁이나 애벌레 등이 사는 냄새나고 지저분한 구멍이 아니다. 그렇다고 맛도 멋도 없는 모래구덩이도 물론 아니며 앉아서 밥도 먹을 수 있는 곳이다. 이곳 호비트의 굴은 아주 안락한 굴이다.

　굴 입구의 문은 맨홀 뚜껑처럼 동그랗고 초록색으로 칠해져 있으며 문 한가운데에 반짝거리는 노랑색 놋쇠 손잡이가 달려 있다. 문을 열면 터널로 이루어진 커다란 방이 있다. 터널이라고 하지만 연기가 끼지 않는 멋진 방으로, 벽에는 널빤지를 대었고 타일을 깐 바닥에는 카펫이 깔려 있었다. 카펫 위에는 잘 닦아서 반짝거리는 의자들이, 벽에는 모자며 외투를 거는 쇠장식이 줄지어 박혀 있었다. 호비트족은 손님을 무척 반기기 때문이다. 터널은 빙빙 돌아서 언덕 깊숙한 곳으로 이어진다. 언덕이란 부근에 사는 이들이 이곳을 부르는 말인데, 그 언덕 여기저기에 작고 둥그런 문이 달려 있다. 호비트의 집에는 이층이 없다. 침실도 욕실도 술 창고도 식품 저장실(많이 있다)도 옷장(옷만 넣어 두는 방이 있다)도 부엌도 식당도 모두 같은 1층 복도에 나란히 줄지어 있다. 좋은 방은 모두 왼쪽에 있다. 왼쪽에만 창문을 낼 수 있기 때문이다. 깊이 들어간 둥근 창문에서 정원과, 그 너머로 강까지 완만하게 비탈진 목장이 바라다보인다.

이 호비트는 매우 유복한 집안 태생으로, 성은 배긴스라고 했다. 배긴스 집안은 오랜 옛날부터 대대로 언덕 가까이에서 살아 왔다. 배긴스 집안은 훌륭한 가문으로 세상에 알려져 있었다. 대대로 살림이 유복했기 때문만이 아니라, 옛날부터 엉뚱한 모험이며 어처구니 없는 사건을 일으키는 이가 없었기 때문이다. 배긴스 집안 사람에게 어떤 질문을 하면 무슨 대답이 나올지 금방 알 수 있다. 그런데 이 이야기에서는 그같은 배긴스 집안의 한 사람이 터무니없는 모험을 벌이게 된다. 깜짝 놀랄 만한 일을 하거나 말하는 것이다. 그때문에 이웃으로부터 훌륭한 사람이라는 평은 못 받게 됐을지 모르지만, 그 대신 마지막에는 소중한 것을 손에 넣게 된다. 그것이 어떤 것인지는 이 책을 읽어 나가면 알게 된다.

주인공 호비트의 어머니는——아니, 그보다도 호비트족이란 대체 무엇일까? 지금은 호비트들이 매우 적어졌고, 또한 '큰 사람'(우리 인간을 호비트는 그렇게 부른다)들을 무서워해서 좀처럼 나오지 않기 때문에 아무래도 설명을 좀 해야겠다. 호비트는 수염난 난쟁이보다 더 작고 인간의 키의 절반 정도되는 '작은 사람'이다. 호비트에게는 수염이 나지 않는다. 그들에게 마술적인 요소는 없지만, 그들은 우리처럼 얼빠진 큰 사람들이 코끼리 같은 소리를 내며 어슬렁어슬렁 다가오면 1마일 밖에서도 그 소리를 알아듣고 조용하고도 재빠르게 모습을 감춘다. 호비트들은 배가 불룩하다. 그리고 밝은 색(초록색이나 노란색) 옷을 입으며, 신발은 신지 않는다. 가죽창처럼 튼튼한 발바닥에 머리털 같은 갈색 털이 나 있기 때문이다. 손가락은 갈색이며 길고 잘 움직인다. 인상이 좋은 얼굴에다, 웃을 때마다 웃음이 넘칠 듯한 얼굴이 된다(특히 하루에 두 번 먹는 정찬 후에는).
이것이 호비트족이다. 그럼 이야기를 계속하기로 하자.

이 호비트, 다시 말해서 빌보 배긴스의 어머니는 유명한 벨라돈나
툭으로, 툭 집안의 세 미인이라는 말을 들었던 자매 중의 하나였다.
툭 집안이라면 언덕에서 흘러나오는 작은 시내(이 부근에서는 그저
'시내'라고 부르고 있다) 저쪽에 사는 호비트들의 종가였다. 그리고
툭 집안의 조상중에 요정족과 결혼한 사람이 있다는 이야기가 전해
내려오고 있다. 그러고 보니 툭 집안에는 확실히 전혀 호비트족답지
않은 데가 있어 이따금 이 일족 중 하나가 집 밖으로 나가 모험을
하곤 했다. 그같은 괴짜들은 몰래 모습을 감추었고, 툭 집안에서는
이를 쉬쉬했다. 툭 집안은 배긴스 집안보다 훨씬 부자였지만 아무래
도 배긴스 집안만큼 평판이 훌륭하지는 못했다.

벨라돈나 툭은 붕고 배긴스의 부인이 된 뒤 별로 이상한 행동을
한 적이 없었다. 빌보의 아버지 붕고는 벨라돈나를 위해 더할 나위
없이 사치스러운 호비트 굴을 만들었다(그러기 위해 부인의 돈도
많이 썼지만). 언덕의 위나 아래, 또는 시내 저편의 어디에도 없을
만큼 멋진 굴에서 두 사람 모두 죽을 때까지 살았다. 이 벨라돈나의
외아들 빌보는 얼굴 생김새도 몸짓도 분별이 있고 느긋한 아버지를
쏙 빼닮았지만, 툭 집안의 핏줄이 섞여 있는 탓인지 조금 이상한 데
가 있었다. 기회만 있으면 밖으로 나가려는 듯한 기묘한 성미가 있
었던 것이다. 그렇긴 해도 지금은 이미 50살이나 되었고, 모험의 기
회는 오지 않은 채, 겉보기에는 아버지가 만든 이 기분 좋은 둥지에
완전히 자리를 잡고 있는 것 같았다.

그런데 어느 날 아침——오랜 옛날, 이 세상이 매우 평온하여 요
새처럼 시끄럽지도 않고 곳곳이 싱그러운 초록으로 뒤덮였으며 호
비트들이 번성하던 무렵의——빌보 배긴스가 아침 식사를 마치고
자기 집 문 앞에서 터무니없이 기다란 파이프로 태평스럽게 한 대

피우고 있는데(나무로 만든 그 파이프는 빌보의 발바닥 털에 닿을
만큼 길었다) 간달프가 찾아왔다. 간달프! 그에 대한 소문을 나는
극히 일부분밖에 듣지 못했지만, 내가 들은 것의 1/4만 들어도 여
러분은 앞으로 그와 관련된 어떤 이야기에도 놀라지 않게 될 것이
다. 간달프가 나타나는 곳이면 어디든지 이상한 이야기, 굉장한 모
험이 뒤따르는 것이었다. 간달프는 친구였던 툭 노인이 세상을 떠난
다음 무척 오랫동안 언덕 아래의 길에 모습을 드러내지 않았었다.
그래서 호비트들은 간달프의 모습이며 얼굴 생김새를 거의 잊고 있
었다. 간달프는 이 부근의 호비트들이 어린아이였던 옛날에 언덕을
넘고 시내를 건너 자기 일을 하기 위해 줄곧 다른 지방에 가 있었던
것이다.

　이날 아침, 그를 모르는 빌보가 본 것은 보통의 늙은이였다. 그
늙은이는 끝이 뾰족하고 기다란 푸른 모자를 쓰고, 거무스름한 긴
망토를 걸치고, 목에는 은빛 스카프를 두르고, 스카프 위로 하얀 긴
수염을 허리까지 늘어뜨리고, 유별나게 커다란 검은 장화를 신고 있
었다.

　"좋은 아침입니다." 빌보가 말했다. 정말 그랬다. 아침 해는 빛나
고 풀은 싱그러운 초록빛이었다. 그러나 간달프는 모자 차양보다 길
게 튀어나온 더부룩한 눈썹 밑에서 빌보를 뚫어지게 보았다.

　"그건 무슨 뜻인가? 나한테 좋은 아침이 되기를 바란다는 건가,
아니면 나와는 상관없이 어떻든 좋은 아침이라는 건가, 아니면 좋
은 아침이어서 자네 기분이 좋다는 건가, 그것도 아니면 좋은 아
침이어서 좋은 일이 일어날 듯싶다는 건가?"

　"전부 다입니다. 게다가 이렇게 밖에서 담배를 한 대 피우기에는
아주 좋은 날씨 아닙니까? 어떻습니까? 파이프를 갖고 계시다
면 앉아서 제 담배를 피우십시오. 서두를 것 없습니다. 하루는 이
제부터이니까요."

이렇게 말하고 빌보는 문 옆 걸상에 앉아서 다리를 꼬고 예쁜 연기의 고리를 한 개 폭하고 내뿜었다. 고리는 흩어지지 않고 언덕 위로 하늘하늘 날아갔다.

"근사하군. 그러나 오늘 아침은 담배 연기따위를 뿜어내고 있을 수 없네. 내가 계획하고 추진하고 있는 모험에 가담할 친구를 찾고 있는 참인데 그런 사람을 찾아내기가 아주 힘이 들어서."

"그럴 테지요. 이 부근에서는 특히 어려울 겁니다. 모두 지극히 수수하고 온순한 이들뿐으로 모험 같은 것과는 거리가 머니까요. 위험하고 힘들고 불편한 일은 질색이거든요. 식사도 때맞춰서 할 수 없는 모험 따위에 무슨 이득이 있겠습니까?"

우리의 배긴스 씨는 이렇게 말하고 엄지손가락을 바지 멜빵에 걸고 또 하나의 커다란 연기 고리를 뿜어 올렸다. 그런 다음에 그는 아침 우편물을 꺼내어 늙은이가 아직도 서 있는 것을 모른 체하며 읽기 시작했다. 이런 늙은이 따위나 상대하고 있을 순 없다, 어서 어디든지 가 버렸으면 하고 생각했던 것이다. 그런데 그 늙은이는 움직이려 하지 않았다. 지팡이에 기댄 채 한 마디도 하지 않고 호비트를 뚫어지게 보고 있었다. 그래서 호비트는 불안해졌고, 게다가 약간 화가 나기도 했다.

"좋은 아침 되세요." 빌보는 견디다 못해 이렇게 말했다. "이 부근에 모험에 가담할 자는 하나도 없습니다. 언덕 너머나 강 건너 쪽이라도 찾아보시면 어떨까요?"

이것으로 이야기를 매듭지을 생각이었던 것이다.

"어째서 자꾸 좋은 아침을 들먹거리나? 나를 쫓아 버리려는 모양이로군? 내가 없어지지 않으면 곤란하다는 건가?"

"아니오, 그렇진 않습니다, 노인장. 첫째 나는 당신의 존함도 모르는 걸요."

"아닐세. 모르지 않아, 젊은이. 우선 나는 자네의 이름을 잘 알고 있다네. 빌보 배긴스지. 그리고 자네도 나의 이름을 알고 있지. 생각이 나지 않을 뿐이야. 나는 간달프라네. 간달프란 바로 나를 말하는 걸세! 거 참, 벨라돈나 툭의 아들한테까지도 단추 장사나 매한가지의 취급을 받을 만큼 나도 늙어 버렸군!"

"간달프! 간달프라구요! 맙소사. 그럼 이곳저곳 정처없이 여행하는 마법사가 아닙니까? 그 옛날 툭 할아버지에게 자기들끼리 달라붙어 명령이 내려질 때까지 서로 떨어지지 않는 마법의 다이아몬드 커프스 단추를 주신 것을 기억하고 있지요. 당신은 연회 때마다 용과 고블린과 거인 등이 나오는 이상한 이야기며, 공주님을 구하기도 하고 고아에게 뜻밖의 운이 트이기도 하는 멋진 이야기를 해 주셨지요. 그리고 매우 아름다운 불꽃을 보여 주시기도 하셨구요. 기억하고 있습니다. 툭 할아버지는 하지절 전날 밤에는 폭죽을 터뜨렸지요. 근사했어요. 커다란 백합꽃이며 금어초며 등꽃 같은 불꽃이 밤하늘 가득히 퍼졌고 그것이 밤새도록 계속되었었지요."

이 말로 알 수 있듯이 우리의 배긴스 씨는 스스로 믿고 싶어하는 것만큼 딱딱한 사람이 아니었으며 꽃을 매우 좋아하는 성격이었다. 빌보는 계속해서 말했다.

"온순한 젊은이들을 미지의 땅을 향해 출범하는 배를 타게 하여 넓고 푸른 바다로 나가 미친 짓 같은 모험을 시킨 것이 간달프가 아닙니까? 참으로 세상은 옛날이 훨씬 재미있었어요. 아니, 제 말은 당신이 가끔씩 이곳에 와서 모든 것을 엉망으로 만들곤 했다는 거지요. 용서하십시오. 이거, 나는 당신이 아직도 활동하고 계신 줄을 몰랐습니다."

"그럼 내가 무엇을 하면 좋겠나? 어쨌든 나를 기억해 주니 기쁘군. 용케도 그 불꽃놀이까지도 기억하고 있군 그래. 그렇다면 아주 희망이 없는 것도 아니군. 자네의 툭 할아버지를 위해서도, 가

없은 벨라돈나를 위해서도 나는 자네가 원하는 것을 들어 주겠
네.”

“용서하십시오, 나는 아무것도 원치 않습니다.”

“아니야, 원하고 있어. 자네는 지금 두 번이나 용서해달라고 말했
네. 그렇게 하도록 하지. 어쨌든 나는 이 모험에 자네를 데리고
가려고 생각하고 있네. 이건 나로서는 매우 유쾌한 일이고, 자네
를 위해서도 아주 좋은 일일세. 게다가 끝까지 해내기만 한다면
아주 유익한 모험이 될 거야.”

“유감스럽지만 나는 모험 따위는 하고 싶지 않습니다. 특히 오늘
은 사절합니다. 그럼 안녕히 가십시오! 언제 다시 오셔서 차라도
드시기 바랍니다…… 좋으실 때에. 내일은 어떠십니까? 내일 오
십시오. 실례합니다.”

이렇게 말하고 호비트는 몸을 빙그르 돌려 안으로 들어가 둥근 초
록색 문을 닫았다. 상대의 기분을 상하게 하지 않도록 소리나지 않
게 닫았던 것이다. 아무튼 상대는 마법사이니까.

‘도대체 뭣 때문에 나는 저 사람을 차시간에 초대해 버렸단 말인
가!’ 호비트는 식품저장실 쪽으로 걸어가며 혼잣말을 했다. 조금
전에 아침 식사를 마쳤지만 매우 놀란 뒤끝이라 과자 한두 움큼과
차 한 잔을 마시고 싶다는 생각이 든 것이다.

간달프는 그동안 문 바깥에 선 채 키득키득 웃고 있었다. 이윽고
간달프는 문으로 다가가 지팡이의 끝으로 호비트의 예쁜 초록색 문
에 기묘한 표시를 새겨 놓았다. 그리고 빌보가 두 개째의 과자를 먹
으면서 모험을 피할 수 있어 다행이라고 생각하고 있을 때에 간달프
는 그곳을 떠났다.

이튿날이 되자 빌보는 간달프에 대한 것을 거의 잊고 있었다. 대
체로 빌보는 약속을 적어 두는 메모판에 ‘수요일, 간달프와 차’라는
식으로 적어 놓지 않으면 똑똑히 기억하지 못했다. 어제는 너무 당

황했으므로 약속을 적을 정신이 없었던 것이다.

차 마실 시간이 다 되어갈 무렵 현관 초인종이 불이라도 붙은 듯이 요란하게 울렸다. 그 순간 빌보는 어제의 일이 생각났다. 그는 이리저리 뛰어다니며 주전자를 불에 얹고, 컵과 접시를 차려 놓고, 과자를 한두 개 여분으로 꺼내 놓은 다음 문으로 달려갔다.

"기다리시게 해서 미안합니다!"라고 말할 뻔 했는데, 그 사람은 간달프가 아니었다. 밝은 눈빛의 낯선 난쟁이 하나가 푸른 수염 자락을 금빛 벨트에 끼우고, 짙은 초록색 두건을 쓰고 있었다. 그 난쟁이는 문이 열리는 것과 동시에 기다리고 있었다는 듯이 뛰어 들어왔다. 그리고 두건이 달린 망토를 맨 끝의 옷걸이에 걸더니 "드월린입니다. 잘 부탁합니다" 하고 공손히 절을 했다.

"빌보 배긴스입니다. 잘 부탁합니다" 하고 말했을 뿐 호비트는 너무나도 놀란 나머지 한동안은 뭐라고 물어 보는 것도 잊고 있었다. 마침내 멋쩍어진 빌보는 이렇게 덧붙였다. "마침 차를 마시려고 하던 참입니다. 함께 드시겠습니까?"

조금 어색한 말투였지만 친절하게 권했다. 부르지도 않은 난쟁이가 와서 까닭도 말하지 않고 남의 집 현관 옷걸이에 망토를 걸어둔 것에 비하면 얼마나 친절한가.

그런데 세 개째의 과자를 집으려는 순간 전보다 더욱 요란하게 초인종이 울렸다.

"실례!" 하고 말하며 호비트는 문 쪽으로 뛰어갔다. 빌보는 간달프에게 "마침내 오셨군요!" 하고 말하려고 했다. 그러나 이번에도 간달프는 아니었다. 그대신 또 하나의 아주 나이가 많은 난쟁이가 입구에 서 있었다. 흰 수염을 기르고 새빨간 두건을 쓴 그 늙은 이는 문이 열리는 것과 동시에 초대라도 받은 듯이 쓱쓱 들어왔다.

"호오, 벌써 누가 온 모양이로군."

그 늙은 난쟁이는 드월린의 초록색 두건이 옷걸이에 걸려 있는 것을 흘끗 보고는 그렇게 말했다. 그리고 자기의 빨간 두건을 그 옆에 걸었다.

"발린입니다. 잘 부탁합니다."

난쟁이는 가슴에 손을 대고 이름을 말했다.

"덕분에요!" 빌보는 허둥지둥하며 엉뚱한 대답을 했다. "벌써 누가 온 모양이로군"이라는 말에 몹시 당황했던 것이다. 호비트는 손님을 몹시 좋아했다. 그러나 손님이 오기 전에 온다는 것을 알고 있는 편이 좋고 마음에 드는 손님을 초대하기를 더욱 좋아했다. 이래서는 과자가 모자랄지도 모른다. 그러면 어쩌지? 이 집 주인으로서 괴로워도 손님을 제대로 대접할 의무가 있다. 자기는 과자를 먹지 않고 참아야 할지도 모른다. 이런 생각만 해도 빌보는 오싹하고 진저리가 쳐졌다.

"자, 이쪽으로. 차를 드시지요!"

빌보는 깊은 한숨을 내쉰 다음 가까스로 이렇게 권했다. 그러자 흰 수염을 기른 발린이 말했다.

"괜찮으시다면 맥주가 좋겠는데요. 그리고 과자도 나쁘지 않지요. 가능하면 씨앗을 넣고 구운 과자가 좋겠는데요."

"있고말고요!"

빌보의 대답은 스스로 생각해도 놀라웠다. 그는 술 창고로 가서 커다란 잔에 맥주를 따르고 식품저장실에 가서 저녁 식사 뒤의 마른 안주감으로 오후에 구워 두었던 둥글고 큰 씨앗이 든 구운 과자를 두 개나 꺼냈다.

돌아와 보니 발린과 드월린은 오랜 친구처럼 이야기에 열중하고 있었다(실은 두 사람은 형제였다). 빌보는 두 사람 앞에 맥주와 과자를 내려놓았다. 그러자 그때 다시금 초인종이 요란하게 두 번 울렸다.

'이번이야말로 틀림없이 간달프일 거다.'

빌보는 복도를 급히 뛰어가며 생각했다. 그러나 아니었다. 두 명의 난쟁이였는데, 두 사람 모두 푸른 두건에 은빛 벨트, 노란 수염을 기르고, 각자 연장 자루와 삽을 메고 있었다. 문이 열리자마자 뛰어 들어왔는데 이번에는 빌보도 그다지 놀라지 않았다.

"무슨 용건이지요, 난쟁이님들?" 빌보가 말했다.

"킬리입니다. 잘 부탁합니다" 하고 하나가 말하자 "필리입니다. 역시 잘 부탁합니다" 하고 또 하나가 말하며, 함께 푸른 두건을 척척 벗고 고개를 숙여 인사했다.

"여러분과 여러분의 가족 모두 안녕하신가요?"

이번에는 빌보도 예의를 잊지 않고 이렇게 말했다.

"드월린과 발린은 벌써 와 있군요. 그럼 모임에 낄까요?"

킬리가 말했다.

'모임이라고!' 배긴스 씨는 속으로 생각했다. '아무래도 그 말의 느낌이 마음에 들지 않는군. 잠깐 여기 앉아서 한 잔 마시고 곰곰이 생각해 봐야겠는걸.'

4명의 난쟁이들이 테이블을 둘러싸고 앉아서 광산이며 금에 대한 것, 고블린과의 분쟁에 대한 것, 용이 난폭하다는 것, 그밖에 빌보가 알지 못하는, 또는 알고 싶지 않은 많은 것들에 대해 이야기하고 있었다. 알고 싶지 않다는 것은 이야기가 몹시 모험적인 것이었기 때문이다. 그래서 빌보는 구석에 앉아서 차를 한 모금, 아주 조금 마셨다. 그런데, 겨우 한 모금 마실까말까 했을 때 딩동댕 딩동댕! 하고 호비트의 장난꾸러기가 초인종 끈을 잡아당기기라도 하듯이 마구 울렸다.

"또 한 사람 오셨나봅니다!"

빌보는 눈을 깜빡거리며 말했다.

"아니오, 저 소리로 보아 네 사람일 겁니다. 아까 내 뒤로 네 사람이 오는 것이 보였거든요."

필리가 말했다.

가엾은 우리의 호비트 씨는 큰 방에 털썩 주저앉아서 두 손으로 머리를 감쌌다. 대체 어떤 사건이 일어나고 있는 것인지, 아니면 이제부터 일어나려고 하는 것인지? 게다가 이들 모두가 여기에 눌러앉아서 저녁밥까지 먹고 갈 작정인지? 이렇게 당황하고 있는데 다시금 초인종이 전보다 세게 울렸으므로 빌보는 문으로 달려가야만 했다. 그런데 그들은 네 사람이 아니었다. 다섯 사람이었다. 빌보가 어떻게 할까 하고 큰방에서 망설이고 있을 때 또 한 사람이 도착했던 것이다. 문의 손잡이를 돌리기가 무섭게 모두 함께 집 안으로 뛰어 들어와서는 저마다 "잘 부탁합니다" 하고 인사말을 하는 것이었다. 다섯 사람의 이름은 도리, 노리, 오리, 오인, 글로인이었다. 그리고 순식간에 보라색 두건 2개와 회색, 갈색, 흰색 두건이 하나씩 모자걸이에 걸리고는 각각 금 벨트, 은 벨트에 투박한 큰손을 끼고 다른 난쟁이 친구들과 어울렸다. 제법 대단한 모임이 되어버렸다. 이쪽에서는 맥주를, 저쪽에서는 흑맥주를, 저편에서는 커피를 달라고 했고, 거기다 모두가 과자를 원했다. 그래서 호비트는 한동안 눈이 돌아갈 지경으로 바빴다.

큰 커피 주전자가 화로 위에 놓였고 씨앗 든 구운 과자는 깨끗이 없어졌다. 난쟁이들은 버터 바른 호비트 케이크를 먹기 시작했다. 그러자 탕탕! 문을 심하게 두드리는 소리가 들려왔다. 초인종 대신 호비트의 멋진 초록색 문을 누군가가 지팡이로 탕탕 때리고 있었다.

빌보는 몹시 화가 나기도 하고 한편 당황스럽고 흥분도 되어 복도를 쏜살같이 뛰어갔다. 이토록 끔찍한 수요일도 없었다. 빌보는 힘을 주어 문을 확 열었다. 그러자 우르르 겹치다시피 들어온 것은 또 다른 난쟁이 네 사람! 그 뒤에는 간달프가 지팡이에 기대어 웃으며 서 있었다. 간달프는 멋진 문을 찌그러뜨려 버렸다. 지팡이로 두드려서 어제 아침에 새긴 표시를 지웠던 것이다.

“조심하게” 하고 간달프가 말했다. “자네답지 않군그래, 빌보. 손님을 바깥에서 기다리게 해놓고는 문을 갑자기 열어젖히다니. 소개하겠네. 이쪽은 비퍼, 보퍼, 봄버, 그리고 이분은 소린이네.”

“각별히 부탁합니다!” 하고 비퍼와 보퍼와 봄버가 한 줄로 늘어서서 말했다. 그리고 세 사람은 노란 두건 2개와 연초록색 두건 하나를 모자걸이에 걸었다. 여기에 기다란 은빛 술이 달린 하늘색 두건이 더해졌다. 마지막 두건은 특별히 훌륭한 난쟁이 소린의 것이었다. 소린이란 다시 말하면 바로 소린 오큰실드였으나 빌보의 현관 앞에서 비퍼와 보퍼와 봄버 밑에 깔려 쓰러졌었기 때문에 매우 기분이 나쁜 상태였다. 게다가 봄버는 매우 뚱뚱했다. 소린은 거만했으므로 “잘 부탁합니다”라고 하진 않았다. 그러나 가엾은 배긴스가 한 사람 한 사람에게 여러 번 “실례했습니다”라고 말하므로 소린도 마지못해 “일일이 그렇게 말씀하실 필요는 없소” 하고 중얼거리며 찌푸린 얼굴을 폈다.

“자, 이제 모두 모였군!”

간달프는 13개의 두건이 한 줄로 걸려 있는 것을 바라보며 말했다. 그리고 자기의 차양이 달린 뾰족한 모자를 모자걸이에 나란히 걸었다.

“매우 유쾌한 모임이로군. 나중에 온 사람에게도 먹을 것 마실 것이 남아 있겠지. 이건 뭔가, 차로군. 사양하겠네. 붉은 포도주를 조금 주겠나?”

“나 역시 마찬가지일세” 하고 소린도 말했다.

“딸기잼과 사과파이를” 하고 비퍼가 말했다.

“건포도 넣은 파이와 치즈를” 하고 보퍼가 말했다.

“포크파이와 샐러드를” 하고 봄버가 말했다.

“과자를.” “맥주를.” “커피를” 하고 저쪽 방에서도 다른 난쟁이들이 저마다 외쳤다.

“달걀도 몇 개 부탁하네.” 간달프는 호비트가 식품저장실로 허둥지둥 뛰어가는 뒤에다 대고 소리를 질렀다. “그리고 닭고기와 토마토도 부탁하네.”

‘우리 집 식품저장실 안에 무엇이 있는지 나보다도 자세히 아는 것같군.’

혼비백산한 배긴스는 어찌할 바를 몰랐다. 가장 끔찍한 모험에 휘말리는 것이 아닌가 하고 걱정도 되었다. 병이며 접시며 나이프며 포크며 컵이며 스푼 등을 큰 쟁반 위에 쌓아올렸을 때쯤에는 초조해서 얼굴이 시뻘게졌다.

빌보의 입에서 “골치덩어리 난쟁이들이 앉아만 있지 말고 좀 나와서 도와주면 좋을텐데” 하는 소리가 나왔다. 그랬더니 왠걸, 부엌 입구에 발린과 드월린이 나타났고, 그 뒤에 필리와 킬리가 서 있는 게 아닌가! 그들은 쟁반을 나르고 2개의 작은 식탁을 식당으로 내가고 모든 것을 가지런히 갖추어 놓았다.

간달프는 빙 둘러 앉은 13명의 난쟁이들의 윗자리에 앉아 있었다. 빌보는 난로 옆의 걸상에 걸터앉아서 비스킷을 하나 버석버석 갉아먹었다(빌보는 먹고 싶은 기분이 싹 달아났던 것이다). 그리고 이런 일은 극히 당연한 일이며 모험 따위가 아니라는 얼굴을 하려고 애썼다. 한편 난쟁이들은 먹고 또 먹으며 지껄이고 또 지껄이다가, 마침내 모두가 식탁에서 일어서자 빌보는 접시며 컵을 치우려고 했다.

“여러분, 식사 때까지 계시겠지요?”

빌보는 강요하지 않으면서도 정중한 어조로 물었다.

“물론입니다! 식사 뒤에도 있을 거요. 우리의 용건은 오래 걸릴 테니까. 그 전에 음악을 좀. 자, 우선 치우게!”

소린이 말했다.

그러자 12명의 난쟁이들은——소린은 높은 사람이므로 간달프와

함께 잡담을 하며 남았지만——훌쩍 일어나 거기에 있는 것을 순식
간에 집어 들었다. 쟁반을 가져오지 않고 접시를 기둥처럼 높이 포
개어 그 꼭대기에 병을 놓고 각자 장단을 맞추며 한 손으로 날랐다.
호비트는 너무나도 놀라서 소리를 지르며 뒤따라갔다.
　“제발 조심해 주세요. 제발! 내가 하겠어요!”
　그러나 그 말에는 아랑곳하지 않고 난쟁이들은 노래를 부르기 시
작했다.

　　컵을 부셔라, 접시를 깨라
　　나이프를 찌부러뜨려라, 포크를 구부려라
　　그것은 빌보 배긴스가 싫어하는 것.
　　자, 병을 깨뜨리고 코르크 마개를 태워라.

　　식탁보를 찢어라, 기름을 부어라
　　부엌 바닥에 우유를 쏟아라
　　매트 위에 뼈다귀를 뿌려라
　　문에다가 포도주를 끼얹어라.

　　끓는 냄비에 사기그릇을 넣어라
　　커다란 막대기로 사기그릇을 두들겨라
　　그리고도 깨지지 않은 것이 있으면
　　큰 방에 마구 내동댕이쳐라.

　　그것은 빌보 배긴스가 싫어하는 것.
　　그러니 조심조심, 접시를 조심해서 다루어야지!

물론 난쟁이들은 노랫말처럼 끔찍한 짓은 하지 않고 더러운 것을

깨끗이 씻어서 닦아 재빠르게 정돈해 놓았다. 그동안 호비트는 부엌 한가운데에서 이리저리 돌아보며 난쟁이들이 하는 짓에 정신이 팔려 있었다. 모두가 방에 돌아오자 소린은 방석에 발을 얹고 앉아 파이프에서 터무니없이 커다란 연기의 고리를 잇따라 뿜어 올렸다. 연기의 고리는 그가 명령하는 대로 굴뚝을 지나기도 하고, 벽난로 선반 위의 시계 뒤를 돌기도 하고, 식탁 밑으로 내려가기도 하고, 천장을 떠다니기도 했다. 그러나 어디로 가도 간달프로부터 도망치진 못했다. 마법사가 한 번 혹 하고 자기의 작은 사기파이프에서 소린의 연기의 고리를 향해 작은 연기의 고리를 뿜어대면 그것은 초록빛을 띠며 소린의 고리를 꿰뚫고 돌아와 마법사의 머리 위를 장식했다. 이리하여 간달프는 몸 둘레에 연기의 구름을 걸치어 더욱 더 마법사처럼 보였다. 빌보는 눈을 동그랗게 뜨고 그것을 바라보며 우뚝 서 있었다——빌보는 연기의 고리를 무척 좋아했다——그리고 어제 아침 자기가 산 위로 고리를 뿜어올린 것 정도로 간달프 앞에서 얼마나 어깨가 으쓱했었는지를 생각해내고 얼굴을 붉혔다.

"자, 음악이다! 악기를 꺼내라!" 소린이 말했다. 킬리와 필리는 자기들의 자루 있는 데로 달려가서 작은 바이올린을 꺼냈다. 도리와 노리와 오리는 웃도리 안주머니에서 피리를 꺼냈다. 봄버는 큰 방에서 북을 가져왔다. 비퍼와 보퍼는 함께 나가서 지팡이와 함께 세워 두었던 클라리넷을 가져왔다. 드월린과 발린이 "잠시 현관에 놓고 온 것을 가져오겠습니다" 하고 말하자, 소린이 "내 것도 좀 갖다주게" 하고 말했다. 두 사람은 자기 키만큼이나 큰 비올라 2개와 초록색 헝겊으로 싼 소린의 멋진 금빛 하프를 가져왔다. 소린이 하프를 켜자 일제히 음악이 울리기 시작했다. 그것이 너무나도 갑작스러웠고 아름다웠으므로 빌보는 지금까지의 일을 깨끗이 잊었다. 그리고 언덕 아래의 이 호비트 굴보다 훨씬 멀고, 시내보다 훨씬 먼 곳의 이상한 달빛이 비치는 어두운 세계로 이끌려 들어갔다.

어느덧 산허리에 열려 있는 작은 창을 통해 방 안에 어둠이 밀려 들어왔고, 화롯불은 꺼질 듯이 어른거리고 있었는데——4월이었다 ——모두 그대로 음악을 연주했고, 간달프의 긴 수염의 그림자가 뒤쪽의 벽에서 느릿하게 흔들리고 있었다.

마침내 어둠이 방에 가득 차고 불은 꺼지고 사람의 그림자도 없어졌으나, 그래도 여전히 모두는 연주를 계속했다. 갑자기 한 사람이 노래를 부르자 다음 사람이 이어서 불렀다. 그들은 음악에 맞추어 그 옛날 난쟁이들이 살았던 깊은 땅 속을 울려 퍼지게 하던 깊이 있는 목소리로 노래했다.

다음의 노랫말은 그 모습을 겨우 전한 것에 지나지 않는다. 그 아름다운 반주가 곁들여지지 않으면 난쟁이의 노래라고 할 수 없겠지만.

싸늘한 안개 낀 산들을 넘어
땅 속 깊숙이 오래된 동굴 속으로
우리는 가야하리, 동트기 전에
희미하게 빛나는 마법의 황금을 찾아.

그 옛날 난쟁이들은 강한 주문을 외었고
망치 소리는 종처럼 울려 퍼졌다.
만물이 잠자는 땅 속 깊숙이
산들의 아래에 가려진 넓은 방에서.

고대의 임금과 요정의 영주를 위해
난쟁이들이 만들고 다듬은
번쩍이는 황금의 보물이여.
칼집에 박은 보석이여.

난쟁이들은 은목걸이에
별의 꽃들을 엮어 달고
왕관 위에 용의 불을 비췄으며
달빛과 햇빛을 뿌려 그물을 만들었지.

싸늘한 안개 낀 산맥을 넘어
땅 속 깊숙이 오래된 동굴 속으로
우리는 가야하리, 동트기 전에
잊혀진 우리의 황금을 찾아.

그곳에서 그들은 자신들을 위해
커다란 술잔과 황금의 하프를 만들었다.
오랜 세월 그것들은 묻혀 있었고
그 노래는 인간과 요정에겐 들리지 않았다.

그날 소나무 숲은 산등성이에서 신음했고
바람은 밤의 어둠 속에서 한탄했다.
불은 새빨간 불길을 올리며 퍼져나가
나무들이 횃불처럼 빛나고 있었다.

종소리가 골짜기에 울려 퍼지고
사람들은 창백한 얼굴로 하늘을 쳐다보았다.
용의 노여움은 무시무시하여
탑과 집을 모두 태워 버렸다.

달빛 아래 산은 연기를 뿜었고

난쟁이들은 운명의 소리를 들었다.
그들은 보금자리 동굴에서 도망치다가
달빛 아래, 용의 발 아래 떨어져 죽었다.

어두운 안개 낀 산맥을 넘어
땅 속 깊숙이 오래된 동굴 속으로
우리는 가야하리, 동트기 전에
용에게서 하프와 황금을 되찾기 위해.

　난쟁이들의 노래를 들으며 호비트는 교묘한 재주와 마법에 의해 만들어진 아름다운 것을 사랑하는 기분이 몸 속에 용솟음쳐 올랐다. 그 노래는 난쟁이들의 마음에 깃들어 있는 희망이며 아름다운 것에 대한 갈망을 나타내고 있었다. 그러자 뭔가 툭 집안의 피가 몸 속 깊숙한 곳에서 그를 흔들어 깊은 산속으로 들어가 보고 싶다, 소나무 바람이며 폭포 소리를 듣고 싶다, 동굴을 걸어다니고 지팡이 대신 칼을 차보고 싶다는 기분이 일었다. 빌보는 창 밖을 바라보았다. 숲 위의 어두운 하늘에 별들이 나타나 있었다. 빌보는 어두운 동굴 속에 빛나는 난쟁이의 보석을 생각했다. 그때 문득 강건너 숲 속에 한 줄기의 불길이 타올랐다. 누군가가 모닥불을 피우고 있는 것이리라. 빌보는 모든 것을 불태워 없애 버리는 광경을 상상했다. 몸이 부들부들 떨렸다. 그러다가 불현듯 본래대로의 호비트 마을 언덕 아래의 백엔드에 사는 평범한 배긴스로 돌아왔다.
　빌보는 여전히 몸을 떨며 램프를 준비하려고 했다. 그러나 그보다는 술 창고에 살짝 들어가 술통 뒤에 숨어서 난쟁이들이 전부 가 버릴 때까지 나오고 싶지않은 기분이 조금 더 강했다. 그러자 갑자기 음악과 노래가 그치더니 모두가 어둠 속에서 눈을 반짝이며 빌보를 뚫어지게 보고 있었다.

“어디 가는 건가?”

소린이 호비트의 마음속을 꿰뚫어보기라도 한 듯한 말투로 물었
다.

“저, 램프가 있어야 할 것 같아서…….”

빌보가 변명하듯이 말했다.

“어두운 편이 좋소. 어둠의 일은 어둠에서, 라는 말이 있지요. 동
이 트기까지는 아직 멀었으니까.”

난쟁이들은 입을 모아 말했다.

“그렇군요.”

빌보는 대답하며 서둘러 앉았다. 그런데 의자에서 벗어나 화로의
쇠격자에 앉았기 때문에 부지깽이와 석탄 뜨는 삽에 부딪혀 큰 소리
를 냈다.

“쉬, 소린이 이야기하네!” 간달프가 말했다.

소린이 말하기 시작했다.

“간달프여, 난쟁이들이여, 또, 배긴스 씨여! 우리는 우리의 친구
이자 동지이며 세상에서 더없이 뛰어나고 대담한 호비트 집안에
이렇게 모였소. 그럼 우선 배긴스 씨의 발바닥 털이 빠지지 않기
를 빌며 포도주와 맥주를 대접해 주신 데 대한 감사의 말씀을 드
립니다!”

여기서 소린은 말을 끊고 숨을 돌리며 호비트으로부터 이에 대한
인사의 말이 있기를 기다렸다. 그러나 가엾은 빌보 배긴스의 입에서
는 아무 말이 나오지 않았다. 대담하다느니, 동지라느니 하는 말을
들었으므로, 그렇지 않다는 말을 하려고 입을 움직였으나 목소리가
전혀 나오지 않았다. 그만큼 기분이 뒤죽박죽이었다. 그러자 소린은
이야기를 계속했다.

“우리는 그 일의 계획과 방법, 실천 과정을 의논하기 위해 모였습
니다. 우리는 동트기 전에 긴 여행을 떠나야만 합니다. 길을 떠나

면 우리들 중 몇 명, 자칫하면 우리 전원이(물론 우리의 친구이자 의논 상대이며 재기에 가득찬 마법사 간달프는 다르겠지만) 살아서 돌아올 수 없을지도 모릅니다. 매우 어려운 일이기 때문입니다. 이 일의 목적을 우리는 모두 잘 알고 있습니다. 그러나 존경하는 배긴스 씨와 난쟁이 중 젊은이 한 두명에게는(분명하게 말하자면 킬리와 필리) 사정 설명을 해 주어야만 할 것 같습니다.”

소린의 말투는 이런 식이었다. 소린은 신분이 높은 난쟁이였다. 숨이 이어지는 한 이런 식으로 계속 지껄이고 싶었을 것이다. 그러나 그 이야기는 난데없이 말허리가 끊겼다. 가엾은 빌보 배긴스가 더 이상 참을 수 없었던 것이다. ‘살아서 돌아올 수 없을지도 모른다’는 말을 들었을 때 빌보는 몸 깊숙한 곳에서 비명이 솟구쳐 오르는 것을 느꼈는데, 그 외침소리가 터널을 나오는 기적 소리처럼 그만 밖으로 튀어나온 것이었다. 난쟁이들이 모두 펄쩍 일어서는 바람에 식탁을 뒤엎고 말았다. 간달프가 마법의 지팡이 끝으로 파란 불을 붙였다. 그 빛에 가엾은 호비트가 화로 앞의 깔개 위에 무릎을 꿇고 녹아 가고 있는 젤리처럼 부들부들 떨고 있는 모습이 보였다. 이어서 빌보는 마룻바닥에 푹석 쓰러지며 “번개에 맞았다. 번개에 맞았다!” 하는 말을 반복했다. 아무리 기다려도 모두가 빌보에게서 알아들을 수 있었던 것은 그 말뿐이었다. 마침내 모두는 빌보를 거실 소파 위에 눕히고 머리맡에 술 한 잔을 놓아 주고는 다시금 의논을 계속했다.

모두가 제자리에 돌아오자 간달프가 말했다. “흥분하기 쉬운 사람이야. 이상한 발작을 하는 버릇이 있어. 그러나 그는 아주 뛰어난 자야. 유사시엔 용처럼 무시무시하지.”

유사시의 용을 본 사람이 있다면, 이 표현은 호비트에게는 너무 과장된 말이며 그저 비유일 뿐임을 알게 될 것이다. 그것은 툭 할아버지의 작은 할아버지였던 ‘으르렁거리는 소’라는 별명이 붙은 호비트에게조차 가당치 않은 표현이었다. ‘으르렁거리는 소’는 호비트치고는 유별나게 커서 말을 탈 수 있을 정도였다. 그는 초록 들판에서의 싸움에서 그램산의 고블린 대군 속으로 돌격하여 고블린 왕 골핌불의 목을 곤봉으로 쳐서 떨어뜨렸다. 골핌불의 목은 공중을 100미터나 날았다가 토끼 구멍에 떨어졌고, 이때문에 싸움에 이겼으며 여기에서 골프 놀이라는 것이 생겨났다고 한다.

그건 어찌 됐건 ‘으르렁거리는 소’의 온순한 자손은 거실에서 겨우 정신이 들었다. 한동안 쉬고 있다가 술을 한 잔 마신 다음 빌보는 식당문 쪽으로 주뼛주뼛 다가갔다. 그러자 마침 글로인의 말이 귀에 들렸다.

“흥! 그가 할 수 있을까요? 간달프는 그를 용사라고 말하면 그만이겠지요. 그러나 흥분해서 비명을 지르면 용이며 그 무리의 잠을 깨워서 우리 전부가 살해당하고 말 겁니다. 게다가 그 외침소리는 흥분이라기보다도 대단히 놀랐기 때문인 것 같았어요. 이 집 문에 그 표지가 새겨져 있지 않았다면 나는 잘못 찾아오지 않았나 하고 생각했을 겁니다. 애당초 나는 그 작은 사람이 현관의 매트 위로 주뼛주뼛 오는 것을 보는 순간 이상하다고 생각했습니다. 마치 첩자라기보다 야채 장수 같았어요.”

이 말을 듣고 배긴스는 문의 손잡이를 쑥 밀고 식당으로 들어갔다. 툭 집안의 피가 승리를 한 것이다. 빌보는 갑자기 잘 먹는 것보다도 용사라고 여겨지는 편이 좋다는 기분이 들었던 것이다. ‘현관 매트 위로 주뼛주뼛 걸어오는 작은 사람’이라는 말을 들었을 때는 화살이건 총알이건 날아오라고 할 정도로 격한 기분이 끓어올랐다. 그 뒤 배긴스 집안의 피는 이때의 행동을 여러 번 후회하며 자주 혼잣말을 하게 된다. ‘빌보, 너는 바보다, 자신의 분수를 지켰더라면 좋았을 것을!’ 하고.

빌보는 말했다.

"실례지만 우연히 말씀하시는 것을 엿듣고 말았습니다. 나로서는 당신들이 도대체 무슨 이야기를 하고 계시는지, 첩자라느니 뭐라느니 하는 말이 무슨 소리인지 짐작을 할 수 없습니다. 다만 이것만은 확실한 것 같군요. 당신들이 나를 형편없다고 생각하는 것 말이지요. 그러나 과연 그럴까요? 내 집 문에는 아무 표지도 없습니다. 페인트 칠을 한 것이 1주일 전입니다. 그러니 당신들은 잘못 찾아오신 것 같습니다. 애초에 내가 당신들의 괴상한 얼굴을 현관 층계에서 뵈었을 때부터 이상하다고 생각했습니다. 그러나 이 집이 틀리지 않았다고 합시다. 내가 해주었으면 하는 일을 말씀해주신다면, 이곳에서 동녘 끝으로 걸어가 사막에 있는 무서운 용과 싸워야 한대도 싸울 겁니다. 우리 고조 할아버지 중에 '으르렁거리는 소'라는 분이 있었는데…… ."

그러자 글로인이 말했다.

"예, 그래요. 하지만 그것은 옛날 일이지요. 나는 당신 이야기를 하고 있는 겁니다. 그리고 분명히 말합니다만, 이 집 문에는 확실히 표지가 있었어요. 흔히 볼 수 있는 구직 광고 같은 거였지요. '본인은 첩자 일을 구함. 자극이 크고 보수가 높은 일을 원함'이라고 써 있었습니다. 당신이 좋으시다면 첩자라고 하는 대신 보물 찾기의 명수라고 말해도 좋습니다. 그렇게 말하고 싶어하는 사람도 있거든요. 우리로서는 어느 쪽이건 마찬가집니다. 간달프는 이 고장의 호비트 중에 큰일을 하고 싶어하는 사람이 있다고 말했지요. 그리고 이번 수요일 차 마시는 시간에 이곳에 모두 모이도록 준비를 해 놓겠다고 말했답니다."

간달프가 말했다.

"물론 표지가 있었지. 내가 직접 새겼으니까. 거기에는 훌륭한 이유가 있네. 자네들은 이번의 긴 여행에 가담할 열네 번째 사람을 구해 달라고 나에게 부탁했지. 그래서 나는 배긴스를 고른 거네.

내가 부적절한 사람, 잘못된 집을 골랐다면 자네들 열셋이 하는 것으로 해서 불운을 만나든지, 아니면 본래의 광부로 되돌아가든지 마음대로 하게."

간달프가 성을 내며 글로인을 쏘아보자 글로인은 그대로 움츠러들고 말았다. 이어 빌보가 이유를 물으려고 입을 열려는데, 간달프가 빌보 쪽으로 더부룩한 눈썹을 내밀고 무서운 얼굴을 지었으므로 빌보도 입을 다물어 버렸다.

간달프는 말했다.

"그럼 됐네. 이 이상 할 말은 없겠지. 나는 배긴스를 골랐네. 이것으로 자네들에게 충분할 걸세. 내가 배긴스를 첩자라고 하는 이상 배긴스는 첩자이네. 아니, 지금은 그렇지 않더라도 앞으로 그렇게 된다는 말이네. 이 사람에게는 자네들이 이러쿵저러쿵 생각하는 것 이상의 힘, 아니, 본인 자신이 그렇다고 생각하고 있는 것 이상의 힘이 있다네. 자네들은 아마 이 일에 있어서 일생 동안 나를 고맙게 생각하게 될 걸세. 자, 빌보 군. 램프를 가져다가 이곳을 좀 밝혀 주지 않겠나!"

식탁 위에 빨간 갓을 씌운 커다란 램프가 놓이자 간달프는 그 빛 속에 지도 모양이 그려져 있는 한 장의 양피지를 펴 놓았다.

"소린, 이것은 자네 할아버지가 만든 것일세." 간달프는 흥분하여 난쟁이들이 저마다 묻는 것에 이렇게 말했다. "그 산의 지도지."

"이것은 우리에게 도움이 될 것 같지 않군." 쓱 보고 소린은 낙심한 듯이 말했다. "산에 대해서도 그 부근의 땅에 대해서도 나는 잘 기억하고 있네. 어둠의 숲이 있는 곳도, 큰 용들이 태어나는 마른 히드 들판이 있는 장소도 죄다 알고 있네."

"산 위의 빨간 표시가 용이 있는 곳이로군요. 하지만 우리가 이곳에 가면 빨간 표시가 없이도 용이 있는 곳을 금방 찾게 되지 않을까요?" 발린이 말했다.

"자네들이 모르는 것이 하나 있네. 바로 비밀 입구일세. 이 지도의 서쪽에 있는 룬 문자와 그것을 가리키고 있는 손 모양의 표지가 보이나? 그것은 지하의 큰 방에 이르는 숨은 통로를 표시한 것이라네." 마법사가 말했다.

"오랜 옛날에는 비밀이었을지도 모르지. 그러나 지금도 비밀로 되어 있다고 할 수 있을까? 그 스마우그는 지독히 오래 살아 왔으니까, 지하 동굴 이곳저곳 안 가본 곳이 없을 걸세." 소린이 말했다.

"그럴지도 모르지. 그러나 녀석은 오랜 세월 동안 그곳을 쓰지 않았을 걸세."

"어째서지?"

"좁기 때문일세. 입구의 높이는 약 1미터 반, 폭은 세 사람이 나란히 걸어갈 수 있을 정도라고 룬 문자로 적혀 있네. 스마우그는 그런 조그만 구멍에는 들어갈 수 없네. 예전에 젊은 용이었던 시절에도 들어갈 수 없었는데 하물며 데일의 난쟁이와 인간을 마구

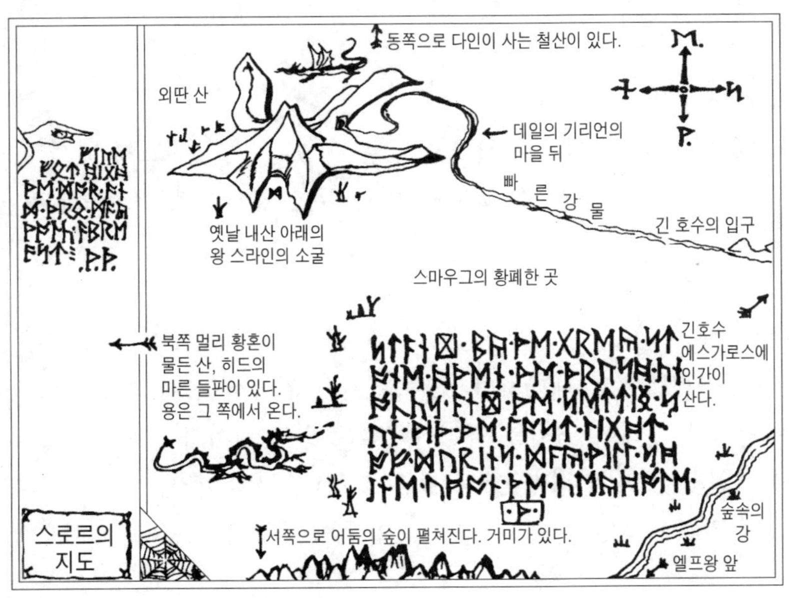

잡아먹고 커진 뒤에는 더욱 안 되지."

"나에게는 굉장히 큰 구멍 같은데요." 빌보가 괴상한 목소리로 외쳤다. (빌보는 용을 본 적이 없고, 호비트 굴에서만 살아 왔을 뿐이므로.) 빌보는 또 가슴이 두근거려서 입을 다무는 것을 잊어버리고 말았다. 빌보는 지도를 좋아했기 때문에 자기 방에 빨간 잉크로 좋아하는 산책길을 기입한 큰 지도를 걸어 놓고 있을 정도였다.

"어떻게 그런 큰 입구를, 용은 제쳐놓고라도 다른 사람들이 알지 못하도록 해놓을 수 있겠습니까?"

빌보가 물었다. 무리도 아니다. 빌보 배긴스는 보통의 작은 호비트에 지나지 않았으니까.

간달프가 말했다.

"여러 가지 방법이 있지. 그러나 그 입구가 어떤 방법으로 숨겨져 왔는지는 그곳에 가 보지 않으면 알 수 없네. 이 지도에 적혀 있는 것으로 미루어 보아, 입구의 문을 닫은 흔적이 산의 비탈과 분간을 할 수 없도록 만들어졌을 걸세. 그것이 또한 난쟁이가 흔히 하는 방법이지. 안 그런가?"

"맞아."

소린이 말했다.

"또 한 가지" 하고 간달프는 말을 이었다. "이 지도에 열쇠가 달려 있었다는 말을 잊고 있었군. 아주 묘한 열쇠이네. 자. 소중히 간직하게."

간달프는 길쭉한 몸통 끝에 정교한 홈이 파인 은제 열쇠를 소린에게 건네 주었다.

"알았네" 하고 대답하며 소린은 셔츠 밑에서 목에 걸고 있던 금목걸이를 꺼내어 열쇠를 꿰었다. "이것으로 만사가 잘될 듯한 느낌이 드는군. 이 열쇠가 있어 한층 잘됐네. 지금까지는 어찌할 바를 모르고 오랫동안 망설어왔었지. 어쨌든 되도록 조용히 조심스럽게

동녘을 향해 긴 호수로 간다는 것은 생각하고 있었지만 그 다음부터
가 큰일이네……. ”
　“아닐세, 동쪽 길을 알고 있는 나의 견해로는 그 훨씬 이전부터
큰일이네. ”
　간달프가 말했다.
　소린은 그 말에는 개의치 않고 이야기를 계속했다.
　“호수에서 우리는 여울을 거슬러 올라가야 하네. 그러면 지난날
데일의 도시가 있던 곳에 다다르지. 그 산의 골짜기에 예전에는
도시가 있었다네. 실은 우리들 중 누구 한 사람도 산의 앞문으로
쳐들어가려고 하는 자는 없다네. 강이 산 남쪽의 큰 암벽을 거쳐
서 이 정문으로 흘러나오고 있다네. 그리고 용도 이 앞문으로 나
온단 말이네. 놈의 습관이 달라지지 않았다면 여전히 앞문만 쓰고
있을 걸세. ”
　그러자 마법사가 말했다.
　“그렇다면 안 되지. 누군가 한 사람 뛰어난 용사, 아니 영웅이 없
으면 그 일은 하지 못해. 그래서 나는 영웅을 찾고 싶었던 걸세.
그런데 용사들은 모두 먼 나라로 전쟁하러 나가 있고, 이 부근에
는 뼈대 있는 녀석이 그다지 없어. 아니, 하나도 없어. 이 나라에
는 칼은 무디고 도끼는 그저 나무를 베는 연장이고, 방패는 갓난
아기의 요람이나 그릇 뚜껑이 되어 버린 꼴이네. 용 같은 것은 이
세상 밖의 것이며 전설로 되어 있고 말이지. 그래서 나는 잠입하
는 일을 생각해 냈지. 특히 비밀 입구가 생각나서 말이야. 그래서
이 사람 빌보 배긴스가 특별히 뛰어난 첩자가 되는 걸세. 자, 서
둘러 계획을 짜세. ”
　소린은 “그것 참 고맙군. 잠입의 명수가 아마도 좋은 생각을 짜내
어 주실 테지” 하고 빌보 쪽을 보며 야단스러운 절을 했다.
　“나는 이 일에 대해 좀더 자세히 알고 싶습니다. ”

빌보는 어떻게 하면 좋을지 알 수 없어 내심 겁을 먹으며 이렇게 말했다. 그렇다고는 해도 툭 집안의 피는 아직 사라지지 않아서 모험을 해야겠다고 마음을 굳히고 있었다.

"다시 말해서 그 황금이니 용이니에 대해서지요. 어째서 그것이 산에 있는지, 원래는 누구의 것이었는지, 그밖에 여러 가지를 말입니다."

"거 참!" 소린이 말했다. "당신은 지도를 보지 않았소? 우리의 노래를 듣지 않았소? 우리는 아까부터 내내 그 이야기만 하고 있었는데."

"어쨌든 나는 이 일 전체를 사실 그대로 정확하게 알고 싶습니다." 빌보는 누군가가 빌보에게 돈을 빌리려고 할 때 보이는 격식차린 말투로 거침없이 말했다. 조금이라도 더 영리하고 대담하고 시원스럽게 보이려고, 또한 간달프의 추천에 어긋나지 않게 행동하려고 했던 것이다. "그리고 어느 정도로 위험한 일인지, 꺼내 올 돈은 얼마쯤이고, 여행은 언제까지인지, 또한 사례는 얼마나 되는지 등, 여러 가지를 알고 싶습니다." 이렇게 말한 것은 실은 '그렇게 함으로써 이득이 무엇이며 살아서 돌아올 수 있느냐?'를 묻기 위해서였다.

소린은 대답했다.

"좋아요. 그렇다면 설명해 주지요. 먼 옛날 나의 할아버지 스로르의 시절에 우리 일족은 저 먼 북녘에서 쫓기어 재산과 연장을 추려가지고 이 지도에 있는 어떤 산으로 갔소이다. 그 산에서 난쟁이들은 광물을 파고 터널을 뚫어서 큰 전당과 작업장을 많이 만들었지요. 그뿐이 아니었어요. 엄청난 황금과 보석을 찾아낸 것으로 여겨집니다. 어쨌든 우리 부족은 큰 부자가 되어 온 세상에 이름을 떨쳤지요. 나의 할아버지는 산밑의 임금님이 되었소. 그리고 남쪽 나라에 살고 있던 인간들로부터 깊은 존경을 받았지요. 한편 인간들은 차츰 여울물을 거슬러 올라가 자리잡고 살게 되었고, 마침내 그 산의 그늘에 있는 데일에 들어갔지요. 이 무렵 인간들은 저 가슴 설레이는 데일의 도시를 만들었소. 왕들은 우리의 대장간에 세공을 부탁했고 아무리 하찮은 일에도 높은 값을 치러 주었답니다. 어버이들은 자기 자식을 우리에게 맡기기를 원했고, 정성껏 지도해 주면 사례를 듬뿍 주었기 때문에 하루 세끼 먹을 것을 만들거나 찾거나 하는 데에 애를 쓰지 않았다오. 우리로서는 참으로 좋은 시절이었소. 우리들 중 가장 가난한 자라 할지라도 놀러 다닐 돈이 있었고, 남에게 빌려 줄 돈도 있었지요. 또한 더할 나위 없이 멋진 장난감과 아름다운 것을 만들 여가도 얼마든지 있었소. 아아, 그토록 훌륭하고 정교한 장치며 세공은 이 세상 어디에서도 찾아볼 수 없을 거요. 이리하여 나의 할아버지의 큰 전당은 훌륭한 보석이며 장식물이며 그릇으로 가득 차고, 데일의 장난감 가게는 구경만 해도 즐거운 명소가 되었지요.

그런 점이 결국 그 용을 불러들이는 결과가 되었던 것이오. 용들은 어디에 있건 인간이나 요정, 난쟁이들을 발견하면 그들에게서 황금과 보석을 훔쳤지요. 훔쳐서는 살아 있는 동안 그것을 끝까지 지킵니다(게다가 용은 죽임을 당하지 않는 한 영원히 산다고 보아야 하겠지요). 놋쇠 반지 따위는 거들떠보지도 않아요. 그런데 용은 좋은 세공과 나쁜 세공의 구별을 하지 못하면서도 거래 가격의 동향은 제대로 알고 있었소. 용들은 자신의 손으로는 무엇 하나 만들어내지 못하지요. 몸에 걸친 갑옷이 조금만 헐거워져도 바로잡지 못해. 그 무렵에는 북쪽 여러 나라에 용이 많이 살고 있었소. 그리고 난쟁이가 남쪽으로 도망치거나 살해당하거나 했기 때문에 북쪽에서는 돈이 좀처럼 손에 들어오지 않게 되었어요. 그래서 용들이 땅을 휩쓸고 도시를 파괴하는 것이 점점 심해졌어요. 그중에도 스마우그라고 하는 더할 나위 없이 욕심이 많은 강하고 나쁜 용이 있었다오. 어느 날 스마우그는 하늘을 날아 남쪽으로 왔어요. 우리가 이 녀석이 오는 것을 처음 들었을 때는 북쪽에서 불어오는 태풍으로 생각할 만큼 무시무시하여 산의 소나무 숲이 요란하게 울리며 쓰러졌답니다. 난쟁이들 중에는 그때 마침 다른 지방에 가 있던 사람도 있었는데 나도 그 다행스러운 무리 중의 하나였지요. 그 무렵 나는 매우 모험을 좋아하는 젊은이로 늘 여기저기 헤매 다니고 있었는데, 덕분에 목숨을 건졌다오. 그런데, 꽤 멀리 떨어진 곳에서 우리는 용이 불기둥을 올리며 우리들의 산에 내리는 것을 보았소. 그다음 그녀석이 비탈을 내려가 숲으로 들어가자 숲이 순식간에 화염에 싸여 버리더군요. 그러자 데일의 종이란 종은 모두 울려 퍼지고, 전사들은 출진할 준비를 갖추었지요. 난쟁이들은 모두 정면의 큰 문을 통해 도망치려고 했답니다. 그런데 그곳에 용이 기다리고 있었어요. 그곳을 빠져 나와 살아남은 자는 하나도 없었지요. 강물은 콸콸 용솟음치며 역류했고, 짙은 안개가 골짜기를 에워쌌지요. 안개를 틈타 용이 데일에 나타나 그곳에서도 전사들을 몰살시켰습니다. 이것은 흔히 있는 불행한 이야기 중의 하나에 지나지 않습니다. 그 무렵에는 이런 일이 흔히 있었지요. 그 다음 용은 되돌아가 앞문을 거쳐서 땅 밑으로 기어들어가 온갖 방과 사랑방, 샛길과 터널, 광과 별채, 복도와 통로를 이 잡듯이 뒤지고 다녔어요. 그 뒤로 산 속에는 한 사람의 난쟁이도 남지 않았고 용은 난쟁이들의 재산을 전부 독차지해 버렸답니다. 그 놈은 지하의 깊숙한 곳에 그 보물을 쌓아놓고는 그것을 침대삼아 잠을 자지요. 그 뒤, 그 놈은 늘 앞문으로 기어나와서는 밤중에 데일에 나타나 인간들을 낚아채어 먹었다오. 마침내 데일은 황폐해지고 인간은 모두 죽었거나 도망치거나 해서 없어졌지요. 데일이 지금 어떻게 되어 있는지는 잘 모르오. 그러나 요즘도 긴 호수의 끝, 산에서 가까운 곳에는 인간이 살지 않을 것이라고 생각하오.

다른 지방에 있었기 때문에 살아남은 우리 몇 명은 울며 스마우그를 저주했지요. 그리고 우리는 뜻밖에도 그곳에서 간신히 도망쳐 나온 아버지와 할아버지를 맞이했답니다. 수염이 불에 그슬린 아버지와 할아버지는 표정이 굳어 있었고, 별로 말도 하지 않았어요. 내가 어떻게 도망칠 수 있었느냐고 물어도 언젠가 때가 오면 알게 된다고 했을 뿐이었소. 그 뒤로 우리는 그곳을 떠나 정처없이 헤매어 다니며 생계를 유지하기 위해 힘 자라는 데까지 일을 해야만 했지요. 대장간의 하찮은 일이나, 심지어는 석탄캐기까지 해야만 했다오. 그러나 우리는 그 빼앗긴 우리의 보물에 대한 생각을 한시도 잊은 적이 없었소. 우리에게 저축이 조금 생기고, 그다지 비참하지 않다고 말할 수 있는 오늘날——소린은 그 징표로서 목에 걸린 훌륭한 금목걸이를 흔들어 보였다——우리는 그 보물을 되찾고, 가능하다면 스마우그 놈에게 우리의 저주를 내려 주고싶은 거요.

나는 지금까지 아버지와 할아버지가 도망쳐 나올 수 있었던 것을 이상하게 생각해 왔어요. 그러나 지금은 그분들만이 알고 있던 비밀의 문으로 빠져 나올 수 있었으리라고 짐작이 되는군요. 그리고 그분들은 보시다시피 지도를 만들었소. 그 지도를 어떻게 간달프가 손에 넣었는지, 또 어째서 후계자인 나에게 양도하지 않았는지 그 이유가 몹시 궁금하오.”

“손에 넣은 것이 아니라 양도받은 것일세” 하고 마법사가 말했다. “알다시피 자네의 할아버지는 모리아 산에서 아조그에게 살해 당했지.”

“그 고블린 놈을 저주하네. 정말 그래.”

“그리고 자네의 아버지는 바로 지난 주 목요일로부터 100년 전인 4월 21일에 그곳을 떠난 뒤로 다시 돌아오지 않으셨지.”

“그렇다네.”

“그런데 자네의 아버지가 자네에게 건네 주라고 하며 나에게 이 지도를 주셨다네. 그러나 자네는 자네에게 이것을 건네 주는 방법이 어떠니, 시간이 오래 걸렸느니 하는 불평은 하지 못할 걸세. 아무튼 내가 자네를 찾기까지 이만저만 애쓴 게 아니었으니까. 자네 아버지는 그 지도를 건네 주실 때 자기 이름도 기억하지 못했고, 아들의 이름도 모르고 있었다네. 그 점을 생각하면 우선 매우 고맙다고 말해야 할 걸세. 자, 이것을 받게나.”

간달프는 소린에게 지도를 건네 주었다.

“나는 아직 잘 모르겠네.” 소린이 말했다. 빌보도 역시 모르겠다고 말하고 싶은 심정이었다. 간달프의 설명은 충분한 것 같지 않았다.

그러자 마법사는 천천히 엄숙하게 말했다.

“자네의 할아버지는 모리아 산으로 떠나기 전에 만일의 경우를 생각해서 지도를 아들에게 주었다네. 할아버지가 살해당한 다음 아버지는 그 지도를 들고 운을 시험해볼 생각으로 산으로 갔지. 그런데 어디를 가건 무엇을 하건 지독한 불운을 만났을 뿐, 산 가까이는 가지도 못했지. 어째서 자네 아버지가 그곳에 있었는지 나는 모르지만, 내가 우연히 보게 되었을 때 자네 아버지는 죽은 사람의 영혼을 불러일으키는 점쟁이의 지하 감옥에 갇혀 있는 몸이 되어 있더란 말일세.”

“그런 곳에서 자네는 무엇을 하고 있었나?”

소린이 움찔하며 물었고, 난쟁이들은 모두 오싹 몸서리를 쳤다.

“그런 것은 아무래도 좋아. 나는 어떤 일을 살피고 있었다네. 그것은 지극히 위험한 일이어서, 나도 간신히 목숨만 건지고 도망쳐 왔지. 자네 아버지를 구출하려고 했으나 때를 놓쳤어. 아버지는 정신이 몽롱하여 산송장 같았고, 이 지도와 열쇠밖에는 기억하는 것이 없었다네.”

“우리는 오래 전에 모리아의 고블린들에게 보복을 했네. 그러나 죽은 사람의 영혼을 불러일으키는 점쟁이 놈에게는 갑절로 갚아 주어야겠군.”

“당치도 않은 일이네. 그는 이 세상의 난쟁이들을 죄다 불러모아서 덤벼들어도 당해 내지 못할 대단한 적이라네. 자네 아버지의 희망은 오직 하나, 자네가 이 지도를 보고 열쇠를 사용하는 것이지. 그 용과 그 산만으로도 자네들의 힘에 부치는 일이 아닌가!”

“제 말을 좀 들어 보세요!”

빌보가 엉겁결에 큰소리로 말했다.

“뭐를 들어 보라는 거요?” 모두 일제히 빌보를 돌아보았다. 빌보는 몹시 흥분하여 “제가 하는 말을 들어 주시기 바랍니다!” 하고 대답했다.

“무슨 이야기인데요?” 모두들 물었다.

“요컨대, 나는 동쪽으로 가서 눈으로 보고 조사해 봐야 한다고 말하고 싶습니다. 비밀의 문이 반드시 있을 테고, 용도 때로는 잠을 잘 테지요. 그 입구 계단에 앉아서 차분히 생각해 보면 틀림없이 뭔가 좋은 생각이 떠오를 겁니다. 그건 그렇고 여러분 어떻습니까? 우리는 하루 저녁치고는 많은 이야기를 나눈 것 같군요. 이제 잠자리에 들고 내일 아침 일찍 출발하는 게 어떻겠어요? 여러분이 출발하기 전에 훌륭한 아침 식사를 대접하지요.”

“‘여러분’이 아니라 ‘우리’라고 말하려던 거였겠지요?” 소린이 말했다. “당신은 첩자가 아닙니까? 계단에 앉아 있는 것 뿐만 아니라 문 안으로 들어가는 것도 당신의 일이오. 그건 그렇고 잠자리와 아침 식사를 잘 부탁합니다. 나는 길을 떠날 때에는 햄에다 달걀 프라이 6개를 먹는 다오. 달걀은 노른자가 터지지 않도록 주의해 주시오.”

이리하여 모두는 예절이고 인사고 없이 (빌보로서는 질색이었지만) 아침 식사까지 부탁을 해놓고 겨우 몸을 일으켰다. 모든 방을 개방하여 의자며 소파를 침대로 만들어 모두 잠을 잘 수 있게 완전히 일을 끝마치고 자기의 작은 침대에 누웠을 때, 호비트는 녹초가 되도록 지쳐 있었다. 그리고 꼭 한 가지 마음 속으로 굳게 결심한 것은 내일 아침 일찍 일어나 모두의 아침 식사를 준비하는 따위의 시시한 짓은 절대로 하지 말자는 것이었다. 툭다운 데는 사라져서 내일 아침에 어딘가로 길을 떠날 생각은 점점 줄어들었다.

침대에 눕자 바로 옆의 가장 좋은 침실에 들어간 소린이 아직도 혼자서 작은 목소리로 노래를 부르는 소리가 들려왔다.

    싸늘한 안개 낀 산들을 넘어
    땅 속 깊숙이 오래된 동굴 속으로
    우리는 가야하리, 동트기 전에
    잃어버린 우리의 황금을 찾아.

빌보는 노랫소리를 들으며 잠이 들었다. 그 노랫소리 때문에 빌보는 매우 기분 나쁜 꿈을 꾸었다. 그리고 겨우 잠을 깼을 때는 이미 동이 튼 지 한참이 지나 있었다.

구운 양고기

　빌보는 벌떡 일어나 옷을 입고 식당으로 향했다. 그곳에는 아무도 없었고, 다만 여러 사람이 황급히 아침 식사를 한 흔적이 남아 있었다. 방은 지독히 어수선했고 부엌에는 씻지 않은 사기그릇이 산더미처럼 쌓여 있었다. 부엌에 있는 단지와 냄비는 죄다 나와 있는 것 같았다. 여기저기에 설거지할 그릇이 널려 있었으므로, 빌보가 아무리 간밤의 일을 악몽으로 여기고 싶어도 꿈이 아님을 깨달을 수밖에 없었다. 그러나 빌보는 자기를 깨우지 않고 자기들끼리 가 버린 것을 보자 마음이 놓였다(비록 고맙다는 말은 한 마디도 못 들었지만). 하지만 마음 속으로는 약간 실망스럽기도 했다. 여기에는 자신도 놀라지 않을 수 없었다.

　"정신 차려, 빌보 배긴스!" 빌보는 혼잣말을 했다. "용이니 뭐니 하며 나이값도 못하고 터무니없는 것을 생각하면 안된다."

　빌보는 앞치마를 두르고 불을 피워 물을 데워서 설거지를 시작했다. 그러고는 부엌에서 근사한 아침 식사를 하고 식당을 말끔히 치왔다. 그때쯤에는 이미 아침 해가 비치고 있었다. 그는 현관문을 열고 따뜻한 봄바람을 맞아들였다. 빌보는 어느덧 휘파람을 불며 어젯저녁의 일을 잊어가고 있었다. 그 다음 빌보는 식당의 활짝 열린 창문 곁에서 두 번째의 맛있는 아침 식사를 들려고 의자에 앉았다. 바로 그때 간달프가 성큼성큼 들어왔다.

"이보게 빌보. 도대체 언제 갈 작정인가? 아침 일찍 가겠다더니 어찌 된 일인가? 자네는 지금 여기 앉아서 아침 식사를 들고 있군 그래. 아침 식사인지 뭔지 모르겠지만 벌써 10시 반이란 말이네! 모두는 자네에게 전갈을 남겨 놓고 떠났다네. 기다릴 수가 없어서 말이야."

"전갈이라고요?"

가엾은 배긴스는 당황하며 물었다.

"한심한 사람이로군! 자네 아직도 잠이 덜 깼나? 벽난로 위는 청소도 않은 모양이로군."

"그것이 어쨌다는 겁니까? 열네 명 분의 설거지를 하는 데에 기운이 다 빠졌단 말입니다!"

"벽난로 위를 청소했다면 시계 밑에서 이것을 발견했을 텐데 말이야."

간달프는 이 말과 함께 빌보에게 편지를 건네 주었다(물론 빌보의 편지지에 씌어 있었다).

내용은 다음과 같았다.

소린과 그 일행이 삼가 첩자 빌보 씨께 아룁니다. 당신의 융숭한 대접에 진심으로 감사를 드리며 아울러 도움을 주시겠다는 당신의 신청을 기꺼이 받아들이겠습니다. 계약 조건은 이렇습니다.

모든 이익금(얼마이건 간에)의 1/14을 현금으로 지불한다.

여행 경비는 전부 이쪽에서 부담한다.

　　장례를 치르게 될 경우, 그 비용은 전부 우리나 우리의 대리인
이 부담한다.

　　당신의 소중한 잠을 방해하는 것이 실례이다 싶어서 우리는 필
요한 준비를 하기 위해 먼저 출발합니다. 그럼 오전 11시 정각에
바이워터 마을 '푸른 용' 여관에서 기다리겠습니다. 시간을 엄수하
시리라 믿습니다.

경의를 표하며,
소린과 그 일행 드림

　　"10분밖에 안 남았으니 뛰어가야 할 거야." 간달프가 말했다.

　　"하지만……" 하고 빌보가 말했다.

　　"시간이 없네." 마법사가 말했다.

　　"하지만……."

　　"아무튼 시간이 없어. 서두르게!"

　　뒷날 빌보가 나이를 먹어 할아버지가 되었을 때에도 그는 그때 어
째서 모자도 쓰지 않고 지팡이와 지갑도 들지 않고 뛰어나갔는지 알
수가 없었다. 어쨌든 빌보는 두 번째의 아침 식사를 반쯤 남겨 놓
고, 설거지도 하지 않은 채 간달프에게 집 열쇠를 맡기고는 털복숭
이 발을 가능한 빠르게 움직여 산길을 뛰어 내려가 큰 물레방앗간을
지나서 강을 건너 1킬로미터 반이나 되는 거리를 계속 달렸다.

　　숨을 헐떡이며 바이워터 마을에 닿았을 때, 마침 시계가 11시를
치고 있었다. 정신을 차리고 보니 빌보는 손수건조차 갖고 있지 않
았다.

　　"브라보!"

　　여관 입구에서 빌보를 기다리고 있던 발린이 외쳤다.

　　때마침 다른 난쟁이들도 돌아왔다. 모두 조랑말을 타고 있었는데
말에는 자루며 가죽가방이며 고리짝이며 보퉁이며 짐이 잔뜩 매달

려 있었다. 그 중에는 빌보의 것인 듯한, 유별나게 작은 조랑말도 있었다.

"거기 두 사람도 말을 타라. 출발이다!"

소린이 말했다.

"매우 유감스럽게도 모자도 쓰지 않고 손수건도 잊고 왔습니다. 돈도 가지고 오지 않았고요. 실은 10시 45분까지 그 편지가 있는 줄을 몰랐기 때문에 준비를 못해서……."

빌보가 말했다.

"못했어도 상관없소. 걱정마시오" 하고 드월린이 말했다. "여행이 끝날 무렵에는 손수건이니 뭐니에 신경을 쓸 겨를이 없게 됩니다! 모자가 필요하다면, 내 짐 속에 여분의 두건과 망토가 있어요."

이리하여 모두 함께 길을 떠나게 되었다. 5월이 되기 하루 전의 화창하게 개인 아침, 짐을 잔뜩 실은 조랑말을 타고 흔들흔들 여관을 떠났다. 빌보는 드월린으로부터 빌린 짙은 초록색 두건(비바람으로 색이 조금 바래 있었다)을 쓰고 역시 짙은 초록색의 망토를 입었다. 두건도 망토도 빌보에게는 너무 커서 우스꽝스럽게 보였다. 이러한 빌보를 보면 아버지 붕고는 뭐라고 할까. 그런 대로 위안이 되는 것은 자기에게는 수염이 없으므로 난쟁이로 오인될 염려는 없다는 것이었다.

이렇게 말을 몰고 갔는데, 얼마 뒤 간달프가 백마를 타고 당당히 나타났다. 간달프는 빌보의 손수건 여러 장과 파이프와 연초를 가져다 주었다.

모두는 떠들썩하게 나아갔다. 식사 때를 제외하고는 하루 종일 말을 타고 가며 이야기도 하고 노래도 불렀다. 식사는 빌보가 즐겼던 것만큼 자주 들진 않았으나, 그러는 동안 빌보도 모험이 나쁘지만은 않다고 생각하게 되었다.

처음에는 그들은 호비트들이 사는 고장을 지나갔다. 사람들이 점 잖고 도로가 훌륭했다. 한 두 군데 여관이 보였으며 가끔씩 사업차 방문한 난쟁이나 농부를 만나기도 했다. 그러나 모두는 이윽고 사람들이 모르는 말을 하고 빌보가 들은 적 없는 노래를 부르는 고장으로 접어들었다. 여관도 온전한 것이 없고, 있어도 구질구질했고 길도 나빠졌다. 그리고 먼 산들이 차츰 높아졌다. 산 위에 성이 있는 곳이 있었으나, 좋은 목적으로 지어진 성 같지는 않았다. 더구나 날씨마저도 갑자기 수상해졌다. 지금까지는 노래나 이야기에 나오듯이 5월다운 맑고 화창한 날씨였던 것이다.

"내일은 6월의 첫날인데, 거 참."

빌보는 불평을 하며 흙탕물을 튀기며 다른 사람들의 뒤를 따라갔다. 차 마실 시간이 지났을 때였다. 하루 종일 비가 억수같이 쏟아져 내렸다. 빌보의 두건에서 물방울이 똑똑 떨어져 눈에 들어갔다. 망토가 흠뻑 젖었다. 그가 타고 있는 조랑말은 매우 지쳐서 자꾸만 돌에 걸려 넘어지려고 했다. 사람들은 시무룩해져서 아무 말도 하지 않았다. 빌보는 생각했다.

'비가 짐 속에 스며들어 옷도 먹을 것도 모두 젖어버렸을 거다. 첩자니 뭐니 하는 것은 꺼져 버리라지. 제기랄! 아아, 내 집에 있을 수 있다면! 멋진 구멍 속에서 주전자가 노래를 부르며 끓고 있는 난롯가에 있을 수 있다면!' 그러나 집으로 돌아가고 싶다는 생각은 이번이 마지막은 아니었다.

그래도 난쟁이들은 호비트 쪽은 돌아보지도 않고 말도 걸지 않은 채 느릿느릿 나아갔다. 어두운 비구름 뒤 어딘가에서 해가 진 모양으로 주위는 완전히 어두워졌다. 게다가 바람이 불어 강가의 버드나무들이 몸을 굽히고 윙윙 울어 댔다. 앞쪽에 줄지어 있는 산들에서 흘러오는 강물은 지난 며칠 동안의 비로 잔뜩 불어서 새빨간 격류로 바뀌어 있었다.

이제 곧 캄캄해질 참이었다. 바람이 검은 구름을 날려버리자 조각 구름 사이로 달이 떠올랐다. 그러자 모두는 멈춰 섰고, 소린이 낮은 목소리로 저녁식사 준비를 지시했다.

그때까지는 아무도 간달프가 없어진 것을 모르고 있었다. 간달프는 지금까지 함께 여행을 하는 동안 계속 모험에 가담할 것인지, 한동안만 길동무가 되어 줄 것인지를 분명하게 밝히지 않았다. 간달프는 누구보다도 많이 먹고 누구보다도 많이 이야기하고 누구보다도 크게 웃었다. 그런 간달프가 이제 훌쩍 사라지고 없는 것이다.

"마법사가 가장 필요한 때인데 말이야."

도리와 노리가 불평을 했다(이 두 사람은 식사를 많이 여러 번 먹어야 한다고 생각하는 점에서 호비트과 견해가 같았다).

모두는 의논 끝에 지금 있는 곳에서 노숙을 해야 한다는 결론을 내렸다. 지금까지는 노숙을 하지 않아도 되었지만 앞으로는 안개산맥을 헤치고 들어가야 한다. 아무래도 매일 밤 노숙을 하지 않을 수 없다는 것을 알고는 있었지만, 지금 이토록 심하게 비가 내리는 밤 노숙을 해야 하는 것은 괴로운 일이었다. 모두 나무가 우거진 곳으로 옮겨갔다. 우거진 나무밑은 조금은 보송보송했지만 바람이 불면 나뭇잎의 물방울이 뚝뚝 떨어져 꽤나 성가셨다. 더구나 불을 피울 때는 더욱 비참해졌다. 대체로 난쟁이들은 어디에 있건 무엇으로든 불을 일으킬 수 있다. 바람이 있건 없건 그것은 문제가 아니다. 그런데 이날 밤은 도저히 불을 일으킬 수 없었다. 특히 불을 잘 피우는 오인과 글로인마저도 해내지 못했다.

그때 조랑말 한 마리가 까닭없이 놀라서 도망쳤다. 말은 난쟁이들이 손쓸 겨를도 없이 강으로 들어갔다. 그리고 난쟁이들이 말을 붙잡아 끌고 나오기 전에 필리와 킬리가 물에 빠졌다. 이 말에 실려 있던 짐은 죄다 떠내려가고 말았다. 대부분이 식량이었다. 그래서 당장 저녁 식사 몫이 적어졌고 아침 식사 몫은 더욱 줄어들 예정이었다.

모두 젖은 몸으로 시무룩해져서 투덜거리고 있는 동안 오인과 글로인은 여전히 불을 피우려고 애쓰고 있었다. 빌보는 '모험이라는 것은 5월의 화창한 햇빛 아래 조랑말 등 위에서 흔들리며 여행하는 것만은 아니다'라고 서글픈 기분에 잠겨 있는데 망을 보고 있던 발린이 외쳤다.

"저쪽에 불빛이 있다!"

조금 떨어진 곳에 야트막한 산이 있고 산에는 여기저기에 울창한 숲이 있었다. 그 숲의 어둠 너머로 불빛 하나가 보였다. 모닥불인지 횃불인지는 알 수 없으나 빨갛고 기분 좋은 불빛이었다.

한참 동안 불빛을 바라보다가 그들은 찬성파와 반대파로 갈렸다. 또 어떤 자는 어쨌든 가보기만 해도 좋겠다며 제대로 식사도 못하고 밤새도록 젖어 있는 것보다는 낫다고 내세웠다.

다른 사람들은 이렇게 말했다.

"이 부근은 사람들에게 그다지 알려져 있지 않은 장소야. 산지에 너무 가까워. 멀어서 경찰들도 오지 않고 방범대원들도 온 적이 없을 거야. 누가 다스리고 있는지 소문으로도 들은 적이 없어. 그러니 지나갈 때 엿보려 하지 않는 것이 위험을 줄일 수 있는 길일 거야."

그러자 누군가가 말했다.

"우리는 열네 명이나 된다구."

그 말을 듣고 또다른 누군가가 말했다.

"간달프는 어디 있지?"

모두들 이 말을 되풀이 했다. 비는 더욱 억수같이 쏟아졌고, 오인과 글로인은 싸우기 시작했다.

그러다가 결국 "생각해 보니 첩자가 있지 않은가"라는 것으로 결론이 났다. 모두는 저마다 조랑말을 끌고(이번에는 충분히 조심하며) 불빛 쪽으로 나아갔다. 산에 접어들어 숲으로 들어갔다. 산은 차츰 오르막이 되었다. 그러나 길다운 것이 없어서 앞을 더듬어 가도 오두막 집으로 나갈 수 있으리라는 확신은 없었다. 캄캄한 숲속을 지나가며 모두는 무작정 바삭바삭, 투닥투닥, 우직우직 소리를 냈다(그뿐만 아니라, 투덜거리기도 하고 고함지르기도 했다).

갑자기 그 빨간 빛이 그다지 멀지 않은 나무 숲 사이에서 강하게 빛나기 시작했다.

"드디어 첩자가 갈 차례이다. "

모두는 빌보를 생각하며 이렇게 말했다.

소린이 호비트를 향해 말했다.

"당신이 저 불빛 가까이까지 가서 자세히 살펴보고 무슨 불인지 알아내야겠소. 모든 것이 안전하고 별문제가 없다면 얼른 되돌아오시오. 그렇지 않더라도 되도록 빨리 돌아오도록. 돌아올 수 없을 경우에는 부엉이 울음소리를 조용히 두 번, 크게 한 번 내도록 하시오. 그렇게 되면 우리로서 할 수 있는 일을 할 테니까. "

빌보는 해본 적도 없는 부엉이 울음소리를 도저히 낼 수 없다고 말하려고 했으나, 그럴 틈도 없이 떠나야만 했다. 본래 호비트는 숲속을 몰래 걸을 때 바시락 소리 하나 내지 않는다. 호비트는 그것이 장기였으므로 빌보도 도중에 난쟁이들이 서툴게 소리를 내면 '난쟁이들의 야단 법석'이라고 여러 번 코웃음쳤던 것이다. 하긴 난쟁이들의 행렬이 4, 50센티미터 저쪽을 지나간다 해도 바람이 부는 밤이라면 아무도 그 소리를 알아들을 수 없을 것이다. 빌보가 입을 굳게 다물고 빨간 불을 향해 걸어가는 동안 그 소리를 듣고 수염을 꿈틀거리는 족제비 한 마리도 없었다. 이리하여 빌보는 누구의 눈에도 띄지 않고 살금살금 모닥불——모닥불이었다——있는 곳으로 다가갔다. 그는 그곳에서 다음과 같은 광경을 보았다.

키가 큰 남자 셋이 너도밤나무 장작이 탁탁 타고 있는 커다란 모닥불 둘레에 앉아 있었다. 세 사람은 길다란 통나무 꼬치에 양고기를 끼워 불에 구워서 뚝뚝 떨어지는 기름을 손가락으로 찍어서 핥고 있었다. 주위에 맛있는 냄새가 감돌고 있었다. 세 사람은 옆에 있는 술통에서 술을 떠서 마셨다. 이 키 큰 남자들은 트롤이었다. 틀림없는 산의 도깨비 트롤들이었다. 늘 집에서만 살던 빌보조차도 세 사람이 트롤임을 한눈에 알아보았다. 지독하게 보기 흉한 얼굴 생김새며 커다란 몸집이며 발 모양이며 틀림없었다. 게다가 온전한 거처에서는 쓰지 않는 거친 말투로도 금세 알 수 있었다.

"어제도 양, 오늘도 양. 내일은 양이 보기도 싫겠다, 그렇지?"

한 트롤이 말했다.

"인간 고기는 오랫동안 한 조각도 먹지 못했어."

다른 트롤이 말했다.

"윌리엄이 어째서 우리를 이런 곳에 끌어들였는지 도무지 모르겠단 말이야. 술이 모자라. 좀더 줘."

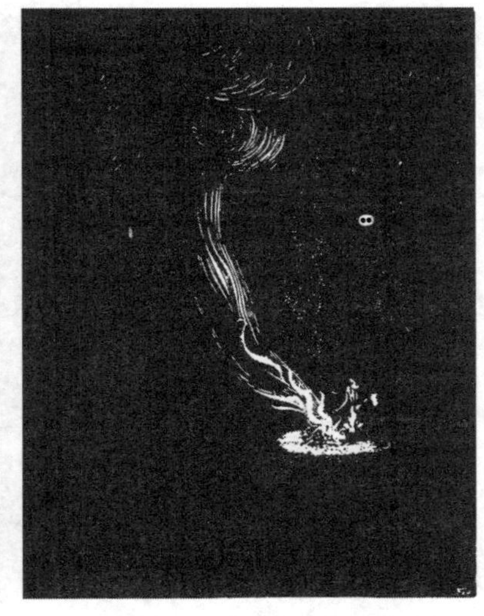

J.R.R. 톨킨 그림 〈트롤〉 삽화(왼쪽)에는 토대가 되는 작품이 있다. 에드릭 브레딘버그의 《내가 좋아하는 동화집》에 있는 헨리 하바 그림 〈헨델과 그레텔, 불 옆에 앉다〉(오른쪽)가 그것이다.

트롤이 큰 술잔을 기울이고 있던 윌리엄의 팔꿈치를 찔렀다.

윌리엄은 숨이 콱 막혔다.

"입 다물어, 이 자식아. 인간들이 너와 버트에게 먹히기 위해 일부러 여기까지 올 것 같냐? 산에서 내려온 뒤로 너희들은 마을 하나 이상을 먹어치웠잖아. 그 이상 무엇을 더 바란다는 거야? 이토록 훌륭하고 맛있는 양고기를 얻고도 고맙다는 말을 하지 않는다면 입이 삐뚤어질 거다. 이 자식들아."

윌리엄은 이렇게 말하고는 굽고 있던 양의 다리를 크게 베어물고 소매로 입을 닦았다.

트롤이란 머리에 목이 하나밖에 없는 녀석일지라도 참으로 무시무시하다. 이러한 이야기를 모두 들어 버렸으니 빌보는 어떻게 해야 좋을지 알았을 것이다. 몰래 돌아가 동료들에게 큰 트롤 셋이 난쟁이든지 조랑말이든지 구워 먹으려 하고 있다고 가르쳐 주던가, 아니면 재빨리 트롤에게서 뭔가를 훔쳐내야 했다. 1급의 첩자라면 이 순간 소매치기를 시도했을 것이다. 양고기와 맥주를 조금 슬쩍하고 눈치채이지 않게 돌아가는 것이다. 보다 실제적이고 직업적 자부심이 덜한 자들이라면 적이 알아차리기 전에 그들 각자의 몸에 단검을 찔러넣었을 것이다. 그리고 밤새 흥겹게 지내는 것이다.

빌보도 그것을 알고 있었다. 실제로 본 적도 해본 적도 없는 일이지만 책에서 많이 읽었었다. 그것이 실제 상황이 되자 빌보는 매우 겁이 났다. 100리 바깥으로 도망치고 싶은 심정이었다. 그러나 소린과 그 일행이 있는 곳에 빈손으로 돌아가고 싶지는 않았다. 빌보는 그늘진 곳에 서서 머뭇거리고 있었다. 소매치기는 그다지 어려울 것 같지 않았다. 그래서 빌보는 마침내 윌리엄 뒤에 있는 나뭇가지까지 몰래 나아갔다.

버트와 톰은 술통 있는 데에 있었다. 윌리엄은 또 한 잔 마시고 있는 참이었다. 빌보는 용기를 내어 윌리엄의 커다란 호주머니에 손을 넣었다. 지갑이 있었다. 빌보에게는 큰 가방만하게 보였다. 지갑을 꺼내들며 '됐다! 이게 시작이야' 하고 생각하는 순간 말썽이 생겼다.

트롤의 지갑이란 게 엉뚱한 놈이었던 것이다. 호주머니에서 나오면서 지갑은 새된 목소리로 "너는 누구냐?" 하고 외쳤다.

그러자 윌리엄이 곧바로 뒤돌아보고 빌보가 나무 뒤에 숨을 틈도 없이 목덜미를 눌렀다.

"야, 버트, 내가 뭘 붙잡았는지 좀 봐!"

윌리엄이 말했다.

"뭐야?"

다른 두 사람이 달려왔다.

"알 게 뭐야. 너는 누구냐?"

"빌보 배긴스입니다. 첩, 아니, 호비트입니다."

가엾은 빌보는 부들부들 떨며 '어떻게 하면 비틀려 죽기 전에 부엉이 울음소리를 낼 수 있을까' 하고 생각했다.

"첩호비트라고?"

트롤들은 조금 이상하게 생각했다. 트롤들은 이해력이 둔해서 새로운 것에 대하여는 의심이 많았다.

"첩호비트가 어째서 내 호주머니를 노렸지, 영?"

윌리엄이 말했다.

"이거 구워먹을 수 있을까?"

톰이 말했다.

"구워보지, 뭐."

버트가 구이꼬챙이를 집어들었다.

"야, 이놈은 한입도 안 되겠어. 가죽을 벗기고 뼈를 떼면 남는 것도 없겠다."

저녁 식사를 배부르게 한 윌리엄이 말했다.

"이놈 같은 것들이 더 있는 게 아닐까. 모으면 파이를 만들 수 있겠는걸. 이봐, 이 숲속에 너 같은 조무래기들이 더 있니? 이 토끼가 되다 만 것 같은 녀석아."

버트가 이렇게 말하고, 털이 푹신한 호비트의 발이 토끼처럼 여겨졌던지, 빌보의 발끝을 잡고 흔들었다.

"예, 예. 많이 있습니다."

빌보는 부지불식간에 그렇게 대답해 버리고 말았다. 그러나 곧 "아, 아니오. 하나도 없습니다. 조금도 없습니다" 하고 덧붙였다.

"무슨 소리야? 이놈."

버트는 이번에는 머리칼을 붙잡고 빌보를 들어올렸다.

"그건 저어…… 말씀드린 대로입니다. 그보다도 제발 나를 요리하지 말아 주십시오, 여러분. 나는 아주 훌륭한 요리사랍니다. 요리당하는 것보다 요리하는 편을 훨씬 좋아합니다. 여러분을 위해 멋진 요리를 만들겠습니다. 여러분이 나를 오늘의 저녁 식사로 쓰지 않는다면 내일 아침 식사를 맛있게 지어 드리겠습니다."

빌보는 헐떡이며 말했다.

"이놈, 이 꼬마 얼간이야!" 윌리엄이 말했다. 그는 아까도 말했듯이 이미 배가 터지도록 저녁밥을 먹었다. 게다가 술도 실컷 마셨다. "야, 이놈을 놓아 주자."

"이놈이 처음에는 많이 있다고 말하고는 다시 하나도 없다고 한 것은 무슨 뜻일까? 그것을 알기 전에는 안 돼. 잠을 자고 있는 동안에 목을 잘리는 것은 싫다. 이놈이 실토할 때까지 발을 불에 처넣자." 버트가 말했다.

"그건 안 돼. 이놈은 내가 붙잡았어." 윌리엄이 말했다.

"윌리엄, 너는 뚱보 얼간이야. 내가 전부터 그렇게 말했지." 버트가 말했다.

"그러는 너는 큰 바보란 말이야."

"바보가 갚아 준다, 빌 하긴즈."

버트는 윌리엄의 눈에 주먹을 날렸다.

그러자 굉장한 야단법석이 일어났다. 트롤이 빌보를 땅에 떨어뜨리자 빌보는 그들이 개처럼 으르렁거리며 서로에게 재미있을 만큼 꼭 들어맞는 험담을 목청껏 외치고 있는 틈을 타서 트롤들의 발밑에서 허둥지둥 기어나왔다. 이윽고 두 트롤은 서로 맞붙어서 걷어차기도 하고 짓밟기도 하여 불 속으로 굴러 들어갈 지경이 되었다. 그러자 톰이 두 사람에게 분별을 일깨우려고 굵은 나뭇가지로 두 사람을 세게 쳤다. 그것이 오히려 두 사람의 화를 돋구었다.

이때야말로 빌보가 도망칠 수 있는 기회였다. 그러나 빌보의 작은 발은 버트의 큰 발에 짓눌려 납작해졌고, 숨도 쉴 수 없었으며 머리가 빙빙 돌았다. 그래서 한참 동안 모닥불 빛이 미치지 않는 곳으로 나와 숨을 헉헉 몰아쉬고 있었다.

그런데 트롤들의 싸움이 한창일 때 발린이 왔다. 난쟁이들은 떨어진 곳에서 요란한 소리를 듣고 '빌보가 돌아오나, 부엉이 울음소리가 나지 않나' 하고 잠시 기다린 다음 한 사람씩 되도록 조용히 불빛 쪽으로 다가가 보기로 했다. 불빛 속으로 들어온 발린을 발견한 톰이 크게 소리를 질렀다. 트롤들은 난쟁이의 모습(그것도 요리되어 있지 않은)을 혐오스러워 한다. 버트와 빌은 당장 맞붙어 싸우기를 그치고 고함질렀다.

"톰, 자루를 빨리 !"

발린은 '빌보가 이 큰 소동에 휩쓸려 어디로 갔을까' 하고 이상하게 생각하며 왔었는데, 이 광경을 보고 까닭을 알았을 때는 이미 머리가 자루 속에 들어가고 말았다.

"더 있을 거야. 첩호비트 말고 난쟁이들 말이야. 겉모습으로 보아 아무래도 난쟁이 같아."

톰이 말했다.

"네 말이 맞아. 이봐, 우리는 그늘로 들어가는 게 좋겠어."

버트가 말했다.

트롤들은 빛이 미치지 않는 곳으로 나갔다. 양고기며 다른 음식 자루를 가지고 나무 그늘에 숨어서 기다렸다. 난쟁이들이 나타나 모닥불과 술잔과 먹다 남긴 고기를 보고 놀랄 때마다 덥석! 머리 위에서 역겨운 냄새가 나는 자루가 떨어졌다. 이리하여 얼마 뒤에는 발린 옆에 드윌린이 놓였고, 필리와 킬리가 더해지더니, 도리, 노리, 오리가 한 묶임으로 놓였고, 오인과 글로인, 비퍼, 보퍼, 봄버 모두 모닥불 옆에 줄지어 놓여졌다.

"혼 좀 나봐야 해."

톰이 말했다. 비퍼와 봄버가 궁지에 몰린 난쟁이들이 흔히 그렇듯이 미친 것처럼 싸워서 톰을 무척 애먹였기 때문이다.

마지막으로 온 소린은 쉽사리 붙잡히지 않았다. 소린은 빛이 미치지 않는 조금 떨어진 나무 그늘에 서서 말했다.

"이 난리는 어찌 된 일인가? 우리 일행을 붙잡은 것은 누구지?"

"트롤입니다!"

빌보가 나무 뒤에서 말했다. 모두들 빌보를 까맣게 잊고 있었다.

"그놈들은 자루를 갖고 숲속에 숨어 있습니다."

"오오, 트롤이라고?"

소린은 외치며 트롤이 달려들기 전에 모닥불 쪽으로 뛰어나갔다. 그리고 한쪽 끝에 불이 붙어 있는 큰 나뭇가지 한 개를 집었다. 버트는 미처 몸을 피하기 전에 눈에 나뭇가지의 불을 맞아 싸움에서 물러났다. 빌보도 최선을 다했다. 빌보는 톰의 다리를 물고 늘어졌다. 호비트으로서는 온 힘을 다했으나 그 다리는 나무기둥처럼 굵었다. 톰이 소린의 얼굴에 불꽃을 튀기는 순간 빌보는 떨려나 팽이처럼 펑펑 돌아 숲의 덤불 위로 날아갔다.

그러나 톰은 그때 소린의 나뭇가지를 입에 맞아 앞니 하나가 부러지고 말았다. 톰은 신음했다. 그때 윌리엄이 뒤로 와서 소린의 머리에 자루를 씌우고 거꾸로 쑤셔 넣어 버렸다. 이리하여 싸움은 끝이 났다. 모두들 자루 속에 갇혀 꼼짝을 못했다. 3명의 화가 난 트롤들(그 중 하나는 이가 빠졌고, 하나는 화상을 입었다)은 그 옆에 앉아서 불에 굽느냐, 잘게 썰어서 삶느냐, 아니면 셋이 번갈아가며 깔고 앉아 젤리를 만드느냐로 서로 다투었다. 옷과 피부가 찢긴 빌보는 소리를 내면 들킬까봐 덤블 위에서 꼼짝도 못하고 있었다.

간달프가 돌아온 것은 바로 그때였다. 그러나 아무도 그를 보지는 못했다. 트롤들은 난쟁이들을 지금 구워 두었다가 나중에 먹기로 의논이 모아졌다. 그것은 버트의 생각이었고, 몹시 다툰 다음 겨우 결정한 것이었다.

"지금 굽는 건 좋지 않아. 밤새도록 구워야 할 테니까. 안 그래?" 라는 목소리가 들렸다.

버트는 윌리엄이 말했다고 생각했다.

"이봐, 논쟁을 되풀이하지 말아, 빌. 그러면 밤새도록 계속될 테니까."

"누가 논쟁을 했다는 거야?"

윌리엄은 아까의 목소리를 버트라고 여기고 말했다.

"너 아니고 누구겠어?"

버트가 말했다.

"이 거짓말쟁이!"

다시 말다툼이 벌어졌다. 그리고는 결국 잘게 다져서 삶자는 것으로 의견이 모아졌다. 그래서 그들은 커다란 검은 냄비를 불에 얹고 저마다 칼을 꺼냈다.

"삶는 것은 좋지 않아. 물이 없으니까. 샘까지 가려면 멀어, 그렇지?" 하는 목소리가 들렸다.

버트와 윌리엄은 톰이 말한 것으로 여겼다.

"야, 입 다물어." 두 사람은 말했다. "아무것도 할 수가 없잖아. 이러쿵저러쿵 말하려거든 네가 물을 길어 오라구."

"너야말로 입 다물어라. 잔말이 많은 것은 너잖아."

그 목소리를 윌리엄이라고 여긴 톰이 말했다.

이리하여 다시금 격렬한 말다툼이 벌어졌다. 마침내 셋이 차례로 자루를 깔고 앉아 난쟁이들을 짓눌러 놓았다가 나중에 삶자고 이야기가 되었다.

"어떤 녀석부터 찌부러뜨리지, 응?" 하는 목소리가 들려 왔다.

"맨 마지막 녀석부터 하자."

버트가 말했다. 버트는 소린 때문에 눈에 상처를 입었던 것이다. 버트는 조금 전의 목소리의 주인공이 톰이라고 생각했다.

"혼잣말 하지 말아" 하고 톰이 말했다. "하지만 마지막 녀석을 찌부러뜨리고 싶거든 그 녀석 위에 앉아라. 어느 녀석이지?"

"노란 양말을 신은 녀석이야."

버트가 말했다.

"바보 같은 소리 말아, 검은 양말을 신은 녀석이야."

윌리엄을 닮은 목소리가 말했다.

"틀림없이 노란색이었어."

버트가 말했다.

"그래, 노란색이었어."

윌리엄이 말했다.

"그럼 어째서 검정이라고 했지?"

버트가 말했다.

"내가 말하지 않았어, 톰이 말했지."

윌리엄이 말했다.

"그런 소리 말아. 네가 말했잖아."

톰이 말했다.

"2대 1이야. 너는 입 다물어!"

버트가 말했다.

"야, 그건 누구한테 하는 소리냐?"

윌리엄이 말했다.

"이제 그만!" 톰과 버트가 동시에 말했다. "날이 새어 이제 곧 새벽이 온다. 자, 일을 시작하자."

"새벽이 찾아온다. 그리고 모두 돌이 된다!" 하고 어떤 목소리가 말했다. 그 목소리는 윌리엄의 목소리와 비슷했다. 그러나 윌리엄의 목소리는 아니었다. 바로 그때 햇빛이 산 위를 비쳤고, 나무가지 위에서 새들의 요란한 지저귐이 시작되었다. 윌리엄은 그 뒤로 통 말이 없었다. 허리를 굽힌 채 돌이 되었기 때문이었다. 그리고 버트와 톰은 윌리엄을 향한 채 바위가 되었다. 그들은 오늘날까지도 그곳에 그대로 쓸쓸히 서 있다. 가끔씩 새들만이 찾아 올 뿐이다.

J.R.R. 톨킨 그림 〈돌이 된 트롤 세 마리〉

그도 그럴 것이, 트롤이란 아시다시피 새벽이 되기 전에 땅 밑으로 돌아가지 않으면 그들이 태어난 산의 일부로 변하기 때문이다. 이리 하여 버트와 톰과 윌리엄에게 일어나야 할 일이 일어났던 것이다.

"훌륭해!"

간달프는 이렇게 말하고 숲 뒤에서 모습을 나타내어 빌보를 꺼칠 꺼칠한 덤불에서 내려 주었다. 빌보는 그제서야 트롤을 속여 옥신각 신 말다툼을 하게 하여 마침내 최후의 새벽을 맞이하게 만든 것이 마법사의 목소리였다는 것을 깨달았다.

다음 일은 자루를 풀어서 난쟁이들을 꺼내 주는 것이었다. 난쟁이 들은 거의 숨이 막혀서 완전히 녹초가 되어 있었다. 자루에 갇혀 트 롤들이 굽는다느니 삶는다느니 자른다느니 하며 여러 가지 지혜를 짜내고 있는 소리를 듣는 것만으로도 견딜 수 없는 일이었을 것이 다. 난쟁이들은 빌보에게 두 번이나 자세한 이야기를 듣지 않고는 만족해하지 않았다.

"이럴 때는 소매치기하는 방법을 연습할 필요는 없다구. 우리가 원했던 것은 불과 먹을 것이었어."

봄버가 말했다.

"그러나 먹을 것도 한바탕 싸웠기 때문에 얻을 수 있었지" 하고 간달프가 말했다. "어쨌든 쓸데없는 시간 낭비는 그만 하도록 하지. 트롤은 햇빛을 피하기 위해 이 부근에 가로나 세로로 구멍을 파서 살고 있었을 테니, 그것을 찾아봐야겠네."

모두들 그 부근을 조사해 보았다. 이윽고 나무들 사이로 난 트롤 들의 돌 장화 자국을 찾아냈다. 그들은 그 발자국을 따라 산 위로 올라가 마침내 우거진 숲에 가린 동굴의 큰 돌문에 다다랐다. 그러 나 문은 모두가 한꺼번에 달려들어 밀어도 열리지 않았다. 간달프가 여러 가지 주문을 외어도 소용이 없었다.

"이것이 쓸모가 있지 않을까요? 나는 트롤들이 싸우고 있던 땅바닥에서 이것을 발견했어요."

모두가 실컷 해 본 끝에 화를 내고 있을 무렵에 빌보가 말했다. 빌보는 큰 열쇠를 꺼냈다. 크다고 하지만 윌리엄에게는 작은 비밀의 열쇠로 여겨졌을 것이다. 그것이 윌리엄의 호주머니에서 다행히도 그가 돌이 되어 버리기 전에 굴러떨어졌던 모양이었다.

"도대체 어째서 좀더 일찍 그 애기를 하지 않았소?"

모두 분개했다. 간달프가 열쇠를 집어서 구멍 속에 밀어넣자 꼭 맞았다. 한 번 힘주어 밀자 돌문이 쑥 열렸다. 모두는 안으로 들어 갔다. 바닥에는 뼈다귀가 흩어져 있고 역겨운 냄새가 감돌고 있었 다. 그러나 먹을 것들이 선반 위에도 아래에도 어수선하게 잔뜩 쌓 여 있고, 그 사이사이에 놋쇠단추 같은 것부터 금화가 가득 채워진 단지까지 온갖 종류의 노획물이 산더미처럼 쌓여 있었다. 옷도 잔뜩 벽에 걸려 있었다. 트롤에게는 작은 것들뿐이었으니, 아마도 죽임을 당한 사람들의 것이었을 테지. 또한, 그 사이사이에는 여러 모양의 칼이 있었다. 그 중에서도 두 자루의 칼이 특히 모두의 눈길을 끌었 다. 칼집이 매우 아름답고 손잡이에 보석 세공이 되어 있었기 때문 이다.

간달프와 소린이 한 자루씩 집었다. 빌보는 가죽칼집에 들어 있는 칼을 받았다. 그것은 트롤에게는 주머니칼 정도에 지나지 않았겠 지만 호비트에게는 훌륭한 양날검이었다.

마법사가 칼을 일일이 조금씩 빼어 보고는 흥미를 느낀 듯이 바라 보며 말했다.

"모두가 잘 들 것 같은 칼날이야. 절대로 트롤이 만든 것은 아니 겠어. 그리고 오늘날의 대장간에서 만든것도 아니야. 이들 칼에 새겨진 룬 문자를 읽을 수만 있다면 여러 가지 일을 알게 될 걸 세."

"속이 울렁거리는 냄새에서 어서 빠져 나갑시다."

필리가 말했다. 그래서 모두는 금화 단지와, 먹을 수 있을 듯한 음식물과, 아직 가득 채워져 있는 맥주통을 밖으로 내갔다. 그때쯤에야 그들은 겨우 차분히 아침 식사를 할 수 있는 기분이 되었고, 몹시 시장했기 때문에 아무리 트롤 냄새가 나는 고기 창고에서 가져온 것일지라도 조금도 싫은 얼굴을 하지 않았다. 난쟁이들이 가지고 왔던 식량은 매우 줄어들어 있었기 때문에 모두는 치즈와 빵을 맛있게 먹고, 모닥불의 뜬숯에 베이컨을 구워서 많은 양의 맥주와 함께 먹었다.

아침 식사를 마치자 모두는 잠을 잤다. 간밤에 한잠도 자지 못했으니 무리도 아니었다. 그리고 오후까지 아무것도 하지 않고 지냈다. 그런 뒤에 모두들 조랑말에 금화를 싣고 길에서 그다지 멀지 않은 강가로 가서 자국을 남기지 않도록 조심하며 몰래 묻고, 게다가 운좋게 살아서 돌아오도록 주문을 듬뿍 걸어놓았다. 그러고 나서 그들은 다시 조랑말을 타고 동녘을 향해 천천히 떠나갔다.

"자네는 도대체 어디 가 있었나? 실례지만……."

소린은 모두와 함께 가고 있는 간달프에게 물었다.

"앞길을 살피러 갔었네."

간달프가 대답했다.

"그리고 아주 때를 잘 맞추어 돌아왔군?"

"자네들이 걱정이 되어서 돌아왔지."

"호오! 좀더 자세히 이야기해 주겠나?"

"나는 앞길을 조사해야겠다는 생각에서 혼자 나아갔지. '가는 길은 얼마 안 가서 험해진다, 게다가 앞으로 먹을 것이 부족해질 때를 대비하여 어떻게든 보충할 방법을 짜내야겠다'고 생각하니 조바심이 나더군. 그런데 그로부터 얼마 가지 않아서 리벤델에서 오고 있는 나의 친구를 두 사람 만났다네."

"그건 어디였습니까?"

빌보가 물었다.

"끼어들지 말게!" 하고 말하며 간달프는 이야기를 계속했다. "운이 좋으면 앞으로 4, 5일이면 갈 수 있을 걸세. 그러면 저절로 알게 된다네. 아까도 말했듯이 나는 리벤델의 두 사람을 만났네. 그 두 사람은 트롤에 관한 소문을 듣고 길을 서두르고 있더군. 3명의 트롤이 산지에서 내려와 길에서 그다지 멀지 않은 숲속에 살기 시작 했다는 말을 그 두 사람으로부터 들었지. 트롤들은 이 고장 사람들 을 위협하고, 매복하여 여행자를 기다린다는 거였어. 그래서 나는 당장에 돌아가라는 말을 들은 것 같은 기분이 들더군. 오던 쪽을 뒤 돌아보았더니 멀리 불빛이 보였어. 그 다음은 알고 있는 바와 같다 네. 제발 좀더 조심해 주게. 그렇지 않으면 도저히 끝까지 갈 수가 없네."

"정말 고마웠네!"

소린이 말했다.

짧은 휴식

　날씨는 좋아졌지만 그날은 누구도 노래를 부르거나 이야기를 하
는 자가 없었다. 이튿날도 그 이튿날도 그랬다. 모두들 길 어느 쪽
에도 위험이 도사리고 있다는 것을 느끼기 시작했던 것이다. 매일
별빛 아래에 노숙을 했다. 조랑말들은 주인들보다도 많이 먹었다.
왜냐하면 근처에 풀이 많은데 반해 일행의 식량자루에는 트롤 창고
에서 가지고 온 것까지 합쳐도 그다지 많지 않았기 때문이다. 어느
날 오후에 일행은 강에 닿았다. 그들은 자갈이 많이 깔린 얕은 여울
에서 강을 건넜다. 맞은편의 가파르게 솟은 강가로 조랑말을 간신히
끌고 올라가자, 큰 산맥의 모습이 성큼 다가섰다. 앞으로 꼬박 하루
만 걸어가면 그 산맥 자락에 닿으리라고 여겨졌다. 갈색 산허리에는
저녁햇빛이 비쳐들고 봉우리에 쌓인 눈이 간간이 흰 빛을 발하고 있
었지만, 전체적으로 어둡고 황량한 산이었다.
　"저것이 그 산입니까?"
　빌보가 눈을 동그랗게 뜨고 엄숙한 목소리로 물어 보았다. 지금까

지 이토록 장대한 경치를 본 적이 없었던 것이다.

"물론 아닙니다. 이것은 안개산맥의 입구에 지나지 않습니다. 우리는 위로든 아래로든 이 산맥을 가로지르지 않으면 황무지 나라로 갈 수 없습니다. 게다가 산맥 저쪽으로 나가도 스마우그가 우리의 보물을 안고 살고 있는 동쪽의 외딴산까지 가려면 아주 멉니다."

발린이 대답했다.

"아아!"

빌보는 한숨을 쉬었다. 이때만큼 피곤을 느낀 적은 지금까지 없었다. 빌보는 다시금 자기 집 거실의 난로 앞 의자에 앉아 시익시익하는 주전자의 노랫소리를 듣는 모습을 조용히 떠올렸다. 그러나 그리운 집을 생각하는 것이 이번이 마지막은 아니었다!

지금은 간달프가 안내를 맡고 있었다.

"절대로 길을 잃으면 안 돼. 길을 잃으면 끝장이야. 그 다음은 식량을 확보하는 일이 중요해. 또한 쉴 때도 안전을 첫째로 삼아야 해. 안개산맥을 넘으려면 올바른 길을 찾는 것이 무엇보다도 중요해. 그렇지 않으면 산 속에서 길을 잃어 어느덧 되돌아와서 출발점에 있게 된다구. 그것도 되돌아올 수 있는 경우의 이야기지만."

난쟁이들이 어디를 향해 나아가느냐고 묻자 간달프는 이렇게 대답했다.

"우선 황무지 나라의 경계선으로 간다. 그곳을 알고 있는 사람도 있을 테지. 그 다음은 리벤델이라는 아름다운 골짜기가 나오는데, 그곳에는 엘론드가 '마지막 휴식관'에 살고 있네. 그곳으로 갈 작정이야. 나는 도중에서 만난 친구에게 전갈을 부탁했지. 우리를 기다리고 있을 걸세."

이 말은 일행에게 위안을 주었다. 그러나 그들은 아직 그곳에 도착한 것이 아니었고, 산맥 서쪽의 '마지막 휴식관'을 찾기란 그리 쉬운 일이 아니었다. 그들 앞에는 나무도 골짜기도 산도 없고 완만한 경사의 넓은 비탈이 맨 앞쪽의 산기슭과 이어져 있었다. 눈에 보이는 것은 히드 빛과 부슬부슬한 바위색뿐이며, 그 속에 군데군데 초록색 이끼가 있어 물이 있음을 알려 주고 있었다.

오후의 해가 기울고 있었다. 쥐 죽은 듯 조용한 황야 속에 사람이 살고 있는 기척은 없었다. 산까지의 사이 어딘가에 있을 집을 그냥 지나칠지도 모른다는 생각에 초조해 하고 있는데, 갑자기 발밑으로 몇 개의 골짜기가 펼쳐졌다. 모두가 깜짝 놀라 들여다보았더니 깎은 듯이 솟은 양쪽 벼랑 바로 밑에 숲이 있고 좁은 골짜기 밑바닥에 시내가 흐르고 있었다. 또한 누구나 건너뛸 수 있을 만한 도랑이 있었는데, 그곳은 깊이 파여 있었으며 폭포가 떨어지고 있었다. 그리고 어두운 저습지도 몇 개 있는데 이것은 뛰어넘을 수도 없고 기어오를 수도 없었다. 또한 여기저기에 작은 늪이 점점이 흩어져 있었고, 그 가장자리에는 키가 크고 화려한 꽃으로 장식되어 보기에도 즐거웠다. 다만 짐을 실은 조랑말이 거기에 발을 디디면 다시는 못 나온다.

그 강의 건널목에서 산까지는 생각했던 것보다 훨씬 넓은 벌판이 가로놓여 있었다. 빌보는 매우 놀랐다. 유일하게 길이 하나 나있는 곳에는 줄지어 하얀 돌이 놓여 있어 표시가 되어 주고 있었지만 그 돌도 깨어져서 작아졌거나 이끼며 히드에 가려져 있었다. 이 길을 더듬는다는 것은 매우 끈기가 필요한 일로, 길을 잘 알고 있을 터인 간달프가 앞장을 서도 좀처럼 나아가지 못했다.

모두는 언제까지나 조금밖에 전진하지 못한 것같이 여겨졌다. 간달프가 길을 찾아내어 저쪽이다, 이쪽이다 하며 머리와 수염을 흔드는 뒤를 따라 주의 깊게 길을 더듬는 동안에 해가 지고 말았다. 차마실 시간은 이미 오래 전에 지났고 저녁 식사 시간도 없을 것만 같았다. 나방이 하늘하늘 날기 시작했다. 아직 달도 뜨지 않았는데 날은 꽤나 어두워졌다. 빌보의 조랑말은 나무뿌리며 돌에 채이기 시작했다. 그러다가 느닷없이 일행은 가파른 벼랑의 끝으로 나와 버렸고 간달프의 말은 하마터면 그곳에서 미끄러져 떨어질 뻔했다.

"드디어 도착했다!"

간달프가 외쳤다. 일행은 주위에 모여들어 벼랑 밑을 내려다보았다. 저 멀리 아래쪽에 골짜기가 보였다. 골짜기 밑바닥의 급한 물살이 바위에 부딪치는 요란한 소리가 들려왔다. 나무의 향기가 풍겨왔다. 그리고 골짜기 저쪽의 벼랑 밑에 불빛이 하나 보였다.

모두가 어두컴컴한 속을 미끄러지며 리벤델을 향한 가파르고 꾸불꾸불한 언덕길을 내려가는 모습은 빌보에게는 잊을 수 없는 추억이 되었다. 아래로 내려감에 따라 공기는 따뜻해졌고, 소나무 냄새가 빌보의 졸음을 재촉하여 이따금 빌보는 깜빡 졸다가 말에서 떨어질 뻔하며 코를 말 목에 부딪치기도 했다. 모두들 사기가 올라갔다. 나무들은 너도밤나무며 떡갈나무로 바뀌었고 황혼 빛으로 아늑한 분위기가 되었다. 골짜기 시냇가 가까운 숲속 빈터에 다다랐을 무렵에는 풀의 초록빛을 분간할 수 없을 만큼 어두워져 있었다.

'흠, 요정들의 냄새로군' 하고 빌보는 생각했다. 그리고 하늘을 쳐다보았다. 별들이 밝게 반짝이고 있다. 그때 느닷없이 숲속에서 웃음소리 같은 노래가 흘러 나왔다.

여어, 거기서 무엇을 하고 있나요?
어디로 가고 있는 겁니까?
조랑말의 발굽에 편자를 박아야겠군요.
돌 돌 돌 돌 골짜기 밑에
시내가 흐르고 있네요.

여어, 무엇을 찾고 있나요?
어디로 가고 있는 겁니까?
장작이 타고 있는 곳
과자가 구워지는 곳
돌 돌 돌 돌 돌
골짜기는 즐거워요. 하 하 하 !

여어, 수염을 흔들며
어디로들 가고 있나요?
어째서 배긴스 씨며
발린, 드월린이
골짜기로 내려왔습니까?
지금은 6월, 하 하 하 !

여어 여러분, 묵었다 가시렵니까?
아니면 곧 떠나시렵니까?
조랑말은 몹시 지쳐 있군요.
해님은 오래 전에 지고 말았어요.
지금 떠나시는 것은 어리석어요.
이곳에 머무시면 즐겁지요.
우리의 노래에
귀를 기울이며
밤을 보내세요. 하 하 하 !

　목소리는 이같이 나무들 사이에서 웃으며 노래했다. 별 의미 없는
노래였다. 그러나 그렇게 말하면 오히려 비웃음을 사리라. 물론 그
노랫소리의 주인공은 요정들이었다. 얼마 뒤에 빌보는 짙어지는 어

둠 속 여기저기에서 요정들을 볼 수 있었다. 빌보는 요정을 만난 적
은 드물었지만 본래 요정을 좋아했다. 그러나 난쟁이들은 요정과 그
다지 사이가 좋은 것 같지 않았으며, 소린과 그 일행들 같은 훌륭한
난쟁이조차도 요정들을 어리석다고 생각했고(그렇게 생각하는 것이
야말로 바보 같은 일이지만) 요정과 사귀기를 달갑지 않게 여기고
있었다. 요정들 가운데는 일부러 난쟁이를 놀리며 웃는 자도 있었
고, 모두들 난쟁이의 수염을 가리키며 웃었기 때문에 난쟁이의 마음
에 들지 않았던 것이다.

　"이것 참 유쾌하군! 저것봐, 말을 탄 호비트 빌보의 모습을. 귀
　엽기도 하지!"

어떤 목소리가 말했다.

　요정들은 아까 부른 것 같은 괴상한 노래를 잇따라 불러댔다. 그
러나 마침내 몸집이 꽤 큰 젊은 요정 하나가 나무들 사이에서 나타
나 간달프와 소린을 향해 절을 했다.

　"우리들의 골짜기에 오신 것을 환영합니다!"

　"고맙소!"

소린이 조금 퉁명스럽게 말했다. 간달프는 이미 말에서 내려 요정
들과 한데 어울려 뭔가 즐겁게 이야기하고 있었다.

　젊은 요정이 말했다.

　"시냇물을 건너 저쪽의 저택으로 가시는 것이라면 길이 약간 어긋
　났군요. 저희가 안내해 드리지요. 하지만 다리를 건널 때까지는
　걷는 편이 좋을 겁니다. 우리 집에 잠시 들러서 함께 노래라도 부
　르지 않겠습니까, 아니면 그대로 전진하시겠습니까? 저녁 식사는
　충분히 마련되어 있습니다. 보세요, 음식 냄새가 나지요."

　몹시 지쳐 있었으므로 빌보는 아주 잠시만이라도 이곳에 있고 싶
다는 생각이 들었다. 6월의 별 하늘 밑에서 요정이 부르는 노래를
못 듣고 간다는 것은 말도 되지 않았다. 특히 노래를 좋아하는 사람

이라면 말이다. 게다가 만난 적도 없는데 자기에 대해 잘 알고 있는 듯한 요정들과 무릎을 맞대고 이야기하고 싶었다. 빌보는 자기의 모험에 대한 요정의 생각을 알아보고 싶어졌다. 요정이란 대단히 유식한 동시에 새로운 사건을 재빠르게 알아내는 이상한 종족이다. 어디서 어떤 일이 있었느냐 하는 소식은 물이 흐르듯이 빠르게, 때로는 그보다도 더 빠르게 요정들에게 알려지는 것이다.

그러나 난쟁이들은 저녁 식사만을 대접받고 되도록 빨리 떠날 작정이었다. 모두는 조랑말을 끌고 길을 더듬어 마침내 외길에 이르렀고, 얼마 뒤에 골짜기 시냇물에 닿았다. 시냇물은 소리 높이 힘차게 흐르고 있었다. 하루 종일 햇빛에 산의 눈이 녹아 밤에는 물이 불어났다. 시냇물 위에 난간 없는 작은 돌다리가 하나 걸려 있었는데 폭이 좁아서 작은 말이 가까스로 건널 수 있을 정도였다. 그곳을 모두는 조심하며 한 사람 한 사람 천천히 말고삐를 끌고 건너가야만 했다. 요정들은 냇가에서 밝은 등불을 들고 발밑을 비추며 일행이 시냇물을 건너는 동안 명랑한 노래를 부르고 있었다.

"여어, 아저씨, 그 수염 끝을 물거품에 적시지 마십시오."

요정들은 소린을 놀려 댔다. 소린은 기다시피 몸을 구부리고 건너가고 있었다.

"물을 주지 않아도 너무 자라는군요."

"빌보 씨, 과자를 너무 먹지 마시도록. 살이 찌면 열쇠구멍으로 들어갈 수 없거든요."

요정들은 떠들어댔다.

"조용히 조용히. 여러분. 좋은 밤이오!" 하고 간달프가 마지막으로 건너가면서 말했다. "골짜기에 귀가 있고 요정의 혀는 너무 잘 돌아가는군. 그럼 잘 자요!"

이리하여 모두는 마침내 '마지막 휴식관'에 닿았다. 현관은 활짝 열려 있었다.

이상한 일이나 매우 좋은 일을 만났다거나 매우 멋진 나날을 보냈다거나 하는 이야기는 금방 끝이 나 버린다. 정말로 기분이 나쁘고 가슴이 두근거리며 무서워서 소름이 끼치는 일이 오히려 이야기로서는 재미가 있고 긴 이야깃거리가 된다. 모두는 그 훌륭한 성에 오랫동안, 적어도 14일 간은 머물렀으나, 그래도 떠나고 싶지 않은 기분이었다. 빌보는 이제 곧 그곳에서 자기의 호비트 굴로 쉽게 돌아갈 수 있게 된다 해도 언제까지나 그곳에 남아 있고 싶다고 생각할 정도였다. 그러나 모두가 이곳에서 지낸 나날에 대하여는 그다지 이야기할 것이 없다.

이 성의 주인은 반은 요정이고 반은 인간인 사람이었다. 이 종족의 조상은 역사가 시작되기 전에 일어난 이상한 사건, 사악한 고블린과 요정들의 전쟁이며 북녘 땅에 처음 나타난 인간들의 이야기에 나온다. 지금 이 이야기가 진행되고 있는 시대에는 요정과 북쪽 인간의 영웅들을 조상으로 하는 종족이 아직 번영하고 있었고, 이 성의 주인 엘론드는 그 종족의 족장이었다.

그는 요정의 군주와도 같은 아름답고 귀족적인 용모에 전사와 같은 용기, 마법사와 같은 지혜, 난쟁이 왕 같은 위엄, 그리고 한 여름 같은 친절을 지니고 있었다. 여러가지 이야기에 등장하는 그는 빌보의 모험담에서는 비록 중요하긴 하나 크지 않은 역할을 맡고 있다. 그의 성은 먹고 잠자고 일하고 이야기하고 노래하고 가만히 앉아서 생각하기에는 최적의 장소였다. 악의 요소는 이 골짜기에는 들어오지 못했다.

이 성에서 들은 이야기 너댓 가지와 노래 한둘이라도 천천히 여기에 적을 수 있다면 좋겠다. 일행은 (조랑말까지도) 4, 5일 사이에 심신이 건강해졌다. 옷도 꿰맸고 상처도 치료받아 마음이 가라앉고 희망이 되살아났다. 자루에는 산을 넘을 때 옮기기 쉽고 오래가는 음식이 채워졌다. 난쟁이들은 요정들의 좋은 지혜를 받아들여 계획을 가다듬었다. 이리하여 어느덧 6월 23일 하지 전날 밤이 되었다. 일행은 그 이튿날인 하지날 아침 일찍 출발하기로 결정했다.

엘론드는 온갖 종족의 룬 문자를 죄다 알고 있었다. 그날밤 엘론드는 일행이 트롤의 암굴에서 가져온 칼을 바라보며 이렇게 말했다.

"이것은 트롤이 만든 것이 아니오. 옛날 서쪽의 고귀한 요정족의 매우 오래된 칼이오. 저 고블린 전쟁을 위해 곤돌린에서 만들어진 것이랍니다. 아마 용이 감추어 두었던 보물이나 고블린의 노획물에서 나온 것일 겁니다. 용들과 고블린들이 오랜 옛날에 그 도시를 멸망시킨 적이 있었으니까요. 소린, 당신의 칼에는 룬 문자로 오르크리스트라고 씌어 있는데, 곤돌린의 말로는 고블린 퇴치라는 뜻이오, 천하의 명검이지요. 그리고 간달프, 당신의 칼은 글램드링, 다시 말하면 적 무찌르기라는 이름으로 곤돌린의 왕이 차고 있던 것입니다. 부디 소중히 간직하시오."

"트롤은 이것을 어디서 손에 넣었을까요?"

새로운 흥미에 사로잡혀 소린은 자기의 칼을 찬찬히 바라보며 말했다.

"그건 모르겠소. 하지만 당신이 만난 트롤들이 이 칼을 빼앗은 자로부터 훔쳐왔거나 산 속에 숨겨져 있던 것을 찾아냈거나 했겠지요. 나는 그 고블린과 난쟁이의 전쟁 뒤로 모리아 산의 폐광에 묻어 놓은 보물이 지금도 발견되고 있다는 말을 들었습니다."

소린은 이 말에 대하여 깊이 생각하는 모양이었다.

"목숨을 걸고 이 칼을 지키겠습니다. 언젠가는 이 칼이 고블린을 물리칠 날이 오겠지요."

"그 소망은 머지 않아 이 산 속에서 이루어질 겁니다. 그럼 이제 당신의 지도를 보여 주시오."

엘론드는 지도를 받아 들고 한참 동안 바라보더니 마침내 고개를

저었다. 그로서는 난쟁이들의 복수나 황금에 대한 욕망에는 찬성할
수 없었지만, 그 이상으로 용을 싫어했고 용의 잔인하고 악랄한 성
질을 미워하고 있었다. 엘론드는 즐거운 종이 울려 퍼지던 데일의
황폐해진 모습이며, 아름다운 여울물의 양쪽 둑이 불태워진 모습을
회상하면 슬픔이 밀려왔다. 달이 은빛의 대형 활처럼 비치기 시작했
다. 엘론드는 지도를 들어올려 달빛에 비춰 보았다.

"오, 이것 좀 보시오. 입구의 높이는 약 1미터 반, 폭은 세 사람
이 나란히 걸을 수 있을 정도라고 씌어 있는 보통의 룬 문자 옆에
월광 문자로 뭔가 쓰여 있어요."

엘론드가 말했다.

"월광 문자란 뭡니까?"

호비트는 두근거리는 기분을 누를 수 없어 물었다. 전에도 말했듯
이 빌보는 지도를 좋아했다. 게다가 룬 문자며 그 밖의 여러 가지
문자며 달필의 글씨를 좋아했다. 비록 자기가 글자를 쓰면 가늘고
거미 같은 글자가 되지만.

"월광 문자도 룬 문자의 하나입니다. 그러나 이것은 여느 때는 볼
수 없습니다. 달빛이 비칠 때만 읽을 수 있어요. 뿐만 아니라 매
우 공들여 만들어졌기 때문에 그 문자를 썼을 때와 같은 모양의
달, 같은 계절의 달이 비치지 않으면 안 됩니다. 이 문자를 고안
한 것은 난쟁이이며, 난쟁이들은 은펜으로 쓴답니다. 그건 당신들
이 잘 알고 있겠지요. 그리고 이 지도의 문자는 오랜 옛날 하지
전날 밤의 이같은 초승달 밑에서 썼을 겁니다."

엘론드가 말했다.

"뭐라고 씌어 있습니까?" 간달프와 소린이 함께 물었다. 두 사
람 모두 전에 읽을 기회가 없었을 테고, 앞으로도 언제 이런 기회가
올지 알 수 없었으므로 더욱 유감이었을 것이다. 지금 여기서 엘론
드를 통해 처음 읽혀지는 것이 화가 나는 눈치였다.

　　"개똥지빠귀가 두드릴 때 잿빛 바위 옆에 서라." 엘론드가 읽어 내려갔다. "듀린의 날 해질녘의 마지막 빛이 열쇠구멍에 비칠 것이다."

　　"듀린이라고, 듀린이라고? 그분은 난쟁이 종족의 조상 중 가장 나이가 많은 분이었지요. 나의 직계 조상입니다." 소린이 외쳤다.

　　"그럼 듀린의 날이란 언제입니까?"

엘론드가 물었다.

　　"난쟁이족의 새해 첫날을 말합니다. 그것은 누구나가 다 알고 있듯이 겨울의 문턱에 서는 가을의 마지막 초승달이 뜨는 날을 말합니다. 그날 하늘에 가을의 마지막 달과 해가 함께 뜰 때, 그것을 우리는 듀린의 날이라고 부르지요. 그런데, 그런 줄은 알지만 그날이 언제 온다고 미리 알 수는 없답니다. 오늘날 우리의 힘으로는 그날을 알아맞힐 힘이 없지요."

소린이 말했다.

　　"그것은 두고 보기로 하지요. 그 밖에 또 뭐가 씌어 있습니까?"

간달프가 말했다.

　　"이 달빛으로 읽을 수 있는 것은 그것뿐입니다."

　　엘론드가 지도를 소린에게 돌려 주었다. 그 후 일행은 하지절의 요정들의 노래며 춤을 구경하러 시냇가 쪽으로 내려갔다.

　　이튿날 새벽 이토록 좋은 날씨가 또 있을까 싶을 정도로 활짝 갠 상쾌한 하지날이 밝았다. 푸른 하늘에는 구름 한 점 없고 아침 해는 물 위에서 반짝반짝 춤추고 있었다. 안개산맥을 넘어 그 저편으로 가는 길을 알게된 일행은 이별의 노래와 축복 속에 이제부터 겪을 모험을 마음에 그리며 조랑말을 타고 다시 길을 떠났다.

산 위와 산 밑

　이 산맥으로 들어가는 길은 많았고 또한 산맥을 넘는 고개도 여럿 있었다. 그러나 대부분의 길은 막다른 길이었고, 대부분의 고개는 요물과 위험으로 가로막혀 있었다. 난쟁이들과 호비트는 엘론드의 조언과 간달프의 기억력에 의지하여 올바른 길로 나아갔다.

　골짜기를 빠져서 산으로 접어들어 '마지막 휴식관'을 뒤로 한 지 여러 날이 지났는데도 일행은 여전히 오르막길을 걷고 있었다. 그것은 걷기 힘들고 위험한 산길로, 구불구불하고 쓸쓸하고 긴 길이었다. 뒤돌아보면 그들이 지나온 땅이 저 아래로 내려다 보였다. 저 멀리 서쪽에 파랗게 아른거리는 곳을 바라보며 빌보는 그곳에 안전하고 편안한 고향이 있고 자기의 작은 호비트 굴이 있구나 하고 생각했다. 빌보는 몸을 떨었다. 높은 곳은 몹시 추웠다. 바람이 바위를 때리며 쌩쌩 울었다. 게다가 한낮의 햇살에 눈이 녹은 산 위로 낙석이 와르르 굴러떨어져 (운좋게) 모두의 사이를 스쳐 지나가기도 하고 (간담을 서늘하게 만들며) 머리 위로 넘어가기도 했다. 밤은 밤대로 춥고 쓸쓸했다. 누구도 큰소리로 노래하거나 이야기하는 자는 없었다. 큰 소리를 내면 산울림 소리가 무섭게 울려왔다. 산은 적막을 깨뜨리고 싶어하지 않는 것 같았다. 오직 골짜기의 시냇물 소리, 바람 소리, 돌 구르는 소리가 있을 뿐이었다.

'산 아래는 여름일텐데.' 빌보는 생각했다. '풀베기가 한창이고 피크닉이 있겠지. 이런 식으로 나아가다가는 가을걷이와 산딸기 수확이 끝난 후에야 겨우 저편으로 내려갈 수 있을 것 같군.' 다른 난쟁이들도 모두 울적한 생각에 사로잡혀 있었다. 하지날의 빛나는 아침, 높은 소망을 품고 엘론드에게 작별을 고했을 때는 누구나가 산을 넘는 길에 대해 신이 나서 이야기했고, 산 저편으로 척척 말을 몰고 나아갈 작정이었었다. 모두들 가을의 마지막 달이 떠오르는 날——그들은 '그 날이 듀린의 날일 거야'라고 말했다——외딴산의 비밀 입구에 닿을 거라고 생각했던 것이다. 간달프만은 의심스러운 듯이 고개를 젓고 아무 말도 하지 않았다. 난쟁이들은 여러 해 동안 이 길을 지나간 적이 없었으나 간달프는 자주 지나갔던 것이다. 그래서 간달프는 요물이며 위험이 얼마나 많은지를 잘 알고 있었다. 옛날에 용이 이 고장에서 인간을 내쫓고 고블린이 모리아 산을 마구 휘저은 뒤로 이 산 속에는 음험한 세력이 번창하고 있었다. 간달프 같은 지혜로운 마법사나 엘론드 같은 훌륭한 친구가 생각해 낸 좋은 계획이 있어도 황무지 나라의 경계선을 넘어 이 위험한 나라에 접어들어서는 자칫 길을 잃는 수가 있는 것이다. 간달프쯤 되면 그것을 알수 있었다.

간달프는 예기치 못한 일이 발생할지도 모른다는 것을 알고 있었다. 훌륭한 임금님이 다스리지 않는 이같은 쓸쓸한 봉우리들이며 골짜기들이 이어져 있는 큰 산맥을 넘는데 무서운 모험을 겪지 않고 지나갈 수 있으리라고는 감히 바랄 수 없었다. 어느 날 심한 천둥과

폭우를 만났다. 그것은 천둥과 폭우라기보다는 차라리 전쟁이었다. 평평한 땅이나 시내가 있는 골짜기에서 큰 뇌우를 만난 적이 있는 사람은 뇌우가 얼마나 무서운 것인지를 알고 있을 것이다. 특히 두 개의 뇌우가 맞부딪쳤을 때의 무시무시함은 그것을 직접 보지 않은 사람은 모른다. 밤에 산에서 만나는 천둥과 번개는 더욱 무섭다. 동쪽과 서쪽에서 몰려온 폭풍이 맞부딪쳐 전쟁을 방불케 하는 경우가 특히 그러하다. 번개가 봉우리들을 쪼개 바위가 요동치고, 무시무시한 굉음이 공중을 가르며 땅속으로, 동굴 속으로 스며든다. 그리고 밤의 어둠이 굉장한 소리의 울림과 미친 듯이 번쩍이는 빛의 세계로 바뀐다.

빌보는 지금까지 이같은 광경을 본 적도 상상한 적도 없었다. 일행은 한쪽 면이 낭떠러지인 좁은 발판에 모여 있었다. 그곳에는 위를 덮는 바위가 하나 있어서 그 밑에서 하룻밤을 지내려고 한 것이다. 빌보는 담요를 쓰고 머리에서 발끝까지 부들부들 떨고 있었다. 번개가 번득일 때 얼굴을 내밀고 바라보았더니 골짜기에서 돌의 거인들이 나오고 있었는데, 돌의 거인들은 서로 바위를 부딪치고, 빼앗고, 어둠 속으로 던지며 놀고 있었다. 던져진 돌은 멀리 아래의 나무들 사이로 떨어져 깨지기도 하고 굉장한 소리를 내며 잘게 부서져 흩어지기도 했다. 게다가 바람과 비가 더욱 심해졌다. 바람은 비와 우박을 사방으로 뿌렸기 때문에 튀어나온 바위 밑에 있어도 아무 소용이 없었다. 모두는 순식간에 흠뻑 젖었다. 조랑말들은 고개를 떨구고 꼬리를 다리 사이에 넣고 겁을 내고 있었고, 몇 마리는 너무나도 무서워서 계속 높은 소리로 울어댔다. 모두의 귀에는 거인들이 산의 곳곳에서 껄껄 웃으며 고함치는 소리가 들려왔다.

"여기에 있을 수 없겠어. 바람에 날려가거나 벼락을 맞거나 아니면 저 거인들에게 발견돼서 축구공처럼 채여 버릴 거야." 소린이 말했다.

"그렇다면 어디든 좋은 장소를 찾아내게."

간달프도 말했다. 간달프는 몹시 화가 나 있었고 거인들이 하는 짓을 견딜 수 없었던 것이다.

여러 가지로 의논을 한 끝에 그들은 필리와 킬리를 보내어 좀더 쉬기에 좋은 장소를 찾아내게 하기로 했다. 이 두 사람은 매우 예리한 눈을 가지고 있고 다른 난쟁이들보다도 50살쯤 나이가 아래인 젊은 축이어서 평소에도 이런 일을 하고 있었다(빌보를 보내도 소용이 없다는 것을 알고 있을 경우 말이다). 뭔가를 찾고자 할 때에는 반드시 눈으로 확인해야 한다(소린도 젊은 난쟁이들에게 그렇게 말하고 있었다). 찾아 놓고 나서 보면 찾던 것이 아님을 알게되는 경우가 종종 있다. 이 경우가 그랬다.

얼마 뒤에 필리와 킬리가 땅을 기어서 바람에 날려가지 않도록 바위에 매달리며 돌아왔다.

"젖어 있지 않은 동굴을 하나 발견했습니다. 다음 모퉁이를 돌면 바로 있습니다. 조랑말들도 전부 들어갈 수 있습니다."

두 사람이 보고했다.

"속을 샅샅이 살펴보았나?" 마법사가 물었다. 간달프는 산의 동굴에 아무것도 살지 않는 일이 좀처럼 없다는 것을 알고 있었다.

"예, 살펴보았고말고요" 두 사람은 대답했다. 그러나 잘 살펴본 것치고는 너무 빨리 돌아왔으니 찬찬히 살폈다고는 여겨지지 않았다. "그다지 큰 동굴은 아닙니다. 안쪽으로 퍼져 있지 않거든요."

말할 나위도 없이 그것은 동굴의 위험한 점이다. 때에 따라서는 안쪽이 뜻밖으로 퍼져 있어 그것을 더듬어가면 어디로 나가야 할지 모르게 되거나 속에 무엇이 숨어 있는지 모르는 수가 많다. 그러나 지금은 필리와 킬리의 말이 맞을 것 같았다. 그래서 그들은 몸을 일으켜 옮겨갈 준비를 했다. 바람은 으르렁거리고 천둥도 아직 울리고 있었다. 그런 가운데를 모두는 조랑말을 데리고 이동하기 시작했다.

얼마 안 가서 길에 튀어나온 큰 바위로 접어들었다. 그 바위 뒤를 돌았더니 산 쪽에 활 모양으로 입을 벌린 낮은 동굴이 보였다. 짐을 내리고 안장을 벗기면 말들이 그럭저럭 지나갈 수 있을 만한 높이였다. 그 입구를 통과하자 지금까지 맞고 있던 비바람이 소리로만 들려왔다. 거인들의 바위 던지기로부터도 벗어난 기분이 들어 모두는 다소 마음이 놓였다. 그러나 마법사만은 마음이 편치 않았다. 간달프는 지팡이 끝에 불을 붙였다. 이미 오래전의 일 같지만 어느 날 빌보네 집 식당에서 마법사가 지팡이에 불을 붙였던 일을 여러분은 기억하고 있을 것이다. 그 불빛으로 모두는 동굴을 구석구석 살펴보았다.

꽤 큰 동굴인 것 같았다. 그러나 지나치게 크지는 않았고 이상한 데도 없었다. 비에 젖지 않은 땅바닥은 몸을 편히 누일 수 있는 정도였다. 조랑말들을 한곳에 모아 둘 만한 곳도 있었다. 그곳에 서서 말들은 몸에서 김을 올리며(안정을 찾은 것을 매우 기뻐하며) 목에 건 자루 속의 먹이를 와삭와삭 먹었다. 오인과 글로인은 옷을 말리고 싶으니 동굴 입구에 모닥불을 피우자고 말했지만 간달프는 들어주지 않았다. 그래서 모두는 젖은 것을 땅바닥에 펴고 짐 속에서 마른 옷을 꺼내 왔다. 그리고 담요 위에 편안히 앉아서는 파이프를 피우며 갖가지 모양의 연기 고리를 뿜어 냈다. 간달프는 모두의 기운을 북돋아 주기 위해 고리를 여러 가지 색깔로 바꾸어 보이며 천장에서 춤을 추게 해보였다. 모두 실컷 떠들어댔다. 그리고 폭풍우를 잊고, 만일 보물을 되찾으면 (이미 이때는 되찾는 것이 그리 어렵지 않게 여겨졌다) 어떻게 분배할지를 서로 열심히 이야기했다. 그리고나서 한 사람씩 잠이 들었다. 그런데 이것이 조랑말이며 함께 가지고 온 짐이며 보통이며 개인 소지품이며 도구 등을 보는 마지막이었다.

빌보를 데리고 가서 정말 다행이었다. 빌보는 그날 밤 왠지 한참 동안 잠이 들지 않았고, 겨우 잠이 들었다 싶었는데 기억하기도 싫은 꿈을 꾸고 말았다. 꿈 속에서 빌보는 동굴 위 벽의 갈라진 데가 차츰 넓게 벌어져 무서웠지만 꼼짝 못하고 누워서 바라볼 뿐, 소리도 지를 수 없었다. 그리고 동굴 바닥이 무너져 어디인지 모르지만 아래로 아래로 몸이 미끄러져 내려가는 것이었다.

빌보는 너무나도 무서워서 잠을 깼다. 그러자 꿈의 일부가 진짜임을 알았다. 동굴 뒤쪽이 뻥하니 뚫려 넓은 터널이 되어 있었다. 그리고 마침 터널 속으로 조랑말들의 꼬리 끝이 사라지는 것을 보았다. 빌보는 비명을 질렀다. 호비트는 작은 체구에 비해 깜짝 놀랄 만큼 큰 소리를 낼 수 있었는데, 그렇더라도 이것은 꽤나 큰 목소리였다.

그러자 고블린들이 튀어 나왔다. 큰 고블린들, 추한 얼굴의 고블린들, 많은 고블린들이 "가나다라마바사"라고 말할 틈도 없이 떼지어 나왔다. 하나의 난쟁이에게 적어도 6명의 고블린이 덤벼들었다. 빌보한테조차도 2명의 고블린이 덤벼들었다. 이리하여 모두는 붙잡혀서 바위틈을 거쳐 안쪽으로 끌려갔다. 그 동안 "아자차카타파하"라고 할 틈도 없었다. 그러나 간달프는 달랐다. 빌보가 도움이 되었다는 것은 바로 이 점이다. 빌보의 비명이 한순간에 간달프를 정신이 번쩍 들게 깨웠던 것이다. 고블린들이 간달프를 붙잡으러 왔을 때 동굴에 번개 같은 무서운 섬광이 일었고 화약 같은 냄새가 나더니 고블린 몇 명이 쓰러져 죽었다.

갈라진 틈은 쾅하고 닫혔다. 빌보와 난쟁이들은 원래의 동굴과는 다른 굴에 와 있었다. 간달프는 어디 있을까? 그것은 그들뿐 아니라 고블린들도 짐작하지 못했다. 고블린은 간달프를 집요하게 찾아 내려고 하지 않았다. 그들은 빌보와 난쟁이들을 붙잡아 급히 몰아대며 나아갔다. 안으로 깊숙이 들어감에 따라 더욱 어두워졌다. 산의 깊은 곳에서 살아온 고블린밖에 꿰뚫어보지 못하는 어둠이었다. 길은 온갖 방향으로 갈라지거나 섞이거나 하며 얽혀 있었지만 고블린들은 길을 잘 알고 있었다. 길은 줄곧 내려가기만 하여 매우 숨이 가빠졌다. 그래도 고블린들은 아주 태연했고, 인정사정없이 끌고가며 고블린다운, 소름 끼치는 목소리로 웃기도 했다. 그것을 듣자 빌보는 트롤에게 발목을 잡혀 거꾸로 매달렸을 때보다 더욱 불쾌한 기분이 되었다. 빌보는 다시금 깨끗하고 밝은 자기의 호비트 굴이 그리워졌다. 그러나 그것은 이번이 마지막은 아니었다!

　이윽고 앞쪽에 빨간 불빛이 어른거리기 시작했다. 고블린들은 노래부르기, 아니, 고함지르기 시작했다. 그리고 돌 위에서 넓적한 발로 찰싹찰싹 가락을 맞추며 포로들을 이리저리 흔들었다.

　　콰당, 철썩, 검은 구멍을 닫아라!
　　힘껏 비틀어라, 붙잡아라!
　　땅 밑으로 자꾸 내려가라!
　　고블린의 거리로 데리고 가라!

　　덩덩, 콰당콰당, 북채든 망치든
　　손에 들고 두드려라, 울려라!
　　미운 녀석들을 때려 눕혀라!
　　땅 밑 구렁텅이로 데리고 가라!

　　쌩쌩, 찰싹, 채찍을 울려라!
　　때려라, 두드려라, 아우성치게 해라!
　　일이다, 일이다, 게으름피우지 마라!
　　고블린님이 술을 마시는 동안
　　고블린님이 웃고 있는 동안
　　돌아라, 돌아라, 땅 속 깊이!

노랫소리는 매우 끔찍하게 울려 퍼졌다. '콰당, 철썩'이니 '쌩쌩, 찰싹'이니 하고 노래할 때마다 주변의 벽이 윙윙 메아리쳤고, 노래 하고 웃을 때마다 듣기 싫은 노랫소리를 되돌려주었다. 노랫말은 들 을 것도 없이 분명했다. 왜냐하면 노래부르며 고블린들이 채찍을 꺼 내어 "쌩쌩, 찰싹" 하고 모두에게 채찍질을 하여 되도록 빨리 달리 게 했기 때문이다. 몇 명의 난쟁이들이 노랫말대로 울부짖었다. 이 리하여 모두가 굴러 들어간 곳은 어떤 큰 동굴이었다.

그 한가운데에는 크고 빨간 모닥불이 타고 있고 옆의 벽에는 횃불 이 걸려 있으며 고블린들이 잔뜩 모여 있었다. 쭉 둘러선 고블린들 이 웃으며 발을 구르고 손뼉을 치며 난쟁이들(그 맨 끝에 가엾게도 빌보가 있었고, 게다가 채찍에 가장 가까웠다)을 맞이했다. 강제로 끌고 가는 고블린들은 그 뒤에서 난쟁이들에게 고함지르고 채찍을 휘두르며 들어왔다. 조랑말들은 이미 구석 쪽에 옹기종기 모여 있었 다. 그리고 그 주위에 짐이며 보퉁이가 죄다 찢겨서 고블린들에 의 해 비틀려지고 조각이 나 있었다.

아마도 난쟁이들에게는 이것이 그 훌륭한 조랑말들을 보는 마지 막이었을 것이다. 그 속에는 엘론드가 간달프의 말은 산길에 맞지 않는다고 하며 빌려 주었던 매우 튼튼한 작은 흰 말도 있었다. 고블 린들은 말이건 당나귀이건(그밖에 아무리 징그러운 것이건) 가리지 않고 먹으며, 늘 굶주려 있었기 때문이다. 그러나 이때 사로잡힌 사 람들은 말에 대해서보다는 자신들에 대해서 생각하고 있었다. 고블 린들은 난쟁이들에게 뒷짐을 지워 쇠사슬로 묶어서 한 줄로 이어 그 동굴의 가장 구석진 곳으로 끌고 갔다. 빌보는 그 줄의 맨 끝에서 끌려갔다.

그 안쪽 어둠 속의 크고 평평한 돌 위에 머리가 유별나게 큰 무서 운 고블린 하나가 앉아 있었다. 그 주위로 갑옷을 입은 고블린들이 늘어서 있었는데, 모두 전투용 도끼며 고블린이 쓰는 활처럼 휜 칼을 들고 있었다. 본래부터 고블린은 잔인하고 속이 시커먼 놈들이다. 아름다운 것은 만들지 못하면서도 손재주는 있다. 가장 재주 있는 난쟁이에게는 미치지 못하지만 어쨌든 난쟁이처럼 터널을 뚫고 광산을 판다. 하긴 평소에는 그다지 일을 하지 않고 칠칠치 못하며 무척 더럽다. 망치와 도끼, 칼과 단도, 곡괭이와 집게, 그 밖의 무기며 사람을 상처입히는 도구 등을 고블린들은 꽤 잘 만들며, 남들을 시켜서 생각한 대로 만들게 할 수도 있다. 남들이란 포로로 잡힌 자나 노예들로, 공기와 빛이 모자라서 죽을 때까지 일을 시킨다. 고블린들이 어떤 장치를 발명하여 그때문에 후세에 재난을 뿌린 예도 적지 않다. 예컨대, 특히 단번에 많은 사람들을 몰살시키는 교묘한 장치가 여러 가지 있었다. 그들은 톱니바퀴니 기계장치니 화약 따위를 본래부터 매우 좋아했을 뿐만 아니라, 되도록 손을 쓰지 않아도 된다는 점에서 마음에 들어했기 때문이었다. 하긴 이 이야기가 진행되던 시대의 야산 속에서 고블린들이 대포까지 만들 만큼 '진보'해 있진 못했지만 말이다. 고블린족은 특별히 난쟁이족을 미워하고 있었던 것은 아니다. 다만 고블린들은 누구든지 미워했고 그 가운데서도 단정하고 올바른 자나 훌륭하게 번영하는 자를 보면 울화통을 터뜨리는 것이었다. 난쟁이족 가운데서도 나쁜 난쟁이들과는 친구로 사귀고 있을 정도였지만, 이 고블린들은 소린 일족에게는 특별히 원한을 품고 있었다. 이 이야기 속에서는 다루지 않았으나 전에 언급한 저 고블린 전쟁 때문이다. 어쨌든 고블린들은 은밀하고 교묘한 방법으로 적을 사로잡을 수만 있다면 포로가 누구이건 개의치 않았다.

“이 한심한 녀석들은 무엇들이냐?”
큰 고블린이 물었다.
“난쟁이들과 이런 녀석입니다!” 하고 이끌고 온 고블린 하나가 빌보의 쇠사슬을 홱 잡아당겼으므로 빌보는 앞으로 고꾸라지며 무릎을 꿇었다. "우리들의 현관방에서 자고 있는 것을 발견했습니다."

"그곳에 들어와서 무엇을 했지?" 큰 고블린이 소린을 향해 물었다. "나쁜 짓을 꾀하고 있었겠지. 아마도 우리들의 비밀을 알아내러 왔겠지. 도둑들이라고 해도 놀라울 것 없어. 살인자이며 요정들과 한패일 수도 있겠고, 자 빨리빨리 말해라."

"난쟁이인 소린이오, 잘 부탁하오!" 소린은 형식만은 정중하게 갖추어 대답했다. "당신이 짐작하시는 것 같은 일을 우리는 조금도 꾀하지 않았소. 폭풍우를 피하기 위해 빈 동굴로 알고 들어갔을 뿐이오. 어쨌든 고블린 여러분을 방해할 생각은 조금도 없었소이다."

이것은 사실이었다.

"호오! 제법이군. 그럼 묻겠는데 너희들은 이 산에 올라와서 무엇을 했나? 도대체 어디서 왔고, 어디로 가는 건가? 너희들에 관한 것을 모조리 설명해라. 하긴 까닭을 말한다고 해서 살려 주진 않는다. 소린 오큰실드 너희들에 대하여는 이미 많이 알고 있다. 그러니 사실을 이야기해야 한다. 그렇지 않으면 너희들을 아주 호되게 다룰 것이다."

"우리는 조카, 사촌, 육촌, 팔촌, 그 밖에 친척들을 만나보러 가는 길이오. 그 친척들은 이 매우 대접이 융숭한 산의 동쪽에 살고 있소."

소린은 엉터리로 말했다. 사실대로 이야기해도 소용이 없을 것 같았고, 순간적으로 할 말이 떠오르지도 않았던 것이다.

"거짓말입니다. 터무니없는 거짓말입니다!" 끌고 온 고블린 하나가 말했다. "놈들을 끌고 내려 오는 동안에 우리의 동료가 그 동굴에서 벼락을 맞아 죽어 버렸습니다. 게다가 이것을 가지고 있는 까닭도 해명하지 않았습니다!"

그 고블린은 소린이 트롤의 암굴에서 가지고 온 칼을 내밀었다.

큰 고블린은 이것을 보자 분노의 소리를 질렀고, 늘어서 있던 병사들도 모두 이를 갈며 방패를 맞부딪치고 발을 굴렀다. 고블린들은 즉시 그 칼을 알아보았던 것이다. 그것은 곤돌린의 요정들이 산속에서 고블린들을 쫓거나 방벽 앞에서 전쟁을 할 때 몇백 몇천의 고블린을 죽인 명검이었다. 요정들은 그 칼을 오르크리스트, 즉 고블린 퇴치라고 부르고 있었지만 고블린들은 이것을 그저 '물고 늘어지는 칼'이라고 불렀다. 그리고 이 칼을 미워했고, 이 칼을 가지고 있는 자를 미워했다.

"역시 살인자이며 요정과 한패이다!"

큰 고블린이 고함질렀다.

"이놈들을 채찍질해라, 때려라, 물고 늘어져라, 덤벼들어라! 뱀들이 득실거리는 어두운 굴 속에 밀어넣고 다시는 불빛을 보여 주지 말아라!"

큰 고블린은 분노한 나머지 돌의자에서 뛰어 내려와 입을 쩍 벌리고 소린을 향해 달려가려고 했다.

바로 그때 동굴의 불빛이 죄다 꺼지고, 큰 모닥불도 싹 꺼지더니 파랗게 빛나는 연기 기둥이 되어 곧장 천장으로 올라가, 그곳에서 하얀 불꽃으로 산산이 흩어져 고블린들 위에 떨어졌다.

외침, 신음, 원성, 한탄, 저주, 훌쩍임, 비명, 그 소란은 도저히 설명할 수가 없다. 수많은 들고양이와 늑대가 함께 산 채로 천천히 불에 구워져도 이토록 격심하진 않았을 것이다. 불꽃은 여기저기에 불을 붙여서 고블린들을 혼란시켰고, 천장에서 내려온 연기는 앞이 보이지 않을 만큼 자욱했다. 그러는 동안에 고블린들은 서로 걸려서 넘어져 땅바닥에 뒹굴며 포개지자 모두 미치광이라도 된 듯이 물고 차고 때리고 야단들이었다.

그때 갑자기 누군가 번쩍하고 칼을 휘둘렀다. 빌보는 칼의 움직임을 보았다. 칼은 분노에 사로잡혀 우뚝 서 있던 큰 고블린을 단번에 베었다. 큰 고블린은 쓰러져 죽었다. 주위의 병사들은 칼 앞에서 서로 앞을 다투어 날카로운 소리를 지르며 어둠 속으로 도망쳤다.

칼은 칼집에 꽂혔다. "빨리 나를 따라오라!" 라는 낮고 엄한 목소리가 들렸다. 빌보는 뭐가뭔지 모르는 채 되도록 빨리 난쟁이의 대열 끝에 붙어서 더욱 어두운 쪽으로 도망쳐 갔다. 뒤에서는 외침소리가 차츰 희미해졌다. 한 점의 창백한 불빛이 모두를 인도하고 있었다.

"좀더 빨리, 좀더 빨리! 놈들의 횃불이 이제 곧 다가온다!"

아까의 목소리가 말했다.

"잠깐 기다려 주십시오!"

도리가 말했다. 이 착한 난쟁이는 빌보의 바로 앞을 뛰어가고 있었는데 그때 묶인 손을 되도록 잘 써서 호비트를 자기의 등에 끌어올려 주었다. 그 다음 모두는 쇠사슬을 절거덕거리며 손이 묶인 탓으로 보조가 맞지 않아 비틀거리는 걸음으로 열심히 뛰었다. 한참 동안 모두는 걸음을 멈추지 않았다. 그럭저럭 산의 가장 깊숙한 곳에 닿은 것 같았다.

그때 간달프가 지팡이에 불을 붙였다. 물론 그 목소리의 주인공은 간달프였다. 그래도 모두는 너무 마음이 다급해서 어떻게 간달프가 올 수 있었는지 물을 틈도 없었다. 간달프는 다시금 칼을 뽑았다. 칼은 어둠 속에서 번득였다. 이 칼은 주위에 고블린이 있으면 노여움에 불타서 번쩍번쩍 빛이 났다. 그것은 지금 동굴의 주인을 죽이고 기쁨에 넘쳐서 파란 불길로 타올라 번쩍이고 있었다. 이 칼을 휘둘러서 고블린의 쇠사슬을 끊고 사로잡혀 있는 난쟁이들을 풀어 주기란 어렵지 않았다. 칼의 이름은 앞에서도 말했듯이 글램드링, 다시 말하면 '적 무찌르기'라고 하나 고블린들은 '때려눕히는 칼'이라고 부르며 '물고 늘어지는 칼'보다 더욱 무서워했다. '물고 늘어지는 칼'인 오르크리스트도 무사했다. 간달프가 깜짝 놀란 호위병으로부터 그 칼을 빼앗아 가지고 왔던 것이다. 간달프는 지혜가 깊어 거의 모든 일을 생각한다. 생각한 일을 전부 해낼 수는 없지만 위기에 빠진 친구를 위해서는 굉장한 일을 한다.

"모두 있나?" 간달프는 고개를 숙이며 소린에게 그 칼을 건네주고 말했다. "어디 보자——하나, 이건 소린이로군, 둘, 셋, 넷, 다섯, 여섯, 일곱, 여덟, 아홉, 열, 열 하나, 필리와 킬리는 어디 있지? 있군. 열둘, 열셋, 오오, 배긴스도 있군. 전부 열네 명. 좋아. 지금까지 나쁜 일만 있었지만 앞으로는 잘 되겠지. 어쨌든 지금은 조랑말도 먹을 것도 없고, 우리가 어디에 있는지조차도 알 수가 없어. 게다가 바로 뒤에는 미쳐서 날뛰는 고블린 대군이 있다. 전진하자!"

모두는 전진했다. 간달프의 말이 맞았다. 일행이 지나온 길 저쪽에서 고블린의 움직이는 소리와 끔찍한 외침소리가 들려왔다. 그래서 모두는 더욱 더 걸음을 재촉했다. 가엾은 빌보로서는 그 반도 따라갈 수 없는 속도였다. 난쟁이는 필요하다면 한 걸음을 굉장히 넓은 폭으로 뛸 수 있었다. 난쟁이들은 빌보를 차례로 등에 업고 뛰었다.

그러나 고블린 쪽이 난쟁이보다 걸음이 빨랐고 이곳의 고블린들은 길을 잘 알고 있었다(자기들이 뚫은 길이니까). 게다가 마구 성이 나 있었다. 그러므로 일행은 차츰 가까와지는 외침소리며 으르렁 소리를 듣게 되었다. 그리고 얼마 뒤에 고블린의 예의 찰싹찰싹 때리는 발소리까지 들을 수 있게 되었다. 그것은 엄청난 숫자로 이제 곧 저 길모퉁이를 돌아올 것으로 여겨졌다. 마침내 빨간 횃불의 깜빡임이 터널 뒤쪽의 어둠 속에 보이기 시작했다. 게다가 모두는 녹초가 되도록 지쳐 있었다.

"아아, 어째서, 대체 어째서 나의 호비트 굴을 버리고 왔을까!"

가엾은 배긴스가 봄버의 등에 매달려 흔들리면서 말했다.

"아아, 어째서. 대체 어째서 이 한심한 호비트를 보물찾기에 데리고 왔을까!"

가엾은 뚱보 봄버는 더위와 두려움으로 코끝에서 땀을 뚝뚝 흘리며 비틀비틀 달리고 있었다.

그때 간달프가 모두의 뒤로 빠졌다. 소린도 함께였다. 일행은 급한 길모퉁이를 돌았다. 간달프가 외쳤다.

"돌아서라! 소린 그 칼을 뽑게."

이것밖에는 다른 수가 없었다. 그러나 이것이야말로 고블린이 가장 싫어하는 일이었다. 고블린들이 아우성치며 황급히 그 길모퉁이를 돌아왔을 때 '고블린 퇴치'와 '적 무찌르기' 칼이 고블린들의 깜짝 놀란 눈앞에서 차갑게 빛나고 있었다. 앞쪽 고블린들은 횃불을 떨어뜨리고 외마디 소리를 지르며 죽임을 당했다. 그 뒤의 고블린들은 좀더 큰 소리로 외치며 뒷걸음질쳐서 몰려오던 자들과 부딪쳤다.

"'물고 늘어지는 칼'과 '때려 눕히는 칼'이다!"

고블린들은 고함질렀다. 그러자 순식간에 큰 소동이 벌어졌다. 대부분의 반대 방향으로 쏜살같이 도망치기 시작했다.

고블린들이 다시 길모퉁이를 돌아서 오기까지는 상당한 시간이 걸렸다. 그 동안에 난쟁이들은 다시 길을 서둘렀다. 고블린의 어두운 터널이 이어지는 길고 긴 길이었다. 고블린들은 도망친 자국을 찾아내자 횃불을 끄고, 부드러운 구두를 신고 눈과 귀가 가장 밝고 걸음이 가장 빠른 자를 선발했다. 선발된 자들은 어두운 밤의 족제비처럼 날쌔고 박쥐보다도 조용하게 뒤를 쫓아왔다.

그러므로 빌보도 다른 난쟁이도, 또한 간달프조차도 고블린들이 다가오는 소리를 듣지 못했다. 모습도 보이지 않았다. 그런데 고블린 쪽에서는 바싹 뒤에 붙어서 소리도 없이 달리며 난쟁이들을 죄다 보고 있었다. 간달프는 난쟁이들이 달릴 수 있도록 희미한 불을 지팡이 끝에 붙이고 있었으니까.

　빌보를 등에 업을 차례가 되어 있던 도리가 갑자기 뒤의 어둠 속에서 고블린에게 붙잡혔다. 도리는 외마디 소리를 지르며 쓰러졌다. 호비트는 도리의 등에서 어둠 속으로 굴러 떨어져 딱딱한 바위에 머리를 부딪히고 정신을 잃고 말았다.

어둠 속의 수수께끼

　빌보가 눈을 떴을 때, 그는 자신이 정말 눈을 떴는지 의심하지 않을 수 없었다. 왜냐하면 눈을 감았을 때와 마찬가지로 주변이 캄캄했기 때문이다. 그리고 근처에는 아무도 없었다. 그 두려움이라니 ! 아무것도 들리지 않았고 아무것도 보이지 않았고 땅바닥의 돌 외에는 아무것도 만져지지 않았다.

　빌보는 천천히 일어나서 네 발로 기어 가까스로 터널 벽에 닿았다. 그러나 벽의 윗부분과 아랫부분을 만져 보았지만 아무것도 발견할 수 없었다. 아무것도 없었다. 고블린도 난쟁이도 보이지 않았다. 아직 머리가 어지러웠다. 모두가 어느 쪽을 향해 갔는지 그 방향을 알 수가 없었다. 열심히 생각한 끝에 이쪽이라고 여겨지는 쪽으로 상당히 나아갔는데, 문득 손이 터널 바닥에 떨어져 있던 차가운 금속, 아주 작은 반지 같은 것에 닿았다. 그것이야말로 빌보 배긴스의 운의 갈림길이었는데 빌보는 그런 줄도 모르고 아무 생각도 없이 반지를 호주머니에 넣었다. 특별히 다루는 방법이 있다고는 생각하지도 못했다. 빌보는 그곳에서 한 걸음도 움직이지 않고 싸늘한 땅바닥에 주저앉아서 한참 동안 비참한 생각에 잠겨 있었다. 자기 집 부엌에서 베이컨과 달걀을 부치는 장면이 생각났다. 뱃속 상태로 보아서는 지금이 바로 식사 시간이다. 그렇게 생각하니 더욱더 비참한 기분이 들었다.

빌보는 어떻게 하면 좋을지 몰랐다. 어떤 일이 일어났는지, 어째서 자기만이 남겨졌는지, 또한 남겨졌는데 어째서 고블린들에게 붙잡히지 않았는지 이 모든 것을 알 수가 없었다. 어째서 이토록 머리가 욱신거리는지도 몰랐다. 그가 아는 것은 눈도 보이지 않고 머리도 돌아가지 않고 어둠 속 한구석에 오랫동안 꼼짝 않고 누워 있다는 것뿐이었다.

한참 뒤에 빌보는 파이프를 찾았다. 망가져 있지 않았다. 이건 대단한 일이다. 그 다음, 담배 케이스를 만져 보았다. 그 속에 얼마쯤 담배가 들어 있었다. 이건 더욱더 대단한 일이다. 이어서 성냥을 찾아보았지만 없었다. 그래서 일껏 부풀어 올랐던 희망이 납작해져 버렸다. 차분히 생각해 보니 그편이 좋았다. 성냥을 그어서 담배를 한 대 피우면 그 소리, 그 냄새로 이 무시무시한 장소의 어두운 구멍 속에서 어떤 일이 일어났을지도 모른다.

그러나 빌보는 크게 낙심했다. 호주머니를 전부 뒤져보고 이곳저곳 몸을 더듬으며 성냥을 찾다가 손이 작은 칼의 손잡이에 닿았다. 트롤 창고에서 가져온 단검이었다. 지금까지 그것을 잊고 있었던 것이다. 바지 밑에 숨겨 두었기 때문에 고블린들도 알아채지 못했던 것이다.

빌보는 단검을 뽑았다. 칼은 눈앞에서 희미하게 빛났다. '이것 역시 요정의 칼이로군. 이 빛으로 보아 주변에 고블린들은 별로 없는 모양이지만 전혀 없는 것은 아니다.'

그러나 빌보는 웬지 마음이 놓였다. 그토록 갖가지 노래로 불리어진 고블린 전쟁을 위해 곤돌린에서 만들어진 칼을 이렇게 몸에 지니고 있다는 것은 멋진 일이었다. 게다가 이같은 명검이 느닷없이 자기들을 습격하는 고블린들에게 격심한 놀라움을 준다는 것도 알고 있었다.

"뒤로 갈 것인가? 안 돼. 옆으로 갈까? 아니야. 앞으로 갈 것인가? 그것뿐이다. 자아, 나아가자."

빌보는 이렇게 말하고 일어서서 작은 칼을 쥔 손을 앞으로 내밀고, 또 한 손은 벽에 대고 떨리는 마음으로 앞으로 걷기 시작했다.

지금 빌보는 흔히 말하는 피하려고 해도 피할 수 없는 곳으로 접어들고 있었다. 피하려고 해도 피할 수 없다고 하지만 호비트들은 보통 사람들과는 전혀 다르다. 고블린의 터널과는 비교도 안 될 만큼 호비트의 굴이 기분 좋고 깨끗한 장소이며 공기가 잘 통한다 해도 호비트는 본래 굴 속에서 사는 데에 익숙해 있으며, 땅 속에서 방향을 정하는 육감이 틀리는 일은 좀처럼 없다. 게다가 호비트들은 소리없이 움직이거나 숨을 수도 있고 타박상이나 찰과상을 입어도 놀랄 만큼 빨리 나았다. 그리고 인간들이 들어 본 일도 없는, 오랜 옛날에 잊혀진 관습이며 현명한 격언을 많이 기억했다.

그러나 아무리 그렇다 해도 우리의 배긴스 씨 같은 처지에 놓이고 싶은 사람은 없을 것이다. 터널은 끝이 없는 것처럼 여겨졌다. 알 수 있는 것이라면 아무리 가도 길은 아래로 아래로 내려간다는 것과 조금은 휘거나 꺾이거나 했지만 어디까지나 같은 방향으로 이어질 뿐이라는 것이었다. 이따금 옆의 벽에 샛길이 나 있는 것이 칼의 빛에 보이기도 했고 벽을 더듬는 손으로 만져지기도 했다. 그러나 빌보는 거들떠보지도 않았다. 아무튼 고블린이 무서웠고, 고블린이나 어떤 도깨비가 어두운 샛길에서 나오지 않나 하는 생각으로 매우 서둘렀다. 앞으로 앞으로 나아갔고 아래로 아래로 내려갔다. 여전히 아무 소리도 들리지 않았다. 이따금 귓전에서 박쥐가 날아다니는 소리에 움찔했지만 그것도 여러 번 거듭되는 동안에 아무렇지 않게 되었다. 이리하여 빌보는 얼마나 오랫동안 길을 내려갔을까. 너무나도 끝없이 계속되므로 앞으로 나아가는 것에 싫증이 났지만 되돌아갈 수도 없어 자꾸만 나아가 마침내 빌보는 녹초가 되도록 지쳐버렸다. 이 길은 마치 내일도 모레도 여전히 계속될 것만 같았다.

그러자 느닷없이, 아무런 예고도 없이 빌보는 물 속에 첨벙! 하고 빠졌다. 이크! 얼음처럼 차가운 물이다. 빌보는 잽싸게 몸을 끌어냈다. 길에 고인 물웅덩이인지, 길을 가로지르는 지하수인지, 아니면 깊고 어두운 땅 밑의 호수인지, 빌보는 도통 알 수가 없었다. 칼은 이미 거의 빛나지 않았다. 빌보가 멈춰 서서 귀를 기울이자 '똑 똑' 보이지 않는 물방울이 보이지 않는 천장에서 보이지 않는 물 위로 떨어지는 소리를 들을 수 있었다. 그러나 그밖에는 아무 소리도 나지 않았다.

'그럼, 이것은 연못이나 호수다. 지하수가 흐르고 있는 것은 아니다.' 그렇지만 어둠 속으로 발을 내디딜 마음이 나지 않았다. 빌보는 헤엄을 못 친다. 앞이 보이지 않는 데도 빌보는 커다란 눈이 튀어나온 기분 나쁘게 미끈거리는 물고기가 이런 물 속에 움직이고 있으리라고 생각했다. 산 밑의 연못이며 호수에는 이상한 것이 살고 있었다. 장님 물고기는 옛날 옛적, 얼마나 옛날이었는지도 알 수 없는 옛날에 그 조상물고기가 그곳으로 헤엄쳐 들어가 그 뒤로 나오지 않았고, 그동안에 물고기의 눈은 캄캄한 속을 보려고 너무나 애써서 차츰 커지게 되었던 것이다. 또, 물고기보다도 미끈거리는 이상한 것도 있다. 고블린이 자기들의 거처로서 만든 터널 속에도 고블린이 알아채지 못한 생물이 있는데, 그것들은 모두 밖에서 들어와 어둠 속에 정착한 것들이다. 산속 동굴 속에는 고블린이 정착하기 훨씬 이전에 생긴 것을 고블린들이 다시금 넓혔거나 다른 길을 만들었거나 한 것이 있었다. 그런 오래된 굴에는 아직도 그 동굴의 원래 주인이 아무도 모르는 구석진 곳에서 몰래 움직여 돌아다니기도 하고 냄새를 맡기도 한다.

깊은 땅속 구석의 이 어두운 물가에 나이 많은 '골룸'이라는 것이 살고 있었다. 이것이 어디서 왔는지, 누구인지, 어떤 녀석인지는 아무도 모른다. 그것은 그저 골룸이었다. 두 개의 둥글고 파란 큰 눈알을 제외하면 전신이 어둠처럼 새까맣다. 골룸은 배를 한 척 갖고 있어, 호수 위를 아주 조용히 젓고 다닌다. 다시 말해서 이곳은 넓고 깊고, 게다가 지독히 차가운 호수였다. 골룸은 양쪽으로 툭 튀어나온 커다란 다리로 배를 젓는데 절대로 잔물결을 일으키지 않는다. 푸른 램프 같은 눈을 내밀고 장님 물고기를 노리다가 찾아내면 머리로 생각하는 것보다 빠르게 길다란 손가락으로 붙잡는다. 골룸은 고기를 좋아했다. 고블린을 붙잡으면 고블린도 맛있다고 생각했다. 하긴 골룸 쪽에서는 절대로 고블린에게 들키지 않도록 조심했다. 고블린들이 호숫가에 내려오면 몰래 다가가 뒤에서 목을 조였다. 그러나 고블린은 좀처럼 오지 않았다. 고블린들도 산 밑 깊숙한 곳에 뭔가 기분 나쁜 것이 숨어 있음을 느끼고 있었기 때문이다. 고블린들은 오랜 옛날에 터널을 아래로 파내려가다가 이 호수에 다다랐고, 호수에서 더 나아가지 못한다는 것을 알았다. 이 방향으로는 터널이 이 호수에서 끝이 나 있었던 것이다. 큰 고블린이 호수에서 물고기를 잡아오라고 변덕을 부리는 수도 있었는데, 낚시를 갔던 고블린들도 물고기도 큰 고블린에게로 되돌아오지 않는 일이 가끔 있었다.

골룸은 언제나 호수 한가운데에 있는 미끈미끈한 바위섬 위에 살고 있었다. 골룸은 지금 망원경 같은 파란 눈으로 멀리서 빌보를 뚫어지게 보고 있었다. 빌보는 골룸을 보지 못했다. 골룸은 빌보가 무엇일까 하고 열심히 생각하고 있었다. 빌보가 고블린이 아니라는 것만은 알아보았으니까.

골룸이 섬을 떠나 배를 저어가는 동안 빌보는 완전히 혼란에 빠져 앞길도, 지혜도 찾아낼 수 없어 물가에 주저앉았다. 여기에 골룸이 느닷없이 나타나 시익시익 하는 목소리로 속삭였다.

"야아, 근사하군! 소중한 보물아. 특별한 진수성찬이다, 골룸!"

이 골룸 하는 소리는 목을 크게 울리며 침을 삼키는 기분 나쁜 소리였다. 골룸이 자기를 '소중한 보물'이라고 부르고 있었음에도 불구하고 '골룸'이라는 별명이 붙은 것은 그 때문이었다.

호비트는 귓전에서 시익시익 속삭이는 목소리를 듣고 심장이 입 밖으로 튀어나올 만큼 깜짝 놀랐다. 그리고 자기 쪽으로 불쑥 튀어나온 파란 눈을 보았다.

"당신은 누구요?"

빌보는 단검으로 앞을 막으며 물었다.

"시익시익, 소중한 보물아, 저건 누구일까!"

말을 걸 상대가 달리 없기 때문에 골룸은 자기를 향해 혼잣말을 하는 버릇이 있었다. 그는 마침 배가 고프지 않았고 단지 궁금할 따름이었다. 그렇지 않았다면 손이 먼저 나가 빌보를 붙잡았을 것이다.

"나는 빌보 배긴스입니다. 난쟁이들과 헤어져 버리고 말았어요. 마법사하고도 헤어졌어요. 여기는 어디입니까? 아니, 그보다도 어떻게 하면 이곳에서 나갈 수 있을까요?"

"시익시익, 그의 손에 들고 있는 것은 무엇이지?"

골룸은 칼의 생김새가 마음에 들지 않았다.

"칼입니다. 곤돌린에서 만들어진 것이죠."

그러자 골룸의 태도가 보다 공손해졌다.

"소중한 보물아, 우리 이곳에 앉아 조금만 더 이야기해 볼까? 그는 아마 수수께끼를 좋아할 거야, 그렇지?"

골룸은 어쨌든 이때만큼은 꽤나 상냥하고 다정하게 보이려고 신경을 썼다. 그리고 칼과 호비트에 대한 것, 이 자가 과연 혼자인지,

맛이 좋을지, 자기가 정말 배가 고픈지 등을 좀더 알게 될 때까지는
상냥하게 보일 작정이었던 것이다. 골룸이 생각할 수 있는 일이라곤
수수께끼뿐이었다. 수수께끼를 생각해 내어서 그것을 맞히는 것이
옛날옛적 그 옛날에 골룸이 괴상한 친구들과 함께 동굴 속에서 놀던
때의 유일한 소일거리였다. 그 뒤 골룸은 모든 친구와 사별하고 오
직 혼자 쫓기고 또 쫓기어 산 밑의 어두운 곳으로 차츰차츰 기어들
었던 것이다.

"그거 좋겠군요."
빌보도 어쨌든 상대의 마음이 빗나가지 않도록 했다. 이 자가 과
연 혼자인지, 무서운 놈인지, 배가 고픈지, 고블린 난쟁이들과 친한
지 등을 알게 될 때까지는 저자세로 나가야만 한다.
"당신이 먼저 수수께끼를 내 보십시오."
당장에 수수께끼가 생각나지 않아서 상대에게 먼저 권했다.
그러자 골룸은 시익시익 하는 목소리로 수수께끼를 냈다.

　　뿌리는 있으나 아무도 본 사람이 없고
　　나무보다 훨씬 크지만 자라지 않는 것은?

"문제 없어요! 산이지요?"
빌보가 대답했다.
"문제 없다고? 나의 소중한 보물아, 그는 우리와 내기를 해야
해. 우리가 질문해서 그가 대답하지 못하면 그를 삼켜 버리는 거
야. 그가 질문해서 우리가 대답하지 못하면 그가 원하는 대로 나
가는 길을 가르쳐준다."
"좋습니다."
빌보는 상대를 거스를 용기가 없어서 이렇게 말했지만 상대에게
먹히지 않을 만한 수수께끼를 생각하려니까 머릿속이 터질 것만 같

았다.

　빨간 언덕 위에 백마 30마리가 줄지어 서서
　우뚝 서 있거나 제자리 걸음을 하는 것은 무엇일까요?

　가까스로 생각해 낸 것이 이것이었다. 아무래도 먹는다는 것이 마음 속에 있었기 때문에 이런 수수께끼가 나온 것이겠지만, 오래 된 수수께끼였으므로 골룸도 다른 사람들처럼 잘 알고 있었다.
　"시익시익, 낡은 것이야. 이빨이지! 이빨이야! 소중한 보물아, 하지만 우리 이빨은 겨우 6개뿐이야!"
　골룸은 이렇게 말하고 두 번째 수수께끼를 냈다.

　목소리 없이도 소리를 지르고
　날개 없이도 훨훨 날며
　이 없이도 깨물고
　입 없이도 중얼거리는 것은?

　"잠깐만요!"
　빌보는 외쳤다. 빌보는 여전히 상대방에게 먹힐지도 모른다는 불안한 생각에 사로잡혀 있었다. 그러나 다행히도 전에 이런 수수께끼를 들은 적이 있어 생각을 집중시켜서 대답을 찾아냈다.
　"바람이오! 물론 바람이고말고요!"
　빌보는 이렇게 대답하고 너무 기뻐서 다음 수수께끼를 얼른 생각해 냈다. '이것이라면 이 징그러운 새까만 녀석이 모를 거다.'

　파란 얼굴위의 눈 하나가
　초록 얼굴 위의 눈 하나를 보고

“저 눈은 이 눈과 비슷하지만
이 눈보다 낮은 곳에 있구나.”
하고 말했다나요, 무엇이지요?

“시익시익, 시익시익.”
골룸은 신음했다. 너무나도 오랫동안 땅 밑에 있었기 때문에 답을
잊어버리고 말았던 것이다. 그러나 빌보가 희망을 갖기 시작할 즈음
에 골룸은 갑자기 옛날 옛적 그 옛날 아직 강가 둑의 구멍에서 할머
니와 살던 때의 추억을 떠올렸다.
“시익시익, 소중한 보물아, 그건 데이지 위에 비치는 해님이야.”
그러나 데이지와 해님 같은, 극히 평범한 땅 위의 일에 대한 수수
께끼는 골룸에게는 어려웠다. 게다가 그런 것은 골룸이 지금처럼 외
톨이가 아니고 숨어서 돌아다니지도 않고 이상한 괴물이 되기 전의
옛날 일을 생각나게 했고, 그때문에 골룸을 초조하게 만들었다. 그
러다 공연히 배가 고파졌다. 그래서 이번에는 한층 더 어렵고 한층
더 기분 나쁜 수수께끼를 냈다.

봐도 보이지 않고 만져도 만져지지 않고, 들어도 들리지 않고,
냄새 맡아도 냄새가 나지 않는다.
별 뒤와 산 아래 있고 텅 빈 구멍을 가득 채운다.
맨 처음에 오고, 맨 나중에 온다.
삶을 끝내고, 웃음을 삼킨다.
이 것은 무엇일까?

골룸으로서는 운이 나빴지만 빌보는 그런 수수께끼를 들은 적이
있었다. 그래서 대답이 얼른 떠올랐다. 빌보는 머리를 긁적이거나
골똘히 생각하지도 않고 “어둠!” 하고 대답했다.

이 상자에는 경첩도
열쇠도 뚜껑도 없어요.
그래도 속에는 황금의 보물이
숨겨져 있어요. 무엇일까요 ?

　빌보는 이번에는 좀더 어려운 수수께끼를 생각해 낼 시간을 벌기
위해 이런 수수께끼를 냈다. 그런데 평범하고 단순한 수수께끼라고
생각한 이 문제가 골룸으로서는 대단히 어려운 문제였다. 골룸은 시
익시익 신음했다. 그래도 대답이 떠오르지 않아 자꾸만 중얼거렸다.
　얼마 지나자 빌보는 더이상 참을 수 없게 되었다.
　"자, 무엇이지요 ? 당신은 자꾸만 중얼거리며 김을 내고 있는데
이 수수께끼는 주전자 같은 것은 아니에요. "
　"자, 잠깐만. 우리에게 시간을 좀 줘, 소중한 보물아, 시익시익. "
빌보는 잠시 더 시간을 준 다음 말했다.
　"자, 어서 대답해 봐요. "
　골룸은 갑자기 옛날 옛적에 작은 새의 보금자리에서 뭔가 훔친
것, 그리고 강가에 앉아 할머니에게 그것을 빨아먹는 법을 가르쳐주
던 것이 생각났다.
　"새알이다 ! 시익시익, 새알이란 말이야 ! "
　답을 맞힌 골룸이 수수께끼를 냈다.

숨 쉬지 않고도 살아 있으며
죽은 것처럼 차갑고
결코 목마르지 않으면서도 늘 물을 마시고
갑옷을 입었는데도 소리가 나지 않아.

이번에는 골룸 쪽이 이토록 쉬운 수수께끼는 없다고 생각했다. 골룸은 늘 이 문제의 답에 해당되는 것을 생각하고 있었으니만큼 그로서는 무척 쉬운 문제였지만, 아까의 새알 수수께끼에서 너무 당황하여 순간적으로 좀더 좋은 수수께끼가 떠오르지 않았던 것이다. 그런데 빌보에게는 대단히 어려운 문제가 되었다. 가엾게도 빌보는 물과 관계가 있는 것은 질색이었다. 물론 이 수수께끼는 누구나 얼른 알 수 있는 쉬운 것이었는데, 먹힐 위험이 다가와서 제대로 생각을 할 수 없을 경우에는 이야기가 달라진다. 빌보는 죽치고 앉아서 두세 번 헛기침을 해 보았으나 답이 나오지 않았다.

조금 지나자 골룸은 기뻐서 시익시익 혼잣말을 하기 시작했다. "맛이 있을까, 소중한 보물아? 즙이 많을까? 씹는 맛이 좀 있을까?"

골룸은 어둠 속에서 빌보를 유심히 바라보았다.

"잠, 잠깐만 기다려요!" 호비트는 몸을 떨며 말했다. "나도 당신에게 시간을 많이 주었잖소."

"그는 빨리 해야 해!" 골룸은 빌보를 붙잡으려고 배에서 슬슬 나오기 시작했다. 그러나 물 속에 담근 긴 물갈퀴가 있는 발을 움직였을 때 물고기 한 마리가 깜짝 놀라서 뛰어올라 빌보의 발끝에 떨어졌다.

"이크, 차갑고 미끈미끈하군!" 그 순간 빌보는 수수께끼를 맞혔다. "물고기다, 물고기다, 물고기야!" 빌보는 외쳤다.

골룸은 매우 실망했다. 그런데 빌보는 지금까지와는 달리 재빠르게 수수께끼가 생각나서 얼른 말했기 때문에 골룸은 다시금 배에 앉아서 생각을 쥐어짜야만 했다.

발 없는 것이 외발 위에 누워 있고
두 발짜리가 세 발 위에 앉았으며

네 발짜리가 뭔가를 먹고 있는 것은?

  좀더 잘 생각했더라면 좋았을 것을, 빌보는 허둥거리고 있었기 때문에 좋지 않을 때에 좋지 않은 수수께끼를 내고 말았다. 골룸도 다른 때라면 이것으로 상당히 당황했을 테지만 마침 물고기의 수수께끼를 하고 난 뒤였으므로 '발 없는 것'이 물고기임을 알았다. 그렇다면 그 다음은 쉽다. '물고기가 받침대 위에 있고, 그 옆에는 사람이 의자에 앉아 있으며, 고양이가 뼈를 먹고 있다'는 것이 그 답이다. 골룸은 잠시 뒤에 그렇게 대답했다. 그 다음 골룸은 지독히 어렵고 무서운 수수께끼를 내리라 생각했다. 그것은 이러했다.

  어떤 것이든지 죄다 먹는다.
  새도 짐승도 나무도 풀도
  쇠도 바위도 마구 씹고
  용사를 죽이고 거리를 파괴하며
  높은 산조차도 가루로 만든다.

  가엾은 빌보는 어둠 속에 앉은 채 지금까지 들은 온갖 무서운 것을, 거인이며 식인귀 등의 이름을 생각해 냈지만 아무것도 딱 들어맞지 않았다. 그런 것과는 다른 것으로, 틀림없이 알고 있는 것 같은데 생각이 떠오르지 않았다. 이렇게 되자 빌보는 무서워지기 시작했다. 그것이 생각하는 데에 지장을 주었다. 골룸이 배에서 내려오기 시작했다. 물을 헤치며 와서 물가에 섰다. 빌보는 골룸의 눈이 자기 쪽으로 다가오는 것을 볼 수 있었다. 빌보의 혀는 입 속에서 굳어 버리고 말았다. "좀더 시간을 줘요, 시간을" 하고 고함치려고 했다. 그런데 느닷없이 새된 소리가 튀어나왔다.
  "시간이다, 시간이다!"

빌보는 참으로 운이 좋았던 것이다. 그것이 옳은 대답이었다.

골룸은 다시금 실망해 버렸다. 골룸은 이젠 몹시 화가 났고 게다가 이 놀이에 싫증이 나고 말았다. 그 때문에 정말로 배가 고파오기 시작했다. 그래서 골룸은 배로 돌아가려고 하지 않았다. 그대로 빌보 옆에 앉았다. 그래서 호비트는 기분이 몹시 나빠졌고 머릿속도 엉망이 되어 버렸다. 골룸이 말했다.

"이번에는 저 녀석이 수수께끼를 내는 거다, 소중한 보물아. 그러나 딱 하나뿐이다. 맞아. 딱 하나 뿐이야."

그러나 빌보는 이같은 축축한 녀석이 옆에 죽치고 앉아서 자기를 툭툭 치고 찌르고 하기 때문에 아무 수수께끼도 떠오르지 않았다. 빌보는 머리를 쥐어뜯기도 하고 무릎을 꼬집기도 하며 생각하고 또 생각했지만 아무것도 떠오르지 않았다.

"빨리 물어보아라, 빨리!" 골룸이 말했다.

빌보는 여전히 자기 몸을 꼬집기도 하고 때리기도 했다. 한쪽 손에는 작은 칼을 쥐고 있었다. 몸을 때린 손이 호주머니에 닿았다. 길에서 줍고는 잊고 있던 반지가 있음을 알아차렸다.

"이 호주머니에 있는 것이 무엇이지?" 빌보가 말했다. 실은 자기만의 혼잣말이었는데 이것을 들은 골룸은 수수께끼라고 생각했다. 골룸은 깜짝 놀랐다.

"교활하다! 속임수다! 시익시익, 소중한 보물아, 그는 더럽고 조그만 자기 호주머니 속에 뭐가 들어있느냐고 물었다. 우리를 속인거야."

빌보는 뜻하지 않은 상황을 만나, 이 이상 더 좋은 일은 없다고 생각했다.

"이 호주머니에 있는 것이 무엇이지요?"

빌보는 더욱 큰 소리로 물었다.

"시익시익 식!" 골룸은 다급하게 말했다. "소중한 보물아, 그는 우리에게 세 번의 기회를 주어야 해. 세 번의 기회를."

"좋아요, 자 대 봐요!" 빌보가 말했다.

"손, 손이야!" 골룸이 말했다.

"틀렸어요." 빌보가 말했다. 운좋게 마침 손을 내놓고 있었다. "자, 두 번째 것!"

"시익시익 식!" 골룸은 몹시 허둥거리고 있었다. 자기 호주머니에 넣을 수 있을 만한 것을 깡그리 생각해 보았다. 생선뼈, 고블린의 이빨, 젖은 조가비, 박쥐의 날개 쪼가리, 이를 뾰죽하게 하기 위한 뾰죽한 돌, 그밖의 여러 가지 이상한 것들뿐이었다. 골룸은 다른 사람들이 호주머니에 넣을 만한 것을 생각해 보았다.

"나이프." 골룸이 말했다.

"틀렸어요!" 나이프를 오래 전에 잃어버린 빌보가 그렇게 말했다. "자, 또 하나만 대 봐요!"

골룸은 아까 빌보가 새알 수수께끼를 냈을 때보다 훨씬 더 허둥거리고 있었다. 시익시익 소리를 내기도 하고 중얼중얼 투덜거리기도 하고 몸을 앞뒤로 흔들기도 하고 발로 물가를 찰싹찰싹 때리기도 하더니 마침내는 몸을 꼬기도 하고 뒹굴기도 했다. 그래도 답을 알아낼 수가 없었다.

"자, 어서 말해 봐요, 어서!" 빌보가 말했다. "기다리고 있다구요!" 빌보는 그 말을 자못 자신만만하고 유쾌하게 하려고 했지만 이 수수께끼 놀이의 끝이 어떻게 될지 빌보로서는 짐작이 가지 않았다. 골룸이 맞힐 수 있으면 어떻게 될까? 맞히지 못하면 또한 어떻게 될까?

"시간이 다 됐어요!" 빌보가 말했다.

"끈이야! 그게 아니라면 아무것도 없어!"

골룸이 외쳤다. 이것은 엉터리였다. 한 번에 두 가지 대답을 했던 것이다.

“둘 다 틀렸어요.” 빌보는 ‘후유’ 하고 마음을 놓으며 외쳤다. 그리고 깡충 뛰어올라 한쪽 벽에 등을 대고 단도를 들이댔다. 수수께끼 놀이란 헤아릴 수 없을 만큼 오랜 옛날부터 전해 내려오는 신성한 놀이이며 아무리 나쁜 놈일지라도 이 놀이에서 상대를 속이면 안 되게 되어 있음을 빌보는 잘 알고 있었다. 그러나 빌보는 이 미끈미끈한 시커먼 괴물이 막바지에서 약속을 지키지 않을지도 모른다는 기분이 들었던 것이다. 어떤 구실을 댈지 알 수 없는 일이었다. 게다가 빌보의 마지막 수수께끼는 옛날부터의 규칙에 따른 온전한 수수께끼가 아니었던 것이다.

그러나 골룸도 빌보에게 곧바로 덤벼들진 않았다. 골룸은 빌보가 손에 쥐고 있는 칼을 보았던 것이다. 골룸은 아직 앉은 채 몸을 떨며 투덜거리고 있었다. 빌보는 더 이상은 참을 수 없었다.

“자 약속을 지키시오. 나는 이곳에서 나가고 싶소. 당신은 그 길을 가르쳐 주어야만 한다구.”

“시익시익, 소중한 보물아, 우리가 그렇게 약속했었나? 지겨운 꼬마 배긴스가 나가는 길을 가르쳐 달란다. 좋아. 그러나 그의 호주머니 속에 무엇이 있지? 끈도 아니고 비어 있지도 않다. 그럼 뭘까? 아무것도 없진 않을 테지, 골룸.”

“아무러면 어떻소. 약속은 약속이오.”

“소중한 보물아, 그는 화가 났구나. 시익시익, 하지만 그는 기다려야만 해. 우리는 그렇게 빨리 터널을 올라갈 수는 없어. 먼저 섬으로 돌아가서 가져올 것이 있어. 그것이 없으면 안 돼.”

“그럼 서둘러요.” 빌보는 골룸이 곁을 떠난다고 생각하니 마음이 놓여서 말했다. 가져올 것이 있다는 말은 변명에 불과하고, 사실은 돌아오지 않을 것이라고 빌보는 생각했다. 골룸은 무슨 말을 하고 있는 것일까? 이런 어두운 호수 속에 골룸 같은 녀석이 대체 어떤 중요한 것을 간수하고 있다는 것일까? 그러나 이러한 빌보의 생각은 잘못된 것이었다. 골룸은 돌아올 생각이었다. 골룸은 불같이 화가 났고 몹시 배가 고팠다. 그는 수수께끼에 져서 심술이 나 있었다. 그러나 골룸에게는 어떤 계획이 있었던 것이다. 빌보는 알지 못했지만 골룸의 섬은 그다지 먼 곳에 있지 않았다. 그 섬의 비밀 장소에 골룸은 몇 가지의 잡동사니를 숨겨 두었는데 그 중에 더할 나위 없이 아름다운 것이 하나 있었다. 아름다울 뿐만 아니라 굉장히 신기한 것이었다. 그것은 멋진 금반지였다.

"생일 선물로 받은 것이었지."

골룸은 혼잣말을 했다. 오랜 세월동안 어둠 속에서 골룸은 늘 반지를 꺼내 놓고 그렇게 말했었다.

"우리에겐 그것이 필요해. 지금 당장."

그것이 필요했던 이유는 그것이 마법의 반지였기 때문인데, 그 반지를 끼면 모습이 보이지 않게 되는 것이었다. 밝은 햇빛을 쬐었을 때만 누군가 있음을 알 수 있었다. 그림자가 생기기 때문이었다. 하지만 그것도 희미해서 그다지 분명하지는 않았다.

"생일 선물이었어. 소중한 보물아, 그것은 내 생일날 얻은 것이야." 늘 골룸은 이같은 마법의 반지가 이 세상에 많이 있던 옛날 옛적 그 옛날에 자신이 선물로 받았다고 주장하지만, 그게 정말인지 누가 알까. 그 옛날 골룸의 무리를 단속하고 있던 골룸 우두머리조차도 몰랐을 테니까.

골룸은 처음에는 싫증이 나도록 손가락에 반지를 끼고 있었다. 그 다음은 떠름해질 때까지 몸에 지니고 다니는 지갑 속에 넣어 두었다. 지금은 섬의 바위에 뚫려 있는 구멍 속에 숨겨 두고는 언제나 반지를 보러 돌아가곤 했던 것이다. 그리고 때로는 반지와 떨어져 있을 수 없는 기분이 되거나 배가 몹시 고픈데도 물고기에 싫증이 나면 반지를 손가락에 끼는 수가 있었다. 그러고는 어두운 터널을 올라가 길을 잃은 고블린을 찾으러 가는 것이었다.

때로는 횃불이 켜 있는 곳에도 태연히 뛰어들기도 했다. 그런 곳일지라도 반지를 끼고 있는 한 전적으로 안전했던 것이다. 누구 하나 골룸을 보는 사람도 없거니와 알아차리는 사람도 없는 가운데 상대의 목에 손을 댈 수가 있었다. 불과 4, 5시간 전에 골룸은 반지를 끼고 고블린의 어린애를 하나 붙잡았다. 아이가 어찌나 날뛰던지! 갉아 먹기 위해 아직 뼈를 한둘 남겨 놓았지만 골룸은 좀더 부드러운 것이 먹고 싶었다.

"시익시익 걱정 없다. 안전하고 말고." 골룸이 소근소근 혼잣말을 했다. "소중한 보물아, 그는 우리를 보지 못할 거야. 따라서 저런 작은 칼 따위는 무용지물이지."

골룸이 급히 빌보 곁을 떠나 배를 타고 어둠 속을 저어갈 때 그 나쁜 마음에 떠오른 나쁜 생각이란 이런 것이었다. 빌보는 골룸이 다시는 오지 않으리라고 생각했지만 그래도 조금 기다렸다. 혼자서는 나가는 길을 찾아낼 방법이 없었기 때문에 어쨌든 기다리고 있었던 것이다.

그러다가 갑자기 빌보는 새된 목소리를 들었다. 등골이 오싹해졌다. 골룸이 어둠 속에서 욕지거리를 퍼붓고 있는데, 그 목소리로 보아 그다지 멀지 않은 것 같았다. 골룸은 섬에서 여기저기를 뒤엎으며 헛되이 찾고 있는 참이었다.

"어디 갔지? 어디 갔지?"

빌보는 아우성치는 소리를 들었다.

"없어졌다! 소중한 보물아, 없어, 없어졌어! 빌어먹을, 빌어먹을 것. 나의 소중한 보물이 없어졌다!"

"도대체 왜 그래요?" 빌보가 외쳤다. "무엇을 잃어버렸다는 거요?"

"그는 우리에게 물어서는 안 돼!" 골룸이 되받아 외쳤다. "그 녀석이 알 바가 아니야, 알 바가 아니라구. 골룸. 없어졌다! 골룸 골룸 골룸.”

　“이쪽은 길을 잃었단 말이오.” 빌보는 큰 소리로 말했다. “그래서 길을 찾고 싶단 말이오. 내기를 걸었잖소. 당신은 약속했잖소. 그러니 빨리 돌아와요! 돌아와서 나를 도와 주시오.”

　골룸의 목소리가 가엾게 들렸지만 빌보는 가엾게 여길 마음이 일지 않았다. 골룸이 찾고 있는 것이 좋은 것이라고는 여겨지지 않았다.

　“빨리 와요!” 빌보는 고함질렀다.

　“아직 안 돼, 아아, 소중한 보물!” 골룸이 대답했다. “시익, 찾아야만 해. 우리는 그것을 잃어버렸단 말이야, 골룸.”

　“그러나 당신은 마지막 수수께끼를 맞추지 못했단 말이오. 그 약속은 어떻게 되지요?”

　“맞추지 못했지!” 골룸이 말했다. 그리고 어둠 속에서 느닷없이 목소리를 높였다. “시익시익, 그 녀석의 호주머니 속에 무엇이 있지? 가르쳐 줘. 그 녀석은 우선 그것부터 알려 줘야 해.”

　빌보로서는 이젠 가르쳐 주면 안 될 이유는 없었다. 그런데 골룸의 마음이 한 발짝 앞서서 해답을 찾아내고 말았다. 그도 그럴 것이 골룸은 긴 세월 동안 그것 하나만을 소중하게 간직하고, 도둑맞지 않나 하고 늘 조바심 치고 있었으니까. 그러나 빌보는 늦어지는 것에 화가 났다. 아무튼 목숨을 건 내기에 이겼지 않은가.

　“수수께끼의 답은 가르쳐 주는 것이 아니오.”

　“하지만 그것은 정당한 질문이 아니었어. 수수께끼가 아니었어, 소중한 보물.”

　“일반적인 질문을 말하는 것이라면 아까부터 내가 먼저 묻고 있지 않소. 당신은 무엇을 잃어버렸다는 거요? 자, 대답하시오.”

　“시익시익, 그의 호주머니에 무엇이 있지?” 시익시익 하는 소리는 전보다 높고 커졌다. 빌보가 앞쪽을 뚫어지게 보고 놀란 것은 빌

보 쪽을 엿보고 있는 두 개의 파란 불의 점이 똑똑히 보였기 때문이
다. 골룸의 마음에 의심이 강해지면 골룸의 눈빛은 파란 불길이 되
어 타오른다.

"당신은 무엇을 잃었소?" 빌보는 끈덕지게 물었다. 그러나 골룸
의 눈빛은 파란 불이 되어 타오르며 차츰 다가왔다. 골룸은 다시 배
를 타고 무턱대고 어두운 물가로 저어 왔던 것이다. 물건을 잃었다
는 분노와 빌보에 대한 의심으로 빌보의 칼이 조금도 두렵지 않을
만큼 골룸은 오기가 나 있었다.

빌보로서는 무엇이 이 징그러운 녀석을 이토록 미쳐 날뛰게 하고
있는지 몰랐지만 이미 이야기는 끝났고 골룸이 자기를 죽이러 오고
있다는 것을 알 수 있었다. 이젠 끝장이다 하고 빌보는 뒤돌아서서
지금까지 내려왔던 어두운 길을 무턱대고 뛰어서 돌아갔는데 되도
록 벽가를 따라 왼손으로 벽을 만지며 뛰었다.

"그의 호주머니 속에 무엇이 있지?" 뒤에서 부르는 큰 소리와
배에서 뛰어내리는 첨벙 하는 소리를 빌보는 똑똑히 들었다.

"도대체 내가 무엇을 가지고 있다는 걸까?" 빌보는 마음 속으로
물으며, 넘어지며, 구르며, 길을 더듬었다. 그리고 호주머니 속에
왼손을 넣었다. 반지가 선뜻 손가락에 닿더니 더듬고 있던 검지에
슬쩍 끼어졌다.

시익시익 하는 소리가 뒤로 다가왔다. 빌보가 뒤돌아보니 골룸의
푸른 램프처럼 타고 있는 눈알이 고개를 올라오고 있는 참이었다.
너무나도 무서워서 빌보는 정신없이 달리다가 땅바닥의 울퉁불퉁한
곳에 걸려 단검을 아래로 깔고 쓰러지고 말았다.

그때 골룸이 따라붙었다. 그러나 빌보는 아무것도 할 수 없다. 숨
을 가다듬고 몸을 일으켜 칼을 휘두를 준비를 하기 전에 이상하게도
골룸은 빌보를 알아채지 못하고 투덜거리며 빌보의 바로 옆을 뛰어
지나갔다.

　도대체 이건 어찌된 일일까? 골룸은 어둠 속에서도 볼 수 있을 것이다. 빌보는 바로 뒤에서 그 눈알이 환히 빛나고 있던 것을 보았던 것이다. 빌보는 간신히 일어나 이미 빛이 희미해진 칼을 칼집에 넣고 각별히 조심하며 골룸의 뒤를 쫓아가기 시작했다. 달리 할 수 있는 일은 없다. 골룸이 사는 호수로 되돌아가면 안 된다. 골룸의 뒤를 따라가다 보면 출구가 나올지도 모른다.

　"빌어먹을, 빌어먹을, 빌어먹을!" 골룸은 욕지거리를 내뱉고 있었다. "빌어먹을 배긴스 녀석! 가 버렸군! 그의 호주머니 속에 무엇이 있지? 알았다, 맞혔다, 맞혔어! 소중한 보물아, 그 녀석이 찾은 거야. 틀림없이 그 녀석이 내 생일 선물을 가지고 간 거야."

　빌보는 귀를 곤두세웠다. 그리고 마침내 조금씩 영문을 알아차리기 시작했다. 빌보는 되도록 골룸의 뒤로 바싹 다가가려고 서둘렀다. 골룸이 뒤돌아보지도 않고 오른쪽으로 왼쪽으로 고개를 저으며 뛰어가는 것을 빌보는 벽에 비치는 희미한 빛의 반사로 알 수 었었다.

　"내 생일 선물이야! 빌어먹을. 소중한 보물아, 어째서 잃어버렸을까? 그렇다. 요전에 이 길에서 그 꼬마가 앵앵 울어서 꼬집었을 때야. 틀림없어. 빌어먹을 것! 그때 떨어뜨린 거야. 오랫동안 소중히 간직해왔었는데! 아아, 없어졌다. 골룸."

　느닷없이 골룸은 덥석 주저앉아서 울기 시작했다. 시익시익 드렁드렁하는 목구멍 소리를 내며 울부짖는 울림이 무섭게 들렸다. 빌보도 멈춰 서서 터널 벽에 몸을 바싹 붙이고 기다렸다. 한참 지나자 골룸은 울음을 그치고 말을 하기 시작했다. 자기 자신과 논쟁을 벌이고 있는 것 같았다.

　"되돌아가서 찾을까? 그건 안 돼. 우리는 길 전부를 기억하지 못해. 어쨌든 그럴 필요는 없어. 배긴스 녀석, 호주머니에 그것을 갖고 있는 거야. 그 지독한 녀석이 주운 거야."

“알았다, 소중한 보물아, 하지만 그 지독한 녀석을 찾아내어 뒤져 보지 않는 한 확인할 길이 없어. 그러나 그 녀석은 주운 것을 사용하는 방법은 알지 못해. 그저 호주머니에 넣어두고 있을 뿐이지. 맞아, 그 녀석은 알지 못해. 그리고 멀리 갈 수도 없을 거야. 그 녀석도 길을 잃었으니까. 그 녀석은 출구를 알지 못해. 그렇게 말했어.”

“맞아, 그렇게 말했어. 하지만 그건 의심스러워, 속임수야. 그 녀석은 입구를 알고 들어왔으니 출구도 알고 있을 거야. 맞아. 뒤쪽으로 가자. 뒤쪽이야, 틀림없어.”

“그렇다면 고블린들이 그 녀석을 붙잡을 테지. 그 길에서는 도망치지 못해, 소중한 보물.”

“시익시익, 빌어먹을! 골룸. 고블린 녀석들! 그렇다, 만일 그 녀석이 나의 생일 선물을 갖고 있다면 그 사랑스럽고 소중한 것이 고블린들의 손에 들어간다. 골룸. 그 녀석들은 그것의 사용 방법도 알아낼 거다. 그렇게 되면 지금까지처럼 안전하게 있을 수 없다. 아무래도 위험해진다. 골룸. 고블린들 중의 하나가 그것을 끼면 그 녀석은 누구의 눈에도 보이지 않게 된다. 아무리 눈이 밝은 자에게도 들키지 않게 된다. 그런 녀석이 우리 몰래 다가와서 우리를 붙잡으면, 골룸 골룸 골룸!”

“이제 이야기는 그만두자, 소중한 보물, 어서 서두르자. 배긴스가 저쪽으로 갔다면 금방 따라붙어서 찾아낼 수 있을 거야. 가자, 아직 늦지 않았다. 서두르자.”

골룸은 껑충 일어서더니 몸을 저으며 성큼성큼 달리기 시작했다. 빌보는 그 뒤를 급히 쫓아갔다. 그러나 이번에는 울퉁불퉁한 곳에 걸려서 소리를 내며 넘어지지 않도록 아주 조심했다. 머릿속은 희망과 수수께끼로 가득 차 있었다. 빌보가 주운 반지는 확실히 마법의 반지 같았다. 모습을 감추어주는 마법의 반지! 빌보는 예로부터 전해 내려오는 갖가지 이야기에서 그런 이야기를 들은 적이 있었다. 그러나 정말로 그런 반지를 주으리라고는 꿈에도 생각하지 못했다. 그러나 확실히 그랬다. 눈알이 번들거리는 골룸이 불과 1미터도 떨어져 있지 않은 그를 그냥 지나갔던 것이다.

두 사람은 자꾸 나아갔다. 골룸은 앞에서 투덜투덜 불평을 내뱉으며 찰싹찰싹 뛰어갔고 빌보는 그 뒤에서 가능한 한 발소리를 죽여가며 따라갔다. 그러자 얼마 뒤에 여러 갈래의 샛길이 있는 곳에 다다랐다. 골룸은 얼른 손가락을 세워 헤아리기 시작했다.

"왼쪽이 하나, 오른쪽이 하나, 오른쪽이 둘, 왼쪽이 둘." 이런 식으로 계속 세어나갔다.

그러나 그것이 계속되면서 골룸은 차츰 느려지고 기운이 없어지더니 우는 소리를 내기 시작했다. 그동안 살아온 터전인 호수를 멀리 떠나왔으므로 차츰 무서워지기 시작했던 것이다. 이 부근에는 고블린들이 우글거릴지도 모르는데 가장 중요한 반지가 없는 것이다. 그러다가 마침내 골룸은 낮은 땅굴의 길섶에서 멈춰 섰다. 오르막길을 향해 왼쪽이었다.

"오른쪽이 일곱, 왼쪽이 여섯! 자 여기다, 여기가 뒤쪽으로 나가는 길이다!" 골룸이 시익시익 말했다.

골룸은 안을 엿보고 비칠비칠 뒤로 물러섰다.

"하지만 들어가지 않는 편이 낫다. 들어가면 안 된다. 고블린이 있다. 많이 있다. 냄새가 난다. 시익시익."

"어떻게 하면 좋지? 빌어먹을. 여기에 숨어서 기다려야겠다. 소중한 보물아, 조금 기다려 보자."

이리하여 두 사람은 그곳에서 뚝 멈춰 섰다. 골룸은 마침내 빌보를 출구로 인도했다. 그러나 빌보는 그 너머로 나갈 수가 없다. 골룸이 땅굴 입구를 막아서서 눈을 싸늘하게 번득이며 웅크린 무릎 사이로 부근을 샅샅이 살피고 있었기 때문이다.

빌보는 벽에서 쥐보다도 조용히 몸을 뺐다. 그러나 골룸은 곧 몸을 꼿꼿이 하고 킁킁 냄새를 맡으며 눈알을 푸른 빛으로 번뜩였다. 골룸은 낮고 무서운 목소리로 뭔가 말했다. 골룸은 호비트의 모습을 볼 수 없지만 빈틈없이 주의를 기울이고 있었다. 골룸은 어둠 속에서 살아왔기 때문에 감각이 날카로워져 있었다. 귀와 코가 예민했다. 골룸은 땅바닥에 두손을 짚고 몸을 납작하게 오그라뜨리고 목을 내밀고 코를 벌름거렸다. 골룸은 자신의 눈이 내뿜는 빛에 비치는 검은 그림자처럼 보일 뿐이었지만 활짝 당긴 활시위처럼 한껏 긴장하고 있음을 빌보는 느낄 수 있었다.

빌보는 거의 숨을 죽이고 꼼짝도 하지 않았다. 자포자기하는 마음이었다. 아직 조금이라도 힘이 남아 있는 동안에 이 무서운 어둠에서 빠져 나가야만 한다. 싸워야만 한다. 이 기분 나쁜 녀석을 찔러서 눈알을 빼내고 죽여야만 한다. 아니, 안 된다. 그것은 정정당당한 싸움이 아니다. 빌보는 모습이 보이지 않는다. 그리고 골룸은 칼을 가지고 있지 않다. 게다가 골룸은 죽이겠다고 말한 적도 없고 아직 손도 대지 않았다. 녀석은 지금 비참한 외톨이로 어찌할 바를 모르고 있다. 빌보의 마음은 두려움과 함께 느닷없이 솟구쳐 오르는 동정과 연민으로 가득했다.

'참으로 가엾은 녀석! 목적도 없이 끝없이 이어지는 나날. 빛도 없고 생활이 나아질 희망도 없이 딱딱한 바위와 싸늘한 물고기를 상대로 움직이고 속삭일 뿐…….' 이러한 생각이 빌보의 가슴 속을 휩쓸고 지나갔다. 빌보는 부르르 몸을 떨었다. 그러자 이어서 또다른 생각이 떠올라 빌보는 갑자기 새로운 힘과 결심에 밀려오르듯이 펄쩍 뛰어올랐다.

인간이었다면 큰 도약이라고 할 수 없었을 것이다. 그러나 어둠 속의 도약이었다. 골룸의 바로 머리 위를 넘어 빌보는 공중으로 높이 1미터, 폭 2미터나 멋지게 뛰었던 것이다. 하마터면 땅굴 입구의 활처럼 휘어진 천장에 머리를 부딪힐 뻔했다.

골룸은 뒤로 뛰어서 물러서며 자기 위를 날아가는 호비트를 붙잡으려고 했지만 때를 놓쳤다. 그 손은 '찰싹' 하고 허공을 쳤고, 빌보는 저쪽에 살짝 내려서서 새로운 터널의 길을 쏜살같이 달려갔다. 골룸이 무엇을 하고 있는지 뒤돌아볼 틈도 없었다. 처음에는 바로 뒤에서 '시익시익' 하는 소리가 들렸는데, 그 소리는 갑자기 들리지 않았다. 그러다 갑자기 증오와 자포자기가 뒤섞인, 피도 얼어붙을 듯한 날카로운 외침이 어둠을 뚫고 들려왔다. 골룸이 진 것이다. 골룸은 이젠 앞으로 나아갈 수가 없었던 것이다. 골룸은 모든 것을 잃고 말았다. 먹이를 잃었다. 게다가 무엇보다도 소중히 여기던 보물을 잃었다. 이 외침소리를 듣고 빌보는 심장이 튀어나올 지경이었지만, 그래도 계속 달렸다. 그 외침소리는 희미하게, 그러나 무서운 산울림이 되어 뒤쪽에서 쫓아왔다.

"도둑놈, 도둑놈, 도둑놈! 배긴스 녀석! 밉다, 밉다, 언제까지나 미워한다아!"

그 다음 문득 소리가 들리지 않게 되었다. 그것이 빌보를 더욱 두려움에 떨게 했다. 빌보는 생각했다.

'고블린이 가까이 있기 때문에 골룸이 그 냄새를 맡은 거다. 그렇다면 고블린들은 저 외침, 저 저주를 들었을 것이다. 자, 조심하자. 그렇지 않으면 더 나쁜 곳으로 뛰어들게 된다.'

천장이 낮아지고 돌이 데굴데굴 굴렀다. 그것은 호비트로서는 그다지 괴로운 일은 아니지만, 아무리 주의를 기울여도 때로는 울퉁불퉁한 돌멩이에 채이게 된다.

'고블린의 길 치고는 좀 작군. 하물며 큰 놈들은 통과하기 힘들겠지.' 산의 거인처럼 큰 녀석도 땅바닥에 손이 닿을락 말락하게 늘어뜨리고 날 듯이 달린다는 것을 빌보는 몰랐던 것이다.

얼마 뒤에, 지금까지 내리막이었던 길이 다시 오르막이 되었다.

그러다가 가파른 고개가 되었다. 빌보의 걸음이 느려졌다. 겨우 고개가 끝나고 길은 모퉁이를 휘어 다시 한 번 내리막이 되었는데, 그 짧은 내리막 고개가 끝난 밑바닥에 또 하나의 길모퉁이가 있고 그 길모퉁이에서 빛이 비쳐드는 것이 보였다. 모닥불이나 호롱불 같은 빨간 빛이 아니라 새하얀 바깥의 빛이었다. 빌보는 달리기 시작했다.

가능한 한 빨리 뛰어서 빌보는 마지막 길모퉁이를 돌았다. 갑자기 휑뎅그렁한 넓은 장소로 튀어나갔다. 지금까지 오랫동안 어둠 속에 있던 뒤여서 빛이 눈부시게 환했다. 사실은 그 빛은 문을 통해 비치는 한 줄기의 햇살에 지나지 않았다. 커다란 돌문이 조금 열려 있었다.

빌보는 눈을 깜빡거렸다. 고블린들의 모습이 보였다. 고블린들은 모두 갑옷을 입고 칼집에서 빼낸 칼을 들고 돌문 안쪽에 앉아서 눈을 크게 뜨고 문을 지키고 있었고, 문을 통과하는 길을 지키고 있었다. 고블린들은 무엇이 닥쳐와도 문제 없을 듯한 태세를 갖추고 있었다.

빌보가 그들을 본 것보다 먼저 고블린들이 빌보를 발견했다. 확실히 빌보의 모습을 보았던 것이다. 우연의 장난이었는지 아니면 반지가 새 주인을 조금 시험해 보았는지 어쨌든 반지가 손가락에 끼여 있지 않았다. 환호를 지르며 고블린들은 빌보를 향해 우르르 몰려왔다.

두려움과 ‘아뿔싸’ 하는 생각이 마치 골룸의 저주의 메아리처럼 빌보를 덮쳤다. 빌보는 칼을 뽑는 것도 잊고 두 손을 호주머니에 질러 넣었다. 그러자 왼쪽 호주머니에 있던 반지가 스르르 손가락에 끼워졌다. 고블린들은 갑자기 딱 멈춰 섰다. 빌보의 모습이 보이지 않았다. 사라져 버린 것이다! 고블린들은 전의 곱절이나 큰 소리로 아우성쳤는데, 이번에는 기쁨의 소리가 아니었다.

"어디 갔지!" 고블린들은 저마다 외쳤다.

"되돌아가서 찾자!" 고함지르는 자도 있었다.

"이쪽이다!" 하고 고함지르는 자가 있는가 하면 "저쪽이다!" 하고 소리지르는 자도 있었다.

"문을 단단히 지켜라!" 우두머리가 명령했다.

호각이 울렸고 갑옷이 절걱절걱 소리를 냈으며 칼이 서로 부딪쳤다. 고블린들은 저주하기도 하고 욕지거리를 퍼붓기도 하고 아우성치며 이리저리 뛰어다니기도 하여 마침내는 서로 부딪쳐서 쓰러져 더욱 더 분통을 터뜨렸다. 무시무시한 외침소리, 소동, 야단법석이 일어났다.

빌보는 매우 겁을 먹고 있었지만 전체의 상황을 파악하는 분별력이 있었다. 고블린들에게 부딪혀 밟혀 죽거나 붙잡히지 않도록 그는 고블린의 파수병들이 마시는 큰 술통 뒤에 살짝 숨었다.

'저 문 있는 데까지 가야 한다. 저기까지 반드시 가야만 해!' 그러나 좀처럼 뛰어나갈 기회가 오지 않았다. 뛰어나간다는 것은 목숨을 건 술래잡기였다. 뛰어다니고 있는 고블린들의 무리 속에서 가엾은 작은 호비트는 이쪽저쪽으로 피하다가 고블린에게 부딪혀서 넙죽 엎드려 간신히 위기를 넘기고는 운좋게 우두머리의 두 다리 사이를 통과하여 문 쪽으로 달려가 붙었다.

문은 아직 조금 열려 있었다. 그러나 한 고블린이 막 닫으려 하고 있었다. 빌보는 온 힘을 다해 열려고 했지만 도무지 움직이지 않았다. 그래서 좁은 틈을 빠져 나가려고 했다. 빌보는 억지로 기어 들어갔고, 또 조금 더 기어 들어갔다.

그러다가 문에 끼어 버리고 말았다. 소름이 끼치는 무서운 일이었다. 단추가 문의 모서리와 문주 사이에 끼였던 것이다. 빌보는 상쾌한 공기에 닿았고 바깥을 바라볼 수 있었다. 양쪽의 높은 산 사이에 있는 작은 골짜기를 향해 이곳에서 5, 6단의 계단을 내려가게 되어 있었다. 구름 사이로 해님이 나타나 문의 바깥쪽을 환히 비쳤다. 그러나 빌보는 빠져 나갈 수가 없었다.

그러자 갑자기 문 안쪽에 있던 한 고블린이 외쳤다. "저것 봐, 문에 그림자가 드리워져 있다. 바깥에 누가 있는 거야!"

빌보의 심장은 입 밖으로 튀어나올 지경이었다. 빌보는 '지금이야말로 운명을 결정할 때다' 하고 몸부림쳤다. 단추가 사방팔방으로 튀었다. 빌보는 문을 통과했다. 웃도리도 조끼도 갈기갈기 찢긴 채 염소처럼 계단을 뛰어 내려갔다. 그동안 당황한 고블린들은 계단에 떨어져 있는 빌보의 예쁜 놋쇠단추를 주워 모았다.

고블린들은 즉각 뒤쫓아왔다. "야, 이놈아.", "야, 기다려"라고 외치면서 숲속을 찾아다녔다. 그러나 고블린들은 해님을 아주 싫어했다. 그 빛을 만나면 다리가 오므라들고 머리가 빙글빙글 도는 것이었다. 고블린들은 빌보를 찾아내지 못했다. 빌보는 반지를 끼고 햇볕을 받지 않도록 나무 그늘 사이를 누비며 소리도 내지 않고 재빠르게 달렸다. 그래서 마침내 고블린들은 투덜거리기도 하고 욕지거리를 퍼붓기도 하며 뒷문을 지키기 위해 돌아갔다. 빌보는 마침내 도망쳐 나왔던 것이다.

갈수록 태산

빌보는 고블린들로부터 도망칠 수 있었지만 어디로 나왔는지 알지 못했다. 두건도 망토도 먹을 것도 없고 말도 단추도 친구도 잃었다. 빌보는 한참 헤매었다. 헤매고 있는 동안에 해님이 서쪽으로 지기 시작했다. 해는 산맥 뒤로 가라앉았다. 산들의 그림자가 빌보의 앞길에 드리워졌다. 빌보는 뒤를 돌아보고 앞을 바라보았다. 앞으로는 산등성이와 내리막 비탈이 보였다. 이따금 그 저쪽의 낮은 땅과 평원이 나무들 사이로 언뜻 보였다.

"됐다!" 빌보는 소리를 질렀다. "아무래도 안개산맥을 넘어서 그 저편에 다다른 모양이다. 그러나 간달프와 난쟁이들은 어디로 갔을까? 고블린들에게 붙잡혀서 산속에 억류되어 있지 않기를 빌 뿐이다."

빌보는 작은 골짜기를 넘어 내리막 고개를 계속 더듬어 갔다. 그 동안 매우 떨떠름한 기분이 가슴 속에서 자라고 있었다. 이렇게 마법의 반지를 손에 넣고 있는 이상 저 소름이 끼치도록 끔찍한 터널로 되돌아가 친구들을 찾아야만 하는 것이 아닐까. 생각만 해도 끔찍하지만 그래도 그곳으로 되돌아가는 것이 자기의 임무라고 마침내 마음을 굳혔다. 그 순간 빌보는 어떤 목소리를 들었다. 빌보는 멈춰 서서 귀를 기울였다. 고블린의 목소리 같지는 않았다. 그는 조심스레 땅바닥을 기어 다가갔다. 돌멩이가 많은 꾸불꾸불한 길이었다. 길 왼쪽은 암벽으로 칸막이가 되어 있고 오른쪽은 움푹 들어가서 작은 골짜기가 몇 개 있으며 덤불과 키 작은 나무들로 뒤덮여 있었다. 덤불로 뒤덮인 작은 골짜기에서 누군가가 이야기하고 있었다. 빌보가 바싹 다가가자 두 개의 둥근 바위 사이로 빨간 두건을 쓴 머리가 보였다. 발린이었다. 발린이 망을 보고 있었던 것이다. 빌보가 기뻐서 소리를 질렀느냐 하면 그렇지는 않았다. 빌보는 뜻하지 않은 지겨운 것을 만날지도 모른다는 근심에 사로잡혀서 반지를 낀 채였다. 그리고 멍하니 이쪽을 바라보고 있는 발린이 자기가 있다는 것을 알아채지 못하고 있음을 알았다.

'모두를 놀라게 해 주자.' 빌보는 작은 골짜기 끝의 덤불 속으로 들어갔다. 간달프와 난쟁이들이 입씨름을 하고 있었다. 그들은 터널 속에서 만났던 일들을 서로 이야기했고, 앞으로 어떻게 하면 좋은가를 의논하고 있던 참이었다. 난쟁이들은 투덜투덜 반대를 하고 있었지만 간달프는 배긴스를 고블린들의 손에 남겨놓은 채, 아직 살아 있는지 죽었는지도 알아보지 않고, 또한 도움의 손을 뻗어 보지도 않고 이 여행을 계속해선 안 된다고 주장하고 있었다.

"뭐니뭐니 해도 그는 나의 친구일세." 마법사는 말했다. "쩨쩨하고 비뚤어진 녀석이 아니야. 나는 그에게 책임을 느끼네. 부디 그를 죽게 내버려 두지 말기 바라네."

난쟁이들은 도대체 호비트가 어떤 쓸모가 있었는지, 어째서 친구들로부터 떨어지지 않을 수 없었는지, 또한 마법사가 어째서 좀더 쓸모가 있는 자를 한패로 고르지 않았는지 등에 대해 불평을 해댔다. 누군가가 말했다.

"그는 도움이 되기는 커녕 말썽만 일으켰소. 그를 찾기 위해 저 께름칙한 터널로 돌아가야 하다니, 말도 안 되오."

간달프는 화가 났다.

"내가 그를 데려왔네. 나는 쓸모없는 자를 데려오진 않아. 함께 힘을 모아 그를 찾지 않는다면 자네들 일은 자네들에게 맡겨두고 나 혼자서라도 가보겠네. 우리가 그를 다시 볼 수 있게 된다면 모든 것이 끝났을 때 자네들은 반드시 나에게 감사하게 될 걸세. 도리, 자네는 어떻게 그를 떨쳐 버린 채 태연히 앞으로 나아갈 수 있었나?"

"당신도 그 순간이라면 어쩔 수 없었을 겁니다. 고블린이 어둠 속에서 느닷없이 당신의 다리를 붙잡고 비틀어 쓰러뜨린다면 말입니다."

"그럼 어째서 그 후에 다시 그를 업지 않았나?"

"당치도 않습니다. 말도 안됩니다! 고블린들이 어둠 속에서 맞붙어 물어뜯고 서로 때리고 있었단 말입니다. 당신도 하마터면 글램드링으로 나의 목을 칠 뻔했잖습니까. 소린도 여기저기에 오르크리스트를 휘두르고 있었어요. 그러다가 갑자기 당신이 그 눈을 멀게 하는 번개를 일으켜서 마침내 고블린들이 개미떼처럼 흩어져 도망쳤지요. 당신은 모두 당신 뒤를 따르라고 고함질렀어요. 그때 한 사람도 빠짐없이 당신의 뒤를 따랐어야만 했어요. 우리는 물론 모두 왔다고 생각했지요. 당신도 잘 아시다시피, 그때 머리 수를 헤아릴 틈도 없었잖습니까? 그리고 문의 수비를 돌파하여 아래의 문으로 뛰어나와 허둥지둥 이곳에 당도했지요. 그랬더니 이 꼴입니다. 첩자가 없단 말입니다. 화가 치밀어요!"

"첩자는 여기 있소이다!"

빌보는 모두의 한가운데로 뛰어내려 반지를 뺐다. 허, 모두의 놀람이란! 잠시 후 제정신으로 돌아온 모두는 놀람과 기쁨의 소리를 질렀다. 간달프도 모두와 마찬가지로 어리둥절해했고, 이어서 누구보다도 크게 기뻐했다. 간달프는 망을 보던 발린을 불러서 크게 나무라진 않고, 모두의 한가운데로 사람이 들어올 수 있게 해서야 파수꾼의 임무를 충실히 수행했다고 할 수는 없을 거라고 주의를 주었다. 그러나 이 일이 있은 뒤로 빌보의 둔갑술에 대한 평판은 난쟁이들 사이에서 대단한 것이 되었다. 간달프가 그토록 말해도 빌보를 일류 첩자로 여기고 있지 않던 자도 지금은 그것을 눈꼽만큼도 의심하지 않았다. 허를 찔린 발린이 가장 놀랐다. 지금은 훌륭한 첩자라고 누구나가 극구 칭찬했다. 빌보는 이같은 칭찬의 말을 듣고 기쁘기도 했지만 마음 속으로는 얼마쯤 겸연쩍기도 해서 마침내 반지 이야기는 하지 못하고 말았다. 모두가 어떻게 빠져나올 수 있었느냐고 물었을 때도 "뭐, 그저 기어나왔을 뿐이오. 하긴 아주 주의 깊게 살며시 했지만요" 하고 말했다.

"참으로 이런 일은 처음이오. 작은 쥐가 아무리 주의 깊게 조용히 기어도 내 눈 앞을 통과했던 일이 없었는데, 이번만큼은 못보고 놓쳤어요. 나는 당신에게 두건을 벗고 절을 하겠습니다." 발린은 이렇게 말하고 그 말대로 했다.

"발린이 당신 발 밑에 삼가 엎드립니다."

"이쪽이야말로. 배긴스입니다."

빌보가 말했다. 그 다음 모두는 헤어진 뒤의 빌보의 모험을 샅샅이 알고 싶어했다. 빌보는 편안히 앉아서 자초지종을 이야기했다. 다만 반지에 대해서만은 이야기하지 않았다. 지금은 그럴 때가 아니라고 생각했던 것이다. 모두는 수수께끼 내기의 대목에서 특히 몸을 앞으로 내밀고 골룸의 모습을 묻고는 눈으로 보고 있기라도 하듯이 몸을 떨었다.

"그런데 내 옆에 그런 녀석이 붙어앉아 있으니 도저히 수수께끼가 떠오르지 않더군요. 그래서 나는 내 호주머니 속에 무엇이 있지? 하고 물었지요. 그 녀석은 세 번 대답했는데 맞히지 못했어요. 나는 다그쳤지요. 약속은 어떻게 하겠느냐, 출구를 가르쳐 달라고. 그런데 그 녀석은 나에게 다가와 나를 죽이려고 하더란 말입니다. 나는 도망쳐서 몸을 납작 엎드렸지요. 그러자 그 녀석은 나를 못보고 어둠 속으로 달려가더군요. 나는 그의 뒤를 밟았지요. 그 녀석이 혼잣말을 하는 것을 들었기 때문이지요. 그 녀석은 내가 출구를 알고 있다고 생각하고는 출구로 앞질러 가려고 했거든요. 그리고 출구에 죽치고 앉아 있어서 거기를 통과할 수가 없었어요. 그래서 나는 그 녀석의 머리 위를 뛰어넘어 그의 손아귀에서 벗어나 문 쪽으로 뛰어내려갔지요."

"문지기들은 어떻게 했소?" 하고 모두가 물었다. "없었나요?"

"있었지요, 있었어요. 많이 있더라구요. 그러나 나는 그 녀석들을 따돌리고 뛰었지요. 문이 아주 조금밖에 열려 있지 않았기 때문에 그 사이에 끼였어요. 덕분에 단추를 죄다 잃고 말았소." 빌보는 슬픈 듯이 찢어진 옷을 보며 말했다. "그러나 그럭저럭 무사히 뚫고 나왔지요. 그리하여 이곳까지 오게 되었다오."

난쟁이들은 빌보가 골룸의 머리 위를 뛰어넘고 문지기들을 따돌리고 문을 빠져나올 때, 각별히 어렵지도 무섭지도 않았다는 듯이 말하는 것을 듣고 새삼스럽게 빌보를 우러러보았다.

"어떤가, 내가 아까 뭐라고 했지?" 간달프가 웃으며 말했다. "배긴스는 자네들이 생각하는 것 이상의 인물이란 말이네."

이렇게 말하고 간달프는 더부룩한 눈썹 밑에서 빌보에게 묘한 눈짓을 보냈다. 그래서 호비트는 자기가 말하지 않은 것까지도 마법사가 꿰뚫어보지 않았을까 하고 생각했다. 이번에는 빌보 쪽이 들을 차례였다. 간달프는 이미 난쟁이들에게 자신의 이야기를 들려 주었을 테지만 빌보는 아직 아무것도 듣지 못했으니까. 빌보는 마법사가 어떻게 다시 돌아올 수 있었는지, 그리고 지금 있는 곳이 어디인지 알고 싶었다. 사실 마법사는 자기의 지혜로움을 되풀이해서 들려 주는 것을 조금도 귀찮게 여기지 않았으므로 빌보에게 다음과 같이 이야기했다. 간달프도 엘론드도 산맥의 그 부근에 나쁜 고블린들이 있다는 것을 잘 알고 있었다. 그러나 고블린들의 앞쪽 입구는 전에는 산을 넘기 쉬운 다른 고갯길에 있었다. 그래서 그 앞쪽 입구 가까이에서 밤을 보내는 사람들을 고블린들은 흔히 붙잡을 수가 있었던 것이다. 그런데 그 뒤 여행자들이 그 길을 넘지 않게 되면서 고블린들도 최근에 난쟁이들이 지나간 그 고갯길 꼭대기에 새로운 입구를 만든 모양이다. 그 길은 얼마 전까지 매우 안전했던 것이다.

"이렇게 되었으니 사리에 밝은 거인에게 부탁하여 그 입구를 막도록 해야겠네. 그렇지 않으면 머지않아 어느 쪽으로도 산을 넘을 수 없게 될 테니까."

간달프는 덧붙여 말했다. 간달프는 빌보의 외침소리를 듣자마자 어떤 일이 일어났는지 알아차렸다. 간달프를 덮쳤던 고블린들을 몰살시킨 그 번개의 번뜩임 속에서 간달프는 때마침 닫히고 있는 바위의 틈새에 뛰어들었다. 그리고 고블린들과 그들에게 끌려가는 난쟁이들의 뒤를 따라 넓은 방 입구까지 왔다. 그곳에 앉아서 간달프는 어둠 속에서 끌어낼 수 있는 마법의 힘을 전부 불러일으켰던 것이다.

"정말로 위험한 일이었다네. 자칫 잘못했으면 큰일 날 뻔했지." 간달프가 말했다.

그러나 간달프는 불과 불빛을 다루는 데는 명수였다(독자도 알다시피 호비트조차도 하지절 전날 밤에 툭 할아버지 집에서 열린 파티에서 간달프가 터뜨렸던 이상한 불꽃을 잊지 않고 있었으니까). 그 다음은 간달프가 뒷문에 대해 알고 있었다는 사실을 제외하고는 우리가 아는 이야기이다. 그 뒷문을 고블린들은 아래쪽 문이라고 불렀는데, 빌보가 단추를 죄다 잃은 그 출구였다. 사실 그 뒷문은 산맥의 이 부근을 잘 알고 있는 자에게는 잘 알려져 있는 곳이었다. 그러나 어두운 터널 속에서 방향을 정하고 올바른 쪽으로 모두를 인도하는 데에는 마법사의 고심도 이만저만이 아니었다.

"고블린들은 그 문을 무척 오래 전에 만들었다네. 도망칠 필요가 있을 때 빠져 나가는 구멍이면서 또한 어둠을 틈타 산의 저편으로 나아가 나쁜 짓을 할 때의 출구이지. 고블린들은 언제나 이곳을 지키고 있으며, 아직 아무도 그들의 수비를 뚫고 나온 자가 없었다네. 그러나 이렇게 되면 녀석들도 경계를 이중으로 하여 문을 지키겠군."

간달프는 이렇게 말하고 웃었다.

다른 자들도 모두 웃었다. 피해도 컸지만, 그래도 큰 고블린을 포함해 고블린들을 많이 죽였으며 게다가 전원이 무사히 피할 수 있었으니 다행이라고 말할 수 있을지도 모른다.

그러나 마법사는 모두의 마음을 긴장시켰다.

"이제 충분히 쉬었으니까 우리는 당장에 떠나야만 하네. 밤이 되면 고블린들이 몇백 명이나 몰려나와서 우리를 뒤쫓을 걸세. 벌써 그림자가 이렇게 길어졌어. 그 녀석들은 우리가 지난 지 몇 시간 뒤에도 발자국 냄새를 맡고 따라올 걸세. 어둠이 내리기 전에 몇 킬로미터 더 전진해야 해. 만일 날이 좋다면 달이 떠오를 테지. 그렇게 되면 다행한 일이야. 녀석들이 달빛을 싫어해서라기보다는 우리가 길을 가는 데에 도움이 되니까."

호비트가 몇 가지를 더 질문하자 간달프는 이렇게 말했다.

"자네는 고블린의 터널 속에서 시간 감각을 잃었군. 오늘은 목요일일세. 우리가 붙잡힌 것이 월요일 밤이나 화요일 아침이었지. 우리는 그곳에서 몇십 킬로미터나 걸어서 산의 한가운데를 뚫고 산맥의 반대편으로 넘어온 거라네. 대단한 지름길이 된 셈일세.

그래서 우리는 고개를 넘어서 내려와야 할 길로 나오지 않았다네. 여기는 북쪽으로 훨씬 벗어나 있어. 꽤 험한 땅에 발을 디딘 걸세. 아직 꽤 높은 산속이야. 자, 출발하세!"

"나는 몹시 배가 고프단 말입니다."

빌보는 우는 소리를 했다. 사흘 전 밤부터 식사를 못했다는 것이 불현듯 생각났던 것이다. 호비트의 습관을 생각하면 그것도 무리는 아니다. 목숨을 걸었던 사건이 지나고 나자 뱃속이 비어서 다리가 후들후들 떨렸다.

"어쩔 수 없네. 아니면 이제부터 되돌아가서 자네 말에 얹었던 짐만이라도 달라고 고블린들에게 정중하게 부탁해 보겠나?"

"당치도 않은 말씀!"

"그럼 좋아. 자, 혁대를 바짝 조이고 열심히 걷는 걸세. 그렇지 않으면 우리가 저녁거리가 된단 말이네. 먹는 것이 다 뭔가."

빌보는 걸으면서 먹을 것을 찾아 좌우를 두리번거렸다. 그러나 지금은 검은 딸기가 겨우 꽃을 피웠을 뿐으로, 물론 호도 같은 것도 없고 수유나무 열매 같은 것도 없었다. 빌보는 호장 잎을 뜯어서 훑고 길을 가로지르는 작은 시내의 물을 떠서 마셨다. 그 시냇가에서 찾아낸 산딸기를 두세 알 입에 넣었는데 그다지 맛은 없었다. 일행은 전진하고 또 전진했다. 울퉁불퉁한 길은 없어졌다. 덤불이며 둥근 돌 사이에 우거진 키가 큰 풀숲, 토끼가 뜯어 먹은 들섶나무의 한 구석, 백리향이며 샐비어며 마요라나 등의 향기 짙은 약초가 돋아나 있는 곳, 노란 바위장미가 피어 있는 곳도 지나쳐 볼 수 없게 되었다. 그 다음은 산사태로 인해 돌이 데굴데굴 굴러 있는 넓은 비탈길이 나타났다. 모두가 그곳을 내려가기 시작하자 발밑에서 작은 돌멩이들이 굴러 떨어졌다. 그리고는 꽤 큰 바위 덩어리가 와르르 무너져 내리면서 그것과 함께 흙먼지와 굉음이 일었다. 얼마 지나지 않아 일행의 위와 아래의 모든 비탈이 한번에 움직이기 시작하는 것

같더니 일행은 서로 뒤죽박죽이 되어, 와르르 우당탕하고 미끄러져 무너지는 바위며 돌 덩어리 속으로 휩쓸려 떨어져 내려갔다.

일행의 목숨을 구한 것은 골짜기 밑바닥의 숲이었다. 그들은 골짜기를 메우고 있는 시커멓고 어두운 숲속에서 빠져나와 산의 비탈에 자라고 있는 소나무 숲의 높은 나뭇가지 끝에 걸렸던 것이다. 어떤 자는 나무둥치를 붙잡고 낮은 나뭇가지에 매달리는가 하면 또 어떤 자(호비트처럼 작은 자들)는 떠내려오는 바위 틈에서 몸을 지키려고 나무 뒷면에 숨었다. 이윽고 위험은 끝났다. 흙사태는 멎었고 구르는 바위 중 가장 큰 것이 빙빙 돌며 저 밑의 고사리며 소나무 뿌리 속으로 떨어지는 마지막 소리가 희미하게 울렸다.

"맙소사, 지독하게 당했군." 간달프가 말했다. "우리를 따라오는 고블린들도 여기까지 조용히 내려오기는 힘들 걸세."

"그야 그럴 테지요. 하지만 고블린들이 우리 머리 위에 돌을 떨어뜨릴 생각이 있다면 그건 문제 없겠는데요."

봄버가 말했다. 난쟁이들은(빌보도) 지겹다는 생각을 하며 각기 벗겨지거나 다치거나 한 손발을 비볐다.

"무슨 바보 같은 소리! 우리는 이제부터 이 흙사태의 길에서 벗어나 다른 길을 가는 걸세. 자, 서둘러야 해! 해를 보라구!"

해는 이미 산 뒤로 지고 있었다. 어느덧 땅거미가 두껍게 드리워졌고, 검은 나뭇가지 위며 가지 사이에서 바라다보이는 먼 평원 위에는 어렴풋한 황혼빛이 서려 있었다. 일행은 남쪽으로 뻗어 가는 내리막길을 발견하고 다리를 절룩거리며 되도록 빨리 더듬어갔다. 때로는 호비트의 키 이상으로 자란 고사리 벌판을 헤치며 가기도 했고 때로는 융단처럼 솔잎이 온통 깔린 길을 소리도 내지 않고 나아갔다. 그러는 동안 숲의 어둠은 더욱 짙어졌고 숲의 고요는 더욱 깊어졌다. 언제나 나뭇잎을 흔들며 바다 소리를 내던 바람도 그날 밤은 불지 않았다.

"얼마나 더 걸어야 합니까? 발끝은 전부 다쳐서 구부러졌고 발은 온통 욱신거립니다. 게다가 위가 빈 자루처럼 버걱버걱 흔들리고 있어요." 빌보가 물었다.

이때쯤에는 자기와 나란히 가는 소린의 수염이 하늘하늘 흔들리는 것이 간신히 보일 정도로 어두워져 있었고, 난쟁이들이 내뿜는 숨결이 마치 말의 콧김처럼 거칠게 들릴 정도로 아주 조용했다.

"조금만 더 가면 되네." 간달프가 말했다.

그로부터 상당히 지났다는 생각이 들 무렵 갑자기 나무가 없는 빈터가 나왔다. 달이 떠올라 그 빈터를 선명하게 비추고 있었다. 그곳은 왠지 모두의 마음에 좋지 않은 장소라는 느낌을 주었다. 그렇다고 해서 나쁜 것은 눈에 띄지 않았다.

이때 일행은 느닷없이 먼 산자락에서 짖는 소리를 들었다. 그 소리는 떨리며 길게 이어졌다. 그러자 그 오른쪽의, 일행에게서 가까운 곳에서 다른 짖는 소리가 났다. 그리고 그다지 멀지 않은 왼쪽에서 또 다른 짖는 소리가 들려왔다. 달을 보고 짖는 늑대의 소리였다. 가까운 곳에 늑대의 무리가 있었던 것이다.

배긴스네 집 부근에는 늑대가 살고 있지 않았지만 그 소리는 익히 알고 있다. 빌보는 늑대 이야기를 여러 가지 읽은 적이 있다. 또한 그의 외사촌 형 하나가 대단한 여행가였는데 빌보를 놀라게 하기 위해 종종 늑대 울음 소리를 흉내내곤 했었다. 그런데 달이 비치는 숲 속에서 진짜 늑대 울음소리를 듣자 빌보는 몹시 두려웠다. 마법의 반지조차도 늑대에게는 그다지 효과가 없다. 특히 이 고장의 나쁜 늑대 무리에게는 통하지 않을 것이다. 인적이 드문 황무지 나라의 경계에서 고블린들이 출몰하는 산지 일대에 걸쳐 나쁜 늑대가 살고 있는데, 늑대들은 고블린보다도 코가 예민하여 먹이의 모습을 볼 필요도 없이 냄새로 알아차리는 것이었다.

"어떻게 하지요? 어떻게 하면 좋지요? 고블린으로부터 도망쳐 왔는데 늑대에게 잡힌다면" 하고 빌보가 외쳤다. 그의 마지막 말은 뒤에 속담이 되어 전해져 내려오다가 지금은 '프라이팬에서 도망쳐 나와 불에 뛰어든다'라는 말로 바뀌었다.

"빨리 나무로 올라가라!" 하고 간달프가 고함질렀다.

그들은 모두 빈터 어귀의 나무 있는 데로 달려가서 마침 낮게 뻗어 있는 나뭇가지며 매달려도 문제없을 낭창낭창한 나무줄기를 찾았다. 앞을 다투어 좋은 나무를 찾아내어 몸무게를 견딜 수 있는 가장 높은 곳까지 올라갔다. 나잇살이나 먹은 사람들이 나무타기를 하며 놀고 있는 어린이들처럼 나무 위에 걸터앉아 길다란 수염을 늘어뜨리고 매달려 있으니 곁에서 보았으면 우스꽝스러웠을 것이다. 필리와 킬리는 엄청나게 큰 크리스마스 트리 같은 키 큰 낙엽송 꼭대기에 있었다. 도리, 노리, 오리, 오인, 글로인 등의 다섯 사람은 큰 소나무 줄기에서 얼기설기 튀어나와 있는 나뭇가지에 느긋하게 걸터앉았다. 비퍼와 보퍼와 봄버와 소린은 다른 소나무에 있었다. 드월린과 발린은 몇 개의 나뭇가지를 뻗고 있는 유연한 전나무에 매달려 나뭇가지의 잎사귀 속에서 숨을 만한 장소를 찾으려고 했다. 난쟁이들보다도 훨씬 키가 큰 간달프는 빈터에서 가장 가까운 곳에 서 있는, 다른 사람들이 오를 수 없는 큰 소나무에 용케 기어올라가 나뭇가지 사이에 숨었다. 그는 얼굴을 내밀고 있어, 그 눈에 달빛이 번쩍번쩍 빛나고 있었다.

그럼 빌보는 어디에? 빌보는 아직 어느 나무에도 매달리지 못하고 줄기에서 줄기로 뛰어다니고 있었다. 개에게 쫓긴 토끼가 자기 보금자리의 구멍을 찾지 못하고 있는 것과 같은 모습이다.

"너 또 첩자를 남겨놓고 왔구나." 노리가 밑에 있는 도리를 보고 말했다.

"나도 언제나 첩자를 업고 다닐 수만은 없어." 도리가 말했다.

"터널을 내려갈 때도 나무에 오를 때도 업어야 하나? 도대체 나를 뭘로 여기는 거야? 짐꾼인 줄로 아나?"

"어떻게든 하지 않으면 그는 먹히고 말거야." 소린이 말했다. 그러고 보니 사방에서 짖는 소리가 일었고 그 소리는 차츰 다가오고 있다. 소린이 가장 매달리기 쉬운 나무의 가장 낮은 곳에 있던 도리를 불렀다. "도리, 서둘러 배긴스를 올려 주어라!"

도리는 투덜투덜 불평을 했지만 마음은 착한 사람이었다. 도리는 가장 아래의 나뭇가지까지 내려가 손을 힘껏 뻗었으나 가엾은 빌보는 도리의 손에 미치지 못했다. 하는 수 없이 도리는 나무를 기어내려가 빌보를 등에 끌어올렸다. 바로 그때 늑대가 으르렁거리며 빈터로 뛰어 들어왔다.

눈 깜짝할 사이에 몇백 개의 눈이 두 사람에게 쏠렸다. 도리는 아직 빌보를 등에 업고 있었다. 빌보가 어깨에서 나뭇가지에 기어오르기를 기다린 다음 도리는 그 나뭇가지로 뛰어올랐다. 아슬아슬한 순간이었다! 한 마리의 늑대가 펄쩍 뛰어올라 도리의 망토를 물어뜯었다. 하마터면 도리는 붙잡힐 뻔했다. 눈 깜짝할 사이에 그 나무 둘레는 늑대의 무리로 에워싸였다. 늑대들은 눈을 번뜩이며 혀를 늘어뜨리고 요란하게 짖기도 하고 나무줄기에 달려들기도 했다.

그러나 제아무리 미친 개(황무지 나라의 경계선 저쪽에 있는 질이 나쁜 늑대에게 붙여진 별명이다)일지라도 나무를 오르진 못한다. 그러므로 우선은 모두 안전했다. 때마침 따뜻한 밤이었고, 바람도 없었다. 나무 위란 오래 앉아 있기에 그다지 편한 곳은 아니다. 더구나 춥고 바람이 부는 날, 밑에서 기다리고 있는 늑대의 무리에 에워싸여 있는 경우라면 그야말로 더할 나위 없이 괴로운 곳일 것이다. 나무들로 둘러싸인 이 빈터는 원래 늑대들이 모이는 장소였다. 무리는 계속 불어났다. 그 무리는 도리와 빌보가 있는 나무뿌리 곁에 파수꾼을 남겨놓고, 어느 나무에 사람이 있는지 한 그루 한 그루 냄새맡으며 돌아다녀 찾아내고는 파수꾼을 세웠다.

남은 무리는 이미 몇백 마리가 되는지 알 수 없을 정도였고, 빈터에 큰 원을 그리며 죽치고 앉았다. 원 한가운데에 한 마리의 큰 회색 늑대가 있었다. 그 큰 늑대는 무서운 늑대 말로 무리에게 이야기했다. 간달프는 그 말을 알아들었다. 빌보는 알아듣지는 못했지만 소름이 끼쳤다. 그리고 그 이야기 내용이 무참하고 상스러운 것이라고 여겨졌는데 정말 그대로였다. 원을 그리고 있는 미친 개들은 이따금 소리를 맞추어 회색의 우두머리에게 대답을 했는데, 그 무시무시하게 울려퍼지는 소리는 가엾은 호비트를 소나무에서 거의 흔들어 떨어뜨릴 지경에 이르렀다.

빌보는 알 수 없었지만 간달프가 알아들은 늑대들의 이야기 내용은 이렇다. 미친 개들과 고블린들은 이따금 나쁜 짓의 한패가 되곤 했다. 고블린은 보통 살고 있는 산에서 그다지 멀리 나가지 않는다. 하긴 산에서 쫓겨나 새로운 거처를 찾아야 할 때나 전쟁(고맙게도 이미 무척 오랫동안 전쟁이 일어나지 않았지만……)을 하러 갈 때는 다르지만. 그러나 이 무렵 고블린들은 여전히 도둑질을 하러 가곤 했다. 먹을 것을 훔치러 가기도 하고 노예를 채러 가는 수도 있었다. 그럴 때 고블린들은 흔히 이 미친 개들의 도움을 받고는 노획물을 나누어 주곤 했다. 때로 고블린들은 사람이 말을 타듯이 늑대를 타고 나가기도 했다. 바로 이날 밤, 고블린들의 대규모 습격을 도와주러 가려던 참이었던 모양이다. 미친 개들은 고블린들과 만나려고 왔는데 고블린 쪽이 늦었다. 그 이유는 말할 나위도 없이 큰 고블린이 죽었기 때문에, 또한 난쟁이들과 빌보와 마법사가 일으킨 큰 소동으로 인해 고블린들은 아직도 이들의 뒤를 찾아다니고 있었기 때문이다.

그런데 최근에 이토록 멀고 갖가지 위험이 도사리고 있는 땅에 남쪽에서부터 용기 있는 사람들이 건너왔다. 그들은 나무를 자르고 골짜기와 강가의 밝은 숲을 골라서 살 땅을 닦고 있었다. 그런 사람들은 모두 용감하고 무기를 단단히 갖추고 있었기 때문에 미친 개들도 그들이 많이 모여 있는 곳이나 밝은 대낮에는 덮칠 수가 없었다. 그런데 이때 늑대들은 고블린들과 짜고 밤이 되면 산에서 가장 가까운 숲의 마을들을 덮칠 계획을 세우고 있었던 것이다. 그렇게 되면 이튿날 마을 사람들 중 몇 명은 고블린에게 잡혀서 동굴로 끌려 가고 남은 사람들은 몰살되어 버린다.

이것은 용감한 숲의 남자들과 그 부인들과 아이들 뿐만 아니라 간달프와 그 친구들에게도 끔찍한 이야기였다. 미친 개들은 자기들의 소중한 집회 장소에 어째서 이런 패거리들이 있는지, 이상하게 생각했고 또한 분해했다. 그들은 이 패거리들이 숲의 사람들과 한패이며 이쪽을 염탐하러 왔음에 틀림없다고 생각했다. 그같은 첩자라면 이쪽의 생각을 골짜기 일대에 퍼뜨리고 다닐 테고, 그렇게 되면 사람들이 깊이 잠든 때를 노려 습격하려던 늑대와 고블린의 계획이 틀어지고 숲의 사람들과 격심한 싸움을 해야 한다. 그래서 미친 개들은 어쨌든 아침까지는 이곳을 철수해선 안 된다, 나무에 올라가 있는 패거리들을 놓쳐선 안 된다고 생각했다. 게다가 머지않아 고블린 병사들이 산에서 내려올 것이다. 고블린들이라면 나무에 올라갈 수도 있고 나무를 잘라서 쓰러뜨릴 수도 있었다.

이러니 늑대들의 으르렁거리는 외침소리를 듣고 있는 동안에 마법사인 간달프조차도 두려운 생각이 들기 시작했고, 도망칠 곳 없는 이 장소를 지긋지긋하게 생각하기 시작했다고 해서 이상할 것은 없었다. 그와 동시에 간달프는 늑대들을 그 일에 가담하지 못하게 하고 싶지만, 그 늑대에게 둘러싸이고 높은 나뭇가지에 못박혀 있어서야 도대체 무엇을 할 수 있겠는가. 그러나 간달프는 사방의 나뭇가지에서 큰 솔방울을 모았다. 그리고 그 하나에 파란 불을 붙여서 늑대들의 원 속에 휙 던졌다.

　그것은 한 마리의 등에 맞았고 곧 그 더부룩한 털가죽에 불이 붙어서 그 늑대는 무섭게 짖어대며 이리저리 뛰어다녔다. 이어서 잇따라 파란 불길, 빨간 불길, 초록 불길의 솔방울이 날아갔다. 그것들은 늑대의 원 한가운데의 땅바닥에 떨어져 타오르며 갖가지 빛깔의 불꽃과 연기를 냈다. 특별히 큰 불꽃이 우두머리 늑대의 코에 맞아서 그 늑대는 3미터나 공중으로 뛰어올라가 분노와 공포 속에 다른 늑대들을 물어뜯기까지 해가며 원의 둘레를 빙빙 돌았다.

　난쟁이들과 빌보는 소리를 지르며 놀려댔다. 늑대의 미친 듯한 분노는 보는 것만으로도 끔찍했고, 늑대들이 일으키는 소동은 온숲에 메아리쳤다. 늑대는 불을 무서워한다. 그러나 이것은 특히 무섭고 이상한 불이었다. 불꽃이 털가죽에 날아오면 몸에 달라붙어 털가죽을 태운다. 그리고 늑대가 얼른 땅바닥에 뒹굴지 않는 한 온몸은 불길에 싸이고 만다. 순식간에 숲의 빈터에서는 늑대들이 데굴데굴 구르며 등에 붙은 불을 끄려고 애썼다. 한편, 불에 싸인 늑대들은 울부짖으며 뛰어다녀 다른 늑대에게 불을 옮겨 주었다. 불이 붙은 늑대는 화가 나서 상대를 쫓아 버리거나 울부짖으며 물을 찾으러 산의 비탈을 내려갔다.

　"오늘 밤 숲의 이 큰 소동은 무엇이냐?"
　독수리 왕이 말했다. 독수리 왕은 안개산맥의 동쪽 끝에 있는 한 바위 꼭대기 위에 달빛을 등지고 앉아 있었다.
　"늑대의 소리로군. 고블린들이 숲속에서 장난을 치고 있는 것일까?"
　왕은 공중으로 날아 올랐다. 그러자 왕의 좌우에 있던 시종 둘이 함께 바위를 떠나 왕의 뒤를 따랐다. 독수리 세 마리는 공중에 원을 그리며 아래를 내려다보았다. 멀리 아래쪽에 미친 개들의 원이 작은 점처럼 보였다. 독수리는 눈이 날카로워 아주 멀리 있는 작은 것까

지도 볼 수 있다. 특히 안개산맥의 독수리 왕은 눈을 깜빡거리지 않고 해님을 바라볼 수도 있었고, 달빛 속에서 1킬로미터 반이나 아래에서 달리고 있는 토끼를 찾아낼 수도 있었다. 그러므로 왕은 나무에 올라가 있는 사람들을 찾아낼 수는 없었지만 늑대의 큰 소동을 바라보며 여기저기서 타오르는 불을 보거나 희미하게 들려오는 으르렁 소리며 외침소리를 들을 수 있었다. 또한 왕은 고블린들의 창이며 갑옷이 달빛에 번쩍이는 것을 알아챘다. 그들은 길다랗게 줄을 짓고 문에서 산자락으로 몰려나가 숲속으로 행진하고 있는 참이었다.

독수리는 원래 결코 유순한 새가 아니다. 개중에는 겁장이이면서도 지독한 짓을 하는 새도 있지만, 옛부터 북녘 산에 있어왔던 독수리 일족은 온갖 새들 중에서도 가장 훌륭했다. 그들은 자존심이 강하고, 또한 고귀한 혼을 가지고 있었다. 그 독수리들은 고블린을 매우 싫어했고, 그들을 두려워하지 않았다. 그런 것들은 부리로 쪼아먹을 것은 아니어서 늘 주의를 기울이지는 않았지만, 때때로 눈에 띄면 즉각 달려들어서 동굴로 몰아넣어 나쁜 일에 손을 대지 못하게 했다. 그래서 고블린들은 독수리들을 미워했고 또한 두려워했다. 그러나 독수리들의 보금자리가 있는 높은 곳까지 갈 수가 없어 산에서 독수리들을 쫓아낼 수가 없었다.

오늘 밤 독수리 왕은 무슨 일이 일어나고 있는지 알고 싶어서 견딜 수가 없었다. 그래서 많은 독수리들에게 따라오라고 명령했다. 독수리 무리는 산을 떠나 상공에서 천천히 원을 그리며 늑대의 원이 있는 쪽으로, 고블린들이 모이는 장소로 차츰 날아 내려갔다.

독수리들은 아주 적절한 때에 도착했다. 아래에서는 무서운 일이 벌어지려 하고 있었던 것이다. 불이 붙어서 숲속으로 도망친 늑대들은 숲의 여기저기에 불을 붙이고 말았다. 지금은 여름이 한창이고, 산의 동쪽인 이 부근은 한동안 비가 오지 않았다.

노랗게 마른 고사리, 떨어져 있던 마른 나뭇가지, 쌓인 솔잎 등

여기저기의 마른 나무가 순식간에 불길에 휩싸였다. 미친 개들이 있
는 빈터 둘레는 어디건 불길이 춤추고 있었다. 그러나 파수꾼 늑대
는 나무 밑에서 도망치려고 하지 않았다. 더욱더 미친 듯이 날뛰고
성을 내며 늑대들은 여기저기의 나무줄기 둘레를 으르렁거리며 뛰
어다녔고, 혀를 내밀고 무서운 늑대 말로 난쟁이들을 저주하며 불길
처럼 빨갛고 뜨거운 눈알을 번뜩였다.

그때 갑자기 고블린들이 소리지르며 달려왔다. 고블린들은 숲의
사람들과의 싸움이 시작되었다고만 생각하고 있었지만, 곧 어떤 사
건이 벌어지고 있는지 알아차렸다. 그러자 땅바닥에 앉아서 웃는
자, 창을 뒤흔드는 자, 화살로 방패를 두드리는 자가 있었다. 고블
린들은 불을 두려워하지 않는다. 당장에 자기들이 실컷 즐길 수 있
는, 좋지 않은 계획을 생각해 냈다.

고블린들 중의 어떤 자는 늑대들을 부르고 있었고, 어떤 자는 고
사리며 마른 나뭇가지를 모아다가 난쟁이들의 나무 둘레에 쌓았다.
또한 어떤 자는 주위를 뛰어다니며 밟고 두드리고 비비고 걷어차고
하여 퍼지는 불길을 끄며 돌아다녔다. 끈다고 해도 난쟁이들이 있는
나무 옆의 불은 끄지 않았다. 그러기는커녕 일부러 마른 나뭇잎이며
마른 나무와 고사리를 쌓아놓고 불을 붙이는 것이었다. 이리하여 얼
마 뒤에 난쟁이들을 빙 둘러 에워싸는 연기와 불길의 원이 생겼다.
고블린들은 그 원이 안으로 안으로 타들어 가도록 애썼다. 불길은
차츰 좁혀져 마침내 널름거리며 타는 불길이 나무 밑에 쌓아올린 장
작더미로 옮겨붙었다. 빌보의 눈에 연기가 들어갔다.

몸에 불의 열기가 느껴졌다. 빌보는 연기 너머로 고블린들이 마치
하지 전야제의 모닥불을 에워싸듯이 원을 그리며 빙글빙글 춤추고
돌아가는 것을 볼 수 있었다. 창과 작살을 가진 고블린 병사들이 춤
추는 원 바깥에는 방해가 되지 않도록 사이를 두고 늑대들이 앉아서
지켜보며 기다리고 있었다. 빌보의 귀에 고블린들이 부르는 무서운

노래 소리가 들렸다.

전나무 다섯 그루에 작은 새가 열 다섯 마리
불길에 휩싸여 깃털이 흔들리네.
이상한 작은 새, 날개가 없다.
이런 작은 새는 어떻게 하면 좋을까?
날것으로 구울까, 냄비에 넣을까?
튀길까, 부글부글 끓일까?

고블린들은 노래를 그치고 간달프 일행을 놀려댔다.
"날아라, 날아라, 작은 새. 날을 수 있으면 날아 보아라. 그렇지
않으면 보금자리째 불에 태우겠다. 노래해라, 노래해라, 작은 새.
어째서 노래하지 않니?"
"야, 저리 가라, 이 꼬마 녀석들!" 하고 간달프가 되받아 고함
질렀다. "새의 보금자리를 훔치면 못써. 불장난을 하는 장난꾸러기
는 반드시 벌을 받는다."
간달프가 이렇게 말한 것은 고블린들을 화나게 만들기 위해, 또한
자기가 무서워하고 있지 않다는 것을 보여주기 위해서였다. 그러나
실은 간달프 같은 마법사라 할지라도 무서웠던 것이다. 고블린들은
간달프를 개의치 않고 계속해서 노래를 불렀다.

타거라 타거라
나무야 고사리야!
바짝바짝 타거라 횃불아
오늘 밤의 즐거움을 비추기 위해.
얏호!

태우자, 굽자, 튀기자 !
수염은 탁탁, 머리칼은 지익지익
눈알이 터지고 피부가 갈라질 때까지
기름이 배어나오고 뼈가 타들어갈 때까지
난쟁이들이 이 하늘 아래
한 줌 재가 될 때까지
오늘 밤의 즐거움
우리들의 모닥불.
얏호, 얏호호 !

이 마지막 '호'를 외쳤을 때, 불길이 간달프가 있는 나무에 닿았다. 그리고 순식간에 다른 나무에도 불길이 번졌다. 줄기의 껍질이 타며 아랫가지가 소리를 내기 시작했다.

이때 간달프는 나무 꼭대기에 올라가 있었다. 별안간 간달프의 마법의 지팡이에서 번개 같은 빛이 번뜩였다. 마침내 간달프가 벽력같이 뛰어내려 수많은 고블린들을 죽이고 최후를 맞이하는가 싶었지만, 그는 뛰어내리지는 않았다.

바로 이때 독수리 왕이 하늘에서 훌쩍 내려와 간달프를 채어 올라가 버렸다.

고블린들은 화가나서 야단법석이었다. 한편 독수리왕은 간달프의 이야기를 듣고 크게 외쳤다. 왕과 함께 있던 큰 새의 무리가 날아오더니 그림자처럼 내려갔다. 늑대들은 비명을 지르며 이를 갈았다. 고블린은 깩깩 소리를 지르며 발을 구르고 하늘로 창을 날렸다. 그러나 이미 때는 늦었다. 늑대와 고블린 위를 독수리들이 덮쳤던 것이다. 독수리들이 힘센 날개를 펴고 내려올 때마다 고블린들은 내동댕이쳐졌고 늑대들은 불려서 날아갔다. 독수리들의 발톱은 고블린의 얼굴을 찢었다. 한편 다른 독수리들은 나무 위로 날아가 꼭대기까지 올라가 있던 난쟁이들을 구했다.

가엾은 빌보는 여기서도 뒤에 남겨질 뻔했다. 도리가 마지막으로 이끌려 올라갈 때 가까스로 겨우 도리의 다리에 매달릴 수 있었다. 둘은 함께 불타는 숲 위를 날았는데, 빌보는 양팔이 빠질 듯한 아픔을 느끼며 공중에서 매달려 갔다.

고블린들과 늑대들은 숲속으로 넓게 흩어져 도망쳤다. 몇 마리의 독수리가 뒤에 남아서 화재 현장 위를 빙빙 돌며 날고 있다. 나무들 둘레의 불길이 갑자기 꼭대기의 나뭇가지를 꿰뚫고 타올랐다. 그것은 탁탁 튀기며 타는 불기둥이 되었다. 불똥과 연기가 한층 높이 바람을 타고 올라갔다. 빌보는 아슬아슬한 순간에 목숨을 건진 것이다.

이윽고 화재의 불빛은 희미해지더니 검은 땅바닥 위의 작은 빨간 점으로 변했다. 그리고 난쟁이들은 억세게 홰를 치는 독수리 발에 매달려 하늘 높이 이끌려 갔다. 빌보는 도리의 복사뼈에 매달린 채 하늘을 날던 이때의 괴로움을 언제까지나 잊지 못했다. 빌보는 "팔이, 팔이!" 하고 신음했다.

높이높이 올라갔을 때 빌보는 눈이 빙글빙글 돌았다. 빌보는 별로 높지 않은 벼랑 끝에 서서 내려다만 보아도 현기증을 일으키곤 했다. 나무는커녕 사다리조차 싫어했다. 그런 빌보가 흔들리는 다리 사이로, 저 멀리 아래 넓게 퍼져 있는 시커먼 땅이 군데군데 달빛을 받아 산골짜기의 바위며 들판의 강이 번쩍이는 것을 바라보았을 때 머리가 빙글빙글 도는 것도 무리는 아니었다.

산맥의 파랗게 빛나는 꼭대기가 차츰 가까와졌다. 달빛을 받아 어두운 그늘에서 선명하게 떠오르는 바위 끝이 여러 개 보였다. 여름인데도 계절과는 관계없이 추워 보였다. 빌보는 눈을 감고 이 이상 지탱할 수 있을까 하고 생각했다. 여기서 손을 놓으면 어떻게 될까 하고 생각하자 갑자기 기분이 나빠졌다.

이젠 글렀다 하는 찰나에 마침내 끝이 났다. 빌보는 쥐고 있던 도리의 발목을 놓고 독수리의 보금자리가 있는 바위선반에 굴러떨어졌다. 그곳에 말도 없이 쓰러져 있는데, 마음 속으로 뜻밖에 화형을 면했을 때의 놀라움과 이 좁은 바위선반에 떨어지지 않고 바로 옆의 깊은 그늘진 곳에 떨어졌다면 어떻게 되었을까 하는 전율이 스쳐갔다. 먹지도 마시지도 못한 채 사흘 동안 무서운 모험이 계속되었으므로 빌보의 머릿속은 뒤죽박죽이었다. 그는 자기도 모르게 혼잣말을 했다.

"아아, 베이컨이 프라이팬 속에서 포크로 들어올려져 선반 위에 놓였을 때의 기분을 잘 알겠다!"

"그렇진 않아요. 베이컨이라면 언젠가는 다시 프라이팬에 들어갈 테니까요. 우리는 베이컨은 되고 싶지 않은데요. 게다가 독수리는 포크가 아니라오."

어디선지 도리가 대답하는 목소리가 들렸다.

"물론 포크가 아니지요. 포크하곤 전혀 달라요."

빌보는 이렇게 말하고 몸을 일으키고 앉아서 옆에 있는 독수리를 걱정스런 눈초리로 쳐다보았다. 빌보는 자기가 또다른 어떤 이상한 말을 해서 독수리가 무례하다고 여겼을지도 모른다고 생각하니 마음이 쓰였다. 호비트처럼 작은 사람은 한밤중에 독수리 둥지에서 독수리에게 실례되는 짓을 해선 안 되었기에.

그러나 그 독수리는 바위에다 부리를 갈고 깃털을 가다듬고 있을 뿐이었다. 이윽고 다른 독수리가 날아왔다.

"왕께서 포로들을 큰 바위선반으로 데리고 오라신다."

그가 이렇게 외치고 가버리자 이편에 있던 독수리는 도리를 발톱으로 붙잡더니 빌보를 남겨 두고 밤의 어둠 속으로 날아갔다. 빌보가 심부름 온 독수리가 '포로들'이라고 말한 것을 생각해 내고는 이

거 오늘 밤에는 토끼고기처럼 다져져 저녁 식탁에 오르게 되는 것이 아닐까 하고 생각하기 시작했을 무렵 자기 차례가 돌아왔다.

독수리는 돌아오더니 빌보의 겉옷 등판을 날카로운 발톱에 걸치고 홰를 치며 날아 올랐다. 이번에는 짧은 거리였다. 이윽고 빌보는 두려움에 떨며 넓은 바위선반 위에 내렸다. 하늘을 날지 않고는 그곳에 갈 수도 없었고, 벼랑을 뛰어내리지 않고는 그곳에서 내려올 수도 없었다. 그곳에 다른 난쟁이들이 바위벽에 기대어 나란히 앉아 있는 것이 보였다. 독수리 왕도 역시 그곳에 있어 간달프와 이야기하고 있었다.

빌보는 먹이가 될 듯한 분위기는 아님을 알아차렸다. 독수리 왕과 마법사와는 서로 아는 사이인 모양이었고, 사이가 꽤 좋아 보였다. 실은 간달프는 이 산에 자주 오기도 했고 옛날에는 독수리에게 힘을 빌려 준 적도, 왕이 화살로 상처를 입었을 때 고쳐 준 적도 있었다. 그러므로 '포로들'이란 다만 고블린으로부터 구출해 온 자라는 뜻이며 독수리의 먹이라는 뜻은 아니었던 것이다. 간달프가 이야기하는 것을 듣고 빌보도 마침내 저 무서운 산에서 진짜로 빠져나갈 참이라는 것을 알게 되었다. 간달프는 독수리 왕과 이것저것 의논하며, 난쟁이들과 빌보를 잘 날라서 저쪽 평지를 통과할 수 있는 길가에 내려다 달라고 타협을 하고 있는 중이었다.

독수리 왕은 인간이 사는 곳으로는 모두를 데려다 줄 생각이 없다고 말했다.

"인간들은 주목나무로 만든 큰 활로 독수리를 쏩니다. 독수리들이 자기들의 양을 채어간다고 생각하기 때문이오. 그야 때로는 그런 일도 있지요. 그러나 사절하겠소. 물론 우리는 고블린의 나쁜 장난을 놀려 주기 좋아하고, 또한 당신에게 진 신세를 갚고 싶기도 하지만 이 난쟁이들 때문에 우리의 목숨을 걸면서까지 남쪽으로 갈 순 없소."

"좋습니다. 어디든지 당신 좋을 대로 데려다 주시오. 지금까지의 일만으로도 매우 고맙게 여기고 있소이다. 그런데 이러고 있는 동안에도 시장해서 죽을 지경이오." 간달프가 말했다.

"나는 벌써 죽어가고 있습니다." 빌보는 가냘픈 소리로 말했으나 그의 목소리는 아무에게도 들리지 않았다.

"그것은 해결해 드리리다." 독수리 왕은 말했다.

그로부터 얼마 뒤에 높은 바위선반에서는 밝은 모닥불이 피워졌다. 그 옆에서 난쟁이들이 요리를 해서 근사한 고기 굽는 냄새가 났다. 독수리들은 불을 지필 마른 장작을 날라다 주었을 뿐만 아니라, 여러 마리 토끼며 한 마리의 작은 양까지 갖다 주었다. 빌보는 너무나도 쇠약해 있었기 때문에 난쟁이들이 요리하는 것을 도울 수가 없었다. 그리고 그는 지금까지 곧 요리를 할 수 있도록 손질된 고기를 고깃가게에서 배달해 와 먹었기 때문에 토끼가죽을 벗기거나 그 고기를 다지거나 하는 일은 잘 하지 못했던 것이다. 간달프도 불을 피우는 일을 도와 주고는 누워 있었다. 오인과 글로인이 불 붙이는 도구를 잃어버렸기 때문에 간달프의 마법을 빌려야 했던 것이다. (그때까지도 난쟁이들은 성냥을 사용하지 않았다.)

이리하여 안개산맥에서의 모험은 끝났다. 마침내 빌보의 배는 채워졌고 또한 기분도 차분해졌다. 고기 구운 것보다 버터 바른 빵이 먹고 싶었지만, 그래도 편안히 잠을 잘 수 있는 기분은 되었다. 빌보는 그날 밤 딱딱한 바위 위에서 웅크리고 잤지만 자기 집의 폭신한 깃털 침대에서 자는 것보다 훨씬 깊이 잠이 들었다. 그러나 밤새도록 집의 꿈을 꾸었고, 꿈 속에서 이 방 저 방을 걸어다니며 이미 잊어버렸거나 찾아내지 못한 그리운 것을 찾으며 돌아다녔다.

이상한 집

이튿날 아침 빌보는 떠오르는 아침 햇살에 눈이 부셔 잠을 깼다. 벌떡 일어나 시간을 보고 물을 끓이려고 했는데, 집이 아니었다. 그래서 그대로 앉아 세수와 양치를 하고 싶다는 생각을 했다. 하지만 그것은 헛된 바람일 뿐이었다. 아침 식사로 차도 토스트도 베이컨도 먹을 수 없었다. 겨우 싸늘한 양고기와 토끼고기를 먹었을 뿐이다. 그것이 끝나자 이른 출발 준비를 해야만 했다.

이번에는 독수리의 등에 기어올라가 날개 사이에 단단히 매달려야 했다. 몸 위로 공기가 쌩쌩 지나가므로 빌보는 눈을 감았다. 난쟁이들이 안녕이라고 외치기도 하고 다시 오게 되면 독수리 왕에게 답례를 하겠다고 다짐을 하는 가운데 15마리의 큰 새들이 산 끝에서 일제히 날아올라갔다. 해는 막 동쪽 끝에서 오르고 있는 참이었다. 아침 공기는 차갑고 안개가 골짜기들이며 움푹 들어간 땅, 이곳저곳의 봉우리들이며 뾰죽한 꼭대기에 감돌아 피어오르고 있었다. 빌보는 눈을 뜨고 주위를 바라보았다. 새들은 이미 높이 날아올라

땅이 저 아래에 있고, 뒤에는 울퉁불퉁한 봉우리를 이은 산들이 상당히 멀리 보였다. 빌보는 다시 눈을 감고 더욱 단단히 달라붙었다.

"달라붙지 말아요!" 빌보를 태운 독수리가 말했다. "토끼처럼 겁낼 거 없어요. 얼굴은 무척 토끼를 닮았지만 말이오. 바람이 없는 활짝 갠 아침이 아니오. 이런 곳을 나는 것보다 더 멋진 일이 있을까요."

빌보는 이렇게 말하고 싶었다. '따뜻한 목욕을 한 다음 잔디밭에서 느긋하게 아침 식사를 하는 편이 멋지지요' 라고. 그러나 지금은 아무것도 말하지 않는 편이 낫고, 매달리고 있는 손을 조금 풀어야 한다고 생각했다.

독수리들은 이토록 높은 곳에서도 목표 지점을 찾아낼 수 있는 모양이다. 그들은 크게 원을 그리며 차츰 내려가기 시작했다. 꽤 한참 동안 그렇게 선회하고 있는 동안 호비트도 마침내 눈을 떴다. 대지는 아주 가까워져 있었다. 눈 아래에는 떡갈나무며 느릅나무 같은 나무들이 보였다. 넓은 초원이 보였고, 초원을 흐르는 한 줄기의 강도 보였다. 그런데 땅에서 불쑥 솟아올라 강 한가운데를 막아 강물을 가르고 있는 큰 바위가 하나 있었다. 바위라기보다도 그것은 마치 먼 산들의 마지막 흔적 같았고, 힘센 거인이 광야에 던져넣은 산의 일부 같은, 거의 바위산에 가까운 것이었다.

독수리들은 그 바위 꼭대기에 잇따라 재빠르게 날개를 치며 내려앉아, 태우고 있던 사람들을 내려 주었다.

"잘 가시오!" 하고 독수리들은 외쳤다. "여행이 끝날 때까지 평안하시기를!" 이 말은 독수리들이 말하는 정중한 작별 인사였다.

"해가 돌고 달이 걷는 곳, 좋은 바람을 타고 여러분의 날개가 날아가기를!"

올바른 인사말을 알고 있던 간달프가 대답했다.

이리하여 난쟁이들은 독수리들과 헤어졌다. 그 뒤의 이야기지만 독수리 왕은 모든 새의 왕으로 추대되어 금관을 썼고, 그 15마리의 훌륭한 신하들은 금목걸이를 걸었다(이 금목걸이는 난쟁이들이 선물한 금으로 만들어졌다). 그러나 빌보는 독수리들을 다시 만나지 못했다. 아니, 다섯 군대의 전쟁 때 전쟁터에서 하늘 높이 날아가는 것을 보았지만, 그것은 이 이야기의 끝에 나오게 되므로 여기서는 이 이상 이야기하지 않기로 하자.

바위산 꼭대기에는 평평한 장소가 있고 그곳에서 강을 향해 잘 다져진 층계가 있으며 그 기슭에 강을 건너가는 납작한 징검돌이 줄지어 있어서 그것을 건너면 초원의 길과 이어지게 된다. 그 층계 밑의 징검돌 옆에는 작은 동굴이 있는데 잔돌이 깔린 깨끗한 장소였다. 모두는 여기에 모여앉아 앞으로 어떻게 하면 좋을지를 의논했다.

마법사가 말했다.

"나는 가능하다면 모두가 무사히 산을 넘도록 해 주어야겠다고 생각했었네. 그리고 운이 따라 주어 그것을 이루었지. 실은 나는 자네들과 함께 가겠다고 전에 말했던 곳보다 훨씬 동쪽으로 와 버렸어. 어쨌든 이것은 나의 모험은 아닐세. 자네들의 모험이 끝나기 전에 다시 자네들을 만나는 수도 있을 테지. 그러나 그때까지 나는 다른 급한 일이 있어서 가 봐야 하겠네."

난쟁이들은 신음소리를 내며 당혹스런 얼굴을 했다. 빌보는 흐느껴 울었다. 모두는 간달프가 앞으로도 쭉 함께 가 주다가 위험을 만나면 도와 주리라고 생각했었다.

"지금 당장에 떠나겠다는 것은 아닐세. 아직 하루이틀은 함께 있을 수 있어. 아마도 지금의 곤경을 벗어나는 데 내가 도움이 될 수 있을지도 모르고, 나 역시 약간의 도움이 필요하다네. 먹을 것도 없고, 탈 말도 없고, 게다가 모두들 지금 어디에 있는지도 전혀 모르지. 하지만 그건 내가 말해줄 수 있네. 우리가 서둘러 산에서 도망치지 않았다면 아직도 걷고 있을 그 길에서 몇 킬로미터 북쪽에 와 있다네. 내가 수년 전에 왔을 때와 다르지 않다면 이 부근은 인적이 드문 편이지. 그리고 이곳에서 그다지 멀지 않은 곳에 내가 아는 사람이 살고 있네. 이 층계를 만든 사람으로, 그는 이 바위산을 캐록이라고 불렀던 것 같아. 그 사람은 이곳에는 그다지 오지 않아. 특히 낮에는 오지 않기 때문에 여기서 기다려도 소용이 없어. 우리 쪽에서 그 사람을 찾아가야만 해. 그리고 다행히 만나서 이야기가 잘 되면 그때 나는 자네들에게, 독수리들이 했던 것처럼 여행길의 안전을 빌기로 하지.”

모두들 간달프에게 가지 말라고 졸라댔다. 난쟁이들은 용이 갖고 있는 금이며 은이며 보석을 주겠다고 맹세까지 했다. 그러나 간달프는 도무지 마음을 바꾸지 않았다.

“언젠가 다시 또 만날 텐데 뭘.” 간달프가 말했다. “나는 이미 용의 황금을 받을 만큼 일했다고 생각하네, 물론 모두가 그 보물을 되찾았을 때의 이야기지만.”

이리하여 모두는 간달프를 설득하는 것을 그만두고, 옷을 벗고 건널목의 얕은 여울에서 목욕을 했다. 자갈이 깔린 강 위로 깨끗한 물이 흐르고 있었다. 이미 햇살이 따뜻해져 있었으므로 그들은 몸을 말리고 원기를 회복했다. 비록 아직 아픈 데가 있었고 조금 시장기도 느끼고 있었지만…… 이윽고 모두는 건널목을 건넜다(호비트는 업혀서 건넜다). 그 다음 수풀을 헤치고 가지가 넓게 벌어진 떡갈나무와 키큰 느릅나무 숲을 더듬어 나아가기 시작했다.

“저 바위를 어째서 캐록이라고 합니까?”

빌보가 마법사와 나란히 걸어가며 물었다.

“그 사람이 캐록이라고 이름지었다네. 무엇이든지 자기 식으로 이름을 붙이는 사람이니까. 그 사람 집 가까이에는 이 바위밖에 없고, 그는 이 바위에 대해 잘 알고 있다네.”

“그런 이름을 붙인 사람은 누구입니까? 바위를 잘 알고 있다는 그 사람은 누구입니까? 그 사람이라고만 하시는데 그게 누구입니까?”

“아까 말했듯이 어떤 사람이지. 참으로 대단한 인물이라네. 모두에게 소개할 때는 되도록 정중하게 대해야만 해. 나는 자네들을 한 번에 두 사람씩 소개할 작정이네. 부디 자네들도 아주 조심해야 하며 그로 하여금 귀찮다고 생각하게 만들어선 안 되네. 그렇지 않으면 큰일날 테니까. 그는 기분이 좋을 때는 매우 친절하지만 한 번 성이 나면 소름이 끼칠 만큼 무서워진다네. 게다가 매우 성을 잘 내는 사람이거든.”

마법사가 빌보에게 이런 이야기를 들려 주는 것을 듣고 난쟁이들이 두 사람 주위에 모여들었다.

“그런 사람한데 이제부터 우리를 데리고 가는 겁니까?” 난쟁이들은 물었다. “좀더 상냥한 사람은 없습니까? 그 사람에 대해 좀더 자세히 말씀해 주시지요.”

“그렇다네. 그 사람밖에 없다네. 내가 지금 주의 깊게 이야기하고 있지 않은가?” 간달프는 화가 난 듯이 말했다. “더 이상 알아야겠다면 말이지만, 그의 이름은 베오른일세. 대단히 힘이 세고 가죽을 바꾸는 사람일세.”

“가죽을 파는 사람이라구요? 토끼가죽을 팔러 다니며 다람쥐가죽과 바꾸거나 하는 사람 말이지요?”

빌보가 물었다.

“무슨 소리를 하는 건가? 틀렸어, 틀렸어. 완전히 틀렸어. 배긴스군, 제발 바보 같은 소리는 하지 말아 주기 바라네. 무슨 일이 있어도 그 사람의 집에서 100킬로미터 이상 떨어지지 않는 곳에서는 털가죽이니 뭐니 하면 안 되네. 또, 털가죽 깔개니 목도리니

솔이니 손에 감은 토시니, 아무튼 그런 종류의 불길한 말은 실수로라도 입에 담지 말게. 내 말은 그 사람이 자기 몸의 가죽을 바꾼단 말일세. 커다란 검은 곰이 될 때도 있고, 우람한 팔뚝과 멋진 수염을 기른, 검은 머리의 힘센 인간이 될 때도 있단 말이네. 그 이상은 이야기할 수가 없네. 그 사람은 거인들이 와서 살기 전까지 그 산에 살던 오랜 옛날 큰 곰 일족의 후예라는 이야기도 있고, 또는 스마우그나 그 밖의 용들이 이 부근에 오기 이전에, 고블린들이 북녘 땅에서 이 산지로 숨어 들어오기 이전에 이곳에 살던 최초의 인간들의 자손이라는 이야기도 있네. 나로서는 뭐라고 말할 수 없지만, 나중 이야기가 맞는게 아닌가 싶네. 어쨌든 그 사람은 함부로 말을 걸 만한 상대는 아닐세.

그 사람은 누군가의 요술에 걸려서 모습을 바꾸는 게 아니야. 자신이 요술을 거는 걸세. 떡갈나무 숲속의 큰 목조 저택에 살고 있다네. 소며 말을 기르고 있는데, 그것들 또한 주인과 마찬가지로 훌륭한 생물이라네. 동물들은 그 사람을 위해 일하고 그 사람과 이야기하지. 그 사람 쪽에서도 가축을 먹지는 않아. 아니, 야생의 짐승을 잡거나 먹거나 한 적이 없어. 크고 사나운 벌들을 여러 상자 기르고 있어서 그 꿀이며 소젖 등을 먹고 살지. 그런데 곰이 되면 멀리까지 돌아다닌다네. 한번은 그가 캐록 꼭대기에 앉아 있는 것을 보았다네. 그는 안개산맥 쪽으로 지는 달을 바라보며 이렇게 중얼거렸어. '그들이 망하고 내가 돌아갈 날이 다가오고 있다'고 말일세. 그래서 나는 그가 산에서 내려왔다고 생각하게 된 거지."

빌보와 난쟁이들은 이것저것 생각해야 할 거리가 생겼기 때문에 더 이상은 묻지 않았다. 길은 앞쪽으로 길게 이어져 있었다. 그들은 언덕과 골짜기를 터벅터벅 걸어갔다. 날은 몹시 더웠다. 이따금 나무 밑에서 쉬게 되면 빌보는 시장한 나머지 땅에 떨어진 도토리라도 있으면 먹고 싶다는 생각을 했다.

오후도 반쯤 지났을 무렵 여기저기에 꽃들이 떼지어 피어 있는 부근으로 왔다. 같은 종류의 화초가 가지런히 나 있었으므로 누군가가 심은 것이 틀림없다고 여겨졌다. 특히 클로버가 많았는데, 닭의 볏처럼 빨간 클로버와 보랏빛 클로버가 퍼져서 흔들거리고 있고, 달콤한 벌꿀 향기가 나는 하얀 클로버 풀밭이 뻗어 있었다. 공중에서는 윙윙 붕붕 하는 소리가 났다. 온갖 곳에서 벌들이 바쁘게 날아다니고 있었다. 참으로 장관이었다. 빌보는 이런 굉장한 광경을 본 적이 없었다.

'이 가운데 한 마리에 쏘이면 나의 몸이 두 배로 부풀어 오르고 말 것이다.' 하고 빌보는 생각했다.

이 벌들은 말벌보다 훨씬 컸다. 수펄은 사람의 엄지손가락보다 훨씬 크고, 새까만 몸에 노란 줄이 황금처럼 선명하게 빛나고 있었다.

"이제 거의 다 왔네" 하고 간달프가 말했다. "그의 양봉장 입구에 들어온 것이네."

얼마 뒤에 그들은 크고 오래된 떡갈나무 숲에 이르렀다. 그곳을 지나자 들여다볼 수도 없고 기어오를 수도 없는, 높은 가시나무 울타리가 나왔다.

"모두 이곳에서 기다리는 게 좋겠네." 마법사가 난쟁이들에게 일렀다. "내가 부르거나 휘파람을 불거나 하면 내가 있는 쪽으로 오게. 그러니 내가 가는 곳을 잘 보고 있어야 하네. 그리고 올 때는 반드시 두 사람씩일세. 5분마다 두 사람씩 오는 걸세. 봄버는 가장 뚱뚱하니까 두 사람이라 치고 혼자서 맨 나중에 오도록 하게. 그럼 배긴스 군, 가세. 이쪽을 돌아가면 대문이 있을 걸세."

간달프는 겁을 먹고 있는 호비트를 데리고 울타리를 따라 앞장서서 갔다.

이윽고 두 사람은 넓고 높은 나무 대문 앞에 이르렀다. 그 대문 저쪽에는 꽃이며 나무들이 여기저기 있고 역시 나무로 지은 건물들이 서 있었다. 몇 채의 건물은 지붕이 이어져 있었다. 굵은 통나무 건물로, 모두 낮은 구조였다. 헛간, 마구간, 창고, 그리고 길쭉하고 낮은 목조 저택이 있었다. 큰 산울타리의 안쪽에는 종 모양의 짚으로 된 벌통이 여러 줄로 줄지어 있고, 큰 벌이 윙윙거리며 이리저리 날아다녀 벌집으로 드나들기도 하고 공중으로 날아 올라가기도 했다.

마법사와 호비트는 삐걱거리는 대문을 밀고 들어가 저택으로 통하는 넓은 길을 내려갔다. 몇 마리의 말이, 모두 반짝반짝 손질이 잘 되어 있는 말들이었는데, 풀밭을 뚜벅뚜벅 달려오더니 매우 영리해 보이는 얼굴로 두 사람을 찬찬히 바라보았다. 그리고는 나란히 건물 쪽으로 급히 달려가 버렸다.

"낯선 사람이 왔다고 그 사람에게 알리러 가는 거라네" 하고 간달프가 말했다.

두 사람은 곧 앞마당으로 나갔다. 그 마당 삼면은 목조 저택과 저택 좌우에 달아내어 지은 길다란 부속 건물로 에워싸여 있었다. 마당 한가운데에 한 그루의 큰 떡갈나무가 베어져 있고, 그 옆에는 나뭇가지가 많이 흩어져 있었다. 그리고 나무 옆에는 얼굴이 온통 검은 수염투성이인 검은 머리의 몸집이 큰 사나이가 있었다. 드러난 팔도 발도 모두 컸으며, 울퉁불퉁한 근육이 솟아올라 있었다. 그는 무릎 위까지 오는 간단한 모직의 자루옷을 입고 큰 도끼에 등을 기대고 앉아 있었다. 아까의 말들이 그의 어깨에 코끝을 얹고 뒤에 대령하고 있었다.

"호오! 왔구나!" 하고 사나이는 말했다. "위험한 자로는 보이지 않는군. 가도 좋아!"

그리고 그는 우레와 같이 우렁차게 웃더니 도끼를 놓고 앞으로 나섰다.

"누구인가? 그리고 무슨 용건으로 왔는가?" 몸집이 큰 사나이는 그렇게 말하고 두 사람 앞에 섰는데, 간달프보다 훨씬 키가 컸다. 빌보로 말할 것 같으면, 고개를 숙이지 않고도 그 사나이의 갈색 자루옷에 닿지 않고 그의 다리 사이를 지나갈 수 있을 정도였다.

"나는 간달프라고 하오." 마법사가 말했다.

"들은 적이 없는걸." 몸집이 큰 사나이가 으르렁거렸다. "그리고 그 꼬마는?"

그 사나이는 몸을 굽히고 굵고 시커먼 눈썹을 찡그리며 호비트를 뚫어지게 보았다.

"이 사람은 배긴스, 명예스러운 가문의 호비트올시다." 간달프가 말하자 빌보는 절을 했다. 여기서 벗어 들 모자가 없고 또한 단추가 거의 없다는 것은 괴로운 일이었다.

"나는 마법사요." 간달프는 계속해서 말했다. "당신이 나에 대해 들은 적이 없다 해도 나는 당신에 대해 알고 있습니다. 그러나 당신은 나의 좋은 사촌 래더개스트를 알고 계실 겁니다. 어둠의 숲의 남쪽 경계 가까이에 살고 있는 사람이지요."

"알고 있다. 마법사로서는 나쁘지 않은 녀석이지. 옛날에는 이따금 만났었다. 이제 자네가 누구인지, 아니, 누구라고 주장하는지 알았으니 그건 그렇다치고, 용건이 뭔가?"

"사실대로 말씀드린다면, 우리는 짐을 잃고 길을 헤매고 있는 중입니다. 부디 도와주시기를 바라는 바입니다. 그것이 어렵다면 충고라도 주시기 바랍니다. 산속에서 고블린들을 만나 어려움을 겪었지요."

"고블린들이라고?" 몸집이 큰 사나이는 말투를 조금 바꾸었다. "그렇다면 당신들은 놈들과 분쟁을 일으켰었군. 놈들과는 어째서 부딪쳤나?"

"부딪칠 생각은 없었답니다. 우리가 넘으려던 고갯길에서 밤에 기습을 당했지요. 서쪽 땅에서 이쪽으로 넘어오려고 하는 곳에서입니다만, 이야기가 길어집니다."

"그럼 안으로 들어와서 이야기해 주기 바란다. 설마 하루가 걸리진 않을 테지." 그 사람은 말하고, 앞뜰에서 집 안으로 통하는 어두운 입구로 두 사람을 데리고 들어갔다.

뒤를 따라가자 한가운데에 화로가 있는 넓은 방이 나왔다. 여름에도 장작이 타고 있었다. 그 연기가 검게 그을은 서까래 쪽으로 올라가 지붕에 뚫어놓은 연기 구멍으로 빠져 나가고 있었다. 빛이라고는 화로의 불과 천장의 구멍에서 오는 것뿐인 어두컴컴한 방을 거쳐서 또 하나의 작은 입구를 통과하자 통나무 기둥이 많이 튀어나와 있는 일종의 베란다가 나왔다. 그곳은 남쪽을 향하고 있어 아직 따뜻했고 때마침 석양이 비스듬히 비쳐 들어와서 꽃이 한창인 화단을 돋보이게 하고 있었다. 그 화단은 베란다의 계단 바로 밑에서부터 시작되고 있었다.

세 사람이 베란다의 나무 벤치에 앉자, 간달프가 이야기를 시작했는데 빌보는 늘어뜨린 다리를 흔들며 화단의 꽃을 바라보고, 대부분 본 일이 없는 저 꽃들의 이름은 무엇일까 하고 생각했다.

"산에 접어들었을 때 우리들 중 한 사람이 아니 두 사람……" 하고 마법사가 말했다.

"뭣이, 두 사람? 한 사람밖에 보이지 않는데. 그것도 무척 작은 녀석이." 베오른이 말했다.

"사실대로 말씀드린다면, 바쁘실 텐데 여럿이 몰려오면 당신께 폐가 될까 해서요. 괜찮으시다면 부르겠습니다만……."

"부르게."

그래서 간달프는 휘익 하고 길게 휘파람을 불었다. 그러자 잠시

J.R.R. 톨킨 그림 「베오른의 저택」

뒤에 소린과 도리가 집을 빙 돌아 마당을 거쳐서 오더니 모두의 앞에서 깊숙이 절을 했다.

"세 사람이었군" 하고 베오른이 말했다. "그러나 호비트가 아니라 난쟁이로군."

"소린 오큰실드입니다. 잘 부탁드립니다."

"도리입니다. 도움을 드릴 수 있다면 영광이겠습니다."
하고 2명의 난쟁이는 또 한 번 절을 했다.

"고맙긴 하나 도움을 받을 일은 없겠지. 오히려 이쪽의 도움이 필요할 테지. 나는 난쟁이를 특별히 좋아하지는 않지만 싫어하지도 않아. 당신이 소린이라면 저 스로르의 아들인 스라인의 아들이겠군. 그 일행도 점잖은 사람들일 테고. 모두 고블린들에겐 눈의 가시지. 내 땅에서 장난을 치려는 것은 아닐테고. 그런데 무슨 일로 예까지 온 건가?"

"이 사람들은 조상의 땅을 찾아가는 길입니다. 그곳은 어둠의 숲에서 훨씬 동쪽에 있답니다." 간달프는 말을 이었다. "지금 당신의 땅에 들어온 것은 참으로 뜻하지 않은 일입니다. 우리는 큰 고개를 넘어 훨씬 남쪽에 있는 길로 나가려고 했는데 뜻하지 않게 고블린 악당들의 습격을 받은 것이지요. 지금 그 일을 이야기하려던 참입니다."

"그럼, 이야기를 계속하라" 하고 원래 무뚝뚝한 베오른이 재촉했다.

"무시무시한 폭풍우를 만났답니다. 돌의 거인들이 바위를 던져서 굴리고 있었기 때문에 우리는 고개에 있는 어떤 동굴에 피신했지요. 호비트와 나와 친구 몇 사람……."

"두 사람을 몇 사람이라고 말하는가?"

"아닙니다. 사실은 두 사람보다 많았습니다."

"그들은 어디 있나? 죽임을 당했거나, 먹혔거나, 아니면 도망쳐서 집으로 돌아갔나?"

"아니오. 내가 휘파람을 불었을 때 모두 오지 않은 모양입니다. 너무 많아서 폐가 될까 두려워하고 있었으니까요."

"자, 휘파람을 한번 더 불어라. 무척 시끌벅적한 모임이 될 모양이군. 한 사람 더 늘었다고 해서 크게 달라질 것도 없지." 베오른이 낮은 목소리로 말했다.

간달프가 다시 휘파람을 불었다. 그런데 미처 끝마치기도 전에 노리와 오리가 와 있었다. 앞에서 말했듯이 5분마다 두 사람씩 오라고 간달프가 일러 두었던 것이다.

"거 참! 무척 빠르군. 어디에 숨어 있었지? 깜짝 상자의 난쟁이 인형같구먼."

"노리입니다. 도움을 드릴 수 있다면……."

"오리입니다. 도움을……."

두 사람이 말하기 시작하자 베오른이 말을 막았다.

"아니, 좋아. 도움이 필요할 때는 이쪽에서 부탁할 테니까. 앉아라. 그리고 이야기를 계속하라. 그렇지 않으면 이야기를 마치기 전에 저녁 식사 시간이 된다."

간달프는 이야기를 계속했다.

"우리가 잠이 들자 동굴 뒤쪽이 열리면서 고블린들이 나와서 호비트와 난쟁이들을 붙잡고, 우리의 말의 무리……."

"말의 무리라고? 당신들은 무언가? 순회 서커스단인가 아니면 짐을 잔뜩 싣고 있었나? 아니, 여섯 마리도 무리라고 하는가?"

"아니오, 사실은 여섯 마리 이상이었습니다. 우리도 여섯 사람 이상이었거든요. 저기 또 두 사람이 옵니다."

바로 이때 발린과 드월린이 나타나 정중하게 절을 했으므로 두 사람의 수염이 돌바닥을 쓸었다. 몸집이 큰 사나이도 처음에는 얼굴을 찌푸리고 있었는데, 두 사람이 매우 황공해하며 진심으로 정중하게 몸을 굽혀 절을 하며 무릎 앞에 두건을 떠올리는(난쟁이식의 예절) 동작을 계속하고 있었으므로, 마침내 그도 찌푸린 얼굴을 펴고 킥킥 웃고 말았다. 두 사람의 동작이 무척 우습게 보였던 것이다.

"정말 무리로군. 그것도 이상한 무리야. 자, 유쾌한 모임에 끼어라. 이름은 뭐라고 하는가, 도움을 주겠다느니 하지 말고 이름만 대면 된다. 이제 그만 굽신거리고 여기에 앉아라."

"발린과 드월린입니다."

두 사람은 기분이 상한 얼굴 따위는 지을 수가 없었고, 오히려 놀란 듯한 얼굴로 바닥에 넙죽 앉았다.

"그럼, 계속하라." 베오른이 마법사를 재촉했다.

"어디까지 이야기했더라. 옳지. 나는 붙잡히지 않았습니다. 나는 불꽃을 날려서 고블린 한두 녀석을 죽였지요."

"잘 했다!" 하고 베오른이 굵은 목소리로 말했다. "그래야 솜씨 좋은 마법사지."

"그 다음, 몰래 그 갈라진 틈으로 들어갔지요. 그리고 큰 방에 가 보았더니 고블린들이 잔뜩 있더란 말입니다. 큰 고블린이 340명의 호위병을 거느리고 있더군요. 나는 속으로 생각했지요. 설사 난쟁이들이 모두 한데 묶여 있지 않다 해도 12명으로 어떻게 이 많은 적을 당해 낸단 말인가? 하고요."

"12명이라고? 8명을 12명이라고 하는 것은 처음 들어 보는군. 아니면 깜짝 상자에 아직도 인형이 더 남아 있나?"

"그렇소이다. 벌써 두 사람이 온 것 같군요. 필리와 킬리일 겁니다" 하고 간달프가 말하자, 그 두 사람이 나타나 싱글싱글 웃으며 절을 하기 시작했다.

"그만해!" 베오른이 말했다. "앉아서 입 다물고 있어. 자, 다시 이야기를 계속하라. 간달프!"

그래서 간달프는 어둠 속에서의 싸움, 뒷문의 발견, 배긴스를 잊고 왔음을 알았을 때의 걱정 등을 차례로 이야기했다.

"우리는 수를 세어 보고 호비트가 없는 것을 알았지요. 14명 밖에 없었거든요."

"14명? 10에서 1을 빼면 14라는 셈은 처음 듣는걸. 9명이었겠지. 그렇지 않으면 한패의 이름을 아직 다 말하지 않았거나."

"예, 당신은 아직 오인과 글로인을 만나지 못하셨어요. 아니 벌써 여기 와 있군. 성가시게 해서 미안합니다."

"어서 빨리 모두 불러라. 그 두 사람 이리 와서 앉아라! 그러나 간달프, 아직 여기에는 당신과 10명의 난쟁이와 호비트뿐이야. 그때 저 호비트는 없었던 모양이군. 저 호비트를 제외하면 11명이지 14명은 아니야. 아니, 마법사의 셈법은 다른 사람들과 다른가? 어쨌든 좋아. 이야기를 계속하라."

베오른은 이야기에 그다지 흥미가 없는 것처럼 보이려고 했으나 사실은 무척 마음이 끌리기 시작하고 있었다. 그도 그럴 것이 옛날 옛적에 이 사람은 간달프가 지금 이야기하고 있는 산의 그 장소를 잘 알고 있었으니까. 호비트가 나와서 일행을 다시 만난 것과 흙사태에 떠내려간 것, 숲에서 늑대에게 에워싸인 것 등을 듣는 동안 몸집이 큰 사나이는 고개를 끄덕이기도 하고 신음소리를 내기도 했다.

간달프의 이야기가 일행이 늑대에게 쫓겨 나무에 올라간 대목에 이르자 베오른은 일어서서 쿵쾅쿵쾅 걸어다니며 혼잣말을 내뱉었다.

"거기에 내가 있었더라면! 그런 불꽃보다 더 지독한 것을 먹였을 텐데!"

간달프는 자기의 이야기가 상대에게 좋은 느낌을 주고 있음을 알고 기뻤다.

"나는 내가 할 수 있는 최선을 다했습니다. 밑에서는 늑대들이 차츰 미친 듯이 날뛰기 시작했지요. 숲은 곳곳에서 타들어가기 시작했습니다. 한편 고블린들이 산에서 내려와 우리를 발견하고는 환호성을 지르며 우리를 놀리는 노래를 불러댔습니다. '전나무 다섯 그루에 작은 새가 열 다섯 마리……,' 하고 말이지요."

"빌어먹을 것들!" 베오른이 웅웅거렸다. "고블린들이 수를 잘못 세었다고는 하지 말아. 놈들은 수를 잘 알고 있으니까. 12가 15가 아니라는 것쯤 알고 있단 말이야."

"그렇소이다. 비퍼와 보퍼가 있었지요. 아직 그들을 소개하지 못 했는데 마침 오는군요."

비퍼와 보퍼가 왔다.

"그리고 저도 왔습니다" 하고 그 뒤에서 헉헉 숨을 몰아쉬며 봄 버가 나타났다. 봄버는 뚱뚱해서 마지막으로 남겨진 것을 분개하고 있었다. 그래서 5분을 기다리지 않고 두 사람의 뒤를 바로 따라왔던 것이다.

"과연 당신 말대로 15명이로군. 고블린은 수를 셀 수 있는 놈들이 니까 나무 위에 올라간 것이 전부 15명이었겠지. 그럼, 이젠 더이 상 방해받지 않고 이야기를 들을 수 있겠군."

배긴스는 이제야 간달프가 영리하게 조치를 한 것을 알았다. 방해 를 자주 받은 덕분에 베오른은 이야기에 더욱 열중했고, 또한 이 이 야기 덕분에 난쟁이들은 굶주린 거지떼처럼 쫓겨나지 않아도 되었 던 것이다.

베오른은 특별한 일이 없는 한 자기 집에 손님을 부르지 않고 있 었다. 친구도 드물었고, 그나마 모두 먼 곳에서 살고 있었다. 그리 고 그는 한 번에 2명 이상의 손님을 부른 적이 없었던 것이다.

그런데 지금 이 집 앞마당에는 15명이나 되는 낯선 패거리들이 앉아 있었다. 마법사가 독수리들이 구출해 주었다는 것, 캐록까지 데려다 주었다는 것까지 말하고 긴 이야기를 마무리지었을 무렵, 해 는 안개산맥의 봉우리들 뒤로 넘어가고 베오른의 마당에 길게 그림 자가 떨어졌다.

　"참으로 재미있는 이야기였다" 하고 베오른이 말했다. "오랫동안 이토록 멋진 이야기를 들은 적이 없다. 내 집을 찾아오는 자들이 모두 그런 좋은 이야기를 들려 준다면 친절한 대접을 받을 수 있을 텐데. 물론 당신이 이야기를 그럴싸하게 지어냈는지도 모르지. 그러나 지어낸 이야기일지라도 이런 이야기에는 진수성찬을 대접할 값어치가 있다. 자, 모두에게 식사 대접을 하겠다."
　"부디 그렇게 해 주시기 바랍니다." 모두 이구동성으로 외쳤다. "매우 고마우신 일입니다!"

　방은 완전히 어두워져 있었다. 베오른이 손뼉을 치자 네 마리의 작고 아름다운 흰 말과 여러 마리의 크고 허리가 긴 회색 개가 안으로 들어왔다. 베오른은 마치 짐승이 짖는 소리를 섞은 것 같은 묘한 말을 써서 말과 개에게 뭔가 지시했다. 그러자 말과 개는 다시 나가더니 한참 뒤에 각각 입에 횃불을 물고 돌아와 거기에 불을 붙여서 한가운데의 화로 둘레에 있는 기둥의 낮은 횃불꽂이에 세우고 갔다. 개들은 할 일이 있을 때는 언제나 뒷다리로 서서 앞다리로 물건을 나를 수 있었다. 그리고 주위의 벽에서 받침대와 판자를 재빨리 가져오더니 화로 곁에 설치했다.
　그 조금 후에 음메음메 하고 우는 소리가 들리더니 이번에는 눈처럼 새하얀 양들이 석탄처럼 새까만 한 마리의 큰 숫양을 따라 나왔다. 한 마리는 동물 모양의 테를 두른 하얀 식탁보를 등에 걸치고 있고, 다른 양들은 주발이며 접시며 나이프며 나무 숟가락을 담은 쟁반을 지고 있었다. 그것을 개들이 집어서 조립식 식탁 위에 척척 늘어놓았다. 그 식탁은 매우 낮아서 빌보도 편히 앉을 수 있었다. 그 옆으로 한 마리의 작은 말이 두 개의 낮은 의자를 밀고 왔다. 앉는 부분은 골풀로 짜여져 있고, 다리는 단단하고 짧은 것으로 간달프와 소린이 앉을 의자였다. 식탁 맨 끝에는 그것과 비슷한 베오른

의 크고 검은 의자가 놓였다. 베오른은 이 의자에 앉아서 긴 다리를
식탁 저쪽으로 내밀고 있었다. 이것들은 모두 그 방에 있는 의자인
데, 베오른의 시중을 드는 다른 동물들에게 편하도록 식탁 받침과
마찬가지로 낮게 되어 있었다.

 다른 난쟁이들이 앉을 의자도 잊지 않았다. 작은 말들이 큰 나무
기둥을 북처럼 동그랗게 잘라서 반들반들하게 닦은 것을 굴려 왔다.
그 의자는 빌보에게도 적당하리만큼 낮은 것이었다. 이리하여 모두
는 얼마 뒤에 베오른의 식탁에 둘러앉았다. 이 방에서 이만큼 떠들
썩한 모임은 여러 해 동안 없었다.

 이리하여 모두는 저녁 식사를 들게 되었다. 아니, 만찬이라고 하
는 편이 좋겠다. 서쪽의 '마지막 휴식관'에서 엘론드에게 작별을 고
한 뒤로 이만큼 제대로 된 식사를 한 적이 없었다. 횃불과 장작불의
불빛이 주위를 알록달록하게 물들였고, 식탁 위에는 두 개의 긴 밀
랍으로 된 빨간 양초가 세워져 있었다. 모두가 음식을 들고 있는 동
안 베오른은 울려퍼지는 듯한 깊은 목소리로 산 이쪽의 쓸쓸한 지방
에 대해, 특히 어둡고 위험한 숲 이야기를 해 주었다. 그 숲은 말을
타고 하루종일 가야할 만큼 남북으로 퍼져 있고, 모두가 나아갈 동
쪽 길을 막는 무거운 어둠의 숲이었다.

 난쟁이들은 그 이야기를 듣고 수염을 떨었다. 그도 그럴 것이 모
두가 머지않아 통과해야 할 그 숲은, 산을 넘으며 겪은 사건 다음
용의 성채로 쳐들어가기 전에 아무래도 피하지 못할 가장 벅찬 위험
한 장소임을 알고 있었기 때문이다. 저녁 식사가 끝난 뒤 모두는 각
자 이야기꽃을 피웠다. 그러나 베오른은 졸음이 오는지 이야기에는
거의 주의를 기울이지 않았다. 모두는 금이니 은이니 보석에 대해,
대장간 일이며 금은 세공에 대한 이야기를 했다. 베오른은 그런 이
야기에는 흥미를 보이지 않았다. 하긴 이 방에는 금은으로 만들어진
것은 없었고 금속으로 만들어진 것도 나이프밖에는 없었다.

모두는 나무 주발에 벌꿀술을 철철 넘치게 부어 가며 오랫동안 식탁에 앉아 있었다. 바깥에는 어두운 밤의 장막이 드리워져 있었다. 방 한가운데의 불은 새로운 장작을 얹어서 불타고 있었지만 횃불은 꺼져 있었다. 그래도 그들은 활활 타오르며 춤추고 있는 불빛 속에 앉아 있었다. 그들이 등지고 있는 큰 기둥들은 숲의 나무들처럼 윗부분이 어두웠다. 마법에 의한 것인지 무엇인지는 모르겠으나 빌보는 나뭇가지 사이를 지나가는 바람 같은 소리와 부엉이 울음소리를 들은 듯한 기분이 들었다. 이윽고 빌보는 꾸벅꾸벅 졸기 시작하여 모두의 목소리가 멀어졌다 싶었는데, 깜짝 놀라 퍼뜩 잠을 깼다.

커다란 문이 삐걱하고 울리더니 콰당하고 닫혔다. 베오른이 나갔다. 난쟁이들은 불을 에워싸고 바닥 위에 책상다리를 하고 앉아 있다가 노래를 부르기 시작했다. 그 노래는 한참 동안 계속 되었다.

마른 히드에 바람이 불어왔지만
숲에서는 나뭇잎 하나 까딱하지 않았다.
낮에도 밤에도 숲에는 그림자가 드리워져
검은 것들이 소리 없이 기어나왔다.

바람은 싸늘한 산에서 불어 내려와
거센 물결처럼 윙윙거리며 날뛰었다.
나뭇가지들은 탄식하고 숲은 신음했으며
나뭇잎들은 앞을 다투어 땅으로 돌아갔다.

바람은 서쪽에서 동쪽으로 불었다.
숲의 움직임은 완전히 멎었지만
늪을 넘어 날카롭게 세차게
울부짖는 소리가 공중을 가로질렀다.

풀은 소리를 내며 고개를 늘어뜨리고
갈대는 시끄럽게 울었다.
차가운 하늘 아래 물결치는 연못으로
달리는 구름은 찢겨 흩어졌다.

바람은 외딴산을 지나
용의 잠자리로 불었다.
어둡고 꺼림칙한 암굴에서
비릿한 연기가 오르고 있었다.

바람은 이 세상을 떠나
멀리 밤의 바다 위를 날았다.
달은 질풍을 타고 하늘을 달렸고
별들은 산산이 깨어져 흩어졌다.

빌보는 다시금 꾸벅꾸벅 졸기 시작했다. 그러자 간달프가 느닷없이 벌떡 일어섰다.

"잘 때가 되었네. 그러나 베오른의 취침 시간은 아닐 것일세. 우리는 이 방에서 편히 쉴 수 있어. 한 가지 분명히 말해 두지만, 베오른이 여기서 나가기 전에 말한 것을 잊지 말아 주기 바라네. 해가 뜰 때까지 밖에 나가서 서성거리지 말 것, 그렇지 않으면 목숨이 위태롭다는 것 말일세."

빌보는 벽 가장자리에 마련된 잠자리를 발견했다. 기둥과 외벽 사이의 높은 마룻바닥에 짚을 넣어 만든 작은 요와 담요가 놓여 있었다.

여름이었지만 빌보는 서둘러 이불 속으로 기어들어갔다. 불은 천천히 은은한 빛을 내며 타고 있었다. 빌보는 깊이 잠들었다가 한밤 중에 잠을 깼다. 불은 뜬숯이 되어 조금 남아 있을 뿐이었다. 숨소 리로 보아 난쟁이들도 간달프도 모두 깊이 잠들어 있는 것 같았다. 높이 떠오른 달빛이 지붕의 연기 구멍을 통해 마룻바닥 한 군데를 말갛게 비치고 있었다.

밖에서 으르렁거리는 소리가 나며 입구에서 쾅쾅 걸어다니는 큰 짐승의 발소리가 났다. 빌보는 도대체 무엇일까 하고 생각하며 베오 른이 모습을 바꾸었을지도 모른다, 곰의 모습으로 들어오면 죽임을 당할지도 모른다고 걱정했다. 그래서 빌보는 담요를 머리까지 쓰고 떨고 있다가 어느덧 다시 잠들어 버렸다.

다시 잠에서 깨어났을 때는 이미 아침이었다. 난쟁이 한 사람이 자고 있는 빌보의 몸에 걸려서 튀어올라 아래로 쾅당 소리를 내며 굴렀다. 보퍼였다. 그는 빌보가 눈을 뜨자 딱딱거렸다.

"잠꾸러기, 빨리 일어나요. 그렇지 않으면 아침밥을 먹지 못해 요."

빌보는 벌떡 일어났다.

"아침밥이라구요? 어디 있지요?"

"우리는 먼저 듬뿍 들었지요." 사랑방을 이리저리 걸어다니고 있 는 다른 난쟁이들이 말했다. "남은 음식이 베란다에 있어요. 해가 뜬 다음 내내 베오른을 찾고 있는데 아무 데도 없어요. 하긴 일어나 보았더니 식사는 차려져 있었지만요."

"간달프는 어디 있지요?" 하고 빌보가 물었다. 그리고 바삐 먹 을 것을 찾아 베란다 쪽으로 갔다.

"바깥 어디에 있겠지요." 난쟁이들이 대답했다. 그러나 빌보는 그날 저녁 때까지 하루 종일 마법사의 모습을 보지 못했다. 해가 지 기 조금 전에 간달프는 방으로 들어왔다. 방에는 빌보와 난쟁이들이 그 이상한 짐승들로부터 시중을 받으며 저녁 식사를 하고 있는 중이

었다. 모두들 전날 밤부터 쭉 베오른을 본 사람도, 들은 사람도 없
어서 그 점을 이상하게 생각하고 있었다.

"이 댁 주인은 어디 계십니까? 당신은 하루 종일 어디에 가 있었
습니까?"

그들이 큰 소리로 물었다.

"한 번에 한 가지씩만 묻게. 그리고 대답은 저녁 식사가 끝날 때
까지 미루기로 하겠네. 나는 아침 식사 뒤로 아무것도 먹질 못했
어."

얼마 뒤에 간달프는 접시와 컵을 모두 비웠다. 간달프는 버터와
꿀과 크림을 되직하게 바른 빵 두 덩어리를 먹은 다음 1리터나 되는
벌꿀술을 먹어치웠다. 이윽고 간달프는 파이프를 집어들고 말했다.

"두 번째 질문에 대한 대답부터 하기로 하지. 그건 그렇고, 이곳
에서 담배 연기의 고리를 뿜어올려도 괜찮겠지."

이래서 꽤 한참 동안 그들은 한 마디도 묻지 못했고 간달프는 열
심히 연기를 뿜어 올려, 그 연기의 빛깔이며 모양을 갖가지로 바꾸
기도 했으며, 지붕의 연기 구멍으로 잇따라 연기 고리를 내보내며
즐겼다. 바깥에서 보면 무척 이상하게 보였을 것이다. 초록, 파랑,
빨강, 은빛, 노랑, 하양의 연기 고리가 구멍에서 잇따라 빠끔빠끔
공중으로 날아 오르는 것이다. 큰 고리도 있고 작은 것도 있으며,
작은 것이 큰 것을 꿰뚫기도 했고, 8자 모양으로 서로 붙기도 했으
며 새의 무리처럼 되어 멀리 사라지기도 했으니까.

마침내 간달프가 이야기하기 시작했다. "나는 곰의 발자국을 따
라다녔다네. 어젯밤은 이 집 앞쪽에 곰들이 모이는 밤이었던 모양이
야. 곰의 발자국이 너무 많아서 베오른만의 것이 아님을 금세 알아
차렸지. 그리고 모양도 갖가지였거든. 작은 곰도 있고, 큰 것도 있
고, 보통 것도 있고, 아주 큰 것도 있었는데, 앞쪽에서 거의 새벽녘
까지 춤을 추었던 모양이야. 발자국은 사방팔방으로 나 있더군. 다

만 서쪽의 강을 건너 산으로 이어지는 쪽에서는 오지 않았어. 그런
데 그 방면으로 오직 하나만 발자국이 남아 있더군. 그쪽에서 온 발
자국이 아니라 이쪽에서 그쪽으로 간 발자국이야. 나는 뒤를 밟아서
캐록까지 갔지. 그곳에서 발자국은 강으로 사라져 버렸는데, 물살이
빠르고 또 깊기 때문에 바위 저쪽으로 건너갈 수가 없었어. 기억하
고 있겠지만, 이쪽 강가에서 얕은 여울의 건널목을 지나 캐록으로
가는 것은 쉽지만 저쪽은 가파른 낭떠러지이며 아래는 소용돌이치
는 빠른 여울로 되어 있지. 그래서 나는 강이 좀더 넓고 얕아서 쉽
게 헤엄쳐 건널 수 있는 장소를 찾아 수 킬로미터를 내려간 뒤에 저
쪽 강가에 닿았고, 다시 곰 발자국이 나오는 곳까지 수 킬로미터를
더 걸어야만 했다네. 그럭저럭하는 동안에 날이 어두워져서 더 멀리
갈 수 없게 되었는데, 발자국은 곧장 안개산맥의 동쪽에 있는 소나
무 숲을 향해 찍혀 있더군. 그곳은 우리가 요 전날 그 미친 개들과
즐거운 파티를 한 곳이었어. 자, 이젠 모두가 던진 첫 질문에 대한
대답을 했다고 생각하는데, 어떤가?"

간달프가 이야기를 마치고 한참 동안 입을 다물고 앉아 있었다.

빌보는 마법사가 무엇을 말하려 했는지 알 것 같았다.

빌보는 소리를 높여서 "우리는 어떻게 하면 좋지요? 베오른이
미친 개들이며 고블린들을 이끌고 돌아오면 모두 붙잡혀서 이번에
야말로 죽임을 당할 겁니다! 당신은 베오른이 고블린들의 친구가
아니라고 하셨잖습니까?"

"그렇고 말고. 그렇게 말했네. 그러니 너무 그렇게 흥분하지 말
게. 자네는 잠을 자는 편이 낫겠네. 벌써 졸음이 오는군그래."

호비트는 한 방 먹은 기분이 들어서 정말로 자는 수밖에 없을 듯
싶었다. 그래서 난쟁이들이 아직 자지 않고 노래를 부르고 있는 동
안 빌보는 졸린 머리로 베오른에 대해 열심히 생각하다가 어느덧 잠
이 들었는데, 그 꿈속에서 수많은 검은 곰들이 앞마당의 달빛 아래

에서 원을 그리며 쾅당쾅당 꼴사나운 춤을 추는 모습을 보았다. 그 뒤에 빌보는 난쟁이들이 깊이 잠들어 버렸을 무렵에 깨었는데 지난 밤과 비슷하게 벅벅 비비는 소리, 쾅쾅 밟는 소리, 쿵쿵 냄새맡는 소리, 세차게 으르렁거리는 소리를 들었다.

이튿날 아침 그들은 베오른의 목소리에 잠을 깼다.

"모두 고스란히 집 안에 있어 주었군" 하고 베오른이 말했다. 그리고 호비트를 집어올리며 웃었다. "미친 개들이며 고블린들에게 당하지도 않고 나쁜 곰들에게 잡아 먹히지 않고 무사했군." 베오른은 배긴스의 조끼 밑 배 언저리를 쿡쿡 찔렀다. "가엾은 토끼 씨는 빵과 꿀을 실컷 먹고 다시 포동포동 살이 쪘군. 자, 좀더 먹으라구."

이리하여 모두는 베오른과 함께 아침밥을 먹었다. 베오른은 매우 들떠 있었다. 기분이 아주 좋은지 연신 우스운 이야기를 하여 모두를 웃겼다. 그리고 모두가 이 사람이 지금까지 어디에 가 있었는지, 어째서 이토록 기분이 좋은지를 이상하게 생각할 틈도 없이 자진하여 이야기를 했다. 베오른은 강을 건너 산으로 갔던 것이다. 곰으로 변했을 때는 참으로 빨리 걸을 수 있었다. 그 불타 버린 늑대의 집회 장소를 보고 베오른은 들은 이야기가 정말이었음을 알았다. 뿐만 아니라 그 이상의 것을 발견했다. 아직 숲속을 서성거리고 있던 늑대 한 마리와 고블린 한 명을 붙잡았던 것이다. 그리하여 그들에게서 다음과 같은 소식을 알아냈다. 고블린들의 추적대가 미친 개들과 어울려 난쟁이들을 찾아다니고 있다는 것이다. 그들은 불같이 화가 나 있었는데, 그도 그럴 것이 고블린들은 큰 고블린이 살해당했기 때문이고 늑대들은 우두머리가 코를 데기도 하고 훌륭한 동료들이 마법사의 불에 타죽기도 했기 때문이다.

베오른에게 협박을 당하자 이들은 거의 털어놓았지만 그래도 베오른은 머지않아 더 나쁜 일이 일어날 것이며, 아마도 늑대와 고블

린이 한데 뭉쳐서 산지 가까운 남쪽 숲으로 가서 지금까지 없었던
난동을 부릴지도 모른다고 말했다. 고블린들은 무슨 일이 있어도 난
쟁이들을 찾아낼 작정이고, 남쪽 숲을 개간하고 있는 인간들이 난쟁
이들을 숨겨 두고 있을 것이라고 단정하고 있는 모양이었다.

"그건 재미있는 이야기였어. 당신들의 이야기는 말이야. 그러나
지금은 진실을 알았기 때문에 나로서는 더욱 만족이지. 당신 말을
믿지 않은 점은 용서해주기 바래. 어둠의 숲 옆에 살고 있으면 형
제처럼 잘 아는 자의 말이 아니고는 믿을 수가 없게 되거든. 그
대신 나는 당신들이 무사한지 확인하고, 있는 힘을 다해 도와 주
려고 되도록 빨리 돌아왔단 말이야. 이 일로 난쟁이 친구들에게
보다 호감을 갖게 됐지. 큰 고블린을 혼내 준 자, 큰 고블린을 퇴
치한 자니까. "

베오른은 이렇게 말하고는 몸을 요란하게 흔들며 껄껄 웃었다.

"그래, 당신은 고블린과 늑대를 어떻게 하셨습니까 ? "

빌보가 불쑥 물었다.

"이리로 와 보라구 ! " 베오른이 말했다. 모두는 그의 뒤를 따라
저택 둘레를 돌았다. 고블린의 목 하나가 대문 밖에 매달려 있고,
늑대 털가죽 하나가 그 조금 저쪽의 나무에 펼쳐져 있었다. 베오른
은 적으로 치면 무서운 사람이지만 지금은 모두의 친구였다. 간달프
는 난쟁이들의 여행 경위며 지금까지 겪은 고생을 이야기하고 사정
을 죄다 털어놓으면 베오른이 가능한 한의 힘을 빌려 줄지도 모른다
고 생각했다.

베오른은 그들에게 다음과 같이 약속했다. 숲에까지 가는 동안 간
달프에게는 말을, 다른 사람들에게는 조랑말을 빌려주겠다. 그리고
또 여러 주일치의 식량을 되도록 들어나르기에 편하게끔 꾸려 주겠
다. 그 식량이라고 하는 것은 나무열매, 풀의 열매, 밀가루, 햇볕에
말린 과일을 채워 넣은 단지, 벌꿀 단지, 오래 가도록 두 번 구운

과자, 그 밖에 긴 여행에 필요한 갖가지 먹을 것이었는데, 이것들을 만드는 방법은 비밀이었다. 그러나 다른 대부분의 요리에 꿀을 썼던 것처럼 모두 꿀이 들어가 있었다. 꿀을 먹으면 목이 마르지만 몸에는 좋다. 물은 베오른의 말에 의하면 숲 이쪽에서는 길을 따라 시내도 있고 샘도 있어 가지고 갈 필요가 없다고 했다.

"그러나 당신들이 지나가는 어둠의 숲은 캄캄하고 위험하다. 어둠의 숲에서는 물도 먹을 것도 좀처럼 찾기 힘들다. 그곳에서 먹을 수 있는 것이라곤 나무열매가 고작이지만 나무 열매며 풀의 열매가 열리기에는 아직 이르다. 그곳의 생물은 검고 요사스럽고 질이 나쁘다. 내가 물을 담을 가죽부대를 주마. 그밖에 활과 화살도 주지. 그러나 어둠의 숲에서 발견되는 생물이 좋은 음식이 되리라고는 결코 생각할 수 없다. 하긴 그 숲에 강이 하나 있지. 길을 가로지르는 강한 몸살인데 물은 시커멓다. 그 강에서는 물을 뜨지 말아야 한다. 또한 미역을 감아서도 안 된다. 소문에 의하면, 그렇게 하면 마법에 걸려서 몹시 졸립고 모든 일을 잊게 된다고 한다. 숲의 어두컴컴한 그늘에 아무리 근사한 사냥감이 있어도 활을 쏘아선 안 된다. 길에서 벗어나 길을 잃게 될 테니까. 내가 할 수 있는 충고란 이 정도이다. 숲 입구로 한 발짝 들어가면 내 힘은 미치지 못한다. 운을 믿고 각자 용기를 내어 내가 준 식량만을 의지하고 가는 수밖에 없다. 숲 입구에 닿으면 나의 말과 조랑말들을 돌려 보내 주기 바란다. 그럼 무사히 가기를 빈다. 만일 당신들이 이 길로 돌아오게 되면 언제든 나는 기꺼이 맞이하겠다."

그들은 진심으로 베오른에게 감사의 말을 하며 여러 번 절을 하고 두건을 흔들었는데, 그때마다 "나무로 지은 방의 주인이시여, 앞으로도 잘 부탁합니다. 도움을 드릴 수 있기를 빕니다"라고 말했다. 그러나 그들의 마음은 베오른의 근심스러운 말을 듣고 우울했으며,

이 모험이 처음에 생각했던 것보다 훨씬 무서운 것임을 새삼 깊이 느꼈다. 그리고 앞으로의 여행에서 온갖 고난을 무사히 넘긴다 해도 마지막에는 용이 기다리고 있는 것이다.

아침나절은 모두 떠날 준비로 분주했다.

정오가 지나자 마침내 베오른의 집에서의 마지막 식사를 대접받고, 그 다음에 모두는 베오른이 빌려 주는 말을 타고 베오른에게 거듭 작별의 인사를 던지며 대문을 나서서 빠른 걸음으로 떠나갔다. 동쪽 산울타리를 뒤로 하자 모두는 북쪽을 향했고, 마침내는 북서쪽으로 말을 몰았다.

베오른의 말에 따라 그의 집에서 남쪽에 해당되는 숲을 가로지르는 큰길로는 나아가지 않기로 했다. 그쪽으로 가면 산맥에서 흐르는 강을 따라 내려가 캐록의 남쪽에서 큰강과 마주치는 곳으로 나가게 된다. 그곳은 물이 깊어 조랑말을 타고 그럭저럭 건널 수 있겠지만, 건너가면 길은 숲으로 통하는데, 그곳이 옛날 숲길의 입구가 된다. 그러나 베오른은 그곳으로 가는 것을 말렸다. 그 길은 지금은 고블린들이 자주 쓰고 있고, 무엇보다 숲길 동쪽은 인적이 드물어 매우 황폐하고 늪지로 가로막혀 있다는 것이었다. 그리고 숲의 동쪽 출구는 외딴산의 남쪽에서 꽤나 멀기 때문에 그들은 다시 북쪽으로 오랫동안 걸어가야 한다고 했다. 캐록에서 북쪽으로 큰강을 거슬러 올라가면 어둠의 숲이 강쪽으로 바싹 다가오는 곳이 있는데, 그곳에서는 산도 가까워져 있다. 베오른은 그곳으로 가라고 권했다. 캐록에서 북쪽으로 며칠 동안 말을 몰고 가면 어둠의 숲을 가로지르는 그다지 알려져 있지 않은 통로에 다다르게 되는데, 거기에서 숲을 통과하면 외딴산으로는 거의 똑바로 갈 수 있다는 이야기였다.

베오른은 이렇게 말했다.

"고블린들도 캐록 북쪽으로 큰강을 넘어서 100킬로미터 이상이나 쫓아가지는 않을 테고, 내 집으로도 다가오진 않을 거다. 여기는 밤의 경비가 철저하니까. 그러나 나 같으면 한시 바삐 출발하겠다. 고블린들이 머지않아 습격해 온다면 놈들은 강의 남쪽을 건너와서 당신들을 덮치려고 숲 바깥쪽을 샅샅이 찾아다닐 테고, 더구나 미친 개들은 조랑말보다 빠르니까. 설사 되돌아가 고블린들의 동굴로 다가가는 것처럼 보이더라도 북쪽으로 가는 편이 훨씬 안전하다. 고블린들도 거기까지는 생각하지 못할 것이며 또한 당신들을 잡으려면 아주 먼 곳에서 달려와야만 하기 때문이지. 그럼, 어서 빨리 가도록……."

이리하여 그들은 조용히 초원이건 맨땅이건 개의치 않고 말을 달렸다. 왼쪽으로 시커먼 산맥이 보이고, 먼 강가의 나무가 차츰 가까워졌다. 해는 출발할 때 서쪽으로 조금 기울기 시작하고 있었지만, 저녁 때까지도 그들의 주위를 비추고 있었다. 그래서 그들은 고블린들이 뒤에서 쫓아온다고는 생각하지 않게 되었고, 베오른의 집에서 멀어짐에 따라 다시 이야기도 하고 노래도 부르며 앞에 가로놓여 있는 숲의 어두운 길에 대하여는 잊기 시작했다. 그러나 황혼이 내려 산의 봉우리들이 해지는 하늘에 어두운 얼굴을 보이기 시작할 무렵, 그들은 머무를 곳을 찾아 파수를 세워놓고 불안한 잠에 빠져 들어갔는데 꿈에 멀리서 늑대 짖는 소리와 고블린의 외침소리가 뒤섞여 들리는 것이었다.

이튿날 아침도 밝게 개어 있었다. 땅 위에는 안개가 자욱이 끼었고 공기는 싸늘했다. 그러나 마침내 동쪽 하늘에 해가 빨갛게 떠오르자 안개는 사라지고 아직 그림자가 길게 드리워질 때 모두는 출발했다. 이리하여 이틀 동안 말을 타고 갔는데, 풀이며 꽃들, 새들이며 성긴 숲을 볼 수 있을 뿐이었다.

때로는 붉은 사슴의 작은 무리가 대낮의 그늘에서 풀을 뜯기도 하고 앉아 있기도 했다. 빌보도 이따금 수사슴의 뿔이 풀 위로 튀어나와 있는 것을 보았는데, 처음에는 마른 나뭇가지인가 하고 생각했다. 사흘째의 밤에도 일행은 열심히 말을 몰았다. 아무튼 베오른이 나흘째의 이른 아침나절까지는 숲 입구에 도착해야만 한다고 말했으니까. 그래서 그들은 어두워진 다음에도 달빛을 받으며 계속 말을 달렸다. 황혼의 어둠이 짙어질 무렵 빌보는 큰 곰의 그림자 같은 것이 그들의 양 옆으로 따라오고 있는 듯한 느낌을 받았다. 견디다 못한 빌보가 간달프에게 그렇게 말하자 마법사는 다만 "쉬, 보지 말게!" 하고 말했을 뿐이었다.

다음 날 아침 해뜨기 전에 제대로 자지도 못하고 일어나 출발했다. 막 먼동이 틀 무렵, 앞쪽에 시커멓고 엄숙한 성벽 같은 숲이 기다리고 있었다는 듯이 우뚝 나타났다. 대지는 차츰 완만하게 솟아오르기 시작하여 무언의 엄숙함이 덮쳐오는 것만 같았다. 새는 노래를 그쳤다. 사슴은 물론 토끼마저도 보이지 않았다. 한낮이 지나자 어둠의 숲 바깥쪽에 다다랐으므로, 하늘 높이 솟은 나무들의 뻗은 가지 밑에 앉아서 한숨 돌렸다. 나무줄기는 꽤 크고 혹투성이이며, 나뭇가지는 뒤틀려 있고, 잎은 시커멓고 축 늘어져 있다. 담쟁이덩굴이 나무들 위에 감겨 늘어져 있었다. 간달프가 말했다.

"자, 여기가 어둠의 숲이네! 북쪽 땅의 숲 중에서는 가장 큰 숲이지. 이 숲의 모습에 주눅들지 말기를 바라네. 이제 빌려온 이 훌륭한 조랑말들은 되돌려 주어야겠어."

이 말을 듣고 난쟁이들은 투덜거리기 시작했다. 그러자 마법사는 난쟁이들의 어리석음을 꾸짖었다.

"베오른은 뜻밖으로 가까운 곳에 있다. 무슨 일이 있어도 약속은 지키는 게 좋아. 베오른을 적으로 만들면 큰일이니까. 배긴스가 자네들보다 관찰력이 있군. 자네들은 밤마다 큰 곰이 우리 곁을 따라 내내 걸어왔다는 것, 노숙하는 우리를 지키며 달빛을 피하여 먼 곳에서 쉬고 있었다는 것을 몰랐겠지. 그것은 우리를 지키고 인도할 뿐만 아니라, 또한 조랑말을 지키고 있던 걸세. 베오른은 과연 우리의 친구이지. 그러나 또한 저 짐승들을 귀여운 자식같이 여기고 있다네. 그런 짐승들을 빌려 주어 난쟁이들을 이 먼 곳까지 이토록 빨리 올 수 있게 해준 것은 얼마나 친절한 일인가. 게다가 숲속에서 조랑말을 타고 가다가 무슨 일이 일어날지도 모르는 일이고."

"그럼, 그 말들을 어떻게 할 작정인가? 어째서 자네는 자기 말은 되돌려 보낸다고 말하지 않는가?" 소린이 물었다.

"되돌려 보내지 않기 때문일세."

"그럼, 베오른과의 약속은 어떻게 되나?"

"약속은 지킨다네. 되돌려 주는 것이 아니라 타고 돌아가는 걸세."

일행은 간달프가 지금 이 어둠의 숲에 막 접어든 곳에서 모두와 헤어지려 하고 있음을 비로소 알았다. 모두는 크게 낙심했다. 그러나 아무리 말해도 간달프의 마음을 돌릴 수는 없었다.

"모든 것은 캐록에 도착했을 때 우리들 사이에서 결정하지 않았나. 새삼스럽게 말할 것은 없네. 전에도 말했듯이 나는 남쪽에 급한 볼일이 있다네. 자네들과 여기까지 함께 오느라고 벌써 시간을 너무 많이 빼앗겼어. 모든 일이 처리되기 전에 다시 만나게 될지도 모르고 못 만날지도 모르지. 그것은 운에 달려 있고, 자네들의 용기와 기지에 달려 있는 걸세. 그리고 배긴스가 있지 않은가. 여러 번 말했듯이 이 호비트는 자네들이 생각하는 것 이상의 인물이라네. 그것을 머지않아 반드시 알게 될 걸세. 그럼 몸조심하게, 빌보 군. 그렇게 울상은 짓지 말라구. 몸조심하게, 소린과 다른 모두도. 결국은 자네들 자신의 여행이잖나. 오로지 목표물인 보물에 대해 생각하는 걸세. 숲에 대해서도 용에 대해서도 모두 잊는 걸세. 어쨌든 내일 아침까지는 말이야."

이튿날 아침에 간달프는 또 같은 말을 했다. 모두가 해야 할 일은 이젠 숲 입구 가까이에서 발견한 맑은 샘에서 가죽 부대에 물을 담거나 조랑말의 짐을 내리거나 하는 것 외에는 아무것도 없었다. 모두는 짊어질 짐을 되도록 공평하게 나누었는데 그래도 빌보는 자기 몫을 지독히 무겁다고 생각했고, 그것을 등에 지고 몇십 킬로미터나 걸어야 할 것을 생각하니 아득했다.

"걱정 말게!" 하고 소린이 말했다. "곧 가벼워질 테니까. 그러나 먹을 것이 떨어지면 짐이 좀더 무거웠으면 하고 바랄 걸세."

이리하여 모두는 마침내 조랑말들에게 작별을 고하고 조랑말들의 말머리를 베오른의 집 쪽으로 향하게 했다. 조랑말들은 말발굽 소리를 울리며 어둠의 숲을 뒤로 하고 재빠르게 사라져 갔는데, 그 모습이 매우 기뻐 보였다. 조랑말들이 떠난 다음 빌보는 곰 같은 것의 형태가 나무 그늘을 떠나 재빠르게 그 뒤를 쫓아가는 것을 본 듯한 기분이 들었다.

여기서 간달프도 작별 인사를 했다. 빌보는 땅바닥에 주저앉아 서글픈 마음으로 '큰 말을 타고 있는 마법사 곁에 있을 수 있다면' 하고 간절히 바랐다. 빌보는 아침 식사 뒤에 숲속에 들어가 보았는데, 그곳은 아침인데도 밤처럼 캄캄했고 게다가 도무지 정체를 알 수 없다는 느낌이 들었던 것이다. "뭔가가 뚫어지게 지켜보고 있으며, 매복하고 있는 듯한 느낌이었어." 빌보는 중얼거렸다.

"안녕!" 간달프는 소린에게 말했다. "모두들 잘 가게. 이 길을 곧장 가도록 하게나. 잘못 더듬지 말도록. 샛길로 벗어나면 이 어둠의 숲을 빠져 나갈 가능성은 천에 하나도 없다네. 그렇게 되면 다시 만나지도 못하지."

"정말로 이 숲을 가로질러야만 할까요?" 하고 호비트가 신음소리를 냈다.

"그렇고말고. 그래야만 하네! 저쪽으로 가려고 하는 이상 반드시 통과해야 하네. 가느냐 마느냐 둘 중 어느 한쪽일세. 그러나 지금

에 와서는 자네가 되돌아가겠다 해도 안 되네. 배긴스, 그런 나약
한 생각을 하다니 부끄럽지 않나? 나 대신 난쟁이들을 지켜야 하
네."
마법사는 이렇게 말하고 웃었다.
"아닙니다. 그런 뜻으로 말한 것은 아닙니다. 달리 돌아가는 길은
없느냐고 물은 것입니다."
"있지. 여기서 북쪽으로 3백 킬로미터 나아가거나 6백 킬로미터
남쪽으로 내려갈 생각만 있다면 없는 것도 아니네. 그러나 그 길
조차도 안전하다고 할 수는 없지. 어쨌든 이 부근에 안전한 길은
하나도 없다네. 지금 황무지 나라의 경계선을 넘어서 멀리 와 있
다는 것을 생각해 보게나. 어디를 가건 무서운 곳이라네. 만일 북
쪽으로 돌아간다면 그 전에 잿빛 산맥에서 고블린이며 호브고블
린 외에 뭐라고 말할 수 없이 나쁜 오크 도깨비들을 만나게 될 걸
세. 남쪽으로 돈다고 한다면, 강신술사의 땅에 들어가게 된다네.
이 더러운 마술쟁이 이야기는 새삼스럽게 들을 필요도 없겠지. 어
쨌든 그 자의 검은 탑에서 바라다보이는 땅에는 다가가지 않는 게
좋아. 이 숲길을 전진하게. 용기를 불러일으키게. 최선을 다하게.
그러면 반드시 행운을 만나 눈 아래에 긴 소택지가 바라다보이는
곳에 다다를 걸세. 그 저편으로 멀리 동쪽 높은 곳에 스마우그가
사는 외딴산이 있다네. 스마우그가 자네들이 온다는 것을 모르고
있으면 좋으련만."
"참으로 힘이 되는 갖가지 말이군" 하고 소린이 신음하듯이 말했
다. "그럼 안녕! 우리와 함께 가는 것이 아니라면 이 이상 더 많은
말을 할 것 없이 어서 가게나."
"그럼 조심하게. 이젠 정말 안녕!"
간달프는 그렇게 말하고 말머리를 돌려 서쪽을 향했다. 마법사는
그러나 마지막 한 마디를 하지 않고는 떠날 마음이 일지 않았다. 목

소리가 들리지 않는 곳에 닿기 전에 몸을 돌려 두 손을 입에 대고
모두에게 외쳤다. 모두는 희미한 목소리를 알아들을 수 있었다.
“안녕! 몸조심하게…… 길을 벗어나면 안 되네에…….”
그런 다음 간달프는 말을 빠르게 몰아 모두의 시야에서 사라졌다.
“아아, 안녕, 미련없이 가버렸군!”
난쟁이들은 입속으로 중얼거렸다. 난쟁이들은 마법사가 사라졌으
므로 마음이 울적하여 더욱더 화가 났다. 그리고 드디어 이 긴 여행
중에서 가장 위험한 곳으로 발을 들여놓았다. 모두는 저마다 무거운
짐과 자기 몫의 물 부대를 지고, 바깥 세계를 비쳐 주는 빛과 헤어
져 숲속으로 들어갔다.

파리와 거미

　일행은 한 줄로 서서 걸었다. 길 입구는 나뭇가지가 아치를 이룬 어두컴컴한 나무들의 터널과 이어져 있었다. 그 터널은 양쪽의 큰 나무가 서로 겹쳐서 이루어져 있는데, 나무들은 모두 무지무지하게 오래된 큰 나무로, 덩굴과 이끼에 싸여 거무스름한 잎이 몇 장 보일 뿐이었다. 숲길은 폭이 좁았고 나무들 사이에 꾸불꾸불 보였다 안 보였다 하며 이어지고 있었다. 숲 바깥의 밝은 빛은 얼마 뒤 작은 빛의 구멍처럼 되어 멀어지고, 주위가 몹시 고요해서 모두의 발소리가 메아리치듯이 울려퍼졌는데, 숲의 나무들이 일제히 몸을 기울여 그 발소리에 귀를 기울이고 있는 것만 같았다.

　어둠에 눈이 익숙해지면서 그들은 길 좌우 양쪽에서 짙은 초록색의 희미한 빛이 뿜어져 나오는 오솔길을 볼 수 있었다. 이따금 햇빛이 훨씬 위쪽의 나뭇잎 틈 사이로 새어 들어와 그 아래에서 서로 얽힌 큰 나뭇가지며 우거진 작은 나뭇가지의 그물을 빠져 나와 그들 앞에 밝고 작은 햇살을 던져 주기도 했다. 그러나 그것도 차츰 뜸해지더니 마침내는 전혀 볼 수 없게 되었다.

숲에는 검은 다람쥐가 있었다. 빌보의 호기심 가득한 눈이 사물의 형태를 분간하게 되자 길섶을 훌쩍 달리거나 나무줄기 뒤로 살짝 숨기도 하는 다람쥐를 자주 보게 되었다. 그 밖에도 풀숲 속이며 숲 바닥에 켜켜이 쌓인 낙엽 사이에서 바시락바시락 사박사박하는 이상한 소리가 났다. 그러나 그 소리의 정체를 알 수는 없었다. 모두가 가장 싫어했던 것은 거미줄이었다. 본 적이 없을 만큼 굵은 거미줄이 나무에서 나무로, 또는 낮은 나뭇가지 사이로 촘촘하게 둘러쳐져 있었다. 그러나 길을 가로막지는 않았다. 어떤 마법의 작용으로 그렇게 된 것인지, 아니면 다른 까닭이 있는지 난쟁이들로서는 알 길이 없었다.

그러는 동안 그들은 이 숲이 정말로 싫어서 견딜 수가 없게 되었다. 고블린의 터널도 싫었지만 숲은 가도가도 끝이 없었다. 그러나 어쨌든 앞으로 서둘러 가야만 한다. 그렇게 싫증을 내며 걷고 있는 동안에 그들 모두는 해가 보고 싶다, 하늘이 보고 싶다, 바람이 얼굴을 어루만져 주었으면 좋겠다는 생각에 마음이 아파오는 것이었다. 숲의 어둠 속은 바람 한 점 없고, 언제까지나 조용하고 어둡고 잔뜩 찌푸리고 있는 것이다. 늘 땅 밑에서 터널을 파는 난쟁이들은 햇빛이 비치지 않는 곳에서 오랫동안 살 수 있을 텐데, 그같은 난쟁이들조차도 햇빛이며 바람이 견딜 수 없이 그리웠고, 굴을 거처로 삼고 있는 호비트도 여름 동안은 바깥에서 지내는 일이 많았으므로 차츰 숨이 막히는 듯한 기분이 들게 되었다.

밤에는 더욱 심했다. 흔히 칠흑 같은 어둠이라고 하나 '같은' 정도가 아니라, 그야말로 검은 옷 속에 푹 담겨진 진짜 어둠이었다. 아무것도 보이지 않았다. 빌보는 눈 앞에 손을 저어 보았지만, 전혀 보이지 않았다. 아니, 실은 아무것도 보이지 않는다고 말하는 것은 잘못이리라. 그는 눈을 보았던 것이다. 그들은 한데 엉켜 잠을 자고 교대로 파수를 보기로 했던 것인데, 빌보의 차례가 되었을 때, 그는 주위의 어둠 속에서 빛나는 것을 보았다. 이따금 한 쌍의 노란 눈, 빨간 눈, 초록 눈이 아주 가까이까지 다가와서 빌보를 뚫어지게 볼 때도 있었는데, 그럴 때마다 금세 빛이 희미해지다가 사라져 버리지만 또 다른 곳에서 천천히 빛나기 시작하는 것이다. 아니, 빌보의 바로 머리 위의 나뭇가지에도 눈알이 빛나고 있었다. 빌보는 소름이 끼쳤다. 가장 마음에 안 든 눈은 구근 같은 모양으로 창백하게 빛나는 것이었다. '벌레로군.' 빌보는 마음 속으로 생각했다. '짐승이 아니야. 그러나 벌레치고는 너무 크군.'

밤에는 그다지 춥지 않았지만 야간 경비를 위한 모닥불은 피워 놓으려고 했었다. 그러나 결국 모닥불은 단념해야만 했다. 뭔지 알 수 없는 그런 생물들은 타고난 조심성으로 불빛이 흔들리는 곳에는 모습을 나타내려고 하지 않았지만, 모닥불이 그것들을 불러들이는 것 같았기 때문이다. 설상가상으로 몇천이나 될 듯한 검은 나방의 무리까지 불러들였다. 나방은 거무스름한 것부터 새까만 것까지 손바닥만한 크기의 것도 있었는데, 모두의 눈 주위에서 펄럭거리며 빙빙 날아다녔다. 그것은 참을 수 없었다. 실크햇처럼 새까맣고 커다란 박쥐도 날아들었다. 그래서 모두는 모닥불을 단념하고 기분 나쁜 캄캄한 어둠 속에 앉아 꾸벅꾸벅 조는 수밖에 없었다.

호비트는 많은 세월이 흘러간 듯한 기분이 들었다. 그는 늘 배가 고팠다. 그들 일행은 식량을 극도로 아껴서 먹고 있었기 때문이다. 여러 날이 지나가도 숲의 모습에 변화가 없자, 모두는 걱정에 사로잡히기 시작했다. 벌써 먹을 것이 부족해지기 시작했다. 그들은 많은 화살을 허비한 끝에 간신히 다람쥐를 한 마리 쏘아맞힐 수 있었다. 그러나 그것을 구워 보았더니 너무나도 맛이 없어서 그 뒤로 다람쥐 사냥은 하지 않기로 했다.

또한 갈증에도 시달렸다. 가지고 있는 물은 얼마 없었고, 여기까지 오는 동안 샘물이나 시내를 만나지 못했던 것이다. 이런 상태의 어느 날, 앞길이 한 줄기의 강으로 가로막혀 있는 것을 보았다. 물살은 빠르고 세찼지만 폭은 대수롭지 않았다. 단, 물은 새카맸다. 적어도 숲의 어둠 속에서는 그렇게 보였다. 이 강이 베오른이 주의를 주었던 강인데, 만일 그가 그토록 타일러 주지 않았다면 어떤 빛깔을 하고 있건 모두는 앞다퉈 그 물을 마시고 비어 있는 가죽부대를 채웠을 것이다. 그러나 지금은 어떻게 하면 몸을 적시지 않고 건너갈 수 있을까 하는 생각뿐이었다. 옛날에는 나무 다리가 있었는데 오래 전에 썩어서 떨어져 지금은 강 가까이에 부서진 다리의 말뚝이 남아 있을 뿐이었다. 빌보는 높은 절벽 위에서 무릎을 꿇고 앞쪽을 살피고 있다가 "저쪽 강가에 배가 있다! 아아, 어째서 이쪽에 있지 않을까?" 하고 큰 소리로 말했다.

"얼마나 먼가?" 소린이 물었다. 빌보가 일행 가운데 가장 눈이 날카롭다는 것은 모두 알고 있었다.

"그다지 멀지 않아요. 10미터쯤 될 겁니다."

"10미터라. 나는 30미터쯤 되는 줄 알았지. 내 눈은 100년 전처럼 잘 보이지는 않네. 10미터든 30미터든 결국 마찬가지일세. 어차피 뛰어넘을 수도 없고 걸어서 건너거나 헤엄을 칠 수도 없으니까."

"밧줄을 던져보면 어떨까요?"

"그런 것이 무슨 소용이 있다고? 배는 묶여 있을 텐데."

"배는 매어져 있지 않을 거라고 생각해요. 이런 빛으로는 물론 확실히 알 수 없지만요……그저 강가에 조금 끌어올려져 있을 뿐인 것 같아요. 그리고 그곳은 둑의 낮은 곳으로, 길에 이어져 있습니다."

"도리가 가장 힘이 세다. 그러나 필리는 가장 젊고 눈이 밝지. 필리, 이리로 와서 배긴스가 말하는 배가 보이는지 어떤지 보게."

필리도 보이는 것 같다고 말했다. 필리가 한참 동안 바라보며 방향을 확인하자 다른 사람이 필리에게 밧줄을 건네 주었다. 여러 개의 밧줄을 꺼내 와서 그 중 가장 긴 밧줄의 끝에 큰 쇠갈고리 하나를 단단히 묶었다. 필리는 그 매듭 부분을 손에 들고 잠시 장단을 맞추더니 마침내 강 저쪽으로 밧줄을 던졌다.

첨벙! 밧줄이 물에 떨어졌다.

"미치지 못했소!" 하고 저쪽을 살피고 있던 빌보가 외쳤다. "50센티미터만 더 늘리면 배에 닿겠어요. 다시 한번 해 봅시다. 저 밧줄 끝의 젖은 부분을 만진다 해도 해가 될 만큼 마법이 강하다고는 여겨지지 않아요."

필리는 밧줄 끝을 당겨서, 그래도 어쩐지 기분나쁘다는 듯이 갈고리를 잡았다. 필리는 힘을 좀더 주어서 다시 한번 밧줄을 던졌다.

"저런!" 빌보가 말했다. "배의 저쪽편에 있는 나무 한가운데로 떨어졌군요. 가만히 당기시오."

필리가 밧줄을 천천히 당겼다. 조금 뒤에 빌보가 말했다.

"조심해요! 지금은 갈고리가 배 위에 가로놓여 있으니까. 자, 갈고리가 벗겨지지 않도록 살살 당기시오!"

필리는 열심히 당겼다. 밧줄은 팽팽히 뻗칠 뿐 필리가 아무리 열심히 당겨도 움직이지 않았다. 킬리가 돕기 위해 나섰고 오인도 글로인도 가담했다. 모두 온 힘을 다해 당기고 또 당겼다. 그러다가 모두는 느닷없이 뒤로 벌렁 나자빠지고 말았다. 그러나 옆에서 지켜보고 있던 빌보가 밧줄 끝을 붙잡고 나뭇가지를 이용해 강으로 흘러내려가는 조그마한 검은 배를 멈추었다.

"도와줘요." 빌보의 외침에 발린이 하마터면 물결에 휩쓸려 떠내려갈 뻔했던 배를 간신히 붙잡았다.

"역시 묶여 있었군." 발린이 배를 묶었던 끈이 끊겨서 흔들리고 있는 것을 보며 말했다. "용케 끌어당겼어. 우리 밧줄이 훨씬 튼튼

해서 다행이었어.”

“맨 먼저 누가 가지요?” 빌보가 물었다.

“내가 가겠네.” 소린이 말했다. “자네도 함께 가세. 필리와 발린도. 한번에 탈 수 있는 인원은 그 정도일 테지. 우리 다음에는 킬리와 오인과 글로인과 도리다. 그 다음이 오리와 노리, 비퍼, 보퍼고, 마지막이 드월린과 봄버다.”

“나는 언제나 마지막이에요. 그건 싫습니다. 오늘은 다른 사람이 마지막이 되어야 해요.” 봄버가 항의했다.

“그렇게 뚱뚱하니까 그런 거라구. 그래서 자네는 배에 실은 짐이 가장 가벼울 때, 그리고 가장 마지막에 타야 한단 말이야. 명령에 복종하지 않고 투덜거리면 좋지 않아.”

“노가 없습니다. 배를 어떻게 저쪽 강가로 저어가지요?” 호비트가 물었다.

“그럼 다른 밧줄 하나와 또 하나의 갈고리를 주세요.” 필리가 말했다. 밧줄 끝에 갈고리가 매어지자 필리는 다시 한번 앞쪽 어둠속으로 되도록 높게 던졌다. 밧줄이 첨벙 하고 물에 떨어지지 않았으니 나뭇가지에 걸렸음에 틀림없는 모양이다.

필리가 설명했다.

“배에 오르면 그중 한 사람이 저쪽 나무에 걸려 있는 밧줄을 당깁니다. 또 한 사람은 처음에 썼던 갈고리를 갖고 있다가 저쪽 강가에 무사히 닿으면 그 갈고리를 밧줄에 묶어 다시 이쪽으로 던지는 겁니다.”

이같은 방법으로 이윽고 모두는 안전하게 마의 강을 건넜다. 드월린이 손에 밧줄을 감고 배에서 올라온 다음 봄버가 아직도 투덜거리며 강가로 올라오려고 할 때 뜻밖의 일이 일어났다. 길 앞쪽에서 요란스러운 말발굽 소리가 일었다. 그리고는 느닷없이 어둠 속에서 쏜살같이 사슴 한 마리가 달려왔다. 사슴은 무서운 기세로 난쟁이들

속으로 뛰어들어 모두를 정신 못차리게 한 다음, 몸을 사리고는 힘차게 솟구쳐 강물을 뛰어넘었다. 그러나 사슴은 저쪽 강가에 무사히 닿지 못했다. 소린이 뛰어오르는 사슴을 향해 재빠르게 화살을 날렸던 것이다. 그는 강가에 오르자마자 활에 화살을 메겨 배 주인이 나타나지 않나 하고 유사시에 대비하고 있었던 것이다. 사슴은 저쪽 강가에 내려설 때 휘청하고 비틀거렸지만 어둠이 사슴의 모습을 삼켜버렸고, 이윽고 비틀거리는 발소리가 나더니 그대로 잠잠해졌다.

그러나 모두가 활 솜씨를 칭찬하려는 순간, 빌보의 무서운 비명이 모두를 당황하게 했다.

"봄버가 떨어졌어요! 물에 빠졌어요!"

맙소사, 정말 그랬던 것이다. 봄버는 사슴이 덮치듯이 달려와서 머리 위를 뛰어넘을 때 강가에 한쪽 발을 막 걸치려던 순간이었다. 강타를 당한 봄버는 휘청하며 배를 떠밀고는 검은 강물 속으로 굴러 떨어졌다. 봄버의 손이 미끈미끈한 강가의 나무뿌리를 붙잡는 동안에 배는 천천히 강가에서 떠나 모습을 감추어 버렸다.

모두가 강가로 뛰어왔을 때 봄버의 두건이 아직 보이고 있었다. 봄버에게 갈고리가 달린 밧줄을 던져 주었다. 그가 밧줄을 붙잡자 모두는 영차영차하며 봄버를 물에서 끌어올렸다. 물론 머리에서 발끝까지 온통 젖어 있었지만, 그것뿐이 아니라 곤란한 일이 일어났다. 강가에 뉘었더니, 그는 깊이 잠들어 버렸고 한 손에 단단히 쥐고 있는 밧줄을 풀으려 해도 놓지 않았다. 갖은 수를 써봐도 그저 정신없이 계속 잠만 자는 것이었다.

그들은 봄버를 둘러싸고 서서 불운을 한탄하고 봄버의 아둔함을 저주했다. 그리고 배를 잃어 사슴을 찾으러 되돌아갈 수 없음을 억울해했다. 그때 숲 저 멀리에서 뿔피리 소리가 희미하게 울리며 개들이 짖는 소리가 들려왔다. 모두는 입을 다물고 말았다. 모두 낙심하여 앉아 있는데, 아무것도 보이지는 않는 길 북쪽에서 사냥꾼의 무리가 지나가는 소리가 들려오는 것 같았다.

그들은 한참 동안 멍하니 앉아 있었다. 봄버는 지금까지의 갖은 어려움을 깡그리 잊은 듯이 살찐 얼굴에 빙긋이 웃음을 짓고 깊이 잠들어 있다.

갑자기 앞쪽에 하얀 사슴이 몇 마리 나타났다. 아까의 까만 숫사슴과 달리 눈처럼 하얀 암사슴과 새끼 사슴들이었다. 그들은 어둠 속에서 희미하게 빛났다. 소린이 명령을 내리기도 전에 3명의 난쟁이가 발딱 일어나 활시위를 당겨서 화살을 쏘았다. 그러나 누구도 과녁을 맞히지 못한 모양이었다. 사슴들은 빙그르르 방향을 바꾸어, 왔을 때와 마찬가지로 소리없이 나무들 사이로 사라졌고, 난쟁이들은 그저 헛되이 그 뒤에 대고 화살을 날렸다.

"그만해! 그만해!" 소린이 외쳤다. 그러나 때는 이미 늦었다. 난쟁이들은 마지막 한 대까지 정신없이 쏘아대어 베오른이 준 화살을 헛되이 쓰고 말았다.

그날 밤은 참으로 우울했다. 그리고 그 우울한 기분은 날이 지나면서 더욱 깊어 갈 뿐이었다. 마의 강을 건너기는 했으나 그 다음에도 끝없는 길이 이어질 뿐, 숲속은 아무 변화도 보이지 않았다. 그러나 만일 모두가 하얀 사슴들이 나타난 것이 무엇을 의미하는지를 잘 생각해 보았다면 그들이 드디어 숲의 동쪽에 가까워지고 있음을 알았을 테고, 희망을 갖고 용기를 내어 앞으로 전진하면 곧 숲은 없어지고 햇빛이 쏟아지는 장소로 나갈 수 있었을 것이다.

그런데도 일행은 그것을 모르고 봄버의 무거운 몸을 지고 걸었다. 봄버를 데리고 가기 위해서는 지는 수밖에 없었다. 그 힘든 일에는 네 사람씩 차례로 배정되었고, 남은 사람은 네 사람의 짐을 맡았다. 이 짐이 4, 5일 동안에 부쩍 가벼워지지 않았다면 도저히 계속하지 못했을 것이다. 빙그레 웃음을 지은 채 깊이 잠든 봄버는 너무나 무거워서 말 그대로 짐스러웠다. 마침내 먹을 것과 마실 것은 바닥이

났다. 입에 넣어도 좋을 만한 것은 하나도 찾을 수가 없었다. 숲에
는 파르스름하게 반짝이는 독초며 고약한 냄새가 나는 버섯 종류가
돋아나 있을 뿐이었다.

그 마의 강을 건넌지 나흘이 지났을 무렵, 그들은 거의 너도밤나
무만이 무성한 장소로 나왔다. 처음에는 이 변화에 환성을 지르며
기뻐했다. 그곳은 빽빽이 우거진 잡초가 없고 어둠이 심하지 않았
다. 주위에는 초록의 어슴푸레한 빛이 감돌아 길 양쪽을 여기저기
꽤 멀리까지 바라볼 수도 있었다. 빛이 있다고는 해도 황혼을 배경
으로 한 거대한 성의 열주들처럼 거무스름한 나무줄기가 길게 줄지
어 서 있는 것이 보일 따름이었다. 그러나 공기에는 움직임이 있고
바람의 소리도 났다. 그것은 구슬픈 소리였다. 나뭇잎이 하늘하늘
날아서 떨어져 숲 바깥에 가을이 와 있음을 알게 해 주었다. 무수히
반복되는 세월 동안 가을마다 숲속에 떨어져 쌓인 낙엽이 두꺼운 융
단이 되어 있었다. 그들은 바람에 날려 길 위로 켜켜이 쌓인 낙엽을
사박사박 걷어 헤치며 걸었다.

봄버는 아직 깊이 잠들어 있었다. 모두들 녹초가 되어 버렸다. 이
따금 그들의 마음을 휘젓는 듯한 웃음소리가 들렸다. 때로는 어디

J.R.R. 톨킨 그림 「어둠의 숲」

먼 곳에서 노래하는 소리도 났다. 고블린의 웃음소리는 아니었다. 밝은 웃음소리였고 노랫소리도 아름답지만 왠지 기분 나쁘고 색다른 느낌이었다. 모두는 마음이 편치 않아져서 얼마 남지 않은 힘을 쥐어짜서 이 부근을 빨리 지나가려고 걸음을 재촉했다.

이틀 후에 그들은 길이 내리막으로 되어 있는 것을 보았고, 얼마 안 가서 한 골짜기에 이르렀는데 그곳은 거의 온통 큰 떡갈나무뿐인 울창한 숲이었다.

"이 저주받은 숲은 끝도 없는가?" 소린이 말했다. "누군가 나무에 올라가 숲 위에 머리를 내밀고 주변의 상황을 살펴보고 와야겠다. 그러기 위해서는 가장 높은 나무를 골라야 한다."

'누군가'라고 했지만 물론 빌보를 가리키는 말이었다. 모두들 빌보를 밀었다. 아무튼 나무 꼭대기까지 올라가서 고개를 내밀 수 있어야 하므로 가장 높고 가장 가는 나뭇가지도 견딜 수 있을 만큼 가벼운 사람이라야만 했다. 가엾은 우리의 배긴스는 나무에 오른 적이 별로 없었지만 난쟁이들이 모두 합세해서 큰 떡갈나무의 맨 아래 가지로 빌보를 밀어올렸기 때문에, 그 뒤로는 빌보도 있는 힘을 다해 올라가야만 했다. 기어올라가는 동안 성가신 작은 가지들이 눈에 탁탁 튀겼고, 좀더 큰 가지는 더러운 껍질로 온몸을 더럽혔다. 손발이 미끄러져서 하마터면 떨어질 뻔했다. 그는 오르기 어려운 줄기에서 실컷 허우적거린 끝에 꼭대기 가까이에 다다랐다. 나무를 오르는 동안 내내 빌보는 어딘가에 거미가 있지 않을까, 내려갈 때는 어떻게 하면 좋을까 하고 줄곧 생각하고 있었다.

마침내 빌보는 나무 꼭대기 위로 머리를 내밀었다. 그때 거미를 보았는데 보통의 아주 작은 거미였다. 그 놈은 나비를 노리고 있었다. 빌보는 빛 때문에 눈이 부셨다. 저 아래쪽에서 난쟁이들이 큰 소리로 부르는 것이 들렸지만, 그저 나무를 꼭 붙잡고 눈을 깜빡거릴 뿐 대답할 수가 없었다. 해는 밝게 번쩍이고 있었다. 그 눈부심에 익숙해지는 데에는 시간이 무척 걸렸다. 겨우 익숙해지자 온통 짙은 초록의 바다 같은 나뭇잎 지붕이 여기저기서 산들바람에 물결 치고 있는 것이 보였다. 그 온갖 곳에 몇백 몇천의 나비의 무리가 날아다니고 있었다. 떡갈나무 꼭대기를 좋아하는 '제왕보라'라는 나 비의 일종으로 여겨지는데, 조금도 보라빛이 아니고 아무 무늬도 보 이지 않을 만큼 새카맸다.

빌보는 한참 동안 '제왕보라' 나비를 바라보며, 머리카락과 얼굴을 어루만지는 산들바람을 즐기고 있었다. 그러나 아래에서 기다리다 지쳐서 발을 구르기 시작한 난쟁이들의 요란한 소리가 빌보에게 애 초의 임무를 상기시켰다. 그러나 결과는 신통치 않았다. 아무리 찬 찬히 바라보아도 어느 방향이건 나무들의 연속과 나뭇잎의 바다일 뿐 끝이 없었다. 밝은 빛과 머리칼을 스치는 바람에 밝게 뛰었던 빌 보의 마음은 납덩어리처럼 가라앉았다. 아무 소득도 없이 아래로 내 려가야만 했다.

앞에서도 말했듯이 숲의 출구는 사실 그다지 멀지 않았다. 만일 빌보에게 보다 분별이 있었다면 자기가 오른 나무가 설사 아무리 높 아도 넓은 골짜기의 움푹 들어간 곳에 나 있었으므로, 그 꼭대기에 서는 모든 둘레가 큰 주발의 둘레처럼 돋구어져 어디까지 숲이 계속 되고 있는지를 볼 수 없다는 것을 알았을 것이다. 그런데 그런 것을 몰랐기 때문에 빌보는 몹시 낙심하며 나무를 기어서 내려갔다. 온몸 이 상처투성이에다 화끈거렸고, 게다가 마음이 울적했다. 간신히 땅 을 디디자 캄캄하여 아무것도 보이지 않았다. 빌보의 보고는 빌보와 마찬가지로 다른 사람들을 낙심시키고 말았다.

"숲은 동서남북 어느 쪽으로도 계속되고 있다고! 그렇다면 도대 체 어떻게 하면 좋지? 호비트를 올려보낸 것이 무슨 소용이 있었 지?" 하고 난쟁이들은 마치 배긴스의 잘못이라는 것처럼 말했다. 난쟁이들은 나비 따위는 개의치 않았다. 다만 기분 좋은 산들바람이야기를 듣자, 자신들의 몸이 무거워서 나무에 올라가 바람을 쏘일 수 없는 것에 화를 낼 뿐이었다.

그날 밤 모두 함께 마지막으로 남은 음식을 모아 식사를 했다. 이튿날 아침 잠에서 깨어나 모두는 우선 배가 죄는 듯이 고프다는 것을 알았고, 다음은 비가 오고 있어서 숲의 땅바닥 여기저기에 물방울이 심하게 떨어지고 있음을 알았다. 그 비는 마음을 누그러지게 해 주는 것이 아니라, 반대로 바짝바짝 타들어가는 목마름을 상기시켜주었다. 큰 떡갈나무 밑에 서서 입을 벌리고 빗물이 떨어지기를 기다려도 심한 갈증은 멎지 않았다. 그런데 조그마한 마음의 위안은 뜻밖에 봄버로부터 왔다.

봄버는 갑자기 눈을 뜨고 머리를 긁적거리며 부시시 일어났다. 그는 이곳이 어디인지, 어째서 이토록 배가 고픈지 알지 못했다. 먼 5월의 어느 날 아침에 길을 떠난 다음부터의 일을 깡그리 잊어버린 것이다. 간신히 생각해낸 마지막 일이 호비트의 집에서 있었던 모임에 대한 것이어서, 그 뒤로 어떤 모험을 겪어왔는지를 이해시키느라 모두들 크게 애를 먹었다.

봄버는 먹을 것이 하나도 없다는 말을 듣자 주저앉아서 엉엉 울었다. 봄버는 몸이 쇠약해져서 다리가 휘청거렸기 때문이다.

"어째서 나는 잠에서 깨어났을까!" 봄버는 큰 소리로 한탄했다. "아주 근사한 꿈을 꾸고 있었는데 말이야. 꿈속에서 여기와 같은 숲을 걷고 있었어. 다만 나무들에는 횃불이 걸려 있고, 나뭇가지 사이로 램프가 흔들리고 있었으며, 땅에는 모닥불이 타고 있어 밝았지. 그곳에 큰 잔치가 벌어졌고, 언제까지나 계속되었단 말이야. 숲의 왕이 나뭇잎 왕관을 쓰고 앉아 있었고 즐거운 노래가 울려 퍼졌어. 게다가 먹고 마시는 진수성찬은 가짓수도 모양도 말로 다 형용할 수 없을 정도였다구."

"말할 필요 없다." 소린이 말했다. "어떤 일에 대해 똑똑히 이야기할 수 없을 때는 잠자코 있는 것이 제일이야. 너 때문에 정말 애먹었다구. 잠에서 깨어나지 않으면 계속 꿈을 꾸도록 숲에 내버려두고 가려던 참이야. 먹을 것이 부족해진 지 오래인데, 너 같은 덩치를 어떻게 나를 수 있겠어?"

이제 굶주린 배에 허리띠를 졸라매고 빈 자루를 추스려올린 다음 터벅터벅 길을 가는 수밖에 없었다. 길바닥에 쓰러져서 굶어죽기 전에 목적지에 닿아야겠다는 절박한 희망도 사라지고 있었다. 모두는 하루 종일 느릿하게 질질 걷고 있었는데, 그 동안 내내 봄버는 다리가 휘청거려서 걷지 못하겠느니, 누워서 자고 싶다느니 하고 우는 소리를 해댔다.

"안 돼." 다른 난쟁이들이 말했다. "네 스스로 다리를 움직이도록 해. 우리는 지겹도록 너를 날라왔으니까."

그러자 봄버는 불쑥 이 이상 걷는 것은 싫다며 땅바닥에 몸을 던졌다. "모두들 가야만 한다면 부디 가시오. 나는 여기 누워서 잠을 자며 먹는 꿈이나 꾸겠어요. 어차피 먹을 것은 손에 들어오지 않을 테니까. 다시는 잠에서 깨어나고 싶지 않아요."

그때였다. 앞서 가고 있던 발린이 큰 소리를 질렀다.

"저게 뭐지? 숲속에서 불빛이 어른거리는 것 같아."

모두들 일제히 그쪽을 바라보았다. 그러자 약간 멀게 보여지는 곳의 어둠 속에 하나의 빨간 불빛이 깜빡이고 있었다. 그리고 그 부근에 잇따라 불빛이 나타났다. 봄버조차도 일어났다. 모두들 길을 서둘렀다. 트롤인지 고블린인지를 염려하는 자도 없었다. 불빛은 그들이 나아가고 있는 길 왼쪽에 있었다. 그 부근까지 가서 옆의 나무 사이로 보았더니 횃불과 모닥불이 길에서 꽤 떨어진 곳에서 타고 있는 것 같았다.

"마치 내 꿈이 맞는 것 같군." 봄버가 뒤에서 숨을 헐떡이며 띄엄

띄엄 말했다. 그리고 그 불빛을 향해 덮어놓고 숲속으로 뛰어가려고 했다. 그러나 다른 사람들은 마법사와 베오른의 충고를 똑똑히 기억하고 있었다.

"연회라니, 수상쩍다. 저기에 가면 살아서 돌아올 수 없을지도 모른다." 소린이 말했다.

"하지만 음식을 먹어야지요. 어차피 그리 오래 살 수 없을 테니까요." 봄버가 말했다. 빌보는 진심으로 이 말에 동감이었다. 입씨름이 벌어졌다. 그리고 마침내 두 사람을 보내 염탐하기로 의견이 모아졌다. 두 사람이 몰래 불빛 가까이까지 가서 좀더 자세히 알아오는 것이다. 그런데 누구를 보내느냐 하는 데는 좀처럼 의견이 모아지지 않았다. 누구나 자기가 길을 잃을지도 모르며, 그렇게 되면 다시는 일행의 얼굴을 볼 수 없을지도 모르니 그런 위험은 무릅쓰고 싶지 않았던 것이다. 그러나 마지막에는 충고에도 불구하고 굶주림이 그들의 마음을 결정케 했다. 봄버가 꿈에서 먹은 숲의 진수성찬을 잇따라 주워섬기는 데에는 견딜 수가 없었다. 일동은 모두 함께 길을 벗어나 숲속으로 들어갔다.

한참 동안 몸을 굽히고 무릎으로 기어서 나아가 나무 사이로 엿보았다. 나무숲이 끝나는 곳에 평평한 광장이 있었다. 거기에는 요정인 듯한 많은 사람들이 초록색과 갈색 옷을 입고 쓰러진 나무를 둥글게 잘라서 만든 걸상을 큰 원형으로 빙 둘러놓고 그 걸상에 걸터앉아 있었다. 원 한가운데에는 모닥불이 타고 있고, 둘레의 나무들에는 갖가지 횃불이 걸려 있었다. 그러나 무엇보다도 눈길을 끄는 것은 그들이 먹고 마시고 즐겁게 노래하는 것이었다.

불고기 냄새가 너무나도 강하게 코를 자극했다. 의논할 틈도 없이 모두는 자기도 모르게 몸을 일으켜 먹을 것을 얻어야겠다는 일념으로 모임 속으로 비틀거리며 걸어갔다. 누군가가 광장에 한 발짝 내디디는 순간 마치 마법에 걸린 듯 불이 일제히 꺼졌다. 모닥불을 걷

어차는 자가 있어서 모닥불은 봉화처럼 불꽃을 튀기며 날아서 꺼졌
다. 그들은 칠흑같은 어둠 속에서 방향을 잃고 한참 동안 서로 어디
에 있는지도 몰랐다. 너무 당황하여 어둠 속에서 우왕좌왕하며 통나
무에 걸려서 넘어지기도 하고, 나무줄기에 눈물이 나오도록 부딪치
기도 하였다. 온 숲의 생물을 두드려 깨울 만한 큰 목소리로 외치고
불러대고 한 끝에, 마침내 그들 일행은 그럭저럭 모이게 되어 손으
로 더듬어 인원수를 헤아려 보았다. 물론 그때쯤에는 본래의 길이
어느 쪽이었는지도 알지 못하게 되었으므로, 적어도 새벽까지는 모
두 어찌할 바를 모르는 미아가 되어 버리고 말았다.

어쨌든 지금 있는 곳에서 그대로 밤을 새우는 수밖에 없었다. 땅
위에서 음식 쪼가리를 찾으려 해도 다시 뿔뿔이 헤어질지도 모르는
두려움을 생각하면 손이 나가지 않았다. 그렇다고 해서 그곳에서 느
긋하게 밤을 새울 수도 없었다. 빌보가 꾸벅꾸벅 졸기 시작했을 무
렵 첫번째로 파수를 보고 있던 도리가 흥분한 목소리로 이렇게 속삭
였기 때문이다.

"저쪽에 또 불빛이 보인다. 이번에는 아까보다 많아."

모두들 단번에 벌떡 일어났다. 분명 그다지 멀지 않은 곳에 많은
불빛이 깜빡이고 있었으며, 와자지껄 떠드는 목소리와 와 하고 웃는
소리가 뚜렷하게 들렸다. 그들은 세로로 한 줄이 되어 서로 앞 사람
의 등을 더듬으며 불빛 쪽을 향해 천천히 기어서 나아갔다. 가까이
까지 갔을 때 소린이 말했다.

"이번에는 허둥대지 말아. 내가 말할 때까지 누구도 숨은 장소에
서 움직이면 안 된다. 저 사람들에게 말을 거는 일은 배긴스에게
맡기자. 설마 배긴스라면 무서워하지 않겠지. 어쨌든 배긴스, 제
발 어리석은 짓은 하지 말아 주기 바라네."

'나를 어떻게 생각하고 있는 거야!' 빌보는 마음 속으로 생각했
다.

　그들은 불빛의 원 바깥까지 가서는 느닷없이 빌보를 뒤에서 떠밀었다. 빌보는 반지를 낄 시간도 없이 모닥불과 횃불의 빛 속으로 비틀비틀 들어갔다. 그것이 좋지 않았다. 순식간에 불빛 전부가 꺼져서 형체도 분간할 수 없는 암흑이 되었다.
　앞에서도 모이는데 크게 애를 먹었지만 이번에는 더욱 어려웠다. 호비트가 보이지 않았다. 서로 아무리 세어 보아도 13명이었다. 난쟁이들은 외치고 또 외치며 거듭 그를 불렀다.
　"빌보 배긴스! 호비트 씨! 길잃은 호비트 씨. 말썽꾸러기, 어디 갔소?"라는 둥 여러 가지로 불러 보았지만 도무지 대답이 없다.
　모두가 포기하려고 할 때, 도리가 참으로 우연히도 호비트의 몸에 걸려서 넘어졌다. 어둠 속에서 도리는 통나무에 걸려서 넘어졌다고 생각했지만, 손을 더듬어 만져보고 호비트가 몸을 웅크리고 깊이 잠들어 있음을 발견했다. 아주 한참 동안 몸을 흔들어서 잠을 깨웠는데, 눈을 뜬 빌보는 조금도 기뻐하지 않았다.
　"아주 근사한 꿈을 꾸고 있었단 말이오. 더할 나위 없이 호사스러운 진수성찬을 먹으려고 하던 참이었는데." 빌보는 투덜거렸다.
　"맙소사, 호비트도 봄버처럼 되었군." 난쟁이들은 말했다. "꿈이야기 따위는 하지 말아요. 꿈속의 진수성찬은 그림의 떡이어서 아무 소용이 없으니까."
　"이런 곳에서는 꿈이 제일이지."
　빌보는 입속으로 중얼거리며 난쟁이들 옆에 덥석 누워서 다시 잠을 자며 꿈을 꾸어 보려고 했다.
　그런데 숲의 불빛은 이것이 마지막이 아니었다. 밤이 이슥할 무렵, 보초를 서고 있던 킬리가 이렇게 외치며 다시금 모두를 깨웠다.
　"그다지 멀지 않은 곳에 불빛이 반짝이고 있다. 많은 횃불과 모닥불이 마법의 힘으로 갑자기 켜진 거야. 게다가 저 노랫소리와 하프 소리를 들어 보라구!"

잠을 깨 누운 채로 잠시 귀를 기울이고 있자니, 그 곁으로 가서 먹을 것을 얻고 싶은 기분을 누를 수가 없었다. 그래서 다시금 불빛으로 다가갔다. 그러자 이번에는 더욱 큰일이 났다. 모두가 본 진수성찬은 지금까지보다 훨씬 많고 또한 근사한 것이었다.

사람들이 줄지어 앉아 있는 테이블에는 봄버가 꿈 이야기에서 말한 그대로 숲의 왕이 황금빛 머리 위에 나뭇잎 왕관을 쓰고 앉아 있었다. 요정들은 손에서 손으로 먹을 것이 담긴 그릇을 건네 주며 모닥불을 넘어서 왔다갔다 하고 있었다. 하프를 타는 자도 있어, 여럿이 거기에 맞추어 노래를 부르고 있었다. 모두 머리에 꽃을 꽂고 있고 초록색 보석이며 하얗게 빛나는 돌을 옷깃이며 혁대에 달고 있었다. 얼굴에도 노래에도 즐거움이 넘치고 있었다. 노랫소리는 높고 맑고 밝았다. 그 한가운데로 소린이 불쑥 나타났다.

모든 소리가 뚝 그쳤다. 불빛이란 불빛은 죄다 꺼졌다. 모닥불은 검은 연기를 냈고, 재와 불에 탄 나무 쪼가리가 난쟁이들의 눈에 튀어서 숲은 다시금 난쟁이들의 법석과 외침소리로 가득 찼다.

빌보는 그저 빙빙 뛰어다니며 난쟁이들을 부르고 또 불렀다.

"도리, 노리, 오리, 오인, 글로인, 필리, 킬리, 봄버, 비퍼, 보퍼, 드월린, 발린, 그리고 소린 오큰실드!"

한편 빌보가 보지도 만지지도 못하는 난쟁이들 쪽에서도 빌보의 둘레를 빙빙 돌며 같은 짓을 하고 있었다. (이따금 빌보의 이름을 부르면서) 그러나 그들의 부르는 소리는 차츰 멀어져 희미해졌으며 얼마 뒤에는 마침내 들리지 않게 되었고, 빌보는 아무것도 들리지 않고 보이지 않는 고요 속에 혼자 남게 되었다.

그것은 빌보로서는 지금까지 겪어 보지 못한, 더할 나위 없이 비참한 시간이었다. 그러나 빌보는 이윽고 '날이 새어서 조금이라도 밝아질 때까지는 오히려 뭔가 하려고 하면 안 된다, 아침밥을 먹고 기운을 차릴 가망이 없으므로 헛되이 이리저리 다녀서 지치면 큰일이다' 하고 생각했다. 그래서 나무에 등을 대고 앉아서 저 그리운 부엌이 있는 멀고 먼 호비트 굴을 언제나처럼 회상했는데, 그것도 이번이 마지막은 아니었다. 빌보는 달걀부침 베이컨과 버터 바른 빵을 골똘히 생각하고 있었는데, 뭔가가 몸에 닿는 것을 느꼈다. 뭔가 끈적끈적한 실 같은 것이 왼손에 닿았다. 몸을 움직이려 하자 이미 두 다리가 같은 실로 둘둘 묶여 있었고, 일어서려 했지만 쓰러지고 말았다.

그러자 빌보가 꾸벅꾸벅 졸고 있는 동안에 열심히 실을 감고 있던 큰 거미가 뒤에서 달려왔다. 빌보는 간신히 그 눈이 보일 뿐이며, 자기 둘레에 징그러운 실을 급히 둘둘 감고 있는 털투성이의 다리가 닿았기 때문에 알 수 있었다. 그러나 운이 있었나 보다. 아차 하는 순간에 빌보는 제정신이 들었다. 이제 곧 꼼짝도 할 수 없게 되기 직전이었다. 빌보는 필사적으로 싸워 자유로워지려고 했다. 그 녀석을 두 손으로 때렸다. 거미는 흔히 작은 거미가 파리에게 하듯이 빌보를 꼼짝 못하게 하기 위해 독침을 쏘려고 했다. 빌보는 문득 자기의 칼이 생각나서 쑥 뽑아올렸다. 그러자 거미는 뒤로 움찔 물러섰고, 그 사이에 빌보는 두 다리 사이의 실을 끊을 수 있었다. 이제 빌보가 공격할 차례다. 이 거미는 측면에서 공격을 해오는 이런 상대는 만난 적이 없었던 모양이다. 그렇지 않았다면 재빨리 도망쳤을 것이다. 빌보는 거미에게로 다가가 거미의 두 눈을 향해 칼을 꽂았다. 그러자 거미가 미친 듯이 깡충깡충 날뛰며 긴 다리를 무섭게 꿈틀거리다가 경련을 일으키며 맥을 못추는 찰나, 빌보는 다시 칼을 내리쳐서 거미의 숨을 끊어 버렸다. 그 다음은 그 자리에 쓰러진 채, 한참 동안 아무것도 기억하지 못했다.

숲의 어슴푸레한 새벽빛이 주위를 희부옇게 비칠 무렵, 빌보는 겨우 제정신이 들었다. 거미는 빌보 바로 옆에 쓰러져 죽어 있었고, 칼에는 시커먼 피가 말라붙어 있었다. 어쨌든 터무니없이 큰 거미를 죽인 것이다! 그것도 어둠 속에서 오직 혼자서! 마법사의 힘을 빌린 것도 아니고 난쟁이들의 도움으로도 아니었다. 이것이 우리의 배긴스를 완전히 바꾸어 놓았다. 빌보는 자신이 다른 사람이 된 것을 느꼈다. 위는 텅비어 있었지만 사납고도 대담한 기운을 느끼며 칼을 풀잎으로 닦아 칼집에 넣었다.

"너에게 이름을 붙여 주겠다! 너는 이제부터 '찌르는 칼'이다."
하고 빌보는 칼에게 말했다.

그 다음 빌보는 주위를 살펴보기 위해 일어섰다. 숲은 어두컴컴하고 조용했다. 어쨌든 무엇보다도 친구들을 찾아내야만 했다. 요정이나 다른 나쁜 자들에게 붙잡혀서 끌려가지 않았다면 그다지 멀리 가지는 않았을 것이다. 빌보는 큰 소리로 이름을 부르는 것은 안전하지 않다고 생각했다. 그는 한참 동안 서서, 어느 쪽으로 가면 원래의 길로 나갈 수 있을까, 어느 쪽으로 향하면 친구들을 찾을 수 있을까, 하고 생각했다.

'아아, 어째서 우리는 베오른의 말을 듣지 않았을까! 간달프의 충고도 있었는데!' 빌보는 한탄했다. '우리는 어쩌다 이 지경에 빠지고 말았는가. 아아, 우리란 정다운 말이다. 외톨이란 두려운 것이니까.'

이윽고 빌보는 어젯밤 도움을 청하는 외침소리가 들려왔던 방향을 곰곰이 생각하고 결정을 내렸다. 그리고 운좋게도(빌보 배긴스는 원래 운을 타고 났다) 그것이 대충 틀리지 않았던 것이다. 일단 마음을 정하자 빌보는 몸을 그럴싸하게 굽히고 나아갔다. 호비트들은 전에도 이야기했듯이, 특히 숲속에서는 소리를 내지 않았다. 게다가 빌보는 출발할 때 몸을 숨기는 반지를 끼고 있었다. 그래서 거미들은 빌보가 오는 것을 보지도 못했고 듣지도 못했던 것이다.

한참 동안 살살 나아갔는데 앞쪽에 지독히 시커먼 물체가 뭉쳐 있는 것이 보였다. 그것은 숲속에서도 유별나게 시커멓고, 마치 아직 남아 있는 밤의 자취 같았다. 다가감에 따라 빌보는 그것이 서로 엉기며 위아래로 그리고 옆으로 줄지어 있는 거미줄임을 알았다. 그리고 문득 머리 위의 나뭇가지에 크고 무서운 거미들이 앉아 있음을 알아차렸다. 반지가 있건 없건 들키지 않나 하는 두려움으로 빌보는 몸을 떨었다. 나무 뒤에 서서 한참 거미 무리를 바라보고 있는 동안에 소리도 움직임도 없는 숲의 고요함 속에서 이 역겨운 생물들이 서로 주고받는 이야기가 들려왔다. 그 목소리는 쌔액쌔액하는 날카로운 소리였는데, 그들이 지껄이는 말에서 빌보는 여러 가지를 알아낼 수 있었다. 이야기는 난쟁이들에 대한 것이었다.

"힘은 들었지만, 그럴만한 가치는 있었어. 지독히도 가죽이 두꺼운 놈들이야. 하지만 속에는 맛있는 즙이 들어 있을 거야." 한 녀석이 말했다.

"맞아. 맛있을 거야. 얼마쯤 매달아 놓으면." 다른 녀석이 말했다.

"너무 오래 매달아 놓으면 안 돼. 너희들이 말하는 것만큼 살이 올라 있지 않아. 요즘 변변히 먹지 못한 모양이야." 세 번째 녀석이 말했다.

"죽여 버리자. 지금 당장에 죽여서 그대로 얼마 동안 매달아 놓자." 네 번째 녀석이 쌔액쌔액하고 속삭였다.

"지금쯤 죽었을 거다, 아마." 첫번째 녀석이 말했다.

"아직 죽지 않았어. 버둥거리고 있는 것을 보았거든. 한참 잠을 자면 틀림없이 되살아날 거야. 이제 보여 주지."

뚱뚱한 거미들 중 한 마리가 이렇게 말하고 줄을 타고 스르르 가더니 높은 나뭇가지에 12개의 보퉁이가 한 줄로 매달려 있는 곳으로 다가갔다. 빌보는 새삼 소름이 끼쳤다. 어둠 속에 매달려 있는 것을 자세히 보니, 보퉁이 밑에 난쟁이의 발이 튀어나와 있는 것도 있고 여기저기에 코끝이 나와 있기도 하고 수염 끝이며 두건의 뾰족

한 데가 비져나와 있는 것도 있었다.

거미는 이 보퉁이 중에서 가장 뚱뚱하고 큰 쪽을 향해 기어갔다. '저것은 틀림없이 가엾은 봄버다.' 하고 빌보는 생각했다. 거미가 비져나와 있는 코를 힘껏 비틀었다. 속에서 숨이 막힌 외침소리가 나면서 발을 들어 거미를 힘차게 걷어차 올렸다. 봄버는 아직 살아 있었다. 그러자 맥빠진 공을 걷어차는 듯한 둔탁한 소리를 내며 화가 난 거미가 나뭇가지에서 떨어졌는데, 간신히 거미줄을 뿜어내어 몸을 지탱했다. 그것을 보고 다른 거미들은 웃어댔다.

"네 말대로 먹이가 살아 있어서 걷어차는구나."

"두고 봐라, 당장에 이놈을 끝장내 줄 테니까!"

화가 난 거미는 다시 나뭇가지로 기어 올라가며 말했다.

빌보는 당장에 뭔가 해야만 할 때가 왔음을 알았다. 하지만 저 벌레들이 있는 데로 올라갈 수도 없고 이쪽에서 쏘아댈 도구도 없었다. 그런데 주위를 둘러보았더니 옛날에는 강바닥이었던 것으로 여겨지는 마른 도랑에 많은 돌이 굴러 있었다. 빌보는 돌 던지기를 대단히 잘했다. 손에 쥐기 쉽고 매끈한 달걀 모양의 알맞은 돌을 찾아내는 데에 그다지 오래 걸리지 않았다. 어릴 적에 빌보는 과녁에 돌을 던져서 맞히는 연습을 자주 했었다. 토끼며 다람쥐며 나는 새조차도 빌보가 돌을 던지려고 하는 것을 보기가 무섭게 번개처럼 도망갈 만큼의 손힘을 지니게 되었던 것이다. 어른이 된 다음에도 오랜 시간을 들여서 고리던지기며 투창이며 막대던지기며 질그릇던지기며 볼링까지 했고, 좀더 조용한 놀이에서도 겨냥하여 던지는 것을 많이 하며 즐겼던 것이다. 담배 연기의 고리를 뿜어 올리는 것, 수수께끼 놀이, 그리고 지금까지 말할 기회가 없었지만 요리와 같은 빌보가 즐기는 일 중에는 뭔가를 던지는 것도 들어 있었던 것이다. 지금은 주저할 때가 아니었다. 빌보가 돌을 줍고 있는 동안에 거미는 봄버가 있는 데에 다다랐다. 이제 곧 봄버는 죽임을 당할 것이다. 빌보는 냅다 돌을 던졌다. 돌은 거미의 머리를 부숴뜨렸다. 거미는 금세 휘청하고 나무에서 떨어져 땅에 푹썩 쓰러지며 모든 발을 오므라뜨렸다.

두 번째 돌은 쌩 하니 날아가 큰 거미줄을 꿰뚫고 거미줄 한가운데에 앉아 있던 거미에 맞아 멋들어지게 거미를 해치웠다. 이렇게 되자, 거미들의 모임에 대단한 소동이 일어나 한참 동안은 난쟁이들에 대해 잊어버리게 되었다. 거미들은 빌보를 볼 수 없었지만 돌이 날아오는 방향은 제대로 파악할 수 있었다. 번개처럼 거미들은 호비트를 향해 뛰어오고 날아오고 했다. 그리고 사방팔방에서 긴 거미줄을 던져 공중은 안개 그물이 빽빽이 쳐진 꼴이 되었다.

그러나 빌보는 더욱 재빠르게 다른 곳으로 도망쳤다. 한가지 생각이 그의 머릿속에 떠올랐다. 성난 거미들을 난쟁이들로부터 되도록 떨어뜨려 놓자, 무엇일까 하고 이상하게 여기고 정신없게 만들기 위해 성을 돋구자, 하고 생각했던 것이다. 거의 50마리나 되는 거미들이 빌보가 서 있는 곳으로 몰려 왔을 때 빌보는 계속 돌을 던졌다. 그리고 나무들 사이를 뛰어다니며 거미들을 더욱 화나게 만들었다. 또 한꺼번에 뒤쫓아오게 하기 위해 이런 노래를 지어서 불렀다.

뚱보 거미가 나무 사이에서 실을 잣고 있네!
뚱보 거미는 나를 보지 못하네.
실 잣는 뚱보 거미, 실 잣는 뚱보 거미
자, 어떠냐?
실 잣기 그만두고 나를 찾아 보렴!

얼간이 거미는 덩치만 크구나.
얼간이 거미는 나를 모르지.

실 잣는 뚱보 거미, 실 잣는 뚱보 거미
차, 올 수 있겠니?
그 나무에 올라가 나를 잡아 보렴!

　그다지 잘 지은 노래라고는 할 수 없지만 그 무서운 때에 어쩔 수
없이 지은 노래라는 것을 참작해야 할 것이다. 어찌 되었건 그 노래
는 빌보가 바라던 효과를 냈다. 빌보는 노래를 하면서도 자꾸 돌을
던졌다. 거미들은 모두 빌보의 뒤를 쫓았다. 어떤 거미는 땅에 떨어
졌고, 어떤 거미는 나뭇가지를 타고 나무에서 나무로 옮기며 어둠
속에 새로운 거미줄을 쳤다. 그리고 거미들은 모두 빌보가 내는 소
리를 향해 생각했던 것보다 재빠르게 움직였다. 어느 거미건 무섭게
성을 내고 있었다. 돌팔매질은 제쳐놓고라도 실 잣는 뚱보 거미라는
말을 듣는 것이 싫었고, 얼간이라고 불리는 것은 심한 모욕이라고
느꼈기 때문이다.
　빌보가 장소를 바꾸어 가며 도망치고 있는 동안 몇 마리의 거미들
은 거미의 집합소인 숲의 빈터 여기저기를 뛰어다니며 나무들 사이
에 바쁘게 거미줄을 치기 시작했다. 머지않아 호비트는 두꺼운 거미
줄 벽에 갇히고 말 것이다. 이것이 거미들의 생각이었다. 뒤쫓아다
니며 실을 잣는 거미들 한가운데에 서서 빌보는 용기를 내서 새 노
래를 부르기 시작했다.

느림뱅이 뚱보 거미가
나를 감으려고 실을 잣는구나.
내 몸은 아주 맛이 있지만
거미 녀석은 나를 보지 못하지.

이것 봐, 여기다. 조그만 파리라구.

너희들은 뚱보, 느림뱅이 거미.
너희들의 실은 변변치 못해서
그런 것 따위에 나는 걸리지 않는다.

빌보는 몸을 날려서 큰 그물이 빽빽이 쳐진 두 그루의 높은 나무 사이로 마지막 틈새기를 찾아냈다. 다행히도 그것은 완전한 그물은 아니었고, 황급히 두 개의 나무에 앞뒤로 걸친 것이었다. 그는 작은 칼을 빼서 거미줄을 도막도막 자르고 노래부르며 그곳을 빠져 나갔다.

거미들이 칼을 보고 어떻게 생각했는지는 모른다. 어쨌든 거미들은 곧 한덩어리가 되어 땅이며 나뭇가지를 타고 호비트를 뒤쫓았다. 털투성이의 다리를 휘젓고 입의 빗장과 꽁무니의 얼레를 덜컥거리며 거품을 뿜어대며 화가 나서 미친 듯이 뛰어다녔다. 빌보는 그들을 되도록 멀리 유인해 놓고는 쥐보다도 빨리 슬쩍 원래의 자리로 돌아갔다.

빌보는 거미들이 낙심하여 난쟁이들이 매달려 있는 본래의 소굴에 돌아가기까지 시간이 조금밖에 없다는 것을 알고 있었다. 그 사이에 난쟁이들을 전부 구출해야만 했다. 가장 어려운 점은 보통이가 매달려 있는 높은 나뭇가지로 올라가는 일이었다. 만일 거기에 거미줄이 한 가닥 늘어져 있지 않았다면 어떻게 되었을는지 모른다. 어쨌든 그 덕분에 그 거미줄을 당겨서(그렇긴 해도 그것은 까칠까칠해서 손에 상처를 입혔다) 기어 올라갔더니, 무척 살이 찐 느림보 늙은 거미가 혼자 남아 포로들을 감시하고 있었다. 그 녀석은 다른 거미가 없는 동안에 먹이를 먹으려고 어느 것이 맛있을까 살펴보고 있었는데 우리의 배긴스가 재빠르게 달려가 일침을 가했다. 늙은 거미는 영문을 모르는 채 칼을 맞고 덧없이 나뭇가지에서 굴러떨어졌다.

　빌보의 다음 일은 난쟁이들을 풀어주는 것이었다. 하지만 어떻게 하면 좋을까. 만일 보퉁이가 매달려 있는 줄을 끊는다면 비참한 난쟁이는 저 아래의 땅바닥에 쾅 하고 부딪혀 버릴 것이다. 가엾은 난쟁이들이 과일처럼 대롱대롱 매달린 나뭇가지 위를 살살 기어가서 빌보는 우선 첫 보퉁이 쪽으로 다가갔다.

　'필리 아니면 킬리겠군.' 튀어나와 있는 파란 두건 끝을 보고 빌보는 생각했다. '아마 필리인 모양이다.' 돌돌 감겨 있는 거미줄 사이로 길다란 코끝이 튀어나와 있었다. 난쟁이의 몸을 칭칭 감고 있는 질긴 거미줄을 그럭저럭 말끔히 끊자, 생각했던 대로 발로 걷어차고 몸부림치는 필리의 상반신이 나타났다. 뻣뻣해진 손발을 내밀어 거미줄에 양팔을 걸고 버둥거리는 모습이 꼭두각시 인형처럼 보여 호비트는 그만 웃음을 터뜨리고 말았다.

　어쨌든 필리는 나뭇가지 위에 섰다. 그는 아직 기분이 나쁘고 머리가 어질어질했지만 할 수 있는 데까지 호비트를 도왔다. 거미의 독이 아직 가시지 않았고, 밤낮을 빙글빙글 돌며 매달린 채 튀어나온 코로 겨우 숨을 쉬고 있었던 것 치고는 대단했다. 하지만 필리가 눈이며 눈썹에 걸려 있는 역겨운 거미줄을 떼어내는 데에는 시간이 꽤 걸렸고, 소중한 수염도 대부분 잘라내야만 했다. 힘겹게 두 사람은 난쟁이들을 잇따라 끌어냈다. 어느 누구 할 것 없이 필리와 마찬가지였고, 그중에는 더욱 심한 자도 있었다. 숨을 거의 쉬지 못하거나 독이 심하게 퍼진 자도 있었다.

　이리하여 두 사람은 킬리, 비퍼, 보퍼, 도리, 노리를 구출했다. 가엾은 봄버는 완전히 지쳐서——가장 살이 찐 탓에 늘 찔리고 꼬집히고 했던 것이다——나뭇가지에서 굴러 땅바닥에 콰당 하고 떨어졌다. 그러나 다행히도 마른 잎 위여서 그대로 누워 있었다. 그런데 아직 5명의 난쟁이가 나뭇가지 끝에 매달려 있을 때 거미들이 더욱더 화가 나서 날뛰며 소굴로 돌아오기 시작했다.

빌보는 곧 나무줄기에 가까운 나뭇가지 밑동으로 내려가 기어오르는 녀석을 쫓아 버렸다. 필리를 구출할 때 반지를 빼고는 그만 잊어버리고 다시 끼지 않았기 때문에 거미들은 모두 거품을 튀기며 쌔액쌔액 소리를 내기 시작했다.

"이 고약한 놈아, 이제 네놈을 보았다. 너를 먹어치우고 뼈와 가죽은 발기발기 조각내어 나무에 매달겠다. 저 빌어먹을 놈이 바늘을 갖고 있었지. 저놈에게 침을 놓아 주겠다. 그리고 술안주로 삼겠다."

그러고 있는 동안 자유를 얻은 난쟁이들은 아직 매달려 있는 난쟁이들을 구출하려고 칼을 써서 거미줄을 끊었다. 그 뒤에 어떤 일이 일어날지는 모르겠지만 지금으로서는 모두 머지않아 자유로워질 것 같았다. 거미들은 전날 밤에는 난쟁이들을 쉽사리 붙잡았는데, 그것은 어둠 속에서 기습을 했기 때문이다. 이번에는 무서운 싸움을 피할 수 없었다.

문득 빌보는 몇 마리의 거미가 땅에 쓰러져 있는 봄버 둘레에 모여 봄버를 다시 묶어서 끌고 가려고 하는 것을 보았다. 빌보는 소리 높이 외치며 눈앞의 거미들을 찔러댔다. 거미들이 일제히 물러서는 틈을 타서 빌보는 나무를 기어 내려오다가 땅위의 거미들 무리의 한가운데로 뛰어내렸다. 빌보의 작은 칼은 거미를 무찌르기에는 안성맞춤의 신무기였다. 그것은 정말로 재빠르게 앞뒤로 시원스럽게 움직였다. 거미를 찌를 때마다 칼은 기쁜 듯이 반짝였다. 여섯 마리까지 찔러죽이자 다른 거미들은 봄버를 빌보에게 내주고 물러갔다.

"내려와요! 내려와! 거기 있으면 안 돼요. 다시 붙잡힌다구!"

거미들이 바로 옆의 나무로 기어올라가 나뭇가지를 타고 난쟁이들의 머리 위로 가는 모습을 본 빌보가 소리쳤다.

난쟁이들은 나무줄기를 타고 기어 내려오기도 하고 뛰어내리기도 하고 떨어지기도 하여 11명이 모였다. 대부분이 다리가 말을 듣지 않아 비틀비틀했다. 마침내 모두 모였다. 가엾은 봄버를 합쳐서 모두 12명이었다. 봄버는 사촌 비퍼와 동생 보퍼에게 부축을 받고 있었다. 한편 빌보는 이리저리 뛰어다니며 찌르는 칼을 휘두르고 있었다. 그러나 미쳐 날뛰는 몇백의 거미들이 전후 좌우 겹겹으로 에워싸자 가망이 없어 보였다.

싸움은 시작되었다. 난쟁이 가운데는 칼을 갖고 있는 자도 있고 막대기를 잡은 자도 있었다. 대부분은 돌을 손에 넣을 수 있었다. 빌보는 물론 요정의 단검, 찌르는 칼을 휘둘렀다. 거미들은 여러 번 흩어졌고 많이 죽었다. 그러나 오래가지 못할 싸움이었다. 빌보는 지쳐 버리고 말았다. 난쟁이 가운데서 넷만이 그런 대로 제대로 서 있을 수 있었는데, 이 넷도 지칠 대로 지쳐 파리처럼 쓰러져 가고 있었다. 이미 거미들은 난쟁이들을 에워싸고 다시금 나무들 사이에 거미줄을 치기 시작했다.

마지막 순간이 되어 빌보는 반지의 비밀을 드러내는 길밖에는 다른 도리가 없다고 생각했다. 비밀을 털어놓는 것은 유감스러웠지만, 그렇다고 가만 있을 수는 없었다. 그는 말했다.

"이제부터 나는 보이지 않게 됩니다. 내가 거미 녀석들을 유인해 보겠소. 그러니 당신들은 한데 뭉쳐서 반대 방향으로 도망치시오. 왼쪽으로 가면 아마 우리가 요전에 요정들의 모닥불을 보았던 장소로 나가리라고 생각하오."

모두의 빙빙 도는 머리에 이 말을 이해시킨다는 것은, 게다가 외침소리며 막대기의 윙윙거림이며 돌이 날아가는 속에서는 매우 어려웠지만, 마침내 빌보는 더이상 우물거리고 있을 수 없음을 알았다. 거미들의 포위망은 바짝바짝 좁혀들고 있었다. 빌보는 느닷없이 반지를 끼었다. 난쟁이들은 빌보가 감쪽같이 사라지자 깜짝 놀랐다.

그리고 곧 '느림보 거미'며 '실을 잣는 뚱보 거미'의 노랫소리가 오른쪽 나무 사이에서 흘러나왔다. 당황한 거미들은 일제히 공격을 그쳤다. 곧바로 목소리가 나는 쪽으로 달려가는 거미도 있었다. '실을 잣는 뚱보 거미'라는 말은 거미들로 하여금 이성을 잃게 했다. 누구보다도 빌보의 생각을 빨리 알아챈 발린이 공격을 시작했다. 난쟁이들은 한데 뭉쳐서 돌을 줄기차게 던져서 왼쪽 거미들을 쫓아 버림으로써 한쪽 포위망을 뚫었다. 갑자기 난쟁이들의 뒤쪽에서 나던 외침소리와 노랫소리는 멈췄다.

난쟁이들은 부디 빌보가 붙잡히지 않았기를 빌며 도망쳤다. 빨리 도망칠 수는 없었다. 속이 울렁거릴 뿐만 아니라, 머리가 어지럽고 다리가 휘청거려서 비틀거렸으므로 거미들이 금방 따라붙었다. 그때마다 몸을 돌려서 덮쳐오는 녀석들과 싸워야만 했다. 그러는 동안에 난쟁이들을 앞질러서 나무 위에서 기다렸다가 끈끈한 거미줄을 길게 뻗치는 거미들도 나타났다.

이리하여 다시 형세가 나빠졌을 때 뜻밖에 빌보가 나타나 어리둥절해하고 있는 거미들을 옆면에서 공격했다.

"앞으로 전진! 여기는 내가 막겠다" 하고 빌보가 외쳤다.

빌보는 앞으로 뒤로 뛰어다니며 거미줄을 자르고 다리를 도막내고, 가까이 다가오는 살찐 몸을 찔렀다. 거미들은 더욱 미칠 듯이 화가 나서 이를 갈았고, 당황하여 무서운 저주의 말을 외쳐댔다. 그러나 거미들은 찌르는 칼에 몹시 겁을 먹고 곁으로 다가오려 하지 않았으며 뒤로 조금씩 물러날 따름이었다. 거미들이 아무리 욕을 퍼부어도, 한 번 붙잡혔던 먹이들은 천천히 확실하게 도망쳐 갔다. 그것은 더할 나위 없이 힘든 일이고 시간이 많이 걸리는 일이었다. 그러나 빌보가 이제 더 이상은 칼도 들어올릴 수 없다고 생각한 그 순간에 거미들은 쫓아오기를 그치고 그들의 소굴로 슬금슬금 사라져 갔다.

그때서야 난쟁이들은 요정들의 모닥불 모임이 있던 장소 끝에 와 있음을 알았다. 전날 밤에 본 장소인지 어떤지는 확실치 않았으나 이같은 장소에는 어떤 선한 마력이 작용하고 있어 거미들이 좋아하지 않는 모양이었다. 어쨌든 이곳은 주위에 감도는 빛도 밝은 초록색이고 나뭇가지도 듬성듬성해서 무서운 느낌이 들지 않았다. 난쟁이들은 한숨 돌릴 기회를 얻었다.

모두들 허덕이며 누워서 숨을 가다듬었다. 그러나 난쟁이들은 곧 질문을 해대기 시작했다. 몸이 보이지 않게 되는 것에 대해 자세히 듣지 않고는 배길 수 없었던 것이다. 반지의 발견이 난쟁이들의 마음을 사로잡아 한동안 지금의 괴로움도 모두 잊을 수 있었다. 특히 발린은 골룸의 이야기 중 수수께끼며 반지에 대한 것을 여러 번 되풀이해서 미주알고주알 캐물었다. 그러나 그러던 중 빛이 약해지기 시작하자 이번에는 다른 질문이 계속되었다. 지금 어디 있는 것일까? 길은 어디 있을까? 어딘가에 먹을 것은 없을까? 이제부터 어떻게 하면 좋을까? 이같은 질문을 난쟁이들은 되풀이했는데 그것을 대답해 주기 바라는 상대는 작은 빌보였던 것이다. 난쟁이들은 배긴스에 대해 완전히 생각을 바꾸었고, 지금은(간달프가 말했듯이) 작은 호비트를 몹시 존경하게 된 것이다. 사실 그들은 진심으로 빌보가 이곳을 빠져 나갈 멋진 생각을 해내리라고 믿었으며, 불평을 하는 자가 없었다. 그들은 빌보가 없었다면 벌써 죽었으리라는 것을 잘 알고 있었다. 그래서 그들은 여러 번, 또 여러 번 감사의 말을 했다. 개중에는 일어서서 빌보 앞에서 땅에 닿도록 절을 하다가 다리가 엉겨 한참 동안 일어나지 못하는 자도 있었다. 모습이 없어지는 비밀의 정체를 알고 난 다음에도 빌보에 대한 생각은 조금도 달라지지 않았다. 왜냐하면 빌보에게는 운과 마법의 반지뿐 아니라 확고한 근성이 있음을 알았기 때문이다. 운과 반지와 근성이 갖추어지면, 이 세 가지는 매우 쓸모가 있는 보물이 된다. 모두가 빌보를 너무나 칭찬했기 때문에 빌보도 어느덧 자기를 대담무쌍한 모험가로 여기기 시작했을 정도였다. 먹을 것만 있다면 좀더 용감할 수 있을 텐데 하고 빌보는 분하게 생각했다.

그러나 아무것도 없었다. 게다가 난쟁이들은 누구 하나 먹을 것을 찾거나 잘못든 길에서 벗어나 올바른 길을 다시 찾을 수 있는 힘을 가진 사람이 없었다. 뭐, 올바른 길을 찾는다고? 빌보의 지칠 대로 지친 머리로는 이젠 아무것도 생각할 수 없었다. 그저 꼼짝 않고 앉아서 눈앞에 끝없이 이어져 있는 나무들을 바라볼 뿐이었다. 그럭저럭 하는 동안에 다른 난쟁이들도 입을 다물어 버렸다. 발린만은 달랐다. 다른 사람들이 지껄이기를 그만두고 눈을 감은 다음에도 내내 혼자서 중얼거리고는 키득키득 웃어댔다.

"골룸이라! 과연, 그럴싸하게 했단 말이야! 그래서 나를 따돌릴 수 있었군. 알았어, 이젠 알았다구! 몰래 숨어서 통과했군, 배긴스? 출구 문에서 단추가 몽땅 뜯어졌단 말이로군! 잘했어. 빌보, 빌보, 빌……보, 빌……."

이렇게 말하던 발린도 마침내 잠들어 한참 동안 아무 소리도 들리지 않았다.

갑자기 드월린이 눈을 뜨고 주위의 모두를 둘러보았다.

"소린은 어디 있지?"

무서운 충격이었다. 13명뿐이었다. 13명의 난쟁이와 호비트였다. 그럼 소린은 어디 갔을까. 모두는 또 나쁜 일, 어떤 마술이나 어둠 속의 요물이 소린을 덮친 것이 아닌가 하고 생각했다. 그리고 숲속에서 어떻게 하면 좋을지 몰라서 소름이 끼쳤다. 그 후 한 사람 또 한 사람 편치 않은 잠에 빠져 무서운 꿈에 시달리고 있는 동안에 어느덧 땅거미가 내리고 칠흑 같은 밤이 되었다. 자, 여기서 너무나도 지치고 괴로워서 보초도 세우지 못하고 축 늘어져 있는 난쟁이들을 우선 그 자리에 남겨 놓아야만 하겠다.

소린은 모두가 알아차리기 훨씬 전에 붙잡혀 있었다. 전에 빌보가 요정의 불빛 속으로 발을 내디뎠다가 쓰러져서 통나무처럼 깊이 잠들어 버린 것을 기억하고 있을 것이다. 그 다음에 요정의 연회에 발을 들여놓은 것이 소린이었는데, 불빛이 꺼지자 소린은 마법에 걸려서 돌처럼 쓰러졌다. 어둠 때문에 보이지 않게 된 난쟁이들의 외침소리도, 거미에게 붙잡혀서 꽁꽁 묶였을 때의 외침소리도, 그 이튿날의 싸움의 소리도 소린은 전부 듣지 못하고 잠을 자고 있었다. 그때 요정들이 나타나 소린을 묶어 날랐던 것이다.

연회를 열고 있던 것은 물론 숲의 요정들이었다. 이 패거리는 조금도 나쁜 종족은 아니다. 그러나 모르는 자를 까닭없이 싫어하는 결점이 있었다. 요정들은 강한 마법을 쓸 수 있었지만, 이 시대에는 매우 조심스러웠다. 숲의 요정은 서쪽의 고귀한 요정과는 달라, 그들보다 덜 현명했고 좀더 거칠었다. 숲의 요정의 대부분이(산지에 흩어진 친척들과 함께) 매우 오랜 종족에서 나왔는데, 그 종족은 서쪽 땅에 가본 적이 없었다. 서쪽 땅에는 하늘의 요정과 땅의 요정과 바다의 요정이 살았는데, 차츰 아름답고 영리하고 유식하게 되어 마법을 만들어 내기도 하고 놀랄 만큼 아름다운 물건을 만드는 솜씨를 닦기도 했다. 그것은 먼 훗날 그들의 자손이 바깥 세상으로 나가기 이전의 일이다. 바깥 세상에는 숲의 요정들이 햇빛과 달빛 속을 거닐고 있었지만, 그들이 가장 좋아했던 것은 별빛이었다. 그들은 큰 숲과 지금은 사라지고 없는 넓은 초원을 뛰어다녔다. 그들은 숲어귀에 살았는데, 그것은 사냥할 때 도망치기 편하고 별빛과 달빛이 비칠 때 금방 들판으로 나올 수 있기 때문이었다. 인간족이 들어온 뒤로는 전보다 더 어슴푸레한 곳이나 황혼에 숨어서 살게 되었지만, 요정족은 여전히 그곳에 살고 있었고 선한 종족이었다.

어둠의 숲의 동쪽 어귀에서 몇 킬로미터 숲속으로 들어간 곳에 큰 바위굴이 하나 있는데, 그 무렵에는 이 바위굴 속에 숲의 요정의 왕이 살고 있었다. 이곳의 큰 바위 입구 앞에는 숲의 고지로부터 흘러

내리는 한 줄기의 강이 있었고, 그 강은 숲을 빠져 나와 고원의 산림지대의 기슭에 있는 수많은 늪이며 호수로 흘러들어갔고, 또한 그 너머로 계속 흘러갔다. 그런데 이 큰 바위굴에는 도처에 많은 동굴이 있어 땅 속 깊이까지 꾸불꾸불 이어져 있을 뿐만 아니라, 많은 통로며 큰 홀이 생겼다. 이 바위굴은 고블린 산의 동굴보다 훨씬 밝고 기분이 좋은 편이며 그것만큼 깊지도 않고 위험하지도 않았다. 왕의 백성인 숲의 요정들의 대부분은 이곳에 살고 있으며 바깥 초원에 나가서 사냥을 했고, 바깥의 땅이나 나무 위에 집이며 오두막을 갖고 있었다. 요정들은 너도밤나무를 좋아했다. 왕의 바위굴은 궁전인 동시에 왕의 보물 창고이기도 하고 적을 막는 성채이기도 했다.

그곳은 또한 사로잡힌 자의 지하 감옥이기도 했다. 그래서 지금 요정들은 바위굴에 소린을 끌고 왔다. 물론 정중하게 다루지는 않았다. 요정들은 난쟁이를 좋아하지 않았고 소린을 적으로 여기고 있었기 때문이다. 오랜 옛날에 이 요정들은 어떤 난쟁이족과 전쟁을 했다. 요정들은 그 난쟁이들이 자기들의 보물을 훔쳤다고 비난했지만, 난쟁이들은 다른 주장을 했다. 요정 왕이 금은의 원석을 세공해 달라고 해놓고는 나중에 보수를 지불을 하지 않았기 때문에 자기들의 수공비를 가졌을 뿐이라는 것이었다. 요정 대왕에게는 보물을 너무 좋아한다는 결점이 있었다. 특히 은이나 백광을 발하는 보석류에는 사족을 못썼다. 대왕이 모은 보물은 대단한 것이었지만 옛날 요정 왕의 보물더미만큼은 못 되었기 때문에 아직 더 많이 갖고 싶어했다. 요정들은 광산을 파지 않고 보석을 닦거나 세공도 하지 않았으며 장사도 싫어했고 밭일도 싫어했다. 난쟁이들은 이같은 일을 전부 알고 있었다. 소린 일가는 옛날의 요정과 난쟁이와의 전쟁과는 아무 관련도 없었지만 소린도 숲의 요정에 대한 이야기를 알고 있었다. 그래서 소린은 마법에서 풀려 제정신으로 돌아왔을 때 적을 다루듯 하는 요정들의 태도에 화가 났다. 소린은 절대로 금이나 보석에 대해서는 말하지 않기로 마음을 굳혔다.

　소린이 요정 왕 앞에 끌려 나가자 왕은 소린을 엄하게 쏘아보며 갖가지 질문을 퍼부었다. 그러나 소린은 배가 고파서 죽을 지경이라는 말만 했다.

　"어째서 그대와 그대의 한패들은 나의 백성의 즐거운 모임을 세 번이나 덮쳤는가?"

　"덮친 것이 아닙니다. 먹을 것을 얻으러 갔어요. 배가 고파서 죽을 지경이었으니까요."

　"지금 그대의 한패는 어디 있는가? 그리고 무엇을 하고 있는가?"

　"모릅니다. 아마 배가 고파서 숲에서 거의 죽어 가고 있을 겁니다."

　"그대는 숲에서 무엇을 하고 있었는가?"

　"먹을 것과 마실 것을 찾고 있었어요. 아무튼 배가 고파서 죽을 지경이었으니까요."

　"그러나 목적이 있어서 숲에 들어왔겠지?" 왕은 화가 나서 말했다.

　질문이 거기에 이르자 소린은 입을 다물고 아무 말도 하지 않았다.

　"그렇다면 좋다! 이 자를 단단히 가두어 두어라. 진실을 이야기할 마음이 생길 때까지 백년이 걸리더라도 말이야."

　그러자 요정들은 소린을 밧줄로 묶어서 튼튼한 나무문이 달린 가장 안쪽의 동굴 하나에 밀어넣고 가버렸다. 요정들은 소린에게 먹을 것과 마실 것을 보냈다. 그다지 좋은 것은 아니었으나 양은 충분했다. 숲의 요정들은 고블린과는 달리 가장 증오할 만한 적이더라도 붙잡으면 공평하게 다루었다. 그들이 인정사정없이 해치우는 상대라면 거미들뿐이었다.

이리하여 가엾은 소린은 요정 왕의 지하 감옥에 들어가 있었다. 그리고 소린은 빵이며 고기며 물을 얻어 고맙다고 생각할 때마다 불행한 친구들이 어떻게 되었을지가 마음에 걸렸다. 그것을 알게 되기까지는 그리 오래 걸리지 않았다.

감옥에서 도망치는 통의 무리

거미와 싸움을 한 이튿날, 빌보와 난쟁이들은 굶주림과 목마름으로 죽기 전에 운을 하늘에 맡기고 어떻게든 길을 찾기로 했다. 그들은 일어서서 13명 가운데 8명이 옳다고 짐작한 방향으로 비틀거리며 걷기 시작했다. 그러나 그 방향이 맞는 방향인지 아닌지는 끝내 알지 못했다. 그날 저녁 언제나처럼 숲속의 빛이 엷어지고 밤의 어둠이 한층 더 깊어지고 있을 때, 뜻밖에도 모두의 둘레에 몇백의 빨간 별이 나타나듯 수많은 횃불이 일제히 켜졌다. 그리고 활과 화살과 창을 손에 든 숲의 요정들이 튀어나와 난쟁이들에게 멈추라고 외쳤다.

이젠 싸울 기력도 없었다. 솔직이 말하면 기꺼이 붙잡혔을 정도였다. 이런 상태에 빠져 있지 않았다 하더라도 유일한 무기인 찌르는 칼로는, 캄캄한 밤에 작은 새의 눈까지도 쏘아맞히는 요정의 화살에 대항할 수도 없었다. 그러므로 모두는 순순히 멈춰 섰고, 앉아서 상대를 기다렸다. 그러나 빌보만은 그 순간 반지를 끼고 재빠르게 옆으로 도망쳤다. 그래서 요정들은 난쟁이들을 한 줄로 묶어 가지고 수를 세었을 때 호비트를 보지도 못했고 붙잡지도 못했던 것이다.

요정들은 포로들을 숲속으로 연행해 가는 동안 빌보가 횃불 뒤에 바짝 붙어서 종종걸음으로 따라오는 발소리를 듣지 못했다. 난쟁이들은 눈이 가리워져 있었지만, 눈이 가리워지지 않았다 해도 별 차이는 없었을 것이다. 눈을 뜨고 걷고 있는 빌보조차도 요정들이 가는 길을 알지 못했고 어디서 붙잡혀 지금 어디를 걷고 있는지도 알지 못했다. 빌보는 횃불에서 멀어지지 않도록 정신을 바짝 차렸다. 요정들은 난쟁이들이 몸이 상해 있고 지쳐 있는 것에는 아랑곳 없이 빨리 가도록 재촉했던 것이다. 왕이 서두르라고 명령했기 때문이다. 갑자기 횃불의 움직임이 멎었다. 그 덕에 호비트는 요정들이 다리를 건너기 전에 그들을 따라 잡을 수 있었다. 그 다리를 건너 강을 넘으면 왕의 바위굴 입구에 다다르는 것이다. 시커먼 강은 빠르고 세차게 흐르고 있다. 다리 저쪽에는 커다란 동굴 입구를 지키는 큰 문이 있고, 입구는 나무들이 울창하게 우거진 가파른 벼랑에 열려 있다. 그곳의 너도밤나무 숲은 강 둑에까지 이르고 있었다.

요정들은 이 다리를 건너서 포로들을 연행해 갔으나 빌보는 주저

J.R.R. 톨킨은 개념적인 아이디어뿐만 아니라 시각적인 면에서도 초기 작품을 이용하는 경우가 있다.

했다. 바위굴 입구의 모습이 마음에 들지 않았던 것이다. 그러나 절대로 친구들을 저버리지 않는다고 마음을 굳히고 간신히 맨 뒤 요정의 발뒤꿈치에 따라붙은 순간 '콰당' 소리가 나며 뒤에서 동굴의 커다란 문이 닫혔다.

굴 속에는 빨간 횃불이 켜 있고 통로는 꼬불꼬불하며 다른 길과 섞여서 소리가 메아리쳤는데, 요정들 일행이 그곳을 나아가는 동안 난쟁이들을 이끌고 가는 파수병들은 노래를 불렀다. 동굴 속은 고블린이 살고 있는 곳과는 매우 달랐다. 좀더 작고 깊지 않으며 맑은 공기가 흐르고 있었다. 자연석을 다듬어서 조각한 기둥이 많이 서 있는 넓은 방에 요정 왕이 조각이 된 나무의자에 앉아 있었다. 머리에는 나무열매와 빨간 나뭇잎으로 된 왕관이 얹혀 있었다. 벌써 가을이 와 있었던 것이다(왕은 봄에는 숲의 꽃들로 엮은 왕관을 썼다). 손에는 조각이 된 떡갈나무 지팡이를 쥐고 있었다.

포로들은 왕 앞으로 끌려 나갔다. 왕은 무서운 눈매로 바라보았지만 모두가 너무나도 넝마 같은 것을 입고 있고 녹초가 되어 있어서 밧줄을 풀어 주라고 명령했다.

"이곳에서는 밧줄이 필요가 없다. 일단 이 속에 이끌려 들어오면 이 마법의 입구에서 도망쳐 나간 자는 없으니까."

왕은 이렇게 말하고 난쟁이들에게 꼬치꼬치 캐물었다. 도대체 어디로 가는 길인가, 또 어디서 왔는가를 알아내려고 했다. 그러나 난쟁이들로부터도 소린 때 이상의 것은 알아내지 못했다. 그들은 모두 화가 나서 유순한 태도를 보여주지 않았다.

"우리가 무엇을 했다는 겁니까?" 가장 나이가 많은 발린이 말했다. "숲속에서 길을 잃은 것이 죄가 됩니까? 배가 고프고 목이 마른 것이 죄가 됩니까? 거미들의 소굴에 빠져 들어간 것이 죄가 됩니까? 그 거미들은 당신들이 길들인 귀여운 것들이어서 그것을 죽였다고 화를 내는 겁니까?"

이런 투의 질문은 물론 왕을 더할 나위 없이 화나게 만들었다. 왕은 대답했다.

"나의 영토를 허락도 받지 않고 살금살금 돌아다닌 것이 죄다. 그대들은 나의 백성이 만들어 놓은 길을 밟으며 내 나라에 있지 않았는가? 게다가 숲속에서 세 번씩이나 백성들을 쫓아다니며 방해를 했을 뿐만 아니라, 고함지르며 소동을 피워 마침내는 거미들을 끌어내지 않았는가. 그대들이 소동을 불러일으킨 이상 나에게는 그대들이 어째서 이곳에 왔는지 알 권리가 있다. 지금 말하지 않겠다면 모조리 감옥에 가두고 제정신으로 돌아와 예의를 알게 될 때까지 기다리는 수밖에 없다."

왕은 난쟁이들을 한 사람 한 사람 따로따로 감옥에 넣고 먹을 것을 주라고 명령했다. 그리고 난쟁이들 가운데 누군가가 왕이 알고 싶어하는 것을 자진해서 대답할 마음을 일으킬 때까지는 감옥 문을 열어선 안 된다고 일렀다. 그러나 왕은 소린이 이미 사로잡혀 있다는 것을 난쟁이들에게 알리지 않았다. 그 사실을 알아낸 것은 작은 빌보였다.

가엾은 우리의 빌보 배긴스! 빌보는 이러한 곳에서 홀로 긴 시간을 보내야만 했다. 간신히 찾아낸 가장 멀고 가장 어두운 구석에 숨어 들어가 반지를 벗는 것은 물론이거니와 잠을 잘 수도 없는 꼴로 숨어 있었다. 그리고 요정 왕의 궁전을 돌아다니며 조사했다. 문은 마법으로 닫히지만, 그래도 재빠르게 하면 몰래 나갈 수도 있었다. 숲의 요정의 무리는 이따금 왕을 따라 말을 타고 사냥을 나가는 일이 있었고, 숲이며 동쪽의 초원으로 일을 하러 갈 때도 있었다. 그때 빌보가 재빠르게 움직이면 요정들의 바로 뒤를 따라서 살짝 나갈 수 있었지만 역시 위험한 일이었다.

문은 맨 마지막 요정이 지나간 다음 바로 닫히기 때문에 빌보는 하마터면 짜부라질 뻔한 적이 한두 번이 아니었다. 그래도 빌보는 요정들 사이에 끼어서 걸으려고 하지 않았다. 그것은 자신의 그림자(횃불의 불빛이어서 아주 엷은데다, 흔들려서 분명치 않지만)도 있고 누군가에게 부딪혀서 들키면 큰일이다 싶어 조마조마했기 때문이었다. 게다가 흔한 일은 아니었지만 밖에 나갔을 때는 좋은 일이 없었다. 빌보는 난쟁이들을 버리려고 생각하지도 않았고, 난쟁이들과 함께가 아니라면 어디로 가서 무엇을 해야 할 목적도 없었다. 빌보가 요정을 따라 바깥에 나가도 늘 사냥하는 데에 따라다닐 수도 없었으므로 숲속에서 길을 잃고 헤맨 적도 있었다. 다행히 운좋게 돌아올 수 있긴 했지만 그때 미아가 되었던 심정을 떠올리면 소름이 끼쳤다. 게다가 자기가 사냥을 하는 것이 아니므로 바깥에서는 배가 고팠다. 그러나 바위굴 안에 있으면 아무도 가까이에 없을 때를 잘 가려서 광이나 식탁 위에서 먹을 것을 훔쳐서 그럭저럭 살 수 있었다.

"도망칠 수 없는 도둑 같군. 매일매일 같은 집에서 도둑질을 계속하지 않으면 안 되다니 한심하다." 빌보는 진절머리가 나서 말했다. "이거 못해먹겠는데. 성가시고 야만스런 모험 중에서도 가장 추접스럽고 가장 초조한 짓이야. 아아, 등불이 켜 있는 나의 저 따뜻한 난로! 그리운 호비트굴로 돌아갈 수 있다면!"

빌보는 마법사에게 편지를 보내서 도와달라고 하고 싶었지만 그것은 물론 불가능했다. 그리고 얼마 뒤 그는 뭔가 해야만 하는 이상 아무의 도움도 받지 않고 혼자서 헤치워야 한다는 것을 깨달았다.

숨을 죽이고 한두 주일 버텨온 끝에 마침내 빌보는 파수병들을 지켜보거나 그 뒤를 쫓아다니거나 하여 가능한 한 기회를 엿보아 난쟁이들 한 사람 한 사람이 갇혀 있는 장소를 알아내려고 애썼다. 그래서 궁전 여기저기에 흩어져 있는 12개의 작은 감옥에 친구들이 따로따로 있는 것을 알아냈고, 얼마 뒤에는 그것들을 전부 기억해 두

었다. 그러던 어느 날, 파수병들이 주고받는 말을 엿듣고 난쟁이가
또 한 사람 특별히 깊고 어두운 감옥에 갇혀 있다는 사실을 알고 매
우 놀랐다. 빌보는 당장에 그것이 소린일 것이라고 느꼈다. 그리고
그 느낌이 옳았음을 곧 알게 되었다. 여러 가지 어려운 일이 있었지
만 빌보는 마침내 주위에 사람이 없을 때, 소린의 감옥을 알아냈고
게다가 그 난쟁이 족장과 이야기를 나눌 수가 있었던 것이다.

소린은 너무나도 비참해서 자기의 불운에 울화통도 터뜨리지 못
하고, 자기의 보물에 대한 것이며 그것을 찾으러 가는 목적에 대한
것을 왕에게 깡그리 털어놓고 말겠다고 생각하기 시작하고 있었다
(이 사실은 소린이 얼마나 풀이 죽어 있었는지를 잘 나타내준다).
그때 열쇠 구멍으로 흘러 들어오는 빌보의 작은 목소리를 들었다.
소린은 도저히 자기 귀를 믿을 수가 없었다. 그러나 곧 입구 쪽으로
다가가 문 저쪽의 호비트와 한참 동안 소근소근 이야기를 나누었다.

이리하여 빌보는 다른 난쟁이들에게 은밀히 소린의 말을 전달할
수 있었다. 난쟁이들에게는 족장 소린이 바로 가까이에 사로잡혀 있
다는 것을 이야기했고, 어쨌든 지금은 요정 왕에게 난쟁이의 목적을
누설해선 안 되었다. 소린이 좋다고 말할 때까지는 이야기하지 말라
고 하더라는 말을 전했다. 소린은 호비트가 어떻게 해서 거미들로부
터 난쟁이들을 구출했는지의 자초지종을 듣고 다시 용기를 얻었다.
어떻게든 도망치려는 희망이 이루어질 때까지는 요정 왕에게 보물
을 나누어 주겠다는 약속을 해서 풀려나도록 하지는 않겠다고 각오
를 새롭게 했다. 이 굉장한 인물, 모습을 감출 수 있는 배긴스(소린
은 진심으로 빌보를 높이 평가하기 시작하고 있었다)가 머지않아
멋진 일을 생각해낼 것이다.

다른 난쟁이들도 소린의 소식을 접하자 거기에 전적으로 찬성했
다. 난쟁이들은 자기들 몫의 보물이 숲의 요정들에게 새치기당하면
굉장한 손해를 본다고 생각했다(난쟁이들은 자기들의 비참한 모습

이며 용을 아직 섬멸하지 못했다는 것과는 관계없이 보물이 자기들의 것이라고 믿어 의심치 않았다). 그리고 난쟁이들은 빌보를 깊이 믿고 의지하고 있었다. 간달프가 말한 대로의 일이 참으로 일어나려 하고 있는 것이었다. 그것을 내다보았기 때문에 마법사는 모두에게서 떠나간 것이다.

그러나 빌보는 모두처럼 마음이 편하지 않았다. 그는 원래 남이 자기를 의지하는 것을 좋아하지 않았고, 마법사가 바로 옆에 있어 주면 좋겠다고 생각했다. 그러나 그것은 안 될 말이고, 아마도 마법사와의 사이에는 어둠의 숲의 시커멓고 길다란 길이 가로놓여 있을 것이다. 빌보는 죽치고 앉아서 머리가 빠개질 만큼 생각에 생각을 거듭했지만 근사한 생각이 떠오르지 않았다. 모습을 안 보이게 하는 반지는 확실히 대단한 힘이 되지만 열네 명 모두가 사용할 수는 없었다. 그러나 물론 여러분이 상상하신 대로 결국 빌보는 친구들 전부를 구출했던 것이다. 그 경위는 다음과 같다.

어느 날 언제나처럼 여기저기를 기웃거리며 돌아다니는 동안에 빌보는 흥미 있는 사실을 발견했다. 그것은 입구의 큰 문만이 바위굴로 들어가는 길이 아니라는 것이었다. 지하의 작은 시내가 요정 궁전의 가장 아랫부분 바로 밑을 흐르고 있고, 이 작은 시내는 동쪽으로 흘러 내려가 가파른 산기슭 저쪽에서 숲의 강으로 흘러 들어가는데, 이 산기슭의 가파른 비탈에 앞쪽 입구가 열려 있었다. 그 지하수의 흐름이 산으로부터 나가는 곳에 수문이 하나 있었다. 그 부근의 바위는 천장이 수면에 닿을락말락했고, 그 바위 천장에서 문이 내려지면 강바닥을 막아서 아무도 출입을 못하도록 장치가 되어 있었다. 그러나 이 문은 이따금 열려 있었다. 왜냐하면 수문을 출입하는 강의 내왕이 꽤 있었기 때문이다. 이 물길을 따라간다면 산의 깊숙한 곳으로 들어가는 어둡고 울퉁불퉁한 터널 속으로 나아가게 된다. 그러나 오직 한 군데 요정의 바위굴 바로 밑을 통과하는 곳만은 바위 천장에 떡갈나무로 만든 큰 뚜껑이 덮여 있었다. 그 위는 요정 왕의 창고였고, 창고 안에는 굉장히 많은 술통이 있었다. 숲의 요정들, 특히 요정 왕은 포도주를 매우 좋아하는데 이 부근에서는 포도가 나지 않기 때문에 포도주를 남쪽의 요정들로부터, 또는 먼 외국의 포도 산지로부터 날라오는 것이었다.

빌보는 특별히 큰 통 뒤에 숨어서 창고의 뚜껑의 위치와 그 사용법을 보고 기억했으며, 계속 그곳에 숨어서 왕의 이야기를 듣는 동안에 포도주며 다른 물건들이 강을 거슬러 올라가기도 하고 산을 넘기도 하며 긴 호수까지 간다는 것을 알았다. 그 호수는 인간족의 도시가 번창하고 있고, 호수 속으로 다리를 놓아 모든 적, 특히 산에 사는 용의 접근을 막고 있는 것으로 여겨졌다. 그곳에서 이 많은 통이 숲의 강을 거슬러 올라와 운반되는 것이다. 대개는 통들이 큰 뗏목처럼 함께 묶여 장대나 노로 강물을 저어 올라오지만 때로는 바닥이 평평한 배에 실려서 오는 수도 있다.

통이 비게 되면 요정들은 뚜껑을 열고 통을 아래로 던져넣고 수문을 열어 통을 강으로 흘려보냈다. 통은 두둥실 떠서 강물을 타고 자꾸자꾸 내려가 하류의 강가가 튀어나와 있는 한 지점에 닿았다. 그곳은 어둠의 숲 동쪽 어귀에 가까운 곳인데 요정들이 통을 다시 모아서 한데 묶어 호반의 도시로 띄워 보냈다. 호반의 도시는 숲의 강이 긴 호수로 흘러들어가는 강어귀 가까이에 형성되어 있었다.

빌보는 얼마 동안 죽치고 앉아서 이 수문이 친구 난쟁이들의 도주에 도움이 될지 의심스러웠으나 마침내 운을 하늘에 맡기고 과감한 계획을 세웠다.

포로들에게 저녁 식사가 주어졌다. 파수병들이 횃불을 손에 들고 통로를 되돌아가자 주위는 온통 어두웠다. 빌보는 왕의 급사장이 파수병 우두머리에게 말하는 소리를 들었다.

"자 이쪽으로 와서 이번에 새로 온 포도주의 맛을 봐주게. 오늘

밤은 빈 술통을 내가야 하기 때문에 녹초가 될 테니까 우선 둘이
한잔 하세나.”
급사장의 말에 파수병 우두머리가 웃으며 대답했다.
“그것 좋겠는걸. 함께 맛을 보고 왕의 연회에 내놓을 수 있는지
어떤지 알아보세. 오늘 밤은 큰 연회이니 맛없는 술은 내놓을 수
없거든.”

이 말을 듣고 빌보의 가슴은 몹시 두근거렸다. 행운의 여신이 미
소를 보내 드디어 도주 계획을 실행에 옮길 기회가 온 것이다. 빌보
가 이 두 사람의 뒤를 따라가자 두 사람은 작은 술창고에 들어가 대
형 포도주병이 얹혀 있는 식탁으로 갔다. 두 사람은 곧 마시기 시작
하며 유쾌하게 웃어댔다. 여기서도 빌보에게는 보통이 아닌 운이 따
랐다. 숲의 요정을 취하게 하려면 어지간히 강한 포도주라야만 했
다. 그런데 이 포도주는 도르비뇽의 큰 포도밭에서 딴 포도로 만든
강한 포도주로, 병사나 하인들을 위한 것이 아니라 왕의 연회에 쓰
일 것이었기 때문에 큰 잔에다 따라 마셔서는 안 되었고 작은 잔을
사용해야 했던 것이다.
이윽고 파수병 우두머리는 꾸벅꾸벅 머리를 젓기 시작하더니 마
침내 식탁 위에 엎드려서 깊이 잠들어 버렸다. 급사장은 그것도 모
르고 한동안 혼자서 마구 떠벌이기도 하고 웃기도 하다가 역시 꾸벅
거리더니 금세 잠들어 버려 친구 옆에서 쿨쿨 코를 골기 시작했다.
그러자 호비트가 기어 나왔다. 파수병 우두머리는 순식간에 열쇠 다
발을 빼앗기고 말았다. 빌보는 되도록 빨리 통로를 달려서 감옥으로
서둘러 갔다. 열쇠 다발은 무겁고 심장은 목구멍으로 튀어나올 것만
같았다. 빌보는 반지를 끼고 있었지만 한 발짝 옮길 때마다 절겅절
겅 열쇠 소리가 나는 것을 막을 길이 없어 온몸이 떨렸다.
맨 처음에 빌보는 발린의 문을 열었고, 발린이 나오자 재빠르게

본래대로 쇠를 잠갔다. 발린은 물론 깜짝 놀랐다. 지긋지긋한 작은 바위 감옥에서 나왔다는 것을 기뻐하면서도 발린은 멈춰 서서 빌보가 한 일이며 앞으로 할 일을 꼬치꼬치 물었다.

"지금은 그럴 틈이 없어요." 호비트가 말했다. "그저 내 뒤를 따라오면 돼요. 모두 한데 모여서 절대로 떨어지면 안 됩니다. 모두 함께 도망치거나 아니면 한 사람도 도망치지 못하거나 둘 중 하나지요. 지금은 마지막 기회예요. 여기서 들키면 왕이 모두에게 수갑과 족쇄를 채우고 어디로 던져 버릴지 알 수 없어요. 이러니저러니 말하지 말아요. 제발 부탁이오."

이리하여 빌보가 감옥을 잇따라 열어 뒤따르는 난쟁이가 12명이 되었다. 한 사람도 팔팔하게 움직이는 자가 없었다. 어둠 탓도 있고 오랫동안 갇혀 있었던 탓도 있었다. 난쟁이 중 누군가가 투덜투덜 불평을 말하거나 소근소근 이야기를 주고받을 때마다 빌보의 심장은 두방망이질을 했다.

"난쟁이들이란, 어쩜 이토록 야단법석을 떠는 것일까!"

빌보는 혼잣말을 했다. 그러나 모든 일이 잘 되어 파수병에게 들키지 않았다. 그도 그럴 것이, 이날 밤은 숲속에서 가을밤의 축제가 있어 위의 큰방에서 연회가 열렸다. 이 나라의 요정들은 누구나가 신이 나서 떠들고 있었다.

이리저리 부딪치기도 하고 갈팡질팡하기도 하며 마침내 모두는 소린의 지하 감옥에 다다랐다. 그곳은 동굴의 깊은 곳이었지만 다행히도 술창고에서 멀지는 않았다.

빌보가 소린에게 나와서 친구들을 만나보라고 작은 소리로 속삭이자 소린은 말했다.

"간달프가 한 말이 사실이었군! 당신은 결정적인 순간에 제 몫을 다하는 훌륭한 첩자인 것 같소. 앞으로는 무슨 일이 있어도 우리는 당신에게 진심을 다하겠소. 그건 그렇고, 그 다음은 어떻게 하는 거요?"

빌보는 여기서 자기의 계획을 가능한 한 잘 설명해야 한다고 생각했다. 그러나 어떻게 설명하건 난쟁이들이 잘 알아줄지는 의문스러웠다. 역시 그 염려는 맞았다. 난쟁이들은 빌보의 계획을 싫어하며 이같은 위험한 판국에 큰 소리로 불평을 늘어놓기 시작하는 것이었다.

"그렇게 하면 상처투성이가 되고 짜부라지고 틀림없이 물에 빠질 거요! 간신히 그 열쇠가 손에 들어왔으니 당신이 좀더 좋은 계획을 세웠으리라고 생각했는데, 이건 엉망이 아니오!"

빌보는 낙심천만이 되어 버렸다. 아니, 지긋지긋해졌다.

"예, 좋아요. 그럼 모두들 감옥으로 돌아가시오. 다시 한 번 그 안에 넣고 쇠를 잠가 주리다. 거기에 편히 앉아서 좀더 고급스러운 계획을 짜시오. 하지만 내가 이 열쇠를 다시 한 번 손에 넣고 싶어도 다시는 절대로 그렇게는 안 될 거요."

빌보의 이 말은 크게 효과가 있었다. 모두들 당장에 얌전해졌다. 결국은 빌보가 하자는 대로 해야만 했다. 아무리 보아도 난쟁이들로서는 위의 큰방으로 가는 길을 찾기가 어려웠고, 하물며 마법으로 닫혀 있는 앞문을 완력으로 뚫고 나갈 수는 없었다. 어쨌든 통로에서 투덜거리고 있다가는 다시 붙잡히는 것이 고작이었다. 그러므로 난쟁이들은 호비트의 뒤를 따라 맨 아래의 창고로 살살 내려갔다. 문을 통과하며 보니 파수병 우두머리와 급사장이 얼굴에 빙그레 웃음을 띄우고 기분 좋게 코를 골고 있었다. 도르비뇽의 포도주를 마시면 즐거운 꿈에서 좀처럼 깨어나지 않았다. 내일이 되면 파수병의 우두머리는 이렇게 즐거울 수 없을 것이다. 빌보는 떠나가기 전에 파수병 우두머리 옆으로 살짝 다가가 혁대 사이에 열쇠다발을 도로 끼워 주었다.

"이렇게 함으로써 파수병 우두머리에게 내려질 벌도 얼마쯤 적어질 테지." 배긴스는 혼잣말을 했다. "나쁜 녀석은 아니었어. 포로들에게 친절히 해주었거든. 열쇠를 되돌려 놓으면 요정들은 틀림없이 이상하게 생각할 테지. 그리고 우리가 지독히 강한 마법을 써서 자물쇠가 걸린 곳을 그대로 통과하여 꺼졌다고 생각할 테지. 꺼졌다고! 맞아, 꺼질 수 있다면 되도록 빨리 꺼져야지!"

파수병 우두머리와 급사장이 움직이기 시작하면 알리도록 발린이 파수를 맡았다. 우물거리고 있을 틈이 없었다. 얼마 뒤에 몇 명의 요정들이 명령을 받고 아래로 내려오리라는 것을 빌보는 알고 있었다. 그 요정들은 급사장을 도와 빈 통을 뚜껑에서 시냇물로 던져넣게 되어 있었다. 통들은 움막 한가운데에 여러 줄로 세워져 당장에라도 밀어 떨어뜨릴 수 있게 되어 있었다. 그 대부분은 포도주통으로, 별로 도움이 되지 않았다. 우선 바닥을 뜯으려면 굉장한 소리가 날 테니 쉬운 일이 아니고 다시 뚜껑을 닫는 것이 또한 큰일이다. 그러나 버터며 사과며 여러 가지 물건을 담아서 이 궁전으로 운반해 오는 다른 통들이 있었다.

그들은 곧 난쟁이 한 사람이 쉽게 들어갈 수 있을 만한 통을 13개 찾아냈다. 속이 꽤 넉넉한 통도 있어서, 그 속으로 기어 들어가며 난쟁이들은 흔들려서 콰당콰당 부딪히지 않을까 하는 걱정을 했다. 빌보는 짧은 시간 동안에 열심히 짚이며 뭐며를 채워 넣어 주었다. 이리하여 마침내 12명의 난쟁이들이 통속에 들어갔다. 소린이 가장 골칫거리였다. 통 속에서 저쪽을 보고 이쪽을 보고 몸을 비틀며 작은 개집에 들어간 큰 개처럼 신음하고 있었다. 마침내 최후에 온 발린도 통의 숨구멍을 보고는, 뚜껑이 닫히기 직전까지 이래서는 숨이 막힌다고 불평을 했다. 빌보는 통의 옆구리 구멍을 막고 뚜껑을 되도록 단단히 닫는 일에 힘을 기울였으며, 또한 빙빙 뛰어다니며 속에 채워 넣은 것의 상태를 고치기도 하고, 자기의 계획이 물거

품으로 돌아가는 것이 아닐까 하는 걱정을 하는 동안에 다시 외톨이
가 되어 버렸다.

　발린의 뚜껑이 닫힌 지 겨우 1, 2분 뒤에 위쪽에서 왁자지껄한 소
리와 번쩍이는 불빛이 비쳤다. 한 무리의 요정들이 웃기도 하고 이
야기도 하고 사이사이 노래도 부르며 창고로 내려왔던 것이다. 위의
큰 방 어딘가에서 벌어지고 있는 연회를 뒤로 하고 왔기 때문에 되
도록 빨리 그곳으로 돌아가고 싶어서 견딜 수 없는 모양이었다.

　"이봐, 급사장 갤리언은 어디 있지?" 그 중 하나가 말했다. "오
늘 밤은 연회 석상에서 그를 보지 못했어. 여기 와서 우리에게 일을
가르쳐 주어야만 하는데."

　"그 느림보가 늦게 나타나면 안 되는데." 또 한 사람이 말했다.
"위에서 노래를 부르고 있는데 이곳에서 시간을 허비하고 싶지는 않
거든."

　"아하!" 하고 또 하나의 목소리가 말했다. "여기에 그 녀석이
있군. 얼굴을 컵에 갖다 대고 잠을 자고 있군. 오늘 밤은 친구인 대
장님과 둘이서 조촐한 연회를 열고 있었군그래."

　"흔들어 깨워라. 눈을 뜨게 하라구!"

　다른 사람이 초조하게 말했다.

　갤리언은 흔들어 깨워지는 것이 싫었지만 웃음거리가 되는 것도
견딜 수 없었다. "늦었군그래." 갤리언은 트집을 잡았다. "내가 여
기서 기다리고 있는 동안에 자네들은 술을 마시고 들떠서 임무를 잊
고 있었겠지. 내가 지쳐서 꾸벅꾸벅한 것도 당연한 일이야."

　"술병이 옆에 있으니 잠이 들은 것도 당연한 일이겠지." 다른 요
정들이 놀려댔다. "우리에게도 그 꿈꾸는 술을 한 잔 맛보게 해주
게. 저 간수 따위는 깨울 필요도 없네. 그 얼굴을 보면 어느 정도
마셨는지 잘 알 수 있으니까."

　이리하여 요정들은 당장에 한 순배씩 마시자 갑자기 명랑해졌다.

그러나 정신을 잃을 정도는 아니었다.

"이봐, 갤리언!" 고함치는 자도 있었다. "자네는 일찍부터 술을 마시기 시작해 머리가 흐려진 모양이군. 빈 통이 아니라 속이 꽉 찬 통도 있으니 말이야. 확실히 무거운 것이 있거든."

"잔말 말고 빨랑빨랑 하라구!" 급사장이 외쳤다. "게으름뱅이 주정꾼의 손이 무게의 느낌을 알 수 있을라구. 거기에 있는 것은 모두 되돌려 줄 통뿐이야. 틀림없어!"

"알았네, 알았어!" 요정들은 대답하며 통을 굴려서 내갔다. "만일 버터가 가득 들어 있는 통이나 왕이 마실 포도주 통이 강에 던져져서 호숫가의 인간족에게 공짜로 맛있는 것을 주게 되어도 그건 자네 책임일세."

데굴데굴 데굴데굴 굴러가는 통
땍데굴 굴러서 구멍 속으로.
어서 가자, 첨벙
떴다 가라앉았다 하며 흘러가라!

요정들의 노래에 따라 통이 차례로 하나씩 어두운 땅굴로 데굴데굴 굴러가 몇 미터 아래의 차가운 물 속으로 밀려 떨어졌다. 통 중에는 정말로 비어 있는 것도 있고, 난쟁이가 들어있는 통도 있었는데, 어느 것도 모두 첨벙첨벙 소리를 내며 떨어져 거꾸로 물 속으로 풍덩 들어가기도 하고 평평하게 찰싹 부딪치기도 하고 터널 벽에 탕탕 맞닿기도 하고 통끼리 부딪치기도 하고 물결 속에서 띠뚝띠뚝 흔들리기도 했다.

이때 빌보는 자기의 계획의 결점을 알아차렸다. 대부분의 사람은 그 점을 벌써 알아차리고 빌보의 멍청함을 웃었겠지만, 만일 그 사람이 빌보의 입장에 있었다면 빌보의 절반도 해내지 못했을 것이다.

말할 나위 없이 빌보는 통 속에 들어가지 않고 있었고 통 속에 기어 들어갈 여유가 있었더라도 뚜껑을 닫아 줄 사람이 없었다. 이번에야 말로 틀림없이 친구들과 헤어져(사실 난쟁이들은 모두 짙은 색 뚜껑 밑으로 모습을 감추어 버렸다) 영원히 요정의 바위굴에서 밖으로 나가지 못하고 홀로 도둑으로 숨어 살아야 할 것 같은 기분이 들었다. 설사 지금 당장 위의 앞문으로 도망칠 수 있더라도 난쟁이들과 다시 만날 기회는 거의 없을 것이다. 빌보는 통이 모여지는 장소로 가는 육로를 몰랐다. 자기가 없으면 난쟁이들은 어떻게 될까 하고 빌보는 걱정했다. 자기가 들어서 알게 된 것이며 숲을 빠져 나가면 곧장 해야 할 일을 난쟁이들에게 죄다 이야기해 줄 틈이 없었기 때문이었다.

이러한 생각이 빌보의 마음을 스쳐가는 동안 더욱더 명랑해진 요정들은 강가를 돌며 노래를 부르기 시작했다. 요정 중에는 뚜껑을 끌어올리는 밧줄을 당겨서 단번에 통을 흘러 내려가게 하려는 자도 있었다.

> 흘러 내려가자, 어두운 여울을 타고
> 옛날에 알고 있던 그 땅으로!
> 지하의 보금자리며 바위굴을 뒤로 하고,
> 끝없는 숲이 시커멓게 뒤얽힌
> 북쪽의 험한 산에서 떠나자!
> 나무들이 우거진 숲을 넘어서
> 속삭이는 바람이 불어가는 대로
> 등심초 언저리, 갈대밭
> 물풀이 흔들리는 늪가를 지나
> 밤마다 하얗게 안개 자욱한
> 못이며 호수를 넘어가자!

싸늘하게 하늘 높이 춤추는
별들을 향하여 떠돌아다니자!
새벽빛이 육지를 붉게 하고 폭포를 물들이며
모래언덕에 비출 때
남쪽을 향해 가자. 남쪽 나라로!
찬란하게 내리비치는 햇빛을 찾아서
소들이 되새김질하는
초원이며 목장으로 돌아가자!
찬란하게 내리비치는 햇빛에 익어서
풀의 열매가 온통 향기를 뿜고 있는
저 언덕의 숲으로 돌아가자!
남쪽으로 향해 가자. 남쪽 나라로!
흘러 내려가자, 빠른 여울을 타고
옛날에 알고 있던 그 땅으로!

마침 마지막 통이 뚜껑에서 굴러 떨어지려는 참이었다. 어떻게 되든 개의치 않겠다는, 될 대로 되라는 기분으로 가엾은 빌보는 그 통에 매달려 함께 아래로 떨어져 내렸다. 첨벙! 차갑고 어두운 물 속으로 통은 빌보를 아래로 하고 떨어졌다.

빌보는 쥐처럼 물을 첨벙첨벙 튀기며 통의 허리에 열심히 매달렸다. 그러나 아무리 열심히 올라가려 해도 통 위로 기어올라갈 수가 없었다. 꼭 달라붙으면 그때마다 통이 빙빙 돌아서 빌보를 아래로 당겨넣어 버렸다. 그 통은 텅 비어 있었으므로 코르크처럼 가볍게 떠올랐다. 빌보는 귀가 물에 잠겨 있었지만 위의 창고에서 아직 요정들이 노래를 부르고 있는 목소리를 들을 수 있었다. 이윽고 '쾅' 하고 뚜껑이 닫히고 요정들의 목소리가 들리지 않게 되었다. 빌보는 어두운 터널 속 얼음같은 물 속에 오직 혼자 떠 있었다. 통 속에 들어 있는 친구들은 계산에 넣을 수 없기에 완전히 혼자였던 것이다.

그러던 중 위의 어둠 속에 한 점 희미한 모양이 나타났다. 빌보는 수문이 삐걱삐걱 소리를 내며 올라가는 소리를 들었고, 수많은 통의 무리가 둥둥 떠서 서로 부딪치며 수문을 통과하여 트인 수로로 나가려고 붐비고 있는 한가운데 자기가 둘러싸여 있는 것을 보았다. 빌보는 밀치락달치락하는 통에 휩쓸리지 않으려고 무진 애를 썼다. 그러다가 통의 무리는 하나씩 흩어져서 돌문을 통과하여 쓱쓱 흘러갔다. 그때 빌보는 통 위에 억지로 탈 수 있었더라도 좋지 않았으리라는 것을 알아차렸다. 호비트 같은 작은 사람이 탄다고 할지라도 통과 수문이 있는 곳의 갑자기 낮아진 천장 사이에는 거의 틈이 없었기 때문이었다.

통은 양쪽 물가에서 늘어진 나뭇가지의 터널 속을 흘러내려갔다. 빌보는 난쟁이들이 어떤 기분으로 있을지, 그 통 속에 물이 자꾸만 흘러들어가지 않는지 걱정이 되었다. 난쟁이들이 들어 있는 통이 몇 개 빌보의 둘레에 둥둥 떠 있었는데 어슴푸레한 속에서도 그러한 통은 물에 푹 잠겨 있는 것이 보였기 때문에 난쟁이가 있음을 짐작할 수 있었다.

‘뚜껑이 단단히 닫혀 있으면 좋으련만……’ 하고 호비트는 생각했다. 그러나 얼마 뒤에는 난쟁이 일을 걱정하기보다는 자기 자신을 돌보기에 전념해야만 했다. 머리만은 어떻게든 물 위로 내놓도록 했지만 물의 차가움에 대한 두려움으로 부들부들 떨렸고, 운이 트이기 전에 죽어 버리는 것이 아닌가, 앞으로 얼마나 버틸 수 있을까, 여기서 도망쳐서 물가 쪽으로 헤엄쳐 가는 것이 좋지 않을까 하고 갈팡질팡했다.

오래지 않아 운이 찾아왔다. 강의 소용돌이를 타고 몇 개의 통이 물가의 한곳에 흘러 모여, 그곳 나무들의 숨은 뿌리에 얽혀서 한참 동안 멎어 있었다. 그래서 빌보는 자기의 통이 멎어 있는 동안에 간신히 통의 허리에 기어오를 기회를 얻었다. 마치 물에 젖은 쥐같은 몰골로 기어올라가 되도록 균형이 잘 잡히도록 하여 통 위에 몸을 눕혔다. 부는 바람은 차가와도 물 속보다는 느낌이 좋았다. 빌보는 통이 다시 움직이기 시작할 때 갑자기 흔들려 떨어지지 않기를 바랐다.

얼마 뒤에 통은 다시 그곳을 떠나 방향을 바꾸어 빙글빙글 돌면서 흘러 내려가 강 중심의 빠른 여울을 타고 갔다. 이렇게 되자 빌보는 통에 매달려 있기가 매우 어려웠으므로 두려워졌다. 매달려 있는 기분은 더할 나위 없이 나빴지만 그럭저럭 달라붙어서 흘러갔다. 다행히 빌보의 몸은 매우 가벼웠고 통은 튼튼하고 큰 것이며 물이 스며드는 곳으로 조금씩 물이 들어차 오히려 균형이 잡혔다. 그래도 말고삐도 등자도 없이 걸핏하면 풀 위에 뒹굴고 싶어하는 올챙이 배의 말을 타고 있는 것만 같았다.

이리하여 우리의 배긴스는 양쪽 강가의 나무가 차츰 띄엄띄엄 있는 데에 접어들게 되었다. 나무 사이로 하늘이 보였다. 그리고 어두운 강이 갑자기 넓어지고 저 요정 동굴의 앞문을 지나서 흘러내려오는 숲의 강의 원줄기와 만났다. 어두컴컴한 강줄기에 검게 드리운 그림자는 없고 잔잔한 수면에는 구름이며 별들의 빛이 어른거렸다. 여기서 쉬지 않고 달리는 숲의 강은 통의 무리를 모두 북쪽 강가로 밀어붙였는데, 그곳은 물살로 움푹 파인 넓은 만처럼 되어 있었다. 강가는 조약돌이 많은 모래밭으로 되어 있고, 동쪽은 딱딱한 바위가 튀어나온 곳으로 구획지어져 있었다. 그 얕은 모래밭에 대부분의 통이 밀어올려졌고, 몇 개는 돌선창에 부딪혔다.

강가에는 파수를 보는 요정들이 있었다. 그들은 재빠르게 장대를 질러서 통을 얕은 물가에 모아, 그 수를 헤아려 보고는 통에 밧줄을 걸어서 아침까지 그대로 놓아 두었다. 난쟁이들에게는 뭐라 말할 수 없이 안 됐지만 빌보는 매우 편해졌다. 빌보는 곧장 통에서 미끄러져 내려 물가로 저벅저벅 건너가, 그곳에 있는 오두막으로 숨어 들어갔다. 빌보는 요즘은 기회만 있으면, 초대받지 않은 손님이 되어 남의 진수성찬에 손을 뻗쳤다. 오랫동안 그런 습관에 젖어 있었고, 정말로 배가 고프다는 것이 어떤 것인지를 지나칠 정도로 잘 알게 되었던 것이다. 게다가 지금 나무들 사이로 타고 있는 불빛을 보자 차갑고 질척질척하게 몸에 달라붙는 넝마같은 옷을 입고 있는 빌보는 모닥불에 무엇보다도 마음이 끌렸다.

그날 밤 빌보가 한 모험의 갖가지에 대해 자세히 이야기할 필요는 없다고 생각한다. 그 이유는 동쪽으로의 여행도 거의 막바지에 접어들었고, 지금까지 없었던 최후의 큰 모험을 앞두고 있기에 길을 재촉해야만 하기 때문이다. 물론 마법의 반지를 끼고 있던 덕분에 처음에는 모든 일이 매우 잘 풀려나갔다. 그러나 결국에 가서는 젖은 발자국을 덕지덕지 남기기도 하고, 어디든지 젖은 물방울 자국을 떨구어서 탄로가 나 버렸고, 게다가 심한 코감기에 걸려서 콧물을 훌쩍이기 시작했고, 참고 있던 재채기가 깜짝 놀랄 만큼 심하게 튀어나와서 아무리 숨으려 해도 알아채이게 되고 말았다. 강가의 마을에서는 순식간에 큰 소동이 일어났다. 그러나 빌보는 한 덩어리의 빵과 가죽부대에 들은 포도주와 파이 한 개를 실례해 가지고 숲으로 도망쳤다. 그날 밤은 불도 쪼이지 못하고 젖은 채로 지내야만 했으나 포도주 덕분에 참고 견뎌낼 수 있었고, 마른 나뭇잎을 걸치고 조금 눈을 붙일 수도 있었다. 이 무렵은 그 해도 거의 마지막으로 접어들어 밤 공기가 한층 차가웠다.

빌보는 특별히 큰 재채기와 함께 눈을 떴다. 이미 희부연 새벽녘이 되어 있었고 강가에서는 명랑한 소동이 벌어지고 있었다. 통으로 뗏목을 만든 뗏목 담당의 요정들이 뗏목을 저어 호반의 도시로 내려가려 하고 있었다. 빌보는 또 재채기를 했다. 더 이상 몸에서 물방울이 떨어지지는 않았지만 심한 감기에 걸려 있었다. 그는 굳어진 다리를 힘껏 놀려서 뛰어 내려가 때마침 뗏목을 띄우느라 분주한 틈을 타서 가까스로 통 뗏목에 매달릴 수 있었다. 다행히 이때는 해가 아직 비치지 않아서 그림자가 없었다. 게다가 운좋게도 얼마 동안은 재채기도 나지 않았다.

장대가 세게 한 번 뗏목에 부딪쳤다. 얕은 물가에 서 있던 요정들이 뗏목을 밀었다. 한데 묶인 통들은 서로 삐걱이며 물결을 일으켰다.

"이거 무거운 뗏목이로군!" 요정 몇몇이 이상하다는 듯이 중얼거렸다. "너무 깊이 잠긴단 말이야. 아마 비어 있지 않은 것도 있는 모양이야. 밝을 때 닿았다면 속을 조사해 보았을 텐데."

그러자 뗏목 담당이 말했다. "지금은 그럴 시간이 없어. 어서 밀라구!"

이리하여 마침내 뗏목은 떠났다. 처음에는 천천히 흘러나가 바위 곶을 지날 때까지 흘러서, 곶에 있던 다른 요정들이 뗏목을 장대로 밀어 주었지만, 그러다가 차츰 강 한가운데의 빠른 흐름을 타고 호수를 향해 빨리 내려갔다.

난쟁이들은 요정 왕의 감옥에서 감쪽같이 도망쳐 나왔다. 그러나 지금은 나무통 속에서 살아 있는지 죽었는지 알 수가 없었다.

마음으로부터의 환영

뗏목이 흘러내려가는 동안에 차츰 날이 밝고 따뜻해졌다. 강은 한동안 왼쪽의 튀어나온 높은 벼랑을 감고 크게 돌았다. 바위로 된 벼랑 기슭은 움푹 들어간 깊은 구렁으로 되어 있고, 물결이 찰싹찰싹 밀려와 거품을 띄우고 있다. 갑자기 벼랑이 사라지고 양쪽 강가는 낮아지고 나무들도 없어졌다. 그래서 빌보는 넓은 경치를 바라볼 수 있었다.

주위는 확 트이고 강은 천 갈래로 나뉘어 구비구비 끝없이 이어져, 때로는 군데군데 작은 섬을 띄운 늪이며 못이 되어 있었다. 그러나 물이 퍼진 곳 한가운데에 역시 한 줄기의 강한 흐름이 있었다. 그리고 저 멀리에 조각구름을 하늘하늘 머리에 인 검은 산꼭대기가 보였다. 그 산이 마침내 어렴풋이 나타난 것이다! 그 산의 동북쪽의 가장 가까이에 이어져 있는 산들도, 그 사이를 잇는 기복이 많은 땅도 보이지 않았다. 산 하나만이 유별나게 높이 솟아서 수평선 저쪽 숲 너머로 바라다보였다. 틀림없는 외딴산이었다! 빌보는 이 산을 보기 위해 많은 모험을 무릅쓰고 먼 곳에서 와야 했던 것이다. 그리고 그것을 바라보고 있는 지금 그 산의 모습이 도무지 마음에 들지 않았다.

뗏목을 젓는 요정들의 이야기를 듣고 이런저런 소식을 종합해 보면 이토록 멀리에서라도 어쨌든 그 산을 바라보게 되었다는 것은 빌보로서는 참으로 다행한 일임을 알았다. 빌보가 갇혀서 무척이나 지루했어도, 지금의 입장이 아무리 괴로워도(빌보 밑에 있는 가엾은 난쟁이들의 일은 말할 나위도 없다), 어쨌든 일은 생각했던 것 이상으로 잘 풀렸던 것이다.

빌보가 뗏목 위에서 들은 이야기는 모두 물 위에서 거래되는 장사에 관한 것이었는데, 이에 의하면 동쪽에서 어둠의 숲으로 들어오는 길이 사라졌거나 쓰이지 않게 됐거나 해서 강의 내왕이 빈번해졌다는 것, 또한 숲이나 강의 경계며 양쪽 물가의 감시에 대해 호숫가의 인간족과 숲의 요정 사이에 말다툼이 있었다는 것 등이었다. 그 일대는 옛날 난쟁이들이 저 산에서 살고 있었던 무렵에 비하면 완연히 달라져 있었다.

난쟁이들이 산에 살던 무렵의 일은 어렴풋하게 잊혀져 가는 오랜 전설이 되어 희미한 기억 속의 일이 되었다. 아니, 이 부근은 근년에 이르러서도 자꾸만 달라져, 지난 번 간달프가 보고 듣고 했을 때와도 많이 달라져 있었다. 큰 홍수가 여러 차례 일어 동쪽으로 흐르는 강이 자주 넘쳤다. 또 한두 번 큰 지진도 일어났다(이같은 일들은 대개 용의 탓으로 돌리기 일쑤였다. 사람들은 저주의 말을 토하며 산 쪽으로 불길한 끄덕임을 해보이고 용의 일을 넌지시 말하는 것이었다). 강 양쪽으로는 늪이며 저습지가 차츰 퍼져 있고 길은 없어졌다. 보이지 않는 길을 어떻게든 찾아내려고 길을 떠난 사람들은, 말을 타고 간 사람도 걸어간 사람도 모두 두 번 다시 돌아오지 않았다.

난쟁이들이 베오른의 충고에 따라 지나온 숲을 가로지르는 요정의 길도 숲 동쪽의 출구 부근에서는 뚜렷하지 않았고, 사람이 그다지 지나다니지 않는 알기 어려운 길이 되어 있었다. 이 강만이 북쪽의 어둠의 숲 바깥에서 산 그림자가 떨어져 있는 평야로 나가는 오직 하나의 안전한 통로였고, 이것을 요정 왕이 엄격하게 지키고 있었다.

그러므로 결국 빌보는 오직 하나의 안전한 길을 골라서 여기까지 올 수 있었다는 이야기가 된다. 그러나 이 부근의 길이 알 수 없게 되었다는 이야기를 듣고 먼 곳에 있던 간달프는 매우 걱정을 했고, 급한 일(그 모험은 여기서 이야기하지 않겠다)을 정리한 다음 소린 일행을 찾으러 오려던 참이었다. 만일 이 사실을 알았다면 통 위에서 떨고 있는 우리의 배긴스는 무척 마음이 놓였을 테지만 그것을 빌보는 알 리 없었다.

그가 알고 있는 것이라곤 강이 끝없이 이어져 있는 듯하며, 자신은 배가 고프고 지독한 감기에 걸려 있다는 것, 그리고 산에 가까워짐에 따라 자기를 비웃기도 하고 위협하기도 하는 것처럼 보이는 그 산이 마음에 안 든다는 것 뿐이었다. 그러나 얼마 뒤에 강은 남쪽으로 치우쳐서 흘러 산은 다시 모습을 감추었다. 그리고 마침내 그날 늦게 양쪽 강가로 바위가 보이면서, 사방으로 흐르던 강물은 한데 모여 깊고 빠른 물줄기를 이루어 빠르게 흘러갔다.

숲의 강이 다시 한 번 동쪽으로 방향을 바꾸어 긴 호수로 흘러 들어갈 무렵 해가 졌다. 그곳의 넓은 강어귀에는 바위 벼랑 같은 모양의 문이 서 있고, 문 양쪽 기둥 밑은 작은 돌로 다져져 있었다. 드디어 긴 호수에 다다른 것이다. 빌보는 지금까지 바다가 아닌 물의 경치가 이토록 대단하리라고는 생각지 못했었다. 호수는 대단히 넓어서 맞은편 기슭이 작고 멀게 보였다. 그리고 또한 매우 길쭉하여 산 방향을 가리키고 있는 북쪽 끝은 전혀 보이지 않았다. 빌보는 지도를 보고 알고 있었지만, 어느덧 북두칠성이 깜빡이고 있는 북쪽 저 멀리에서 그 산의 골짜기에서 나온 여울물이 호수에 흘러들고 있을 것이다. 여울물은 숲의 강과 함께 호수를 넘치도록 채우고 있는데, 이 호수도 예전에는 하나의 크고 깊은 바위로 된 골짜기였을 것이다. 호수의 남쪽은 두 개의 강물이 합쳐져 높은 폭포수가 되어 아직 사람에게 알려져 있지 않은 고장으로 빠르게 흘러가고 있다. 이때도 조용한 해질녘의 대기 속에서 큰 폭포 소리가 먼 천둥처럼 들리고 있었다.

숲의 강이 호수로 흘러들어가는 강어귀에서 그다지 멀지 않은 곳에 빌보가 요정 왕의 지하 창고에서 들은 이상한 마을이 있었다. 호숫가에도 몇 개의 오두막과 건물이 없는 것은 아니었지만 마을은 호숫가가 아닌 호수 위에 세워져 있었다. 그곳은 바위곶이 강의 세찬 물살을 막아 파도가 일지 않는 만을 이루고 있었다. 그곳에서 호수 위의 마을까지는 커다란 나무다리로 연결되어 있었는데, 숲의 나무로 지은 집들이 즐비한 그 마을에는 요정이 아니라 인간족이 살고

J.R.R. 톨킨의 미완 스케치

있었다. 그들은 아직도 용이 사는 산의 발치께에 살고 있었던 것이다.

인간족은 여전히 장사가 번창했고, 거래하는 물건은 남쪽 나라에서 큰 강을 거슬러서 날라와 큰 폭포를 돌아 짐수레로 마을까지 운반했다. 그러나 옛날에 북쪽의 데일이 한창 번창하던 시대에는 이 호수 마을 사람들도 생활이 좀더 풍요로워 비축이 많았고, 물 위에는 황금을 가득 실은 배와 훌륭하게 차려 입은 무사들로 가득한 배가 있었다. 그 무렵의 갖가지 전쟁과 무훈담은 지금은 전설로 남아 있다. 그 무렵의 지금보다 컸던 호수 마을의 혼적은 지금도 태양열로 물이 마르면 떠오르는 썩은 말뚝에서 찾아볼 수 있다.

호수 사람들 중에는 지금도 산의 난쟁이 왕들, 듀린 종족인 스로르와 스라인에 대한 것, 용을 습격했던 일, 데일의 멸망 이야기를 담은 오래된 노래를 알고 있기도 했지만, 그 모든 일들을 기억하고 있는 사람은 없었다. 또한 어떤 사람들은 어느 날엔가는 스로르와 스라인이 다시 돌아와, 산의 앞문에서 황금이 강처럼 흘러나오고 모든 고장에 새로운 노래와 새로운 웃음이 흘러넘치는 때가 올 것이라고 노래하기도 했다. 그러나 이 즐거운 전설은 그들의 일상 생활에 큰 영향을 미치지는 못했다.

통으로 엮은 뗏목이 보이자 몇몇 배들이 호수 마을의 말뚝을 떠나 다가와서는 뗏목 사람들과 인사를 나누었다. 그 다음 밧줄이 던져지고, 노를 거두자 뗏목은 곧 숲의 강의 물줄기를 떠나 호수 마을 후미의 큰 바위 둘레를 돌아갔다. 그리고 큰 다리 밑에서 그다지 멀지 않은 물가에 매어졌다. 그러면 남쪽에서 사람이 와서 몇 개의 통을 가지고 갈 테고, 이쪽 사람들도 다른 통에 여러 가지 물건을 채워 넣고 다시금 숲의 요정의 나라를 향해 강을 거슬러 올라갈 것이다. 그때까지 통은 잠시 여기에 묶여지고 뗏목 사공 요정들과 뱃사람들은 호수 마을의 연회에 참석한다.

밤의 장막이 내린 다음 물가에서 일어난 일을 요정들이 알면 얼마나 놀랄까. 빌보는 우선 통을 하나 풀어 물가로 밀고 가 뚜껑을 열었다. 통 속에서 괴로운 신음소리와 함께 비참한 몰골의 난쟁이가 기어나왔다. 너덜너덜해진 수염에 흠뻑 젖은 지푸라기가 붙어 있었다. 그 난쟁이는 몸이 쑤시고 굳어지고 짓이겨져 상처와 혹투성이가 된 채 일어서서 간신히 얕은 물가를 건너가서 신음소리를 내며 물가에 쓰러졌다. 1주일이나 쇠사슬에 묶인 채 잊혀진 개처럼 배가 고팠고, 끔찍한 얼굴을 하고 있었다. 금줄과 더러워진 은색 술이 달린 흙투성이의 너덜너덜한 두건의 푸른 빛으로 그가 소린이라는 것을 겨우 알아볼 수 있었다. 소린이 호비트에게 고맙다는 인사를 할 수 있게 된 것은 얼마가 지난 다음이었다.

"어떻소? 살아 있는 겁니까, 죽어 있는 겁니까?" 하고 빌보는 뚱하니 물었다. 빌보는 자신이 난쟁이들보다 적어도 한 끼분의 식사를 더 했고 손발을 자유로이 움직일 수 있었으며 게다가 공기를 마음대로 마실 수 있었다는 것을 잊었던 모양이다.

"도대체 당신은 아직 감옥에 갇혀 있는 겁니까, 자유로워진 겁니까, 어느 쪽이지요? 만일 밥이 먹고 싶다면, 이 시시한 모험을 계속 하고 싶다면(이것은 당신들의 일이지 내 모험이 아니잖소) 팔 다리를 문지르고 일어나서 아직 기회가 있는 동안에 나를 도와서 다른 사람들을 꺼내 주는 편이 좋지 않겠소?"

소린은 물론 빌보의 말이 옳음을 인정했으므로 그 뒤 너댓 번 신음하고는 몸을 일으켜 가능한 한 호비트를 도왔다. 어둡고 차가운 물 속에서 두 사람은 비칠거리며, 어느 것이 난쟁이가 들어가 있는 통인지를 찾아내는 어렵고 성가신 일을 시작했다.

밖에서 두드리며 불러보았을 때 간신히 대답을 할 수 있었던 난쟁이는 겨우 6명이었다. 그들은 통에서 꺼내어져 물가까지 이끌려가

자, 그곳에서 잠꼬대 같은 소리를 하거나 신음을 하며 그저 앉아 있
거나 쓰러지거나 할 뿐 움직이지 않았다. 모두 흠뻑 젖어 있었고 벗
겨진 상처투성이에다 몸이 곱아서 구출되었다는 것도 잘 몰랐고 고
맙다고 말할 여유도 없었다.

그 중에서도 드월린과 발린 두 사람이 가장 심했다. 그 두 사람에
게는 도우라고 할 수가 없었다. 비퍼와 보퍼는 그런대로 타박상도
적고 몸도 젖어 있지 않았지만 쓰러진 채 아무것도 할 수 없었다.
그러나 아직 젊은(물론 난쟁이로서 젊다는 말이다) 필리와 킬리는
비교적 짚이 잘 채워진 작은 통에 들어가 있었기 때문에 조금은 웃
는 얼굴로 나왔다. 타박상도 한두 군데뿐이었고 얼어붙은 몸도 곧
풀렸다.

"결단코 사과 냄새는 일생 맡지 않겠다!"라고 필리가 말했다.
"내가 들어가 있던 통은 사과 냄새로 가득 차 있었단 말이야. 도무
지 움직일 수도 없고 춥고 배가 고파서 죽을 지경인데 언제까지나
사과 냄새만 나니 미칠 것만 같더라구. 이젠 이 자유로운 천지에서
몇 시간이고 계속 먹을 수 있겠지. 하지만 사과만은 싫어!"

필리와 킬리가 자진해서 돕는 데에 힘입어 소린과 빌보는 마침내
나머지 친구들을 죄다 찾아내어 구출했다. 가엾은 뚱보 봄버는 곤히
잠들어 있는지 실신해 있는지 알 수 없는 상태였다. 도리와 노리,
오리와 오인과 글로인 5명은 물에 잠긴 통나무처럼 속속들이 젖어
서 반죽음의 꼴이었다. 그러므로 나머지 사람들은 한 사람씩 날라서
물가에 가만히 눕혀 놓는 수밖에 없었다.

"어쩜, 이렇게까지!" 하고 소린이 말했다. "이것이야말로 우리
운명의 별과 배긴스 씨께 진심으로 감사 드려야 할 일이라고 생각하
오. 좀더 기분좋은 여행이 아니었던 것이 아쉽기는 하지만 배긴스
씨는 우리의 감사를 받을 자격이 충분하오. 배긴스 씨, 새삼 거듭하
여 감사의 말씀을 드립니다. 우리가 식사를 하고 몸이 나아지면 충

분히 고맙다는 기분이 될 거요. 그건 그렇고 다음은 어디로?"

"호수 마을입니다. 달리 어디로 갈 데가 있겠습니까?"

빌보가 말했다.

물론 달리 갈 만한 곳은 없었다. 그래서 다른 사람을 그 곳에 남겨 놓고 소린과 필리와 킬리와 호비트가 호숫가의 다리로 향했다. 다리 밑에는 파수병들이 있었지만 경비가 엄하지는 않았다. 그도 그럴 것이 사실은 오랫동안 파수병을 세울 필요가 없었던 것이다. 이따금 통행료를 놓고 다투는 일을 빼면 호수의 인간족은 숲의 요정들과 사이좋게 지내고 있었다. 다른 종족은 모두 멀리 떨어져 있었고, 마을의 젊은이들 중에는 산에 용이 살고 있다는 것을 믿지 않고, 젊었을 때 용이 하늘을 나는 것을 보았다고 말하는 할아버지 할머니를 비웃는 자마저 있었다. 그래서 파수병들이 오두막 속에서 불을 쬐며 술을 마시고 웃고 하느라고 난쟁이들을 통에서 구출해 내는 법석도, 4명의 첩자가 다가가는 발소리를 듣지 못한 것도 이상한 일이 아니었다. 소린 오큰실드가 문을 열고 들어갔을 때 파수병들의 놀람은 이만 저만이 아니었다.

"누구요? 그리고 무슨 용건이오?" 파수병들은 깜짝 놀라 펄쩍 뛰어 무기를 더듬으며 외쳤다.

"나는 산 밑의 임금 스로르의 아들인 스라인의 아들 소린이오!" 난쟁이는 큰 소리로 자기 소개를 했다. 그 모습은 누더기옷과 다 해어진 두건을 쓰고 있었는데도 불구하고 의젓하게 보였다. 목과 허리에서 황금빛이 반짝였고, 눈빛은 깊고 날카롭게 빛나고 있었다. "내가 돌아왔소. 이 마을의 총통을 만나고 싶소."

그러자 야단 법석이 벌어졌다. 파수병 중의 어리석은 자는 하룻밤 사이에 산이 황금으로 되고 호수의 물이 죄다 노란색으로 변하는가 싶어서 오두막 밖으로 뛰어나갔다. 파수병 우두머리가 앞으로 나왔다.

"그래, 이 사람들은 누구요?" 파수병 우두머리는 필리와 킬리와 빌보를 가리키며 물었다.

"이쪽은 나의 아버지의 딸의 아들들인 듀린 족 필리와 킬리이고, 저쪽은 서쪽에서부터 우리와 함께 여행을 계속해 온 배긴스 씨요."

"평화로운 친구로서 오셨다면 무기를 놓으시오!"

"아무것도 없소"

그건 사실이었다. 난쟁이들의 칼은 숲의 요정들에게 빼앗겼고 명검 오르크리스트도 마찬가지였다. 빌보는 자기의 단검을 언제나처럼 감추어 지니고 있었지만, 그것은 말하지 않았다.

"예로부터 전해 내려오는 말처럼 소망이 이루어져서 고향으로 돌아오는 이 몸이 무기를 지닐 필요가 있겠소? 또한 그토록 여럿을 상대로 싸울 일도 없구요. 당신들의 지도자를 만나게 해 주시오!"

"지금 연회에 참석중이십니다."

"그렇다면 더더욱 그곳으로 데려다 줄 이유가 있소이다."

이같은 형식적인 대화를 참을 수 없게 된 필리가 울화통을 터뜨렸다.

"우리는 긴 여행 끝에 지치고 굶주려 있으며 병에 걸린 친구도 있습니다. 이 이상 뭐라고 말하지 말고 어서 빨리 적절한 조치를 취해 주었으면 좋겠소. 그렇지 않으면 나중에 당신은 총통에게 무슨 말을 들을지 알 수 없는 일이오."

"그럼 따라들 오시오."

파수병 우두머리는 네 사람의 둘레에 부하 여섯 사람을 붙이고 다리를 건너고 대문을 통과하여 마을의 광장으로 안내했다. 그곳은 장이 서는 곳으로, 물결이 일지 않는 물을 동그랗게 에워싼 넓은 못처럼 되어 있었다. 그 주위에는 키큰 말뚝이 둘러쳐져 있고 말뚝 위에 한층 더 큰 집들이 세워져 있으며 길다란 나무로 만든 잔교가 여러 개 있는데 거기에 많은 계단과 사다리가 붙어 있어 호수 위로 내려가게 되어 있었다. 그곳의 한 큰 건물에서 수많은 빛이 비치고 있고, 여러 사람의 목소리가 흘러나오고 있었다. 그 입구를 통과하여 눈부신 빛 속에 서자 많은 사람들이 길다란 식탁을 둘러싸고 앉아 있는 광경이 보였다.

"나는 산 아래의 왕 스로르의 아들인 스라인의 아들 소린이오! 내가 돌아왔소이다!" 하고 소린이 입구에서 큰 소리로 말을 걸었다. 파수병 우두머리가 입을 열 틈도 없이 자기 소개를 했던 것이다.

그 자리의 사람들은 일제히 깜짝 놀랐다. 총통은 큰 의자에서 벌떡 일어섰다. 그러나 사랑방의 말석에 앉아 있던 뗏목 사공 요정들만큼 깜짝 놀란 사람은 없었을 것이다. 요정들은 총통석으로 우르르 몰려가서 제각기 외쳤다.

"이 자들은 우리 왕의 포로들인데 도망친 것입니다. 신원도 밝힐 수 없는 부랑자인데 숲속을 살금살금 헤매어 우리를 방해하고 돌아다닌 난쟁이들입니다."

"그것이 사실입니까?" 하고 총통은 물었다. 그는 산 밑의 왕이라는 것이 있었는지 어떤지 의심스럽다고 생각했으며, 하물며 그같은 자들이 돌아왔다는 것은 도저히 있을 듯한 일이 아니라고 생각했다.

"사실이라면 사실이라고 할 수 있지요. 우리 일행은 고향으로 돌아가는 도중 까닭없이 요정 왕에게 붙잡혀서 감옥에 갇혀 있었던 것만은 틀림이 없소이다. 그러나 여하한 자물쇠도 철창도 예로부터 전해 내려오는 고향으로 돌아가는 우리의 소원을 방해하지는 못하오. 또한 이 거리는 숲의 요정 왕국을 따르는 것도 아닐 테지요. 내가 이야기하는 상대는 호수 마을의 총통이지 요정 왕의 부하 뗏목 사공은 아니오.”

소린이 이렇게 말하자 총통은 주저하며 요정들을 보기도 하고 난쟁이들을 보기도 했다. 요정 왕은 이 고장에서는 더할 나위 없이 권력을 갖고 있고, 총통은 그 왕과의 반목을 원치 않았다. 그는 장사에만 열심인 사람으로, 세금을 거두거나 짐이며 거래에 대해 마음을 쓰거나 하여 총통이 되었으므로 옛날 노래나 전설을 진지하게 생각하지 않았다. 그러나 다른 사람들은 생각이 달라서 곧 총통을 따돌리고 일을 척척 결정지어 버렸다. 소식은 들불처럼 관저 입구에서 온 거리로 퍼져나갔다. 마을 사람들은 관저 안팎에서 소리 높이 외쳤다.

잔교는 달려가는 사람들의 무리로 들끓었다. 개중에는 산 밑의 왕이 돌아오는 것을 노래한 옛 노래를 부르는 사람도 있었다. 돌아온 것이 스로르가 아니라 스로르의 손자이더라도 상관없었다. 다른 사람들도 그 노래에 맞추어 노래를 불렀고, 노랫소리는 호수 위에 드높이 울려 퍼졌다.

산 밑에 사는 왕은
지하의 바위굴 왕은
백금의 샘의 주인은
틀림없이 돌아오리라!

왕관은 높이 들어올려지고
하프가 다시 울려서
그의 궁전에 낭랑히
옛날 노래가 울려 퍼지리라.

산에는 나무가 우거지고

풀은 햇볕 속에 하늘거리리.
왕의 풍요로움은 샘물이 되어 흐르고
강은 황금으로 빛나리라.

강은 기쁨을 노래하고
호수는 밝게 비치리.
온갖 슬픔도 괴로움도
산의 왕이 돌아올 때 사라지리라 !

이같은 노래가 여러 절 불리었고 게다가 하프며 호궁의 반주가 붙여지고 그 사이 사이에 흥겹게 장단을 맞추는 소리가 섞였다.

이 거리에서 이토록 기뻐서 법석을 떠는 일은 가장 나이 많은 노인의 기억에도 없을 정도였다. 숲의 요정들도 매우 이상한 기분이 들었고 마지막에는 두려움마저 느끼게 됐다. 요정들로서는 소린이 어떻게 해서 도망칠 수 있었는지 영문을 몰랐기 때문에 자기들의 왕이 돌이킬 수 없는 잘못을 저질렀을지도 모른다고 생각하게 되었다. 총통도 어쨌든 지금은 모두의 야단법석에 따르는 수밖에 없다고 생각하여, 소린의 주장을 믿는 체하는 편이 좋다고 판단했다. 총통은 소린에게 자기가 앉아 있던 큰 의자를 내주고, 필리와 킬리에게도 그 옆의 명예로운 자리에 앉게 했다. 빌보마저 상좌의 훌륭한 자리가 주어졌고, 사람들은 야단법석을 떠느라고 어디의 누구인지(노래 속에는 빌보에 대해 암시는 조금도 없었는데도) 묻지도 않았다.

이윽고 어리둥절하리만큼 큰 환영의 소용돌이 속에 나머지 난쟁이들도 마을로 들어왔다. 그들은 모두 극진한 간호를 받고, 먹을 것과 잠자리가 주어졌으며 매우 융숭한 대접을 받았다. 소린과 그 일행에게는 한 채의 큰 집이 제공되었고, 필요할 때에는 배와 사공도 쓸 수 있었다. 사람들은 무리를 지어 그 집 앞에 앉아서 하루 종일 노래하기도 하고 난쟁이 중 누군가가 나타나면 와 하고 환호성을 지르기도 했다.

노래 속에는 오래 전부터 전해 내려오는 것이 있었다. 그러나 그 중에는 전적으로 새로 생긴 것도 있었는데, 그것은 용이 아주 어이없이 죽어 버리는 일이며, 갖가지의 멋진 선물 꾸러미가 강을 타고 이 호수 마을에 도착된다는 것을 말하고 있었다. 그같은 노래는 대개 총통의 지시에 의해 만들어진 것인데, 그런 노래들이 특별히 난쟁이들의 기운을 돋우지는 못했지만, 그러는 동안에 난쟁이들은 모두 태평스럽게 지내어 나날이 살이 쪄서 다시 건강해졌다. 1주일이 지나자 완전히 기운을 되찾았고, 각자 마음에 드는 색깔로 좋은 천의 좋은 양복을 지어 받았으며 길다란 수염을 다듬어서 갖추었고, 걸음걸이에도 긍지가 되살아났다. 소린은 마치 자기의 나라를 되찾고 스마우그를 퇴치한 듯이 위세 좋게 걸어다녔다.

이렇게 되니 소린이 말했듯이, 난쟁이들의 호비트에 대한 따뜻한 감사의 마음은 나날이 강해졌다. 이젠 투덜투덜 불평을 하는 사람도 없었다. 모두 호비트의 건강을 빌며 술을 마셨고 등을 두드리고는 빌보를 극구 찬양했다. 그것은 당연했다. 왜냐하면 빌보가 기운이 없었기 때문인데, 그 이유는 그 산의 모습이 늘 마음에 걸렸고 용에 대해서도 잊을 수가 없었으며 게다가 심한 감기에 걸려 있었던 것이다. 빌보는 사흘 동안 재채기와 기침에 시달려 바깥에 나갈 수도 없었다. 그 뒤 연회 때에도 빌보는 그저 "매우 감사합니다"라는 한 마디를 할 수 있을 뿐이었다.

그러는 동안에 숲의 요정들은 짐을 싣고 숲의 강을 거슬러 올라가 돌아갔다. 요정 왕의 궁전에서는 큰 소동이 일어났다. 파수병 우두머리와 급사장이 어떻게 됐는지는 모른다. 난쟁이들이 호수 마을에서 신세를 지고 있는 동안 아무도 열쇠와 통에 대해서는 말을 꺼낸

적도 없었고, 빌보도 조심하여 몸을 숨기는 일은 하지 않았다. 그래
도 요정들은 이리저리 어림을 하여 짐작을 했으리라고 여겨진다. 하
긴 우리의 배긴스에 대한 것만은 도무지 영문을 알 수 없는 수수께
끼로 되어 있지만 말이다. 그러나 어쨌든 요정 왕은 난쟁이들의 목
적을 알았다. 적어도 알았다고 생각했다. 그리고 이렇게 중얼거렸
다.

　"좋아. 해 보라지! 이 일에 대하여 나의 주장을 들어주지 않고는
　보물 한 가지라도 어둠의 숲을 통과하지 못할 것이다. 그러나 생
　각컨대 놈들은 모두 무참한 최후를 마칠 테니 인과응보라 할 것이
　다."

　요정 왕으로서는 난쟁이들이 스마우그 같은 용과 싸워서 그것을
죽일 수 있으리라고는 생각할 수 없었다. 왕은 난쟁이들이 용의 눈
을 속이고 보물을 빼앗는 강도짓 같은 것을 꾀하고 있지 않나 하고
깊이 의심했다. 이 일로 보아도 왕은 머리가 좋은 요정이며 호수 사
람들보다 훨씬 영리함을 알 수 있다. 그러나 나중에 알게되겠지만,
그 영리한 왕의 생각도 전부 맞는 것은 아니었다. 왕은 호숫가 일대
와 북쪽 산 가까이에 몰래 첩자를 배치시켜 놓고 기다렸다.

　2주일째의 끝 무렵에 소린은 길을 떠나야겠다고 생각했다. 그들
에게 쏟아지는 뜨거운 배려가 지속되는 동안에야말로 여러 가지 도
움을 받을 수 있을 것이다. 우물거리며 오래 있어서 차가운 무관심
을 불러일으키면 이미 늦는다. 그래서 소린은 마을의 총통과 참모들
을 만나, 자기와 일행은 이제 곧 산을 향해 떠나야만 한다고 말했
다.

　그때 비로소 총통은 깜짝 놀랐고 또한 약간 당황했다. 그리고 소
린이 정말로 옛날 왕의 자손이었을지도 모른다고 생각했다. 총통은
지금까지 이들은 사기꾼이므로 조만간 꼬리가 잡히면 쫓아 버릴 수
있을 것으로 믿고 있었다. 총통이 잘못 생각하고 있었던 것이다. 물

론 소린은 산 밑의 왕의 진짜 손자이며, 난쟁이들이란 원수를 갚거나 집안을 일으키기 위하여 어떤 일을 할지 예상할 수 없었다.

그러나 총통은 난쟁이들을 떠나보내는 것을 조금도 유감스럽게 여기지 않았다. 우선 그들을 대접하는 데에 비용이 많이 들었고, 난쟁이들이 이곳에 온 뒤로는 장사를 내팽개쳐 놓고 긴 축제에 접어들었다고 할 수 있었다. '가서 스마우그를 성나게 하라지, 용이 난쟁이들을 어떻게 맞이할지 아마 볼 만할 거다' 하고 총통은 마음으로 생각하면서도 겉으로는 이렇게 말했다.

"맞는 말씀입니다. 스로르의 손자이며 스라인의 아들인 소린 씨. 당신의 나라를 되찾아야지요. 우리는 무엇이든 빌려 드려서 보탬이 되도록 하겠습니다. 만일 우리의 도움이 쓸모가 있었다고 여기신다면, 당신의 나라를 다시 찾았을 때 성의를 보여 주시리라고 생각합니다."

이리하여 가을도 깊어서 바람이 차갑고 나뭇잎이 떨어지는 어느 날, 3척의 큰 배가 사공과 난쟁이들과 우리의 배긴스와 짐을 싣고 호수 마을을 떠났다. 말들은 이미 약속된 상륙지점에서 만나도록 육지의 우회로로 떠나보냈다. 총통과 그의 참모들은 호수로 내려가는 관저의 큰 계단에 내려서서 작별 인사를 했다. 사람들은 잔교며 창문에 빽빽이 모여서 노래를 불렀다. 하얀 노가 일제히 움직였다. 배는 호수의 북쪽을 향해 거슬러 올라갔고, 난쟁이들은 드디어 긴 여행의 마지막길로 접어들었다. 이 중에서 오직 홀로 신이 나지 않는 사람은 빌보였다.

입구의 계단에 걸터앉아

　그들은 이틀 동안 북쪽을 향해 노를 저어서 긴 호수를 거슬러 올라가 빠른 여울로 접어들었다. 그러자 벌써 눈앞에 험하게 높이 솟은 외딴산이 뚜렷이 보였다. 강의 물살이 세어서 배는 빨리 나아가지 못했다. 사흘째 날 저녁에 강을 여러 킬로미터 거슬러 올라간 곳에서 배를 왼쪽 강가, 다시 말해서 서쪽 강가로 저어가 그곳에 붙들어맸다. 먹을 것이며 물건을 실은 말, 그리고 난쟁이들이 탈 조랑말들이 이미 이곳에 도착해 있었기 때문에 그들은 조랑말에 실을 수 있는 것만을 꾸리고 그 밖의 것은 천막 밑에다 간추렸다. 그런데 마을의 인간족 중 산의 모습이 이만큼 가까운 곳에서 난쟁이들과 함께 밤을 보내려고 하는 사람은 아무도 없었다.

　"그 노래대로 되기까지는 사양하겠소" 하고 그들은 말했다. 이 거칠기 짝이 없는 곳에서 용이 이긴다고 생각하기는 쉽고 소린이 이긴다고 생각하기는 어렵다. 또한 그 물건들은 특별히 파수꾼을 세울 필요도 없었다. 아무튼 이 부근은 매우 황량하여 지나다니는 사람이 없었던 것이다. 그래서 여기까지 따라온 인간들은 이미 해가 완전히 저물어 가고 있는데도 난쟁이들과 헤어져 재빠르게 여울을 흘러내려가기도 하고 강변길을 더듬어 모습을 감추어 버렸다.

일행은 춥고 쓸쓸한 밤을 보내게 되어 마음이 울적했다. 이튿날 난쟁이들은 다시금 여행을 계속했다. 발린과 빌보가 맨 뒤에서 따라갔고, 각각 자기가 타고 있는 조랑말 곁에 무겁게 짐을 실은 또 한 마리의 조랑말을 끌고 갔다. 다른 사람들은 이미 길이 없는 황무지 속을 되도록 평평한 곳을 골라 가며 얼마쯤 떨어져 앞에서 나아갔다. 그들은 강가에서 벗어나 북서쪽으로 비스듬히 전진했다. 그러자 이쪽으로 튀어나와 있던 남쪽 산줄기의 큰 산기슭이 차츰 다가왔다.

참으로 힘든 여행이었고, 조용하고 은밀한 여행이었다. 웃음소리도 노래도 하프 소리도 없었다. 호숫가에서 옛 노래를 듣고 마음에 솟아올랐던 긍지와 희망은 터벅터벅 걸어가는 발걸음과 함께 사라져 버렸다. 누구나 마음 속으로 드디어 여행이 끝나 가고 있으며, 그 마지막이 무서운 결과가 되지 않을까 하고 생각하고 있었다. 그 일대의 땅은 황폐하고 소린이 말한 것처럼 전에는 아름다운 녹지였겠지만, 지금은 황량한 불모의 땅이었다. 풀도 거의 없고, 머지않아 얼마 안 되는 풀숲도 나무도 없어질 테고, 꽤 오래 전에 잘린 것으로 여겨지는 거무스름한 나무그루터기가 있을 뿐이었다. 일행은 용이 날뛰는 장소라고 불리는 곳으로 접어들고 있었다. 때는 가을도 깊어 가는 무렵이었다.

그들은 용이 자기 집 둘레에 만든 황무지 이외에는 용의 흔적이나 어떤 위험도 만나지 않고 산기슭에 다다랐다. 산은 적막 속에 한층 더 높이 눈앞에 시커먼 자태를 드러내고 있었다. 그들은 남쪽의 큰 산줄기 서쪽에서 노숙을 했다. 이 남쪽으로 뻗어 있는 산줄기의 끝은 까마귀 언덕이라고 불리는 산꼭대기이다. 그 위에는 오래 된 망루가 있었다. 그러나 난쟁이들은 그곳에 올라갈 마음이 일지 않았다. 그곳은 주변에서 너무나도 잘 보이는 장소였다.

모두의 모든 희망이 걸린 비밀의 문을 찾아 산의 서쪽 봉우리들 쪽으로 떠나기에 앞서 소린은 앞문이 있는 남쪽의 상황을 살필 척후대를 보내기로 했다. 발린과 필리와 킬리가 선발되었고 빌보도 함께 가게 됐다. 네 사람은 아무 소리도 나지 않는 검은 벼랑 밑을 지나 까마귀 언덕 기슭을 향해 나아갔다. 그곳은 빠른 여울이 옛날에 데일이 있던 곳에서 느릿하게 구불거리며 빠져 나와 산기슭으로 다가와 소리도 요란하게 호수 쪽으로 흘러가고 있었다. 거친 바위로 된 강둑이 강 양쪽에서 비스듬히 올라가 있었다. 강가에서 폭이 좁은 강을 내려다보니, 강물은 수많은 돌 사이를 거품을 내며 솟아올라 물보라를 일으키고 있었다. 고개를 들면 두 개의 팔 같은 큰 산줄기에 끼여 있는 넓은 골짜기에 옛날의 집들이며 탑이며 무너진 벽의 그을은 자국이 뚜렷이 보였다.

"저기에 있는 것이 데일의 유적이야. 마을에 종소리가 울려 퍼지던 옛날에 푸른 숲으로 둘러싸인 그 골짜기는 풍요로웠지."

이렇게 말하며 발린은 매우 슬프고도 씁쓰레한 표정을 지었다. 발린은 용이 나타나기 시작한 무렵부터 소린의 친구였던 것이다.

네 사람은 강을 따라 앞문으로 바싹 다가가려고 하지는 않았다. 그러나 남쪽 산기슭을 지나 조금 더 앞으로 나아가자 저 멀리 큰 바위 뒤에, 두 개의 산기슭 사이에 있는 큰 바위벽 속에 시커멓게 뻥 뚫려 있는 동굴 입구를 볼 수 있었다. 그 입구에서 빠른 여울의 급류가 콸콸 흘러나오고 있었다. 그리고 한 줄기의 수증기와 한 줄기의 검은 연기가 흘러나오고 있었다. 이 연기와 콸콸 쏟아지는 물줄기 이외에 움직이는 것의 기척은 없고 다만 때때로 한 마리의 시커먼, 어쩐지 기분 나쁜 까마귀의 모습이 보였다. 소리라면 돌 위를 달리는 물소리와 이따금 우는 까마귀의 쉰 울음소리뿐이었다. 발린은 몸을 떨었다.

"돌아갑시다. 여기 있어서 좋은 일은 없겠어요. 게다가 저 시커먼 놈이 싫어. 저놈은 악마의 스파이처럼 보여." 발린이 말했다.

"용은 아직 살아서 산 밑 땅 속에 있는 거요. 저 연기로 보아 그런 것 같은데……." 호비트가 말했다.

"연기만으로는 용이 있다는 증거는 되지 않아요. 그러나 당신 말이 옳은 것 같소. 그놈은 때때로 어딘가로 나갈지도 모르고 산 위에 나와 누워서 망을 보고 있을지도 모르오. 그럴 때도 역시 연기와 김이 앞문에서 나오고 있을 거요. 땅 밑의 방마다 그 놈의 독기가 가득 차 있을 테니까요."

네 사람은 어두운 마음을 안고 머리 위에서 울어대는 까마귀들에게 시달리며 노숙지로 터벅터벅 돌아갔다. 가을이 지나 겨울을 맞이하는 이 무렵, 엘론드의 훌륭한 성에서 손님으로 지냈던 것이 바로 6월이었는데, 그 이후로 벌써 여러 해가 지난 것 같은 기분이 들었다. 일행은 누구의 도움을 받을 가망도 없이 이 위험한 황무지에서 이미 여행의 끝에 접어들어 있는 데도 불구하고 보물을 찾는다는 난쟁이들의 목적은 더욱 더 멀어져 가는 듯한 기분이 들었다. 마음이 꺾이지 않은 자는 아무도 없었다.

그런데 매우 이상한 일이지만, 이때에 이르러 우리의 배긴스만은 마음이 차분히 가라앉아 있었다. 빌보는 소린으로부터 지도를 자주 빌려다가 이것을 찬찬히 들여다보며 룬 문자를 되풀이해서 생각하고 엘론드가 읽어 준 월광 문자의 구절을 골똘히 연구했다. 그리고 어떻게든 비밀의 문을 찾아내기 위해 난쟁이들로 하여금 산의 서쪽으로 위험한 정찰을 하게 한 것도 역시 배긴스였던 것이다. 그들은 서쪽의 한 길쭉한 골짜기로 노숙지를 옮겼다. 그 골짜기는 앞문이 있는 남쪽의 큰 골짜기에 비하면 좁고 작았으나 몇 개의 낮은 산등성이로 가려져 있었다. 그 산등성이 두 개는 산의 본체에서 서쪽으로 깎은 듯이 가파른 길다란 산줄기가 되어 튀어나와 평지를 향해 내려가고 있었다. 그 서쪽 일대에는 용이 날뛰며 돌아다닌 발톱 자국은 보이지 않고 조랑말들이 먹을 풀이 얼마쯤 돋아나 있었다. 이 서쪽 야영지는 해가 숲 저쪽으로 질 때까지 하루 종일 벼랑에 가려 그늘이 졌다. 그들은 이곳에서 매일매일 짝을 지어 산허리의 길이란 길은 죄다 찾아다녔다. 지도가 옳다면 이 골짜기를 끝까지 올라간 벼랑 어딘가에 비밀의 문이 있어야만 한다. 그렇지만 모두는 날마다 아무 소득도 없이 노숙지로 되돌아왔다.

그러나 마침내 그들은 뜻밖의 일로 애타게 찾던 것을 발견했다. 어느 날 필리와 킬리와 호비트는 골짜기를 내려가 남쪽 끝의 바위가 포개져 있는 언저리를 기어올라가고 있었다. 점심 무렵 빌보는 하나의 기둥처럼 솟아 있는 큰 바위 뒤로 기어올라갔다. 그러자 위로 올라가는 돌계단을 거칠게 깎은 것 같은 장소로 나왔다. 기뻐서 어쩔 줄 몰라하며 그곳을 더듬어 갔더니, 폭이 좁은 작은 길의 흔적이 있

J.R.R. 톨킨 그림 〈외딴산〉

었다. 그 길을 잃기도 하고 다시 찾기도 하며 차츰 위로 올라가자 남쪽 산등성이에 이르렀고, 마침내 매우 좁은 바위선반에 다다랐다. 그 바위선반은 산의 면과 직각으로 북쪽을 향해 있었다. 그곳에서 내려다보면 골짜기 밑의 높은 벼랑 꼭대기에 와 있다는 것을 알 수 있었다. 저 멀리 아래쪽에 자기들의 노숙하는 장소가 보였다. 오른쪽 바위벽에 달라붙으며 세 사람이 한 줄로 서서 바위선반 위를 살금살금 걸어가자 바위 벽이 입을 쩍 벌리고 있는 곳으로 나왔다. 세 사람은 가파른 벽에 에워싸인, 아래는 풀이 돋아나 있는 아주 조용한 움푹 파인 곳으로 향했다. 세 사람이 찾아낸 이 입구는 벼랑이 튀어나와 있어서 아래에서는 전혀 보이지 않았고, 조금 떨어진 곳에서 보아도 아주 작기 때문에 웬만한 바위의 갈라진 틈 정도로밖에 보이지 않았다. 그러나 그것은 갈라진 틈이 아니라 하늘을 향해 열려 있었다. 다만 움푹 들어간 땅 안쪽에는 편편한 벽이 가로막고 있고, 그 땅의 바닥에 가까운 부분은 석공이 만든 것처럼 반반하고 똑바로 되어 있는데, 이은 자리도 갈라진 틈도 찾아볼 수 없었다. 기둥도 없고 위의 횡목도 없고 문지방도 없었다. 게다가 버팀목도 죄는 못도 열쇠구멍도 일체 없었다. 그러나 세 사람은 자기들이 마침내 비밀의 문을 찾아냈음을 털끝만큼도 의심하지 않았다.

  세 사람은 문을 두드려 보고 밀거나 당기기도 해 보았다. 드디어는 문에 매달려 부디 움직여 달라고 부탁하기도 하고, 뭔가를 여는 주문을 있는 대로 외어 보기도 했다. 그래도 문은 도무지 움직이지 않았다. 마침내 세 사람 모두 풀 위에 주저앉아 버렸다. 그리고 저녁 때가 되어서야 내려갔다.

  그날 밤의 야영지에는 흥분된 분위기가 감돌았다. 이튿날 아침이 되어 그들은 다시 한번 움직여 보기 위해 계획을 세웠다. 봄버와 보퍼가 남아서 조랑말들이며 강에서 날라온 물건들을 지키기로 했다.

다른 사람들은 골짜기를 내려가 새로 발견한 산길을 올라 좁은 바위 선반으로 나갔다. 이곳은 폭이 좁아서 아슬아슬한 곳이므로 짐이 있으면 건너가지 못한다. 한쪽은 50미터 가량의 절벽으로 되어 있고 아래는 뾰족한 바위밭이다. 그러나 난쟁이 한 사람 한 사람이 허리 둘레에 밧줄을 둘둘 감아서 지탱하며 그럭저럭 무사히 작은 풀들이 나 있는 움푹 들어간 땅에 다다랐다.

이곳에 세 번째의 야영지를 만들기로 하고 필요한 것을 밧줄로 끌어올렸다. 똑같은 방법으로 원기왕성한 킬리 같은 사람을 이따금 밧줄로 아래로 내려보내어 위의 소식을 아래에 알리는 한편, 파수 보는 일을 교대시켜 이번에는 보퍼를 위로 끌어올린다는 식으로 했다. 봄버만은 밧줄도 산길도 질색이어서 위로 올라가려고 하지 않았다.

"나는 너무 뚱뚱해서 올라갈 수 없어. 눈이 빙빙 돌아서 수염을 밟고 말 거야. 그러면 13명으로 줄어 버리지. 무엇보다도 그런 매듭투성이의 밧줄로는 나의 무게를 지탱하지 못해."

그러나 나중에 알게 되지만, 그 점이 틀렸다는 것은 봄버에겐 다행한 일이었다.

그러는 동안에도 난쟁이들 몇 사람은 바위선반을 더욱 타고 가서 움푹 들어간 곳 위로 나아가 산 위로 올라가는 길을 찾아냈다. 그러나 아무도 그 길을 올라갈 마음은 없었고 그럴 필요도 느끼지 않았다. 위의 높은 곳은 까마귀도 울지 않는 전혀 소리가 없는 세계로, 다만 바위 틈새기에서 바람이 윙윙거릴 뿐이었다. 난쟁이들은 말소리도 낮추었고, 큰 소리로 부르거나 노래하거나 하지도 않았다. 바위 하나 하나에 위험이 숨어 있었기 때문이다. 문을 열려고 애쓰는 사람들도 전혀 성과가 없었다. 누구나가 너무 열중하여 룬 문자며 월광 문자는 거들떠보지도 않고, 바위의 매끈한 표면에 틀림없이 출입문이 숨어 있으리라고 생각하여 그것을 찾는 데에 여념이 없었다.

그들은 호수 마을에서 갖가지 연장이며 곡괭이를 갖고 왔으므로 처음에는 그러한 것들을 쓰려고 했다.

그런데 돌을 두들기자 자루가 날아가 버렸고 팔은 쓸 수 없을 만큼 저렸으며 강철 끝이 납처럼 휘거나 갈라지거나 하여 곡괭이로는 이 문을 봉쇄한 마법의 힘을 이겨낼 수 없음을 알았다. 게다가 굴에서 울리는 산울림에 모두는 몹시 겁을 먹고 말았다.

빌보는 혼자서 쓸쓸하게 지친 모습으로 입구 계단에 걸터앉아 있었다. 물론 입구 계단 따위가 거기에 있던 것은 아니지만 난쟁이들은 바위문과 굴 출구까지 풀이 돋아나 있는 좁은 바닥을 그냥 계단이라고 불렀던 것이다. 그것은 빌보가 "뭔가 착상을 하려면 입구 계단에 걸터앉아 있는 것이 가장 좋다"라고 했기 때문에 여기를 일부러 그렇게 불렀던 것이다. 이 빌보의 말은 호비트 굴에 뜻밖으로 난쟁이들이 모여들었던 그날 생긴 것이다. 그것도 지금은 먼 옛날 같았다. 앉아서 생각하건 덮어놓고 찾아다니건 모두는 차츰 우울해지기 시작했다.

난쟁이들의 마음은 한때 길을 찾음으로써 고무되었지만 지금은 완전히 침체되어 버렸다. 그렇다고 해서 단념하고 돌아가 버릴 마음은 아니었다. 호비트도 맥이 빠지기는 난쟁이들과 마찬가지였다. 빌보는 구석의 바위문에 등을 기댄 채 입구 너머로 저 멀리 서쪽을 멍하니 바라보고 있을 뿐이었다. 그 눈은 벼랑을 넘어 드넓은 황야를 지나 어둠에 싸인 숲의 훨씬 앞을 살펴보고는, 이따금 안개산맥이 언뜻 보이지 않았나 하고 생각할 때도 있었다. 난쟁이가 무엇을 하고 있느냐고 물으면 빌보는 이렇게 대답했다.

"당신들은 안에 들어가는 일은 물론이거니와 입구 계단에 걸터앉아 생각하는 것도 나의 일이라고 하지 않았소?"

그러나 빌보는 일에 대해 열심히 생각하고 있는 것이 아니라, 푸른 안개가 감도는 저 먼 땅에 대해, 평화로운 서쪽 땅의 언덕과 그 밑에 있는 자기의 호비트 굴을 생각하고 있었다.

그런데 이 풀이 돋아 있는 바닥 한가운데에 하나의 크고 거무스름한 돌이 뒹굴고 있었다. 빌보는 그 돌을 멍하니 바라보다가 그 위에 큰 달팽이가 여러 마리 기어다니는 것을 발견했다. 달팽이는 싸늘한 바위벽에 에워싸인 움푹 들어간 이 좁은 곳을 좋아하는지 벽 둘레를 느릿하게 끈적끈적 기어다니고 있었다.

"내일은 가을의 마지막 주가 시작되는군."
어느 날 소린이 말했다.
"그리고 가을이 지나면 겨울이 오지요." 비퍼가 말했다.
"그리고 금년이 지나면 내년이 오지." 드월린이 말했다.
"이곳에서 어떻게도 하지 못하고 있는 동안에 우리의 수염은 길어져 벼랑에서 골짜기까지 늘어지고 말 테지. 도대체 우리의 둔갑술 명수는 무엇을 하는 거야? 모습을 감추는 반지를 손에 넣었으니 더욱 훌륭한 기량을 선보여 앞문을 통과해서 안을 살펴보고 오는 것이 아닐까?"

빌보는 이 말을 듣고——난쟁이들은 빌보가 앉아 있는 굴 바로 위의 바위 밭에 있었던 것이다——'당치도 않다!' 하고 생각했다. '저들은 그런 생각을 하기 시작하고 있는가? 젠장, 적어도 마법사가 없어진 뒤로는 어려운 일이 생기면 언제나 내가 나서야 한단 말이야. 도대체 어떻게 하면 좋지? 마지막에 나에게 무서운 일이 들이닥칠 것임에 틀림없어. 어쨌든 두 번 다시 저 데일의 한심한 모습을 보고 싶지 않아. 게다가 김을 내뿜고 있는 앞문이라니, 딱 질색이야.'

그날 밤 빌보는 마음이 울적해서 좀처럼 잠이 오지 않았다. 이튿날이 되자 난쟁이들은 모두 여러 방향으로 흩어져 나갔다. 아래에 내려가 조랑말들에게 운동을 시키는 자도 있고, 산비탈을 헤매고 다니는 자도 있었다. 빌보는 하루 종일 우울한 기분으로 풀이 나 있는 바닥에 죽치고 앉아서 바닥 위의 돌을 멍하니 바라보기도 하고 좁은 입구에서 서쪽을 쳐다보기도 했다. 이상하게도 뭔가가 기다려지는 느낌이 들었다. '오늘 갑자기 마법사가 돌아오려나?' 하고 빌보는 생각했다.

빌보가 고개를 들자 먼 곳의 숲이 언뜻 바라다보였다. 해는 서쪽으로 기울어져, 그 먼 곳의 숲 위가 온통 노랗게 빛나서 석양이 가을의 마지막 단풍을 불태우고 있는 것 같았다. 한참 지나자 빌보의 눈의 높이로 천천히 가라앉는 석양이 보였다. 빌보가 입구까지 가서 하늘을 보았더니 지평선 바로 위에 가냘픈 초승달이 희미하게 걸려 있었다.

바로 이때 뒤에서 탁! 하고 한 번 치는 소리가 났다. 뒤돌아 보았더니 풀 위의 검은 돌 위에 느닷없이 큰 개똥지빠귀 한 마리가 앉아 있었다. 온몸이 젖은 듯이 새까맣고 가슴만이 선명한 담황색으로 거기에 자잘한 검은 점이 섞이어 있다. 탁! 새는 달팽이를 향해 돌 위를 쪼았다. 탁! 탁! 탁!

문득 빌보는 깨달았다. 위험도 아랑곳없이 빌보는 바위선반 위에 서서 큰 소리를 지르며 손을 흔들어 난쟁이들을 불렀다. 아주 가까이에 있던 난쟁이들은 대체 무슨 일일까 의아해서 구르고 넘어지며 바위선반으로 급히 달려왔다. 아래에 있던 자들은 어서 빨리 밧줄로 올려달라고 외쳤다(물론 봄버는 다르다. 봄버는 이때 자고 있었다).

빌보는 재빠르게 까닭을 말했다. 모두는 조용해졌다.

호비트는 검은 돌 옆에 섰고 난쟁이들은 초조한 듯이 수염을 휘저으며 지켜보았다. 해는 차츰 낮게 기울었다. 그리고 난쟁이들의 희망도 차츰 사라지고 있었다. 석양이 가로로 길게 뻗은 새빨간 구름 속으로 사라져 갑자기 어두워졌다. 난쟁이들은 신음소리를 냈다. 그러

나 빌보는 꼼짝도 않고 우뚝 서 있었다. 가냘픈 달은 지평선에 걸려 있었다. 황혼이 다가왔다. 이리하여 난쟁이들이 희망이 사라졌다고 여기는 그 순간에, 구름 사이로 석양의 빨간 빛이 내리비쳤다. 눈부신 광선은 움푹 들어간 땅의 입구에서 똑바로 비쳐들어 반반한 바위 문 위에 떨어졌다. 그때까지 돌의 높은 곳에 앉아서 고개를 갸우뚱 하고 바라보던 그 큰 개똥지빠귀가 갑자기 크게 지저귀었다. 그리고 탁! 하고 한층 더 크게 쪼는 소리가 났다. 마치 가죽이 벗겨지듯이 벽의 바위 껍데기가 한 겹 떨어져 나갔다. 그러자 바닥에서 약 1미터쯤 되는 곳에 하나의 구멍이 뻥하니 뚫렸다.

이 기회를 놓칠세라 난쟁이들은 바위문으로 황급히 몰려가서 밀었다. 그러나 바위문은 그대로였다.

“열쇠, 열쇠가 있어야 해! 소린은 어디 계시오?” 빌보가 외쳤다.

소린이 달려왔다.

“열쇠!” 하고 빌보가 외쳤다. “지도와 함께 있던 열쇠 말입니다. 아직 시간이 있는 동안에 그 열쇠를 써 보십시오!”

소린은 얼른 다가와서 목에 걸고 있던 열쇠를 빼내서 그것을 구멍에 찔러 넣었다. 열쇠는 꼭 들어가 맞더니 빙그르 돌아갔다. 짤칵! 빛은 사라졌다. 땅거미가 졌다.

난쟁이들은 모두 힘을 모아 바위문을 밀었다. 바위문의 일부가 느릿하게 열렸다. 길고 곧은 터널 입구가 나타났다. 높이 1미터 반, 폭 1미터의 입구 윤곽이 선명하게 보였다. 문은 소리 없이 천천히 안쪽으로 열렸다. 산의 앞문이 증기를 뿜어내듯이 입구는 어둠을 뿜어내는 것만 같았다. 끝없이 어두운 암흑 때문에 누구의 눈으로도 한 치 앞을 볼 수 없었지만, 뻥하니 벌어진 그 입구는 안쪽으로 이어져 있었다.

안으로 들어가서 확인하다

한참 동안 난쟁이들은 입구의 어둠 앞에 선 채로 생각에 잠겨 있었다. 마침내 소린이 이렇게 말했다.

"이런 중대한 때를 맞이하여 우리는 존경하는 배긴스 씨께 이렇게 말씀드리겠습니다. 배긴스 씨는 우리의 긴 여행의 비할 바 없는 길동무였고, 그 체구를 앞지르는 용기와 지략에 가득 찬 호비트이며, 감히 말씀드린다면 보통이 훨씬 넘는 운을 타고난 분입니다. 그러니, 지금이야말로 배긴스 씨가 우리와 함께 어울린 목적을 위해 그 임무를 다해야 할 때이며 또한 자기 몫을 벌 때라고 봅니다."

중대한 장면이 되면 나오는 소린의 연설조는 이미 잘 알고 계실 것이므로, 지금의 연설도 매우 길게 계속되지만 이쯤으로 해두겠다. 이것은 확실히 중대한 장면이었다. 그러나 빌보는 도저히 참을 수가 없었다. 이때 이미 빌보도 소린에 대해 죄다 알고 있었고, 소린이 무엇을 노리고 있는지도 잘 알고 있었다.

"오오, 스라인의 아들 소린 오큰실드 씨. 말씀 도중이지만, 이 비밀 입구에 맨 먼저 들어가는 것이 나의 일이라고 생각한다는 걸 말씀하고 싶으시다면 수염이 길게 자랄 정도로 장황하게 이야기를 늘어놓을 필요는 없습니다" 하고 빌보는 화를 내며 말했다. "들어가라고 까놓고 말씀하시지요. 나는 딱 잘라 거절할지도 모릅니다. 나는 지금까지 두 번의 곤경에서 당신들을 구해 냈어요. 두 번 다 처음의 약속에는 들어 있지 않은 일입니다. 그러므로 나는 이미 나의 몫을 받아도 좋을 것으로 생각합니다. 그러나 '세 번째로 모든 값을 치룬다'고 나의 아버님은 입버릇처럼 말씀하셨지요. 그러니 어쨌든 거절하지 않겠소. 아마 이전보다 더한 행운이 나를 따를 겁니다. 그것을 나 스스로도 뚜렷이 느낄 수 있어요." 빌보가 이전이라고 한 것은 자기 집을 떠나기 전의 지난 봄의 일인데, 벌써 몇백 년이나 전의 일 같은 느낌이 들었다. "어쨌든 내가 안에 들어가 본 후에 어떻게든 해 봅시다. 그럼 누가 함께 가겠소?"

빌보는 일제히 지원하리라고는 생각하지 않았기 때문에 조금도 낙심하지 않았다. 필리와 킬리는 침착하지 못한 얼굴로 안절부절못하고 있었고 다른 사람들은 신청하고 나설 기색조차도 보이지 않았다. 오직 한 사람, 그때 파수를 보고 있던 발린은 달랐다. 발린은 호비트를 특별히 좋아하게 되었다. 그는 조금이라면 안으로 들어가겠다, 일단 유사시에 구원을 청하는 목소리가 미치는 정도까지는 가도 좋다고 말했다.

여기서 난쟁이들의 기분도 이야기하기로 하자. 난쟁이들로서는 빌보에게 그 역할에 합당한 사례를 듬뿍 지불할 작정이었다. 그들은 자기들이 하고 싶지 않은 일을 해 달라고 하려고 호비트를 고용했으므로, 이 가엾은 호비트가 그 일을 하더라도 전혀 개의치 않았다. 그러나 난쟁이들은 호비트가 어찌할 도리가 없는 처지에 빠지면, 호비트를 그곳에서 구해 내는 데에 온 힘을 다할 생각이기도 했다. 사실 그들이 아직 호비트를 고맙게 여기지 않던 무렵, 모험의 초기였던 트롤 사건에서는 난쟁이가 빌보를 구출했던 것이다. 난쟁이들은 확실히 고귀한 영웅은 아니었다. 돈벌이에 재간이 있는 타산적인 종족이었다. 그 중에는 교활한 자도 있고, 배신자도 있으며, 엄청나게 나쁜 자도 있다. 그러나 그 중에는 소린과 그 일행처럼 훌륭한 무리들도 있다.

거무스름한 하늘에 별들이 나타나기 시작했을 무렵, 빌보는 마법의 문을 통과하여 산 속으로 숨어들어갔다. 그것은 빌보가 생각했던 것 이상으로 쉬운 일이었다. 아무튼 여기는 고블린의 동굴은 아니었고 숲의 요정의 바위굴도 아니며 난쟁이가 굉장한 부와 기술을 들여서 완성시킨 통로인 것이다. 자막대기처럼 곧고, 바닥도 매끈매끈했으며 양옆도 천장도 반듯했고 커브도 없이 완만하고 순탄한 고개가 아래의 어둠 속에 길게 이어져 있었다.

얼마쯤 가더니 발린이 빌보에게 "그럼 조심하시오！"라고 말하고 입구의 불빛이 하나의 점으로 보이는 곳에서 멈춰섰다. 이곳에서는 바깥에 있는 다른 난쟁이들의 소근거리는 소리가 터널의 메아리의 장난으로 바람이 울리는 것처럼 들려왔다. 혼자가 되자 호비트는 반지를 낀 다음 자기의 메아리가 다른 곳에 들리면 큰일이다 싶어서 여느 때보다도 조심하여 소리를 내지 않도록 하며 아래의 어둠 속으로 자꾸만 내려갔다. 몸은 두려움에 떨면서도 그 작은 얼굴은 결의에 가득 차 있었다. 그날 손수건을 잊고 백엔드에서 황급히 뛰어나온 그 호비트와는 전혀 다른 호비트가 되어 있었다. 그러고 보니 빌보는 이미 오랫동안 손수건을 갖고 있지 않았다. 단검의 칼집 아가리를 풀고 혁대를 조인 다음 안쪽으로 더욱 나아갔다.

"마침내 너도 가담하게 되었구나, 빌보 배긴스." 빌보는 마음 속

으로 말했다. "그날 밤의 모임에서 발을 들여놓은 것을 비로소 값을
치르고 발을 빼는 거야. 나는 어쩜 그토록 어리석었고 지금도 여전
히 어리석을까?" 하고 마음 속의 툭 집안 쪽이 아닌 쪽의 피가 말
했다. "나는 결코 용이 누르고 있는 보물 따위는 갖고 싶지도 않다.
나의 몫이 여기에 그대로 있어도 상관없다. 그저 지금 잠에서 퍼뜩
깨어나 이 꺼림칙한 터널대신 내 집 거실을 볼 수 있다면 좋으련
만."
　물론 빌보는 지금 잠에서 깨어나거나 하지 않았다. 여전히 앞으로
앞으로 전진했다. 뒤에 있던 입구의 불빛은 벌써 오래 전부터 보이
지 않았다. 이미 빌보는 혼자였다. 그런데 얼마 뒤에 뭔가 따뜻한
기운이 느껴지기 시작했다. '저 앞 쪽의, 아래로 다가감에 따라 보
이는 붉은 빛은 불길일까?' 하고 빌보는 생각했다.
　그랬다. 나아감에 따라 더워졌고 마침내 의심할 수 없는 것이 되
었다. 그것은 빨간 빛이었다. 다가감에 따라 빨간 빛은 더욱 더 짙
어졌다. 게다가 터널 속은 이미 대단히 더웠다. 김이 확확 올라와
빌보는 땀을 흘리기 시작했다. 게다가 어떤 소리가 귀를 때리는 것
이었다. 물이 끓고 있는 큰 가마솥에서 나는 듯한 부글부글하는 소
리와 매우 큰 수코양이가 목을 구르는 듯한 그르렁거리는 소리가 뒤
섞여 있었다. 이것은 뭔가 어지간히 큰 짐승이 새빨간 불 앞에서 잠
을 자며 코를 골고 있는 소리임에 틀림이 없는 것 같았다.
　거기까지 가서 빌보는 걸음을 멈추었다. 거기부터 앞으로 나아가
는 것은 빌보로서는 지금까지 없던 용기가 필요한 일이었다. 그 뒤
에 일어난 무서운 일도 이 한 걸음에 비할 바가 아니었다. 빌보는
매복하고 있는 그 큰 위험을 실제로 목격하기 전에 터널 속에서 자
신의 마음과 격심한 싸움을 벌였다. 그는 한참 동안 멈춰서있다가
다시 앞으로 나아갔다. 그리고 마침내 터널 출구로 나왔다. 출구는
위의 입구와 같은 크기, 같은 모양으로 열려 있었다. 그 출구에서

호비트의 작은 머리가 안을 들여다보았다. 눈앞에는 산의 밑바닥에 있는 옛날 난쟁이족의 큰 지하실, 다시 말하면 본채의 큰 홀이 있었다. 캄캄해서 그곳의 휑뎅그렁함을 어렴풋이 가늠할 수 있을 뿐이나, 빌보에게 가까운 쪽의 바위바닥에서 활활 타오르고 있는 것은 크고 빨간 불길, 스마우그의 불길이었다!

스마우그가 그곳에서 잠을 자고 있었다. 적황색의 큰 용은 깊은 잠을 자고 있었다. 그르렁거리는 소리가 입과 코에서 뿜어나오고, 연기가 퐁퐁 흘러나오고 있지만 불은 잠을 자는 동안 약해져 있었다. 큰 몸집 밑에도 손발 밑에도 길다란 꼬리 밑에도 그리고 용의 둘레에도, 어두워서 보이지 않는 바닥 쪽까지 사방팔방에 보석더미가 수없이 포개져 있고, 그 진기한 돌이며 보석, 세공된 금이며 순금이며 은의 더미가 모두 불빛에 빨갛게 물들어 있다.

스마우그는 거대한 박쥐처럼 날개를 접고 몸의 일부를 가로 뉘고 잠을 자고 있었기 때문에 호비트는 황금부스러기며 보석이 가득한 바닥과, 그것들이 달라붙어 있는 용의 배를 볼 수 있었다. 용 뒤의, 이쪽에서 가장 가까운 벽에 갑옷과 투구와 전투용 도끼와 표창, 칼과 창 등이 걸려 있는 것이 어렴풋이 보였다. 또한 얼마만큼 있는지 짐작도 할 수 없는 보물이 잔뜩 채워져 있는 큰 단지며 독이 바닥에 여러 줄로 즐비하게 놓여 있었다.

숨이 멎는다는 말로는 빌보의 놀라움을 제대로 표현할 수 없으리라. 오랜 옛날 아주 멋진 시절에 인간이 요정에게서 배운 말을 인간이 시시하게 바꾸어 버린 탓으로 이제는 표현할 수 없게 되었다. 빌보는 옛날에 용의 보물에 대해 전해 내려오는 이야기나 노래를 들은 적이 있었다. 그러나 보물이 이토록 찬란하고 화려하리라고는 지금까지 상상도 하지 못했다. 빌보의 마음은 요동쳤고 보물의 마력에 사로잡혔으며, 난쟁이들의 욕망이 그의 마음을 꿰뚫었다. 빌보는 보

물을 지키고 있는 무서운 짐승에 대한 것을 잊고 값어치를 헤아릴 수 없는 엄청난 양의 황금을 꼼짝 않고 바라보고 있을 뿐이었다.

한참 동안 빌보는 그렇게 꼼짝 않고 있었던 모양인데, 그러다가 자기의 의사와는 달리 자신도 모르게 출구 그늘에서 바닥 위로, 가장 가까운 보물더미 쪽으로 살살 걸어가기 시작했던 것이다. 옆에서 자고 있는 용이 올려다보일 만큼 높이 누워 있는데, 잠을 자고 있는 모습조차도 굉장히 무섭게 보였다.

빌보는 큰 컵을 하나 잡았다. 손잡이가 두 개 달려 있고, 빌보가 간신히 들 수 있을 만큼의 무게였다. 빌보는 붙잡으며 위쪽으로 흘끗 겁먹은 눈길을 던졌다. 스마우그는 날개를 움직이고 손톱을 펴며 드렁드렁 코고는 소리의 가락을 바꾸었다.

빌보는 냉큼 도망쳤다. 그러나 용은 아직 잠을 깨지 않고 누운 채 뭔가를 빼앗고 죽이고 하는 꿈을 계속 꾸고 있었다. 그 동안에 작은 호비트는 터널을 열심히 올라갔다. 가슴은 두근거리고 내려갈 때보다 훨씬 심한 병에 걸린 듯이 다리가 떨렸다. 그러나 빌보는 컵을 단단히 쥐고 '해냈다! 이것을 보여 주자. 첩자라기보다도 야채장수 같다고? 빌어먹을! 이젠 그런 말을 못할 거다'라는 생각으로 가득 차 있었다.

누구도 빌보를 업신여기지 않았다. 발린은 다시 호비트를 만날 수 있어서 매우 기뻐했는데, 그가 너무 기뻐해서 빌보는 놀랄 지경이었다. 발린은 빌보를 안아올려서 밖으로 데리고 나갔다. 지금은 밤중이었고 구름이 끼어 있어서 별이 보이지 않았지만, 빌보는 눈을 감고 누워서 숨을 고르며 다시 상쾌한 공기를 마시게 된 기쁨으로 난쟁이들이 얼마나 열중하고 있는지도, 자기를 얼마나 칭찬하고 어깨를 두드리며 영원히 도움을 주겠다고 말하고 있는지도 알아차리지 못하고 있었다.

난쟁이들이 손에서 손으로 컵을 건네며 자기들의 보물을 되찾은 일을 기쁘게 이야기하고 있는데, 갑자기 산 아래쪽에서 낡은 화산이 불을 뿜기라도 하듯 큰 땅울림이 일어났다. 뒤의 바위문이 쾅당 하고 닫히려는 것을 돌 하나로 간신히 막았지만, 긴 터널을 통해 안쪽 깊숙한 곳으로부터 모두의 발밑 땅을 뒤흔드는 으르렁 소리와 발을 구르는 소리의 무서운 메아리가 울려왔다.

그러자 난쟁이들은 바로 조금 전까지의 기쁨도 자신감도 잊고 두려움으로 움츠러들었다. 역시 스마우그를 얕봐서는 안 되었다. 용의 옆에 있는 이상 언제나 용을 염두에 두지 않을 수 없었다. 용이란 값어치 있는 보물을 살려서 쓰는 일은 없지만, 저울로 달듯이 1그램의 무게까지도 기억하고 있었다. 특히 오랫동안 보물을 지켜 온 용일수록 그러한데 스마우그도 마찬가지였다. 스마우그는 불안한 꿈(그 꿈속에 전사 하나가 나온다. 그 크기는 보잘 것 없지만 잘 드는 칼과 굉장한 용기를 지니고 있어 더할 나위 없이 무서운 모습이었다)을 꾸고 얕은 잠에 빠졌다가 잠에서 완전히 깨어났다. 그랬더니 자기의 동굴에 여느 때와는 다른 공기가 감돌고 있었다. 그 작은 구멍으로 다른 공기가 들어온 것일까. 구멍은 작지만 용은 지금까지 늘 그 구멍이 마음에 걸렸다. 그래서 그 구멍을 의심스러운 듯이 바라보며 '어째서 저기를 막지 않았을까' 하고 생각했다. 스마우그는 요즘 위쪽에서 뭔가를 두드리는 듯한 소리가 희미하게 메아리쳐서 자기의 잠자리까지 전해 오는 것을 들은 것 같았던 생각이 났다. 용은 몸을 스멀스멀 움직이고 목을 이리저리 뻗으며 냄새를 맡았다. 그때 컵이 없어진 것을 알아차렸다.

도둑! 화재! 살인! 이같은 사건은 스마우그가 이 산에 온 이래 오늘까지 일어난 적이 없었다. 그래서 스마우그의 노여움은 비할 데가 없었다. 다 쓰지 못할 만큼 돈을 가지고 있는 사람들이 제대로 쓰지도 않고, 갖고 싶지도 않으면서 오랫 동안 갖고 있던 물건을 갑자기 잃어버렸을 때 덮어놓고 화를 내는 것처럼 그는 화를 냈다. 용의 입에서 불이 솟구쳐 올라 온 방 안이 연기로 자욱했다. 용은 산을 뿌리로부터 뒤흔들었다. 작은 구멍에 머리를 억지로 쑤셔넣어 보았지만 글렀다. 그래서 몸을 뱅뱅 감아서 오므라뜨리고 땅 밑의 천둥처럼 울부짖고는 그 깊숙한 잠자리에서 큰 출구 쪽을 통과하여 산기슭의 통로를 거쳐서 급히 앞문으로 나갔다.

도둑을 찾아서 찢고 짓밟고 하기 위해 바위뿌리를 헤치며 온산을 찾아다녀야겠다는 것이 용의 일념이었다. 용이 문을 나서자 강은 요란스럽게 물결쳤다. 용은 불길이 되어 하늘을 날아 초록과 빨강의 불기둥을 일으키며 산꼭대기에 다다랐다. 난쟁이들은 용이 내는 무시무시한 소리를 듣고 풀이 나 있는 바닥에 찰싹 달라붙었다. 돌 밑에 움츠리고 어떻게 해서든 용의 무서운 눈을 피하려고 했다.

여기서도 빌보가 없었다면 난쟁이들은 모두 죽임을 당했을 것이다.

"서둘러요!" 하고 빌보는 허덕이며 말했다. "바위문으로, 터널로! 여기는 안 돼요!"

난쟁이들이 터널 속으로 뛰어들려고 할 때 비퍼가 외쳤다.

"사촌이! 봄버와 보퍼가 없다. 두 사람을 잊고 있었어! 아래의 골짜기에 있어!"

"둘 다 죽임을 당할 거야. 조랑말들도, 물건도 망가지겠어" 하고 다른 자가 신음소리를 냈다. "어쩔 수 없어."

"바보 같은 소리!" 소린이 위엄을 되찾고 말했다. "버리고 갈 수는 없다. 배긴스 씨와 발린, 그리고 자네들 필리와 킬리 두 사람은 안으로 들어가는 거다. 그러면 용도 전원을 죽일 수는 없을 테니까. 그건 그렇고 다른 사람들, 밧줄은 어디 있지? 빨리 이리 줘!"

이것은 난쟁이들이 맛본 가장 무서운 한때였을 것이다. 스마우그의 화가 나서 날뛰는 소리가 산꼭대기에 가까운 바위의 동굴이란 동굴에 울려 퍼졌다. 용이 언제 어느 때 위에서 단숨에 뛰어내릴지 빙글빙글 돌아서 내려올지 모르지만, 그렇게 되면 이 위험한 벼랑 끝에서 죽을 힘을 다해 밧줄을 끌고 있는 난쟁이들을 틀림없이 찾아낼 것이다. 보퍼가 올라왔다. 아직은 아무 일도 없었다. 봄버가 삐걱거리는 밧줄을 타고 숨을 헐떡이며 올라왔다. 아직 무사하다. 도구와 짐 보퉁이 몇 개가 끌어올려지고 난 후에 위험이 닥쳤다.

씨익씨익 하는 소리가 들려 왔다. 용이 다가온 것이다.

모두는 짐을 잡아당기고 터널로 도망치는 것이 고작이었다. 이때 스마우그가 북쪽에서 소리를 내며 날아서 불길로 비탈을 핥고 폭풍처럼 큰 날개를 펄럭이며 내려왔다. 용의 뜨거운 숨결은 바위문 앞의 풀을 마르게 하고 조금 열려 있는 틈새기로 불어 들어와 엎드려 숨어 있는 난쟁이들을 지졌다. 불길의 혀가 널름거릴 때마다 검은 바위 그늘이 어른어른 춤을 추었다. 그리고는 용이 지나가자 다시 어두워졌다. 조랑말들이 공포의 비명을 지르고 밧줄을 끊고 날뛰며 뛰어 달아났다. 용은 몸을 돌려 조랑말들을 덮치려고 그 뒤를 쫓아갔다.

"저것이 가엾은 말들의 최후로군!" 소린이 말했다. "스마우그는 한번 찾아내면 무엇 하나 그냥 놔두지 않으니까. 스마우그의 감시를 받으며 숨을 곳도 없는 강까지의 긴 거리를 어정어정 걸어서 돌아가고 싶지 않은 이상 우리는 이곳에 머물러야 한다."

물론 그것은 즐거운 생각은 아니다. 그들이 터널 밑으로 내려가 뜨뜻미지근하고 숨이 막힐 듯한 구멍 속에 누워서 떨고 있노라니까, 마침내 날이 새어 바위문 틈새기로 하늘이 밝아왔다. 밤 사이에도 모두는 이따금 용이 산 둘레를 찾아다닐 때 하늘을 나는 소리가 크게 들렸다가는 지나가면 사라지는 것을 알 수 있었다.

용은 자기가 발견한 조랑말들이며 야영한 흔적을 단서로 하여, 인간족이 호수에서 강을 거슬러 올라와 조랑말이 있던 그 골짜기에서 산을 올라온 것이라고 생각했다. 그러나 용의 눈길은 바위문에는 미치지 못했고 용의 세찬 불길도 바위로 에워싸인 움푹 들어간 곳까지는 미치지 못했다. 용은 한참 동안 찾아다닌 끝에 새벽녘 추위에 분노를 식히고 황금의 잠자리로 돌아갔다. 그것은 물론 새로운 힘을 기르기 위함이었다. 용은 이 도둑을 잊을 수도 용서할 수도 없었다. 1천 년 이상이 지나서 용이 불타는 돌, 즉 석탄으로 바뀐다면 모르지만 용은 얼마든지 기다릴 수 있었다. 소리도 없이 느릿느릿 잠자리로 기어들어가 용은 반쯤 눈을 감았다.

새벽이 되자 난쟁이들의 두려움은 엷어졌다. 난쟁이들은 '이 정도의 위험은 피할 수 없으리라' '이쯤으로 보물찾기를 단념할쏘냐' 하고 생각했다. 그러나 소린이 분명하게 말했듯이 지금 밖으로 나가는 것은 안 될 일이었다. 조랑말들은 없어지기도 하고 죽임을 당하기도 했다. 그러므로 긴 도정을 무사히 걸어서 지나가려면 스마우그의 감시가 허술해질 때까지 상당한 시일을 기다려야만 할 것이다. 다행히도 그들은 꽤 오랫동안 지탱할 수 있을 만큼의 식량을 건질 수 있었던 것이다.

그들은 앞으로 어떻게 하면 좋을지를 한참 동안 의논했지만 스마우그로부터 도망칠 수 있는 방법은 생각나지 않았다. 이 점이 처음부터 난쟁이들의 계획의 허점이었으며 빌보도 그것을 지적했다. 이렇게 되니 어찌할 바를 모르게 된 사람이 언제나 그렇듯이 난쟁이들은 호비트에게 불평을 늘어놓기 시작하여, 처음에는 모두들 그토록 기뻐했으면서도 컵을 가지고 왔기 때문에 스마우그를 성나게 했다고 호비트를 나무라기 시작했다.

빌보는 화가 나서 말했다.

"그렇다면 첩자가 달리 무엇을 하면 좋다는 겁니까? 나는 용을 죽이는 일을 맡은 것이 아니잖소. 그것은 전사가 할 일이오. 나의 임무는 보물을 훔치는 일이었소. 나는 시작으로서 더할 나위 없이 잘해 냈다고 생각해요. 당신들은 내가 스로르의 보물을 고스란히 이 등에 지고 껑충껑충 돌아온다고 생각했소? 불평을 할라치면 오히려 이쪽이오. 당신들은 첩자를 단 한 사람이 아니라 5백 명쯤 데리고 왔더라면 좋았을 거요. 당신들의 할아버지의 대단한 명예라고는 생각하지만, 그토록 엄청난 보물인데 지금까지 그 내용에 대해 나에게 이야기한 적이 있었나요? 내가 지금의 50배나 크고 스마우그가 토끼처럼 얌전해졌다 해도 내가 그 보물을 전부 나르려면 몇백 년은 걸릴 거요."

이제 난쟁이들이 용서를 빌 차례였다.

"그럼 이제부터 우리는 어떻게 하면 좋다고 생각하시오? 배긴스 씨." 소린이 정중하게 물었다.

"나도 지금 당장엔 좋은 생각이 떠오르지 않습니다. 보물을 되찾는 일이라면 새로운 운이 찾아와 스마우그를 해치울 수 있느냐에 달려 있다고 생각합니다. 용을 해치우는 일은 결코 나의 장기는 아니지만 어쨌든 열심히 그 방법을 생각해 봅시다. 나로서는 지금 아무런 욕심도 없습니다. 그저 무사히 살아서 고향으로 돌아갈 수 있기를 바랄 뿐이지요."

"그 일은 나중에 생각하기로 하고! 자, 오늘은 이제부터 무엇을 하면 좋을까요?"

"글쎄요, 내가 말씀드리는 것에 따를 의향이 있으시다면, 지금은 여기에 꼼짝 않고 앉아서 아무것도 하지 않는 편이 낫다고 말하고 싶군요. 낮에는 바깥에 나가서 공기를 마셔도 위험하지 않겠지요. 아마 얼마 뒤에는 한두 사람 선출해서 강을 내려가 먹을 것을 구해 오도록 할 수도 있겠지요. 그러나 얼마 동안은 모두 밤에는 터널 속에 있는 것이 좋다고 생각합니다.

그건 그렇고 한 가지 생각한 것이 있어요. 낮이 되면 나는 반지를 끼고 다시 내려가 보겠소. 그때 쯤에는 스마우그가 자고 있을 테니까 용이 어떻게 하고 있는지 보고 오리다. 틀림없이 뭔가 알아낼 수 있을 거요. '벌레에는 모두 급소가 있다'고 아버님은 늘 말씀하셨답니다. 자신의 경험으로서 그렇게 생각하셨겠지만요.ˮ

난쟁이들은 물론 대찬성이었다. 난쟁이들은 다시금 작은 빌보를 깊이 존경하게 되었다. 지금 빌보는 난쟁이들의 모험의 진정한 길잡이가 되어 있었다. 빌보는 자기의 생각, 자기의 계획을 갖기 시작했다. 이튿날 낮에 빌보는 산의 안쪽으로 내려가는 두 번째의 정찰을 감행하기로 했다. 물론 그곳에 가는 것을 좋아하지는 않았지만 자기 앞에 무엇이 있는지 다소나마 알고 있는 지금은 전처럼 두렵지 않았다. 그러나 용에 대해, 용의 음험한 수법에 대해 빌보가 좀더 잘 알고 있었다면 아마도 두려움을 떨쳐내고 그 녀석이 잠을 자고 있는 곳에 갈 생각 같은 것은 하지 않았을 것이다.

떠날 때에 밝은 햇빛이 빛나고 있었지만 터널 속은 밤처럼 캄캄했다. 바위문에서 새어드는 불빛도 그 틈새기를 거의 막았기 때문에 내려감에 따라 금세 사라지고 말았다. 빌보의 움직임은 조용하여 산들바람을 타고 오는 연기에 못지 않을 정도였다. 이윽고 아래의 출구에 다가갔을 때 빌보는 자신으로서도 둔갑술을 자랑스럽게 여기지 않을 수 없었다. 출구에는 매우 약한 불이 보일 뿐이었다.

'스마우그 녀석 피곤해서 깊이 잠들어 있군.' 하고 빌보는 생각했다. '녀석은 이쪽이 보이지 않고 소리도 들리지 않을 것이다. 잘 한다. 빌보! 장해.' 그런데 빌보는 냄새를 포착하는 용의 날카로움을 잊고 있었다. 아니, 들은 적이 없었던 것이다. 용들은 의심스러울 때는 잠을 자는 동안에도 눈을 반쯤 뜨고 감시할 수 있었다.

스마우그는 틀림없이 곤히 잠들어 있는 것처럼 보였다. 빌보가 출구에서 들여다보았더니 보이지 않는 김을 뿜는 호흡은 어찌 되었건, 코도 골지 않고 죽은 듯이 시커멓게 누워 있었다. 그래서 빌보가 바닥으로 한 발 내디디려고 하자 스마우그의 왼쪽 눈의 늘어진 눈꺼풀 밑에서 빨간 광선이 화살처럼 번쩍하고 튀어나왔다. 용은 다만 잠든 체하고 있었던 것이다. 그리고 터널 출구를 지켜보고 있었던 것이다. 빌보는 황급히 발을 빼고 반지를 끼고 있는 행운에 감사했다. 그때 스마우그가 말을 걸었다.

"왔구나 도둑놈! 냄새가 난다. 누군가 와 있다는 것을 알 수 있어. 숨소리도 들린다. 이리로 오라. 또 훔쳐 보라구. 줄 것은 잔뜩 있으니까."

그러나 빌보가 용에 대한 지식이 전혀 없었던 것은 아니었다. 그러므로 스마우그가 부드럽게 말을 걸어 다가오게 하려고 해도 유혹에 넘어가지 않았다.

"아니오, 괜찮습니다. 세상에서 가장 무시무시한 스마우그 씨." 빌보가 대답했다. "나는 선물을 원해서 온 것은 아닙니다. 그저 한 번 당신을 바라보고 정말로 이야기에 나오는 것만큼 큰지 어떤지, 이 눈으로 보고 싶었을 뿐입니다. 이야기를 믿지 않았었거든요."

"그럼 지금은 믿는가?" 용은 빌보의 말을 믿지는 않으면서도 얼마쯤 의기양양해서 말했다.

"참으로 노래도 이야기도 당신의 진짜 모습에는 미치지 못합니다. 재난의 원천이며 멸망의 화신인 스마우그 씨."

"거짓말장이 도둑치고는 예의를 아는군. 너는 내 이름을 잘 아는 모양인데 나는 전에 너의 냄새를 맡아 본 적이 없는 것 같다. 도대체 누구이며 어디서 왔는가?"

"그야 알 수 없겠지요. 나는 산 밑에서 떠나 산 밑과 산 위를 지나 하늘을 달려왔습니다. 나는 보이지 않게 걷는 자입니다."

"호오, 그건 알겠다. 그러나 그것은 너의 평소의 이름은 아닐 테지."

"나는 단서를 잡는 자, 거미줄을 찢는 자, 또한 독침을 찌르는 파리입니다. 나는 행운이 따르는 자입니다."

“모두 좋은 이름이로군! 그러나 항상 운이 따라 주기를 기대할 수는 없겠지.”

“나는 친구를 산 채로 묻고 산 채로 물에 빠뜨렸다가 산 채로 물 속에서 건져내는 자입니다. 나는 자루 끝에서 나왔지만 자루를 쓰고 있던 것은 아닙니다.”

“신빙성이 없는 이야기로군.” 스마우그가 비웃었다.

“우리는 곰들의 친구, 독수리들의 손님입니다. 또한 반지를 주운 사나이, 운이 좋은 녀석, 통을 타는 코끼리입니다.” 빌보는 계속하는 동안에 수수께끼를 내는 일에 신바람이 났다.

“그것 참 재미있군. 그러나 함부로 이것저것 주워섬기지 마라!”

이것은 용에게 진짜 이름을 밝히고 싶지 않고(그것은 현명한 일이다), 그렇다고 해서 매정하게 거절하여 용을 화나게 하고 싶지도 않은(그것은 더 현명한 일이다) 경우에 용에게 말을 하는 방법이다. 어떤 용이건 수수께끼 같은 이야기에 이끌리고, 그것을 알기 위해 시간을 보내는 재미를 물리칠 수 없었다. 스마우그로서는 도무지 알 수 없는 일투성이었지만 스마우그는 잘 알았다고 생각하고 비뚤어진 마음 속으로 회심의 미소를 지었다.

‘어젯밤 생각한 대로군. 역시 호숫가 녀석들이었어. 그 꼴사나운 통을 파는 호숫가 녀석들의 어리석은 짓거리였어. 그렇지 않다면 나도 보통의 도마뱀이지. 벌써 오랫동안 그곳에 가 보지 않았군. 이제 곧 그곳을 확 뒤집어 놓을 테다!’

“재미있구나!” 하고 용이 큰 소리로 말했다. “통이란 너의 조랑말을 말하는 것일 테지. 그 조랑말들은 살이 포동포동 쪄 있더군. 너는 모습을 보이지 않고 걷는다고 하는데 늘 걷는 것은 아니겠지. 나는 어젯밤에 조랑말을 여섯 마리나 먹었다. 이제 곧 나머지 모두를 잡아먹을 테다. 맛있는 고기에 대한 사례로서 너에게 좋은 충고를 하나 하지. 알겠나, 네 녀석이 돕고 있는 난쟁이들과 이 이상 상종하지 마라 !"

"난쟁이라고요 ?" 빌보는 놀라는 체했다.

"숨기지 마라 ! 나는 난쟁이 냄새를(맛도) 잘 알고 있다. 그것보다 맛좋은 것은 없지. 난쟁이들이 탔던 조랑말을 먹고도 그것을 모를 줄 아나? 네 녀석이 그런 녀석들과 상종하고 있으면, 이 통을 타는 도둑 코끼리 녀석아, 네 녀석의 최후는 비참할 것이다. 난쟁이들에게 내 말을 그대로 들려 주어도 좋다."

그러나 용은 호비트의 냄새를 알아맞히지 못하고 있음을 입밖에 내지 않았다. 호비트라는 것의 냄새를 아직 맡아 본 적이 없었고 매우 이상해서 견딜 수가 없었다.

"어떠냐. 어젯밤에는 그 컵을 팔아서 많이 벌었나?" 용은 이야기를 계속했다. "자, 어땠나? 조금도 벌지 못했나? 참으로 난쟁이들다운 방식이로군. 녀석들은 다른 데서 게으름을 피우고 있으며, 위험한 일은 네 녀석이 하지. 내가 보지 않는 틈을 타서 훔칠 수 있는 데까지 훔칠 생각인가, 그 녀석들을 위해서? 그러면 자기 몫을 받나? 속지 마라 ! 살아서 돌아갈 수 있으면 다행일 거다."

빌보는 어쩐지 기분이 나빠지기 시작했다. 스마우그의 디굴디굴하는 눈알이 그늘에 숨어 있는 호비트를 찾아 이따금 호비트 쪽으로 번뜩일 때마다 빌보는 오싹해지는 것이었다. 그리고 영문을 알 수 없는 이상한 기분에 사로잡혀 정체를 드러내고 스마우그에게 사실 그대로를 털어놓고 싶어졌다. 실은 이때 빌보는 용의 주문에 걸릴 뻔한 무서운 위험에 처해 있었던 것이다. 그러나 용기를 불러일으켜 빌보는 다시 이렇게 말했다.

"당신은 전부 알고 있는 것은 아니군요. 힘센 스마우그 씨. 우리를 이곳으로 오게 한 것은 황금뿐이 아닙니다."

"핫하하 ! 거, 우리라고 말하는군" 하고 스마우그가 웃었다. "어

째서 우리 14사람이라고 말하지 않지? 내 황금을 훔치는 것 외에
이 언저리에서 뭔가 다른 일을 한다니 즐거운 이야기로군. 도둑질
이외의 일이라면 네 놈도 아마 수고가 덜 할 테지. 가령 네놈이 내
황금을 조금씩 훔칠 수 있더라도(그건 백년이나 걸리는 일일 거다)
그것을 먼 곳으로 날라갈 수는 없겠지? 그 점을 조금은 생각해 본
일이 있나? 산속에서는 쓸모가 없겠지. 숲에서도 마찬가지일 테고.
거 참, 뺏은 물건의 처리 방법을 생각해 두었나? 14분의 1이니 뭐
니 하고 담판을 지었겠지? 그럼 그것을 나르는 방법은 어떤가? 수
수료는 어떻게 되어 있나?" 이렇게 말하고 스마우그는 큰 소리로
웃었다. 용은 음험하고 악랄한 마음을 가지고 있었다. 지금 스마우
그는 자기의 어림짐작이 별로 빗나가 있지 않음을 알았다. 하긴 용
은, 호수 마을 사람들이 이 계획의 뒤에 있고, 빼앗은 대부분의 것
을 호수 마을로 가지고 가리라고 여기고 있었다. 호수 마을은 옛날
용이 젊었을 무렵 에스가로스라고 불리웠었다.

　여러분은 그런 것을 믿지 않겠지만 가엾은 빌보는 허를 찔려 쩔쩔
맸다. 지금까지는 빌보의 생각과 노력이 모두 산에, 즉 산으로 들어
가는 입구를 찾아내는 것에 집중되어 있었다. 빼앗은 보물을 어떻게
나르면 좋을지, 하물며 자기 몫으로 받게 될 보물을 어떤 방식으로
고향의 산 아래 백엔드까지 가지고 돌아갈 것인지 등에 대해서는 생
각해 본 적이 없었다.

　여기서 당치 않은 의심이 빌보의 마음에 뭉게뭉게 솟아올랐다. 도
대체 이토록 중요한 점을 난쟁이들은 잊고 있었던 것인가? 어쩌면
난쟁이들은 빌보를 은근히 비웃고 있었던 것은 아닐까? 라는 의심
이었다. 물론 이것이 용이 노리고 있었던 점으로, 용의 이야기에 익
숙하지 않은 자가 걸려들기 십상이었다. 물론 빌보가 조심해서 다가
가면 되었다. 그러나 스마우그는 일단 붙잡으면 놓치지 않았다.

　"잘 들어 보십시오." 빌보는 자기의 친구를 배신하지 않도록, 목

적을 잊지 않도록 애쓰며 용에게 말했다. "황금 따위는 부수적인 것에 지나지 않습니다. 우리는 산 위를 넘고 아래를 지나, 파도를 타고 바람을 헤치고 복수하기 위해 온 겁니다. 오오, 헤아릴 수도 없을 만큼의 보물을 가진 스마우그 씨, 당신이 그 보물을 탈취한 것에 원한을 품은 적이 있다는 것을 모르실 리 없겠지요?"

그러자 스마우그는 다시금 큰 소리로 웃었다. 그 거친 웃음소리는 빌보를 바닥에 쓰러뜨렸고 멀리 터널 위의 난쟁이들을 바싹 달라붙게 했고, 호비트가 갑자기 가엾은 최후를 마친 것이 아닐까 하고 걱정을 하게 했다.

"복수라고!" 용은 으르렁거렸고 두 눈의 빛이 새빨간 번개처럼 바닥에서 천장까지 온 방 안을 환히 비추었다. "복수라고? 산 밑의 왕은 죽었다. 그리고 복수를 꾀할 만큼의 용기가 있는 그 후계자가 어디 있는가? 데일의 영주 기리언도 죽었다. 나는 데일 사람들을 양떼 속으로 들어간 늑대처럼 죄다 먹어치웠지. 나에게 다가오려고 했던 용기 있는 기리언의 손자들은 어디 있는가? 나는 어디서도 누구든지 죽일 수 있다. 나에게 대항할 자는 없어. 그 옛날의 전사들조차도 쓰러뜨렸단 말이다. 요즘은 그 무렵만큼의 전사들은 없을 거다. 게다가 그때의 나는 어렸었지. 지금은 나이도 많고 강하다. 기억해 둬라. 나는 그 누구보다도 강하단 말이야. 이 숨어 있는 도둑놈아!" 용은 한껏 우쭐해 있었다. "나의 비늘은 열 겹의 방패, 이빨은 칼, 손톱은 창, 꼬리를 한번 휘두르면 번개를 일으키고 날개는 폭풍을 불러들이며, 토하는 숨은 죽음 그 자체이다!"

"내가 평소에 들어온 바에 의하면," 하고 빌보는 두려운 나머지 새된 목소리로 말했다. "용이란 아래는 말랑말랑하고 특히 가슴 언저리가 약하다고 하는데 이토록 견고하게 무장하고 계시는 분은 물론 그 점을 잘 생각하셨겠지요?"

용은 잠시 기염을 토하기를 그쳤다.

"너의 지식은 낡아빠져 있구나" 하고 용은 호통을 쳤다. "몸의 위도 아래도 철의 비늘판과 딱딱한 돌로 완전히 싸여 있다. 어떤 칼로도 베지 못한다."

"저도 그렇지 않나 하고 생각했습니다. 철붙이가 맥을 못추는 스마우그 씨에 비할 만한 분은 어디를 찾아도 없을 겁니다. 멋진 다이아몬드 조끼를 입고 계시는 모습은 정말 훌륭합니다!"

"그렇고 말고. 이것은 세상에 둘도 없는 것이다" 하고 스마우그는 덮어놓고 기뻐했다. 용은 호비트가 지난 번에 왔을 때 이미 용의 색다른 배두렁이를 재빠르게 엿보았다는 사실을 몰랐고, 지금도 빌보가 이유가 있어서 그것을 가까이에서 보고 싶어서 좀이 쑤시고 있음을 알지 못했다. 용은 벌렁 위를 보고 뒹굴었다.

"봐라! 어떠냐?"

"보기에도 아름답고 나무랄 데 없이 완전무결하여 넋이 나갈 지경입니다!" 하고 빌보는 목청껏 찬양했다. 그러나 마음 속으로는 이러했다. '이 어리석은 늙은이야. 왼쪽 윗가슴의 구멍에 크게 잇대어 붙인 데가 있잖은가. 마치 껍데기를 벗은 달팽이처럼 맨살이구나!'

이것을 확인한 이상 우리의 배긴스의 생각은 오로지 도망치는 것뿐이었다. "그럼 훌륭하고 현명하신 분을 이 이상 방해해 드릴 수 없겠지요. 좀더 쉬셔야 할 테니까요. 그건 그렇고 조랑말일지라도 멀리 가야 할 때에는 듬뿍 먹는 법입니다. 첩자도 마찬가지지요." 빌보는 작별의 한방을 먹이고 성큼 뒤로 물러서서 터널을 도망쳐 올라왔다.

이것은 운이 나쁜 한 마디였다. 용은 즉각 무시무시한 불길을 내뿜어 빌보가 아무리 빨리 달려 올라가도 소름이 끼치는 스마우그의 얼굴이 출구의 구멍에서 가로막고 빌보를 위협해 대는 것이었다. 다행히도 용의 목이 꽉 들어맞지 않았기 때문에 튀어나온 코로 빌보의 등 뒤로 불길과 김을 뿜어 보냈다. 빌보는 하마터면 당할 뻔했지만 아픔과 두려움으로 정신없이 비틀거리며 도망쳤다. 그때까지 빌보는 스마우그와 이야기를 나누며 잘해 냈다고 의기양양했었는데 마지막에 저지른 잘못이 겨우 분별력을 되찾게 했다.

"용의 눈앞에서 비웃지 말지어다. 어리석은 빌보여!" 이렇게 혼잣말을 했는데 이 말은 후세에 빌보의 경구가 되었고, 마침내는 금언이 되어 전해졌다. "아직도 모험은 끝나지 않았다"라고 빌보는 덧붙여 말했는데 그것은 어김없는 사실이었다.

그날 오후 저녁 때가 다 되어서야 빌보는 다시 입구에 다다라 비틀거리며 '입구 계단'에서 정신을 잃고 쓰러졌다. 난쟁이들이 소생시키고 덴 상처를 가능한 한 잘 치료해 주었다. 그러나 빌보의 뒷머리카락과 발뒤꿈치가 다 나을 때까지는 꽤 오래 걸렸다. 피부까지 데었기 때문이다. 그 동안 친구들은 빌보의 기운을 돋구어 주려고 힘껏 보살폈다. 모두 빌보의 이야기를 듣고 싶어했고, 특히 용이 어째서 그 같은 무시무시한 소리를 냈는지, 또한 빌보가 어떻게 해서 그곳을 빠져 나올 수 있었는지 그 자초지종을 알고 싶어했다.

그러나 호비트는 매우 지쳐 있었고 몸이 쇠약해져 있었다. 모두는 지금 빌보에게 말을 시키기는 어렵다고 생각했다. 게다가 지금 돌이켜 생각해 보니 빌보는 용에게 지껄인 말 중에 아차 싶은 점도 있고 해서, 난쟁이들에게 얼른 이야기할 마음이 일지 않았던 것이다. 먼저의 개똥지빠귀는 고개를 한쪽으로 갸우뚱하고 가까운 바위에 앉아서 이곳에서의 이야기를 전부 듣고 있었다. 빌보는 울화통이 터져서 돌을 집어들고 개똥지빠귀를 향해 냅다 던졌다. 개똥지빠귀는 옆으로 살짝 비켰다가 다시 본래의 자리에 앉았다.

"지긋지긋한 새로군. 저 놈은 틀림없이 엿듣고 있는 거야. 저 모습이 마음에 들지 않아."

빌보가 말하자 소린이 대꾸했다.

"내버려 두시오. 개똥지빠귀는 좋은 새, 사람을 따르는 새요. 게다가 이 새는 나이가 무척 많고 어쩌면 옛날 옛적에 이 부근에 살고 있던 오랜 개똥지빠귀의 후예, 즉 나의 아버지나 할아버지를 따르며 손 위에 앉기도 했던 바로 그 새일지도 모르오. 개똥지빠귀는 장수하고 마력이 있는 새인데, 이 새도 그때부터 2백 년쯤 살아온 것일지도 모르겠소. 데일 사람들은 이 새의 말을 아는 방법을 터득하여, 이 새를 써서 호수 마을 사람들이며 그 밖의 고장 사람들과 소식을 교환하곤 했답니다."

"그럼, 이 새가 그럴 마음만 있다면 이 소식을 호수 사람에게 잘 전달해 주겠군요. 하긴 그 마을에 개똥지빠귀의 말을 굳이 알려고 하는 사람이 있을 것 같지는 않지만요……."

그러자 난쟁이들이 모두 큰 소리로 물었다. "도대체 어떤 일이 있었나요? 부디 하나하나 자세히 이야기해 주시오."

그래서 빌보는 기억하고 있는 한 자세히 이야기했다. 그리고 자기가 수수께끼를 내는 형식으로 말을 했기 때문에 야영이며 조랑말들에 대한 것을 거의 알아맞히게 해버린 경솔함을 숨김없이 털어놓았다.

"우리가 호수 마을에서 왔다는 것도 그곳에서 힘을 빌렸다는 것도 용은 확실히 알고 있으리라고 생각합니다. 그래서 용이 그곳을 습격하지 않을까 하는 무서운 예감이 듭니다. 통을 타는 코끼리라느니 하고 말하지 말 걸 그랬어요. 그건 아무리 얼간이일지라도 호수 사람을 연상하게 되지요."

"뭐 어떻습니까? 하는 수 없는 일이었고, 용과 이야기할 때는 함부로 입을 놀리지 않기가 어렵다고 하니까요" 하고 발린이 빌보를 위로했다. "내가 생각하기에는 당신은 아주 잘한 것 같아요. 어쨌든 한 가지는 매우 도움이 되는 일을 알아냈고, 이렇게 살아서 돌아오지 않았습니까. 그건 스마우그와 이야기를 나눈 적이 있는 것을 자랑으로 여기는 패거리들보다 훨씬 훌륭해요. 저런 징그러운 녀석의 배두렁이에 드러나 있는 구멍을 찾아낸 것은 하늘의 도움이며 운이 우리와 함께 한다는 징조일 거요.”

이렇게 말했기 때문에 이야기의 방향이 바뀌어 그들은 용 퇴치에 대해 열심히 이야기를 나누었다. 역사에 남아 있는 이야기, 다소 의심스러운 것, 또는 옛날 신화시대로부터 전해 내려오는 이야기를 꺼내기도 하고, 찌르고 치고 도려내고 하는 여러 가지 수법이며, 지금까지 생각해 낸 온갖 책략에 대해 토론했다. 그리고 결론은, 용이 잠을 자고 있는 틈을 타는 것은 말만큼 쉽지 않아 깊이 잠들어 있는 녀석을 찌르거나 치거나 하면 정면으로 용감하게 부딪치는 것보다도 오히려 지독한 일을 당할지도 모른다는 것이었다. 모두가 이야기하고 있는 동안 내내 개똥지빠귀는 꼼짝 않고 듣고 있었는데, 이윽고 별이 여기저기 보이기 시작할 무렵이 되자 소리 없이 날개를 펼치고 날아가 버렸다. 모두가 여전히 이야기를 계속하고 있는 동안에 그림자는 더욱더 길어졌고, 그것과 동시에 빌보는 차츰 마음이 우울해졌으며 좋지 않은 예감이 강해졌다.

마침내 빌보는 이야기에 끼어들었다.

“여기 있는 것은 매우 위험하다고 생각합니다. 그리고 여기 앉아 있어서 좋을 리도 없지요. 그 용은 보기에 즐거운 푸른 초지를 전부 말려 버렸고, 어쨌든 밤이 오면 추워집니다. 무엇보다도 나로서는 이 장소가 반드시 다시 습격당하리라고 느껴집니다. 스마우그는 이미 내가 그의 방으로 내려간 방법을 알고 있고 이 터널 입구가 어디쯤인지는 짐작을 할 겁니다. 녀석은 산의 이 방면을 산산이 부숴서 우리의 입구를 막으려고 할 테지요. 그때 우리가 짓이겨지면 녀석이 바라던 대로 되는 겁니다.”

“그건 너무 지나치게 어두운 견해요, 배긴스 씨! 스마우그가 우리를 몰아내려고 한다면 어째서 아래쪽 출구 구멍을 막지 않는 거지요? 현재 막는 소리가 들리지 않으니 그것을 하고 있지 않은 거요." 소린이 말했다.

"나로서는 모르겠습니다. 도무지 모르겠단 말입니다. 아마도 처음에는 나를 다시 유인해서 붙잡으려고 했겠지요. 그리고 지금은 오늘 밤의 사냥 뒤까지 기다릴 작정이거나 자기 잠자리를 어지러뜨리고 싶지 않기 때문이겠지요. 아무튼 이렇게 토론이나 하고 있어서는 안 됩니다. 스마우그는 지금 이 시간에도 오고 있을 테고, 우리에게 남은 유일한 길은 터널 속으로 도망쳐서 바위문을 닫는 것입니다."

빌보가 너무나도 필사적인 빛을 띠고 말하므로 난쟁이들도 마침내 빌보가 하자는 대로 하기로 했지만 바위문을 닫아 버리는 것은 망설여졌다. 그것은 너무나도 자포자기의 방법 같았기 때문이다. 아무튼 아무도 안쪽에서 바위문을 여는 방법을 알지 못했고, 오직 한쪽 출구가 용의 잠자리와 통하는 그런 장소에 갇힌다는 것이 견딜 수 없었던 것이다. 게다가 터널 안쪽도 터널 바깥도 모든 것이 쥐죽은 듯 조용하게 보였다. 그래서 꽤 오랫동안 모두는 반쯤 열려 있는 바위문 바로 뒷부분에 앉아서 이야기를 계속했다.

이야기는 난쟁이에 대한 용의 음험한 말에 관한 것이었다. 빌보는 용의 말을 듣지 않았더라면 좋았을 거라고 생각했다. 또한 지금 보물을 손에 넣은 다음 어떻게 될 것인가에 대하여는 조금도 생각해 본 적이 없다는 난쟁이들의 말을 듣고 빌보는 난쟁이들이 정말로 정직하다는 것을 믿고 싶다고 생각했다.

"우리는 이것이 필사의 모험이 되리라고 생각했소." 소린이 말했다. "그리고 지금도 그렇게 생각하고 있어요. 그러나 나는 보물을 손에 넣게 되면 그 분배 방법을 여유있게 생각할 틈도 생기리라고 봅니다. 당신 몫에 대해서는 말입니다, 배긴스 씨, 분명하게 말하지만 우리는 진심으로 감사하고 있고 나눌 만큼의 보물을 입수하는 대로 즉시 14분의 1을 손수 골라 갖도록 하시오. 그 보물을 고향으로 운반하는 일로 걱정을 하게 해서 미안합니다. 여러 가지 어려움이 많을 겁니다. 돌아가는 길은 시간이 흐르면서 덜 험한 길이 될 수도 있고, 그와는 반대일 수도 있을 겁니다. 그러나 우리는 우리가 당신을 위해 해줄 수 있는 모든 것을 다 하겠소. 또한 비용도 분담해서 지불해야 할 때는 하겠소. 내 말을 믿건 안 믿건 그건 당신 마음에 달려 있지만……."

그 다음은 굉장한 보물더미 이야기, 소린과 발린이 기억하고 있는 하나하나의 보물에 관한 이야기로 옮겨졌다. 난쟁이들은 보물이 아직도 그대로 남아 있는지 어떤지를 궁금하게 여겼다. 그들이 기억하는 것 중에는 블라도르신 대왕(아주 오랜 옛날에 죽은 왕이다)의 군대를 위해 만들어진 창으로, 세 번 달군 창끝이 달려 있고 손잡이에는 황금 세공을 했지만 끝내 군대에 납품하지도 못했고 비용도 지불받지 못한 것, 옛날에 죽은 전사들이 쓰던 방패, 손잡이가 두 개 있고 새의 눈이랑 꽃잎을 보석으로 세공한 스로르의 황금 술잔, 금은을 입히고 끊어지지 않게 만든 미늘 갑옷, 데일의 영주 기리언의 목걸이 등이 있었다. 기리언의 목걸이는 5백 개의 푸른 에메랄드를 엮은 것인데, 영주의 장남이 난쟁이가 만든 미늘 갑옷으로 무장하게 되었을 때 기념으로 준 것이다. 또한 그 미늘 갑옷이라는 것이 지금까지 이만한 것이 없었다고 할 수 있을 정도의 물건인데 아무튼 순은만으로 세 겹의 강철만큼 강하게 만든 것이다.

그러나 온갖 보물 중에서 가장 훌륭한 것은 하얗게 반짝이는 큰 보석인데, 이것을 난쟁이들은 산의 밑뿌리에서 발견했기 때문에 산의 정수라 하여 스라인의 아르켄석이라고 불렀다.

"아르켄석, 아아, 아르켄석이여!" 하고 소린은 꿈을 꾸듯이 턱을 무릎 위에 얹고 어둠 속에서 중얼거렸다. "천 개의 단면을 가진

구체 같았지. 불빛을 받으면 은처럼, 햇빛을 받으면 물처럼, 별빛을
받으면 눈처럼, 달빛을 받으면 비처럼 반짝였지.”

그러나 보물을 갖고 싶다는 마술에 걸린 듯한 기분은 빌보에게서
사라졌다. 난쟁이들이 열중하고 있는 이야기도 건성으로 듣고 있었
다. 빌보는 문 바로 옆에 앉아서 바깥 어딘가에서 소리라도 나지 않
나 하고, 한쪽 귀를 바깥으로 기울이고 나머지 귀도 곤두세워서 난
쟁이들의 소근거리는 이야기 너머의 아래쪽에서 일어나는 아무리
작은 소리일지라도 놓치지 않고 들으려고 했다.

어둠은 차츰 깊어져 빌보의 불안은 더욱 더 심해졌다.

“바위문을 꼭 닫읍시다!” 빌보는 난쟁이들에게 호소했다. “그
용은 너무너무 무서워요. 어제 저녁의 성난 모습보다 지금의 쥐죽은
듯 조용한 것이 더 싫어요. 때늦기 전에 바위문을 닫읍시다!”

그 목소리에 담긴 무언가가 난쟁이들을 불안하게 했다. 소린은 자
기의 꿈을 떨쳐 버리고 일어나 바위문에 괴어 놓았던 돌을 걷어찼
다. 그리고 난쟁이들은 문을 밀어서 쾅하고 닫아 버렸다. 안쪽에는
열쇠구멍이 없었다. 모두는 산 속에 갇혀 버린 것이다.

그 직후였다. 모두가 터널 안쪽으로 그다지 많이 피난하지도 못했
는데, 무시무시한 일격이 산허리를 때렸다. 거인이 떡갈나무 방망이
로 후려치는 듯한 소리였다. 바위가 울리고 암벽은 무너져, 바위부
스러기가 천장에서 모두의 머리에 떨어졌다. 바위문이 아직 열려 있
었다면 과연 어떻게 되었을지 생각만 해도 끔찍했다. 모두는 간신히
목숨을 건지고 터널 안쪽으로 도망쳤지만 그 동안에도 뒤쪽 바깥에
서 스마우그가 분노로 미쳐서 날뛰는 소리와 아우성치는 소리가 들
려왔다. 스마우그는 바위를 산산이 부쉈고, 암벽이며 벼랑을 큰 꼬
리로 때려 부쉈기 때문에 모두가 야영을 하고 있던 산허리의 작은
바위밭도 불태워진 풀밭도 개똥지빠귀가 앉았던 돌도 달팽이가 기
어다니던 벽의 구멍도 좁은 바위선반도 온통 산산조각이 나서 사라

졌고, 가루가 되어 버린 돌의 큰 사태가 아래의 골짜기를 향해 벼랑을 와르르 떨어져 내려갔다.

스마우그는 소리를 내지 않고 잠자리를 살금살금 기어나와 공중으로 조용히 날아올라 거대한 까마귀처럼 무겁게 천천히 어둠 속에서 날아다니다가 그곳에 있는 것들을 붙잡아서 도둑이 들어온 길의 입구를 알아내려고 산의 서쪽으로 바람을 타고 왔던 것이다. 그러나 아무도 발견하지 못했고 그 입구이리라고 믿었던 곳에서 아무것도 찾아내지 못했을 때, 스마우그의 분노가 폭발했던 것이다.

용은 이런 식으로 마구 분노를 터뜨린 다음 기분이 얼마쯤 풀렸으며 이젠 그쪽 방향에서 잠자리를 습격당할 염려는 없으리라고 생각했다. 그 다음 스마우그는 복수의 손길을 멀리 뻗칠 생각을 했다.

"통을 타는 코끼리놈!" 하고 용은 콧김을 뿜어냈다. "네놈의 발자국은 강가에서부터 와 있다. 틀림없이 강을 거슬러 올라온 거야. 나는 네놈의 냄새를 모르지만, 네놈이 호수 패거리 중의 하나가 아니라 할지라도 그 녀석들의 도움을 빌렸을 게다. 그들은 나를 보고 산 밑의 진짜 왕이 누구인지 기억하게 될 거다!"

용은 불기둥이 되어 하늘로 올라가 남쪽의 빠른 여울을 향해 날아갔다.

용이 없는 사이에

한편 난쟁이들은 어둠 속에 웅크리고 쥐죽은 듯 조용히 앉아 있었다. 거의 먹지도 않았고 말도 하지 않았다. 시간의 흐름을 헤아릴 수 없었다. 또한 몸을 움직이는 것도 삼갔다. 가만가만 속삭이는 소리도 터널에 메아리쳐서 요란하게 울리기 때문이었다. 꾸벅꾸벅 졸다가 눈을 떠보면 여전한 어둠에 진저리가 났다. 이렇게 여러 날을 보낸 모양인데, 공기가 모자라 숨이 막히고 머리가 멍해져서 도저히 참을 수 없게 되었다. 이렇게 되고 보니 오히려 아래에서 용이 돌아오는 소리가 들려오는 것을 은근히 기다리는 심정이 되었다. 아무 소리도 나지 않는 곳에서는 용의 교활한 계획을 생각해서 두려웠지만, 그렇더라도 이곳에 더 이상 앉아 있을 수는 없었다.

소린이 말했다.

"입구의 문을 열어 보자. 당장에라도 바람을 쐬지 않으면 안되겠다. 그렇지 않으면 죽을지도 몰라. 여기서 숨이 막혀 죽느니 차라리 넓은 곳에 나가서 스마우그에게 짓눌리는 편이 낫겠다."

　　그래서 몇 명의 난쟁이들이 몸을 일으켜 손으로 더듬으며 바위문이 닫혀 있는 언저리로 돌아갔다. 그러나 그 터널 위의 막다른 곳은 깨진 바위로 단단히 막혀 있었다. 전에는 쓸 수 있었던 열쇠도 마법도 이 입구를 다시 여는 데에는 쓸모가 없게 되어 버린 모양이었다.

　　"함정에 빠졌다" 하고 난쟁이들은 소리를 질렀다. "이젠 끝장이야. 여기서 죽는 거야."

　　그런데 어찌 된 영문인지, 난쟁이들이 절망의 구렁텅이에 빠져 있던 그때, 빌보는 이상하게도 마음의 활기를 느꼈다. 마치 무거운 응어리가 조끼 밑에서 사라진 듯한 기분이었다.

　　"자, 여러분!" 하고 빌보가 말했다. "'목숨이 있는 한, 희망이 있는 한'이라고 나의 아버님은 늘 말씀하셨답니다. 또한 '세 번째는 일이 대개 제대로 된다'고도 말씀하셨구요. 나는 이제부터 다시 한 번 터널을 내려가 볼 작정입니다. 이미 두 번 내려갔었고, 그때 저쪽 출구에 용이 있는 것을 분명히 봐 두었어요. 그러나 용이 그곳에 있는 것이 확실치 않게 된 지금 세 번째로 내려가 보아야겠어요. 어쨌든 내려가는 수밖에 방법이 없어요. 여러분도 나와 함께 가는 편이 좋을 겁니다."

　　이젠 뒷걸음질칠 수 없다는 기분에서 모두는 고개를 끄덕였다. 그래서 소린은 빌보와 나란히 앞장서서 갔다.

　　"자, 주의하십시오" 하고 호비트는 속삭였다. "되도록 조용히 해야 합니다. 아래에는 스마우그가 없을 겁니다. 그러나 언제 올지 모르니까요. 쓸데없는 위험은 불러들이지 말아야지요."

　　모두는 아래로 아래로 내려갔다. 물론 난쟁이들은 호비트만큼 살금살금 걸을 수 없었고 헉헉 소리도 내고 투닥투닥 발소리도 냈는데, 그것이 놀랄 만큼 크게 메아리쳤다. 그러나 오싹해진 빌보가 자주 멈춰 서서 귀를 기울였지만 아래쪽에서 부시럭거리는 소리는 전혀 들려오지 않았다. 이제 곧 밑바닥일 것이라고 여겨질 때쯤 빌보는 반지를 끼고 전진했다. 그러나 그럴 필요는 없었다. 형체도 분간할 수 없는 캄캄한 어둠에서는 반지를 끼건 안 끼건 누구의 모습도 보이지 않는다. 너무도 캄캄했기 때문에 갑자기 출구가 나타나자 빌보는 허공을 짚으며 앞으로 고꾸라져서 용의 소굴 속으로 곤두박질하여 굴러 떨어졌다.

바닥에 얼굴을 박고 엎드린 채 빌보는 일어날 엄두도 못 내고 숨을 죽이고 있었다. 그러나 아무것도 움직이지 않았다. 한 가닥의 불빛도 비치지 않았다. 마침내 빌보가 고개를 들고 겁을 내며 조금 위쪽의 얼마쯤 떨어진 어둠 속을 보았더니 희끄무레한 빛이 보이는 것 같았다. 용의 비린내는 끈질기게 떠돌고 있었고 용의 입김이 아직 빌보의 혀에 느껴졌다.

마침내 배긴스도 참을 수 없게 되었다.

"빌어먹을 스마우그, 이 뱀 같은 놈!" 하고 빌보는 흥분한 목소리로 외쳤다. "숨바꼭질 따위는 그만두고 나오라! 불을 켜고 붙잡을 수 있으면 붙잡아 보라!"

그 소리는 약한 메아리가 되어 아무것도 보이지 않는 굴 속을 떠다녔다. 아무 대답도 없었다.

빌보는 일어났지만 어느 방향으로 향해야 할지 알지 못했다.

"그렇다면 도대체 스마우그는 무엇을 하고 있는 것일까? 놈은 오늘(어쩌면 지금은 밤이어서 오늘 밤일지도 모르지만 어느 쪽이건 상관없다)은 이곳에 없는 것만은 확실하다. 오인과 글로인이 부싯깃 상자를 잃어버리지 않고 있다면 잠시 불을 붙일 수 있을 테고 운이 좋으면 주변을 한 번 볼 수 있으리라."

빌보는 이렇게 혼잣말을 하고는 큰 소리로 외쳤다.

"불빛을! 누군가 불을 켜주지 않겠소?"

물론 난쟁이들은 빌보가 용의 굴 속으로 곤두박질쳤을 때는 몹시 놀랐고, 빌보가 튀어나간 출구에 모여서 주저앉고 말았다.

"쉬, 쉬!" 난쟁이들은 빌보가 고함지르는 것을 듣고 입을 다물게 하려고 했다. 빌보는 그 목소리로 모두가 있는 장소를 알게 되었지만, 원하는 것을 손에 넣기까지는 시간이 꽤 걸렸다. 빌보가 발을 구르며 새된 소리로 "불빛을!" 하고 고함을 지르자 소린도 하는 수 없이 터널 위의 짐을 가져오도록 오인과 글로인을 보냈다.

한참 뒤에 어른거리는 불빛이 보여 두 사람이 오는 것을 알았다. 오인은 한손에 작은 횃불을 쥐었고 글로인은 겨드랑이 밑에 횃불용 나무 다발을 껴안고 있었다. 빌보는 재빠르게 출구 쪽으로 달려가서 횃불을 손에 들었다. 그러나 빌보는 난쟁이들에게 횃불을 좀더 붙이고 자기와 함께 가자고 권하지는 않았다. 소린이 조심스럽게 설명한 대로 배긴스는 아직 공식적으로 난쟁이들에게 고용된 유능한 첩자였던 것이다. 그런 임무를 가진 사람이 불빛을 비치고 싶다면 멋대로 비쳐도 좋다. 그건 자기 마음대로이다. 난쟁이들은 터널 속에서 첩자의 보고를 기다리면 된다. 그래서 그들은 그 출구 가까이에 앉아 지켜보고 있었다.

그들은 호비트의 검은 그림자가 횃불을 쳐들고 출발하는 것을 보았다. 난쟁이들은 이따금 빌보가 금덩어리 같은 것에 걸려 넘어질 때마다 반짝반짝 빛나는 것을 보았다. 빌보가 넓은 방 안쪽으로 감에 따라 횃불빛이 작아졌다. 그리고 공중에서 어른어른 춤추기 시작했다. 빌보는 큰 보물더미 위에 올라가 있었던 것이다. 이윽고 빌보는 그 꼭대기에 서서 한참 동안 돌아다니고 있었다. 다음에 그들은 빌보가 잠깐 멈춰 서서 몸을 굽히는 것을 보았다. 그러나 그들은 그 이유를 알지 못했다.

빌보가 본 것은 산의 정수인 아르켄석이었다. 빌보는 소린의 이야기로 미루어서 즉각 그것임을 알았다. 하긴 그것은 이런 보물 창고 속에도, 아니 온 세계에 둘도 없는 것이니 모른다면 이상한 것이었다. 빌보가 보물더미에 올라가는 동안 그것의 하얀 빛이 앞쪽에서 빛났기 때문에 원하든 원치 않든 간에 발길이 끌렸던 것이다. 빛은 차츰 더해져 뽀얗게 창백한 빛을 발했다. 빌보가 곁으로 가 보니 횃불 빛에 반사하여 아르켄석의 표면은 무지개처럼 잔물결이 이는 온갖 색깔의 무늬를 이루고 있었다. 빌보는 보석 위에 서서 자신도 모르게 숨을 죽였다. 훌륭한 보석이 발 밑에서 빛나고 있었다. 난쟁이들이 그 옛날 산의 심장부에서 캐내어 깎고 다듬어서 완성시킨 이 아르켄석은 그 위에 떨어지는 온갖 빛을 거두어 무지개의 다채로움을 섞은 찬란한 백광으로 바꾸어 천 개의 반사광을 내쏘는 것이었다.

그 마력에 이끌려 빌보의 손이 문득 보석 위에 뻗쳤다. 그 작은 손으로는 도저히 그것을 감쌀 수가 없었다. 그토록 그 보석은 크고 또한 무거웠던 것이다. 그러나 빌보는 눈을 감고 돌을 들어올려 호주머니에 넣었다.

'마침내 나는 진짜 도둑이다.' 빌보는 마음 속으로 이렇게 생각했다. '그러나 나는 이 일을 꼭 난쟁이들에게 말해야겠지, 언젠가는. 난쟁이들은 나의 몫은 내가 선택해도 된다고 분명히 말했으니까. 이 나머지 전부를 다른 사람들이 갖더라도 나의 몫은 이거야.' 그러나 동시에 빌보는, 선택하거나 갖거나 한다고 하지만 이 훌륭한 보석은 거기에 포함되지 않는 것이 아닐까, 언젠가는 이것 때문에 성가신 일이 일어나지 않을까 하는 좋지 않은 느낌도 받았다.

빌보는 다시 움직이기 시작했다. 보물더미의 반대쪽으로 내려왔기 때문에 난쟁이들에게는 한동안 횃불빛이 보이지 않았다. 그러나 이윽고 모두는 다시금 멀리 떨어진 곳에서 불빛을 보았다. 빌보는 방 끝으로 갔던 것이다.

빌보는 방 끝의 또다른 큰 입구로 나왔다. 그곳으로 불어제치는 바람은 빌보의 기운을 돋구어 주었지만, 횃불은 꺼질 것만 같았다. 겁을 내며 그 바깥을 엿보았더니 큰 통로가 있고 어둠 속으로 올라가는 넓은 계단이 어렴풋이 보였다. 여전히 스마우그의 모습도 소리도 전혀 없었다. 빌보가 되돌아가려고 뒤돌아보았을 때, 뭔가 검은 그림자가 내려와 빌보의 얼굴을 스쳤다. 빌보는 '깩' 소리를 지르며 펄쩍 뛰어 뒤로 넘어졌다. 횃불이 거꾸로 떨어져 꺼져 버렸다.

"아니, 박쥐였잖아!" 하고 빌보는 맥이 빠져서 말했다. "그런데, 어떻게 하면 좋을까? 동서남북을 어떻게 구별하지?"

"소린! 발린! 오인! 글로인! 필리! 킬리!" 하고 빌보는 되도록 큰 소리로 불렀다. 그러나 이 넓은 어둠속에서는 가냘픈 소리일 뿐이었다. "불이 꺼졌소! 누군가 나를 찾아내어 도와 주시오!" 이때 빌보는 용기가 완전히 꺾이어 있었던 것이다.

난쟁이들은 이 작은 외침소리를 희미하게 들었다. 그러나 알아들은 말은 "도와 주시오!"라는 것뿐이었다.

"도대체 무슨 일이 일어났을까?" 하고 소린이 말했다. "용 때문이 아님은 확실해. 만일 그렇다면 저런 소리를 지르지 않을 거다."

모두는 잠시 기다렸다. 그래도 용의 기척은 없었고, 빌보의 희미한 목소리밖에는 아무 소리도 들리지 않았다.

"자, 누군가 한 사람 횃불을 갖다 주게. 지금은 우리가 나서서 우리의 첩자를 도와야 할 때인 것 같다." 소린이 명령했다.

"이번은 우리가 도와 줄 차례입니다" 하고 발린이 말했다. "제가 먼저 가겠습니다. 어쨌든 아직은 안전하다고 생각합니다."

글로인이 몇 자루의 횃불에 불을 더 붙였다. 그 다음 모두는 한 사람 또 한 사람 통로에서 나와 벽을 따라 되도록 빨리 걸어갔다. 얼마 안 가서 모두는 이쪽을 향해 오는 빌보와 마주쳤다. 빌보의 두뇌 움직임은 난쟁이들의 불빛을 보고 본래대로 빨라졌던 것이다.

"박쥐가 나타나서 횃불이 떨어졌을 뿐입니다."

빌보는 모두의 질문 공세를 받자 이렇게 말했다. 그래서 모두는 일단 안심했지만 대단한 일도 아닌데 놀래킨 빌보에 대해 내심 분개하는 눈치였다. 그러나 만일 빌보가 이때 아르켄석에 대해 털어놓았다면 모두는 뭐라고 했을까? 난쟁이들은 걸어오는 도중 보물을 힐끗힐끗 곁눈질해 보았을 뿐인데도 이미 난쟁이의 타고난 욕망의 불길이 일어나고 있었다. 아무리 훌륭한 난쟁이의 마음도 황금이나 보석을 만나면 그 순간부터 무모해지고, 때로는 미친 사람처럼 거칠어졌다.

난쟁이들은 조금도 재촉할 필요가 없었다. 모두가 기회가 왔을 때 방을 돌아다니고 싶어서 견딜 수 없었고, 스마우그가 멀리 떨어진 곳에 있다고 단정을 내렸던 것이다. 그리고 각자 횃불을 쥐고 우선 이쪽을 보고, 다음에 저쪽을 살피고 하는 동안에 차츰 무서움을 잊고 조심성마저도 없어졌다. 그들은 소리 높이 지껄였고, 서로 불러대며 벽이나 바닥에서 오래된 보물을 집어들어 불빛을 쳐들고는 볼에 대어 보기도 하고 손가락으로 쓸어 보기도 했다.

필리와 킬리는 이미 들뜨기 시작했고 은실을 끼운 황금 하프가 여러 대 걸려 있는 것을 발견하자 당장에 하프를 들고 연주하기 시작했다. 하프에는 마법의 힘이 남아 있어서(게다가 음악에 흥미가 없는 용이 만지지 않은 탓도 있지만) 지금도 곡을 켤 수 있었다. 어두운 방 안에는 오랫동안 없었던 음악 소리가 감돌았다. 그러나 난쟁이들 대부분은 매우 타산적이어서 보석을 가려내어 호주머니에 쑤셔넣었고, 그 이상 가져갈 수 없는 것은 한숨을 내쉬며 손가락에서 떨어뜨렸다. 소린은 이같은 축에는 끼어들지 않았다. 그러나 소린도 끝에서 끝까지 찾아다니는 중이지만, 아직 찾아내지는 못했다.

물론 그것은 아르켄석이었다. 소린은 아무에게도 그것을 말하지 않았다.

그러다가 난쟁이들은 갑옷이며 무기를 벽에서 내려 몸에 걸쳤다. 소린은 당당한 왕가 출신처럼 보였다. 그는 황금의 미늘 갑옷에 주홍색의 보석이 박힌 폭넓은 혁대를 매고 거기에 은손잡이가 달린 큰 도끼를 차고 있었다.

"배긴스 씨!" 하고 소린이 불렀다. "여기에 당신께 감사의 뜻으로 드릴 첫 선물이 있소이다. 그 낡아빠진 웃도리를 벗고 이것을 걸치시오."

이렇게 말하고 소린은 빌보에게 그 옛날 어떤 요정 도령이 입었으리라고 여겨지는 작은 미늘 갑옷을 입혀 주었다. 그 모습은 은백색 강철로 엮은 것에 진주 구슬을 꿴 미늘 갑옷에 진주와 수정을 꿰맨 혁대를 두르고 머리에는 강철 머리띠를 둘러서 강하게 하고 위에는 백옥으로 십자형 테를 두른 가벼운 가죽 투구의 차림이었다.

'당당한 용사라도 된 듯한 기분이 드는군.' 하고 빌보는 생각했다. '그러나 분수를 모르는 어리석은 자로 보일지도 모르지. 고향 언덕에서라면 이웃들이 얼마나 웃을까. 옆에 거울이 있으면 좋으련만!'

그러나 배긴스는 난쟁이들처럼 보물 창고의 매력에 사로잡히지 않도록 머리를 식혀 두었다. 난쟁이들이 보물 뒤지기에 싫증을 내기 전에 빌보는 이미 진력이 나서 바닥 위에 앉았다. 그리고 마음 속으로 '이런 북적거림의 결말이 도대체 어떻게 날까?' 하고 당해 낼 재간이 없다는 기분으로 생각하기 시작했다. '아아, 베오른의 나무주발로 기운을 돋구어 주는 좋은 술을 한 잔이라도 마시게 해 준다면 여기 있는 금은의 큰 술잔을 얼마든지 줄 텐데 말이야.'

"소린!" 하고 빌보는 소리 높이 외쳤다. "이제부터 어떻게 하지요? 우리는 모두 갑옷을 입었지만 아무리 갑옷을 입었더라도 저 무서운 스마우그 녀석을 상대할 수 있을까요? 이 보물도 역시 어떻게도 할 수 없어요. 지금은 황금을 찾을 때가 아니라 도망칠 길을 찾을 때입니다. 이건 행운을 너무 의지하는 것이 아닙니까?"

"당신 말씀이 맞소!" 하고 소린은 제정신으로 돌아왔다. "그럼 갑시다! 내가 안내하겠소. 나는 천 년이 지나도 이 궁전의 길을 잊지 못할 거요." 이리하여 소린은 난쟁이들을 불러모아 횃불을 머리

위에 쳐들고 아쉬운 마음으로 보물을 뒤돌아보며 앞쪽 입구를 통과했다.

난쟁이들은 번쩍이는 미늘 갑옷 위에 원래의 망토를 걸치고, 빛나는 투구 위를 찢어진 두건으로 가렸다. 그러고는 소린의 뒤를 따라 한 사람 또 한 사람 어둠 속으로 점점이 이어지는 작은 불빛의 행렬을 이루고 나아갔다. 이따금 용이 오는 기척이 없나 하고 겁이 나서 멈춰 서서 귀를 기울이기도 했다.

옛날에 꾸며진 방의 장식은 오래 전부터 녹이 슬고 부서졌으며, 괴물이 출입하면서 더럽혀지고 깨지고 했는데도 소린은 어느 통로이건 어느 갈림길이건 잘 알고 있었다. 모두는 긴 계단을 올라가 그 끝을 돌아서 소리가 엄청나게 메아리치는 넓은 복도를 내려갔다. 그들은 그 끝을 돌아서 다시 계단을 올라갔고, 그 앞의 계단을 또 올라갔다. 자연 그대로의 바위를 깎아서 넓고 아름답게 꾸민 계단은 매끈매끈하게 되어 있었다. 그곳을 위로 위로 올라갔는데 생물의 그림자는 하나도 없고, 흔들리는 횃불빛이 다가감에 따라 사물의 그림자가 어른어른 움직일 뿐이었다.

계단은 호비트의 짧은 다리에 맞추어 만들어진 것은 아니었다. 빌보가 이 이상 올라갈 수 없다는 기분이 되는 순간 천장은 모두의 횃불빛이 닿지 않을 만큼 높아졌다. 그 위 어딘가에 입구가 있는지 한 줄기의 하얀 빛이 비쳐 들어왔으며 갑자기 공기가 싱그러워졌다. 모두를 향해 비쳐드는 그 빛은 큰 여닫이문의 틈으로 희미하게 새어들고 있었다. 그 큰 문은 경첩이 비틀려 늘어져 있고 반쯤 불에 타 있었다.

"이곳이 스로르 할아버지의 아침 접견실이었어" 하고 소린이 말했다. "연회며 회의를 열던 곳이기도 했지. 앞문은 여기서 멀지 않아."

그들은 거의 파괴된 그 방을 통과했다. 의자며 긴의자들이 여기저기 뒤집혀서 불에 탔거나 썩어 가고 있었다. 수많은 뼈와 포도주병, 큰 주발, 뿔 모양의 깨어진 술잔들이 먼지에 섞여 바닥에 뒹굴고 있었다. 그 방의 끝을 칸막이로 막은 또 하나의 입구를 지나자 모두의 귀에 물소리가 들려왔다. 그리고 뜻밖에도 희미한 빛이 비쳐들었다.

"여기가 빠른 여울이 솟아나오는 근원이야. 여기서 물은 앞문으로 흘러가지. 물길을 따라가 보자구!" 소린이 말했다.

암벽에 뚫린 구멍에서 물줄기가 콸콸 흘러넘쳐서 폭이 좁은 수로 속으로 소용돌이치며 흐르고 있었다. 수로는 옛날 일꾼들의 훌륭한 솜씨로 곧고 깊게 파여져 있었다. 수로 옆에 석판이 깔린 길이 꽤 많은 사람들이 나란히 갈 수 있을 만큼 넓게 뻗어 있었다. 이 길을 따라 모두는 달리기 시작했다. 크고 완만한 길모퉁이를 돌아서니, 오오, 눈앞에 찬란한 햇빛이 내리쬐고 있는 것이었다. 앞쪽에 큰 아치문이 우뚝 서 있었다. 그것도 닳아빠지고 부서져 거무스름했지만 그래도 안쪽에서는 옛날 조각의 흔적을 엿볼 수 있었다. 안개에 흐려진 햇빛이 산등성이에 안겨 있는 이곳으로 하얀 빛을 던졌고, 문지방의 석판 위에 몇 줄기의 금빛 햇살을 떨구고 있었다.

한 무리의 박쥐가 난쟁이들의 횃불 연기 때문에 잠이 깨 푸득푸득 날아갔다. 그들은 앞으로 내달리다가 용이 드나들어 미끈미끈해진 돌 위에서 미끄러졌다. 얼마 뒤에 모두는 눈앞에 강물이 요란한 소리를 내며 폭포를 이루고 거품을 일으키며 골짜기 쪽으로 흘러가는 곳에 이르렀다. 모두 횃불을 던져 버리고 부신 눈으로 바깥을 바라보았다. 겨우 앞문에 다다라 멀리 골짜기를 바라보게 되었던 것이다.

"호오!" 하고 빌보는 중얼거렸다. "이 입구에서 이렇게 바깥을 바라보리라고는 생각지도 못했다. 게다가 다시 해님을 우러러보고 얼굴에 바람의 숨결을 느끼는 것이 이토록 고마운 일인 줄은 몰랐지. 그러나 으윽! 바람이 어쩌면 이다지도 차지!"

　그렇다. 살을 에일 듯한 동풍이 겨울을 알리고 있었다. 바람은 골짜기로 불어 들어가 산등성이를 때리며 안쪽으로 돌아서 바위 사이로 몰아쳐갔다. 한참 동안 용이 사는 동굴의 푹푹 찌는 안쪽에서 지낸 뒤라 모두는 햇볕을 쬐며 몸을 떨었다.

　갑자기 빌보는 자신이 지쳐 있을 뿐만 아니라 더할 나위 없이 시장하다는 것을 깨달았다. 그는 말했다.

　"벌써 꽤 늦은 아침이겠지요. 그럼, 조금이라도 먹을 것이 있다면 아침 식사를 하련만……. 하긴 스마우그의 앞문에서야 어디 마음 놓고 식사를 할 수 있겠소만. 잠시 조용히 쉴 장소를 찾아보지 않겠소?"

　"정말 그렇군요!" 발린이 말했다. "나는 어디로 가면 되는지 잘 알고 있어요. 산의 남서쪽에 있는 옛날의 망루에 가면 좋으리라고 생각합니다."

　"거기까지 얼마나 걸립니까?" 호비트가 물었다.

　"다섯 시간쯤 걸어가야 할 거요. 걷기 힘든 길이오. 문에서 강의 왼쪽 물가를 따라가는 길은 모두 무너진 것 같아요. 하지만 저 아래를 좀 보시오. 강이 황폐된 거리의 흔적 앞에서 동쪽으로 급히 휘어서 골짜기를 가로지르고 있지요. 휜 언저리에 예전에는 다리가 있었고, 그것을 건너가면 가파른 계단이 있는데 오른쪽 물가의 벼랑을 올라가면 그 앞에 까마귀언덕으로 가는 길이 있답니다. 그 길 저쪽에 오솔길이 있는데(옛날에는 있었소만) 그것이 망루로 올라가는 길이지요. 옛날에 깎아서 만든 돌계단이 아직 남아 있더라도 상당히 험할 거요."

　"맙소사!" 하고 호비트는 투덜거렸다. "끼니도 굶고 또 걷고 또 올라가야 하나! 도대체 시간을 알 수 없는 저 징그러운 구멍 속에서 몇 끼나 굶었을까?"

　용이 마법의 입구를 부순 다음 이틀 밤과 하루 낮이 지났을 뿐 전

혀 음식을 못 먹은 것도 아닌데 빌보는 헤아리기를 잊어버려서 일주
일처럼 길게 여겨졌던 것이다.

"자, 자!" 하고 소린이 웃으며 말했다. 소린은 기운이 되살아나
호주머니의 보석을 절걱거리며, "나의 궁전을 징그러운 구멍이니
하고 말하지 마시오. 그곳이 깨끗이 청소되고 장식이 되었을 때를
상상해 보시오!"

"스마우그가 죽기 전에는 그렇게 못할 텐데요. 이렇게 하고 있는
동안 그 녀석은 어디 있는 것일까요? 그것을 가르쳐 주면 아침
식사를 듬뿍 대접하겠는데 말입니다. 어쨌든 그 녀석이 산 위에서
나를 노려보고 있지 않으면 좋겠구만……."

빌보는 아직도 언짢은 기분으로 말했다.

이 말을 듣자 난쟁이들은 갑자기 당황하며 빌보와 발린의 말이 맞
는다는 데에 의견이 모아졌다.

"어쨌든 이곳을 떠나야만 해. 어쩐지 머리 뒤쪽을 용이 노려보고
있는 듯한 기분이 들어서 말이야." 도리가 말했다.

"여기는 춥고 쓸쓸한 곳이야. 물은 있을지 몰라도 먹을 것은 있을
것 같지 않군. 이런 곳에서는 용도 언제나 배가 고프겠는걸."

봄버가 말했다.

"자, 가자! 가자!" 하고 다른 난쟁이들이 외쳤다. "자, 발린이
말하는 길을 더듬어 가자."

이리하여 그들은 왼쪽 강가의 돌 사이를——오른쪽 강가는 강 위
를 덮쳐 누르는 듯한 암벽이어서 길이 없었다——더듬어 갔다. 골
짜기의 황폐한 모습은 소린마저도 오싹하게 만들었다. 발린이 말한
다리는 오랜 옛날에 떨어져 없어졌고, 쫠쫠 소리를 내는 여울 속에
서 그 흔적이 보일 뿐이었다. 그래도 그들은 별다른 어려움 없이 강
을 건너서 예전의 돌계단을 찾아내어 높은 강가로 올라갔다. 그곳에

서 조금 더 가자 옛날의 길이 나왔고, 또한 얼마 뒤에 바위 벼랑에 둘러싸인 깊은 골짜기에 다다랐다. 이곳에서 그들은 한참 동안을 쉬며 되는 대로 아침밥을 들었다. 그것은 주로 '크램'이라는 것과 물이었다('크램'이 어떤 것이냐고 해도 나는 만드는 법을 모른다. 그저 비스킷 같은 것인데 오래간다고 해서 비상 식량으로 쓰이며, 씹는 연습이 될지는 모르지만 맛있는 음식은 아니다. 긴 여행을 위해 호수 사람들이 만드는 음식이다).

아침 식사를 마치자 그들은 다시 전진했다. 이번에는 서쪽을 향해 강가를 떠나 남쪽으로 튀어나온 커다란 등성이로 차츰 다가갔다. 마침내 그들은 산으로 올라가는 길에 접어들었다. 산길은 가파르게 위로 올라가 있어 모두는 한 줄로 느릿느릿 올라갔는데, 그날 오후 늦게야 산등성이 꼭대기에 올라 서쪽으로 지는 겨울해를 바라보았다.

그곳에는 삼면이 트인 평평한 장소가 있는데, 북쪽만 바위면으로 막혔고 거기에 출입문 같은 구멍이 뚫려 있었다. 그 출입문에서 동쪽과 남쪽과 서쪽이 넓게 바라다보였다.

발린이 말했다.

"오랜 옛날 우리는 이곳에 늘 파수를 세웠었지. 출입문 뒤쪽으로 바위를 파서 만든 방이 있어. 파수병의 휴게소였지. 이 산 둘레에는 이같은 망루가 몇 군데 있었어. 그러나 우리가 번창하던 시대에는 이런 망루가 필요없는 것처럼 보였지. 그래서 파수병도 마음을 놓고 있었을 거야. 그렇지만 않았어도 용이 온다는 것에 대해 미리 경계했을 테고, 그랬다면 형세가 완전히 달라졌을지도 몰라. 그건 그렇고, 우리는 얼마 동안은 여기에 숨어서 먹고 잘 수도 있고 아무에게도 들키지 않고 어디든 바라볼 수가 있어."

"우리가 이곳으로 오는 것을 용이 보았다면 소용없어." 도리가 말했다. 도리는 높은 탑에 앉은 새처럼 스마우그가 앉아 있지 않나 하고 산꼭대기를 자꾸만 쳐다보았다.

"어쨌든 모든 것을 운에 맡기고 여기서 쉬는 수밖에 없지. 오늘은 이 이상 전진할 수 없으니까." 소린이 말했다.

"그렇구 말고요, 그렇구 말고요!" 하고 빌보는 외치며 땅바닥에 몸을 던졌다.

그 바위방은 100명쯤은 들어갈 수 있을 것 같았다. 또한 안쪽에는 작은 방이 하나 있어 바깥의 추위를 막을 수 있었다. 그곳은 텅 비어 있었다. 들과 산의 짐승조차도 스마우그가 판을 치는 요즈음은 이곳을 쓰지 않은 모양이다. 그들은 안쪽 방에다 짐을 풀었다. 몇은 그대로 쓰러져 잠들어 버렸지만, 다른 난쟁이들은 앞쪽 출입구 옆에 앉아서 앞으로의 계획을 서로 이야기했다. 그런 이야기 도중에도 난쟁이들은 반드시 "스마우그는 어디 있을까?"라는 한 마디로 되돌아가는 것이었다. 모두는 서쪽을 바라보았지만 아무것도 없었다. 동쪽에도 아무것도 보이지 않았다. 남쪽 역시 용의 그림자도 없었다. 다만 이쪽에는 수많은 새의 무리가 있었다. 난쟁이들은 그것을 보고 고개를 갸우뚱거렸다. 그러나 아무런 짐작도 하지 못하고 있는데 어느새 샛별이 싸늘하게 반짝이기 시작했다.

불과 물

여러분도 난쟁이들과 마찬가지로 스마우그의 움직임이 알고 싶다면, 용이 바위문을 부수고 홧김에 날아간 이틀 전의 밤으로 되돌아가야 한다.

그날 밤 호수 마을 에스가로스 사람들은 대개 집 안에 있었다. 어두운 동쪽에서 바람이 불어와 추워졌기 때문이다. 그러나 몇몇 사람들은 잔교를 걸으며 별들이 하늘에 그 수를 더해감에 따라 호수의 잔잔한 수면에 비쳐서 반짝이는 모습을 언제나처럼 바라보고 즐기고 있었다. 이곳에서는 외딴산이 호수의 거의 끝에 있는 낮은 산의 무리에 가려져 있지만, 산들 사이에 하나의 갈라진 틈이 있어 빠른 여울이 북쪽에서 흘러 들어오고 있기 때문에 그곳에서 갠 날에는 외딴산의 산꼭대기를 바라볼 수 있었다. 하긴, 호수 사람들은 좀처럼 산을 쳐다보지 않았다. 새벽빛이 비칠 때도 산은 어쩐지 기분 나쁘고 무서웠다. 하지만 지금은 어두워서 전혀 보이지 않았다.

그런데 뜻밖에도 산이 힐끗 보였다. 불그레한 빛이 산을 환히 비추고는 사라진 것이다.

"저것 봐!" 하고 산책하던 한 사람이 말했다. "또 반짝였어! 어젯밤에도 파수병이 한밤중에서 새벽녘에 걸쳐 빛이 반짝했다가 사라지는 것을 보았다는데. 저곳에서 무슨 일이 일어나고 있는 걸까?"

"아마 산 밑의 왕이 금을 녹이고 있는 걸 거야" 하고 다른 사람이 말했다. "그가 북으로 간 지 꽤 되었잖나. 노래에 있는 말이 전부 사실이었음을 깨닫게 되는군."

"무슨 왕 말인가?" 하고 엄한 목소리로 묻는 자가 있었다. "우리가 알고 있는 산 밑의 왕이라면 용을 말하는데, 아마도 저것은 그 용이 날뛰고 있는 불일 테지."

"자네는 언제나 어두운 면만 보는군" 하고 다른 사람들이 말했다. "홍수가 일어나느니 독이 있는 물고기가 잡히느니 하고. 유쾌한 일을 좀 생각하면 어떻겠나?"

그때 난데없이 산들의 나지막한 언저리에 큰 불빛이 나타나 호수 북쪽 끝이 금빛으로 물들었다.

"산 밑의 왕이다!" 하고 사람들은 외쳤다. "왕의 재산은 태양 같고, 왕의 은은 샘물 같고, 왕의 강에는 황금이 흐른다고 하지. 강이 산에서 황금이 되어 흘러오는 거야!" 사람들은 외쳤고 집이란 집의 창문이 모두 열렸으며 많은 발소리가 황급히 뛰기 시작했다.

다시금 떠나갈 듯한 법석과 열광의 폭풍이 일었다. 그러나 아까의 엄한 목소리의 사람은 날듯이 총통에게로 달려갔다.

"용이 옵니다! 그것이 거짓이라면 어리석은 자라고 불려도 좋습니다!"

사나이는 외쳤다.

"다리를 끊어라! 무기를 잡아라! 경비 태세로 들어가라!"

이리하여 경계의 나팔이 요란하게 울려 퍼져 호숫가의 바위에 메아리쳤다. 기쁨의 외침은 사라지고 들뜬 마음은 두려움으로 바뀌었다. 그러므로 용은 전혀 대비가 없는 사람들을 덮치게 되지는 않았던 것이다.

용이 대단히 빨리 왔기 때문에 호수 사람들은 그로부터 얼마 안 가서 용의 모습을 볼 수 있었다. 그것은 마치 불덩어리가 차츰 커지고 차츰 밝아지며 덮쳐오듯 했으므로, 이미 아무리 어리석은 자일지라도 노래의 예언이 빗나갔음을 의심할 수 없었다. 다만 그때까지는 시간이 조금 있었다. 온 마을의 단지라는 단지, 독이라는 독에는 모두 물이 채워졌고 싸울 수 있는 자는 모두 갑옷 투구를 입고 화살과 창을 지녔으며 육지에 걸려 있던 다리는 떼어졌다. 그러는 동안에도 스마우그가 다가오는 무시무시한 고함소리가 차츰 더 커져 그 무섭게 펄럭이는 날개 밑에서 호수는 불처럼 빨갛게 되어 온통 물결이 일었다.

비명과 울음소리와 고함소리가 이는 가운데 용이 나타나 우선 다리를 덮쳤다. 그리고 그곳에서 용은 처음으로 저항에 직면했다. 다리는 없어졌던 것이다. 그리고 용의 적은 깊은 물에 에워싸인 섬 안에 있었다. 깊고 차가운 어두운 물은 용에겐 질색이었다. 만일 용이 물 속에 뛰어들었다면 무시무시한 수증기가 솟아올라 며칠 동안이나 안개가 되어 그 일대를 뒤덮었을 것이다. 그러나 불과 물의 대결이 되면 용은 도저히 호수를 이겨내지 못한다. 그가 저쪽으로 건너가기 전에 물이 그의 불길을 꺼버리고 말 테니까.

으르렁거리며 용은 마을 위로 날아 올랐다. 어둠 속에서 화살이 빗발치듯이 용에게 날아가 그 가슴통의 비늘과 보석에 쨍그렁쨍그렁 닿고는, 용의 숨결에 닿아 불이 붙은 화살대가 지익지익 소리를 내며 호수로 떨어져 꺼지는 것이었다. 아무리 야단스러운 불꽃도 이 밤의 광경보다 더한 것은 없을 것이다. 윙윙거리는 활시위 소리와 드높은 나팔 소리로 용의 노여움은 더욱더 치솟아 용은 마침내 앞뒤를 가리지 못할 만큼 미쳐 날뛰게 되었다. 오랜 세월 동안 용과 싸우려는 용기 있는 자는 한 사람도 없었다. 이때도 그 엄한 목소리의 사람(그의 이름은 바르드이다)이 없었다면 사람들은 대항할 생각도 못 했을 것이다. 바르드는 이리저리 뛰어다니며 사수들을 격려했고, 총통에게 끝까지 싸우도록 명령할 것을 촉구했다.

용의 입에서 불이 뿜어져 나왔다. 용은 호수를 샅샅이 비추며 마을의 상공을 한참 동안 빙빙 날아다녔다. 호숫가의 나무들은 구리빛으로 또는 핏빛으로 물들어 밑동에 거뭇거뭇한 그림자를 떨구었다. 이윽고 용은 빗발치는 화살 속을 누비며 곧장 덮쳐왔다.

분노에 치달아 무모해진 용은 비늘로 무장한 옆구리를 적 쪽으로 돌려야 한다는 것도 잊고, 다만 마을을 불태워 버리겠다는 생각뿐이었다.

용이 훨훨 날아 내려왔다가 다시 돌아서 내려올 때마다 불길은 나무껍질로 이은 지붕이며 들보가 튀어나온 곳에서 타오르기 시작했다. 용이 날아 올라간 틈에 물을 끼얹어도 소용이 없었다. 어딘가에서 불길이 오를 때마다 많은 사람들이 지붕에 물을 끼얹었지만, 용은 몸을 돌려 쏜살같이 날아 내려왔다. 꼬리를 한 번 휘두르면 건물의 큰 지붕이 무너지고 날아갔다. 미처 끄지 못한 불길이 밤의 어둠 속 여기저기에서 높이 솟아올랐다. 용이 날아서 내려올 때마다 이집 저 집이 불길에 싸이며 무너졌다. 어느 화살도 스마우그를 막을 수 없었고 모기가 문 자국만큼도 상처를 입힐 수 없었다.

이미 사람들은 거리의 구석구석으로 도망치거나 물 속으로 뛰어내렸다. 여자들은 마을 광장의 연못에 띄운 화물선에 모두 올라탔다. 무기는 내던졌다. 바로 얼마 전까지 난쟁이들에게 다가올 즐거운 시대에 대해 노래한 갖가지 옛노래가 불려지던 곳에 이제 울음소리, 한탄의 소리가 퍼지고 있었다. 마을 사람들은 지금은 난쟁이들을 저주했다. 총통도 이 소란 속에 배를 타고 목숨을 건져볼까 하는 생각에 자기 전용의 큰 황금빛 배를 띄웠다. 마침내 마을에는 사람의 그림자도 없고, 불에 타서 호수 속으로 깡그리 사라질 판이었다.

그것이 용이 노리는 바였다. 용은 사람들이 전부 배에 오르기를 기다리고 있었다. 만원이 된 배를 내리치는 것은 용에겐 얼마나 통쾌한 일인지 모른다. 사람들은 물에 떠돌다가 굶어죽을 테고, 만일 뭍에 다다른다면 그건 바로 용이 바라던 일이었다. 순식간에 호수 둘레의 숲을 태워 버리고 들판도 목장도 샅샅이 말려 버릴 것이다. 지금 용은 오랜 세월 동안 즐겨 온 어떤 나쁜 짓보다도 더 재미있는 일을 즐기고 있었다.

그러나 불타고 있는 집들 사이에는 한 무리의 화살 부대가 있었다. 그 대장이 바로 엄한 목소리와 엄한 얼굴의 바르드였다. 바르드를 아는 사람들은 홍수니 독이 있는 물고기니 하고 불길한 말을 한다고 해서 바르드를 나쁘게 말했지만 바르드의 인격과 용기를 높이 평가하고 있었다. 이 사람은 옛날 데일의 영주 기리언의 후손이었다. 옛날에 도시가 파괴당할 때, 기리언의 부인과 아이들이 빠른 여울을 도망쳐서 그 혈통이 남아 있었던 것이다. 바르드는 수목나무의 큰 활을 겨누고 잇따라 화살을 쏘아 대어서 지금은 화살이 하나밖에 남지 않게 되었다. 불길이 바르드에게 다가왔다. 대원들도 모두 바르드로부터 떠나갔다. 바르드는 마침내 최후의 화살을 겨냥했다.

그런데 그때 어둠 속에서 뭔가 바르드의 어깨 언저리로 푸득푸득 날아온 것이 있었다. 바르드는 깜짝 놀랐지만, 그것은 한 마리의 늙은 개똥지빠귀일 뿐이었다. 두려움도 없이 그 개똥지빠귀는 바르드의 귓전에 앉아서 무언가를 속삭였다. 바르드가 놀란 것은 그때 자신이 개똥지빠귀의 말을 뚜렷이 알아들었다는 것이다. 그것은 바르드가 데일 사람들의 피를 이어받았기 때문이다.

"기다려요. 기다려!" 하고 개똥지빠귀가 바르드에게 말했다.

"지금 달이 떠오르고 있지요. 용이 날아와 당신 위에서 몸을 돌릴 때 왼쪽 앞가슴의 구멍을 보시오." 바르드가 이상하게 여겨 손을 멈추고 있는 동안 새는 산에서 일어난 일, 새가 들은 이야기를 바르드에게 죄다 해 주었다.

그 다음 바르드는 귀까지 활시위를 힘껏 당겼다. 용은 빙그르르 돌아서 낮게 날아왔다. 그때 달이 동쪽 물가 위에 떠올라 용의 큰 날개를 은빛으로 물들였다.

"화살아!" 바르드는 중얼거렸다. "검은 화살아! 너를 마지막까지 남겨 두었다. 너는 지금까지 과녁을 틀린 적이 없었다. 나는 활을 쏜 다음 언제나 너를 되찾아왔었다. 나는 너를 아버지로부터 받았지. 아버지는 할아버지로부터 물려 받았고, 만일 네가 산 밑의 진정한 왕의 대장간에서 태어난 것이라면 지금이야말로 가라! 바람을 가르고 찔러라!"

용은 지금까지보다도 훨씬 낮게 내려와서 갑자기 몸을 돌렸는데, 그때 용의 아랫배가 달빛을 받아 눈부신 보석의 광휘 속에 하얗게 빛났다. 다만 한 군데 빛나지 않는 데가 있었다. 큰 활이 날아올랐다. 검은 화살은 활시위를 떠나 곧장 달려서 용의 앞발이 위쪽으로 뻗은 그 뿌리의 오른쪽 앞가슴의 구멍을 향해 올라갔다. 맞았다고 생각된 순간 화살촉이, 화살대가, 화살 끝이, 차례로 보이지 않게 되었다. 참으로 무시무시한 화살이었다. 요란한 외침소리가 일었다. 그 소리는 사람의 귀를 멍멍하게 만들었고 나무들을 쓰러뜨렸으며 바위와 돌을 깨뜨렸다. 스마우그는 공중에 불연기를 뿌리고 몸을 꿈틀거리며 높은 곳에서 폐허가 된 마을로 떨어져 내렸다.

쓰러진 용의 몸은 마을 전체를 덮었다. 그 최후의 몸부림으로 마을은 불꽃을 일으키며 산산조각이 났다. 호수가 요동했다. 터무니없이 큰 증기의 기둥이, 달빛이 비치는 호수에 갑작스레 퍼지는 어둠을 가르며 뭉게뭉게 피어올랐다. 지익지익하는 소리, 회오리 바람

소리, 이어서 적막. 이것이 스마우그의 최후이자 에스가로스의 최후였다. 그러나 바르드는 죽지 않았다.

달은 차츰 높이 떠올랐고 바람은 강하고 차가웠다. 바람은 하얀 안개를 날려 조각구름으로 만들어 서쪽으로 불어제쳐서, 마침내는 어둠의 숲 바로 앞에 있는 늪지 위에 고운 안개로 뿌렸다. 호수 위에는 여기저기에 배의 검은 그림자가 흩어져 있었다. 그리고 사라진 마을과 재산과 집을 한탄하는 목소리가 바람에 실려왔다. 이때 마을 사람들은 모든 것이 죄다 파괴되었다고 단념하고 있었지만, 사실은 고맙게 여겨야 할 점이 무척 많았다. 우선 마을 인구의 4분의 3이 그럭저럭 목숨을 건질 수 있었다는 점이다. 또한 그 용이 죽었다는 점이다. 그 고마움을 마을 사람들은 아직 깨닫지 못했다.

사람들은 추위에 떨며 서쪽 물가에 올라가 슬픔에 젖어 있었다. 사람들의 불평과 노여움은 먼저 총통에게로 향했다. 마을을 끝까지 지키려고 싸운 사람이 있는데도 총통은 주저없이 마을을 떠나갔기 때문이다.

"총통은 거래하는 일에 있어서는 수완이 좋아. 특히 자기 장사는 아주 잘해. 그러나 일단 유사시에는 영 글렀어" 하고 중얼거리는 사람도 있었다. 그리고 사람들은 바르드의 용기와 그 마지막 화살을 극구 칭찬했다. "바르드가 죽지 않았다면 얼마나 좋을까." 하고 사람들은 입을 모아 말했다. "우리는 바르드를 왕으로 삼을 텐데. 아아, 용을 쏘아 죽인 사람, 기리언의 자손 바르드여. 그 용사가 죽다니!"

이런 이야기가 오가고 있던 바로 그때, 키큰 사람의 그림자가 어둠 속에서 나타났다. 이 사람은 물에 흠뻑 젖은 검은 머리가 얼굴이며 어깨에 달라붙어 있었으나 눈에는 이글거리는 빛이 타오르고 있었다. 그가 외쳤다.

"바르드는 죽지 않았소! 바르드는 적이 쓰러졌을 때 에스가로스
에서 물 속에 뛰어들었던 것이오. 내가 기리언의 자손 바르드요.
용을 쏘아맞힌 사람이오."

"바르드왕! 바르드왕!" 하고 사람들은 외쳤다. 그러나 총통은
이를 갈며 말했다.

"기리언은 데일의 영주였지 에스가로스의 왕은 아니었소. 호수 마
을에서는 반드시 나이 많은 현명한 사람들 중에서 총통을 선출했
소. 단지 힘이 세다는 이유로 왕을 선출한 적이 없단 말이오. '바
르드 왕'은 자신의 왕국으로 돌아가는 게 좋겠소. 데일은 지금 바
르드의 용감한 행위로 해방되었으니, 고향으로 돌아가는 것을 막
을 이유는 하나도 없소. 바르드와 함께 가고 싶은 사람은 누구든
지 가도 좋소. 이 호수의 초록 물가보다도 산의 그림자에 가려진
차가운 돌의 벌판을 택하겠다면 그것도 좋겠지요. 현명한 사람은
이곳에 남아서 우리의 마을을 재건하여 다시금 평화와 부를 이루
고 즐길 것이오."

"바르드를 왕으로!" 하고 그 옆에 있던 사람들이 여기에 대답하
여 외쳤다. "늙고 돈만 아는 사람은 이젠 질색이다." 떨어져 있는
사람들도 외쳤다. "사수가 위고 돈주머니는 아래다." 이 외침은 물
가를 따라 메아리쳐 갔다.

"나도 명궁 바르드를 헐뜯으려는 것은 결코 아니오" 하고 총통은
조심스럽게 말했다(그때 바르드가 총통 옆에 있었기 때문이다).
"오늘 밤 바르드는 우리 마을을 위해 공로를 세운 사람들의 명단 속
에서 훌륭한 위치를 차지했소. 바르드는 실로 길이길이 전해질 많은
노래로 찬양을 받을 만한 사람이오. 그러나 여러분." 이렇게 말하고
총통은 벌떡 일어나서는 크고 분명한 목소리로 말했다. "그렇다고
해서 내가 어째서 문책을 받아야 합니까? 어떤 잘못이 있기에 내가
배척당해야 합니까? 용의 잠을 깨운 자가 누구요? 우리들로부터

많은 선물과 충분한 도움을 받고, 우리로 하여금 옛 노래대로 된다고 믿게한 자가 누구요? 우리의 따뜻한 마음을 농락하고 우리의 즐거운 공상을 장난거리로 만든 자가 누구요? 우리에 대한 사례로써 그들은 어떤 황금을 배로 실어 보내 주었다는 겁니까? 용의 불과 불탄 흔적뿐이 아닙니까? 남편을 잃은 아내들, 어버이를 잃은 아이들을 도와 줄 돈과 이 처참한 손실의 배상을 누구에게 요구해야 하겠습니까?"

이로써 알 수 있듯이 총통은 무익하게 총통의 자리에 앉아 있었던 것은 아니었다. 이 말은 사람들로 하여금 한동안 새로운 왕을 세운다는 생각을 잊게 하고, 분노를 소린과 그 일행에게로 돌리게끔 했다. 거친 말이 여기저기에서 일어났다. 전에는 가장 큰 목소리로 옛 노래를 부른 사람들도 지금은 난쟁이들이 용을 꼬드겨서 마을을 덮치게 했다고 욕지거리를 퍼부었다.

"어리석은 자여!" 하고 바르드는 말했다. "그 가엾은 사람들에 대해 어째서 말을 삼가지 않고, 노여움을 누르지 않는가! 난쟁이들은 스마우그가 이리로 오기 전에 먼저 죽었을 텐데." 이렇게 말하는 동안에 바르드의 마음 속에는 전설에 나오는 보물이 지키는 자도 없고 주인도 없이 그대로 방치되어 있다는 생각이 떠올랐다. 그래서 말을 뚝 끊어 버렸다. 바르드는 총통의 말을 생각했고, 황금의 종이 울려 퍼지는 데일을 재건하는 것을 생각하기 시작했다. 그곳에서 살 사람들만 찾아낸다면 그 일을 할 수 있는 것이다.

이윽고 바르드는 다시 이야기하기 시작했다.

"총통님, 지금은 분노의 말을 내뱉을 때도 아니고 또한 선거 같은 어려운 문제를 생각할 때도 아닙니다. 우리에겐 할 일이 있습니다. 나는 아직도 당신을 섬기는 사람입니다. 얼마 뒤에는 당신의 말을 참작하여 나를 따르는 사람들을 거느리고 북으로 향할지도 모르지만……."

　이렇게 말하고 바르드는 임시 거처를 만드는 일이며 병자나 부상자들을 돌보는 일을 지휘하기 위해 서둘러 걸어가 버렸다. 그러나 총통은 바르드의 뒷모습을 향해 얼굴을 찡그리고 그대로 땅에 앉아 있었다. 총통은 거의 말도 하지 않고 한참 동안 생각에 잠기며 다만 모닥불을 피워라, 먹을 것을 만들라고 이따금 큰 소리로 부하에게 명령할 뿐이었다.

　어디를 가건 보물더미가 지키는 사람도 없이 방치되어 있다는 소문이 벌써 들불처럼 퍼지고 있었다. 사람들은 모든 손해는 그 보물로써 보상될 테고, 그 이상의 것조차도 받아 남쪽에서 많은 물건을 살 수 있으리라고 이야기하고 있었다. 이같은 소문이 비참한 처지에 빠진 사람들의 기운을 북돋아 주었다. 아무튼 그날 밤은 견딜 수 없는 기분이었으므로 이것이 큰 위안이 되었다. 몸을 의지할 만한 거처도 별로 없었고(총통에게는 거처가 마련되었다) 먹을 것도 거의 없었다(총통조차도 먹을 것을 줄여야만 했을 정도였다). 마을이 무너질 때 그럭저럭 상처를 입지 않고 도망칠 수 있었던 사람들 중에도 나중에 온 몸이 물에 젖었던 그날 밤의 추위와 슬픔 때문에 병에 걸려 죽은 사람도 많이 있었다. 그리고 그 뒤로 날로 병이 퍼지고 굶주림은 심해졌다.

　그러는 동안 바르드는 사람들의 중심이 되었고, 늘 총통의 이름을 내세우긴 했지만 자기 생각대로 일을 척척 진행했다. 게다가 바르드는 사람들을 다스리고 사람들을 지키고 집을 마련해주는 가장 어려운 일을 시작했다. 만일 구조의 손길이 늦어진다면 아마도 대부분의 사람들이 다가오는 겨울 동안에 죽어 버릴 것이다. 그러나 구조의 손길은 빠르게 다가왔다. 그것은 바르드가 숲의 요정 왕에게 도움을 청하기 위해 즉각 사자를 보냈기 때문이다. 이 사자들은 스마우그가 죽은 지 아직 사흘밖에 안 되었는데 벌써 소식을 알고 이쪽으로 오고 있는 요정의 무리와 만났다.

요정 왕은 자기가 보낸 파수꾼들과 요정족을 사랑하고 있던 새들로부터 이미 소식을 들어서 무슨 일이 일어났는지 대충 알고 있었다. 새라고 하니 말이지만 용이 날뛰던 고장 가까이에 살고 있는 온갖 새들 사이에서 번진 소문이란 정말 대단한 것이었다. 하늘은 온통 새의 무리에 뒤덮여 그 재빠른 날개의 사자들이 이리저리 날아다니고 있었다. 숲 경계선으로 날아온 새들은 그 상공에서 목청껏 짹짹 울어댔다. 어둠의 숲 하늘에서 "스마우그가 죽었다!"는 말이 흘러들어와 퍼졌다. 나무들의 잎은 살랑살랑 속삭였고 생물들의 귀가 일제히 곤두섰다. 요정 왕이 이 소식을 듣고 말을 타고 떠나기 전에 이미 안개산맥의 소나무 숲까지 소식이 전해졌다. 베오른도 나무로 지은 저택에서 이 얘기를 들었고, 산의 고블린들도 동굴에서 회의를 열었다.

한편 요정 왕은 이렇게 말했다.

"소린 오큰실드의 소식을 듣는 것은 이것이 마지막일 것이다. 그는 이곳의 손님으로 그대로 있었더라면 좋았을 것을. 어쨌든 운이 나빴어. 운은 아무에게나 트이는 것이 아니지."

물론 왕은 스로르의 보물에 관한 전설을 잊지 않고 있었다. 그것을 위해 많은 창 부대, 활과 화살 부대를 거느리고 요정 왕이 출진해 가다가 바르드의 사자와 마주친 것이었다. 이때 까마귀의 무리가 왕의 머리 위에 빽빽이 모여서 날고 있었다. 까마귀들은 지금까지 오랫동안 이 고장에 없었던 전쟁이 다시 시작되는 것을 알아차린 것이다.

그러나 요정 왕은 바르드의 청을 듣고 진심으로 안됐다고 생각했다. 본래 왕은 부드럽고 친절한 사람이었다. 그래서 처음에는 곧장 산을 향해 행진하던 행렬을 긴 호수 쪽으로 방향을 바꿔 강을 따라 내려가기로 했다. 이만한 대군을 실을 배도 뗏목도 모자랐기 때문에 길을 돌아서 행진해야만 했다. 그러나 많은 식량을 먼저 강으로 나르기로 했다. 요정들은 걸음이 매우 빨라서, 근래에는 오랫동안 행군한 적이 없었고 또한 숲에서 호수까지의 길이 험한데도 참으로 빠르게 나아갔다. 용이 죽은 지 닷새만에 벌써 요정들은 호숫가에 닿아 마을의 불탄 자리를 보았다. 호수 사람들은 말할 것도 없이 요정들을 크게 환영했다. 총통은 지금 요정 왕이 도와 준 데 대하여 장차 어떤 사례를 해도 좋으리라고 생각했다.

그들은 재빠르게 계획을 세웠다. 여자들과 노인들과 병자들과 함께 총통이 물가에 남았고 이들 보호받는 사람들과 더불어 기술이 있는 사람들이며 세공 솜씨가 좋은 사람들도 남았다. 나머지 사람들은 스스로 나무를 자르거나 숲에서 보내온 재목을 모았다. 앞으로 닥쳐올 겨울에 대비하여 물가에 많은 오두막집을 짓는 일에 착수했다. 또한 총통의 지시에 따라 사람들은 새로운 계획을 세워 전보다 훨씬 아름답고 훨씬 큰 마을을 만들기로 했다. 그러나 장소는 원래의 곳이 아니었다. 호숫가에서 좀더 북쪽으로 옮겨간 곳이었다. 사람들이 오래도록 용이 죽은 언저리의 호수를 무서워했기 때문이다. 용은 두번 다시 그 황금의 잠자리로 돌아가지 못하고 호수의 얕은 물 밑에 꾸불꾸불 휘어진 채 돌처럼 싸늘하게 식어 있었다. 여러 해가 지난 다음에도 물결이 잔잔한 날에는 그 산 같은 뼈가 옛 마을의 무너진 말뚝 사이로 보이는 것이었다. 그러나 이 저주받은 장소를 배를 저어 다닐 만큼 담력이 있는 자는 적었고, 하물며 물 속에 들어가 용의 시체에서 흘러떨어진 보석을 주워 오는 소름이 끼치는 행동을 하려는 자는 하나도 없었다.

한편, 호수 사람들 중 아직 싸울 수 있는 전사 전부와 요정 왕의 군대 대부분이 산을 향해 북쪽으로 행진하게 되었다. 마을이 무너진 지 열 하루만에 군대의 선두가 호수 끝에 있는 바위문을 통과하여 황량한 땅으로 나아가게 된 것이다.

구름이 모여들 때

밤새도록 한 사람씩 번갈아 가며 파수를 보았는데 새벽이 되어도 위험의 조짐은 보이지도 들리지도 않았다. 그러나 새들은 자꾸만 모여들었다. 새떼들은 남쪽에서 날아왔다. 산 가까이에 살고 있던 까마귀들도 끊임없이 산 위를 빙빙 돌며 울어댔다.

소린이 말했다.

"뭔가 이상한 일이 일어나고 있는 모양이야. 가을 철새가 지나갈 시기는 지났을 거다. 그리고 저 새들은 이 고장에 눌러 살고 있는 것들이야. 찌르레기며 참새 종류도 있군. 저쪽에는 썩은 고기를 먹는 새들도 많이 있어. 마치 전쟁이 일어나고 있는 것 같아!"

갑자기 빌보가 손가락으로 가리키며 큰 소리로 말했다.

"저기에 그 개똥지빠귀가 또 있어요! 저 새는 스마우그가 산의 입구를 부술 때 용케 도망친 모양이야. 그러나 달팽이는 살아 남지 못했을 테지."

확실히, 그 개똥지빠귀임에 틀림이 없었다. 빌보가 손가락으로 가리키자, 새는 모두에게로 날아와 가까운 돌에 앉았다. 그리고 날개를 푸득거리며 연신 지저귀었다. 그 다음 지저귀던 것을 멈추고 마치 대답을 들으려는 듯이 고개를 갸우뚱거렸다. 그리고는 다시 지저귀고 또 귀를 기울이는 것이었다.

발린이 말했다.

"이 새는 분명히 우리에게 뭔가를 알리려 하고 있는 거예요. 그러나 우리는 이 새의 말을 모릅니다. 말이 대단히 빠르고 어려워서요. 배긴스 씨는 알 수 있겠소?"

"잘 모르겠는데요" 하고 빌보가 말했다. 잘 모르는 정도가 아니라 사실은 아무것도 몰랐던 것이다. "그런데 이 새는 몹시 흥분해 있군요."

"개똥지빠귀가 아니라 큰 까마귀라면 좋으련만." 발린이 말했다.

"까마귀는 싫어하지 않았던가요? 이곳으로 오는 도중 까마귀를 보고 성을 내는 것 같았는데."

"그것들은 보통의 까마귀였지요. 의심이 많고 무례한 것들이지. 당신도 그 까마귀들이 우리 뒤에서 내내 험담을 퍼붓는 것을 들었겠지요. 하지만 큰 까마귀는 달라요. 큰 까마귀 무리와 스로르의 일족은 옛부터 아주 사이가 좋았었답니다. 큰 까마귀들은 우리에게 이따금 비밀 정보를 가르쳐 주었고, 이쪽은 그 답례로 큰 까마귀가 보금자리에 감추어두기 좋아하는 반짝이는 것을 자주 주었었지요.

큰 까마귀들은 아주 오래 삽니다. 기억력도 좋아서 그들의 지혜와 교훈을 자식들에게 전한답니다. 내가 아직 어린아이였을 무렵 저 바위산 사이에 많은 큰 까마귀가 살고 있어 친숙했어요. 이 망루 꼭대기를 예전에는 까마귀 언덕이라고 불렀는데, 한 쌍의 영리한 큰 까마귀 부부인 카르크 할아버지와 그 아내가 이 망루의 초소 위에 살고 있었기 때문이랍니다. 그러나 아직도 그 카르크의 자손이 살아 있으리라고는 여겨지지 않는군요.”

발린이 이야기를 마치는 순간 그 개똥지빠귀는 한 마디 외치는가 싶더니 얼른 날아가 버렸다.

“우리는 개똥지빠귀의 말을 모릅니다. 그러나 저 늙은 새는 이쪽 말을 잘 알고 있을 거요” 하고 발린이 말했다. “어쨌든 가만히 두고 봅시다. 아마 무슨 일이 일어날 모양이오.”

얼마 뒤에 다시 날개 퍼득이는 소리가 들리더니 그 개똥지빠귀와 함께 더할 나위 없이 늙어 버린 한 마리의 새가 왔다. 그 새는 머리 한가운데가 벗겨지고 눈이 거의 멀어 간신히 날고 있는 것 같았다. 대단히 늙은 할아버지 까마귀였다. 큰 까마귀는 격식을 차리며 모두 의 앞에 내려서는 날개를 천천히 퍼득이며 소린 앞으로 나아갔다.

“오오, 스라인의 아들 소린이여. 그리고 푼딘의 아들 발린이여” 하고 큰 까마귀는 쉰 목소리로 울어댔다(빌보는 큰 까마귀가 하는 말을 잘 알아들을 수 있었다. 왜냐하면 큰 까마귀가 새의 말이 아니 라 보통의 말을 썼기 때문이다). “이 몸은 카르크의 아들 로아크입 니다. 카르크는 세상을 떠났지만 한때 당신들에게 잘 알려져 있었지 요. 이 몸은 알을 깨고 나온 지 이미 153년이 되나 저의 아버지 카 르크가 이야기해 주신 것을 잊지 않고 있습니다. 지금은 이 몸이 산 의 큰 까마귀 족의 우두머리입니다. 우리는 지금 얼마 안 되는 수이 지만 그래도 옛날의 임금님을 기억하고 있습니다. 우리 부족 중 대 부분은 다른 지방에 나가 있어서 남쪽의 소식이 많이 들어옵니다. 소식 중에는 당신들이 기뻐할 만한 것도 있고 좋지 않은 것도 있습 니다. 저것 보십시오. 새들이 남에서 서에서 동에서 산으로 골짜기 로 날아와 모여들고 있지요. 스마우그가 죽었다는 소식을 들었기 때 문입니다!”

“뭣이, 죽었다고? 죽었다고?” 하고 난쟁이들은 외쳤다. “죽었 단 말이지! 그렇다면 쓸데없는 걱정으로 떨고 있었군. 보물은 우리의 것이로군 !” 모두는 너무나도 기뻐서 깡총깡총 뛰어다녔다.

“그렇습니다. 죽었답니다 !” 하고 로아크가 말했다. “어떤 개똥지빠귀가 용이 죽는 것을 똑똑히 보았답니다. 저는 그 말을 믿습니다. 개똥지빠귀는 지금으로부터 사흘 전 달이 뜰 무렵에 용이 에스가로스 사람들과 싸우다가 쓰러지는 것을 보았답니다.”

한참 동안 대단한 소동이 일어났는데, 소린이 가까스로 모두를 진정시켜서 큰 까마귀의 말을 듣도록 했다. 큰 까마귀는 싸움의 자초지종을 죄다 이야기한 다음 이렇게 말했다.

“이것은 기쁘기 한이 없는 일입니다, 소린 오큰실드. 아무런 위험 없이 지하의 저택으로 돌아갈 수 있습니다. 아마도 보물은 전부 당신들의 것이 될 테지요. 그러나 새들 외에도 이곳으로 모여드는 자들이 많이 있습니다.

보물을 지키던 자가 죽었다는 소식은 벌써 널리 퍼졌고 스로르의 보물에 관한 이야기는 오랜 세월 동안 전해져 내려와 사라질 줄 몰랐으니까요. 많은 사람들이 전리품을 탐내고 있답니다. 이미 요정의 대군이 육박해 오고 있고, 고기를 먹는 새들이 전쟁이며 살육을 바라고 이들을 따라오고 있습니다. 호숫가 사람들은 이 슬픔이 모두 난쟁이들 탓이라고 말하고 있는데, 그것은 집이 파괴되고 많은 사람들이 죽임을 당했으며 스마우그가 마을을 황폐화시켰기 때문입니다. 이 사람들 역시 당신들이 살아 있건 죽었건 이 보물로써 보상을 받으려고 생각하고 있답니다.

지금이야말로 당신들은 지혜를 쥐어짜서 앞으로의 방침을 세워야만 합니다. 그러나 13명이라니, 옛날에는 이곳에서 번영했고 지금은 사방으로 흩어진 듀린 종족이 이토록 조금밖에 살아남지 못했군요. 혹 제 의견을 들어주시려거든, 호수 마을의 총통을 결코 믿지 마십시오. 그러나 활로 용을 쏘아 죽인 사람이라면 믿어도 좋습니다. 그는 바르드라는 사람인데, 데일족의 한 사람으로,

기리언의 자손입니다. 대단히 엄격하지만 올바른 사나이입니다. 그 길고 험한 세월 뒤에 다시 한번 난쟁이와 인간과 요정 사이에 부디 평화가 되살아나기를 이 몸은 진심으로 빕니다. 그러나 그 때문에 많은 황금을 포기해야 할 지도 모릅니다. 드릴 말씀은 이 것이 전부입니다.”

그러자 소린이 울분을 터뜨렸다.

“고맙다. 카르크의 아들 로아크여. 그대와 그대의 친구를 우리는 결코 잊지 않으리라. 그러나 우리가 살아 있는 한 우리의 황금 한 조각일지라도 도둑에게 빼앗기지 않고 어떤 폭력에도 지지 않을 작정이다. 그대가 앞으로도 우리의 감사를 받고자 한다면 어떤 소 식이든 계속 알려다오. 또한 부득이 해서 하는 말인데, 그대들 중 에 젊고 날개가 강한 자가 있으면 북쪽의 우리 혈족들에게 소식을 전해 주기 바란다. 그리고 서쪽과 동쪽에도 우리의 지금 상태를 알려 주었으면 좋겠다. 특히 나의 사촌, 무쇠산의 다인에게 날아 가 주기 바란다. 다인은 막강한 부하를 거느리고 이곳에서 가까운 곳에 살고 있다. 급히 오도록 전해다오.”

로아크는 쉰 목소리를 질렀다. “이 몸은 이 생각이 좋다거나 나쁘 다고는 말하지 않겠소이다. 그러나 이 몸이 할 수 있는 일은 힘껏 하겠습니다.” 이렇게 말하고 큰 까마귀는 천천히 날아갔다.

“그럼 산으로 돌아가자!” 하고 소린이 외쳤다. “시간이 없다!”

“게다가 식량도 없어요” 하고 빌보는 언제나처럼 먹을 것에 대하 여 잊지 않고 외쳤다. 어쨌든 빌보는 용이 죽었으니 모험은 끝났다 고 생각했던 것이다. 이것은 대단히 잘못된 생각이었고, 그는 이 문 제를 평화로이 수습하기 위해 자기 몫을 고스란히 내던져도 좋다고 생각하게 된다.

“산으로 돌아가자!” 하고 난쟁이들은 빌보의 말이 들리지 않은 것처럼 외쳤다. 이리하여 빌보도 난쟁이들과 함께 산으로 돌아가야만 했다.

난쟁이들은 그곳에서 며칠을 지냈다. 그들은 지하를 이리저리 살펴보고, 생각했던 대로 입구는 오직 앞문뿐임을 확인했다. 그 밖의 문은(그 작은 문은 별도로 하고) 이미 오래 전에 스마우그가 부숴서 흔적도 없었다. 그래서 난쟁이들은 오직 앞문만을 굳게 지키며, 그곳에서 안으로 통하는 길을 수리하기 위해 공사를 열심히 했다. 옛날에 채금하는 사람이며 석공이며 굴파는 인부들이 쓰고 있던 도구를 많이 발견했고, 원래가 이같은 공사에는 난쟁이들은 대단한 솜씨를 지니고 있었다.

부지런히 일하고 있는 동안에도 큰 까마귀들은 끊임없이 소식을 날라왔다. 그래서 난쟁이들은 요정 왕이 호수에 들렀음을 알고 겨우 한숨 돌릴 수 있었다. 게다가 다행히도 조랑말 중 세 마리가 살아남아 빠른 여울 아래쪽 강가를 어슬렁거리고 있음을 알았다. 그곳은 나머지 짐이 남아 있는 장소에서 그다지 멀지 않았다. 그래서 다른 사람들이 일을 계속하고 있는 동안에 필리와 킬리가 한 마리의 큰 까마귀의 안내로 조랑말을 찾으러 떠나 짐을 죄다 싣고 돌아왔다.

이리하여 나흘이 지났을 때, 호수 마을 사람들의 연합군이 산을 향해 서둘러 오고 있다는 소식이 들려왔다. 그러나 그 무렵 난쟁이들의 기세는 한층 더 높아져 있었다. 잘만 하면 여러 주일 동안 지탱할 수 있는 식량을 얻었기 때문이다. 물론 '크램'이라서 누구나가 이것에 진절머리를 내고 있었지만, 그래도 없는 것보다는 나았다. 그리고 앞문은 네모로 자른 돌을 쌓아서 높고 두꺼운 벽으로 입구를 막아 버렸다. 벽에는 내다보거나 화살을 쏠 수 있는 구멍을 여러 개 뚫었지만 출입구는 없어 난쟁이들은 사다리를 걸치고 오르내리기도 하고 밧줄로 물건을 당겨 올리기도 했다. 또한 그들은 강물을 흘려보내기 위해서 새로운 벽 밑에 작은 구멍을 뚫었고, 그 바깥으로는 좁은 강폭을 넓혀서 강물이 강가에서 골짜기로 흘러 떨어지는 폭포 아래까지 물이 넘치도록 웅덩이를 만들었다. 그러므로 앞문으로 다가오려면 물을 헤엄쳐 오거나, 앞문 오른쪽의 가파른 벼랑에 붙은 좁은 길을 더듬어 오는 수밖에 없었다. 난쟁이들이 데리고 돌아온 조랑말들도 옛날 다리로 올라가는 층층대 앞까지밖에 오지 못하므로, 이곳에서 짐을 풀고는 기수도 없이 원래의 주인에게 되돌아가라고 일러서 남쪽을 향해 떠나보냈다.

어느 날 밤 갑자기 데일에 수많은 횃불이며 화톳불이 나타났다.

"왔다!" 하고 소린이 소리쳤다. "적진은 꽤 크다. 저들은 양쪽 강가에서 어둠을 타고 골짜기로 올라왔음이 틀림없다."

그날 밤 난쟁이들은 거의 자지 않았다. 밤하늘이 희끄무레하게 밝아오는 새벽녘에 모두는 다가오는 대군을 보았다. 벽 뒤에서 보니 대군은 골짜기의 입구로 접어들어 조금씩조금씩 올라오기 시작하고 있었다. 얼마 뒤에 그 속에서 전투 차림을 한 호수 마을 사람들과 요정의 활과 화살 부대를 식별할 수 있었다. 이윽고 대군의 선두는 거칠거칠한 바위밭으로 올라와서는 폭포 위에 나타났다. 그리고 선두의 사람들은 눈앞에 물이 퍼져 있다는 것과 앞문을 막아 새로 쌓아올린 돌의 벽이 있는 것을 보고 깜짝 놀랐다.

군대가 멈춰 서서 앞문을 가리키며 떠들썩하게 외치고 있을 때 소린이 무시무시하게 큰 소리로 말했다.

"누구냐, 산 밑의 왕 스라인의 아들 소린의 문에 그 같은 전투 차림으로 몰려오고 있는 자들은? 그리고 무엇 때문에 왔는가?"

그러나 선두의 사람들은 아무 대답도 하지 않았다. 몇 명은 황급히 후퇴했고 다른 자들도 잠시 문의 수비 상태를 바라보다가 그를 따라 철수했다. 군대는 그날 안에 산기슭 사이로 옮겼다. 그 다음 많은 사람의 목소리와 노랫소리가 바위에 메아리쳤다. 그것은 오랫동안 끊겼던 소리다. 게다가 요정의 하프 소리, 부드러운 음악 소리가 흘러나왔다. 음악 소리가 바위들 사이에 메아리치자 준엄한 산의 공기마저도 누그러져 봄에 피는 숲의 꽃향기를 은은히 날라오는 것만 같았다.

이 음악 소리를 들으니 빌보는 이 어두운 성채에서 도망쳐 산을 달려내려가 모닥불을 에워싸고 있는 사람들의 북적이는 모임에 끼어들고 싶어서 견딜 수가 없었다. 나이 젊은 난쟁이들 중에도 마음이 흔들린 자가 있어, 일이 이렇게만 되지 않았다면 저 사람들을 친구로 맞을 수 있었을 텐데 하고 소근소근 이야기했다. 그러나 소린은 씁쓰레한 얼굴을 짓고 있었다.

난쟁이들은 기분을 풀기 위해 보물더미에서 되찾아온 하프며 그 밖의 악기를 들고 음악을 연주했다. 그러나 그 노랫소리는 요정의 노래와는 달랐고, 오랜 옛날 빌보의 저 호비트 굴에서 부른 노래와 비슷했다.

산 밑의 어둡고 깊은 곳으로
왕은 왕좌로 돌아왔다 !
무서운 적 용이 죽었으니
이젠 어떤 누구도 우리의 적수가 되지 못하리.

칼은 날카롭고 창은 길며
화살은 재빠르고 파수문은 탄탄하다.
황금을 바라보는 마음은 씩씩하고
난쟁이들은 이미 아무에게도 굽히지 않는다.

그 옛날 난쟁이들은 강한 마법을 걸었다
망치 소리가 종소리처럼 울려퍼지는 곳

온 누리가 잠자는 어두운 곳
산 밑 궁전에.

은목걸이에는 별빛을 꿰고
왕관에는 용의 불길을 새기고
금실을 꼬아서 만든 하프로
절묘한 음악을 연주했었네.

산의 왕국은 다시 살아났도다!
오오, 방황하던 우리 종족이여!
어서 모여라! 어서 황무지를 건너오라!
일족의 왕은 부른다.

우리는 산의 냉기를 뚫고 외친다.
"그리운 바위굴로 돌아가자!"
문 앞에는 왕이 기다리고 있다.
두 손에 옥과 황금더미를 품고

왕은 왕좌로 돌아왔다
산 밑의 어둡고 깊은 곳으로.
무서운 적 용은 죽었고
이젠 어떤 누구도 우리의 적수가 되지 못하리!

　이 노래는 소린을 기쁘게 한 모양이었다. 소린은 다시금 웃는 얼굴을 지었고 명랑해졌다. 그리고 이곳에서 무쇠산까지의 거리를 생각하고 사자가 도착한 즉시 출발했다면 다인이 이 외딴산에 닿으려면 얼마나 걸릴까 하고 생각하기 시작했다. 그러나 빌보 쪽은 노래를 들어도 이야기를 들어도 마음이 울적해질 뿐이었다. 모두가 무슨 일이 있어도 전투를 하고 싶어하는 것 같았다.

이튿날 아침 일찍 창 부대가 강을 건너 산을 올라오는 것이 보였다. 그 부대는 창 외에 요정 왕의 초록색 깃발과 호수 마을의 청색 깃발을 쳐들고 있었다. 대열은 전진해 오더니 문의 벽 앞에 멈춰 섰다.

다시금 소린이 큰 목소리로 말을 걸었다.

"무장을 하고 산 밑의 왕 스라인의 아들 소린의 성채문 앞에 온 자는 누구인가?"

그러자 이번에는 대답이 돌아왔다.

검은 머리의 키 큰 사나이가 엄한 얼굴로 나서서 이렇게 외쳤다.

"소린에게 말하겠소. 어째서 당신은 도둑이 성채를 지키듯이 그런 식으로 방어하고 있는가? 우리는 결코 적이 아니오. 오히려 우리는 당신들이 살아 있는 것을 보고 기뻐하고 있소. 이 고장에 살아남은 자는 없으리라고 생각하며 왔던 것이오. 그러나 이렇게 되면 서로 마주 앉아 의논할 필요가 있는 것 같소."

"그대는 누구인가? 또한 무슨 의논을 하자는 건가?"

"나는 바르드라 하오. 이 손으로 용을 죽이고 당신의 보물을 건진 사람이오. 당신과 관계가 없다고 할 수 있을까요? 게다가 나는 틀림없는 데일의 기리언의 자손이며, 당신의 보물더미 속에는 스마우그 녀석이 약탈한 데일의 보물도 많이 섞여 있소. 그 점도 의논해야 할 문제가 아닐까요? 또한, 스마우그는 최후의 싸움에서 에스가로스 사람들의 거처를 죄다 불태워 버렸소. 나는 에스가로스의 총통을 섬기는 사람이오. 총통을 대신하여 나는 당신이 에스가로스 사람들의 슬픔과 비참함에 동정할 것인지 어떤지를 묻고 싶소.

호수 사람들은 당신들이 곤경에 처했을 때 도와 주었는데 그 보

답으로서 당신들은 에스가로스에 멸망을 가져다 주게 되었단 말이오.”

바르드의 말투가 엄하고 뻐기는 것처럼 들렸더라도 그것은 어느 모로 보건 옳은 말이었다. 그러므로 빌보는 소린이 즉시 그 올바름을 인정하리라고 생각했다. 물론 빌보로서는 용의 약점을 찾아낸 것이 다름아닌 자기였음을 누군가가 생각해 주기를 바라지도 않았다. 그러나 또한 빌보는 용이 오랫동안 도맡고 있던 황금에 담겨진 힘이라는 것에 대하여도, 난쟁이들의 마음에 대하여도 아직 잘 몰랐던 것이다. 여러 날 동안 소린은 보물 속에서 지내왔기 때문에 보물을 원하는 누를 길 없는 욕망이 무겁게 쌓이고 또 쌓여 있었다. 소린은 무엇보다도 아르켄석을 찾고 있었지만 소린 부족의 노고와 슬픈 추억이 깃들어 있는 갖가지의 다른 이상한 보물에도 마음이 끌리고 있었다.

“당신이 제일 마지막에 말함으로써 중요성을 부각시키려 한 것은 실은 가장 엉뚱한 얘기요” 하고 소린이 대답했다. “우리들의 보물에 대하여는 그 누구도 내놓으라고 말할 권리가 없소. 무릇 보물을 약탈한 스마우그는 그때 우리 부족의 생명과 주거를 약탈했기 때문이오. 보물은 원래 스마우그의 것이 아니고, 스마우그의 사악한 행위를 갚아야 할 것이긴 하지만 그 보상이 보물이어야 할 이유는 없소. 우리가 호수 마을 사람들로부터 받은 물건의 값, 또는 도움에 대한 보답은 때가 오면 반드시 거기에 합당하게 지불하겠소. 그러나 이같은 협박 하에서는 한 푼도 내놓을 수 없소이다. 빵 부스러기조차도 내놓지 않겠소. 우리의 입구를 갑옷으로 무장한 대군이 에워싸고 있는 이상 그대들이야말로 적으로 또는 도둑으로 간주하겠소.

마지막으로 그대에게 묻고자 하는 것은, 만일 우리가 몰살을 당하고 보물을 지키는 사람도 없음을 당신들이 목격했을 경우 우리 혈족에게 그 상속분을 얼마나 지불할 생각이었소?”

비로드가 대답했다.

"과연 지당한 질문이지만, 당신들은 죽지 않았고 우리도 도둑은 아니오. 게다가 또한 부유한 사람은 권리니 의무니 하는 입장을 넘어서, 진실로 필요할 때 자기를 도와 준 가난한 자에게 동정심을 갖아야 하는 것이 아닐까요? 그리고 아까 내가 말씀드린 사항에 대해 아직 대답을 듣지 못했소이다."

"이미 말씀드린 대로 무사들에게 에워싸인 채 의논할 생각은 없소. 내가 조그마한 동정도 받지 못한 요정 왕의 대군 앞에서는 더더욱 그렇소. 이 의논에 요정들이 가담할 까닭이 없소이다. 우리의 화살이 날아가기 전에 꺼지는 것이 좋을 거요. 이 이상 더 이야기를 나누고 싶다면 우선 요정 군을 그들의 숲으로 쫓아보내고, 그 다음 이 성채로 다가오기 전에 무기를 버리고 돌아오는 것이 좋겠소이다."

"요정 왕은 나의 친구요. 그리고 왕은 왕의 우정 이외는 원하지도 않았는데 필요한 것을 베풀어 호수 사람들을 도와 주었소. 우리는 당신이 아까 하신 말씀을 고칠 수 있는 여유를 드리리다. 우리가 다시 이곳에 오기 전에 모여 앉아 의논하십시오."

이렇게 말하고 바르드는 그곳을 떠나 진지로 돌아갔다.

그로부터 조금 뒤에 기수들이 다시 돌아왔고 나팔수들이 앞으로 나와 한바탕 나팔을 불었다.

한 사람이 큰 소리를 질렀다.

"에스가로스와 요정 숲의 이름으로 산 밑의 왕이라고 스스로 일컫는 오큰실드 가의 스라인의 아들 소린에게 알립니다. 조금 아까 청한 우리의 요구에 대하여 단단히 준비하시오. 그렇지 않을 때는 우리의 적으로 간주하겠습니다. 적어도 소린은 용을 퇴치한 당사자이자 기리언의 자손인 바르드에게 재보의 12분의 1을 내놓아야 합니다. 바르드는 그 몫의 일부를 에스가로스를 돕기 위해 내놓을 겁니다. 그리고 소린이, 옛날 조상들이 했듯이, 이웃하고 있는 나라들과 평화와 신의를 나누고자 한다면 자기 재보에서 얼마만큼을 떼어서 호수 사람들을 위해 내놓는 것도 좋겠습니다.”

그러자 소린은 뿔로 만든 활을 붙잡고 그 사람에게 화살을 쏘았다. 화살은 그 사람의 방패에 꽂혔다.

“이것이 대답이로군. 그렇다면 산을 포위할 것을 선언하오. 당신들은 그곳을 떠날 수 없을 것이오. 우리는 당신들을 황금이 있는 곳에 남겨둘 뿐, 당신들에게 무기를 들이 대지는 않겠소. 원한다면 황금을 먹는 것도 좋겠지요.”

그 사람은 이렇게 말하고 빠른 걸음으로 사라졌다. 난쟁이들은 이리하여 남아서 일이 되어 가는 형세를 생각하게 되었다. 소린이 아주 못마땅해서 무거운 얼굴을 하고 있었으므로 다른 사람들은 설사 뭔가 하고 싶은 말이 있어도 소린의 잘못을 들어 나무랄 용기가 없었다. 또한 대부분의 난쟁이가 소린의 마음에 찬성하고 있는 것 같았다. 그러나 아마도 뚱보 봄버와 킬리와 필리는 달랐을 것이다. 게다가 물론 빌보는 이같은 형세에 전적으로 반대였다. 산에서의 분쟁은 더 이상 질색이었고 하물며 산 속에 갇혀 있는 것은 도저히 견디기 어려운 일이었다. 빌보는 남몰래 투덜거렸다.

“온 데에 용의 지독한 냄새가 남아 있단 말이야. 그래서 속이 메슥거린다니까. 게다가 ‘크램’이 목에 걸리기 시작했거든.”

한밤의 협상

하루하루가 지긋지긋할 만큼 느릿느릿 지나갔다. 난쟁이들은 대개 보물을 고쳐쌓거나 위치를 바꾸거나 하며 시간을 보냈다. 소린은 스라인의 아르켄석 이야기를 들려 주고는 난쟁이들에게 샅샅이 찾아 보라고 단단히 일렀다.

"나의 아버님의 아르켄석에는 황금의 강이라고 해도 과하지 않을 만한 가치가 있다. 나로서는 값을 매길 수 없는 물건이야. 모든 보물 중에서 그 보석만은 내 손에 넣고 싶다. 나를 따돌리고 그것을 찾아내어 빼돌린 자는 그냥 두지 않겠다."

빌보는 이 말을 듣고 만일 그 보석이 발견되면 어쩌나 하고 겁이 났다. 그는 그것을 베개로 쓰고 있는 넝마 속에 쑤셔넣어 두었던 것이다. 그래도 빌보는 그 보석에 대해 이야기하지 않았다. 왜냐하면 매일의 지루함이 차츰 견딜 수 없게 됨에 따라 빌보의 작은 머릿속에 어떤 착상이 자라기 시작했기 때문이다.

한동안 이러한 상태가 계속되고 있었는데 어느날 큰 까마귀가 새로운 소식을 가지고 왔다. 그것은 다인과 5백 명 이상의 난쟁이 군이 무쇠산에서 급히 출발하여 이틀 뒤에는 골짜기까지 닿을 수 있는 북동쪽에 이미 접어들고 있다는 것이었다.

"그러나 다인 군은 이 산으로 몰래 들어오진 못합니다" 하고 로아크가 말했다. "이 몸은 이 골짜기에 전쟁이 일어나지 않을까 걱정이 되어 견딜 수가 없습니다. 지난 번의 타협은 결렬되었지요. 다인 군이 아무리 강하다 해도 이곳을 포위하고 있는 대군을 쉽사리 무찌를 수 있을까요? 설사 다인 군이 포위를 뚫었다 해도, 그것으로 이쪽이 이길 수 있을까요? 겨울이 그리고 눈이 이제 곧 몰아쳐 옵니다. 이웃나라들과 화해하고 신의를 나누지 않고서 당신들은 어떻게 먹고 살아나가겠습니까? 용은 이미 없어졌지만, 저 보물은 당신들의 목숨을 빼앗는 원인이 될 겁니다."

그러나 소린은 이 말에도 흔들리지 않았다.

"겨울과 눈은 인간족과 요정족에게도 타격을 줄 것이다. 그리고 그들은 이 황야에서 추위를 이겨내며 견딜 만한 거처를 찾아야만 할 것이다. 게다가 그들 뒤에는 우리의 친구인 다인 군이 있으니 겨울이 다가온다면 그들이라 할지라도 좀더 겸손한 마음으로 협상에 임할 테지."

그날 밤 빌보는 마음을 굳혔다. 하늘은 어둡고 달도 없다. 해가 완전히 저물자 빌보는 문 바로 안쪽의 방 한구석에 가서 자기의 짐꾸러미에서 한 묶음의 밧줄과 넝마에 싸인 아르켄석을 꺼냈다. 그 다음 벽 꼭대기로 올라갔다. 그곳에는 봄버가 홀로 파수를 보고 있었다. 난쟁이들은 그곳에 파수꾼을 한 사람만 남겨 놓았던 것이다.

"지독히 추워요" 하고 봄버가 말했다. "저쪽 진지에서 불을 피우고 있듯이 여기서도 모닥불을 피웠으면 좋겠어요."

"벽 안쪽은 따뜻해요." 빌보가 말했다.

"그럴 테지요. 하지만 나는 자정까지 이곳에 있어야 해요" 하고

뚱보 봄버는 투덜거렸다. "정말로 싫은 일이라니까요. 그렇다고 소
린에게 반대할 수도 없고요. 그 수염이 더욱 더 길어지기를. 아무튼
소린은 참으로 옹고집 영감이라구요."

"소린도 내 다리만큼 굳어져 있지는 않을 거요. 층층대며 복도를
왔다갔다하는 데는 이젠 질렸어요. 이 다리로 파란 풀을 실컷 밟
아 보고 싶단 말이오."

"나는 맛좋은 술을 실컷 마시고 저녁밥을 듬뿍 먹은 다음 푹신한
침대에서 마음껏 자고 싶어요."

"포위가 계속되는 동안은 그것이 안 되지요. 그런데 내가 파수를
본 것은 꽤 오래 됐으니 괜찮다면 내가 지금 교대해 주겠소. 오늘
밤은 잠이 오지 않아요."

"당신은 말이 통하는 사람이란 말이야, 배긴스 씨. 그럼, 친절을
달게 받겠소. 뭔가 이상한 낌새가 있으면 맨 먼저 나를 깨우시오.
이곳에서 멀지 않은 저 왼쪽의 작은 방에 누워 있을 테니까요."

"자, 어서 가시오. 자정이 되면 깨워 드리리다. 그러면 당신이 다
음 당번을 깨우면 됩니다."

봄버가 가 버리자 빌보는 즉각 반지를 끼고 밧줄로 몸을 동여매고
벽 바깥으로 미끄러져 내려갔다. 이제부터 약 5시간의 여유가 있다.
봄버는 잠을 자겠지. 언제 어느 때이건 잠을 잘 수 있고, 숲의 모험
을 한 뒤로는 그때 꾼 아름다운 꿈을 다시 한 번 맛보고 싶은 생각
에서 봄버는 잠을 자는 버릇이 생겼던 것이다. 게다가 다른 난쟁이
들도 소린의 명령으로 틈이 없었다. 필리와 킬리 같은 자들조차도
차례가 올 때까지는 벽 위로 올라올 일은 없을 듯싶었다.

바깥은 캄캄했다. 새로 만들어진 산길을 벗어나 강 하류 쪽으로
내려가는 길을 한동안 빌보도 알 수 없을 정도였다. 그럭저럭 강이
휘어지는 곳까지 왔는데, 빌보가 가려고 생각하고 있는 진지에는 이
곳에서 강을 건너야만 닿는다. 강바닥은 얕지만 그 부근은 강폭이

꽤 넓어서 어둠 속에서 여울을 건너가는 일은 작은 빌보로서는 쉬운 일이 아니다. 거의 다 건넌 순간 빌보는 둥근 돌 위에서 발이 미끄러져 물보라를 일으키며 물 속으로 쓰러졌다. 간신히 먼 강가로 올라가 몸을 흔들어 물을 털고 있는데, 어둠 속에서 요정들이 밝은 초롱을 들고 시끄러운 소리의 원인을 조사하러 왔다.

"물고기는 아니야" 하고 하나가 말했다. "첩자가 숨어 들어온 거야. 불빛을 숨겨. 만일 첩자가 그들의 하인이라는 그 괴상한 꼬마라면 불빛은 우리보다도 그에게 유리할 테니까."

"하인이라고, 흥!" 하고 빌보는 코를 울렸다. 그러자 코를 울리는 동안에 간지러워져서 큰 재채기가 튀어나왔다. 요정들은 소리가 난 쪽으로 즉각 모여들었다.

"불빛을 비쳐 다오" 하고 빌보가 말을 걸었다. "자, 이쪽이다. 붙잡고 싶으면 붙잡아 보라구!" 그리고 반지를 빼고 몸을 숨기고 있던 바위에서 튀어나왔다.

요정들은 깜짝 놀라면서도 재빠르게 빌보를 붙잡았다.

"너는 누구냐? 난쟁이들의 호비트인가? 무엇을 하고 있느냐? 어떻게 우리의 파수병 몰래 이렇게 깊숙이 들어올 수 있었지?" 요정들이 각각 물었다.

"나는 빌보 배긴스요. 알고 싶다면 말해 주지만, 소린의 한패요. 당신들의 왕에 대하여는 보아서 잘 알고 있소. 하지만 그 쪽은 나를 본 적이 없지요. 그러나 바르드라면 나를 본 적이 있으니 기억하고 있을 거요. 그래서 내가 만나고 싶은 것은 바르드 쪽이오."

"그런가? 그래, 당신이 하고자 하는 일은 무엇인가?"

"이것은 절대로 나 혼자만의 생각으로 하는 일이오, 요정 여러분. 당신들이 이 춥고 불쾌한 황야를 떠나 당신들의 고향인 숲으로 돌아가고 싶다면 어서 빨리 내 몸을 말릴 수 있는 불 있는 곳으로 데려다 주시오. 그리고 되도록 빨리 당신들의 윗사람들과 내가 이야기를 나눌 수 있게 해 주시오. 1, 2시간밖에 틈이 없소이다."

앞문을 빠져 나온 지 2시간쯤 되었을 무렵 빌보는 큰 천막 앞에서 타고 있는 따뜻한 모닥불 곁에 앉아 있었다. 그 옆에는 요정 왕과 바르드가 함께 앉아서 이상하다는 듯이 빌보를 지켜보고 있었다. 요정의 갑옷을 입고 있는 호비트는 낡은 담요 한 장을 빌려서 두르고 있었는데, 그것이 두 사람에게는 이상하게 보였던 것이다.

"아시다시피," 하고 빌보는 최대한 사무적인 말투로 말했다. "우리는 난국에 봉착했습니다. 나로서는 정말 진절머리가 납니다. 혼자서라도 고향으로 하루바삐 돌아가고 싶을 정도입니다. 나의 고향 사람들이 훨씬 사리 판단을 잘할 겁니다. 그러나 나는 이 일에 대해 강한 관심을 갖고 있어요. 다행히도 아직 간직하고 있는 편지에 의하면 14분의 1의 포상을 받도록 되어 있기 때문입니다."

이렇게 말하고 빌보는 낡은 자켓(그것을 갑옷 위에 걸치고 있었다) 호주머니에서 꾸깃꾸깃하게 접혀 있는 소린의 편지를 꺼냈다. 그 편지는 저 5월에 빌보의 집 난로 선반 위 시계 밑에 놓여 있었던 것이다.

"여기에는 우리가 얻은 이익 가운데서 내가 받을 몫이 쓰여 있습니다." 빌보는 이야기를 이어 나갔다. "나는 그것을 똑똑히 기억하고 있습니다. 나로서는 당신들의 요구를 신중하게 생각한 끝에, 나의 몫을 요구하기 전에 보물 전체 속에서 조금을 제외하고는 여러분께 모두 드리고 싶습니다. 그러나 여러분은 소린 오큰실드를 나만큼은 모르십니다. 맹세코 말씀드리지만 소린이야말로 당신들이 이곳에서 죽치고 앉아 있는 한 황금더미 위에서 굶어죽는 쪽을 택할 사람입니다."

"그렇다면 그것도 좋겠지요" 하고 바르드가 말했다. "그같은 어리석은 자는 굶어죽는 것이 당연하니까요."

“정말 그렇습니다. 나도 당신 생각과 같습니다. 그렇긴 해도 겨울이 다가오고 있습니다. 머지않아 당신들은 눈을 보게 될 겁니다. 게다가 식량도 구하기가 어려워집니다. 그것은 요정들도 마찬가지일 테고요. 여기에 더하여 한층 더 큰일이 일어나게 되어 있습니다. 당신들은 다인과 무쇠산의 난쟁이 군에 대해 들은 적이 있습니까?”

“오래 전의 일이지만 들은 적이 있다. 그런데 그것이 우리와 무슨 연관이 있다는 건가?” 요정 왕이 물었다.

“대단한 관련이 있습니다. 아마도 여러분이 모르시는 정보를 내가 알고 있는 모양이군요. 가르쳐 드리지요. 다인은 지금 이곳에서 이틀도 채 걸리지 않는 곳까지 진군해 와 있답니다. 적어도 5백에 가까운 당당한 난쟁이 병사를 거느리고 말입니다. 대부분의 병사들이 당신들이 알고 계실 저 무서운 난쟁이와 고블린과의 전쟁에서 단련받은 용감무쌍한 바로 그 용사들이랍니다. 다인 군이 당도하면 무척 성가시게 될 텐데요.”

“어째서 그같은 일을 가르쳐 주는 거요? 당신은 친구들을 배신할 생각인가요? 아니면 우리를 위협하려는 건가요?”

바르드가 엄하게 물었다.

“허 참, 이보시오 바르드 씨! 너무 그리 흥분하지 마시오. 이토록 의심 많은 분은 만난 적이 없소. 아시겠습니까? 나는 다만 전면전을 피하고자 하는 겁니다. 그럼 한 가지 제안하겠소이다!”

“말하시오!” 두 사람이 말했다.

“이것을 보십시오! 이것 말입니다!” 빌보는 그렇게 말하고 아르켄석을 꺼내어 그것을 내던졌다.

훌륭한 것, 아름다운 것만 보아오던 요정 왕도 깜짝 놀라 벌떡 일어섰다. 바르드조차 말없이 찬탄의 눈으로 보석을 뚫어지게 보았다. 그것은 달빛을 가득 담은 하나의 큰 옥 같았고, 서리 내리는 추운 밤의 저 별들의 반짝임을 짜올린 빛의 그물이 되어 눈앞에 내밀어졌던 것이다.

　"이것이 스라인의 아르켄석입니다. 산의 정수입니다. 그리고 또한 소린의 목숨입니다. 소린은 황금의 강도 이것에 미치지 못한다고 말했지요. 이것을 당신들에게 드리겠습니다. 이것으로라면 협상이 성립될 겁니다."

　이렇게 말하긴 했어도 빌보는 몸이 약간 떨리는 것을 누르지 못하고, 곁눈질을 하며 훌륭한 보석을 바르드에게 건네 줬다. 바르드는 눈부신 듯이 그것을 받아들었다.

　"이것은 당신의 것입니까?"

　마침내 바르드는 어렵사리 말을 꺼냈다.

　"그것은" 하고 호비트는 괴로운 마음으로 대답했다. "정확하게 내 것이라고 말할 수는 없습니다. 그러나 예, 나는 그것으로 내가 받을 몫을 대신할 작정입니다. 나는 첩자일지도 모릅니다. 난쟁이들은 그렇게 말하고 있지요. 나는 마음으로는 첩자라고 생각한 적이 없지만 설사 그렇더라도 정직한 첩자이고 싶습니다. 어쨌든 지금은 일단 돌아가겠소. 그리고 난쟁이들의 처분대로 하겠소. 그럼, 나의 제안을 잘 생각하시기 바랍니다."

　요정 왕이 새로운 놀라움이 담긴 눈길로 빌보를 바라보았다.

　"빌보 배긴스여!" 하고 왕은 말했다. "당신은 다른 누구보다도 요정 왕자의 갑옷을 입기에 손색이 없는 분이오. 그러나 소린 오큰실드도 그렇게 생각할까? 난쟁이의 성격에 대해서는 내가 당신보다 더 잘 알고 있을 거요. 나는 당신이 우리와 함께 머무르기를 진심으로 충고하는 바요. 여기 있으면 당신은 명예를 얻고 극진한 대우를 받을 수 있소."

　"매우 황공한 말씀입니다." 빌보는 깊숙이 절을 하고 대답했다. "그러나 나는, 모든 일을 함께 해왔는데 지금에 이르러 친구들 곁을 떠나고 싶지는 않습니다. 게다가 자정에 봄버를 깨우겠다고 약속했답니다. 그래서 나는 서둘러 돌아가야만 합니다.”

더 이상 빌보를 만류할 수 없었다. 그래서 빌보는 호위병 한 사람과 함께 떠나게 되었는데, 왕과 바르드는 정중한 작별의 인사로 빌보를 전송했다. 빌보들이 진지를 통과하려고 할 때 검은 망토를 두른 노인 하나가 천막 입구에 앉아 있다가는 벌떡 일어나 다가왔다.

“잘 했네. 배긴스!” 노인은 이렇게 말하고 빌보의 어깨를 두드렸다. “자네는 언제나 사람들의 기대를 웃도는 훌륭한 일을 해치운단 말이야!” 노인은 간달프였다.

빌보는 오랜만에 마음으로부터 기쁨을 느꼈다. 그러나 묻고 싶은 것을 죄다 물을 시간은 없었다.

간달프는 말했다.

“모든 일이 제 때에 이루어졌네! 나의 예상이 빗나가지 않았다면 모든 일이 마무리에 접어들고 있네. 아마도 자네는 불쾌한 경우를 맞게 되겠지만 무사히 헤쳐 나갈 걸세. 큰 까마귀조차도 듣지 못한 대단한 일이 일어나려 하고 있다네. 그럼 잘 있게!”

무슨 일일까 생각하며 빌보는 기쁜 마음으로 발걸음을 서둘렀다.

빌보는 안내하는 요정들에 의해 안전한 얕은 여울을 젖지 않고 건넜다. 그리고 요정들에게 작별을 고하고 주의를 기울이며 앞문 쪽을 향해 산으로 올라갔다. 빌보는 갑자기 걷잡을 수 없는 피로를 느꼈다. 빌보가 밧줄을 타고 올라갔을 때(밧줄은 원래대로 늘어져 있었다) 시간은 자정 전이었다. 빌보는 밧줄을 풀어서 감추고 방벽 위에 죽치고 앉아서, 이제부터 일이 어떻게 될까 하고 이것저것 생각했다.

자정이 되어 빌보는 봄버를 깨웠다. 그리고 뚱뚱한 난쟁이에게서 감사의 말을 듣기 전에 그가 늘 자던 구석에 누웠다(감사의 말을 받아들일 수 없는 기분이었던 것이다). 빌보는 곧 모든 걱정을 잊고

새벽녘까지 푹 잠을 잤다. 실은 베이컨 달걀부침의 아침 식사에 대
한 꿈을 꾸고 있었다.

구름이 흩어질 때

　이튿날 아침 일찍 진지에 나팔 소리가 울려 퍼졌다. 얼마 뒤에 좁은 산길을 어떤 사람 하나가 부지런히 올라오고 있는 것이 보였다. 그 사자는 문에서 멀찍이 멈춰 서더니 절을 하고, 새로운 소식이 있어 상황이 완전히 달라졌으므로 소린이 다시 한번 대표를 만나 주기 바란다고 말했다.

　"틀림없이 다인에 대한 소식일 테지!" 소린은 사자의 말을 듣고 말했다. "저들은 다인이 온다는 소문을 들은 거야. 그래서 마음이 바뀐 모양이로군. 그럼, 적은 인원수로 무기를 갖지 않고 온다면 들어주겠다고 전하라." 소린은 사자에게 소리쳤다.

　점심 무렵, 숲의 깃발과 호수의 깃발이 엄숙하게 전진해 오는 것이 보였다. 스무 명 정도되는 무리가 다가와서 좁은 산길이 시작되는 곳에서 창과 칼을 놓고 문 쪽으로 올라왔다. 그 속에는 바르드와 요정 왕 이외에, 앞줄에는 망토 차림에 두건을 쓴 한 노인이 쇠장식을 박은 탄탄한 나무상자를 들고 있어 난쟁이들은 의아한 눈으로 바라보았다.

 "소린에게 알립니다!" 바르드가 말을 걸었다. "아직 생각을 바꾸지 않았습니까?"

 "나의 마음은 해가 몇 번 뜨고 진다 해도 달라지지 않소이다." 소린은 대답했다. "그대들은 나와 쓸데없는 대화를 나누기 위해서 왔는가? 내가 말한 대로 요정 군은 어째서 철수하지 않는가? 철수하기 전에 협상은 결코 이루어지지 않는다."

 "그럼 당신의 황금을 무엇으로 교환하겠소?"

 "그대나 그대의 동료들이 내놓을 것은 아무것도 없을 텐데."

 "스라인의 아르켄석은 어떻소?" 바르드가 이렇게 말하자 그 노인이 작은 상자를 열어 보석을 꺼내 보였다. 그 빛이 새벽의 대기 속으로 밝고 하얗게 뿜어나왔다.

 그 순간, 소린은 놀라움으로 말을 잊고 멍하니 서 있었다. 한참 동안 누구 하나 말을 하는 사람이 없었다.

 마침내 소린의 분노에 찬 목소리가 침묵을 깼다.

 "그 보석은 나의 부친의 것, 곧 나의 것이오. 나의 것을 어째서 내가 사들여야만 한단 말이오? 그런데 어떻게 해서 당신이 우리 집안의 가보를 가지고 있는가? 도둑이라고 부르고 싶지는 않지만 의심하지 않을 수 없소이다."

 "우리는 도둑은 아니오." 바르드가 대답했다. "우리 것을 받는 대신 당신 것을 돌려 주자는 거요."

 "어떻게 그 보물을 손에 넣었는가?"

 소린은 다시 솟구쳐 오르는 분노를 누르지 못하고 외쳤다.

 "내가 했습니다!" 방벽 위에서 엿보고 있던 빌보가 견디기 어려운 두려움 속에서 소리질렀다.

 "네놈이! 네놈이!" 소린은 소리치며 빌보 쪽으로 돌아서 두 손으로 그를 움켜쥐었다. "이 보기 싫은 호비트 녀석! 이 비뚤어진 꼬마 도둑놈!" 소린은 할 말을 잊고 가엾은 빌보를 토끼처럼 흔들었다.

"듀린의 긴 수염을 걸고 저주한다! 간달프가 여기에 있으면 좋으련만. 네놈을 선택한 죄를 벌할 수 있게 말이야. 그 자의 수염이 졸아들기를 바란다. 네놈을 바위에 내동댕이칠 테다!"

그는 이렇게 외치며 빌보를 눈보다 높이 쳐들었다.

"잠깐! 자네의 바람은 이루어졌네!" 한 목소리가 들려왔다. 상자를 들고 있던 노인이 두건과 망토를 벗어던졌다. "간달프일세! 늦진 않은 모양이로군. 비록 내가 추천한 첩자가 싫더라도 부디 상처는 입히지 말아 주게. 빌보는 내려놓고 우선 그의 말을 들어 보세나!"

"모두 한패였군!" 소린은 방벽 꼭대기에 빌보를 내려놓고 말했다. "앞으로 다시는 마법사와도, 그가 아는 사람과도 사귀지 않겠다. 그래 무슨 말이 하고 싶은가? 이 쥐새끼 같은 녀석아!"

"아아, 어떻게 하면 좋을까!" 빌보는 말했다. "이번 일은 하나에서 열까지 나로서는 더할 나위 없이 견디기 힘듭니다. 당신은 전에 나의 몫은 내가 골라도 좋다고 하신 것을 기억하시겠지요? 내가 그 말을 너무 곧이곧대로 믿은 것 같군요. 난쟁이들이란 실제보다도 말이 앞선다는 것을 전부터 들은 바이지만. 하지만 당신들에게 내가 쓸모가 있다고 여겨졌던 때가 분명히 있었지요. 그런 나를 쥐새끼 같은 녀석이라고! 소린! 당신은 당신의 자자손손까지 나에게 도움을 주게 하고 싶다고 하지 않았소? 내가 이 정도는 내 몫으로 해도 좋으리라고 생각한 것은 다른 사람에게 주어도 되지 않겠습니까?"

"그것을 인정하겠다." 소린이 냉정하게 말했다. "그렇게 한 것을 용서하겠다. 그러나 두 번 다시 만나지 않겠다!"

이렇게 말하고 소린은 몸을 돌려 벽 위에서 말했다. "나는 배신당

했다. 나의 가보 아르켄석을 어떻게든 다시 사들이지 않고는 견딜
수 없다는 것을 환히 알고 있었군. 그 보석 대신 보석류를 별도로
하고 금은 모두를 모은 더미의 14분의 1을 내놓겠다. 그것은 이 배
신자에게 약속한 몫으로 치기로 한다. 그러니 그것을 가지고 당장에
꺼지도록 하라. 그 다음에 그것을 마음대로 나누어라. 아마 배신자
의 몫은 얼마 되지 않을 것이다. 이 자를 살리고 싶거든 어서 빨리
데리고 가라. 이제부터 이 자와의 우정은 끝이다." 그러고는 빌보에
게 이렇게 말했다. "네놈의 친구에게로 내려가라! 그렇지 않으면
걷어차겠다."

"금은은 어떻게 하시겠습니까?" 빌보가 물었다.

"준비가 되는 대로 나중에 보내 주마. 어서 꺼져라!"

"그때까지 이 보석은 보관하겠소." 바르드가 외쳤다.

"자네의 행동은 산 밑의 왕에게 어울리는 훌륭한 행동이 아닐
세." 간달프가 말했다. "그러나 형세는 또 바뀔 걸세."

"틀림없이 형세는 바뀌고 말고." 소린도 말했다. 보물에 혹한 소
린으로서는 다인의 힘을 빌려서 그 아르켄석을 되찾고 사례금은 주
지 않아도 될지도 모른다고 생각하고 있었던 것이다.

이렇게 해서 빌보는 방벽에서 내려지고 그토록 괴로운 모험을 했
지만 전에 소린으로부터 받은 갑옷 이외는 무엇 하나 받지 못하고
일행을 떠났다. 난쟁이들 중에는 빌보가 떠나는 것을 유감스럽게 생
각하고 이런 처사를 부끄럽게 여기는 자가 한두 사람이 아니었다.

"안녕히!" 빌보가 난쟁이들에게 외쳤다. "친구로서 다시 만나고
싶소."

"꺼져!" 소린이 소리쳤다. "네가 입고 있는 갑옷은 우리 부족이
만든 것이라 화살도 박히지 않지만 어서 꺼지지 않으면 그 보기 싫
은 다리를 쏘아맞히겠다. 어서 썩 꺼져라!"

"너무 서두르지 마시오!" 바르드가 말했다. "내일까지 기다리겠

소. 점심 때 이곳에 다시 오겠소. 보석에 맞먹는 몫을 보물 속에서 내놓았는지 확인하고 싶소. 우리를 속이지 않는다면 조용히 이곳을 떠나고 요정 군도 숲으로 돌아갈 것이오. 그럼 그때까지 안녕히 계시오!"

이렇게 말하고 그들은 철수했다. 소린은 로아크의 까마귀 사자를 다인에게 보내어 일의 자초지종을 알리고 아무도 모르게 급히 올 것을 명령했다.

그 날 밤이 지났다. 이튿날은 바람이 서쪽으로 바뀌었다. 온 누리가 어둡게 잔뜩 찌푸려져 있었다. 소식을 전하는 자들이 달려와 난쟁이 대군이 산의 동쪽 기슭을 돌아서 골짜기를 급히 오고 있다고 알렸다. 다인이 오고 있는 것이다. 다인은 밤새껏 서둘러 왔는지 소린들이 생각했던 것보다 빨리 왔다. 다인의 전사들은 무릎까지 늘어지는 미늘 갑옷으로 몸을 감싸고 다리에는 마음대로 구부릴 수 있는 훌륭한 금속 잠방이를 꿰고 있었는데, 이것을 만드는 방법은 다인 부족만이 알고 있는 비밀이었다. 난쟁이들은 키에 비해 대단히 힘이 세었지만, 이 부족은 난쟁이 가운데서도 특히 강한 사람들이다. 전투 때에는 무거운 곡괭이를 두 손으로 들고 휘두르는데 각자 허리에는 폭이 넓은 단검을 차고 둥근 방패를 등에 걸고 있다. 병사들은 수염을 잘게 나누어서 땋아 늘어뜨려 혁대에 끼워 넣고 있었다. 철두건, 철의 구두를 신은 이 전사 부족의 얼굴 생김새는 무시무시했다.

나팔소리가 호수 사람들과 요정들에게 무장할 것을 알렸다. 이윽고 난쟁이 군이 맹렬한 기세로 골짜기를 올라오는 것이 보였다. 대군은 일단 동쪽 산기슭에서 강으로 가는 길에 멎었다. 그중에 몇 명의 전사는 그대로 전진하여 강을 건너 진지로 다가왔다. 그들은 무기를 그 자리에 놓고 평화의 징표로 손을 들어올리고 섰다. 바르드가 만나러 나갔다. 빌보도 따라갔다.

"우리는 나인의 아들 다인이 보낸 사람들이오. 우리는 옛날 왕국이 다시 살아났음을 알고 산에 사는 우리 일가를 위해 달려왔소이다. 그런데 방벽 앞에 적처럼 진을 치고 있는 당신들은 도대체 누구시오?" 사자들은 이런 경우에 늘 그렇듯이 정중하고 예의 있게 말하고 있지만 이 말은 사실은 '네놈들에게 볼일은 없다. 우리가 가는 길을 비키지 않겠는가? 방해하면 무찌르겠다'는 뜻이다. 난쟁이들은 강이 굽이쳐 흐르는 골짜기를 통과하겠다는 것이다. 산과 강 사이의 이 좁은 땅은 경계가 삼엄하지 않은 것 같았기 때문이다.

물론 바르드는 난쟁이들이 그대로 산으로 가는 것을 허락하지 않겠다고 딱 잘라 거절했다. 바르드는 아르켄석과 맞바꿀 금은이 운반되어 올 때까지 기다릴 작정이었다. 왜냐하면 이같은 대군이 일단 성 안으로 들어가고 난 후에는 거래가 불가능하다고 여겼기 때문이다. 난쟁이 군은 식량을 대대적으로 날라오고 있었다. 무거운 짐을 가득 질 수 있는 다인의 전사들은 그토록 급한 행군이었는데도 무기 외에도 큰 짐을 지고 왔던 것이다. 다인 군은 여러 주일 동안 맞설 작정이었다. 그렇게 하고 있으면 다른 곳에서도 난쟁이들이 더 모여들 것이다. 소린은 친척이 많으니까. 게다가 다인 군은 이곳 저곳에 입구를 다시 만들고 그곳을 굳게 지킬 수도 있으며, 그렇게 되면 공격하는 군대는 산의 둘레를 빙 둘러서 포위해야만 한다. 도저히 그럴 만한 인원은 없을 것이었다.

사실은 이 점을 내다보고 난쟁이들은 작전을 세웠다. 그래서 큰 까마귀 사자들이 소린과 다인 사이를 바쁘게 오갔던 것이다. 그러나 지금으로서는 길은 막혀 있다. 난쟁이 사자들은 분노의 말을 내뱉은 다음 투덜거리며 물러갔다. 바르드는 앞문으로 곧 사자를 보냈다. 그러나 황금도 없고 보석도 없었다. 그뿐 아니라, 그들이 화살이 미칠 만한 거리에 발을 내디디자 화살이 쌩쌩 날라와 황급히 도망쳐 와야 했다. 그러자 진지 쪽에서는 전쟁이 일어날 것처럼 술렁거렸다. 다인과 난쟁이 군이 동쪽 강가로 나아가기 때문이었다.

"어리석은 자들!" 하며 바르드가 웃었다. "산기슭으로 돌아가다니, 바보 같이! 그야 지하 동굴에서 전투는 잘 할 수 있을지 몰라도 지상에서의 전투는 모르는 자들이지. 저들 오른쪽에 솟아 있는 바위 사이에는 우리의 화살 부대와 창 부대가 많이 숨어 있는 걸. 난쟁이의 갑옷이 아무리 훌륭하다 해도 머지않아 참아내지 못하게 될 거야. 저들이 휴식을 취하기 전에 우리가 양쪽에서 협공을 해야겠다!"

그러나 요정 왕은 반대였다.

"황금을 에워싸고 전투를 벌이는 것은 되도록 삼가고 싶소. 결국 난쟁이들은 우리가 통과시키지 않는 한 꿰뚫고 나갈 수는 없을 테니까요. 화해하는 길이 뭔가 있지 않겠소? 불행히도 단숨에 공격한다 해도 수적으로 적수가 못됩니다."

그러나 요정 왕은 난쟁이들의 마음을 잘못 알고 있었다. 난쟁이들은 아르켄석이 상대방에게 있다고 생각하니 참을 수 없었고, 바르드와 그 우군이 주저하고 있음을 알아차리고는 그들이 옥신각신 의논하고 있는 동안에 치고 들어가기로 마음을 굳혔다.

난쟁이들은 신호도 없이 소리도 없이 공격에 임했다. 활시위는 팽팽히 당겨져 전투의 막이 열리기 직전이었다.

그때 갑자기 무서운 속도로 어둠이 덮쳐왔다. 한 무리의 검은 구름이 사방에서 하늘을 뒤덮었다. 한 줄기의 거친 바람을 타고 겨울 천둥이 크게 울려 퍼져 온 산에 메아리치고 산봉우리 위로 번개가 내리쳤다. 천둥이 울려 퍼지는 동안에 또다른 어둠의 회오리가 전진해 왔다. 그러나 그 어둠은 바람을 타고 오는 검은 구름이 아니었다. 구름 같은 새떼가 북쪽에서 왔는데, 그 무리의 두께는 날개 너머로 빛이 보이지 않을 정도였다.

"전투 중지!" 느닷없이 불쑥 나타난 간달프가 전진하는 난쟁이

군과 그들을 기다리는 이쪽 군대 사이에 우뚝 서서 두 손을 높이 들고 외쳤다.

"중지!" 간달프는 우레 같은 소리로 외치며 지팡이에서 번개 같은 빛을 뿜어냈다. "모든 사람에게 무서운 일이 닥쳤소! 중지해야 하오! 내가 생각했던 것보다 더 일찍 그 시기가 닥쳤단 말이오. 고블린들이 왔어요! 북쪽의 볼그가 공격해 왔어요. 오 오, 다인이여! 당신은 모리아에서 볼그의 아버지를 죽이지 않았소. 보시오! 박쥐들이 볼그 군 위에 메뚜기떼처럼 날고 있지요. 고블린들은 늑대의 등에 올라탔고, 그 미친 개들이 대열을 짜고 밀려오고 있소이다!"

양쪽 군대는 놀라움으로 술렁이고 있었다. 간달프가 목청을 돋구어 소식을 전하고 있는 동안에도 주위는 점점 더 어두워졌다. 난쟁이 군도 모두 멈춰 서서 하늘을 쳐다보았다. 요정 군은 여러 가지 목소리로 저마다 외쳤다.

"오시오!" 간달프가 소리질렀다. "아직 의논할 시간은 있을 거요. 나인의 아들 다인이여, 빨리 이쪽으로 오시오."

이리하여 누구 하나 상상도 하지 못했던 전투가 시작되었다. 그것은 뒷날 다섯 군대의 전투라고 불리어졌듯이 세상에도 드문 치열한 싸움이었다. 한 편은 고블린 군과 사나운 늑대 군, 다른 한편은 요정 군과 난쟁이 군이었다. 일이 이렇게 된 경위는 다음과 같다. 우선, 안개산맥의 큰 고블린이 죽고 난 뒤로 고블린 족은 난쟁이에 대한 격심한 증오로 끓어올랐다. 사자들이 고블린의 모든 거리, 모든 마을, 모든 성을 뛰어다녔다. 고블린들이 북쪽의 이 땅을 손에 넣으려고 마음을 굳혔기 때문이다. 그래서 남에게 알려지지 않은 방법으로 여러 가지 정보를 수집했다. 산속 여기저기에 대장간과 무기 공장을 세웠다. 그리고 어둠을 타고 터널을 지나 저 산, 이 골짜기로 모여들더니 마침내 북쪽의 거대한 군다바드 산기슭으로 왔다. 이곳 고블린들의 수도에 헤아릴 수 없는 대군이 모인 것은 때를 기다렸다가 폭풍우를 타고 단숨에 남쪽으로 몰아치자는 것이었다. 이때 고블린들은 스마우그의 죽음을 알게 되었다. 고블린들은 기뻐서 어쩔 줄 몰랐다. 그들은 밤마다 급히 행군한 끝에 그야말로 느닷없이 다인 군의 뒤를 밟아 마침내 이 산에 나타난 것이다. 큰 까마귀조차도 고블린들이 먼 뒤쪽의 산들과 이 외딴산 사이의 황무지에 모습을 보일 때까지는 그들의 움직임을 알지 못했다. 어떻게 간달프가 알고 있었는지, 어느 정도 알고 있었는지는 모르지만 간달프조차도 이들의 속도에는 확실히 깜짝 놀란 모양이었다.

간달프는 요정 왕, 바르드, 그리고 다인과 함께 의논하여 작전을 짰다. 이 난쟁이 족의 우두머리는 지금 자신의 적진에 가담한 셈인데, 모든 사람의 적, 그 고블린들이 왔으니 지금까지의 다툼은 씻은 듯이 잊어버린 것이다. 모두가 바라는 바는 산등성이 사이의 골짜기로 고블린 군을 유인하는 것이었다. 그리고 아군은 남에서 동으로 달리고 있는 두 개의 큰 산등성이 안에 군세를 완전히 갖추어 놓는 일이었다.

그런데 이 작전은 매우 위험했다. 만일 적이 인원수를 믿고 산을 넘어 돌아온다면 어떻게 되겠는가? 그리고 산 위와 등 뒤에서 공격해 오면 어떻게 될까? 그렇다고 다른 계획을 짤 틈도 없고 더 이상 도움을 청할 데도 없다.

이윽고 천둥은 요란하게 울리며 남동쪽으로 멀어져 갔다. 그러나 먹구름 같은 박쥐떼는 산 저 멀리에 무리지어 빛을 가리고 낮게 날기도 하고 빙글빙글 돌기도 하여 사람들에게 두려움을 불러일으켰다.

"산을 향해 전진하라!" 바르드가 명령했다. "산으로! 아직 시간이 있는 동안 좋은 장소에 진을 치자."

남쪽 산줄기, 산골짜기와 산기슭의 바위밭에 요정 군이 진을 쳤
다. 동쪽의 튀어나온 곳에는 인간족의 군세와 난쟁이 군이 숨었다.
그리고 바르드와 걸음이 빠른 인간과 요정 몇 명이 선출되어 동쪽
산등성이로 기어 올라가 북쪽을 바라보았다. 얼마 후 산기슭 앞에
퍼진 땅으로 새까맣게 몰려오는 대군이 보였다. 그리고 마침내 맨
앞쪽의 고블린 병사들이 산기슭을 돌아 골짜기로 밀려오고 있었다.
그것은 지독히 빠른 늑대에 탄 한 무리였는데, 그 외침소리와 으르
렁거리는 소리가 대기를 뚫고 멀리서 울려왔다. 몇 명의 용감한 전
사들이 저지하는 척하며 고블린 군 앞으로 나갔다가 교묘하게 후퇴
하여 산으로 도망쳐 올 때, 미처 도망치지 못해 전사한 자도 상당히
있었다. 간달프가 바라던 대로 고블린 대군은 조금씩 저항을 받은
선두부대 뒤를 따라 골짜기로 마구 몰려 무턱대고 전진하며 적을 찾
아다녔다. 고블린의 검고 빨간 깃발 장식은 수없이 골짜기를 메웠
고, 마치 엄청난 밀물처럼 미쳐 날뛰며 사방에서 밀려왔다.

무시무시한 전투였다. 이 전투는 빌보의 생애에서 가장 무섭고 가
장 끔찍한 것이었지만, 또한 이렇게도 말할 수 있다. 빌보는 자신이
이 전투에서 훌륭한 공을 세운 것도 아닌데 이것을 가장 자랑스럽게
여겼고, 먼 뒷날에도 즐겨 회상하곤 했다고. 사실 빌보는 아침 일찍
부터 반지를 끼고 숨어 있었지만 역시 위험한 고비를 빠져나왔다고
는 할 수 없었다. 이 마법의 반지는 고블린의 돌격을 막을 수도, 우
연한 화살이나 마구 찔러대는 창을 피할 수도 없다. 그래도 반지가
있으면 수라장을 빠져 나올 때 쓸모가 있고 자신의 목이 고블린 전
사들이 휘두르는 칼끝의 눈에 띄는 목표가 되지 않을 수는 있다.

요정 군이 첫번째 창을 내질렀다. 고블린에 대한 요정들의 증오심
은 참으로 깊었다. 분노가 서린 요정들의 창과 칼은 싸늘한 불길이
되어 어둠 속에서 빛났다. 적의 대군이 골짜기로 빽빽이 밀려오자마
자 요정 군은 일제히 화살을 쏘아댔다. 불길의 혓바닥처럼 화살은

제각기 쌩쌩 날아갔다. 화살 공격 다음에 1천 명 창 부대 병사들이 산에서 뛰어 내려와 습격했다. 함성이 귀청을 때렸다. 주위의 바위는 고블린의 피로 검게 물들었다.

고블린 군이 가까스로 격심한 공격을 막고 기세를 되찾아 요정들을 밀기 시작했을 때, 골짜기 너머의 반대 쪽에는 뱃속에서 우러나오는 소리와도 비슷한 외침이 솟아올랐다. "모리아!" "다인, 다인!" 같은 말을 외치며 무쇠산의 난쟁이 군이 곡괭이를 휘두르며 반대쪽으로 우르르 밀려나왔다. 게다가 그 옆에서는 호수 사람들이 길다란 칼을 쳐들고 합세했다.

일대 혼란이 고블린 군을 휩쓸었다. 새로운 공격에 맞서려고 몸을 돌리면 요정 군이 인원수를 더하여 다시금 덤벼들었다. 많은 고블린 군이 이 협공을 피하려고 강 하류쪽으로 도망쳐 갔다. 늑대 대부분이 고블린에게 덤벼들어 죽은 자와 상처입은 자를 마구 먹어치우고 있었다. 승리가 이미 삼군의 손 안에 있는 것처럼 보였다. 그때 큰 외침소리가 멀리 위쪽 꼭대기에서 울려 퍼졌다.

북쪽에서 산으로 기어 올라간 많은 고블린 병사들이 앞문 바로 위의 비탈로 접어들고 있었으며, 그 밖의 병사들도 산꼭대기에서 산등성이 쪽을 누르기 위해 마구 산에서 우르르 내려오는 참이었는데, 그 중에는 덜렁거리다가 새된 소리를 지르며 낭떠러지에서 떨어지는 자도 있었다. 산 한가운데에 있는 가장 높은 곳에서 산길을 따라 어느 산등성이건 내려갈 수가 있었다. 그 길을 빈틈없이 막으려면 지킬 사람이 모자랐다. 승리의 희망은 사라졌다. 삼군은 검은 밀물 같은 공격의 첫 물결을 겨우 막아냈을 뿐이었다.

정오가 다가왔다. 고블린들은 골짜기에서 대열을 정돈했다. 또한 피에 굶주려 서성거리고 있던 미친 늑대들과 함께 볼그의 호위꾼이라고 일컫는, 무쇠반월도를 든 한 무리의 거대한 고블린들이 밀려왔다. 그러던 중 하늘은 폭풍우를 머금어 더욱더 어두워졌다. 한편 큰 박쥐들의 무리는 요정과 인간의 머리 위나 귓가를 스치며 날아다니더니, 마침내는 상처입은 자들 위로 흡혈귀처럼 달라붙었다.

바르드는 동쪽 산등성이를 지키기 위해 싸우고 있었는데 조금씩 밀려나고 있었다. 요정의 귀족들은 남쪽 산등성이 위 까마귀 언덕의 망루 옆에서 요정 왕을 에워싸고 막다른 곳까지 몰리고 있었다.

그런데 별안간 큰 소리가 일어나더니 앞문에서 나팔 소리가 요란하게 울려 퍼졌다. 모든 사람들이 소린을 잊고 있었던 것이다! 방벽 일부가 지레 장치로 인해 움직여 요란한 소리를 내며 물웅덩이 속으로 떨어졌다. 그곳에서 산 밑의 왕이 튀어나왔고, 이어서 그 일행들도 나타났다. 그들은 두건도 외투도 입고 있지 않았다. 빛나는 갑옷으로 몸을 감싼 그들의 눈에는 예사롭지 않은 붉은 빛이 반짝이고 있었다. 어둠 속에서 유별나게 커 보이는 난쟁이들이 꺼져 가는 불길을 받아 순금처럼 환히 빛났다.

산 위의 고블린들이 벼랑에서 바위 덩어리를 굴러 떨어뜨렸다. 그러나 난쟁이들은 폭포 아래까지 뛰어내려가 바위를 교묘하게 피하며 나아가 적과 맞섰다. 늑대와 그 위에 올라탄 고블린들은 소린 군 앞에 쓰러지거나 도망치거나 했다. 소린은 늠름하게 도끼를 휘둘렀고, 그와 맞설 자가 없는 것 같았다.

"나를 따르라, 나를 따르라! 요정들이여, 인간들이여! 나를 따르라! 나의 일족들이여!" 소린은 이렇게 외쳤다. 그 외침은 뿔피리처럼 온 골짜기에 울려 퍼졌다.

앞뒤를 가리지 않고 다인 군의 난쟁이들은 모두 소린을 돕기 위해 내려와 모였다. 여기에 호수 마을의 인간들 대부분도 달려와 합세했다. 그 기세를 바르드도 막을 수가 없었던 것이다. 게다가 다른 쪽에서 요정 군의 창 부대원도 많이 내려왔다. 그래서 고블린들은 골짜기에서 밀려나 상처입고 패배하여 도망쳤다. 고블린 군사들은 쓰러져 겹겹으로 싸이고 골짜기는 그 시체로 온통 시커멓게 되어 버렸다. 늑대들도 쫓겨 흩어졌고, 소린은 볼그의 호위꾼들 속으로 쳐들어갔다. 하지만 그는 호위꾼들의 대열을 무찌를 수가 없었다.

고블린들 사이로 들어간 소린의 뒤에는 전쟁만 아니었으면 오랜 세월 숲속에서 즐겁게 살았을 많은 인간과 난쟁이, 그리고 아름다운 요정족의 시체가 즐비했다. 골짜기가 넓어짐에 따라 소린의 동작은 차츰 둔해졌다. 수적으로도 열세였다. 소린의 좌우에는 지키는 자 없이 텅 비어 있었다. 얼마 뒤에는 공격하던 쪽이 공격당하는 입장이 되었다. 어디를 보나 온통 적뿐이었고, 마침내 큰 원으로 에워싸이고 말았다. 이 공격을 막으러 달려온 고블린들과 늑대들에게 열 겹 스무 겹으로 포위당하고 말았다.

볼그의 호위꾼들이 제각기 소리지르며 모래밭 벼랑을 때리는 파도처럼 난쟁이들의 대열을 덮쳤다. 같은 편 전사들도 이들을 도울 수가 없었다. 산 위에서 공격하는 자들은 더욱 더 숫자가 늘어 맹공을 펼쳐왔고, 양쪽으로 나누어진 인간과 요정들의 군세는 차츰 함께 밀리고 있었기 때문이다.

이같은 광경을 빌보는 괴로운 심정으로 바라보았다. 빌보는 까마귀 언덕의 요정 군세에 끼어 있었다. 이곳에서라면 도망칠 때 편리하고, 또(이것은 빌보의 피에 흐르는 툭 집안의 기질 때문이겠지만) 마지막 때가 오면 요정 왕을 끝까지 지켜 주어야겠다는 마음이 있었기 때문이다. 게다가 간달프도 거기에 있었다. 마법사는 깊은 생각에 잠긴 듯이 땅바닥에 죽치고 앉아서, 아마도 모든 일이 끝나기 전에 최후의 큰 마법을 부릴 생각이라도 하고 있었으리라.

그때는 멀지 않은 것 같았다. 빌보는 생각했다. '고블린들이 앞문을 점령하는 데에 그다지 오래 걸리지 않을 것이다. 그렇게 되면 우리는 모두 찔려 죽거나 쫓기다가 붙잡힐 것이다. 사람 목숨이 스러진 다음 아무리 한탄한들 무슨 소용이 있겠는가. 이런 나쁜 패거리가 이기고 가엾은 봄버와 발린, 필리와 킬리, 그 밖의 친구들이, 아니 게다가 호수의 인간족과 명랑한 요정들까지도 비참한 최후를 마칠 정도라면 그 스마우그가 지긋지긋한 보물을 안고 살아 있는 편이 훨씬 낫다. 아아, 견딜 수가 없구나! 나는 지금까지 갖가지 전쟁 노래를 들어왔다. 그리고 늘 패배도 영광스러울 수 있다고 생각해 왔다. 그러나 전쟁이란 비참할 뿐만 아니라 참으로 견딜 수가 없는 것이로군. 이 전쟁에 가담하지 않았더라면!'

구름이 바람에 찢겨 붉은 석양이 서쪽에서 환하게 비쳐나왔다. 어둠속에 갑자기 빛이 퍼지자 빌보는 주위를 둘러보았고 엉겁결에 앗 하고 외쳤다. 심장이 펄쩍 뛸 만한 광경을 보았던 것이다. 빛나는 저 먼 하늘에 아직 작긴 해도 당당한 검은 점이 떠오르고 있었다. "독수리다! 독수리다!" 빌보는 외쳤다. "독수리가 오고 있다!"

빌보의 눈은 틀리지 않았다. 독수리 떼는 바람을 일으키며 한 줄 또 한 줄, 북쪽의 온갖 높은 산의 보금자리에서부터 모여 큰 무리가 되어 훨훨 날아왔다.

"독수리다! 독수리다!" 빌보는 기뻐서 어쩔 줄 몰라 두 손을 흔들며 외쳤다. 요정들은 그의 몸짓은 보지 못했을지라도 그의 목소리는 들었으리라. 이윽고 요정들도 소리를 맞추어 외치기 시작했고, 그 외침은 골짜기를 누비며 메아리쳤다. 산의 남쪽 산등성이에서가 아니면 아직 아무것도 보이지 않았으므로 골짜기에서는 무슨 일인가 의아해하며 하늘을 쳐다보고 있었다.

"독수리가 왔다!"

빌보는 다시 한번 외쳤다. 그 순간 위에서 와르르 떨어지던 돌 하나가 빌보의 투구에 부딪쳐 빌보는 소리를 내며 그 자리에 쓰러졌고, 그 뒤는 아무것도 알지 못하게 되었다.

귀향길

  빌보가 제정신으로 돌아와 보니 문자 그대로 외톨이가 되어 있었다. 그는 까마귀 언덕의 평평한 돌 위에 쓰러져 있고 주위에는 아무도 없었다. 머리 위에는 구름 한 점 없는 밝은 하늘이 펼쳐져 있고 대낮인데도 썰렁했다. 빌보는 몸을 떨었다. 몸은 돌처럼 차디찬데 머리만은 불처럼 활활 타고 있었다.

  "도대체 어떻게 된 것일까? 어쨌든 아직은 죽은 영웅으로 추대받는 것은 아니로군. 그건 아직 먼 뒷날의 일인 모양이다."

  빌보는 혼잣말을 하며 쑤시는 몸을 일으켜 앉았다. 골짜기를 바라보니 살아서 움직이고 있는 고블린들의 모습은 보이지 않았다. 얼마 뒤에 머리가 조금 맑아지자 아래의 바위 사이에서 요정들이 움직이고 있는 것이 보이는 것 같았다. 눈을 비비고 다시 보았다. 확실히 평지의 저 먼 곳에 여전히 삼군의 진지가 있었다. 그리고 또 앞문을 드나들고 있는 자들이 있는데, 저들은 누구일까? 난쟁이들이 방벽을 부수고 있는 모양이다. 그러나 모든 것이 너무나도 조용하다. 누가 부르는 소리도 없고 노랫소리도 들리지 않는다. 깊은 슬픔이 그 일대를 감돌고 있는 것만 같았다.

"마침내 이겼다는 것일 테지!" 하고, 빌보는 머리가 쑤시는 것을 느끼며 말했다. "그런 것 치고는 꽤나 우울한 분위기가 아닌가."

그러자 갑자기 누군가 산을 올라와 이쪽으로 다가오고 있는 것을 느꼈다.

"이봐요, 여기요!" 빌보는 떨리는 목소리로 말을 건넸다. "이봐요, 어떻게 된 겁니까?"

"바위 사이에서 소리가 났는데, 사람은 보이지 않는군."

그 사람은 빌보가 앉아 있는 곳에서 그다지 멀지 않은 곳에 멈춰서서 빌보 쪽을 보았다.

그 순간 빌보는 반지 생각이 났다.

"아이고 맙소사! 모습이 보이지 않는 것도 불편할 때가 있군. 이것만 아니었다면 침대 속에서 따뜻하고 기분 좋게 잠을 잘 수 있었을지도 모르는데." 빌보는 황급히 반지를 빼고는 큰 소리로 이름을 댔다. "나는 빌보 배긴스요. 소린의 친구요!"

"당신을 발견해서 다행이오!" 하고 그 사람은 급히 다가왔다. "아무래도 당신이 있어야 하기 때문에 모두 한참 동안 당신을 찾아다니고 있었답니다. 마법사 간달프가 당신의 목소리를 이 부근에서 들었다고 하지 않았다면 많은 전사자들 속에 끼여 버렸을지도 몰라요. 내가 이곳에 나온 것도 이번이 마지막이거든요. 상처는 심합니까?"

"머리에 심한 충격을 받은 모양이오. 그러나 투구를 쓰고 있었고, 원래 머리가 단단하지요. 그렇다고 하더라도 기분이 나쁘고 두 다리가 짚으로 된 것처럼 휘청휘청해요."

"내가 당신을 골짜기의 진지까지 내려다 드리리다." 그 사람은 빌보를 번쩍 들어올렸다. 그 사람의 다리는 빠르고 튼튼했다. 이윽고 빌보는 골짜기 천막 앞에서 내려졌다. 그곳에 간달프가 한쪽 팔을 부목으로 고정시키고 서 있었다. 마법사마저도 상처를 입지 않고는 도망칠 수 없었던 것이다. 그러고 보니 헤아릴 수 없을 정도로 많은 인원이 부상을 당했다.

간달프는 빌보를 보고 매우 기뻐했다.

"배긴스!" 하고 간달프는 자기도 모르게 외쳤다. "오오, 하느님! 살아 있었군. 반갑네! 자네도 마침내 운이 다한 줄 알았네, 아니, 정말 무시무시했다네, 그리고 처참했어. 하지만 그런 이야기는 조금 있다 해도 되겠지. 모두들 자네를 기다리고 있다네."

간달프는 호비트를 천막 속으로 이끌며 말했다.

"어떤가, 소린! 그를 데리고 왔네."

그곳에는 바로 소린 오큰실드가 많은 상처를 입고 누워 있었으며 산산이 떨어져나간 갑옷과 엉망이 된 도끼가 바닥에 놓여 있었다. 소린은 곁으로 다가온 빌보를 쳐다보았다.

"작별을 해야겠소! 훌륭한 첩자여" 하고 소린은 말했다. "나는 이제 조상 곁에서 쉬기 위해 하늘의 궁전으로 가오. 이 세상이 완전히 새로워질 때까지 말이오. 나는 이젠 많은 금은을 버리고 그같은 것이 쓸모가 없는 곳으로 가니, 마음으로부터 당신과 헤어지고자 하오. 내가 앞문에서 당신에게 퍼부은 그 말과 행동을 깨끗이 잊어 주기 바라마지 않소."

빌보는 슬픔으로 가슴이 미어질 듯 하여 한쪽 무릎을 꿇었다.

"안녕히 가시오. 산 밑의 진정한 왕이여! 이같은 최후를 맞이해야 하다니 참으로 괴로운 모험이었습니다. 이것은 산더미 같은 황금으로도 보상받을 수가 없습니다. 그러나 나는 당신과 모험을 함께 한 것이 무척 기쁩니다. 그것은 나의 가문의 누구에게도 주어진 적이 없는 나의 특권입니다."

"아니오! 당신 마음 속에는 당신이 알지 못하는 아름다움이 있소이다. 서쪽의 상냥하고 용감한 이여. 당신에게는 용기와 지혜가 알맞게 섞여 있어요. 아아, 우리가 황금 이상으로 좋은 음식과 기쁜 일과 즐거운 노래를 존중했다면 이 세상이 얼마나 즐거웠겠소. 그러나 기쁘건 슬프건 이제 나는 가야 하오. 그럼 잘 있으시오!"

빌보는 맥이 탁 풀려서 뒤돌아서서 천막으로 나와 담요를 두르고 그저 앉아 있었다. 믿건 안 믿건 여러분의 자유이나 빌보의 눈은 빨갛고, 목이 쉴 때까지 흐느껴 울고 있었던 것이다. 참으로 빌보 배긴스는 다정한 마음을 가진 호비트였다. 그뒤 빌보가 농담을 할 수 있기까지는 한참이 걸렸다.

"하늘의 은총이었어" 하고 빌보는 마지막에 겨우 혼잣말을 했다. "그때 눈을 뜨고 정신이 든 것은 말이야. 소린이 살아주기를 정말 바랐는데, 그러나 이렇게 화해를 하고 헤어졌으니 다행이었어. 그렇지만 빌보 배긴스여, 너는 바보란 말이야. 그 보석으로 큰 일을 벌였으니. 평화와 안락을 얻기 위해 애썼는 데도 큰 전쟁이 일어나고야 말았지. 그러나 그건 어쩔 수 없는 일이었어."

정신을 잃고 있는 동안 일어난 일을 빌보는 나중에 들었다. 그것은 빌보에게는 기쁨보다도 슬픔의 씨앗이 되었다. 그리고 자기의 모험에 완전히 정나미가 떨어졌다. 지금은 집에 돌아가고 싶어서 좀이 쑤실 지경이었다. 그러나 집으로 돌아가는 것은 좀더 있어야 하므로 그동안에 있었던 일의 자초지종을 이야기하자.

독수리족은 꽤 오래 전부터 고블린들이 술렁이고 있는 것을 수상쩍게 여기고 있었다. 독수리의 날카로운 감시의 눈에 걸리면 산속의 어떤 움직임도 숨길 수 없었다. 독수리들은 안개산의 독수리 왕 밑으로 잇따라 모여 와서 마침내 먼 곳의 전쟁의 낌새를 알아차리고는 때마침 불어오는 큰 바람을 타고 재빠르게 날아온 것이다. 산의 고블린들을 낭떠러지에서 내던지기도 하고 허둥거리는 고블린들을 삼군 속으로 몰아붙이기도 하여, 그토록 큰 군세를 산에서 죄다 몰아낸 것은 독수리 떼였다. 이리하여 순식간에 외딴산을 탈환해 주었으므로, 골짜기를 낀 산에 있던 요정과 인간은 아래에서 일어나고 있는 전투에 가담할 수 있었다.

그러나 독수리 떼가 합세를 했어도 수적으로는 아직 열세였다. 이리하여 다시금 조금씩 조금씩 밀려서 막판에 이르렀을 때 베오른이 나타났던 것이다. 어떻게 이 곰사람이 왔는지는 아무도 몰랐다. 베오른은 혼자서, 그것도 곰의 모습으로 나타났다. 그는 끓어오르는 분노로 터무니없이 크게 부풀어 있었다.

베오른이 내는 으르렁 소리는 마치 큰 북이나 대포 소리 같았다. 그는 자기 앞의 늑대며 고블린들을 닥치는 대로 지푸라기나 깃털처럼 밀어젖히며 나아갔다. 도망치는 자의 뒤를 습격하여 벼락이 내리치듯이 때려부수는 것이었다. 난쟁이의 무리는 낮은 언덕 위에서 우두머리들을 에워싸고 이러지도 저러지도 못하는 꼴이 되어 있었지만, 베오른은 몸을 굽혀서 창에 찔려 쓰러져 있는 소린을 치열한 격전 속에서 끌어냈다.

그 다음 재빠르게 돌아와 분노를 두 배로 터뜨렸으므로 이미 대적하는 자도 없고 무찌를 무기도 없었다. 베오른은 호위꾼들을 걷어차고, 우두머리인 볼그조차도 쓰러뜨려 짓이겨 버렸다. 그 때문에 고블린 군에는 일대 혼란이 일어났다. 그리고 너나 할 것 없이 온갖 방향으로 도망쳤다. 그러나 고블린의 적인 삼군 사람들에게는 새로운 희망이 생겨서 그들은 갑자기 기운을 되찾았다. 삼군은 고블린들을 뒤쫓아가서 그 대부분의 퇴로를 막고, 그들을 빠른 여울로 몰아댔다. 남쪽과 서쪽으로 도망친 자는 숲의 강에 이어진 늪지에서 발견되었고, 그곳에서 맨 나중까지 남아 있던 나머지 적의 대부분도 무찔렀다. 또한, 그럭저럭 숲의 요정의 왕국 언저리까지 도망쳐 간 자도 그곳에서 죽임을 당하거나 어둠의 숲에서 길을 잃고 헤매다가

남모르게 죽거나 했다. 그때의 노래에 의하면 북쪽 땅에서 번영을 누리던 고블린의 4분의 3이 이날 죽었고, 산들은 그뒤 오래도록 평화로웠다.

밤이 다가오기 전에 승리가 확실해졌다. 그러나 빌보가 진지로 돌아간 무렵에도 추적은 계속되고 있었다. 그래서 심한 상처를 입은 자 이외는 골짜기에 별로 남아 있지 않았던 것이다.

"독수리 떼는 어디 있습니까?" 하고 빌보는 그날 밤 간달프에게 물었다. 빌보는 따뜻한 담요를 여러 장 포개고 누워 있었다.

"얼마간은 아직 적을 추격하는 중이라네. 그러나 대부분은 보금자리로 돌아갔지. 독수리들은 이곳에 남아 있고 싶어하지 않아 새벽빛이 비치기 시작하자 날아가 버렸다네. 다인이 독수리 왕에게 황금의 관을 수여하며 영원히 독수리 떼와 사이좋게 지내겠다고 맹세하더군."

"그것 참 유감이군요. 나는 독수리들과 다시 만날 수 있으리라고 생각했는데……" 하고 빌보는 졸린 듯이 말했다. "아마 집으로 돌아가는 도중 만날 수 있겠지요. 머지않아 돌아갈 수 있을까요?"

"언제든지 가고 싶을 때 돌아갈 수 있다네."

그런데 빌보가 정말로 떠난 것은 그로부터 며칠이 지난 뒤였다. 사람들은 산속 깊숙이 소린을 매장했다. 바르드가 시체의 가슴에 아르켄석을 얹어 주었다.

"산이 무너질 때까지 그 가슴에 쉴지어다!" 하고 바르드가 말했다. "이곳에 사는 소린의 동포에게 길이길이 행운을 가져다 줄지어다!"

그 다음 요정 왕이 소린의 무덤에 오르크리스트를 바쳤다. 그것은 소린을 붙잡았을 때 압수했던 요정의 명검이다. 노래에도 나오듯이 그 칼은 적이 다가오면 어둠에서 번쩍여 난쟁이의 성채가 위협당하지 않는다. 나인의 아들 다인은 이곳에 거처를 정하고 산 밑의 왕이

되었다. 그래서 다른 많은 난쟁이들도 그의 즉위를 축하하기 위해
옛날의 궁전에 모여들었다. 소린의 12명의 동행자 중 10명이 살아
남았다. 필리와 킬리는 방패를 쳐들고 자기들 어머니의 오빠인 소린
의 몸을 호위하며 쓰러졌던 것이다. 다른 난쟁이들은 모두 다인과
함께 남기로 했다. 다인이 보물을 적절히 나누어 주었기 때문이었
다.

물론 처음의 계획대로 나누는 것에 대해서는 더 이상 아무도 문제
삼지 않았다. 그것은 발린, 드월린, 도리, 노리, 오리, 오인, 글로
인, 비퍼, 보퍼, 봄버, 그리고 빌보 모두 마찬가지였다.

또한 보물의 14분의 1은 세공된 것과 안 된 것이 섞인 채 바르드
에게 주어졌다. 다인은 "우리는 죽은 사람이 약속한 것을 존중하겠
소. 게다가 그는 지금 아르켄석을 지니고 있으니까요" 하고 말했다.

14분의 1의 배분이라고 하지만 인간의 왕이 보통 지니고 있는 것
에 비하면 아주 많은 큰 재산이었다. 그 보물 속에서 바르드는 호수
마을의 총통에게 많은 황금을 선사했다. 그리고 자신의 부하며 친구
들에게도 많은 상을 주었다. 또한 요정 왕에게는 다인이 자기에게
돌려준, 기리언의 에메랄드 목걸이를 바쳤다. 왕이 그것을 특히 마
음에 들어했기 때문이었다.

바르드는 빌보에게 말했다.

"이 보물들을 입수하고 끝까지 지켜 오는 데 있어 여러 사람들의
공헌이 인정되는 이상 전의 약속은 지금 소용이 없게 되었지만,
그러나 이 보물들은 나의 것이고 또한 당신의 것입니다. 당신은
당연히 가져도 좋을 자기 몫을 자진해서 내던졌는데, 아무리 후회
했다고는 해도 소린의 말이 정말이 되어서는 안 됩니다. 다시 말
해서 당신에게 나누어 주지 않는다는 것은 당치도 않은 일입니다.
우리는 당신이 가장 많이 가져가기를 바랍니다."

빌보가 말했다.

“대단히 고마운 일입니다. 그러나 받지 않는 것이 내 마음이 편합
니다. 도대체 그만한 보물을 도중에서 아무 일 없이 죄다 집으로
가지고 돌아갈 수 있을까요? 또한, 설사 가지고 돌아가더라도 그
것으로 내가 무엇을 할 수 있겠습니까? 당신들 손에 맡겨 두는
편이 제일 좋다고 생각합니다.”

결국 빌보는 각각 금과 은이 가득 들어있는 두 개의 작은 상자라
면 튼튼한 말 한 마리가 나를 수 있을 터이므로 그것만 받기로 했
다.

“이 정도라면 나도 어떻게든 할 수 있을 겁니다.”

마침내 모든 친구에게 작별을 고할 때가 왔다.

“안녕, 발린! 안녕 드월린, 안녕 도리, 노리, 오리. 안녕 오인,
글로인. 잘 있어요, 비퍼, 보퍼, 봄버. 늘 수염이 무성하시기를.”

빌보는 이렇게 인사하고는 산 쪽을 향해 한 마디 덧붙였다. “안녕
히, 소린 오큰실드여! 필리와 킬리여! 당신들은 영원히 우리의 기
억 속에 남을 것이오!”

이윽고 난쟁이들은 앞문에 나란히 서서 머리를 깊숙이 숙였다. 그
러나 말이 목에 걸렸다. “안녕, 조심하세요!” 하고 발린이 가까스
로 말했다. “이 방들이 예전처럼 아름다워질 무렵 언젠가 다시 당신
이 와 준다면 멋진 진수성찬을 함께 들겠는데요!”

“여러분이 다시 우리 집 쪽을 지나가게 된다면” 하고 빌보도 말
했다. “노크할 필요도 없습니다. 차 마시는 시간은 4시. 언제 와도
당신들은 대환영입니다!”

그런 뒤 빌보는 모두에게 등을 돌리고 멀어져 갔다.

요정 군은 당당히 전진했다. 병사의 수가 많이 준 것은 슬픈 일이
지만, 북쪽 땅들이 앞으로 평안해질 것이라며 군세는 활기가 있었
다. 용은 죽었고 고블린들은 섬멸되었다. 요정들의 마음은 겨울이

지나 기쁨에 넘치는 봄을 맞는 기분이었다.

간달프와 빌보는 요정 왕 뒤를 따라 말을 타고 갔고, 그 옆에는 베오른이 다시 사람의 모습으로 돌아와 육중하게 걷고 있었다. 베오른은 도중에 큰 소리로 웃기도 하고 노래부르기도 했다. 이런 식으로 모두가 전진하는 동안에 마침내 어둠의 숲 근처, 숲의 시냇물이 흘러나오는 곳의 북쪽에 다다랐다. 그곳에서 모두는 멈추었다. 요정 왕이 잠시 궁전에 머물렀다 가기를 청하는데도 간달프와 빌보는 숲 속으로 들어가지 않았다. 두 사람은 숲가를 더듬어 북쪽 끝을 돌아서 숲과 잿빛산 산기슭까지의 사이에 퍼져 있는 황야로 나아갈 작정이었던 것이다. 그 길은 길고 지루했지만 지금은 고블린들이 없어졌으므로 나무 그늘의 무서운 길을 더듬는 것보다 마음이 놓일 것 같았다. 게다가 베오른도 그 길을 함께 가기로 했다.

"안녕히 계십시오! 오오, 요정 왕이여!" 하고 간달프가 말했다. "이 세상이 젊을 때 푸른 숲에서 즐겁게 보내십시오! 당신의 나라 사람들도 즐겁게 지내시기를!"

"안녕히 가시오! 오오, 간달프여!" 하고 요정 왕도 말했다. "당신이란 사람은 가장 도움이 필요할 때 참으로 뜻밖으로 나타나는 분이오. 부디 나의 궁전에 가끔 나타나 나를 기쁘게 해 주시오!"

"부탁이 있습니다만" 하고 느닷없이 빌보가 주뼛거리며 말했다. "이 선물을 받아 주시겠습니까?" 빌보는 작별하면서 다인이 준 은줄에 진주를 꿴 목걸이 하나를 내밀었다.

"오오, 호비트여. 도대체 무슨 까닭이 있어 이같은 선물을 나에게 주는 겁니까?" 왕이 물었다.

"그것은 저어, 임금님께선 모르실 테지만, 저어" 하고 빌보는 난처해서 당황하며 말했다. "요컨대 저어, 임금님의 뭐랄까요, 대접에 대해 조그마한 보답을 하고 싶기 때문입니다. 첩자에게도 한 푼의 인정은 있다는 겁니다. 나는 임금님의 술을 많이 마셨고 임금님의 빵을 듬뿍 먹었답니다. ”

　“고귀한 마음의 소유자인 빌보 씨, 당신의 선물을 받아들이겠소” 하고 왕은 엄숙하게 말했다. “그럼 나는 당신을 요정의 친구로 삼고 행복을 빌겠소. 당신의 그림자가 짧아지지 않기를(그렇지 않으면 다시 또 물건을 훔치고 싶어질 테니까) ! 그럼 잘 가오 ! ”

　이리하여 요정들은 숲속으로 돌아갔고, 빌보는 집으로의 긴 여행을 시작했다.

　빌보는 집에 닿을 때까지 갖가지 곤경과 모험을 경험했다. 황무지는 역시 황무지였다. 그 무렵에는 고블린 이외에도 여러 가지 요물이 그곳에 살고 있었다. 그러나 빌보는 든든한 안내와 보호를 받고 있었다. 마법사가 함께 있었고, 길을 잘 아는 베오른까지 있었기 때문이다. 그래서 대단한 위험은 겪지 않았다. 어쨌든 동지까지는 간달프와 빌보는 숲 가장자리를 빙 돌아서 베오른의 저택 입구에 닿았다. 그리고 두 사람은 한동안 그곳에 머무르기로 했다. 연말의 율축제 무렵은 따뜻하고 떠들썩했다. 숲을 개척하는 사람들이 베오른의 초대를 받고 원근에서 모여들었다. 안개산맥의 고블린들은 지금은 수가 아주 줄어들어 겁을 먹고 산속 깊숙이 숨어 버렸고 늑대들도 숲에서 사라졌으므로 사람들은 마음놓고 바깥을 걸어다닐 수 있었다. 베오른은 그 뒤 이 지방의 태수가 되어 산지와 숲 사이의 넓은 땅을 다스렸다. 소문에 의하면 그 뒤 오랫동안 베오른의 혈통을 이은 자에게는 곰의 모습을 취하는 힘이 전해졌다고 한다. 그의 자손 중에는 거칠고 악한 자들도 있었지만, 베오른만큼 크거나 힘이 세지는 못해도 마음은 올바른 사람들이 대부분이었다. 이 무렵에는 마지막까지 남아 있던 고블린들도 안개산맥에서 쫓겨났으므로 새로운 평화가 황무지의 경계선에 찾아들었다.

　벌써 봄이었다. 밝은 햇살이 가득 비치는 어느 날, 빌보와 간달프는 마침내 베오른의 집을 떠나기로 했다. 빌보로서는 그토록 애타게 기다리던 귀향길에 오르는 셈인데도, 베오른의 정원의 꽃들이 한여름에 지지 않을 만큼 다투어 피고 있어 빌보는 지금 길을 떠나는 것이 마음에 걸렸다.

마침내 두 사람은 긴 여행길에 올랐고, 전에 고블린에게 사로잡혔던 그 고개에 접어들었다. 그곳에서 뒤돌아서서 멀리까지 아침해가 비치는 광경을 바라보았다. 그 저쪽 멀리 파랗게 안개가 낀 어둠의 숲이 퍼져 있고, 봄인데도 그 숲의 바로 앞의 초록은 거무스름하게 보였다. 더욱더 먼 곳, 보일까말까한 곳에는 외딴산이 있었다. 아직 눈이 녹지 않은 꼭대기가 하얗게 빛나고 있었다.

"불 다음에 눈이로군. 용도 최후를 맞이하는 법이지." 빌보는 그렇게 말하고 여태까지의 모험에서 빙그르르 등을 돌렸다. 빌보의 핏속에 흐르는 툭 집안의 기질은 차츰 사라지고 배긴스 집안 쪽이 강해졌다. "지금은 그저 나의 팔걸이 의자에 앉고 싶은 생각뿐이야" 하고 빌보는 말했다.

옛 보금자리

　두 사람이 '마지막 휴식관'이 있는 리벤델의 경계에 다다른 것은 5월 1일이었다. 그때도 저녁 무렵이었고 두 사람의 조랑말은 지쳐 있었다. 특히 짐을 실은 쪽은 녹초가 되어 있었다. 그래서 두 사람도 말도 푹 쉬고 싶은 참이었다. 가파른 산길을 내려가다가 빌보는 나무들 사이로 요정들의 노래 소리를 들었다. 마치 그들이 떠난 이후로 계속 노래를 부르고 있었던 것 같았다. 숲의 아래쪽 풀밭으로 나가자 과연 요정들은 예전에 불렀던 것과 비슷한 노래를 부르고 있었다.

　　용은 마침내 죽어 버렸다네!
　　뼈는 산산 조각이 났다네.
　　비늘도 갑옷도 너덜너덜해졌지.
　　용의 영화는 끝나고 말았다네!
　　이 세상의 모든 칼은 녹슬고

왕좌도 왕관도 무너지고
영원하기를 바라는 권력과 부가
모두 사라진다 해도
저 푸른 풀은 다시 돋아나온다!
나무의 싹도 다시 솟아나온다!
물은 거품을 내며 뿜어나오고
우리 요정은 지금도 노래부른다!
　돌아오라! 랄랄라 랄라!
　자, 골짜기로 돌아오라!

헤아릴 수 없는 보석보다도
별들은 밝게 반짝인다.
은을 포개 놓은 것보다도 곱게
달은 하얗게 빛을 발한다.
화로에서 타는 불은
흙에서 파내는 황금보다도 붉다.
그런데 어째서 그토록 안달을 하지?
　여어! 랄랄라 랄라!
　자, 골짜기로 돌아오라!

저 두 사람 어디로 가고 있나!
이다지도 늦게 돌아왔나?.
시냇물은 살랑살랑 흐르고
별은 반짝반짝 빛나는데.
그토록 무겁고 지친 발걸음으로
그토록 쓸쓸하게 어디로 가나?
여기 우리 요정이 있어

　　지친 자들을 따뜻하게 맞아준다네.
　　　노래를 부르자, 랄랄라 랄라 !
　　　자, 골짜기로 돌아오라 !
　　　　랄랄라 랄라
　　　　랄랄라 랄라
　　　　랄라 !

　뒤이어 골짜기의 요정들이 모습을 나타내어 두 사람을 떠들썩하게 맞이하고 시내를 건너 엘론드의 성으로 인도했다. 그곳에는 마음으로부터 우러나온 따뜻한 환대가 있었다. 저녁이 되자 많은 사람들이 두 사람의 모험담에 귀를 기울였다. 그날 밤 이야기는 간달프가 했고, 빌보는 곧 조용해지더니 꾸벅꾸벅 졸기 시작했다. 이야기의 대부분은 빌보가 아는 내용이었다. 돌아오는 길에서, 그리고 베오른의 저택에서 빌보가 마법사에게 죄다 들려 준 것이었다. 이따금 빌보는 자기가 모르는 부분이 나오면 한쪽 눈을 슬며시 뜨고 가만히 귀를 기울이곤 했다.
　이리하여 빌보는 간달프가 어디서 어떻게 하고 있었는지를 알게 되었다. 엘론드에게 이야기하고 있는 마법사의 설명에 의하면 간달프는 갖가지 지식과 좋은 마법을 익힌 훌륭한 마법사들의 모임에 갔었고, 이 마법사들이 힘을 모아서 어둠의 숲 남쪽에 숨어살던 강신술사를 마침내 쫓아 버렸다는 것이다.
　"앞으로 그 숲도 훨씬 상쾌해질 겁니다" 하고 간달프는 말했다. "북쪽 땅은 오랜 세월 동안의 공포에서 벗어난 셈이지요. 그 지겨운 녀석을 이 세상에서 깨끗이 없애고 싶었는데."
　"정말 그랬다면 좋았을 것을" 하고 엘론드가 말했다. "그러나 그를 제거하려면 앞으로 긴 시간이 걸릴 겁니다."
　두 사람의 여행 이야기가 끝나자 또 다른 이야기, 옛날 옛적 이야

기며 요즘의 이야기며 어느 시대의 것도 아닌 이야기 등이 나왔으므
로 마침내 빌보는 구석 쪽에서 고개를 가슴에 떨구고 코를 골며 잠
이 들고 말았다.

　잠에서 깨어나자 새하얀 침대 위에 누워 있었고, 활짝 열린 창문
에서 달빛이 비쳐들고 있었다. 달빛 아래에서는 많은 요정들이 시냇
가에서 소리 높이 힘차게 노래를 부르고 있었다.

　　노래하자 신나게. 노래하자 모두 함께 !
　　바람은 나뭇가지에, 히드 들판에 불어온다.
　　별은 꽃을 피우고 달은 반짝여
　　밤의 궁전의 창은 밝다.

　　춤을 추자, 신나게. 춤을 추자, 모두 함께 !
　　풀은 부드러워 밟으면 깃털 같고
　　은빛 시내 위로 그림자가 어른거린다.
　　즐거운 5월, 즐거운 모임.

　　노래하자 상쾌하게. 저 사람이 꿈을 꿀 수 있도록 !
　　잠의 물결 속에 그를 두고 조용히 그 곁을 떠나자 !
　　나그네는 지금 잠자고 있다. 그의 베개가 편안하기를 !
　　오리나무, 버드나무는 잠을 자라.

　　내일의 바람이 불 때까지는 고민과 고통을 말하지 않으리.
　　달은 숨어라, 이 땅을 어둡게 하라.
　　떡갈나무, 들장미는 잠을 자라.
　　새벽이 올 때까지 시냇물은 속삭임을 그치라.

　“여어, 명랑한 여러분!” 하고 빌보가 바깥을 내다보며 말했다. “지금 몇 시쯤 됐습니까? 당신들의 자장가로는 술에 취한 고블린도 잠을 깨겠어요! 하지만 나는 기쁩니다.”

　“당신의 코고는 소리로는 용의 석상도 잠을 깨겠어요. 하지만 우리는 기쁩니다” 하고 요정들이 크게 웃으며 대답했다. “이제 곧 날이 샙니다. 당신은 저녁 때부터 잠을 잤답니다. 내일은 피곤이 확 풀리겠지요.”

　“엘론드의 성에서는 조금만 자도 피곤이 풀립니다. 하지만 실컷 쉬겠어요. 그럼 안녕히 주무십시오, 정다운 여러분!” 이렇게 말하고 빌보는 다시 침대에 들어가 아침 늦게까지 잠을 잤다.

　마침내 빌보는 엘론드의 성에서 피곤을 깨끗이 풀었다. 빌보는 골짜기의 요정 무리에 끼어서 날마다 유쾌한 놀이를 하고 춤을 추며 지냈다. 그러나 이같은 즐거운 곳조차도 빌보를 오래 머물러 있게 하지 못했다. 빌보의 마음에는 언제나 고향의 집 생각이 있었다. 그래서 1주일이 지나자 빌보는 엘론드에게 작별을 고하고, 엘론드가 기꺼이 받아들일 만한 자질구레한 선물을 건네 주고는 조랑말을 타고 간달프와 함께 떠나갔다.

　두 사람이 골짜기를 떠나자 앞의 서쪽 하늘이 흐려지더니 비바람이 불어닥쳤다. 비가 얼굴을 때리기 시작할 때 빌보가 말했다.

　“즐거운 5월입니다! 하지만 모험은 이미 옛날 이야기가 되었고 우리는 귀향길에 접어들고 있지 않습니까? 이 비는 처음 느끼는 고향의 맛이겠지요.”

　“아직 길은 멀다네.” 간달프가 말했다.

　“하지만 이 길이 마지막이지요.” 빌보가 말했다.

　두 사람은 황무지 나라의 경계가 되어 있는 강을 따라가다가 그 가파른 강가를 내려가 나루터에 섰다. 강물은 여름이 다가올 무렵 녹아내린 눈과 하루종일 내린 비 때문에 넘쳐흐르고 있었다. 그래서 꽤나 애를 먹었지만 두 사람은 강을 건넜고 땅거미질 무렵에는 이 여행의 마지막 길에 접어들었다.

그것은 전에도 경험했듯이 매우 어려운 일이었다. 그러나 이번에는 동행이 적어서 훨씬 조용했다. 게다가 지금은 트롤이 없다. 길 여기저기에서 빌보는 1년 전의 일이며 대화 등을 여러 가지로 회상했다. (1년 전, 그러나 빌보에게는 10년 이상이나 이전인 것처럼 여겨졌다.) 물론 빌보는 조랑말이 강물에 빠진 장소를 곧 알아차렸다. 그 때문에 그들은 그때 톰과 버트와 빌 등의 트롤들과의 기가 막힌 모험을 겪어야만 했었다.

이 길에서 그다지 떨어져 있지 않은 곳에서 두 사람은 그들이 묻어둔 트롤의 황금을 발견했다. 그것은 아무에게도 발견되지 않고 그대로 있었다. 그 황금을 캐냈을 때 빌보는 이렇게 말했다. "나는 이미 일생 동안에 다 쓰지 못할 만큼의 금을 가지고 있습니다. 그러므로 당신이 가지는 것이 좋겠습니다, 간달프. 당신은 틀림없이 이것을 유용하게 쓸 수 있을 겁니다."

"그렇기야 하지" 하고 마법사는 말했다. "그러나 공정하게 나누세! 뜻밖에도 금이 더 필요해질지 모르니까."

이리하여 두 사람은 각자의 가방 속에 황금을 나누어서 챙겨넣고 조랑말에 실었는데 조랑말에게야말로 무거워서 고맙지 않은 일이었다. 그 뒤에는 두 사람 모두 주로 말을 타지 않고 걸었으므로 매우 느리게 나아갔다. 그러나 대지에는 호비트가 기분좋게 밟을 수 있는 풀이 무성했다. 빌보는 빨간 명주 손수건으로 얼굴을 닦았다. 손수건이 한 장도 남아 있지 않아서 엘론드로부터 하나 얻어온 것이다. 지금은 6월, 날씨는 땀을 닦아야 할 정도로 더웠다.

무슨 일에든 끝이 있듯이 마침내 두 사람이 빌보가 태어나 자란 땅을 볼 날이 왔다. 땅의 모양도 나무들의 모습도 빌보에게는 자기 손바닥처럼 눈에 익었다. 길의 높은 곳에 올라가 빌보는 멀리 자기가 사는 언덕을 바라보았다. 빌보는 문득 그 자리에 멈춰 서서 말했다.

길은 끝없이 이어진다.
바위를 넘고 나무 밑을 지나
해가 비친 적이 없는 동굴 옆으로
바다로 흘러간 적이 없는 시냇가로.

겨울에 내려 쌓인 눈을 넘고
6월의 즐거운 꽃의 들판을 건너
잔디 위로 돌멩이 위로
달빛어린 산기슭으로 길은 이어진다.

길은 끝없이 이어진다.
구름의 그늘에, 별빛 아래에
그러나 먼 곳을 헤매던 발길도
마침내는 귀로에 오른다.

불과 칼을 보고 온 눈
바위 깊숙한 곳의 무서운 것을 보고 온 눈도
마침내는 예로부터 눈에 익은
푸른 목장과 나무들과 산을 바라보는 것이다.

간달프는 물끄러미 빌보를 바라보았다.
"호오, 빌보! 자네는 많이 달라졌네! 이미 예전의 호비트가 아닐세."
두 사람은 다리를 건너 강가의 물방앗간을 지나 빌보네 집 입구에 다다랐다.

"아니 저런! 도대체 무슨 일일까?" 빌보는 소리쳤다. 그곳은 사람들로 붐비고 있었다. 말쑥한 사람도 있고 그렇지 않은 사람도 있고, 온갖 사람들이 출입구에 모여 그곳을 드나들고 있었다. 게다가 드나들면서 입구의 매트에 발을 닦는 자도 없었다. 그것을 보고 빌보는 애가 타서 안달이 나고 말았다.

빌보가 깜짝 놀랐다면 그 사람들은 더욱 깜짝 놀랐다. 한창 경매를 하고 있는데, 집 주인이 돌아왔으니까. 과연 앞문에는 검은 글자와 빨간 글자로 적은 큰 쪽지가 붙어 있는데, "6월 22일, 아무 아무개 상회는 호비트 마을 산기슭 백엔드의 고 빌보 배긴스 씨의 가구류 일체를 경매합니다. 정각 10시 개시"라고 씌어 있었다. 그런데 지금은 점심 무렵이므로 대부분의 물건은 거저나 다름없는 헐값에 팔리고 말았다. 빌보의 사촌뻘 되는 새크빌 배긴스 집안 사람들이 지금 자기들의 가구를 어디에 놓으면 좋을까 하고 빌보의 방을 열심히 살피고 돌아가는 중이었다. 간단히 말하면 빌보는 '죽은 것으로 간주'되어 있었던 것이다. 그리고 이것이 잘못이었음을 알게 되었을 때 기뻐하는 사람들만 있었던 것은 아니었다.

빌보 배긴스가 돌아오자 언덕의 위와 아래, 그리고 강 건너편에 어수선한 분위기가 감돌았다. 그것은 잠깐 있다 지나는 일이 아니었다. 참으로 복잡한 법률 수속이 그로부터 오랫동안 계속되었던 것이다. 다시 말해서 배긴스가 틀림없이 살아 있다고 인정받기까지는 무척 오랜 시일이 걸렸다. 경매에서 물건을 헐값으로 사들인 사람들에게는, 끈덕지게 설득을 해야만 했는데 결국 빌보는 시간이 아까웠으므로 자신의 가구를 대부분 다시 사들여야 했다. 그러나 자랑거리였던 은수저들이 사라진 것은 이상한 일이었다. 빌보는 새크빌 집안을 수상쩍게 여겼다. 그런데 그쪽에서는 돌아온 배긴스를 절대로 인정하지 않았으며 오래도록 빌보와 말을 하지 않았다. 사실 새크빌 집안은 빌보의 멋진 호비트 굴에서 살고 싶어서 견딜 수 없었던 것이다.

이윽고 빌보는 자기가 잃은 것이 숟가락 정도가 아님을 깨달았다. 빌보는 온전한 평판을 잃고 말았다. 하긴 그는 그 뒤에도 변함없이 요정의 친구였고, 난쟁이족이며 마법사들이며 이 길을 지나가는 여행자들로부터는 깊은 존경을 받았지만, 이미 고향에서는 온전한 사람으로 인정받지 못했던 것이다. 이웃의 호비트들은 빌보를 '괴짜'라고 불렀다. 툭 집안의 젊은 조카들만은 이상하게 보지 않았지만, 그런 젊은이들이 빌보와 사이좋게 지내면 연장자들은 좋아하지 않았다

빌보는 그런 일을 전혀 개의치 않았다. 빌보는 매우 만족해하고 있었다. 난로에 놓인 주전자의 물끓는 소리는 그 뜻밖의 모임이 있던 날 이전에는 느끼지 못했는데 지금은 아름답게 들렸다. 빌보는 칼을 난로 선반 위에 걸어두고, 갑옷을 홀의 받침대 위에 세워두었다(갑옷은 뒷날 박물관에 빌려 주었다). 빌보의 금은은 때로는 쓸모 있는 선물로, 때로는 헛된 선물로 쓰이고 말았다. 젊은 조카들이 빌보를 좋아한 것도 얼마쯤은 여기에 원인이 있을 것이다. 빌보는 반지를 비밀에 부쳤다. 그리고 싫은 사람이 찾아오거나 했을 때 주로 이것을 썼다.

빌보는 시를 쓰기도 하고 요정을 방문하기도 했다. 그러면 대부분의 호비트들은 고개를 가로젓고 이마를 문지르며 "가엾은 배긴스로군!" 하고 말하는 것이었다. 그리고 빌보의 이야기를 믿는 사람은 그다지 없었지만 빌보는 생애가 끝날 때까지 더할 나위 없이 행복하게 지냈다. 그 생애라는 것이 또한 터무니없이 길었다.

그 뒤 몇 년이 지난 어느 가을날 밤 빌보는 서재에 앉아 옛날 일을 기록하고 있었다. 빌보는 그 기록의 제목을 '그곳에 갔다오다—

―어느 호비트의 휴가 이야기'라고 할 생각이었다. 그런데 그때 입구에서 누가 오는 소리가 났다. 그것은 간달프와 한 명의 난쟁이였는데 오오, 발린이 아니겠는가.

"여어, 어서 들어오십시오!" 하고 빌보는 말했다. 이윽고 세 사람은 난롯가 의자에 자리잡고 앉았다. 발린은 빌보의 조끼가 무척 커진 것(게다가 금단추가 달려 있다는 것)을 알아차렸고, 빌보 쪽에서도 발린의 수염이 10센티미터 정도 길어졌다는 것, 보석을 박은 혁대가 참으로 근사하다는 것을 알아차렸다.

세 사람은 물론 모두가 함께 했던 옛날 이야기로 꽃을 피웠다. 그리고 빌보는 산에서는 모두들 어떻게 지내고 있느냐고 물었다. 외딴

J.R.R. 톨킨 그림 〈빌보 배긴스의 저택 현관 홀〉

산에서는 모두 대단히 잘해 나가고 있는 모양이었다. 바르드가 데일에 도시를 건설했고, 호수 마을과 남쪽과 서쪽으로부터 사람들이 속속 모여들어 데일은 다시금 땅이 윤택해지고 풍성해졌다. 용이 날뛰던 곳은 봄에는 꽃이 피고 새가 지저귀며 가을에는 과일이 무르익고 축제가 벌어졌다. 또한 호수 마을도 토대부터 다시 쌓아올려 이전보다 번영하여 많은 물건이 빠른 여울을 오르내렸다. 그 고장에서는 요정과 난쟁이와 인간들이 참으로 사이좋게 지냈다.

호수의 총통은 좋지 않은 최후를 맞았다. 바르드는 총통에게 호수 사람들을 돕기 위한 황금을 많이 주었는데, 이 친절을 배반하고 총통은 용의 황금 병에 사로잡혀 황금을 많이 가지고 도망쳤다가 한패에게 버림을 받아 끝내 황야에서 객사하고 말았다.

"새 총통은 훨씬 현명한 사람이랍니다" 하고 발린이 말했다. "게다가 인기가 있어요. 아무튼 이 사람 덕분에 지금의 번영을 이룩했으니까요. 호수 마을 사람들은 이 사람 시대에 강이 황금이 되어 흐른다는 노래를 지을 정도랍니다."

"그럼, 옛 노래의 예언이 아무래도 정말이 되는 모양이군요!" 빌보가 말했다.

"물론이지!" 간달프가 말했다. "노래가 진실이 되지 않는 일이 있겠나? 자네도 예언을 믿지 않을 수 없을 걸세. 자네도 예언의 실현에 도움을 준 사람이니까. 그런데 자네는 그저 운이 좋았기 때문에, 욕심을 부리지 않았기 때문에 그 모험을 감당할 수 있었다고 생각하는 것은 아니겠지? 자네는 참으로 멋진 사람이라네, 배긴스 군. 나는 마음으로부터 자네를 좋아하네. 그러나 그런 자네도 이 넓은 세상에서 보면 하나의 평범한 존재에 지나지 않으니 말일세!"

"그렇겠지요!" 빌보는 웃으며 간달프에게 담뱃갑을 건네주었다.

THE LORD OF THE RINGS

옮긴이 공덕용

뉴욕 주립대학 대학원 수료
단국대학교 교수 영미문화연구소 소장 역임
엮은 책 《영미 수필선》《엘리아 수필선》 등이 있다

한국톨킨학회번역문학상수상

호비트의 모험
The Hobbit

J.R.R. 톨킨/공덕용 옮김
초판 발행/1988년 6월 5일
중판 발행/2004년 1월 1일
발행인 고정일/발행처 동서문화사
창업 1956. 12. 12. 등록 16-345 (윤)
서울강남구신사동 540-22 ☎ 546-0331~6 (FAX) 545-0331
www.epascal.co.kr
＊잘못 만들어진 책은 바꾸어 드립니다.
값 8,800원
＊